KB181595

마지막 의식

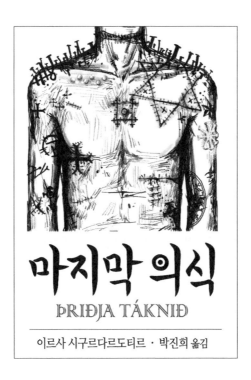

마지막 의식

ÞRIÐJA TÁKNIÐ

이르사 시구르다르도티르 · 박진희 옮김

황소자리

이 책을 사랑하는 올리에게 바칩니다.
이름을 빌려주고 죽일 수 있게 허락해준
하랄트 슈미트에게 감사의 말을 전합니다.

아이슬란드 지도

지도설명

레이캬비크: 아이슬란드의 수도로 토라의 사무실이 위치한 곳.

홀마비크: 마술박물관이 위치한 해안마을.

스칼홀트: 중세의 교회가 있던 유적지, 하랄트가 브리뇰푸르 주교와 《마녀의 망치》 초고와 관련된 중요한 단서를 발견하게 되는 곳.

헬라: 아일랜드 수도사들의 동굴이 위치한 마을.

헤클라 산: 아이슬란드 동부의 성층 활화산. 이곳 분화구는 오래 전부터 '지옥으로 가는 문'이라 일컬어졌다.

31 October 2005

프롤로그

관리소장 트리그비는 커피머신 앞에 서있었다. 똑똑, 커피머신에서 떨어지는 물방울 소리만이 역사학과가 자리한 이 텅 빈 대학건물에서 들리는 유일한 소음이었다. 잠시 후면 청소부들이 한꺼번에 들이닥치고, 그들이 도구함에서 청소용구를 꺼내는 소리로 시끌벅적해지겠지. 트리그비는 고요함 속에 퍼지는 신선한 커피 향을 마음껏 즐겼다. 이 대학에서 30년 넘게 재직하면서 세월의 변화를 몸소 지켜봤지만, 자신의 관리감독 하에 일하는 청소부들의 국적만큼 극적으로 바뀐 것은 없었다. 그가 일을 시작할 때만 해도 청소부는 모두 아이슬란드 사람이었다. 당연히 의사소통에도 아무런 문제가 없었다. 하지만 지금, 직원들과 소통하기 위해서는 몸소 지시사항을 시연하거나 한 단어씩 크게 발음해야 했다. 여자 청소부들은 아프리카계 아이슬란드인 한 명을 제외하면 죄다 최근 동남아에서 이주한 외국인이었다. 그러니 교직원과 학생들이 나와 일과를 시작하기 전까지 그는 매일 아침 방콕에서 일하는 것과 별반 다르지 않앉다.

모락모락 김이 나는 머그컵을 들고 창가로 갔다. 블라인드를 걷어 바깥풍경을 내다보며 진하게 내린 커피 한 모금을 음미했다. 캠퍼스는 눈으로 덮여있었다. 평소보다 낮은 기온 덕에 하얀 눈 담요는, 밤사이 누군가 땅에 은가루라도 뿌려놓은 듯 어슴푸레 빛났다. 소음을 흡수하는 눈으로 인해 정적감은 한층 완벽한 효과를 발휘했다. 그는 다가올 크리스마스 시즌을 떠올리며 묘한 만족감에 젖었다.

차 한 대가 주차장으로 들어오는 게 보였다. 크리스마스 기분에 젖어들기는 글렀군. 트리그비는 혼잣말을 했다. 차는 조심스럽게 움직여 빈 공간에 멈춰섰다. 주변에 다른 차가 한 대도 없는 상황에서 저렇게까지 주의를 기울이는 모양새가 오히려 이상스럽게 여겨졌다. 트리그비는 운전자가 차에서 내리는 모습을 조용히 지켜보았다. 닫힌 운전석 창문 뒤로 리모컨 키의 삐, 소리가 희미하게 들렸다. 운전자는 건물을 향해 발걸음을 재촉했다.

트리그비는 블라인드를 내린 뒤 남은 커피를 다 마셨다. 잠시 후 건물의 교직원 출입구 열리는 소리가 들렸다. 구나르 교수가 들어왔군. 트리그비가 이곳에서 상대하는 행정 담당자와 교수, 강사, 조교를 통틀어 이 남자는 단연 불쾌한 인물이었다. 꼬장꼬장한 구나르 교수는 건물 관리 상태에 대해 끊임없이 불평을 늘어놓았다. 게다가 늘 거만한 분위기를 풍기는 통에 트리그비는 그 앞에만 서면 불편하고 작아지는 기분이 들었다. 심지어 이번 학기 초에는, 바이킹 이주 이전 아이슬란드에 건너온 아일랜드 수도사들을 주제로 쓴 자신의 논문을 청소부들이 훔쳐갔다고 주장하기까지 했다. 다행히 사라진 논문이 발견되면서 소동은 수그러들었지만 그 일 이후 트리그비는 구나르 교수를 좋아하지 않는 정도가 아니라 경멸했다. 아이슬란드어로 자신의 이름조차 쓸 줄 모르는 동남아 청소부들이 아일랜드 수도사들에 관한 학술논문을 훔쳐다 어디에 쓴단 말인가? 그가 보기에 교수의 행동은 자신을 변호할 능력이 없는 대상에게 가한 천박한 공격에 지나지 않았다.

그래서 구나르 교수가 학과장에 임명되었을 때 트리그비는 간담이 서늘할 정도로 충격을 받았다. 교수는 이미 그에게 개선이 필요한 여러 사항에 대해 자신이 기대하는 바를 천명한 터였다. 그 중 하나가 앞으로는 청소부들이 그들의 업무를 조용히 수행해야 한다는 요구였다. 트리그비는 어차피 청소부들은 교직원 출근 전이나 퇴근 후에 일하므로, 그들이 수다를 떨든 말든 누구의 업무도 방해하지 않는다고 말하고 싶었다. 물론 구나르 교수를 제외하고 말이다. 왜 이 교수는 매일 아침 버스가 다니지도 않는 이른 시간에 출근하는 것인지 트리그비로서는 이해할 수 없었다.

한 무리의 목소리가 청소부들이 도착했음을 알렸다. 그들은 좁은 탕비실에 모여 강한 모국어 억양으로 인사를 나누며 깔깔거렸다. 그 모습을 본 트리그비는 미소를 지었다. 그 순간이었다. 소란스러운 청소부들의 수다를 뚫고 건물 안 어디에선가 해괴한 소리가 들려왔다. 후두로 내는 듯 작고 낮게 들리던 신음은 점점 커졌다. 트리그비는 입에 손가락을 대 청소부들을 조용히 시키며 귀를 기울였다. 그들 역시 소리를 들었는지 눈을 크게 떴다. 그 중 두 명은 성호를 그었다. 트리그비는 얼른 머그컵을 내려놓고는 탕비실을 나와 소리를 뒤쫓기 시작했다. 청소부 무리도 그의 뒤를 따라 우르르 몰려나왔다.

그가 복도로 나왔을 때 통곡 소리는 비명으로 변했다. 목소리의 주인공이 여자인지 남자인지, 트리그비는 분간할 수 없었다. 심지어 그것이 사람의 목소리인지조차 확신할 수 없었다. 야생동물이 어쩌다 건물 안으로 들어와 부상을 입은 것은 아닐까? 원초적인 울부짖음에 무언가 넘어지고 부서지는 소음이 더해졌다. 트리그비는 점점 빠르게 복도를 따라 걸었다. 소리는 위층에서 들려오는 듯했다. 성급한 마음에 그는 한 번에 두 계단씩 성큼성큼 올라갔다. 그때였다. 뒤따라오던 청소부들이 울부짖기 시작했다. 울음소리를 듣자 그의 심장은 사정없이 방망이질 쳤다.

계단을 올라가 역사학과 사무실이 있는 곳에 다다랐다. 청소부들의 통곡에도 불구하고 트리그비는 정체불명의 비명이 이곳에서 들려온다는 것을 바로 알아챘다. 그는 냅다 달리기 시작했다. 청소부들도 그 뒤를 바짝 따랐다. 복도로 난 사무실의 방화문을 열어젖히던 그가 너무 갑작스럽게 멈춰서는 바람에 뒤따라오던 한 무리의 여자들과 충돌하고 말았다.

트리그비를 정신 못 차리게 만든 것은 뒤집어진 책장도, 바닥에 마구 쏟아진 책 위를 정신 나간 사람마냥 사지로 기어다니는 구나르 교수도 아니었다. 그것은 복사실에서 불쑥 튀어나온 듯 얼굴을 위로 향한 채 바닥 저편에 드러누워 있는 시신이었다. 트리그비의 위장이 뒤틀렸다. 시신의 두 눈을 덮고 있는 저 헝겊 조각은 대체 뭐란 말인가? 게다가 두 손은, 대체 두 손은 어쩌다가 저 지경이 된 것일까? 트리그비의 어깨 너머로 그 광경을 본 청소부들의 비명소리는 더욱 격렬해졌다. 공포에 질린 청소부들이 트리그비를 잡아당기는 바람에 그의 셔츠 밑단이 바지에서 비어져 나왔다. 그는 몸을 틀어 청소부들의 손아귀에서 벗어나려 했지만 소용이 없었다. 구나르 교수는 두 손을 들어 도와달라고 애원했다. 자기 뒤의 구역질나는 광경으로부터 벗어나기 위해 그는 죽을힘을 다하고 있었다. 트리그비는 청소부들과 함께 줄행랑치고 싶은 충동을 가까스로 억눌렀다. 그가 한 걸음 앞으로 나아가자 청소부들은 또다시 귀청 떨어질 듯한 비명을 내질렀다. 트리그비는 자신을 잡아당기는 여자들을 가까스로 떼어낸 뒤 흐느끼는 구나르 교수를 향해 다가갔다.

교수의 입에서 흐르는 침과 함께 새어나오는 웅얼거림을 하나도 알아들을 수 없었다. 다만 트리그비는, 교수가 복사실 문을 열었을 때 시신이(틀림없이 시신이었다. 살아있다면 절대 그렇게 보일 리 없었다) 그의 몸 위로 떨어졌을 거라고 짐작했다. 자신의 의지와 반대로 트리그비는 처참하기 짝이 없는 인간의 시신을 내려다보았다. 헝겊인 줄만 알았던 눈 위의 물체는 헝겊이 아니었다. 그의 위장이 다시 뒤틀렸다. 신이시여, 우리를 굽어 살피소서! 그는 속으로 간청했다. 순간 위장의 뒤틀림이 참을 수 없을 만큼 심해졌고, 트리그비는 구토를 하고 말았다.

6 December 2005

1장

바지에서 치리오 과자 부스러기를 털어내며 변호사 사무실로 들어서던 토라 구드문즈도티르는 다시 한 번 옷매무새를 가다듬었다. 음, 나쁘지 않은 시작이군. 여섯 살 딸과 열여섯 살 아들을 제시간에 등교시켜야 하는 아침 일과를 무사히 끝낸 것이다. 요즘 들어 토라의 딸은 핑크색 옷을 입지 않겠다며 고집을 부렸다. 아이의 거의 모든 옷이 핑크색만 아니었어도 이렇게 골치 아프지는 않았을 텐데…. 반면 아들은 어디엔가 해골이 그려진 옷을 노상 걸치고 다니는 걸로 봐서 낡아빠진 옷을 입는 데 불만이 없는 듯했다. 아들은 아침에 일어나는 것 자체를 자신의 위대한 업적으로 여겼다. 이런 생각을 하자니 토라는 절로 한숨이 나왔다. 혼자서 아이 둘을 키우는 건 결코 쉬운 일이 아니었다. 하지만 달리 생각해보면, 결혼생활을 유지하는 것 역시 쉬운 일은 아니었다. 아침 일과와 관련해 이 두 경우의 유일한 차이점은 남편과 끊임없이 말다툼할 필요가 없다는 점이었다. 이 모든 게 지나간 일이라는 데 생각이 미치자 토라는 기운이 났다. 입가에 웃음을 머금은 그녀가 사무실 문을 열고 활기차게 인사를 했다. "좋은 아침."

비서는 인사를 받는 대신 얼굴을 찡그렸다. 컴퓨터에서 고개를 들거나 마우스를 클릭하던 손길을 멈추지도 않았다. 참으로 좋은 아침이군. 토라는 혼잣말을 삼켰다. 그녀는 마음속 깊이 자신의 비서에게 저주를 퍼부었다. 이 비서로 인해 토라의 회사는 대가를 톡톡히 치르고 있었다. 비서에 대해 불평하지 않는 고객이 단 한 명도 없을 정도였다. 비서는 무례할 뿐 아니라 어디 내놓아도 뒤지지 않을 만큼 외모가 변변치 않았다. 가장 심각한 문제는 그녀의 몸무게가 슈퍼헤비급이라는 사실이 아니라, 전반적으로 용모 자체에 관심이 없다는 데 있었다. 게다가 언제나, 거의 모든 것에 화가 나 있었다. 참으로 역설적이게도 그녀의 부모는 딸의 이름을 '벨라'라고 지었다. 벨라가 스스로 회사를 그만두기만 하면 더 이상 바랄 게 없을 텐데. 그녀 역시 회사에 전혀 만족스러워 하지 않았고 개선의 여지는 더더욱 없어 보였다. 그렇다고 벨라가 기뻐할 만한 다른 직업을 토라는 단 하나도 떠올릴 수가 없었다. 진짜 악몽은 벨라를 자르는 게 불가능하다는 사실이었다.

토라가 나이도 많고 경험도 풍부한 동업자 브라기와 함께 로펌을 열기 위해 사무실을 물색할 당시, 두 사람은 지금의 이 자리를 너무나 마음에 들어했다. 그 바람에 건물주가 임대차계약서에 단서조항을 넣도록 합의한 게 화근이었다. 그 단서조항이 바로 건물주의 딸을 변호사 사무실의 비서로 채용한다는 내용이었다. 변명을 하자면, 당시 두 사람은 자신들이 어떤 일에 발을 들이는 것인지 전혀 알지 못했다. 벨라는 직전에 이 사무실을 쓰던 부동산 중개업자들이 작성한 눈부신 추천서까지 지니고 있었다. 하지만 이제 토라는 이전 세입자가 이곳의 환상적인 입지조건을 버리고 떠난 것은 순전히 지옥에서 온 비서를 떼어내기 위해서였다고 확신했다. 보나마나 이전 세입자들은 토라와 브라기가 순진하게 속아 넘어갔다는 사실에 배꼽 빠지도록 웃고 있을 터였다. 물론 토라는 이 문제를 법정으로 가지고 갈 경우, 추천서의 신뢰도가 떨어진다는 사실에 근거해 단서조항을 무효화할 수 있을 거라고 확신했다. 하지만 토라와 브라기는 그 대가로 여태껏 쌓아온 알량한 명성마저 잃게 될 것이다. 계약법 관련 사건을 전문으로 다루면서도 정작 자신들의 임대차계약을 말아먹은 로펌에 누가 법률 자문을 받으려 하겠는가? 그리고 벨라를 쫓아낸다고 해도 유능한 비서들이 일을 하겠다고 문 앞에 줄을 선 것도 아니었다.

"전화 왔었어요." 벨라는 시선을 컴퓨터 화면에 고정한 채 중얼거렸다.

옷걸이에 코트를 걸던 토라가 놀라 고개를 들며 물었다. "그래? 전화한 사람이 누군데?"

"몰라요. 독일어를 했던 거 같은데. 암튼 알아들을 수 없는 말을 지껄였어요."

"다시 전화한대?"

"몰라요. 내가 전화를 끊었거든요, 실수로."

"혹시나 해서 말인데 만약 그 사람이 다시 전화하면 제발 나한테 연결해줄래? 나 독일어 공부했거든."

"흥." 벨라가 툴툴거리더니 어깨를 으쓱하며 말했다. "독일어가 아니었을지 몰라요. 러시아어였을 수도 있고요. 그리고 여자 목소리였어요, 내가 듣기에는. 뭐 남자였을 수도 있고."

"벨라. 누가 전화를 걸든, 러시아에서 온 여자든 독일에서 온 남자든, 설령 여러 나라 말을 할 줄 아는 그리스 산 개라고 해도 나한테 연결해. 알겠지?" 토라는 대답을 기다리지도 기대하지도 않고 곧장 자신의 소박한 사무실로 들어갔다.

그녀는 책상 앞에 앉아 컴퓨터를 켰다. 그녀의 책상은 평소와는 달리 카오스 상태가 아니었다. 어제 토라는 지난 한 달 동안 쌓아둔 서류들을 한 시간이나 들여 정리했다. 그녀는 이메일 로그인을 한 다음 스팸메일과 친구들이 보낸 시답잖은 메일을 지우기 시작했다. 메일함에 남은 것은 고객이 보낸 메일 세 통과 친구 로피가 보낸 '이번 주말 코가 비뚤어지게 마시자'는 제목의 메일 한 통, 그리고 은행에서 온 메일 한 통이 전부였다. 아무래도 신용카드 한도를 초과한 모양이었다. 게다가 초과인출까지 한 게 틀림없었다. 토라는 만일의 경우를 대비해 그 이메일은 열지 않기로 했다. 그때 토라의 휴대폰이 울렸다.

"중앙법률사무소입니다. 무슨 일로 전화하셨나요?"

"구텐 타그, 프라우 구드문즈도티르?"

"구텐 타그." 토라는 종이와 펜을 찾아 손을 더듬거렸다. 하이톤 독일어였다. 토라는 전화기 너머 여자를 '지sie'라는 정중한 호칭으로 불러야겠다고 마음속으로 생각했다.

토라는 눈을 꼭 감고 베를린대학교에서 법학을 전공하는 동안 익힌 독일어 구사능력을 제대로 발휘해보려 애썼다. 최대한 능숙하게 발음하려고 유의하며 그녀가 물었다. "무엇을 도와드릴까요?"

"저는 아멜리아 건틀립이라고 합니다. 안데하이스 교수님께서 변호사님을 소개하셨지요."

"예, 베를린대에서 저를 가르친 분입니다." 토라는 자신의 표현이 틀리지 않았기를 바랐다. 스스로 듣기에도 그녀의 발음은 꽤 서툴게 변해있었다. 아이슬란드에서 독일어를 연습할 기회는 그리 많지 않았다.

"아, 네." 잠시 불편한 침묵이 흐른 뒤 부인은 말을 이었다. "제 아들이 살해당했습니다. 따라서 저희 가족을 도와줄 사람이 필요합니다."

토라는 재빠르게 머리를 굴렸다. 건틀립? 건틀립이라면 얼마 전 대학에서 시신으로 발견된 독일인 유학생의 이름이 아니었나?

"여보세요?" 부인은 토라가 아직 전화기를 붙들고 있는지 확신하지 못하겠다는 말투였다.

토라는 서둘러 대답했다. "죄송합니다. 그러니까 아드님께서, 혹시 그 사건이 아이슬란드에서 일어났나요?"

"네."

"어떤 사건을 말씀하시는지 알겠습니다. 다만 저도 뉴스를 통해 사건을 접했을 뿐입니다. 정말 제가 적임자라고 생각하시나요?"

"그러길 바랄 뿐입니다. 저희는 경찰 수사가 전혀 만족스럽지 않거든요."

"정말입니까?" 토라는 놀라움을 감출 수 없었다. 그녀는 경찰이 사건을 능숙하게 해결했다고 생각했다. 끔찍한 사건이 벌어진 지 사흘 만에 살인범이 체포된 상태였다. "경찰이 용의자를 구금하고 있다는 사실은 알고 계신가요?"

"그 점은 저희도 알고 있습니다만, 그 사람이 범인이라고 생각하지 않습니다."

"왜 그렇게 생각하십니까?" 토라가 물었다.

"그냥 확신할 수가 없습니다. 그 이상은 말씀드릴 게 없군요." 부인은 우아하게 목소리를 가다듬었다. "저희는 다른 누군가, 편견에 치우치지 않고 사건을 수사해줄 누군가가 필요합니다. 독일어를 할 줄 아는 사람으로요." 침묵이 이어졌다. "지금 저희가 얼마나 힘든 상황인지 잘 아실 겁니다." 다시 침묵이 흘렀다. "하랄트는 제 아들이었으니까요."

토라는 애도의 마음을 표현해보려 목소리를 낮추고 천천히 대답했다. "네, 물론이죠. 제게도 아들이 하나 있습니다. 부인이 느끼시는 슬픔을 상상조차 하기 힘들지만 얼마나 상심이 크실지, 삼가 위로의 말을 전합니다. 그렇지만 제가 부인께 도움이 될지는 잘 모르겠습니다."

"따뜻한 말씀 감사합니다." 부인의 목소리는 얼음처럼 냉랭했다. "안데하이스 교수님은, 변호사님이야말로 저희가 원하는 자질을 갖춘 분이라고 단언하셨습니다. 집요하고, 단호하고, 포기를 모르는 분이라고 하더군요." 토라는 예전의 은사가 차마 '오만하다'는 표현은 하지 않았을 거라는 느낌을 받았다. 부인은 말을 이었다. "동시에 공감능력이 있는 분이라고 하셨지요. 그분은 저희 가족의 좋은 친구이고, 저희는 그분을 신뢰합니다. 사건을 맡으실 의향이 있나요? 보상은 충분히 해드릴 겁니다." 그리고 부인은 액수를 제시했다.

세전이든 세후든, 파격적인 액수였다. 토라가 통상적으로 받는 시간당 자문료의 두 배를 넘는 수준이었다. 뿐만 아니라 부인은 현재 구금된 용의자가 아닌 다른 누군가의 검거로 수사가 이어질 경우 보너스까지 제공하겠다고 했다. 보너스는 토라의 일년치 연봉보다 높은 금액이었다. "그렇게 많은 돈을 들여서 얻으려 하시는 게 무엇인가요? 저는 사설탐정이 아닙니다."

"저희는 사건을 다시 살펴보고 증거들을 검토해 경찰의 수사내용을 면밀히 재점검할 분을 찾고 있습니다." 부인은 또다시 침묵하더니 말을 이었다. "경찰 측에서는 저희와의 대화를 거부했습니다. 무척 성가신 상황이죠."

아들이 살해당한 마당에 경찰과 상대하는 문제에 대해 '무척 성가신 상황'이라고 표현하는 게 토라로서는 다소 이상스러웠다. "한번 생각해보겠습니다. 연락할 수 있는 번호를 알려주시겠어요?"

"그러죠." 부인은 번호를 불렀다. "제안을 검토하시는 데 너무 오래 걸리지 않기를 바랍니다. 변호사님께 연락을 받지 못하면 오늘 중으로 다른 분을 물색해야 하니까요."

"걱정 마세요. 곧 연락드리겠습니다."

"프라우 구드문즈도티르, 한 가지 더 말씀드릴 게 있습니다."

"네?"

"조건이 하나 있어요."

"그게 뭔가요?"

부인은 목소리를 가다듬었다. "수사를 통해 밝혀낸 모든 정보는 저희에게 가장 먼저 보고해 주셨으면 합니다. 중요하든 그렇지 않든 말이죠."

"일단 제가 부인을 도울 수 있을지 아닐지 결정한 후에 상세한 내용을 논의하죠."

토라는 인사를 나눈 뒤 수화기를 내려놓았다. 하녀 같은 취급을 받다니. 하루의 시작이 끝내주는군. 게다가 한도 초과한 신용카드에 초과인출된 통장까지. 다시 전화벨이 울렸다. 토라는 전화기를 집어들었다.

"여보세요? 정비소예요. 있죠, 예상했던 것보다 차 상태가 더 안 좋아요."

"그럼 어떻게 되는 거죠? 차를 계속 쓸 수는 있나요?" 토라가 서둘러 물었다. 어제 점심시간을 틈타 잔일을 처리하러 나가려는데 시동이 걸리지 않았다. 몇 번이고 시동을 걸어보았지만 소용이 없었다. 결국 토라는 포기하고 정비소에 전화를 걸어 차를 견인해가도록 했다. 그녀를 딱하게 여긴 정비소 사장이 수리하는 동안 사용하라며 고물차 한 대를 대여해줬다. 사장이 빌려준 차는 곳곳에 '비비의 정비소'라는 글자가 새겨진 똥차였다. 뒷좌석 바닥에는 쓰레기가 수북했는데 대부분 부품 포장재와 다 마신 코카콜라 캔이었다. 차 없이 생활하는 건 불가능했기 때문에 토라는 울며 겨자 먹기로 그 똥차를 쓸 수밖에 없었다.

"상태가 안 좋습니다." 사장은 딱 잘라 말했다. "수리비가 꽤 나

21

오겠어요." 그가 전문적인 정비 용어를 들먹이며 한참이나 설명했지만 토라는 무슨 말인지 도통 알아들을 수가 없었다. 다만 수리비 액수만은 어떤 설명도 필요 없이 선명하게 들렸다.

"알겠습니다. 그냥 수리해주세요."

통화를 마친 토라는 생각에 잠긴 채 몇 분이나 휴대폰을 바라보았다. 돈 들어갈 일투성이인 크리스마스가 다가오고 있었다. 장식하는 데 비용이 들어가고, 선물하는 데 비용이 들어가고, 만찬 준비에 비용이 들어가고, 가족모임에도 비용이 들어가고, 그외 온갖 일에 비용이 들어갈 상황이었다. 그렇다고 법률사무소가 성황인 것도 아니었다. 이 사건을 맡는다면 토라는 한동안 바빠질 것이다. 돈 문제를 비롯한 여타 골칫거리들도 한 방에 해결될 것이다. 심지어 아이들을 데리고 휴가도 갈 수 있겠지. 여섯 살 여자애와 열여섯 살 남자애, 서른여섯 살 아줌마가 함께 갈 만한 곳이야 수두룩하게 널렸을 것이다. 성별과 연령 균형을 맞추기 위해 스물여섯 살짜리 남자도 하나 데리고 간다면 금상첨화겠지. 토라는 수화기를 집어들었다.

전화를 받은 건 건틀립 부인이 아닌 가정부였다. 토라는 안주인을 바꿔달라고 부탁했다. 얼마 지나지 않아 전화기를 향해 다가오는 발소리가 들렸다. 아마도 타일 깔린 바닥인 듯했다. 수화기 너머 냉랭한 목소리가 들려왔다.

"안녕하세요, 건틀립 부인. 아이슬란드의 토라 구드문즈도티르입니다."

"네." 침묵이 흘렀다. 부인에게는 그 이상 할 말이 없는 게 분명했다.

"사건을 맡기로 결정했습니다."

"잘됐네요."

"언제부터 시작할까요?"

"즉시 해주세요. 점심시간에 맞춰 레스토랑을 예약했어요. 거기서 매튜 라이스와 사건에 대해 논의하시면 됩니다. 제 남편 밑에서 일하는 사람이에요. 현재 아이슬란드에 체류 중이고, 변호사님에게 부족한 수사경력을 가지고 있습니다. 그 사람이 사건에 대해 보다 자세하게 설명해드릴 겁니다."

'부족한'이라는 단어를 발음하는 부인의 어조는 마치 토라가 아이들의 생일파티에 고주망태가 되어 나타나기라도 한 것처럼, 아니 그보다 더한 짓을 한 것처럼 고압적으로 들렸다. 하지만 토라는 무시하고 대답했다. "네, 알겠습니다. 다만 제가 도움이 될 수 있을지는 여전히 장담할 수 없습니다."

"두고 보면 알겠죠. 매튜가 계약서를 준비해갈 겁니다. 충분히 검토해보세요."

그 순간 토라는 부인에게 꺼져버리라고 소리 지르고 싶은 충동에 사로잡혔다. 부인의 오만불손한 태도를 견디기 힘들었다. 그럼에도 두 아이와 상상 속 스물여섯 살짜리 남자와 함께 보낼 휴가를 떠올리며 자존심 따위 접기로 했다. 그녀는 불분명한 목소리로 동의의 말을 웅얼거렸다.

"12시까지 호텔 보르로 가시면 됩니다. 매튜가 신문에는 나오지 않은 여러 사실을 알려줄 겁니다. 그 중 일부는 신문에 보도하기에는 부적절한 내용입니다."

부인의 목소리를 들으면서 토라는 몸서리를 쳤다. 감정이라고는 찾아볼 수 없는 딱딱한 음색이었지만 동시에 어딘가 망가졌다는 인상을 받았다. 어쩌면 그러한 상황에 처했기에 이 같은 목소리로 말할 수밖에 없을지 모른다. 토라는 아무런 대꾸도 하지 않았다.

"제 말 이해하셨나요? 어느 호텔인지 아세요?"

토라는 웃음을 터뜨릴 뻔했다. 호텔 보르는 레이캬비크에서 가장 오래된 호텔로, 도심의 랜드마크 같은 곳이었다. "네, 알 것 같습니다. 그리로 가보도록 노력하겠습니다." 그녀는 확신 없는 인상을 풍겨 얼마 남지 않은 자존심이나마 지켜보려고 애썼지만, 12시까지 호텔 보르로 나가게 되리란 걸 잘 알았다. 의심의 여지 없이.

2장

시계를 흘끔 바라보던 토라는 진행 중인 사건 서류를 내려놓았다. 의뢰인이 자신의 불리한 위치를 인정하지 않으려 하는 또 하나의 사건이었다. 어쨌든 토라는 매튜 라이스를 만나기 전에 자질구레한 업무를 처리해버린 터라 한결 마음이 가벼웠다. 수화기를 들어 벨라를 연결했다.

"미팅이 있어서 외출할 거야. 얼마나 걸릴지 모르지만 아마 2시는 지나야 들어올 수 있을 듯해." 토라는 전화선 너머로 들리는 툴툴거림을 그저 알겠다는 뜻으로 받아들일 수밖에 없었다. 맙소사! 그냥 '네' 하고 대답하면 어디가 덧나나?

토라는 핸드백을 집어들고 수첩을 서류가방에 넣었다. 그녀가 사건에 대해 아는 거라곤 미디어에서 접한 게 전부인 데다, 그마저 관심을 갖고 지켜보지 않았다. 토라가 기억하는 사건의 전말은 대강 이랬다. 외국인 학생이 살해당했고 시신은 훼손됐다. 정확한 훼손 방식은 알려지지 않았으며 결백을 주장하는 마약상 한 명이 체

25

포되었다. 이게 전부였다.

코트를 걸치면서 토라는 커다란 거울 속에 비친 자신의 모습을 들여다보았다. 첫 미팅에서 좋은 인상을 남기는 게 중요하다. 의뢰인이 부유할수록 더 그렇다. 옷이 사람을 만든다는 속담은 아마 값비싼 의복을 사입을 수 있는 사람들이 지어낸 말일 것이다. 신발을 보면 그 주인이 보인다는 속담 역시 마찬가지다. 신발이 아니라 성격을 근거로 사람을 판단하는 토라에게 그런 속담이 이해될 리 없었다. 다행히 그녀가 신은 구두는 꽤 그럴싸했고 정장 역시 기품 있는 변호사로 보이기에 손색이 없었다. 토라는 손으로 자신의 긴 금발머리를 빗어넘겼다. 핸드백 안을 뒤적거려 립스틱을 꺼내서는 대충 입술에 문질러댔다. 평소 아침에는 수분 크림과 마스카라 정도만 바를 뿐 색조화장을 거의 하지 않았다. 립스틱도 오늘처럼 예상치 못한 상황에 대비해 가지고 다닐 뿐이다. 립스틱 색은 토라에게 잘 어울렸다. 그녀는 대담한 기분이 들었다. 운 좋게도 토라는 아버지 대신 어머니의 외모를 닮았다. 그녀의 아버지는 TV 광고에서 윈스턴 처칠 대역 배우로 출연 제안까지 받은 적이 있었다. 아름답거나 눈부신 미모는 아니라고 해도 토라는 날렵한 광대뼈와 파란 아몬드 모양 눈매 덕에 충분히 예쁘다는 인상을 풍겼다. 또한 어머니의 체질까지 물려받아 살이 잘 찌지 않았다.

토라가 동료들에게 인사를 하고 사무실을 나서는데 뒤에서 브라기가 소리쳤다. "행운을 빌어!" 토라는 건틀립 부인과 전화상으로 나눈 대화 및 그녀의 대리인을 만나기로 한 사실을 브라기에게 말한 터였다. 브라기는 이 모든 상황을 무척이나 흥미진진하게 여겼다. 해외 클라이언트로부터 의뢰를 받는 상황이야말로 회사가 성장한다는 분명한 신호라고 브라기는 생각했다. 심지어 평범한 회사 이름에 약간의 멋을 더하겠다며 '인터내셔널'이나 '그룹'을 붙여보면 어떻겠냐는 제안까지 했다. 토라는 농담이기를 바랐지만, 농담인지 진담인지 알 수가 없었다.

밖으로 나오니 시원한 바람에 머리가 맑아졌다. 지난 11월은 길고 매서운 겨울을 암시라도 하듯 맹렬하게 추웠다. 따뜻한 여름을 보낸 대가를 이제 치르는 셈이었다. 물론 외국에서는 섭씨 20도 초반의 기온을 폭염이라고 부르는 일은 없겠지만 말이다. 토라는 정상적인 날씨주기 때문이든 아니면 온실효과 때문이든 기후가 달라지고 있다는 것을 실감했다. 아이들을 위해서라도 이게 자연스러운 날씨주기일 뿐이라고 믿고 싶었지만 실은 그렇지 않다는 걸 잘 알았다. 귀가 꽁꽁 언 채로 약속 장소에 나타나는 일을 막기 위해 코트에 달린 모자로 양쪽 볼을 가렸다. 호텔 보르는 사무실에서 아주 가까운 곳에 있었다. 차를 끌고 갈 필요조차 없었다. 게다가 독일에서 온 대리인이 토라가 호텔 바깥에 고물차를 주차하는 모습을 보기라도 한다면 어떻게 생각하겠는가. 그런 상황이 닥친다면 아무리 근사한 구두를 신었다고 해도 말짱 헛일이 것이다. 또한 턱없이 부족한 시내 주차공간을 감안할 때, 빈자리가 나길 바라며 주변을 빙빙 돌다보면 시간을 두 배쯤 잡아먹겠지. 걸어서 이동을 하면 지구온난화와 싸우는 데 기여하고 있다는 만족감도 덤으로 따라온다. 그 정도 짧은 거리를 걷는다고 해서 대단한 환경운동을 하는 건 아니지만, 아무것도 하지 않는 쪽보다는 나았다.

사무실을 나오고 정확히 6분 뒤 호텔의 회전문을 통과했다.

토라는 우아하게 장식된 레스토랑을 둘러보았다. 현재의 아르데코 양식 인테리어는 10년 전쯤 복원된 것이다. 덕분에 본래의 고상한 분위기가 되살아나면서, 찰스턴 드레스에 진주 목걸이를 걸고 상아파이프로 담배를 피우는 보브커트 스타일의 여성들을 쉽게 연상할 수 있었다. '광란의 1920년대'에 지어진 이 호텔은 곧바로 아이슬란드에서 가장 화려한 명소로 자리잡았다. 이후 줄곧 해외 고위인사들 앞에서 으스대는 정부 관리와 전도유망한 젊은이들로 넘쳐나는 곳이었다. 토라는 레스토랑을 둘러보면서 복원공사 이후 화려함이 조금은 누그러졌다는 인상을 받았다. 찬찬히 살펴보니 국회의사당과 외이스르투뵐트루르 공원이 내다보이는 커다란 창문을 제외하면, 토요일 밤마다 친구들과 술에 취해 보내던 젊은 시절의 호텔을 떠올릴 만한 구석은 거의 없었다. 그 시절 토라의 유일한 걱정거리는 그날 입은 옷 때문에 엉덩이가 이상하게 보이지는 않을까 하는 것뿐이었다. 록밴드의 이름이 아니고서야 온실효과라는 단어 같은 건 머릿속에 떠올리지도 않을 시절이었다.

독일에서 온 대리인은 마흔 살쯤으로 보였다. 천을 덧댄 의자에 나무막대기처럼 꼿꼿이 앉은 대리인의 떡 벌어진 어깨 때문에 고급스러운 의자 등판이 다 가려질 정도였다. 이제 막 희끗해지는 머리칼 때문에 묘한 기품이 엿보였다. 절도 있고 격식을 중시하는 듯한 인상이었다. 회색 정장에 비슷한 색상 넥타이로 인해 다소 칙칙하다는 느낌마저 들었다. 토라는 상냥하고 매력적인 여성으로 보이기를 바라며 미소를 지었다. 대리인이 무릎에 올려놓았던 냅킨을 테이블에 올리고는 자리에서 일어섰다.

"구드문즈도티르 부인?" 차갑고 센 독일어 억양이었다.

두 사람은 악수를 했다. "라이스 선생님." 토라는 자신이 구사할 수 있는 최선의 독일어 발음으로 중얼거렸다. "그냥 토라라고 불러주세요. 그게 발음하기도 쉽거든요."

"앉으시죠." 남자는 자리에 앉으며 대답했다. "그리고 매튜라고 불러주십시오."

토라는 반듯하게 앉으려고 애쓰다 문득 레스토랑의 다른 손님들이 등을 꼿꼿하게 편 두 사람을 보고 무슨 생각을 할지 궁금해졌다. 어쩌면 강철로 만든 척추교정기라도 댄 사람들이 협회를 만들기 위해 모인 것쯤으로 생각했을지 모른다.

"마실 거라도 주문해드릴까요?" 남자는 독일어로 정중하게 물었다. 웨이터는 남자가 하는 말을 이해했는지 토라 쪽으로 몸을 돌리더니 대답을 기다렸다.

"탄산수로 할게요." 토라는 독일인들이 얼마나 미네랄워터를 좋아하는지 떠올렸다. 아이슬란드에서도 미네랄워터를 찾는 사람이 갈수록 많아지는 추세지만, 10년 전만 해도 상식을 가진 사람이라면 레스토랑에서 수돗물을 돈 주고 사마신다는 상상은 할 수도 없었다. 이왕 돈을 낼 거라면 탄산이라도 들어간 물을 사마시는 게 어딘지 더 현명하다고 생각했기 때문이다.

"제 고용주 혹은 그분의 아내 되시는 건틀립 부인과 이야기를 나누셨을 거라 생각합니다." 웨이터가 물러가자 매튜가 입을 열었다.

"네. 선생님께서 자세한 이야기를 들려줄 거라고 하시더군요."

매튜는 머뭇거리더니 잔에 담긴 물을 한 모금 마셨다. 거품이 보글거리는 것을 보아하니 그 역시 탄산수를 주문한 듯했다. "검토하실 자료를 파일 하나에 모았습니다. 가져가서 읽어보시겠지만, 몇 가지 요점은 지금 말씀드리겠습니다. 변호사님만 괜찮으시다면요."

"물론이죠." 토라는 매튜가 말을 꺼내기 전에 급히 덧붙였다. "하지만 먼저 제 클라이언트가 어떤 분들인지 좀 더 알고 싶습니다. 사건 조사와 상관이 없을지 몰라도 저에게는 중요한 문제거든요. 건틀립 부인이 놀라운 수준의 금액을 수임료로 제시하셨지만 저는 가족 잃은 슬픔을 이용해 돈을 벌고 싶지는 않아요. 그분들이 무리를 하는 거라면 말이죠."

"전혀 무리가 아닙니다." 매튜는 미소를 지었다. "건틀립 선생님은 바바리아투자은행(가상의 은행—옮긴이)의 회장이자 대주주입니다. 대형 은행은 아니지만 대기업과 자산가들을 주요 고객으로 하는 회사죠. 걱정 마십시오. 건틀립 가는 매우 부유하니까요."

"그렇군요." 토라는 집 전화를 가정부가 받은 이유를 짐작할 수 있었다.

"다만 자식 문제에 있어서는 운이 따르지 않았습니다. 슬하에 두 아들과 두 딸을 두었지만 장남은 10년 전 교통사고로 목숨을 잃었고 장녀는 큰 장애를 가지고 태어났습니다. 결국 몇 년 전 장애 때문에 세상을 떠났고요. 둘째 아들인 하랄트마저 살해당했으니 건틀립 부부에게는 이제 막내딸인 엘리자만 남은 겁니다. 짐작하시겠지만 두 분에게는 엄청나게 고통스러운 시간이었죠."

토라는 고개를 끄덕이고는 머뭇거리며 물었다. "그런데 하랄트는 왜 아이슬란드까지 온 건가요? 독일에도 훌륭한 역사학 교수진을 둔 대학들이 많을 텐데요."

매튜의 얼굴이 굳어지는 것을 보니 까다로운 질문임에 분명했다. "저도 솔직히 잘 모르겠습니다. 17세기 역사에 관심이 있었고, 유럽 대륙과 아이슬란드의 비교연구를 진행 중이라는 이야기만 전해들었습니다. 뮌헨대학교와 아이슬란드대학교 간 교환학생 프로그램을 통해 이곳에 온 거였고요."

"어떤 비교연구를 말씀하시나요? 정치나 뭐 그런 주제였나요?"

"아뇨. 종교 분야 주제였던 것으로 압니다." 매튜는 또다시 물 한 모금을 마셨다. "이야기를 더 나누기 전에 주문을 먼저 하죠." 손짓을 하자 웨이터가 메뉴판 두 개를 들고 다가왔다.

토라는 매튜가 주문을 서두르는 데에는 배고픔 이외에 다른 이유가 있을 거라고 짐작했다. "종교라고 하셨죠." 그녀는 메뉴판을 보며 물었다. "좀 더 자세히 설명해주실 수 있나요?"

그가 메뉴판을 내려놓았다. "제 생각에 식사를 하면서 나눌 만한 이야기는 아니지만 어차피 곧 알게 될 내용이겠군요. 그렇더라도 하랄트의 연구 분야가 살인사건과 관련이 있을 것 같지는 않군요."

토라가 얼굴을 찡그렸다. "혹시 흑사병과 관련된 연구인가요?" 짧은 시간 동안 토라가 떠올릴 수 있는 유일한 주제였지만 식사 자리와는 전혀 맞지 않는 불쾌한 내용이었다.

"아뇨, 그건 아닙니다." 매튜는 토라의 눈을 보며 말했다. "마녀사냥에 관한 연구였습니다. 고문과 처형 방법에 관한. 유쾌한 주제는 아니죠. 안타깝지만 하랄트는 그 주제에 관심이 깊었습니다. 사실 그 주제에 대한 관심은 대를 거슬러 올라가죠."

토라는 고개를 끄덕였다. "그렇군요." 하지만 토라는 그 말의 맥락을 조금도 이해할 수 없었다. "이 대화는 식사 후로 미루는 게 좋을지도 모르겠네요."

"그럴 필요 없습니다. 변호사님께 드릴 파일에 중요한 내용은 다 정리되어 있으니까요." 그는 메뉴판을 다시 집어들었다. "곧 경찰에서 하랄트의 물건이 담긴 상자를 몇 개 보내줄 겁니다. 거기에 하랄트의 논문과 관련한 자료들이 있는데 그걸 보시면서 보다 자세한 정보를 얻으실 겁니다. 조만간 컴퓨터를 비롯해 몇 가지 물품도 돌려받기로 했으니 거기서 단서를 얻을 수도 있겠고요."

두 사람은 말없이 메뉴판을 들여다봤다.

"생선을 참 많이 먹는군요, 아이슬란드 사람들은." 매튜는 메뉴판에서 눈을 떼지도 않고 말했다.

"네, 그렇죠." 토라는 딱히 대꾸할 말이 떠오르지 않았다. "아이슬란드는 어업국이니까요. 아마 전 세계에서 생태계를 파괴하지 않고 어획량을 규제하는 국가는 우리나라가 유일할 겁니다." 토라는 억지로 웃음을 지었다. "사실 어업이 더 이상 아이슬란드 경제의 중추는 아니지만요."

"저는 생선을 안 좋아합니다." 매튜가 대꾸했다.

"진짜요?" 토라는 메뉴판을 덮었다. "저는 좋아해요. 그리고 제 메뉴는 넙치 튀김으로 할게요."

결국 매튜는 키시 파이로 타협을 해야 했다. 웨이터가 테이블에서 멀어지자 토라는 건틀립 부부가 왜 엉뚱한 용의자를 체포했다고 생각하는지 물었다.

"여러 이유가 있습니다. 일단 하랄트는 마약거래상과 말싸움이나 벌일 친구가 아닙니다." 매튜는 토라의 눈을 응시하며 덧붙였다. "종종 마약을 한 건 사실이에요. 가족들도 알고 있습니다. 술도 마셨고요. 한창 때니까요. 하지만 하랄트는 마약중독자도, 알코올 중독자도 아니었어요."

"중독을 어떻게 정의하느냐에 따라 달라지겠죠." 토라가 받아쳤다. "제가 알기로 마약을 반복적으로 사용하는 건 중독입니다."

"저도 마약중독에 대해서는 어느 정도 알고 있습니다." 매튜는 잠시 말을 멈추더니 얼른 다음 말을 이었다. "개인적인 경험 때문이 아니라 직업상 알게 된 겁니다. 하랄트는 중독자가 아니었어요. 물론 계속 그렇게 살았다면 중독자가 됐겠지만 살해될 당시에는 절대 아니었습니다."

토라는 문득 이 남자가 굳이 아이슬란드까지 찾아온 이유가 뭔지 궁금해졌다. 자기에게 점심을 사주면서 아이슬란드에서 먹는 생선에 대해 불평이나 늘어놓으려고 온 것은 아닐 테니 말이다. "정확히 무슨 일을 하신다고 하셨죠? 건틀립 부인 얘기로는 남편 분 밑에서 일한다고 하시던데요."

"은행의 보안업무를 책임지고 있습니다. 채용 후보자들 뒷조사도 하고 보안절차 및 예금 운반 업무를 관리하죠."

"마약과는 별로 관련이 없는 일이겠네요?"

"없죠. 직업상 알게 되었다는 건, 이전 직장을 말합니다. 뮌헨경시청에서 12년 간 근무했어요." 매튜는 토라의 눈을 똑바로 바라보며 말했다. "따라서 살인사건에 대해서도 웬만큼은 알고, 이번 사건 조사가 엉망이라는 것도 믿어 의심치 않습니다. 담당형사를 여러 번 만난 건 아니지만, 사건에 대해 제대로 파악하지 못하고 있다는 점은 한눈에 알아봤습니다."

"형사 이름이 뭔가요?" 매튜의 발음이 어색하기는 했지만 토라는 어떤 형사인지 바로 알아차렸다. 아우르니 비야르나손. 토라는 한숨을 내쉬었다. "다른 사건들 때문에 저도 알게 된 형사예요. 멍청이죠. 이 사건이 그 멍청이에게 배정됐다니 운이 없군요."

"그 마약상이 살인과 관련 없다고 생각하는 데에는 다른 이유가 있습니다."

"뭐죠?" 토라는 고개를 들고 물었다.

"살해되기 직전, 하랄트는 자기 명의 계좌에서 거액을 인출한 것으로 확인됐습니다. 돈의 행방은 지금도 묘연하고요. 마약을 사는 데 필요한 액수보다 훨씬 많은 돈이었습니다. 마약을 사는 데 그 돈을 썼다면 수년 간 약에 절어 지낼 정도로 어마어마한 금액이죠."

"마약에 돈을 투자했던 건 아닐까요?" 토라는 말을 이었다. "밀수 자금을 댄다든지 뭐 그런 식으로 말이죠."

매튜는 코웃음을 쳤다. "가당치 않은 일입니다. 하랄트는 돈이 필요 없는 친구예요. 집안 재산과는 별개로 이미 충분히 부유한 상태였습니다. 조부로부터 엄청난 유산을 상속받았거든요."

"그렇군요." 토라는 이 문제로 매튜를 더 이상 자극하고 싶지 않았다. 그래서 입 밖으로 내어 말하지는 않았지만, 하랄트가 다른 이유 때문에 마약 밀수에 발을 담갔을지 모른다는 생각이 들었다.

단순히 스릴을 느끼기 위해서거나 젊은 시절의 치기였을지 모른다.

"그 마약상이 돈을 가져갔다는 증거도 전혀 없습니다. 경찰이 찾아낸 이번 사건과 마약의 유일한 연결고리는 하랄트가 이따금 약을 샀다는 사실이 전부입니다."

주문한 음식이 나오자 두 사람은 조용히 식사를 시작했다. 토라는 이 상황이 어색하기만 했다. 매튜는 아무런 말 없이 함께 있어도 편안한 유형과는 거리가 멀었다. 반면 토라는 수다를 떠는 데영 젬병이었다. 그러니 침묵 때문에 숨이 막힐 것 같은 상황에서도 그냥 입을 닫기로 했다. 식사를 마친 두 사람은 커피를 주문했고 얼마 지나지 않아 설탕그릇, 우유가 담긴 은주전자와 함께 뜨거운 커피 두 잔이 나왔다.

"아이슬란드는 정말 신기한 나라이지 않나요?" 매튜는 멀어져가는 웨이터를 바라보며 뜬금없는 질문을 던졌다.

"아뇨. 저는 그 말씀에 동의하지 않습니다." 토라는 사랑하는 조국을 방어하고 싶은 충동을 꾹 누르며 대답했다. "그냥 땅덩어리가 작을 뿐이죠. 인구가 30만 명에 불과하고요. 아이슬란드의 어떤 점이 신기하게 느껴지시나요?"

매튜는 어깨를 으쓱했다. "아, 글쎄요. 도시의 청결함이나 인형의 집처럼 생긴 주택 때문이기도 하겠지만, 무엇보다 사람들에게서 그런 느낌을 많이 받습니다. 제가 대화를 나눈 대다수 아이슬란드인은 저와 다른 관점에서 세상을 보는 듯하더군요. 가령 질문에 질문으로 답하는 행동이 대표적이죠. 어쩌면 언어 차이일지도 모르지만요." 매튜는 입을 다물더니, 공원을 서둘러 가로지르는 어떤 여자에게로 시선을 옮겼다.

커피를 한 모금 마시던 토라가 입을 열었다. "제가 검토할 계약서는 가져오셨나요?"

매튜가 의자 옆에 놓인 서류가방에 손을 뻗어 얇은 파일을 꺼내더니 맞은편에 앉은 토라에게 건넸다. "가져가서 읽어보세요. 수정이 필요한 부분은 내일 만나 검토한 뒤 유가족들께 보고하겠습니다. 공정하게 작성한 계약서라 고칠 부분이 거의 없을 겁니다." 그는 다시 몸을 수그리더니 이번에는 좀 더 두툼한 파일을 꺼내 테이블에 내려놓았다. "이것도 가져가시죠. 아까 말씀드린 파일입니다. 결정을 내리기 전에 살펴보시면 좋을 듯해서요. 다소 섬뜩한 구석이 있는 사건이라 미리 알아두시면 도움이 될 겁니다."

"제가 섬뜩한 사건은 감당 못 할 거라고 생각하시나요?" 토라는 반쯤 무시당한 기분으로 물었다.

"솔직히 잘 모르겠습니다. 그래서 먼저 파일을 살펴봐 달라고 말씀드리는 거고요. 파일 안에는 끔찍한 살해현장 사진은 물론이고, 만만치 않게 불쾌한 온갖 자료가 들어있습니다. 사건을 조사하면서 입수한 것들입니다. 이름을 밝힐 수는 없지만 누군가의 도움을 받아 조사를 진행했고요." 그는 한 손을 파일 위에 올리고 이야기를 계속했다. "이 파일에는 하랄트의 일생에 관한 상세한 자료들이 들어있습니다. 가족을 제외하고는 아무도 모르는 내용일 뿐더러 심약한 사람은 감당하기 어려운 사실도 포함되어 있습니다. 만약 변호사님이 이 일에서 손을 떼기로 결정하실 경우, 내용을 누설하지 않으실 걸로 믿겠습니다. 가족들은 이 내용이 외부에 퍼지는 걸 결코 원치 않으니까요." 그는 토라의 눈을 바라보았다. "그분들에게 고통을 더해드리고 싶지 않습니다."

"알겠습니다. 의뢰인의 일과 관련된 내용을 떠벌리고 다니는 일은 절대 없을 겁니다." 토라는 매튜의 눈을 똑바로 응시하며 단호하게 대답했다. "어떤 일이 있어도요."

"알겠습니다."

"그런데 자료들을 이미 다 수집하신 마당에 굳이 저를 필요로 하시는 이유가 뭔가요? 제 힘으로 얻을 수 없는 정보도 쉽사리 손에 넣으신 것 같은데요."

"저희가 변호사님을 필요로 하는 이유를 알고 싶으신가요?"

"질문은 이미 드린 것 같은데요." 토라가 대답했다.

매튜는 빠르게 숨을 들이마셨다. "말씀드리죠. 저는 이곳에서 이방인이고, 독일인입니다. 앞으로 여러 사람들을 만나야 할 텐데, 아마도 외국인인 저에게는 중요한 정보를 절대 알려주지 않으려 하겠죠. 하랄트의 사생활에 관한 정보는 독일에서 차고 넘치게 모았지만 이 정도로는 절대 사건의 핵심까지 파고들 수 없습니다. 사람들이 보기에 저는, 털어놓기 민망한 개인적 주제를 편하게 이야기할 만한 상대도 아니고요."

"그건 말 안 하셔도 잘 알겠네요." 토라는 무심결에 속마음을 내뱉어버렸다. 매튜는 처음으로 미소를 지었다. 부자연스러울 정도로 하얗고 반듯한 치아에도 불구하고 그의 미소가 의외로 아름답고, 어딘지 모르게 진심이 느껴져 토라는 깜짝 놀랐다. 그녀도 덩달아 미소를 지었지만 금세 당혹스러워하며 이렇게 물었다. "제가 알아야 하는 민망한 개인적 주제란 정확히 어떤 걸 말씀하시나요?"

매튜의 미소는 눈 깜짝할 사이에 사라졌다. "질식성애, 마조히즘, 마술, 자해 등 정신적으로 심각한 문제가 있는 사람들이 보이는 다양한 변태적 행위들이죠."

토라는 당혹감을 감출 수 없었다. "그 행위들이 어떤 건지 저로서는 상상도 못 하겠군요." 질식성애라니. 토라는 그런 단어를 들어본 일조차 없었다. 만약 질식 상태에서 섹스를 한다는 뜻이라면 그녀는 차라리 현재의 상황, 그러니까 섹스를 하지 않는 상태를 선택할 것이다. 적어도 숨을 쉴 수는 있지 않은가.

매튜가 다시 미소를 지었지만 방금 전처럼 다정한 미소는 아니었다. "오, 곧 아시게 될 테니 걱정 마세요."

두 사람이 커피를 다 마시자 토라는 파일을 집어들고 일어날 준비를 했다. 둘은 다음날 다시 만나기로 한 뒤 인사를 나눴다.

토라가 레스토랑 입구 쪽으로 나가려는데 매튜가 어깨에 손을 올려 그녀를 잡아세웠다. "변호사님, 한 가지 더 말씀드릴 게 있습니다." 토라는 매튜를 향해 돌아서서 그를 올려다보았다. "경찰이 구금하고 있는 용의자가 왜 진범이 아니라고 생각하는지, 정작 제 의견은 말씀드리지 않았군요."

"왜 아니라고 생각하세요?"

"그 사람은 하랄트의 안구를 가지고 있지 않았습니다. 하랄트는 두 눈이 도려내진 상태로 발견됐어요."

3장

토라는 물건을 도둑맞을까봐 조바심 내는 성격은 절대 아니었다. 그럼에도 매튜와 헤어져 돌아오는 내내 핸드백을 손으로 꽉 쥐었다. 서류파일을 잃어버렸다고 그에게 전화를 거는 장면은 상상만으로도 아찔했다. 무사히 사무실 안으로 들어선 토라는 안도의 한숨을 크게 내쉬었다.

사무실로 들어오니 담배 냄새가 코를 찔렀다. "벨라, 여기서 담배 피우면 안 되는 거 잘 알잖아."

벨라는 창문에서 화들짝 떨어지면서 뭔가를 창밖으로 내던졌다. "안 피웠어요." 벨라의 입꼬리에서 가느다란 연기가 피어올랐다.

토라는 불만스럽게 대꾸했다. "아, 그럼 입 속에서 화재라도 발생한 모양이네. 얼른 창문 닫고 담배는 휴게실에 가서 피워. 창문에 매달리는 것보다는 거기가 훨씬 마음 편할 거야."

"안 피웠다니까요. 창턱에 앉은 비둘기를 쫓아낸 거라고요." 벨라는 짜증을 내며 쏘아붙였다. 경험상 벨라와의 말다툼은 시간 낭비라는 걸 토라는 잘 알았다. 그녀는 자신의 사무실로 들어가 문을 닫았다.

매튜가 준 파일은 서류들로 **빽빽**하게 채워져 있었다. 파일은 검정색이었다. 내용물을 생각하면 적절한 색상이었다. 파일 등 부분에는 아무런 글도 적혀있지 않았다. 보나마나 적당한 제목을 찾기 어려웠을 것이다. "하랄트 건틀립의 삶과 죽음." 토라는 중얼거리며 파일을 열어 깔끔하게 정리된 목차를 읽어 내려갔다. 자료는 총 일곱 개의 섹션으로 나뉘어, 시간 순서대로 나열돼 있었다. 독일, 군복무, 뮌헨대학교, 아이슬란드대학교, 은행계좌, 경찰조사. 그리고 마지막 일곱 번째 섹션의 제목은 부검이었다. 토라는 순서대로 파일을 읽어보기로 했다.

손목시계를 보니 시간은 벌써 오후 2시에 가까웠다. 서두르지 않으면 방과 후 교실을 마친 솔리를 데리러 가기 전까지 다 읽어보기는 어려울 상황이었다. 토라는 휴대폰 알람을 4시 45분에 맞췄다. 그녀는 그 전까지 자료를 다 훑어보기로 마음먹었다. 일거리를 집으로 가져가고 싶지는 않았다. 물론 바쁠 때는 자주 집에서 일을 했지만. 두 말할 것도 없이 이 파일의 자료는 아이들이 있는 장소에서 펼쳐두기에 매우 부적합한 내용이었다. 토라는 첫 번째 섹션을 펼쳐 자료를 읽기 시작했다.

첫 페이지에는 우표가 붙은 출생증명서 사본이 나왔다. 증명서에 따르면 아멜리아 건틀립 부인은 1978년 6월 18일 건강한 사내아이를 출산했다. 아버지의 이름은 요하네스 건틀립이라 적혀있었다. 병원은 처음 들어보는 곳이었다. 병원의 이름으로 보건대 대형 국립병원은 아닌 듯했다. 토라는 부자들이 다니는 터무니없이 비싼 개인병원이거나 클리닉일 거라고 짐작했다. 아기의 종교를 묻는 항목에는 '로마가톨릭'이라고 적혀있었다. 그녀의 기억이 정확하다면 독일 국민 세 명 중 한 명은 가톨릭 신자였고, 이 비율은 남부로 갈수록 높아졌다. 토라는 독일에서 유학생활을 하는 동안 의외로 가톨릭 신자가 많다는 사실에 놀라곤 했다. 독일인이라면 당연히 루터교 신자가 많을 거라고 짐작했기 때문이다. 가톨릭 신자들은 대부분 이탈리아와 스페인, 프랑스 같은 남유럽 쪽에 밀집해 있다고 그녀는 생각했었다.

다음 페이지를 넘겼다. 비닐로 된 앨범 속지 몇 장이 나왔다. 거기에는 여러 장소에서 촬영한 듯한 건틀립 집안의 가족사진이 들어 있었다. 사진 하단에 사진 속 인물들의 이름이 적힌 흰 종이가 붙어있었다. 빠르게 속지를 넘겨보던 토라는 모든 사진에 하랄트가 있다는 사실을 발견했다. 가족사진 외에 여러 나이 대에 학교에서 찍은 단체사진 속에서도 단정하게 머리를 빗어넘긴 어린 하랄트를 찾을 수 있었다. 토라는 사진이 파일에 포함된 이유가 궁금했다. 유일하게 떠올릴 만한 논리적 이유라고는 살인사건의 피해자도 한때는 살아숨쉬던 인간이라는 사실을 보는 이에게 상기시키는 것뿐이었다. 실제로 그런 효과가 있기는 했다.

가장 오래된 첫 장의 사진들 속에서 작고 통통한 아기인 하랄트는 두세 살 많아 보이는 형 혹은 엄마와 함께였다. 토라는 너무도 아름다운 건틀립 부인의 모습을 보고 순간 멈칫했다. 색이 바래 선명하지 않은 사진도 있었지만, 건틀립 부인은 언제 어디서든 큰 노력 없이도 우아해 보이는 사람이었다. 토라는 특히 건틀립 부인이 아들의 걷기 연습을 도와주는 장면이 담긴 사진을 넋놓고 바라보았다. 정원에서 촬영된 이 사진 속에서 하랄트는 엄마의 두 손을 잡은 채 한 살배기의 서툰 자세로 한 발은 공중에, 반대쪽 무릎은 야무지게 구부린 채 아장아장 걸어나가고 있었다. 카메라를 향해 미소 짓는 건틀립 부인의 아름다운 얼굴은 기쁨으로 빛났다. 토라가 전화기 너머로 들었던 그 차가운 목소리와 사진 속 얼굴이 도무지 연결되지 않았다. 아직은 젖살과 뭉툭한 코로 인해 이목구비가 뚜렷하지 않은 시절이었지만, 그럼에도 하랄트와 부인의 얼굴은 판박이처럼 닮아있었다.

다음 장의 사진들은 하랄트가 두세 살 무렵 찍은 것이었다. 아들은 어머니의 이목구비에 보다 더 가까워졌지만, 그렇다고 여자아이처럼 보이지는 않았다. 건틀립 부인 역시 사진 속에 등장했는데 첫 번째 사진에서는 임신한 모습이었다가 다음 사진에서는 두툼한 담요에 싸인 아이를 안은 채 웃는 모습이었다. 두 번째 사진에서 하랄트는 부인이 앉은 의자 옆에서 까치발을 딛고 선 채 엄마 품에 안긴 여동생을 훔쳐보는 중이었다. 토라는 사진 아래 붙은 라벨지를 통해 엄마의 이름을 따 아기 이름을 아멜리아라 지었음을 확인했다. 아멜리아 마리아. 이 아이가 바로 선천성 질환으로 인해 목숨을 잃었다는 첫째 딸이었다. 사진 속 부인의 표정으로 봐서 당시 가족들은 아이가 아프다는 사실을 알아차리지 못했던 것 같다. 적어도 건틀립 부인의 표정은 걱정이라고는 찾아볼 수 없는, 환희에 찬 얼굴이었다. 그러나 다음 사진들에서는 뭔가가 달라진 듯했다.

사진마다 미소를 짓던 건틀립 부인은 이제 차갑고 슬퍼보였다. 한 사진에서는 예의상 미소를 짓긴 했지만 웃음기가 눈까지 닿지 않았다. 이전 사진들과 달리 부인과 하랄트 간에는 어떤 스킨십도 없었다. 하랄트 역시 혼란스럽고 우울한 표정이었다. 게다가 여자 아기의 모습은 어디에서도 보이지 않았다.

가족사의 일부가 생략되기라도 한 모양인지 다음 장으로 넘기자 시간상 최소 5년은 건너뛴 듯한 사진들이 나왔다. 첫 번째 사진은 격식을 갖춘 가족사진이자 건틀립 회장이 처음으로 등장한 컷이었다. 회장은 점잖은 외모에 아내보다 나이가 몇 살 더 많아보였다. 사진 속 가족들은 모두 잘 차려입었고, 못 보던 아기가 엄마 품에 안겨있었다. 오늘날까지 유일하게 살아남았다는 막내딸임에 분명했다. 다시 등장한 첫째 딸은 휠체어에 앉아있었다. 의사가 아니더라도 아이의 질환이 얼마나 심각한지 한눈에 알아볼 정도였다. 끈으로 휠체어에 몸을 고정한 아이는 고개를 뒤로 젖힌 채 입을 벌리고 있었다. 아래턱은 한쪽으로 기울어져서, 아이가 혼자 힘으로는 턱 관절을 움직일 수 없는 상태인 듯했다. 팔다리 또한 마찬가지였다. 팔꿈치가 구부러진 한 쪽 팔의 손은 비정상적으로 보일 만큼 팔 안쪽에 가깝게 있었다. 손가락은 갈고리처럼 손바닥을 향해 오그라든 상태였다. 반대쪽 손은 무릎 위에 힘없이 늘어진 상태였다. 휠체어 뒤편에는 여덟 살쯤 된 듯한 하랄트가 서있었다. 하랄트는, 토라가 그 나이 때 길피에게서는 단 한 번도 본적 없는 표정을 짓고 있었다. 아이는 큰 충격을 받은 얼굴이었다. 건틀립 부부와 하랄트의 형 또한 딱히 행복하게 보이지는 않았지만, 유독 하랄트의 얼굴은 가슴 아플 정도로 비참해 보였다. 무슨 일이 있었던 게 분명하다. 그 나이의 어린아이가 여동생의 장애에 그토록 커다란 영향을 받을 수 있다는 사실이 토라는 놀라웠다. 어쩌면 하랄트는 아이들에게서는 잘 나타나지 않는 심리적 문제를 겪고 있었는지 모른다. 부모의 관심을 차지하려고 동생들과 경쟁을 벌이는 게 너무 버거워서 어린 나이에 우울증을 겪었을 수도 있다. 만약 그게 사실이라면, 다음에 등장한 사진들로 보건대 건틀립 부부는 아이의 증상에 어떻게 대처해야 하는지 전혀 몰랐던 것 같다. 두 사람 중 누구도 하랄트에게 신체적으로 애정을 표현하지 않았다. 아이는 형이 옆에 있던 몇몇 경우를 제외하고는 언제나 가족들과 거리를 두고 서있었다. 건틀립 부인은 실수로 아이의 존재를 잊어버렸거나 의도적으로 무시하는 듯했다. 토라는 사진만 가지고 성급한 결론을 내리지 말자고 스스로를 다잡았다. 사진은 가족의 인생에서 극히 제한적인 순간들만 포착했을 뿐, 절대 그들의 진심이나 행동을 충실하게 담은 게 아니었다.

노크 소리가 들리더니 파트너이자 창업자인 브라기가 고개를 내밀었다. "시간 좀 있어?" 토라가 고개를 끄덕이자 브라기가 안으로 들어왔다. 이제 예순 살을 바라보는 브라기는 통통하고 건장한 체격이었다. 단순히 키가 큰 것이 아니라 기골이 장대했다. 토라가 보기에 브라기의 외모를 묘사하는 가장 효과적인 방법은 모든 면에서 보통 사람의 두 배 크기라고 설명하는 것이었다. 손도 두 배, 코도 두 배, 귀도 두 배, 이렇게 말이다. 그는 책상 맞은편 의자에 털썩 주저앉더니 토라가 읽던 파일을 자기 쪽으로 끌어당겼다. "어땠어?”

"미팅요? 잘 된 거 같아요."

브라기는 별 생각 없이 토라가 들여다보던 사진들을 휙휙 넘겼다. "이 친구 엄청 뚱한 얼굴이네." 그는 하랄트의 사진을 가리키며 말했다. "살해됐다는 사람이 이 친구야?"

"맞아요. 사진들이 꽤 이상하게 보이죠."

"글쎄, 잘은 모르겠지만. 나 어렸을 때 사진을 한번 보여줘야 하는데. 나야말로 구제불능이었지. 우울하기 짝이 없는, 완전 루저. 그때 찍은 사진들을 보면 죄다 그 모양이야."

토라는 동료의 말을 한 귀로 듣고 흘려버렸다. 그녀는 브라기의 별의별 희한한 표현 방식에 익숙해져 있었다. 그는 습관적으로 어린시절의 자신을 구제불능 루저라고 과장했다. 이런 습관은 로스쿨 재학시절 생활비를 벌기 위해 평일 풀타임 야간경비원으로 일하며 항구에서 생선 중량을 쟀고, 주말에는 어선에서 일했던 시절을 이야기할 때도 어김없이 튀어나왔다. 그렇지만 토라는 브라기를 좋아했다. 3년 전 그가 로펌 파트너 자리를 제안했을 때부터 그는 변함없이 토라에게 상냥했고, 토라는 그의 제안을 기꺼이 받아들였다. 당시 중형 로펌에서 근무하던 토라는 그곳에서 도망칠 수 있다는 사실에 안도했다. 커피머신 옆에서 나누던 연어 낚시와 넥타이 종류에 관한 시시한 대화들은 지금도 여전히 그립지 않았다.

브라기는 파일을 다시 토라 쪽으로 밀었다. "사건 맡을 거야?"

"아마도요. 색다른 사건이잖아요. 색다른 사건을 조사하는 건 항상 스릴 넘치기도 하고요."

브라기가 툴툴거렸다. "내가 장담하는데 항상 그렇지는 않아. 몇 년 전에 맡았던 대장암 사건 있잖아, 그것도 색다른 사건이지만 전혀 흥미진진하지 않았다고."

그 주제를 새삼 꺼내고 싶지 않았던 토라는 서둘러 덧붙였다. "내 얘기가 무슨 뜻인지 알잖아요."

브라기가 자리에서 일어섰다. "그래, 알아. 다만 너무 기대하지는 말라고 미리 경고하려고." 그는 문 쪽으로 걸어가다가 뒤를 돌아 말했다. "그런데 있잖아. 이 사건에 토르를 보조로 합류시키면 어떨 것 같아?"

토르는 이제 갓 로스쿨을 졸업한 신입으로 이곳에서 일한 지 반 년이 넘은 상태였다. 약간 외골수 성향에 사교성은 부족했지만 업무 능력만큼은 흠잡을 데 없기 때문에 토라는 도움이 필요할 때 토르를 써먹는 데 아무런 이견이 없었다. "난 솔직히 지금 맡고 있던 다른 사건들을 토르가 가져가면 어떨까 생각하던 참이에요. 그러면 이 사건에만 집중할 수 있으니까. 토르 혼자서도 충분히 처리할 수 있는 사건들이거든요."

"그래. 좋을 대로 하자고."

토라는 다시 파일을 집어들어 아직 보지 못한 사진들을 넘겨보았다. 하랄트는 어머니의 미모를 닮아 어느덧 훤칠한 청년으로 성장해 있었다. 그의 아버지는 피부색이 짙고 아내만큼 외모가 인상적이지도 않았다. 마지막 장에는 단 두 컷의 사진만 붙어있었다. 하나는 뮌헨대학교에서 찍은 것으로 보이는 졸업식 사진이고 다른 하나는 군복무 기간의 모습이 담긴 사진이었다. 적어도 하랄트는 독일 군복을 입고 있었다. 얼마 되지 않는 토라의 군대 관련 지식으로는 그가 어느 연대에 소속되어 있었는지 알아낼 수 없었다. 그녀는 앞서 목차에서 확인한 군복무 섹션에서 보다 자세한 내용을 파악할 수 있을 거라고 짐작하고 넘어갔다.

다음 페이지에는 하랄트가 지금까지 이수한 교육과정에 대한 졸업증명서 사본이 들어있었다. 한눈에 봐도 그가 월등한 학생이었다는 사실이 드러났다. 모든 학년에서 최고점을 받았다. 유학 경험덕에 독일의 교육체계에서 그 정도 학업성취도를 얻는 게 얼마나어려운 일인지 토라는 잘 알았다. 마지막 장에는 뮌헨대학교에서역사학 학사학위를 받은 기록이 나와있었다. 다른 교육과정과 마찬가지로 성적이 우수했다. 정확히 말하면 그는 쿰 라데, 즉 수석졸업생이었다. 자료들을 시간 순으로 훑어보니 하랄트는 대학 입학 전에 1년 간 휴학했던 것으로 확인되었다. 아마 군복무 때문이었을 것이다.

토라는 하랄트의 화려한 성적표를 살펴보며 그가 군 입대를 선택한 사실이야말로 의외라고 생각했다. 독일에 의무 병역제도가 있기는 해도 쉽게 기피할 수 있었다. 더구나 그렇게 부유한 부모를두었다면 말할 것도 없었다. 살짝만 손을 써도 병역을 면제받을 수있었을 것이다.

토라는 이제 '군복무' 섹션을 펼쳤다. 자료가 불과 두세 장밖에되지 않는 섹션이었다. 맨 앞 페이지에는 1999년 하랄트의 독일연방군 입대증명서 사본이 들어있었다. 증명서를 보니 육군 정규군으로 복무한 모양이었다. 해군이나 공군에 지원하지 않은 것이 이상했다. 건틀립 회장의 영향력이라면 틀림없이 원하는 부대로 입대할 수 있었을 것이다. 다음 페이지에는 하랄트의 소속 부대가 코소보로 배치될 예정이라고 명시된 서류가 들어있고, 그 다음 마지막 페이지에는 7개월 후의 날짜가 찍힌 퇴소통지서가 있었다. '건강상의 이유'라는, 거의 알아보기 힘든 글씨를 제외하고는 어떤 구체적인 설명도 없었다. 사본의 한쪽 구석에 물음표가 단정하게 그려져 있었다. 토라는 매튜의 손글씨일 거라고 짐작했다. 매튜 혼자서 이 모든 정보를 취합한 게 틀림없기 때문이다. 토라는 마음속으로 하랄트가 퇴소한 정확한 이유를 물어봐야겠다고 생각하고는 다음 섹션으로 넘어갔다.

군복무 섹션과 마찬가지로 이번 섹션의 맨 앞 페이지에도 사본이 들어있었다. 다름 아닌 뮌헨대학교 입학확인서였다. 토라는 입학 날짜가 군대 퇴소 일자와 불과 한 달 차이밖에 나지 않는다는 사실을 알아차렸다. 그러니까 하랄트는 군대를 떠난 뒤 아주 빠른 속도로 회복을 한 셈이었다. 퇴소를 한 진짜 이유가 질병 때문이라면 말이다. 그 다음으로 여러 장의 자료가 나왔지만 토라는 자료의 의미를 정확히 이해할 수 없었다. 첫 번째 자료는 '말레우스 말레피카룸Malleus Maleficarum'이라는 이름의 역사학회 설립총회 안건지 사본이었다. 다음 자료는 샤미엘 교수의 추천서였는데, 하랄트에 대한 칭찬 일색이었다. 나머지 자료들은 15~17세기 역사에 관한 강의소개서인 듯했다. 토라는 과연 이런 자료들에서 사건과 관련된 정보를 얻을 수 있을지 의심스러웠다.

뮌헨대학교 섹션 마지막에는 여러 독일 신문에서 오려낸 기사들이 묶여있었다. 기사는 모두 기괴한 성행위로 인해 사망한 젊은 남자들에 관한 내용이었다. 기사를 읽어본 토라는 이들의 성행위에 자위 도중 올가미로 목을 조이는 행위가 포함되어 있다는 사실을 알아챘다. 이게 바로 매튜가 언급한 질식성애임에 틀림없었다. 기사 내용이 모두 사실이라면 마약중독이나 알코올중독 등의 부작용으로 오르가즘을 느끼지 못하는 사람들 사이에서 질식성애는 흔한 일이었다. 하랄트가 이 기사와 어떤 연관이 있는지에 대한 설명은 달지 않았지만 사망한 젊은 남성 중 한 명이 하랄트와 같은 대학에 재학 중이었다는 사실은 확인할 수 있었다. 그 학생의 이름이나 사건 날짜 등은 기사에 전혀 언급되지 않았다. 하지만 파일에 이 기사가 포함된 것으로 보아, 하랄트와 모종의 연결고리가 있음에 틀림없었다.

토라는 졸업사진이 나와있는 첫 번째 섹션의 마지막 페이지로 돌아갔다. 사진을 자세히 들여다보니 셔츠 칼라 위로 드러난 하랄트의 목 부분에 빨간 자국 같은 게 보이는 듯했다. 사진을 꺼내 더 가까이 들여다보았다. 비닐에서 꺼내 확인하니 조금 더 선명하게 보이기는 했지만 그것이 멍 자국이라고 확신할 정도는 아니었다. 그녀는 매튜에게 이 부분에 대해서도 물어보기로 했다.

하랄트의 학부생 시절을 보여주는 이 기괴한 콜라주의 마지막 페이지에는 그가 작성한 학사논문 속표지가 들어있었다. 논문의 주제는 독일의 마녀사냥이었고, 주술행위를 한 것으로 의심받은 아이들의 처형에 관한 내용에 초점이 맞춰져 있었다. 토라는 등줄기를 타고 소름이 돋는 것을 느꼈다. 물론 학창시절 역사 시간에 마녀사냥에 관해 배우기는 했다. 하지만 아이들까지 희생양이었다는 것은 난생 처음 듣는 이야기였다. 역사 수업이 아무리 지루했어도 그런 이야기를 들었다면 절대 잊지 못했을 것이다. 속표지 외에는 다른 자료가 없었기 때문에 토라는 아이들이 화형에 처해졌다고 주장하는 그 논문이 근거 없는 억지에 불과하다고 스스로를 위로했다. 하지만 다른 한편으로 그런 주장이 절대 억지가 아니라는 걸 그녀는 잘 알았다.

이제 토라는 아이슬란드대학교 섹션을 읽기 시작했다. 첫 페이지에는 하랄트가 제출한 역사학 석사과정 지원서가 승인되어 2004년 가을 학기 입학이 가능하다는 내용의 서신이 들어있었다. 다음 장에는 하랄트가 수강한 강의성적표가 나왔다. 성적표가 출력된 날짜를 보니 그가 사망한 이후였다. 토라는 사건 이후 매튜가 성적표를 얻었을 것이라고 추측했다. 하랄트는 해당 연도에 많은 강의를 수강하지 않은 듯했지만 모든 강의에서 매우 높은 성적을 받았다. 토라는 하랄트가 아이슬란드어를 할 줄 모른다는 사실을 알고 있었다. 때문에 학교로부터 영어로 시험을 볼 수 있게 허락을 받았을 거라고 짐작했다. 여전히 하랄트는 10학점을 남겨둔 상태였고 석사논문도 작성해야 하는 상황이었다.

다음 페이지에는 다섯 명의 이름이 등장했다. 모두 아이슬란드 사람이었다. 각 이름마다 전공과 출생연도로 추정되는 숫자가 적혀있었다. 그외 어떤 정보도 언급되지 않았고, 토라는 이들이 모두 하랄트의 친구일 거라고 짐작했다. 다섯 명 모두 나이가 비슷했다.

마르타 미스트 에이욜프스도티르, 젠더연구, 1981년.

브리얀 카를손, 역사, 1983년.

할도르 크리스틴손, 의학, 1982년.

안드리 토르손, 화학, 1979년.

브리에트 에이나르스도티르, 역사, 1983년.

토라는 이들에 대한 정보를 더 얻을 수 있을지 모른다는 생각으로 페이지를 넘겼지만 소용없었다. 바로 다음 장에 나온 것은 대학 캠퍼스의 주요 건물에 관한 출력물이었기 때문이다. 역사학과 건물과 고문서연구소, 그리고 본관 주변에 각각 동그라미가 그려져 있었다. 토라는 동그라미들 역시 매튜가 남긴 흔적일 거라고 짐작했다. 다음 자료는 대학 홈페이지를 그대로 인쇄한 출력물이었다. 영문으로 된 출력물은 역사학과에 대해 소개하고 있었다. 그 다음에는 외국 학생들을 위한 과정을 소개하는, 앞장과 유사한 웹페이지가 나왔다. 토라가 보기에는 특이점이 없는 자료들이었다.

아이슬란드대학교 섹션의 뒷부분에 출력된 이메일 한 통이 있었다. hguntlieb@hi.is라는 주소로 보아 하랄트의 대학 이메일 계정에서 보낸 메시지인 듯했다. 이메일 수신자는 하랄트의 아버지로, 입학 직후인 2004년 가을에 발송한 것이었다. 토라는 이메일을 읽어 내려갔다. 아들이 아버지에게 보낸 것이라고는 믿을 수 없을 정도로 건조한 문장들이 이어졌다. 메시지의 주요 내용은 아이슬란드에서 살 집을 구하고 이런저런 일들을 처리해서 매우 기쁘다는 것이었다. 하랄트는 지도교수를 구했다는 말로 이메일을 마쳤는데, 교수의 이름은 토르비요른 올라프손이었다.

이메일에 따르면 그의 논문 주제는 아이슬란드와 독일에서 벌어진 마법사 화형 비교연구였다. 독일에서는 여자들이 마녀사냥의 주요 희생자였던 반면 아이슬란드에서는 주술사 혐의를 받은 대상이 주로 남성이었다는 사실에서 출발한 논문이었다. 잔뜩 예의를 갖춘 이메일의 하단에서 토라는 차갑기 그지없는 추신을 발견했다. '혹시나 저에게 연락을 하고 싶으시면 이제부터 이메일을 쓰시면 됩니다.' 애정이라고는 눈곱만치도 찾아볼 수 없는 문장이었다. 어쩌면 군대 퇴소 문제로 인해 부자 사이에 갈등이 있었는지 모른다. 사진으로 봤을 때 건틀립 회장은 이해심이 많은 유형과는 거리가 먼 듯했다. 더구나 자신의 기대에 못 미치는 아들이었다면, 곱게 보일 리 없었다.

다음 페이지에는 쌀쌀맞기 짝이 없는 회장의 회신이 나왔다.

하랄트, 그 논문 주제는 피했으면 한다. 잘못된 선택이고, 인격 형성에도 전혀 도움이 되지 않을 게다. 그리고 돈은 현명하게 써야 한다. 그럼이만.

그리고 회장의 이름과 직함, 주소가 입력된 자동서명이 뒤따랐다. 맙소사, 뭐 이런 고약한 영감이 다 있지! 토라는 어처구니가 없었다. 아들이 그립다거나 소식을 들어 기쁘다는 이야기는커녕, '아빠가'라는 친밀한 서명조차 없었다. 의절까지는 아니더라도 부자관계는 분명 냉랭했다. 게다가 하랄트의 어머니나 여동생에 관한 언급이 전혀 없는 것도 이상했다. 부자가 주고받은 이메일은 더 보이지 않았다. 적어도 그 파일에는 들어있지 않았다.

섹션의 마지막 페이지에는 여러 학과 학생들이 설립한 학회와 출간물 목록이 출력되어 있었다. 목록을 살펴보던 토라는 맨 마지막 줄에서 눈에 띄는 이름을 발견했다. '말레우스 말레피카룸−역사민속학회.' 토라는 고개를 들었다. 학회 명칭이 뮌헨대학교 섹션의 역사학회 설립총회 안건지에서 본 것과 일치했다. 토라는 확인을 위해 파일을 빠르게 넘겼다. 아이슬란드어로 된 학회 이름 아래쪽에 연필로 '2004년 설립'이라고 메모가 되어있었다. 하랄트가 아이슬란드대학교에 입학한 연도였다. 이 학회를 설립한 게 하랄트였을까? 말레우스 말레피카룸이라는 명칭이 역사민속학 분야에서 흔히 쓰이는 것만 아니라면 충분히 가능성이 있었다. 물론 토라는 라틴어를 전혀 모르기 때문에 단어 뜻을 알 수도 없었다. 그녀는 은행 거래내역이 나온 다섯 번째 섹션으로 넘어갔다.

다섯 번째 섹션을 펼치자 해외 계좌의 거래내역이 인쇄된 두툼한 종이뭉치가 나왔다. 예금주는 하랄트 건틀립이었다. 살해당하기 직전 시기 잔액은 얼마 되지 않았지만, 지금까지의 예치금은 한눈에 봐도 엄청났다. 여러 항목에 형광펜으로 표시가 되어있었다. 거액의 인출 항목에는 핑크색, 거액의 입금 항목에는 노란색 줄이 그어졌다. 토라는 노란색으로 표시된 금액이 항상 동일하며 매월 초 입금되었다는 사실을 바로 알아챘다. 매달 입금액은 토라가 반년 간, 그것도 일이 많을 때 벌어들이는 수입보다 큰 액수였다. 매튜의 말대로 하랄트가 조부에게 물려받은 신탁금에서 나오는 것임에 틀림없었다. 상속받은 재산은 계좌에 정기적으로 입금하는 식으로 배당되는 듯했다. 나이 어린 상속자에게 가장 흔하게 통용되는 방식으로, 상속자의 신용에 따라 특정 연령에 도달하기 전까지 사용되었다. 사망 당시 하랄트가 스물일곱 살이었음에도 불구하고 이러한 방식으로 신탁금을 배당받았다는 사실로 미루어 그다지 책임감 있는 사람으로 인정받지는 못한 모양이었다. 그러나 상당한 금액이 계좌에 쌓여있던 것으로 보아 하랄트의 생활비는 월별 용돈을 훨씬 밑도는 듯했다.

출금액은 입금내역과는 전혀 딴판이었다. 금액도 천차만별이고 출금 시기도 불규칙했다. 대부분의 출금액 옆에 메모가 있었다. 형광펜으로 표시된 출금 건 자체가 많지 않았기 때문에 토라는 그 내역을 하나하나 살펴보았다. 몇 건의 사용 내역은 쉽게 감을 잡을 수 있었다. 2004년 8월 초 거액의 출금내역 옆에 'BMW'라고 적힌 것으로 보아 아이슬란드에서 차를 구입한 것으로 추정됐다. 전혀 갈피를 잡을 수 없는 항목들도 있었다. 하랄트가 뮌헨에서 학부를 다니던 시기 거액을 인출한 내역에는 '우타일 G.G.urteil G.G.'라는 메모가 담겨있었다. 우타일은 판결이라는 뜻이었다. 때문에 토라는 군 제대의 진짜 이유에 대해 함구하는 대가로 하랄트가 누군가에게 돈을 지불했을 거라고 짐작했다. 하지만 날짜가 제대 시기와 들어맞지 않았고 G.G.가 무슨 뜻인지 알 수도 없었다. 해골이라는 뜻의 '쉐들schädel'과 '게슈텔gestell'이라고 적힌 항목도 있어서, 토라는 전후사정을 파악하는 데 쩔쩔맸다. 이외에도 사용 내역을 알 수 없는 항목들이 여럿이라, 토라는 내역을 파악하는 데 더는 시간을 낭비하지 않기로 했다.

그럼에도 유독 토라의 주의를 끄는 두 개의 항목이 있었다. 하나는 4만 2,000유로로 달하는 몇 년 전 인출내역으로 '말레우스 말레피카룸'이라는 메모가 적혔다. 반면 다른 하나는 훨씬 더 최근 내역으로 옆에 물음표가 그려져 있었다. 31만 유로가 넘는 액수로 보아 아마도 매튜가 흔적을 찾을 수 없다고 했던 그 돈인 듯했다. 환산을 해보니 인출액은 2,500만 아이슬란드크로나가 넘는 액수였다. 돈이 마약 거래에 사용됐을 가능성은 없다고 매튜가 장담한 데에는 그만한 이유가 있었다. 만약 하랄트가 돈을 마약에 썼다면 엄청난 양의 마약을 팔아치우느라 애를 먹었을 게 틀림없다. 설령 키스 리처즈(영국 록밴드 롤링 스톤즈의 멤버—옮긴이)가 와서 같이 마약을 흡입했다고 해도 진땀을 뺐을 것이다. 은행 내역으로 볼 때 그렇게 큰돈이 빠져나갔음에도 불구하고 하랄트는 여전히 돈이 아쉬운 상태는 아니었다.

다음 페이지는 죽기 전 몇 달 간의 신용카드 사용내역이었다. 내역을 살펴보니 옷가게에서 사용한 몇 건을 제외하면 대부분 레스토랑과 술집에서 지불된 것이었다. 토라의 친구 로피가 이 내역을 봤다면 모두 '트렌디'한 레스토랑이라고 평했을 것이다. 레스토랑에 비해 식료품 가게를 방문한 횟수는 현저히 낮았다. 또 9월 중순 호텔 랑가에서 지불한 거액 옆에 '항공학교'라 적힌 메모가 눈에 띄었고, 9월 말에는 하고많은 장소 중 뜬금없이 레이캬비크 가족동물원에서 소액을 결제하기도 했다. 레이캬비크 외곽의 애완동물 가게에서 적은 금액을 여러 차례 결제한 내역도 보였다. 어쩌면 하랄트는 동물을 좋아했거나 싱글맘에게 잘 보이기 위해 그녀의 아이들에게 애완동물을 선물했을지도 모른다. 매튜에게 물어볼 것이 하나 더 늘어났다. 은행계좌 섹션 마지막에는 신용카드 내역이 첨부되어 있었다. 토라는 손목시계를 한 번 보고는 자신의 빠른 일 처리 속도에 만족스러워했다.

토라는 잠시 쉬기로 했다. 그녀는 컴퓨터 모니터로 몸을 돌려 '말레우스 말레피카룸'을 구글 검색창에 입력했다. 5만 5,000건이 넘는 검색결과가 화면에 떴다. 토라는 그 중 가장 도움이 될 만한 링크를 곧바로 찾아냈다. 말레우스 말레피카룸이 '마녀의 망치'라는 뜻이며, 1486년 출간된 책의 제목이라는 설명이 달려있었다. 링크를 클릭하자 영어로 된 웹사이트가 떴다. 페이지의 이미지라고는 고깔모자를 쓴 여자가 사다리에 묶여있는 오래된 그림이 전부였다. 두 남자가 여자를 매단 사다리를 들어세워 눈앞에서 이글거리는 불구덩이에 집어넣으려고 용쓰는 모습이 담긴 그림이었다. 산 채로 불태워지는 게 분명했다. 여자는 얼굴을 하늘로 향한 채 입을 벌리고 있었다. 그녀가 신에게 간청을 하는 건지 아니면 저주를 퍼붓는 건지는 확실하지 않았다. 절박한 상황이라는 것만은 확연했다. 토라는 페이지 인쇄 버튼을 클릭한 다음, 벨라가 치워버리기 전에 출력물을 가지러 밖으로 나왔다. 벨라는 무슨 짓이든 할 수 있는 인간이었다.

4장

인쇄된 종이가 다섯 장이나 되었다. 웹페이지는 모니터에서 본 것 보다 훨씬 더 많은 정보를 담고 있었다. 토라는 사무실로 들어가면 서 출력물을 읽기 시작했다.

첫 문단은 《말레우스 말레피카룸》을 역사상 가장 사악한 서적이 라 설명하고 있었다. 이 책은 심문관들이 마녀를 색출하고, 기소하 고, 처형할 수 있는 구체적인 방법을 소개할 목적으로 1486년 처음 출간되었다. 책은 흑마술을 비롯한 평민들의 여러 관습을 신성모 독으로 규정했다. 당시 신성모독은 화형에 처해질 수 있는 중범죄 였다. 인쇄된 정보에 따르면 책은 총 세 장으로 구성되었다. 첫 장 에서는 전염병처럼 번지는 마술이 자연을 거스르는 사악한 행위라 고 비난했다. 더불어 흑마술의 존재를 믿는 것만으로도 신성모독 에 해당한다고 단언했다. 두 번째 장은 마녀들의 저속한 행동을 정 리한 일종의 개요서로, 악령에 사로잡힌 존재와 마녀들이 성관계를 맺었다는 이야기로 점철돼 있었다. 마지막 장에는 마녀를 기소하는

데 필요한 근거들이 총망라되었다. 특히 마녀의 자백을 받아내기 위해서는 고문을 해도 무방하며, 주술행위 혐의가 있는 자에게 누구든 불리한 증언을 할 수 있다는 점을 강조했다. 증언자의 사회적 평판이나 범법행위 등은 문제되지 않았다.

책의 집필자는 로마가톨릭 도미니크회에 소속된 두 수도사였다. 당시 쾰른대학교 총장이었던 요하네스 슈프랭거와 잘츠부르크대학교 신학교수이자 티롤 지방 심문소장이던 하인리히 크래머의 합작품이었다. 그들 중 1476년부터 마녀 기소에 앞장섰던 하인리히 크래머가 책의 대부분을 집필한 것으로 알려져 있었다. 학설에 따르면 이 책의 집필을 권고한 인물은 교황 인노켄티우스 8세였다. 출력물의 내용만 읽어보아도 교황은 절대 호감을 불러일으킬 만한 인물이 아니었다. 1484년 12월 5일, 유럽에서 마녀사냥 광풍을 몰고 온 칙령 '수무스 데시데란테스 아펙티부스Summus desiderantes affectibus' ('지상 최고의 열정으로 갈망하며'라는 뜻—옮긴이)를 발표한 장본인으로도 유명했다. 이 칙령이 발효되면서 심문관들에게는 마녀를 기소할 권한이 주어졌다. 마술이 신성모독과 동일시된 것이다.

이외에도 출력물에는 교황의 악행이 상세히 열거돼 있었다. 말년에 죽음을 피하기 위해 여자의 유방에서 갓 짜낸 모유를 마시는가 하면, 혈액을 교체하기도 했다. 이런 노력이 그의 수명을 연장해주지는 않았지만, 과다출혈로 인해 열 살짜리 소년 세 명이 목숨을 잃기에는 충분했다.

얼마 지나지 않아 인쇄기술이 보급되면서 이 책은 더 널리 읽혔다. 당시 존경받는 학자이던 저자들의 명성까지 등에 업었다. 구교

도와 신교도 가릴 것 없이 이 책을 마녀와의 전쟁에 적극 활용했다. 책의 내용은 현재의 독일, 오스트리아, 체코, 스위스, 벨기에, 네덜란드, 룩셈부르크, 프랑스 동부, 이탈리아 일부 지역을 아우르는 신성로마제국의 법질서에도 영향을 미쳤다. 토라는 이런 책이 현재에도 꾸준히 출간되고 있다는 사실에 놀랐다.

토라는 종이뭉치를 내려놓았다. 흥미진진한 내용이었지만, 출간된 지 600년이나 지난 책이 하랄트가 사망한 원인을 밝히는 데 도움을 줄 리 없었다. 시계를 들여다보았다. 이제 남은 시간은 한 시간 남짓이었다. 그녀는 종이뭉치를 스테이플러로 고정시켜 한쪽으로 밀어두고는 다시 파일을 집어들었다. 경찰수사 자료가 나온 여섯 번째 섹션을 펼쳤다.

한눈에 보기에도 서류는 관련된 자료를 망라했다고 보기 힘들 만큼 얇았다. 어쩌면 매튜는 수사자료의 일부만 입수한 것인지 모른다. 하지만 얼마 지나지 않아 토라는 매튜가 정식 신청서도 없이 이런 자료를 구했다는 사실에 충격을 받았다. 자신이 뒤적거리던 서류가 사실은 경찰의 수사보고서 사본이었던 것이다. 서류에 찍힌 도장을 보니 2주 전에 건네받은 것이었다.

그제야 토라는 홈그라운드에 돌아온 기분이었다. 수사보고서는 모두 아이슬란드어로 작성되어 있었다. 아마도 이런 이유 때문에 건틀립 부부가 토라를 고용하기로 마음먹었을 것이다. 보고서 사본 여백에는 지저분한 필체로 빼곡하게 메모가 되어있었다. 보나마나 매튜가 어설프게 아이슬란드어를 해석한 흔적이었다. 거의 모든 페이지의 우측 상단에는 심문받는 사람의 신원 및 그와 하랄트의 관계가 간략하게 적혀있었다. 보고서 대부분은 살해 혐의로 체포된 후에 토리손의 심문조서였다. 흥미로운 점은 조사과정 내내 토리손이 증인이 아닌 용의자 취급을 받았다는 사실이다. 그의 혐의를 입증할 무언가가 있었던 게 틀림없다. 따라서 증인과는 달리 용의자였던 그에게는 진실을, 사건의 전말을 있는 그대로 말할 의무가 없었다. 다시 말해 무슨 말이든 지어낼 수 있었던 셈이다. 비록 그러한 진술이 법정에서 유리하게 작용하지 않는다고 해도 말이다. 대부분의 판사들은 피고인이 사건 발생 시각에 도널드 덕이랑 저녁을 먹었다는 둥 헛소리를 지어내면 심사가 뒤틀려버리곤 하기 때문이다.

불현듯 토라는 매튜가 경찰 내부자료를 어떻게 손에 넣었을지 짐작이 갔다. 용의자의 변호인에게는 경찰 기록에 대한 접근권이 있었다. 다시 말해 후에 토리손의 변호인은 수사보고서를 볼 수 있었던 것이다. 토라는 변호인의 신원을 확인하기 위해 보고서를 빠르게 넘기면서 토리손이 변호인과 동석해 심문을 받은 조서를 찾기 시작했다. 첫 조사는 토리손 혼자 받았다. 용의자가 첫 조사를 혼자 받는 건 흔한 일이었다. 대부분의 사람들은 처음 조사를 받을 때 변호인을 요청하지 않는다. 그렇게 하면 더욱 의심을 살 수 있다고 생각하기 때문이다. 경찰이 압박의 수위를 높여오면 용의자들은 어찌할 바를 모른 채 절절매고, 그제야 변호인 없이 진술하는 것을 거부한다. 토리손도 마찬가지였다. 첫 번째 조사 마지막 진술에서 그는 현명하게 상황 판단을 하고는 변호인을 요청했다.

토리손에게 배정된 변호사는 피누르 보가손이었다. 토라도 아는 이름이었다. 피누르는 법원이 임의로 배정하는 사건들만 주로 담당했다. 그러니까 클라이언트가 자진해서 사건을 의뢰하는 일은 없는 변호사였다. 토라는 피누르가 얼마간의 돈을 받고 매튜에게 자료를 넘겼을 거라고 확신했다. 자신의 추론능력에 뿌듯해하면서 토라는 수사보고서를 읽기 시작했다.

보고서는 시간 순이 아니라, 조사받은 사람 별로 분류되어 있었다. 조사를 단 한 번만 받은 목격자도 여럿이었다. 목격자 중에는 대학 수위와 청소부, 하랄트의 집주인, 그리고 사건 당일 하랄트와 후에를 태워다준 택시운전수와 대학 친구, 교수들이 포함되었다. 시신을 처음 발견한 역사학과 학과장은 조사를 두 차례 받은 것으로 나왔다. 첫 조사 당시 충격으로 인해 제대로 진술을 하는 게 불가능했기 때문이다. 토라는 학과장에게 연민을 느꼈다. 사체를 발견한 것만으로도 끔찍한데 조사까지 받아야 했으니, 시신을 두 팔로 받았던 악몽이 고스란히 되살아났을 것이다.

그 다음으로 살해 혐의를 받거나 잠시라도 물망에 올랐던 사람들을 조사한 내용이 나왔다. 물론 후에 토리손도 혐의자에 포함되었지만, 줄기차게 결백을 주장하는 상황이었다. 토라는 급히 후에의 진술서 본문을 읽어 내려갔다. 사건 당일 저녁, 스케르야피요르두르에서 열린 파티에서 하랄트를 만났다고 그는 진술했다. 둘은 한동안 자리를 떴고, 이후 하랄트는 파티에 다시 돌아가길 원한 반면 후에 자신은 시내로 나가고 싶어했다고 말했다. 첫 조사 때 후에는 둘이 함께 어디에 갔는지 정확히 진술하는 대신 묘지를 가로질러 이리저리 걸어다녔다고 두루뭉술하게 둘러댔다. 이후 자신이 살인죄로 기소당할 수도 있다는 사실을 깨달은 후에 토리손은 하랄트가 마약을 사고 싶어해 흐링브라우트에 있는 자신의 집으로 갔었다고 털어놓았다. 그리고 이후로는 하랄트를 본 적이 없다고 맹세했다. 밖에 나가기 귀찮아 줄곧 집에 머물렀다는 주장이었다. 하지만 그날 밤 술과 마약에 너무 취한 탓에 하랄트를 만난 시각이 정확히 몇 시였는지는 기억나지 않는다고 진술했다.

수사관이 10월 30일 일요일 새벽 1시경 후에 토리손의 동선에 대해 수차례 꼬치꼬치 질문한 것을 보면, 부검을 통해 밝혀진 하랄트의 사망 시각이 아마 그즈음이었던 듯하다. 수사관은 왜 시신의 안구를 적출했으며 그걸 어디에 숨겼느냐고 줄기차게 따져 물었고, 후에는 하랄트의 안구를 뽑지 않았다고 일관되게 대답하고 있었다. 당연히 후에에게서는 자신의 두 눈을 제외한 다른 누구의 안구도 발견되지 않았다. 토라는 후에가 가여워졌다. 그의 진술은 아마 사실일 것이다. 보고서를 대충 넘겨보았을 뿐이지만, 후에처럼 의지가 약한 사람이 오랫동안 조사실에 갇힌 채 강도 높은 조사를 받는 과정에서 일관되게 거짓말을 했을 가능성은 거의 없었다.

스케르야피요르두르에서 열렸던 파티의 참석자들 모두 조사를 받았다. 처음에는 용의자로, 나중에는 목격자로. 열 명의 목격자들 중 네 명은 매튜가 준 파일에도 등장한 하랄트의 친구들이었다. 파일에 등장한 친구들 중 유일하게 목격자 명단에서 빠진 사람은 의대생 할도르 크리스틴손이었다.

파티 참석자들의 진술은 한결같았다. 파티는 밤 9시에 시작돼 새벽 2시에 끝났으며, 이후 시내로 갔다는 내용이었다. 하랄트는 자정쯤 후에와 자리를 떠났지만, 그 이유를 아는 사람은 없었다. 당시 둘은 잠깐 밖에 다녀오겠다고 말한 뒤 후에가 부른 택시를 타고 가버렸다고만 했다. 두 시간이 지나도 돌아오지 않자 친구들은 기다리기를 포기하고 여러 술집을 돌아다니며 술을 마셨다. 후에나 하랄트에게 전화를 걸었는지 묻는 질문에도 같은 대답이 돌아왔다. 그날 이른 저녁 하랄트의 휴대폰 배터리가 방전되었고, 후에의 휴대폰과 집 전화로 여러 번 연락했지만 통화가 되지 않았다는 것이다. 하랄트의 집 전화도 마찬가지였다. 수사관은 친구들이 시내로 갔다가 귀가한 시간이 언제였는지 물었지만 사건 발생 시각을 고려했을 때 형식적인 질문에 지나지 않았다. 파티 참가자들은 제각기 다른 시간대에 귀가한 데다 새벽 5시까지 집에 돌아가지 않은 사람도 있었다. 제일 늦게까지 남아있었던 것은 매튜의 파일에 등장하는 다섯 명의 친구들이었다. 의대생 할도르는 맨 마지막에 시내에서 친구들과 합류했다. 토라는 할도르의 진술서도 어딘가에 있을지 모른다는 기대로 보고서를 뒤적였다. 하랄트의 사망 시각 즈음 파티 참석하지 않은 것은 할도르뿐이기 때문이다. 그 전까지 그는 어디에 있었던 걸까? 토라는 궁금해 견딜 수가 없었다.

할도르에 대한 조사결과는 보고서 맨 뒷부분에 있었다. 사건 당일 그는 자정까지 시립병원에서 아르바이트를 한 것으로 확인됐다. 따라서 파티에 갈 수 없는 상황이었다. 할도르의 진술에 따르면 병원 아르바이트는 한 달에 며칠만 근무하면 되는 일이었다. 병원 직원이 아프거나 다른 사유로 결근할 경우, 대체 인력으로 투입되는 방식이었다. 근무를 마친 할도르는 병원에서 샤워를 한 다음 옷을 갈아입고 시내로 가는 버스를 탔다고 했다. 자신의 차는 고장이 난 상태였다고 진술하면서, 사건 전후 차를 맡겼던 정비소의 이름까지 정확히 말했다. 본래 그는 버스를 갈아타고 파티에 갈 생각이었다. 하지만 막차를 놓친 그는 걷거나 택시를 타고 목적지로 가는 대신 시내 카페에서 친구들을 기다리기로 마음을 바꿨다. 친구들에게 전화를 걸어보니 마침 그들도 택시를 타고 시내로 출발할 예정이었다. 새벽 1시경 할도르는 카피브렌슬란이라는 바에 들어가 맥주를 한 잔 시킨 뒤 친구들을 기다렸다. 친구들이 도착한 시각은 2시가 넘어서였다.

그 다음에는 몇몇 목격자와 역사학과 교직원들의 진술이 이어졌다. 대부분 하랄트와의 친분에 관한 내용이었는데 답은 모두가 비슷했다. 학교 밖에서의 하랄트를 아는 사람은 누구도 없었고 당연히 그에 대해 이야기를 해줄 사람도 없었다. 사건 당일 밤, 교직원 건물에서 열렸다는 행사 내용에 또 다른 물음표가 그려져 있었다. 노르웨이 대학과의 협력사업이 거액의 에라스무스 지원금을 받게 된 것을 축하하는 자리였다. 행간을 통해 토라는 이 '행사'가 밤까지 이어진 칵테일 파티였을 거라고 짐작했다. 마지막 손님들이 자리를 떠난 건 자정쯤이었다. 역사학과 학과장 구나르 게스트비크 교수와 하랄트의 지도교수인 토르비요른 올라프손을 제외하면 토라가 아는 이름은 없었다.

마지막으로 카피브렌슬란의 바텐더와 병원에서 시내까지 할도르를 태웠던 버스기사의 진술서가 나왔다.

바텐더 비요른 욘손은 할도르가 처음 술을 주문한 게 새벽 1시경이었고, 그 이후 친구들이 도착한 2시경까지 술을 여러 번 추가로 주문했다고 말했다. 바텐더는 그날 밤 할도르가 하도 미친 듯한 속도로 술을 들이킨 덕에 그를 똑똑히 기억한다고 진술했다.

버스기사 역시 막차에 탄 할도르를 기억하고 있었다. 몇 안 되는 승객 중 두 명이 아이슬란드의 의료체계에 대해 이야기하면서, 노인 인구가 형편없는 의료서비스를 받고 있다며 비판했다는 것이다. 토라가 보기에 할도르는 꽤 빈틈없는 알리바이를 가지고 있었다. 후에를 제외한 하랄트의 친구들 모두 마찬가지였다.

보고서 뒷부분에는 사건현장을 촬영한 여러 장의 사진 사본이 붙어있었다. 흑백에 다소 뿌옇기는 했지만 끔찍한 광경을 시각적으로 확인하기에는 충분했다. 토라는 시신을 발견한 학과장이 얼마나 큰 충격을 받았을지 절절하게 이해됐다. 과연 그가 충격에서 벗어날 수나 있을지 걱정스러울 정도였다.

휴대폰 알람이 4시 45분을 알렸다. 토라는 서둘러 매튜가 준 파일의 마지막 부분인 부검 섹션을 펼쳤다. 이럴 수가! 토라는 놀라움을 감추지 못한 채 자리에서 일어섰다. 일곱 번째 섹션에는 아무것도 없었다. 말 그대로 텅 비어있었다.

5장

제시간에 학교에 도착했다. 학교 주차장에서 만난 딸의 같은 반 아이 엄마가 토라의 자동차 측면에 붙은 정비소 상호를 보더니 미소를 지었다. 토라가 정비공과 연애를 시작했다고 착각한 게 분명하다. 당장이라도 여자를 쫓아가 정비공과는 아무런 사이도 아니라고 설명하고픈 마음이 굴뚝같았다. 대신 토라는 운동장을 가로질러 학교 건물로 향했다. 솔리는 토라의 사무실에서 차로 10분도 걸리지 않는 셸티아르나르네스의 미라르후사스콜리 초등학교에 다녔다. 2년 전 한스와 이혼하면서 토라는 무슨 일이 있어도 셸티아르나르네스의 집은 자기가 갖겠다는 입장을 굽히지 않았다. 대출금의 절반을 차지하는 한스의 몫을 지불하는 게 보통 어려운 일이 아니었지만 말이다.

셸티아르나르네스는 레이캬비크 서부해안 반도에 위치한 작은 동네다. 주변 바다는 이 동네의 가장 큰 장점이었다. 덕분에 주민들은 시내와 꽤 가까운 곳에서 살면서도 자연에 둘러싸여 지낸다고 느꼈다. 아이를 가진 가정이 살기에는 최적의 위치였기 때문에 서로 집을 사려고 안달이었다. 토라는 이곳 집값이 폭등하기 전에 자기 집의 주택 감정가가 매겨져서 천만다행이라고 생각했다. 만약 토라가 지금 이혼을 한다면 집을 가져왔을 가능성은 거의 없다. 물론 시세 차 덕에 토라가 얼마나 큰돈을 아꼈는지 생각하면 한스는 짜증이 나서 죽을 맛일 테다.

토라는 집은 사는 곳일 뿐 투자대상이 아니라고 믿는 쪽이지만, 그래도 전 남편이 배 아파할 걸 생각하면 너무 기뻤다. 아이들을 위해 최소한의 예의는 지키려고 노력하고 있지만 이혼 과정은 전혀 원만하지 않았다. 토라와 한스의 관계를 지정학적으로 비유하자면 인도와 파키스탄이었다. 갈등의 불씨는 절대 꺼지지 않았지만, 그렇다고 끓어 넘치지도 않았다.

토라는 건물 안으로 들어가 복도를 둘러보았다. 다른 아이들은 이미 집으로 돌아간 후였다. 놀라운 일은 아니지만 토라는 자신이 좋은 엄마가 아니라는 생각에 죄책감이 들었다. 토라는 아이슬란드의 현대적 전통을 충실히 따르고 있었다. 아이를 낳고 6개월을 쉰 다음, 다시 생존경쟁의 링 위로 뛰어든 것이다. 아이를 낳고 계속 집에만 있는 엄마는 아무도 없었다. 토라는 자신이 다른 엄마들보다 더 낫거나 못하지 않다는 사실을 잘 알았다. 그럼에도 가끔 미안한 마음이 드는 건 어쩔 수 없었다. 엄마, 여자, 가정주부. 어느 오래된 시구가 떠오르면서 '여자'라는 단어는 자신에게 전혀 맞지 않는 것처럼 느껴졌다. 이혼 이후 2년 간 남자를 사귄 적이 한 번도 없었다. 불현듯 남자와 잠자리를 갖고 싶다는 욕망에 휩싸이면서 토라는 가볍게 몸을 흔들었다. 학교에서 이런 상상을 하다니, 이보다 더 부적절할 수가 없었다. 대체 뭐가 잘못된 거지?

"솔리!" 방과 후 교실 교사가 토라를 알아보고는 소리쳤다. "엄마 오셨어."

등진 채 앉아있던 어린 딸은 꿰고 있던 비즈 구슬에서 시선을 돌렸다. 아이는 피곤한 듯 미소를 짓더니 눈을 가리고 있던 금발머리를 쓸어넘겼다. "엄마, 이것 좀 봐. 나 구슬로 하트 모양 만들었어." 가슴이 저몄다. 내일은 더 일찍 딸을 데리러 오겠다고 토라는 다짐했다.

토라는 딸과 함께 마트에 들렀다가 바로 집으로 향했다. 길피는 이미 집에 와있었다. 길피의 운동화는 현관 앞에 아무렇게나 나뒹굴었고, 코트는 얼마나 급하게 걸었는지 문 옆 옷걸이에서 떨어져 바닥에 처박혀 있었다.

"길피!" 토라는 소리를 질렀다. 몸을 구부려 신발을 집어 선반에 올려두고 코트는 조심스럽게 옷걸이에 걸었다. "신발이랑 코트 제자리에 두라고 엄마가 지금까지 몇 번이나 말했어?"

"안 들려." 길피의 목소리가 안쪽에서 들려왔다.

토라는 두 눈을 굴렸다. 컴퓨터 게임 소리가 쾅쾅 울려대고 있으니 당연히 엄마의 목소리가 제대로 들릴 리 없었다. "그럼 소리를 줄여!" 토라는 다시 고함을 쳤다. "그러다가 귀 먹겠어!"

"내 방으로 와! 안 들린다니까!" 길피도 덩달아 소리를 질렀다.

"아, 세상에." 토라는 코트를 벗어 걸면서 중얼거렸다. 솔리는 신발과 코트를 제자리에 가지런히 정리했다. 토라는 같은 배에서 나온 두 아이가 어찌 이리도 다를 수 있는지 할 말을 잃을 지경이었다. 솔리는 아기 때부터 침도 잘 안 흘릴 정도로 깔끔함의 표본이었다. 반면 길피는 옷무더기 위에서 지내다가 밤이 되면 그 위에 그대로 벌렁 드러누워 자는 걸 행복해하는 아이였다. 하지만 두 아이에게도 닮은 구석이 있었다. 둘 다 학교공부와 숙제에 있어서는 이상할 정도로 집중력이 높았다. 솔리야 본래 성격이 그렇다지만 길피처럼 덥수룩하고 헝클어진 머리에 해골바가지가 그려진 티셔츠나 입고 다니는 애가, 학교에서 단어시험만 본다고 하면 철두철미한 학생으로 돌변하는 건 정말 신기했다.

토라는 아들 방으로 갔다. 길피는 풀로 붙인 듯 컴퓨터 모니터 앞에 바짝 붙어앉아 미친 듯이 마우스를 클릭해대고 있었다.

"제발 소리 좀 줄여, 길피!" 아들 바로 곁에 서있음에도 불구하고 토라는 목소리를 높여야만 했다. "내가 무슨 생각을 하는지도 안 들릴 지경이야!"

길피는 고개를 돌리거나 클릭질을 멈추지 않은 채 손을 뻗어 스피커의 볼륨을 낮췄다. "이러면 괜찮아?" 아들은 여전히 고개를 들지 않고 물었다.

"응. 좀 낫네." 토라가 대답했다. "이제 얼른 컴퓨터 끄고 내려와서 저녁 먹어. 파스타 사왔어. 1분이면 준비될 거야."

"이 레벨만 끝내고 갈게. 2분이면 돼."

"딱 2분이야." 토라는 돌아서며 덧붙였다. "혹시나 해서 말해두는데 1분, 그 다음에 2분이야. 1, 2, 3, 4, 5, 6, 그 다음에 다시 2분 아니고."

"알았어, 알았어." 아들은 성가신 듯 대충 대답을 하고는 다시 게임에 빠져들었다.

15분 뒤 저녁이 다 차려지자 길피는 그제야 나타나 항상 앉던 자리에 풀썩 주저앉았다. 솔리는 이미 자리에 앉아 접시를 내려다보며 하품을 했다. 아들에게 왜 2분이 넘게 걸렸는지 따지기조차 귀찮았다. 그 대신 가족이 함께 하는 저녁식사 자리가 얼마나 의미있는지 아들에게 훈계를 하려는 찰나 토라의 휴대폰이 울렸다. 토라는 자리에서 일어났다. "너희 먼저 먹어. 싸우지 말고. 둘이 사이좋게 지내면 얼마나 예쁜데." 토라는 주방용 사이드보드에 올려둔 휴대폰을 집어들어 발신자를 확인했지만 아무런 번호도 뜨지 않았다. 토라는 통화 버튼을 누르며 거실로 나왔다. "토라입니다."

"안녕하세요? 구드문즈도티르 부인." 매튜의 건조한 목소리가 들려왔다. 그는 통화가 가능한지 물었다.

"네. 괜찮아요." 토라는 거짓말을 했다. 사실대로 저녁을 먹으려던 참이었다고 말하면 매튜가 무척 미안해할 것 같았기 때문이다. 다른 건 몰라도 그는 예의바른 사람이었다.

"제가 드린 파일은 읽어보셨나요?" 매튜가 물었다.

"네. 읽어보기는 했지만 상세히 들여다보지는 못했어요." 토라가 대답했다. "그런데 경찰 수사보고서 중 빠진 내용이 있더라고요. 그걸 정식으로 요청하는 게 좋겠습니다. 보고서 일부만 받아보는 건 전말을 파악하는 데 치명적일 수 있으니까요."

"물론이죠." 잠시 불편한 침묵이 흘렀다. 토라가 다시 입을 열려고 하는데 매튜가 불쑥 말을 꺼냈다. "그럼 결심하신 겁니까?"

"사건 말씀이죠?"

"네." 매튜가 딱 잘라 대답했다. "사건 맡아주실 겁니까?"

토라는 잠시 망설이다가 그렇다고 대답했다. 토라는 자신의 대답에 매튜가 깊은 안도의 한숨을 내쉬었다는 느낌을 받았다.

"아주 잘됐습니다." 그는 평소와는 달리 활력이 넘치는 목소리로 말했다.

"그런데 아직 계약서를 검토하지 못했어요. 오늘 읽어보려고 집에 가져왔어요. 말씀하신 대로 공정한 계약서라면 내일 서명하겠습니다."

"좋습니다."

"참, 한 가지 궁금한 게 있어요. 왜 부검 섹션만 폴더에서 빠져 있던 건가요?" 내일까지 기다려도 무방한 질문이지만 토라는 당장 답을 듣고 싶었다.

"부검보고서를 받아보려면 별도의 신청서를 작성해서 제출해야 하는데 서류를 준비하는 작업이 늦어졌어요. 핵심적인 포인트만 확인한 정도죠. 지극히 파편적인 정보라 전체 보고서를 보여달라고 요청했습니다." 매튜는 잠시 말을 멈추더니 다시 이야기를 이어나갔다. "제가 유가족이 아닌 대리인이다 보니 중간에 상황이 좀 복잡해지긴 했습니다만, 다행히 지금은 모두 정리되었습니다. 사실 내일 만나서 말씀드리는 대신 지금 전화드린 것도 바로 이 문제 때문입니다."

"네?" 토라는 매튜가 무슨 말을 하려는 건지 알 수 없었다.

"내일 아침 9시에 하랄트의 검시를 진행한 부검의를 만나기로 했습니다. 그 사람이 직접 보고서를 보면서 중요한 대목들을 짚어주기로 했어요. 변호사님도 대동하시면 좋을 듯합니다."

"아." 토라는 예상치 못한 제안에 놀라며 대답했다. "네, 좋아요. 같이 가죠."

"좋습니다. 내일 8시 30분에 사무실로 모시러 가겠습니다."

토라는 보통은 그렇게 일찍 출근하지 않는다고 말하려다가 꾹 참았다. "8시 반요. 그때 뵙죠."

"구드문즈도티르 부인." 매튜가 불렀다.

"그냥 토라라고 부르세요. 그게 훨씬 쉬워요." 토라가 매튜의 말을 잘랐다. 그가 구드문즈도티르 부인이라고 부를 때마다 마치 아흔여덟 살은 먹은 과부라도 된 기분이 들었다.

"네. 토라라고 부르죠." 매튜가 한 발 물러서며 덧붙였다. "한 가지 더 말씀드릴 게 있습니다."

"뭐죠?"

"내일 아침은 최대한 가볍게 드세요. 식욕을 북돋워줄 만큼 유쾌한 만남이 아니니까요."

7 December 2005

6장

국립병원에서 빈 주차공간을 찾기란 결코 쉬운 일이 아니었다. 한참을 돌던 매튜는 병리학 병동 근처에서 마침내 빈자리를 찾아냈다. 사무실에 일찍 출근했던 토라는 유족 대리인으로서 경찰의 보고서 전체에 대한 접근권을 요청하는 공문을 작성한 뒤 봉투에 담아 벨라의 서류함에 올려두었다. 공문이 오늘 안으로 발송되기를 바랐지만 벨라를 믿을 수가 없었다. 그래서 봉투에 다음과 같은 메모지를 붙였다. '절대 주말 전에 부쳐서는 안 됨.'

토라는 항공학교에도 전화를 걸어 하랄트가 9월에 카드로 지불한 내역에 대해 확인했다. 항공학교 관계자에 의하면 하랄트는 조종사 한 명과 소형 경비행기를 임대해 당일치기로 홀마비크에 다녀왔다고 했다. 인터넷으로 홀마비크를 검색해본 토라는 하랄트가 왜 비행기를 빌려 그곳에 갔었는지 직감했다. 그곳에 아이슬란드 마술박물관이 있었던 것이다. 그날의 여정을 좀 더 구체적으로 알아보기 위해 또 다른 카드 사용처인 호텔 랑가에도 전화를 걸었다.

하랄트가 두 명의 투숙객이 사용할 방 두 개를 예약한 것으로 확인 됐다. 투숙객 명단은 하랄트 건틀립과 해리 포터로 기재돼 있다고 했다. 그런 가명을 사용하다니, 상상력이 빈곤한 사람임에 틀림없 었다. 매튜가 병원 주차장을 빙빙 돌며 주차공간을 찾는 동안 토라 는 새로 알게 된 사실을 그에게 알렸다.

"드디어!" 매튜가 탄성을 지르더니 방금 자리가 난 공간에 렌터 카를 주차했다.

두 사람은 차에서 내려 병리학 병동을 향해 걸어갔다. 병리학 병동은 본관 뒤편에 위치해 있었다. 밤 사이 내린 눈 때문에 매튜 는 녹은 눈과 얼음 더미를 헤치며 간신히 걸었고 토라 역시 그 뒤 를 따라 조심조심 걸었다. 바람이 인정사정없이 불어닥쳤다. 매서 운 북풍으로 인해 토라의 머리칼은 마구 휘날렸다. 사방으로 흩날 리는 머리칼을 쓸어내리며 토라는 그날 아침 머리를 묶지 않은 자 신의 결정을 뒤늦게 후회했다. 건물 안으로 들어가면 내 꼴이 아주 볼 만하겠군. 토라는 속으로 생각했다. 그녀는 잠시 바람을 등지고 서서 흩날리는 머리칼을 목도리로 칭칭 감았다. 세련된 모습과는 거리가 멀었지만 적어도 돌풍으로부터 머리칼을 지킬 수는 있었다. 목도리를 감은 토라는 서둘러 매튜를 따라 걸었다.

간신히 건물 앞에 다다른 매튜는 차에서 내린 후 처음으로 주변 을 둘러보았다. 그러더니 머리에 목도리를 감은 토라를 가만히 바 라보았다. 자신이 얼마나 품위 없어 보일지 토라는 충분히 짐작했 고, 매튜는 눈썹을 치켜올리며 그런 현실을 재확인시켰다. "건물 안으로 들어가면 화장실이 있을 겁니다."

토라는 매튜에게 쏘아붙이고 싶은 마음을 꾹 눌렀다. 대신 딱딱한 미소를 지으며 문을 열고 들어갔다. 토라는 빈 철제 카트를 끌고 지나가던 여자에게 다가가 면담을 하기로 한 병리의사를 만나려면 어디로 가야 하는지 물었다. 여자는 사전에 약속을 잡았는지 묻더니 복도 끝에 있는 사무실을 가리켰다. 그러고는 의사가 오전 회의에서 돌아오지 않았다면서 복도에서 기다리라고 덧붙였다.

토라와 매튜는 복도 창가에 놓인 낡은 의자에 앉았다.

"불쾌하게 해드릴 생각은 없었습니다. 죄송합니다." 매튜는 토라를 바라보지 않은 채 말했다.

자신의 외모가 더 이상 입에 오르내리는 걸 원치 않았던 토라는 매튜의 말을 못 들은 척했다. 대신 최대한 품위 있는 몸짓으로 목도리를 풀어 무릎 위에 올린 다음 의자 사이 작은 탁자에 놓인 너덜너덜한 잡지 몇 권을 집어들었다.

"누가 이런 걸 읽겠어?" 토라는 잡지를 뒤적이며 중얼거렸다.

"사람들이 읽을거리를 찾으려고 여기 오지는 않겠죠." 매튜가 말했다. 그는 곧은 자세로 앉은 채 앞쪽을 응시했다.

짜증이 난 토라는 잡지를 내려놓았다. "물론, 그렇겠죠." 그녀는 손목시계를 들여다보고는 조급하게 말했다. "그나저나 이 의사는 어딜 간 거야?"

"곧 올 겁니다." 매튜가 딱딱하게 대꾸했다. "이 면담을 잡은 게 잘한 일인지 갑자기 후회가 드는군요."

"그게 무슨 뜻이죠?" 토라가 언짢은 말투로 되물었다.

"제 말은, 변호사님한테 이 자리가 무척 충격적일 수 있다는 뜻입니다." 그는 토라를 향해 고개를 돌리며 설명했다. "이런 일에는 경험이 없으시니까, 잘한 결정인지 확신이 안 선다는 거죠. 의사가 하는 말을 제가 전달해드리는 편이 나았을 겁니다."

토라는 매튜를 노려보며 대꾸했다. "저는 아이를 둘이나 낳았어요. 엄청난 진통에 출혈을 겪었고, 태반 때문에 자궁목마개가 막혔고 별꼴을 다 봤다고요. 그러니까 전, 괜찮을 거예요." 토라는 팔짱을 끼고 매튜에게 물었다. "그러는 당신은 끔찍한 사건에 대해 얼마나 잘 아나요?"

매튜는 토라의 경험을 대수롭지 않게 여기는 눈치였다. "많이 겪었죠. 하지만 여기서 그 경험을 자세히 설명하지는 않겠습니다. 변호사님과 달리 저는 제 사연을 구구절절 늘어놓고 싶지 않으니까요."

토라는 눈을 굴렸다. 이 독일 남자는 유머감각과는 담을 쌓은 듯했다. 토라는 매튜와 대화를 계속하느니 차라리 '파수대(여호와의 증인에서 발간하는 정기간행물—옮긴이)'를 읽는 게 낫겠다고 생각했다. TV가 전 세계 젊은이들에게 끼치는 악영향에 관한 기사를 반쯤 읽었을 때, 하얀 가운을 입은 남자가 허둥거리며 복도를 따라 걸어왔다. 60대로 보이는 남자는 머리가 희끗희끗해지기 시작했지만 피부는 가무잡잡했다. 토라는 웃음기 때문에 눈가 주름이 자글자글한 남자의 얼굴을 보면서, 햇빛을 많이 받고 인생을 즐기며 사는 유형이라고 결론내렸다. 남자가 토라와 매튜 앞에서 멈춰섰을 때 두 사람은 자리에서 일어났다.

"안녕하세요?" 남자가 악수를 청하며 인사했다. "트라인 하프스테인손입니다."

토라와 매튜 역시 인사를 하고 자기소개를 했다.

"들어가시죠." 의사는 매튜가 알아들을 수 있게 영어로 말하며 사무실의 문을 열었다. "늦어서 죄송합니다." 이번에는 아이슬란드어로 토라에게 양해를 구했다.

"괜찮습니다. 밖에 있는 잡지들이 흥미로워서 시간 가는 줄 몰랐네요. 더 기다려도 좋았을 뻔했어요." 토라는 미소 지으며 말했다.

의사는 의외라는 듯한 표정을 지었다. "아, 그렇군요." 세 사람은 사무실 안으로 들어갔다. 사무실에는 빈 공간이 거의 없었다. 다양한 두께와 크기의 과학서와 논문집이 빼곡한 책장으로 사방이 둘러싸이고, 책장 사이로 서류 캐비닛 몇 개가 들어차 있었다. 의사는 깔끔하게 정리된 책상 앞으로 가앉으며 매튜와 토라에게도 자리를 권했다. "자, 그럼." 그는 마치 공식적인 면담이 지금부터 시작된다고 알리기라도 하듯 두 손을 책상 끄트머리에 올렸다. "면담은 영어로 진행하는 게 좋겠군요." 토라와 매튜 모두 고개를 끄덕였다. "저도 영어가 편합니다. 미국에서 박사과정을 했거든요. 독일어는 10대 때 학교에서 말하기 시험을 본 이후로 써먹어본 적이 없어서요. 양해 바랍니다."

"전화로 말씀드렸듯 영어도 좋습니다." 매튜가 영어로 대꾸했다. 토라는 그의 독일어 억양에 웃음이 나오려는 걸 간신히 참았다.

"좋아요." 의사는 책상에 쌓아둔 서류더미 맨 위에서 노란색 플라스틱 파일을 집어 펼치려다 입을 열었다. "우선 부검보고서 전체에 대한 허가를 얻는 데 시간이 많이 걸려 죄송합니다." 그는 쑥스럽다는 듯 미소를 지었다. "이런 건을 처리하려면 까다로운 행정절

차를 거쳐야 하거든요. 그리고 이번처럼 일반적이지 않은 경우에는 어떻게 처리해야 하는지, 그 기준이 명확하지 않기도 합니다."

"일반적이지 않다고요?" 토라가 물었다.

"네. 유족이 대리인을 통해 부검결과를 요청하는 것도 예외적인 데다 외국 국적자이기도 해서요. 잠깐이기는 했지만 절차에 맞춰 허가를 받기 위해 돌아가신 분 서명이라도 받아야 하는 건 아닌지 고민할 정도였습니다." 토라는 예의상 웃어보였지만 곁눈질로 확인한 매튜의 얼굴은 화석처럼 굳어져 있었다. 의사는 눈길을 돌리더니 말을 이었다. "그렇지만 이 사건이 특이한 건 절차적인 문제 때문만은 아니었어요. 제가 자세히 설명하지 않아도 잘 아실 겁니다." 의사는 다시 미소를 지었다. "지금껏 제가 집도한 것 중에서 가장 특이하고 기괴한 부검이었으니까요. 저도 나름 외국에서 공부하며 별 희한한 경우를 다 봤는데도 말입니다."

토라와 매튜는 아무런 대꾸도 하지 않고 의사의 다음 말을 기다렸다. 토라는 매튜에 비해 눈에 띄게 이 상황을 즐긴 반면, 매튜는 동상처럼 뻣뻣한 얼굴이었다.

의사는 목을 가다듬으며 파일을 펼쳤다. "그렇더라도 일단은 상대적으로 일반적인 부분들 먼저 짚어보도록 하죠."

"그러시죠." 매튜가 퉁명스럽게 대꾸했다. 토라는 실망감을 감추기 힘들었다. 기괴한 부분부터 살펴보기 원했기 때문이다.

"일단 사망원인은 목졸림에 의한 질식사입니다." 의사는 파일을 가볍게 두드리며 말했다. "면담을 마치고 나면 부검결과를 자세히 읽어보실 수 있도록 사본을 한 부 준비해드리겠습니다. 사망원인과 관련해 핵심은 피해자가 어떤 방식으로 목이 졸렸느냐 하는 것입니다. 저희는 벨트가 사용된 것으로 추정하고 있습니다. 금속 재질 장식이 있는 벨트 말입니다. 모르긴 몰라도 목을 조를 때 상당한 물리력이 동원됐을 겁니다. 목 부분에 확연한 자국이 남았거든요. 그리고 어떤 이유에선지 피해자의 숨이 끊어진 이후에도 한참 동안 살해도구가 목을 조르고 있었을 가능성이 높습니다. 고통을 주고 싶었을 수도 있고, 분노 때문이었을 수도 있죠."

"그건 어떻게 알아내셨죠?" 토라가 물었다.

의사는 파일을 뒤적이더니 사진 두 장을 꺼내 토라와 매튜가 잘 볼 수 있도록 책상에 올려놓았다. 심하게 훼손된 하랄트의 목 부분이 드러난 사진이었다. "목의 눌린 자국 가장자리를 보시면 뚫렸거나 마찰에 의해 화상을 입은 상처들이 보일 겁니다. 다시 말해서 벨트의 표면이 다소 울퉁불퉁했다는 뜻이죠. 그리고 정확한 형태까지는 알 수 없어도 모양이 일정치 않았다는 것을 유추할 수 있습니다. 상처의 폭이 제각각인 걸로 봐서 너비가 들쑥날쑥했을 테고요." 의사는 한 장의 사진을 가리키며 설명했다. "또 하나 흥미로운 점은 목 아래쪽에 훨씬 예전에 생긴 것으로 보이는 흉터가 남아있다는 겁니다. 심각한 상처는 아니지만 눈여겨볼 대목이죠." 의사는 두 사람을 바라보며 물었다. "혹시 이 오래된 상처에 대해 아는 게 있으신가요?"

매튜가 먼저 대답했다. "아뇨. 없습니다." 토라는 아무 말도 하지 않았지만 상처의 원인은 짐작이 갔다. "이번 사건과는 아무런 관련이 없을 겁니다. 단정할 수 없는 일이지만요."

의사는 매튜의 대답에 만족한 듯했다. 적어도 더 이상은 캐묻지 않았다. 그는 목 부분이 확대된 다른 사진을 가리키며 말했다. "이건 같은 부위를 확대한 사진인데요, 양각이 들어간 벨트 버클 또는 알 수 없는 어떤 물체가 피해자의 목을 파고 들어간 걸 확인할 수 있습니다. 자세히 보시면 작은 단검 같기도 하죠. 물론 전혀 다른 모양일 수도 있지만요. 석고로 그대로 본을 뜬 게 아니니까요."

토라와 매튜는 얼굴을 가까이 들이대고 사진을 자세히 살펴보았다. 의사의 말이 맞았다. 알 수 없는 물체가 남긴 자국이 목에 선명하게 나있었다. 사진 하단에 나와있는 확대 비율을 감안했을 때 자국을 남긴 물체의 길이는 8에서 10센티미터 가량이었고 자국의 윤곽은 확실히 단검 혹은 십자가와 많이 닮아있었다.

"이건 뭐죠?" 매튜가 단검 자국 양쪽의 긁힌 흔적을 가리켰다.

"끝이 날카로운 무언가가 단검 뒷면에 붙어있던 듯합니다. 벨트가 조여지면서 그 날카로운 것이 피부를 뚫은 거죠. 이게 최대로 확대한 사진입니다."

"벨트인지 뭔지, 그 살해도구는 어떻게 된 겁니까?" 매튜가 물었다. "발견됐나요?"

"아닙니다." 의사가 대답했다. "살인범이 없애버렸어요. 살해도구에서 자신의 유전자가 검출되리라는 사실을 알았을 겁니다."

"실제로 검출이 가능한가요?" 토라가 물었다.

의사는 어깨를 으쓱했다. "누가 알겠습니까? 하지만 사건 발생 이후 상당한 시간이 흐른 지금 살해도구가 발견된다면 유전자가 검출되더라도 신뢰하기 어려울 겁니다." 그는 목소리를 가다듬고 말을 이었다. "그럼 이제 사망 추정 시각에 대해 얘기해볼까요. 사망 추정은 기술적으로 훨씬 더 복잡한 문제입니다." 의사는 파일을 넘겨보더니 서류 몇 장을 꺼냈다. "사망 시각 추정 과정에 대해 얼마나 알고 계신지 모르겠습니다. 어떻게 사망 시각을 예측하는지 말이죠." 의사는 토라와 매튜를 바라보았다.

"전혀 아는 바가 없습니다." 토라가 재빨리 대꾸했다. 토라는 자신의 호들갑 때문에 매튜가, 비록 아무 말도 하지 않았지만 짜증이 났다는 걸 눈치챘다. 물론 토라는 전혀 신경 쓰지 않았지만.

"그렇다면 이 과정에 대해 간단히 설명을 드려야 이 작업이 근거 없는 마법 같은 것도 아니고, 그렇다고 반박의 여지가 없는 팩트도 아니라는 점을 이해할 수 있겠군요. 추정 시각이라는 건 다양한 정보와 수거한 단서들의 정확성에 따라 달라질 수 있기 때문에 말 그대로 가능성에 불과합니다."

"수거한 단서들이라고요?" 토라가 물었다.

"네. 사망 시각을 추정하려면 시신이나 시신 주변과 현장에서 단서를 수거해야 합니다. 그리고 피해자의 사망 전 정보로부터도 단서를 찾아야 하죠. 예를 들어 피해자가 마지막으로 발견된 건 언제 어디였는지, 마지막으로 식사를 한 건 언제였는지, 생활습관은 어땠는지 등을 파악해야 합니다. 이번처럼 잔인한 살인사건일 경우 이런 단서들이 특히 중요하죠."

"물론 그렇겠죠." 토라는 의사를 향해 미소를 지었다.

"그렇게 얻은 단서나 정보를 다양한 방법으로 계산해서 가장 근접한 사망 시각을 추정하게 됩니다."

"어떤 방법으로요?" 토라가 다시 물었다.

의사는 의자 등받이에 몸을 기댔다. 토라가 보이는 관심에 한껏 고무된 게 틀림없었다. "두 가지 방법이 있습니다. 첫 번째는 시신에 나타난 변화를 측정하는 것. 사후경직과 부패의 정도, 그리고 체온처럼 확인 가능한 변화를 관찰하는 겁니다. 두 번째 방법은 수집한 정보를 여러 시점들과 비교하는 겁니다. 사망자의 위장에 남아 있는 음식은 언제 섭취했는지, 얼마나 소화가 되었는지 등을 확인하는 방법이죠."

"하랄트는 언제 사망한 겁니까?" 매튜가 단도직입적으로 물었다.

"대답하기 아주 까다로운 질문입니다." 의사가 미소를 지으며 설명을 이어갔다. "하던 얘기를 계속하자면, 사망 시각을 계산하는 데 사용한 정보들에 대해 먼저 설명을 드리겠습니다. 제가 말씀드렸는지 모르겠지만 사망 이후 시신이 빨리 발견되면 될수록 증거의 신뢰도도 높아집니다. 이번 사건의 경우 사망 시점과 발견 시점의 시간 차가 하루 반이었으니, 운이 좋았다고 할 수 있죠. 그리고 시신이 실내에서 발견됐기 때문에 주변 온도 역시 확인 가능했고요." 의사는 노란 파일을 펼치더니 한 페이지의 텍스트를 잠시 훑어보았다. "경찰조사에 따르면 하랄트는 사망 전인 토요일 밤 23시 42분에 마지막으로 목격된 게 확인됐어요. 목격자 진술에 의하면 당시 그는 택시 기사에게 돈을 내고 흐링브라우트에서 내렸죠. 사망 추정 시각은 테르미누스 아 쿠오terminus a quo라고 합니다. 시신이 발견된 시점을 뜻하는 테르미누스 아드 쿠엠terminus ad quem은 물론 10월 31일 월요일 오전 7시 20분이 되겠죠."

의사는 잠시 말을 멈추고 두 사람을 쳐다보았다. 토라는 잘 따라가고 있으니 계속 설명을 해달라는 뜻으로 고개를 끄덕였다. 반면 매튜는 아까와 마찬가지로 동상처럼 미동도 없었다.

"시신이 발견된 후 경찰이 현장에 도착하자마자 체온을 측정했는데 주변 온도와 일치했습니다. 그건 피해자 사망 이후 시간이 어느 정도 경과했다는 뜻입니다. 정확한 변화 속도를 파악하려면 여러 요소를 고려해야 합니다. 예를 들어, 비율적으로 표면 면적이 넓어 열방출에 시간이 더 많이 걸릴 수밖에 없는 뚱뚱한 사람보다는 날씬한 사람에게서 체온 변화가 더 빨리 일어납니다." 의사는 손짓을 곁들여가며 설명했다. "또한 사망자가 입고 있던 옷의 두께와 시신의 상태 및 자세, 기류, 습도 등 다양한 요소들에 좌우됩니다. 이런 모든 정보가 제가 말씀드린 단서에 포함되는 것이죠."

"그래서 결론이 뭔가요?" 매튜가 다그치듯 물었다.

"특별한 건 없었습니다. 사망 추정 시각의 폭을 약간 좁혀준 정도죠. 이 방법으로는 시신의 온도가 주변 온도와 차이를 보일 때에만 사망 시각을 확인할 수 있거든요." 의사는 한숨을 내쉬었다. "시신의 온도가 주변 온도에 도달하면, 체온은 그대로 유지되죠. 다만 시신이 주변 온도에 도달하는 시간을 계산해서, 그걸 사망 이후 최소 경과 시간으로 추정하는 건 가능합니다." 의사는 서류를 내려다보며 말했다. "이걸 한번 보시죠. 분석 내용을 보면 테르미누스 아드 쿠엠은 사망 시간으로부터 20시간 이후로 좁혀집니다."

"말씀하신 내용 모두 매우 흥미롭군요, 진심으로요." 매튜가 말했다. "하지만 저는 하랄트가 언제 죽었고 어떻게 사망에 이르렀는지를 알고 싶습니다." 그는 토라를 쳐다보지 않았다.

"네, 물론이죠. 죄송합니다." 의사가 다시 설명했다. "사후경직 정도를 보면 사망은 시신이 발견되기 최소 24시간 전에 발생한 것으로 추정됩니다. 사망 추정 시간대가 더욱 좁혀지는 셈이죠." 그는 매튜와 토라를 번갈아 바라보았다. "사후경직에 대해서도 자세히 설명할까요? 원하시면 간략하게 설명할 수 있습니다."

"네. 그렇게 해주세요." 토라의 말과 동시에 매튜가 대답을 했다. "아뇨. 그러실 필요 없습니다."

"여성분께 선택권을 드리는 게 예의 아닐까요?" 의사는 토라를 바라보며 웃었다. 토라 역시 의사를 향해 눈을 빛냈다. 매튜는 토라를 옆눈으로 흘기며 잔뜩 심통난 표정을 지었지만 토라는 무시했다. "명칭에서 짐작할 수 있듯이 사후경직은 사망 후 시신이 굳어지는 현상을 말합니다. 이런 현상이 일어나는 이유는 근육 세포속 산성이 떨어지면서 근육 단백질 안에서 화학적 변화가 발생하기 때문이죠. 산소도 공급받지 못하고 포도당도 생성하지 못하면서 세포의 수소이온 농도가 급격히 감소합니다. 그 다음 ATP 뉴클레오티드 수치가 임계점 아래로 떨어지면서 사후경직이 시작되는 거죠. ATP가 액틴과 미오신의 결합을 방해하니까요."

토라가 액틴과 미오신의 흥미로운 결합에 대해 질문하려는 순간, 매튜가 의도적으로 토라의 발을 밟았고 토라는 황급히 입을 닫았다. 대신 그녀는 "잘 알겠습니다."라는 짧은 말로 대꾸했지만, 그말은 전혀 사실이 아니었다. 토라는 오전 내내 동상 같기만 했던 매튜가 그날 처음 미소 짓는 모습을 목격했다.

의사가 말을 이었다. "사후경직은 가장 많이 사용하는 부위에서 시작해 다른 곳으로 서서히 퍼져나갑니다. 사후경직이 절정에 다다르면 몸이 딱딱해지면서 한창 사후경직이 진행 중일 때의 자세로 굳어버리죠. 이런 상태가 오래 지속되지는 않습니다. 왜냐면 사후경직은 시간이 지나면 점차 약화되기 때문에 근육이 다시 부드러운 상태로 돌아오거든요. 일반적인 경우 사후경직은 사후 12시간 경에 최고조에 다다랐다가 36~48시간 정도 지나면 점차 약화되기 시작합니다. 그러나 하랄트처럼 질식사한 경우에는 이 과정이 더디게 일어납니다." 의사는 서류를 살펴보더니 사진을 몇 장 꺼내 두 사람에게 내보였다. "보시다시피 하랄트의 시신은 발견 당시 단단하게 굳은 상태였습니다."

매튜가 토라보다 먼저 사진을 집어들었다. 그는 눈 하나 깜짝하지 않고 사진을 바라보고는 토라에게 넘겼다. "상당히 구역질나는 모습이군요." 매튜가 토라에게 사진을 건네며 말했다.

'구역질난다'는 말은 토라가 마주한 사진 속 광경에 비하면 턱없이 순화된 표현이었다. 사진 속에는 토라가 가족사진으로 얼굴을 접했던 하랄트 건틀립이라는 젊은 남자가 괴기스러운 자세로 누워 있었다. 매튜가 준 파일에서 이미 한 번 본 사진이지만 지금 눈앞의 선명한 광경에 비하면 그 사진들은 너무나 흐릿하고 복사 상태도 엉망이어서 어린이 TV 프로그램에서 방영해도 무방할 정도였다. 하랄트의 팔 하나는 마치 천정을 가리키기라도 하듯 팔꿈치에서부터 위를 향해 쭉 펴져 있었다. 팔을 그 자세로 고정하거나 지탱하도록 해주는 도구는 전혀 없었다. 그럼에도 그가 죽었다는 사실은 한눈에 알 수 있었다. 얼굴은 잔뜩 부어 부풀은 데다 아주 이상한 색으로 뒤덮여 있었다. 토라는 그게 사진이 잘못 현상되어 생긴 문제가 아니란 걸 잘 알았다. 정작 그녀를 견디기 힘들게 하는 건 따로 있었다. 눈. 아니, 좀 더 정확하게 말하자면 눈구멍이었다. 토라는 서둘러 사진을 매튜에게 도로 건넸다.

"보시다시피 시신은 아마 뭔가에 기대어져 있었을 테고 손은 그 자세로 굳어졌을 겁니다. 제가 굳이 설명하지 않아도 범행이 복도에서 벌어지지 않았다는 건 아실 테고요. 그 대학교수가 월요일 아침에 복사실 문을 열었을 때 시신이 밖으로 쓰러졌죠. 교수의 진술로 판단하건대, 시신은 복사실에 숨겨진 채 문에 기대어 있었거나 또는 문이 열리면 넘어지도록 미리 준비를 해뒀을 수 있습니다. 사진에서 알 수 있듯 복사실 문은 복도를 향해 열려 있거든요."

매튜는 사진을 자세히 들여다보더니 아무 말도 없이 고개만 끄덕였다. 토라는 그걸로 충분했다. 사진을 또 보고 싶은 마음은 추호도 들지 않았다. "그런데 사망 추정 시각에 대해서는 아직 말씀을 안 해주셨습니다." 매튜는 사진을 의사에게 건네며 말했다.

"그렇군요. 죄송합니다." 의사는 서류를 여기저기 뒤적이다 가지런히 놓은 후 말했다. "시신의 위장에 들어있던 음식물과 혈액 속 암페타민이 흡수된 정도를 계산해보면 사망 시각은 새벽 1시에서 1시 30분 사이로 추정됩니다." 의사는 고개를 들고 자세히 설명했다. "피자와 암페타민을 섭취한 시각은 확인됐습니다. 피자는 그날 밤 9시쯤 먹었고, 암페타민은 파티 장소를 떠나기 직전인 11시 반경에 흡입했죠." 그는 사진 한 장을 꺼내더니 매튜에게 건넸다. "피자의 소화 시간은 비교적 잘 알려져 있고 관련 자료도 많습니다."

매튜는 무표정한 얼굴로 사진을 보았다. 그리고 그걸 토라에게 넘겼다. 그는 또다시 웃으며 말했다. "점심으로 피자 어때요?"

토라는 사진을 받아들었다. 사진은 위장의 내용물을 촬영한 것이었다. 토라가 앞으로 피자를 사먹는 일은 없을 것이다. 토라는 평정심을 잃지 않으려고 애쓰면서 사진을 다시 매튜에게 건넸다.

"암페타민 분석은 약리연구소에서 진행했습니다. 부검보고서와 함께 암페타민 분석결과 사본도 한 부 준비해 드리죠. 엑스터시 한 알도 반쯤 소화된 채로 위장에서 발견됐습니다. 하지만 몇 시에 섭취한 것인지 파악할 수 없으니 사망 시각을 계산하는 데는 전혀 쓸모가 없습니다."

"알겠습니다." 매튜가 대답했다.

의사가 말을 이었다. "그리고 부검을 통해 시신이 살해 후 몇 시간 뒤 옮겨졌다는 사실도 드러났습니다. 혈액 공급이 멈춘 직후 시신의 맨 아래 부분들에 생긴 멍 자국을 보고 알게 된 거죠. 사망 직후에 혈액은 중력에 의해 물웅덩이처럼 아래로 고이기 시작하거든요. 그런데 동시에 멍이 생길 수 없는 부위들에서 자국이 발견된 거죠. 그러니까 등, 엉덩이, 종아리뿐만 아니라 발바닥, 손가락, 턱에서도 멍이 발견됐습니다. 전자의 자국들은 상대적으로 덜 선명한데, 그 말인 즉 처음에는 시신이 바로 누운 자세였다가 시간이 좀 흐른 뒤부터 바로선 자세로 있었다는 뜻입니다. 그리고 신고 있던 신발을 보아도, 시신은 얼마간의 거리를 끌려 옮겨진 것으로 보입니다. 아마 범인은 시신의 두 다리가 바닥에 닿은 상태에서 부축

해 끌고 옮겼을 겁니다. 시신을 옮긴 이유는 저희도 알 수 없고요. 제 생각에는 범인이 하랄트를 자신의 집에서 살해한 뒤 바로 시신을 처리할 수 없는 상황이었던 게 아닐까 싶습니다. 아마 술에 잔뜩 취해 있었겠죠. 하필이면 시신을 교직원 건물로 옮긴 이유 역시 알 수 없습니다. 방금 사람을 죽인 범인이 생각해낸 장소라고 하기에는 어딘가 좀 이상하죠."

"그럼 눈은 어떻게 된 겁니까?" 매튜가 물었다.

의사는 목을 가다듬고 말했다. "눈요. 그것 역시 제가 풀지 못한 수수께끼입니다. 유족 분들도 아시는 것처럼 두 눈은 사망 이후에 제거되었어요. 그나마 좀 위안이 되는 점이죠. 하지만 왜 눈을 제거했는지는 저로서도 알 수 없습니다."

"대체 시신에서 어떻게 눈을 빼낸 거죠?" 토라는 질문을 내뱉는 순간 자신의 말을 후회했다.

"방법은 여러 가지입니다." 의사가 설명을 시작했다. "범인은 부드러운 도구를 사용했던 것 같습니다. 어쩌면 단서가 부족해서일 수도 있겠지만, 지금까지 나온 모든 단서들이 그 방향을 가리키더군요." 의사는 다시 사진들을 넘겨보기 시작했다.

토라가 서둘러 의사를 막았다. "선생님 말씀을 전적으로 믿습니다. 그러니 굳이 사진을 보여주실 필요 없습니다."

매튜가 토라를 보며 히죽거렸다. 토라가 이 상황에 역겨움을 느낀다는 사실을 고소해하고 있음에 틀림없었다. 아까 복도에서 그런 대화를 나눴으니 놀라울 것도 없었다. 짜증이 솟구친 토라는 본때를 보여주기로 했다. "처음에 이번 부검이 기이하고 일반적이지도 않다고 말씀하셨는데요, 그게 정확히 어떤 뜻인가요?"

의사는 안색이 밝아지더니 몸을 책상 쪽으로 기울였다. 그 역시 이 주제에 대해 이야기하고 싶었던 게 틀림없었다. "하랄트 건틀립과 얼마나 가깝게 지내셨는지 모르겠습니다만, 어쩌면 이미 다 아시는 사실일 수도 있겠지요." 그는 다시 서류를 뒤적이더니 사진을 몇 장 꺼냈다. "이게 제가 말씀드리려던 겁니다." 의사는 사진을 토라와 매튜 앞에 가지런히 내려놓았다.

토라는 한참이나 들여다보고 나서야 몸서리를 치며 물었다. "윽! 이게 대체 뭔가요?"

"그렇게 반응하시는 게 당연합니다." 의사가 대답했다. "하랄트 건틀립은 자기 몸으로 신체 변형을 실험하고 있었습니다. 신체 변형이라는 건, 그런 풍습을 가진 나라들에서 사용하는 표현입니다. 처음 혀의 상태를 봤을 때 저는 이 역시 범인이 훼손한 거라고 생각했어요. 그런데 이미 상당한 수준으로 회복이 진행된 사실을 확인한 뒤에야 한참 전에 저렇게 됐다고 확신했죠. 도착 행위에 있어서 혀 피어싱과는 차원이 전혀 다르다고밖에 할 말이 없습니다."

토라는 혐오스러운 사진을 차례대로 들여다보았다. 순간 견디기 힘든 메스꺼움이 치밀어 오르자 토라는 자리에서 일어났다. "실례하겠습니다." 그녀는 이를 악문 채 겨우 한 마디를 웅얼거리고는 문을 향해 달려갔다.

그 순간, 매튜가 짐짓 놀랐다는 듯 조소에 가까운 말을 의사에게 던졌다. "이상하네요. 아이를 둘이나 낳으신 분인데."

7장

다문화교류센터에는 사람이 거의 없었다. 토라가 이곳 카페를 고른 이유도 시내 대부분의 공간들과 달리 차분한 대화가 가능했기 때문이다. 옆 테이블 손님이 대화를 엿듣지나 않을까 걱정하지 않고 이야기를 나눌 수 있는 곳이었다. 토라와 매튜는 분리된 작은 방에 단둘이 앉아있었다. 부검보고서가 담긴 노란 파일이 두 사람 앞 모자이크 문양 테이블 위에 놓여있었다.

"커피를 마시면 기분이 좀 나아질 겁니다." 웨이트리스가 주문받고 나간 문 쪽을 바라보며 매튜가 어색하게 입을 열었다.

"전 괜찮아요." 토라가 퉁명스럽게 대꾸했다. 토라는 정말 괜찮았다. 아까의 메스꺼움은 이미 지나간 후였다. 사무실 밖으로 나온 토라는 복도에 딸린 화장실로 들어가 찬물로 얼굴을 씻었다. 그녀는 전 남편이 의대에 다니던 시절 여기저기에 펼쳐놓은 교재를 발견할 때마다 얼마나 구역질이 나고 불쾌했는지 떠올렸다. 하지만 교재 속 사진은 오늘 아침에 본 부검 사진에 비하면 아무것도 아니었다. 교재 속 삽화들이 좀 더 비인격적이었기 때문에 그렇게 느꼈는지도 모른다. 그녀는 다소 부드러운 어조로 말했다. "제가 왜 갑자기 그랬는지 모르겠어요. 의사가 불쾌해하지 않아야 할 텐데."

"아주 끔찍한 사진들이었잖아요. 평범한 사람이라면 대부분 똑같은 반응을 보였을 겁니다. 의사한테 미안해할 필요도 없고요. 의사한테는 얼마 전 배탈이 나서 그런 사진을 보기에는 타이밍이 안 좋았다고 말해뒀습니다."

토라는 고개를 끄덕였다. "그나저나 대체 그게 다 뭐죠? 사진을 볼 때만 해도 다 알 것 같았는데, 지금 와서 생각해보면 제가 제대로 이해한 건지 혼란스럽네요."

"변호사님이 나가고 나서 의사와 사진들을 하나씩 훑어봤습니다." 매튜가 설명했다. "하랄트는 그동안 온갖 방법으로 자기 몸을 자발적으로 훼손해온 모양입니다. 의사 말로는 가장 오래된 것들은 이미 몇 년이 지난 상태고, 가장 최근의 것은 두 달 전에 생긴 흔적이라고 하더군요."

"왜 그런 짓을 했을까요?" 토라는 젊은 남자가 무슨 동기로 자기 몸을 난도할 수 있는지 도저히 이해할 수 없었다.

"누가 알겠습니까." 매튜가 대답했다. "하랄트는 한 번도 평범했던 적이 없어요. 제가 그 집안 사람들을 처음 만났을 때부터, 하랄트는 언제나 극단적인 사람들과 어울렸지요. 한때는 환경주의자들과 어울려 다니더니 그 다음에는 G8 반대 그룹에 관심을 보였죠. 그러다가 마지막에 역사학에 푹 빠지는 걸 보고 저는 하랄트가 이제야 제 길을 찾았다고 생각했습니다." 매튜는 노란 파일을 가볍게 두드리며 말을 이었다. "왜 그런 짓을 했는지는 저로서도 상상할 수 없습니다."

토라는 아까 본 사진들과 하랄트가 겪었을 신체적 고통을 떠올리며 잠시 아무 말도 하지 않았다. "그런데 마지막에 본 사진들은 대체 뭐였나요?" 토라는 서둘러 덧붙였다. "또 화장실로 달려가는 일은 없을 테니 걱정 말아요."

바로 그때 커피와 간식거리를 쟁반에 받쳐든 웨이트리스가 문을 열고 들어왔다. 둘은 동시에 웨이트리스에게 고맙다고 인사를 했다. 웨이트리스가 문을 닫고 나가자 매튜가 입을 열었다. "그건 하랄트가 여태껏 받은 각종 시술이며 외과수술의 결과물이라고 할 수 있죠. 제가 가장 놀란 건 혀 때문이었어요. 기억하시겠지만 사진 가운데 하나가 하랄트의 입을 촬영한 거였습니다." 토라가 고개를 끄덕이자 매튜는 말을 이었다. "혀를 두 갈래로, 세로 방향으로 잘라버린 거죠. 뱀의 혀와 유사한 모양을 만들려는 의도였을 겁니다. 결과물 역시 실제 뱀의 혀와 꽤 비슷했고요."

"그러고 나서도 말을 정상적으로 할 수 있나요?" 토라가 물었다.

"의사의 말에 따르면 수술 이후 혀 짧은 소리가 났을 거라고 하더군요. 하지만 장담할 수는 없답니다. 그리고 그런 수술이 전례가 없는 것도 아니라는군요. 아주 드물기는 해도 그런 식으로 수술을 받는 사람들이 간혹 있답니다."

"그 수술을 직접 하지는 않았겠죠? 누가 그런 수술을 할까요?"

"의사는 혀의 상처가 완전히 아물지 않은 걸로 봐서 최근에 받은 수술이라고 추정했어요. 어떤 외과의가 그런 수술을 집도했는지 전혀 모른다고 했지만, 마취제와 외과용 칼과 집게만 있으면 누구든 쉽게 할 수도 있는 수술이라더군요. 외과의사일 수도 있지만 외과 간호사나 치과의사일 가능성도 배제할 수 없죠. 덧붙여 수술을 한 누군가가 항생제와 진통제를 처방해줄 수 있거나 최소한 그러한 의약품에 접근할 수 있는 사람일 거라고 추측했습니다."

"하느님 맙소사, 뭐라고 할 말이 없네요." 토라는 한숨을 쉬었다. "그럼 다른 것들은요. 피어싱에 흉터, 표식, 뿔 모양에다가…, 뭐라고 불러야 좋을지 모를 것들도 있었잖아요?"

"의사 말로는 하랄트가 피부 안에 여러 가지 물체를 이식해서 그 윤곽이 양각처럼 피부 바깥으로 드러나게 만든 거라고 합니다. 두 어깨에 튀어나와 있는 작은 못들 역시 같은 방식으로 이식됐고요. 부검을 진행하면서 서른두 개의 물체를 제거했다고 하더군요. 사진으로 보셨던, 생식기에 박힌 작은 징을 포함해서요." 매튜는 부자연스럽게 토라를 바라보았다. 토라는 커피를 한 모금 마시고는 그런 단어를 듣는 게 전혀 불편하지 않다는 뜻으로 미소를 지었다. 매튜가 말을 이었다. "그리고 몸에는 심벌도 새겨져 있었는데, 모두 흑마술 및 악마숭배와 관련된 것들이었죠. 심벌을 얼마나 많이 새겼는지, 몸에 장식 없는 부위가 거의 없을 정도입니다." 매튜는 잠시 말을 멈추고 작은 빵 한 조각을 먹었다. "기존의 타투는 별로 마음에 들지 않았는지 흉터가 많더라고요."

"흉터요?" 토라가 물었다. "타투 제거수술을 받은 건가요?"

"아, 아뇨. 그 흉터가 바로 타투인 거죠. 피부를 베거나 도려내서 흉터를 남기는 방식으로 문양이나 심벌을 만드는 겁니다. 그런 과정을 견뎌내다니 보통 결단력이 아니었나 봅니다. 의사 말로는 피부 이식수술을 받지 않는 이상 이런 타투는 제거가 불가능하답니다. 물론 이식수술을 받으면 더 큰 흉터가 남겠지만요."

"정말요?" 충격을 받은 토라가 되물었다. 그녀가 어릴 때는 한쪽 귀에 피어싱을 두 개만 해도 과격하다는 소리를 들었다.

"그리고 하랄트의 몸에 있는 절개된 자국 중 하나는 사망 이후 생긴 상처랍니다. 처음에는 최근에 새긴 타투라고 생각했는데, 자세히 검사해보니 그게 아니었다는군요. 마법 심벌처럼 생긴 그 상처가 가슴에 새겨져 있었답니다." 매튜는 주머니에서 펜을 꺼내더니 냅킨을 한 장 집어들었다. 그는 냅킨에 심벌을 그린 다음 토라가 볼 수 있게 냅킨을 돌려서 내밀었다. "의사도 심벌의 의미는 모른답니다. 경찰에서도 정확한 뜻을 파악하지 못했으니 어쩌면 범인이 현장에서 만들어낸 것일지도 모르죠. 아니면 심벌을 새기던 중 자신감을 잃고 원래 계획했던 모양을 완성하지 못했을 가능성도 있습니다. 피부에 심벌을 새기는 건 쉽지 않거든요."

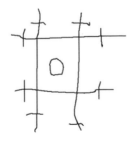

토라는 냅킨을 들어 심벌을 자세히 들여다봤다. 심벌은 마치 틱택토Tic-Tac-Toe 게임처럼 네 개의 선이 가운데에 하나의 상자를 만드

는 모양새였다. 바깥 선들의 각 끄트머리에는 짧은 선이 그어지고 상자 안에는 동그라미가 새겨져 있었다.

토라는 냅킨을 매튜에게 건넸다. "마법 심벌에 대해서는 전혀 아는 바가 없어요. 예전에 룬 문자 모양 목걸이를 하고 다닌 적 있지만, 그게 무슨 의미였는지조차 기억나지 않네요."

"이런 걸 잘 아는 사람과 이야기를 나눠봐야겠습니다. 혹시 모르죠. 경찰이 심벌에 대해 철저하게 조사하지 않았을 수 있어요. 또 심벌의 의미를 알면 사건을 해결하는 데 도움이 될 수도 있죠." 매튜는 냅킨을 네 조각으로 찢었다. "이렇게 귀찮은 일까지 한 걸 보면 분명 범인이 의도한 바가 있습니다. 보통 살인자들은 범행 이후 최대한 빠른 시간 안에, 최대한 멀리 달아나려는 생각밖에 안 하는데 말이죠."

"어쩌면 범인은 사이코패스일 수도 있죠." 토라가 어깨를 으쓱하며 말했다. "제정신을 가진 사람이라면 시신에 룬 문자를 새기고 안구까지 뽑아갈 리 없잖아요." 토라는 몸서리를 쳤다. "아니면 마약이나 술에 만취했을 수도 있고요. 지금 구금되어 있는 딱한 그 남자처럼 말이에요."

"그럴 수도 있죠." 매튜가 커피를 한 모금 삼키더니 말을 이었다. "아닐 수도 있고요. 가급적 빨리 그 청년을 만나봐야겠습니다."

"제가 변호인에게 연락해볼게요." 토라가 말했다. "변호인이니까 면담 자리를 주선해줄 수 있을 거예요. 우리에게 협조하는 게 자신에게도 도움이 되고요. 상호이익에 부합하는 셈이죠. 게다가 경찰도 찾지 못한 진범을 우리가 찾아낸다면 자기 의뢰인이 누명을 벗게 되는 거잖아요. 경찰에는 이미 수사보고서 전체를 요구하는 공문을 보냈어요. 제가 알기로 아주 민감한 사건이 아닌 이상 유족에게는 지체 없이 보고서를 공개하고 있거든요."

매튜는 빵 한 조각을 더 집어서 먹더니 시간을 확인했다. "혹시 저와 같이 하랄트의 아파트에 가보시겠습니까? 제게 열쇠도 있고, 경찰에서 지난번 집을 수색하면서 가져갔던 증거품 일부를 돌려줬습니다. 집에 가서 증거품도 살펴보고 건질 만한 게 있는지 확인도 해볼 겸."

토라는 매튜의 제안을 받아들였다. 그 다음 길피에게 문자를 보내 학교를 마친 후 방과 후 교실에 있는 동생을 데리고 집에 가달라고 부탁했다. 토라는 솔리가 집에 잘 도착했다는 소식을 들으면 기분이 좋아졌고, 그래서 가끔 아들에게 동생을 데리고 일찍 집에 들어가라고 부탁하곤 했다. 되도록이면 길피를 이런 일에 이용하지 않으려고 했지만 대부분의 경우 아들은 엄마의 부탁을 순순히 들어줬다. 토라가 휴대폰을 닫으려는데 길피에게서 답장이 왔다. '알았어. 그런데 언제 들어올 거야?' 토라는 6시쯤 들어갈 거라고 답장을 보냈다. 요즘 들어 부쩍 아들이 엄마의 귀가 시간에 관심을 갖는 이유가 궁금해졌다. 어쩌면 길피는 그냥 누구의 방해도 받지 않고 컴퓨터 게임을 하고 싶었을 수도 있다. 하지만 귀가 시간을 자주 묻는 이유에 호기심이 생기는 건 어쩔 수 없었다.

토라는 외근이 길어진다는 걸 알리기 위해 사무실에도 전화를 걸었다. 아무도 전화를 받지 않았다. 벨은 다섯 번쯤 울리다가 자동응답기로 넘어가 버렸다. 토라는 메시지를 남긴 뒤 전화를 끊었다. 비서 벨라의 주요 업무 중 하나가 전화 응대였지만 토라가 외부에서 어쩌다 한 번씩 사무실에 전화를 걸면 그 중 절반은 받지 않았다. 토라는 한숨을 내쉬었다. 이 문제를 가지고 또다시 입씨름을 벌이는 건 무의미하다고 체념했다. "다 됐어요. 이제 출발할까요?" 토라가 말했다. 그 사이 매튜는 남은 음식을 모두 먹어치웠다. 토라는 남은 커피를 마시고 자리에서 일어나 코트를 입었다.

카페를 나서기 전 매튜는 카운터에 들러 커피 값을 치렀다. 그는 건틀립 부부가 모든 비용을 부담한다는 점을 유독 강조했지만, 토라는 그게 단순히 사실을 전달한다는 의무감에서 비롯된 것인지 아니면 혹시라도 이 자리를 일종의 데이트라고 착각하지 못하도록 사전에 방지하려는 차원인지 확신할 수 없었다. 토라는 고개를 까딱하며 고맙다는 인사를 했다.

두 사람은 추운 건물 밖으로 나가 렌터카를 세워둔 주차장으로 향했다. 하랄트의 아파트는 크베르피스가타에서 얼마 떨어지지 않은 베르그스타다스트라에티에 있었다. 스콜라뵈르두스키구르에 있는 사무실에서 일을 시작한 이후로 토라는 중앙 씽크홀트 구역의 지리에 아주 익숙해져 있었다. 때문에 매튜에게 길 안내를 하는 건 그야말로 식은 죽 먹기였다. 씽크홀트 구역의 도로가 복잡할 정도는 아니지만 초행자 입장에서 좁다란 일방통행로를 따라 길을 찾는 건 간단한 일이 아니었다. 두 사람은 하랄트의 아파트가 있는 베르그스타다스트라에티의 육중한 흰색 콘크리트 건물 앞에 주차했다. 이 지역에서 가장 비싼 주택 가운데 하나였다. 한눈에 봐도 관리상태가 좋은 이 건물의 정확한 가격을 토라로서는 짐작하기조차 어려웠다. 다만 하랄트의 임대차계약서에서 본 천문학적인 금액의 월세가 다시금 떠올랐다.

"여기 와본 적 있어요?" 토라는 건물 옆문으로 걸어가면서 물었다. 거리를 향해 난 정문은 일층의 다른 아파트와 연결되어 있었다. 매튜의 말에 의하면 일층에는 건물주가 살고 있었다.

"네. 몇 번 왔습니다." 매튜가 대답했다. "하지만 제가 맡은 업무를 수행하기 위해 온 건 이번이 두 번째입니다. 그 외에는 경찰과 함께였죠. 경찰이 조사 목적으로 서류와 기타 물건을 수거해갈 때와 그 물건들을 돌려놓을 때, 그 사실을 확인해줄 증인이 동석해야 하거든요. 장담하지만 경찰보다는 우리가 이곳을 훨씬 더 철저하게 살펴볼 겁니다. 경찰은 후에가 범인이라고 단정지은 상태에서 조사를 진행했기 때문에 아파트 수색은 요식행위에 불과했어요."

"아파트도 주인만큼 괴상한가요?" 토라가 물었다.

"아뇨. 아주 평범합니다." 매튜는 가지고 있던 두 개의 열쇠 중 하나를 건물 옆문 자물쇠에 꽂았다. 두 열쇠는 아이슬란드 국기가 달린 열쇠고리에 매달려 있었다. 토라는 매튜가 저 열쇠들만을 보관할 목적으로 관광기념품 가게에서 열쇠고리를 구입한 게 틀림없다고 추측했다. 하랄트가 아이슬란드 전통 양모스웨터와 아기펭귄 인형으로 가득 찬 기념품점에 가서 저런 열쇠고리를 샀을 리 만무했다. "먼저 들어가시죠." 매튜는 문을 열어주며 말했다.

토라가 건물 안으로 발을 채 내딛기도 전에 건물 모퉁이에서 젊은 여자가 나타나더니 두 사람을 향해 꽤 유창한 영어 발음으로 말을 걸었다. "실례합니다." 여자는 입고 있던 카디건을 여미며 물었다. "하랄트의 가족 대리인이신가요?"

토라는 여자의 옷차림새를 보며 일층에 사는 주인이 틀림없다고 확신했다. 매튜는 손을 내밀어 영어로 인사를 건넸다. "네, 지난번 열쇠 건네주실 때 뵈었죠. 매튜라고 합니다."

"그런 거 같았어요." 여자는 웃으며 매튜와 악수를 나눴다. 날씬한 몸매에 몸짓도 우아했고, 관리받은 듯한 피부와 머릿결로 보아 부유한 사람이었다. 토라는 여자가 웃을 때 눈가와 입가에 지는 깊은 주름을 확인하고는 첫인상처럼 젊지 않을 수도 있겠다고 생각했다. 여자는 토라에게도 악수를 청했다. "안녕하세요. 구드룬이라고 합니다." 여자가 자기 소개를 했다. "저와 제 남편이 하랄트의 집주인이었어요."

토라도 미소를 지으며 인사를 했다. "이제 막 아파트 안을 살펴보려던 참이에요. 얼마나 걸릴지 모르겠지만요."

"오, 괜찮아요." 여자는 서둘러 말을 이었다. "저는 그냥 아파트가 언제쯤 비워질지 궁금해서 여쭤보려고 했어요." 여자는 이번에는 미안한 듯한 미소를 지었다. "몇 곳에서 문의가 들어와서요. 어떤 상황인지 잘 아시겠지만요."

토라는 전혀 상황을 이해할 수 없었다. 토라가 알기로 건틀립 부부는 계속해서 월세를 지불하고 있었다. 때문에 이렇게 좋은 동네에서 말썽 부리는 세입자도 없이 아파트 월세 수입을 챙기는 건 꽤나 훌륭한 조건이었다. 토라는 매튜를 쳐다보며 대신 대답을 해주길 기다렸다.

"안타깝지만 아직은 아닙니다." 매튜가 딱 잘라 말했다. "계약기간도 남아있고요, 지난번에도 말씀드린 것처럼요."

여자는 서둘러 사과했다. "아, 그럼요. 오해하지 마세요. 물론 계약은 아직 유효하죠. 저희는 그저 언제쯤 계약을 종료하실 계획인지 알고 싶었어요. 집세가 비싼 곳이라 저희가 원하는 월세를 낼 수 있는 세입자를 찾는 게 좋거든요." 여자는 토라를 어색한 눈빛으로 바라보았다. "실은 한 투자회사에서 거절하기 힘든 제안을 해왔어요. 그쪽에서 두 달 뒤에는 아파트를 넘겼으면 하는데, 하랄트의 가족 분들 계획에 따라 상황이 달라질 수 있잖아요. 무슨 말인지 아실 거예요."

매튜는 고개를 끄덕였다. "상황이 곤란하시다는 건 잘 알겠습니다만 죄송하게도 지금으로서는 어떤 확답도 드릴 수가 없습니다. 하랄트의 물건들에 대한 조사가 얼마나 진행되느냐에 따라 달라질 수 있거든요. 만에 하나라도 사건과 관련 있는 물건들이 검사를 받기도 전에 상자에 담기는 일은 없어야 하기 때문이죠."

추운 날씨 때문에 몸을 떨기 시작한 여자는 매튜의 말에 열심히 고개를 끄덕였다. "혹시라도 조사에 제 도움이 필요하다면 언제든 알려주세요." 여자는 어느 수입대행업체 이름이 박힌 명함을 내밀었는데 토라가 한 번도 들어보지 못한 업체였다. 명함에는 여자의 이름과 유선 전화번호, 휴대폰 번호가 나와있었다.

토라도 지갑에서 명함 한 장을 꺼내 여자에게 건넸다. "제 명함도 한 장 가져가세요. 그리고 사건에 도움이 될 만한 게 떠오르시면, 그게 무엇이든 전화를 주세요. 저희는 하랄트의 살인범을 찾고 있거든요."

여자의 눈이 튀어나올 것처럼 휘둥그레졌다. "경찰이 구금 중인 그 남자는 어떻게 된 거죠?"

"그 사람이 진범이 아니라는 의심이 들어서요." 토라는 간단하게 대답했다. 토라는 여자가 이 소식에 적잖이 충격을 받았다는 것을 알아차리고는 다급하게 덧붙였다. "하지만 걱정하실 필요는 전혀 없습니다. 진범이 누구든 이곳에 나타나는 일은 없을 테니까요." 토라는 미소를 지었다.

"아뇨. 그게 문제가 아니라," 여자가 주뼛거리며 말했다. "저는 사건이 다 종결된 줄로 알고 있었거든요."

여자와 작별인사를 나눈 토라와 매튜는 따뜻한 건물 안으로 들어갔다. 복도에는 위층 아파트로 통하는 하얀 계단이 매끈하게 나 있었다. 매튜의 설명대로 공용세탁실로 들어가는 문도 눈에 띄었다. 위층 층계참에 다다르자 매튜는 열쇠고리에 달린 또 다른 열쇠로 아파트의 문의 열었다.

집안으로 들어선 토라의 머릿속에 가장 먼저 떠오른 생각은 아파트를 '아주 평범하다'고 표현한 매튜의 묘사가 전혀 적절하지 않다는 사실이었다. 토라는 넋을 잃고 주변을 둘러보았다.

8장

아이슬란드대학교 역사학과 학과장 구나르 게스트비크는 고문서 연구소 소장의 사무실이 있는 복도를 따라 걷다 마주친 젊은 역사학자에게 별 생각 없이 고개를 끄덕여 인사했다. 당황한 듯 미소 짓는 젊은 학자를 보며 구나르는 최근 교내에서 새로 얻게 된 유명세를 실감했다. 하랄트 건틀립의 시신을 두 팔로 받아안은 게 자신이며, 그 충격으로 인해 신경쇠약에 걸렸다는 사실을 모르는 이가 없는 듯했다. 이게 정확한 표현인지 확신할 수 없지만 구나르는 지금껏 이만한 '관심'을 한 몸에 받은 적이 없었다. 최근 들어 주변을 맴돌며 자신에게 말을 걸어보려고 주춤거리는 사람들을 친구로 분류하는 게 맞는지 알 수 없지만 말이다.

물론 이 유명세도 머잖아 잦아들겠지만, 사건에 대해 던지는 멍청한 질문들이 자신을 얼마나 피곤하게 만드는지 그들은 짐작이나 할까. 그들이 던지는 질문은 하나같이 괜한 참견에 불과했다. 구나르는 용기를 내어 질문하는 사람들의 표정이 예외 없이 똑같다는 사실에 이제 혐오감마저 느꼈다. 그런 질문을 하는 사람이라면 응당 젊은 학생의 때이른 죽음에 대한 애도와 구나르에 대한 연민이 뒤섞인 표정을 지어야 마땅했다. 하지만 현실은 딴판이었다. 사람들의 얼굴은 그저 병적인 관심과 그런 끔찍한 일이 자신에게 일어나지 않았다는 안도감으로 빛날 뿐이었다.

부총장의 권유대로 두 달쯤 휴직을 하는 게 나을까? 구나르는 확신할 수 없었다. 그때쯤이면 사람들의 관심이야 잦아들겠지만 사건이 법정으로 갈 경우 또다시 불붙을 게 뻔했다. 그러니 휴직을 해봤자 피할 수 없는 일을 조금 뒤로 미루는 것에 불과했다. 게다가 휴직을 하면 신경쇠약에 걸려 요양을 갔다느니 집에서 술만 퍼마시고 있다느니, 자신에 대한 악의적인 헛소문이 꼬리를 물 게 뻔했다. 휴직을 고사하고 폭풍이 잦아들 때까지 조용히 기다리기로 한 건 잘한 선택이라고 그는 생각했다. 결국 사건에 대한 관심은 시들해지고 사람들은 다시 그를 피해 다니기 시작할 테니까.

그는 마리아 에이나르스도티르 소장의 사무실 문을 예의상 가볍게 두드렸다. 그리고 안에서 들어오라는 말이 들리기도 전에 문을 열고 들어갔다. 통화 중이던 소장은 구나르에게 앉으라고 손짓을 했다. 구나르는 의자에 앉아 초조하게 소장의 통화가 끝나기를 기다렸다. 들리는 얘기에 의하면 아직 배송 전인 프린터 토너에 관한 대화인 듯했다.

구나르는 이게 얼마나 자신을 짜증나게 하는지 표정에 드러내지 않으려고 애썼다. 몇 분 전만 해도 소장은 그에게 전화를 걸어 중요한 문제로 당장 면담을 하자고 요구했었다. 그는 역사학과와 베르겐대학교가 공동으로 진행 중인 에라스무스 지원금 프로그램에 대한 신청서를 작성하던 중이었다. 신청서는 영문으로 작성해 제출해야 하는데 이제 막 글이 좀 써지려던 차에 소장의 전화를 받은 것이다. 만약 중요한 문제란 게 토너와 관련된 것이라면 구나르는 불쾌함을 솔직하게 털어놓을 작정이었다. 머릿속으로 자신의 생각을 적절한 단어들로 정리하는데 소장이 전화를 끊고 그를 향해 시선을 돌렸다.

소장은 자기 역시 단어를 신중하게 고르고 있다는 듯 아무 말 없이 숙고하는 표정으로 구나르를 바라보았다. 그녀는 오른손으로 책상을 두드리더니 한숨을 내쉬었다. "크라이스트." 소장이 마침내 영어로 한 마디를 내뱉었다.

고전에서 적당한 인용구를 찾으려고 시간을 끌었던 게 아니군. 구나르는 속으로 중얼거리면서 명색이 고문서연구소 소장이라는 사람의 입에서 얼마나 부적절한 단어가 튀어나왔는지 내색하지 않으려고 노력했다. 구나르가 젊은 학자이던 40년 전과는 세상이 너무 많이 달라져 있었다. 그 시절 사람들은 고전 인용하는 걸 자랑스럽게 생각했지만 지금은 허세나 부리는 가식으로 여긴다. 심지어 마리아 소장처럼 많이 배운 학자마저 비속어와 조잡한 문법을 일상적으로 구사하는 것이다. 구나르는 목을 가다듬고 물었다. "왜 절 부른 거죠, 마리아?"

"크라이스트." 소장은 같은 말을 반복하며 두 손으로 짧은 머리를 쓸어넘겼다. 소장의 머리칼은 이제 막 희끗희끗해지기 시작해서, 손가락 사이로 은빛 가닥이 반짝거렸다. 그런 다음 소장은 머리를 가볍게 흔들더니 본론으로 들어갔다. "우리 사료 중 하나가 사라졌습니다." 짧은 침묵이 흐른 후 그녀가 다시 말을 이었다. "도난당했다고요."

구나르는 정신이 번쩍 들었다. 충격과 놀라움을 감출 수 없었다. "도난당했다는 게 무슨 말입니까? 전시관에서요?"

소장이 끙끙거리며 대답했다. "아뇨. 전시관이 아니고, 여기에서 말입니다. 학교 보관소에서 사라졌어요."

구나르는 입을 벌린 채 앉아있었다. 보관소에서? "어떻게 그런 일이 일어날 수 있죠?"

"좋은 질문이네요. 제가 알기로는 한 번도 이런 일이 일어난 적 없었습니다." 소장은 좀 더 날카로운 어조로 말을 이었다. "누가 알겠어요. 어쩌면 이 문서 외에 다른 문서도 사라졌는지요. 잘 아시다시피 아우르니 마그누손Árni Magnússon 컬렉션의 필사본과 사료 600여 개 및 오래된 서신들이 우리 학교에 보관되어 있어요. 덴마크 왕립도서관의 고문서 150개도 여기 있다고요. 아, 거기에다가 세계 각지에서 온 문서와 서신 70개도 있죠." 소장은 말을 멈추고는 구나르의 눈을 똑바로 쳐다봤다. "두 말할 것도 없이 다른 문서들 중에 더 사라진 것이 없는지, 종잇조각 하나까지 샅샅이 뒤져볼 겁니다. 하지만 이 소식을 공개하기 전에 학과장님과 얘기를 좀 하고 싶었습니다. 전수조사를 해보면 결과는 곧 명확해질 테니까요."

"왜 저와 상의를 하시려는 겁니까?" 구나르는 반쯤 놀라고 약간은 짜증이 나서 물었다. 역사학과 학과장인 구나르는 고문서연구소와 전혀 관련이 없었다. 연구소에서 맡은 직책도 없었다. "혹시 제가 그 문서를 훔쳐갔다고 생각하시는 건가요?"

"맙소사, 구나르. 제가 부총장님까지 의심하는지 묻기 전에 먼저 상황 설명을 드려야겠군요." 소장은 책상 위에 놓여있던 편지를 그에게 건넸다. "덴마크 국립기록원에서 우리 학교에 대여해준 고문서들 기억하세요?"

구나르는 고개를 끄덕였다. 연구소가 학내에서 진행 중인 연구주제와 관련된 해외 컬렉션의 문서를 대여하는 일은 종종 있었다. 구나르도 자연스레 오가며 소식을 접했지만 문서가 자신의 연구 영역과 겹치는 게 아니라면 굳이 그런 소식을 기억해두지는 않았다. 덴마크에서 온 컬렉션은 그의 관심 분야가 아니었다. 그는 소장이 건넨 편지를 훑어보았다. 발신자는 덴마크 국립기록원 원장인 카스튼 요셉슨이었다. 덴마크어로 작성된 편지는 대여해간 문서의 반납일이 얼마 남지 않았다는 내용이었다. 구나르는 편지를 소장에게 도로 건네며 말했다. "이게 저와 무슨 상관인지 모르겠군요."

소장은 편지를 받아 원래의 자리에 내려놓았다. "물론 그럴 겁니다. 여기서 말하는 서신 컬렉션이란 로스킬레 대성당의 부주교에게 보내진 편지를 가리킵니다. 그 편지들은 1500년에서 1550년 사이에 작성된 것들이고요. 아이슬란드에서는 학문적으로 큰 주목을 받지 못했지만 1536년 덴마크 종교개혁을 전후해 작성된 이 편지들은 그 자체로 흥미로운 사료입니다. 하지만 사라진 편지는 그 중 하나가 아니에요."

"그럼 어떤 편지인가요?" 구나르는 여전히 이 문제가 자기와 어떻게 관련되는지 의아해하며 물었다.

"물론 저도 사라진 편지의 정확한 내용은 알지 못합니다. 사라져 버렸으니까요. 다만 1510년 당시 스칼홀트 주교였던 스테판 욘손 Stefán Jónsson이 로스킬레 대성당 부주교에게 쓴 편지라는 건 확실합니다. 기록원에서 컬렉션과 함께 보내온 대여 내역서를 보고 알게 됐죠. 실은, 내역서 덕분에 편지가 사라졌다는 것도 알게 됐습니다. 덴마크에서 대여한 문서를 반납할 때 내역서를 체크리스트 삼아 문서를 포장하거든요."

"애초 우리 학교에 발송되지 않았을 가능성은 없나요. 처음부터 빠졌을 수도 있잖습니까?" 구나르는 미심쩍어 하며 물었다.

"그건 있을 수 없는 일이에요." 소장이 잘라 말했다. "작년에 보관소에 도착한 문서들을 꺼낼 때 제가 그 자리에 있었어요. 실제로 도착한 문서들과 내역서를 신경 써서 일일이 대조했고요. 누락된 건 하나도 없었어요. 내역서에 인쇄된 내용 그대로였습니다."

"그럼 편지가 엉뚱한 자리에 꽂혀있는 건 아닐까요?" 구나르가 다시 물었다. "실수로 다른 문서들과 섞여들었을 수도 있잖아요?"

"그게 말이죠, 상황이 지금이랑 달랐으면 그럴 가능성도 있었겠죠." 소장은 잠시 입을 닫더니 다시 힘주어 말을 시작했다. "도난 사실을 알자마자 편지를 확인해보려고 컴퓨터 데이터 시스템에 접속을 했습니다. 대여한 문서든 우리 소장품이든, 보관하는 문서들은 하나도 빠짐없이 스캔을 해서 컴퓨터 파일로 저장해둔다는 건 알고 계시죠?" 구나르가 고개를 끄덕이자 소장은 말을 이었다. "그런데 어떻게 됐는지 아세요? 그 파일이 지워져 있었어요. 그 편지를 스캔한 파일만 말입니다."

구나르는 잠시 소장의 말을 곱씹었다. "잠시만요. 그 얘기는 편지가 처음부터 배송 목록에서 빠져있었다는 뜻 아닌가요? 이곳으로 배송된 문서들은 포장을 풀자마자 스캔을 하잖아요?"

"네. 도착한 다음날 스캔을 진행하죠. 편지는 분명히 거기 있었고 스캔도 완료된 상태였어요. 디지털 파일들을 식별하기 위해 일련번호 시스템을 사용하는데, 그 시스템을 확인해보면 알 수 있죠. 그 컬렉션에는 표제와 각각의 문서들이 포함되었고, 오래된 문서들부터 순서대로 작성 연도별 일련번호가 매겨져 있었어요." 소장은 또다시 손으로 머리칼을 쓸어넘겼다. "그런데 그 번호들 중 하나가 비어있어요. 사라진 그 편지의 일련번호가요."

"데이터 백업시스템은 확인해보셨어요? 데이터 손실이 없게끔 철저하게 관리한다고 항상 떠들어댔잖아요. 백업데이터에서 그 편지 파일을 찾을 수는 없는 겁니까?"

소장은 엷게 미소를 지으며 말했다. "이미 확인해봤습니다. 시스템 관리자 말에 따르면 일별 백업데이터도 그렇고, 최근의 월별 백업데이터에서도 그 파일은 찾을 수가 없답니다. 그 사람 말로는 매주 일별 백업파일을 저장한대요. 월요일부터 일요일까지 백업파일이 각각의 공간에 저장되는 거죠. 따라서 일주일 이상 보관되는 백업파일은 없답니다. 월별 백업파일도 마찬가지고요. 그러니까 이 파일은 최소 한 달 전에 삭제된 겁니다. 사실 6개월별 백업파일이 우리 연구소 명의의 은행금고에 보관되어 있기는 해요. 아직 거기까지는 확인을 안 해봤습니다. 조금 전까지만 해도 이게 얼마나 심각한 상황인지 몰랐으니까요."

"그런데 제가 이 사건과 어떻게 관련이 있는지는 아직 말씀을 안 해주셨습니다." 구나르가 생각할 수 있는 말은 이게 전부였다. 컴퓨터나 데이터 시스템 같은 것들은 그의 전문 분야가 아니었다.

"누가 이 컬렉션을 가지고 연구를 진행하고 있었는지 확인해봤습니다. 아시겠지만 문서를 열람한 사람들의 명단도 모두 기록되어 있으니까요. 확인 결과, 마지막으로 이 편지에 접근했던 사람은 역사학과 학생인 걸로 밝혀졌어요." 소장의 얼굴이 굳어졌다. "바로 하랄트 건틀립이었습니다."

구나르는 한 손을 이마에 갖다대고 눈을 지그시 감았다. 이번엔 또 무슨 일이 생길까? 이 악연은 영원히 끝나지 않을 셈인가? 구나르는 숨을 깊이 들이마신 다음 최대한 목소리를 낮추고 차분하게 말하려고 노력했다. "그 학생 말고도 그 컬렉션을 본 사람이 분명 더 있을 겁니다. 하랄트가 그 편지를 가져간 거라고 확신할 수 있으세요? 그 전에 이미 누군가 가져갔을 수 있잖아요? 이 연구소에서 일하는 정직원만 열다섯 명이고, 사료를 가지고 연구를 하는 방문객과 학생들은 셀 수 없을 정도입니다."

"아, 저는 확신합니다." 소장이 단호하게 받아쳤다. "하랄트 전에 그 편지를 본 사람은 바로 저였어요. 제가 봤을 때만 해도 아무런 이상이 없었다고요. 그리고 그 편지가 들어있어야 할 폴더에는 엉뚱한 종이 한 장이 끼워져 있었어요. 아마도 빈 폴더를 반납하고 싶지는 않았겠죠. 그랬다가는 들통이 날 수 있으니까요. 종이 한 장 덕분에 전혀 의심을 사지 않았던 겁니다." 소장은 불편한 심기를 드러내려는 듯 책상 위에 있던 종이 한 장을 휙 잡아챘다. "역사학과 학생들은 우리 연구소 자료와 고문서, 사료들에 접근할 수 있고 그것에 대한 관리감독 책임은 학과에 있다는 걸 명심하시기 바랍니다. 역사학과를 대표하는 학과장님 역시 그 책임에서 자유로울 수 없고요. 우리 연구소는 무슨 일이 있어도 귀중한 고문서를 분실했다는 불명예를 뒤집어쓸 수 없습니다. 연구소 사업 대부분이 스칸디나비아 반도의 유사한 다른 기관들과의 협력으로 진행되는데, 역사학과 학생이 저지른 잘못 때문에 그 관계를 망가뜨린다는 건 상상도 하고 싶지 않습니다."

구나르는 하고 싶은 말을 겨우 삼키고 소장이 건넨 종이를 들여다보았다. 순간 그는 종이를 공중에 집어던진 후 도망쳐 나오고 싶었다. 종이에는 한 학생의 수강 내용과 성적이 기재된 학생기록부가 인쇄되어 있었는데, 맨 위에 찍힌 하랄트 건틀립이라는 이름이 선명하게 들어왔다. 구나르는 종이를 무릎 위에 놓았다. "만약 하랄트가 편지를 훔쳐서 이 종이와 바꿔치기한 거라면 그 학생은 세상에서 제일 멍청한 도둑일 겁니다. 결국 화살이 자신에게로 온다는 걸 알았을 테니까요." 구나르는 종잇장을 흔들어 보이며 말했다.

소장은 어깨를 으쓱했다. "그 학생이 무슨 생각으로 이런 짓을 했는지 제가 어찌 알겠습니까? 어쩌면 돌려놓으려 했을 수 있죠. 그런데 이제는 그럴 수 없다는 걸 학과장님이 가장 잘 아실 겁니다. 컬렉션의 편지를 슬쩍하고 한 달이 좀 넘게 지난 다음, 시신이 돼서 학과장님 품으로 떨어져 버렸잖습니까. 편지를 훔치기 전에 열람기록부를 보았을 하랄트는 두 달 동안 이 컬렉션에 손을 댄 사람이 없다는 사실을 알았을 겁니다. 그 편지를 볼 만한 사람들은 이미 다 거쳐갔다는 점을 알았을 거라고요. 당연히 편지가 사라졌다는 사실이 발각되기까지는 어느 정도 시간이 걸릴 거라고 짐작했고, 그 전에 편지를 제자리에 돌려놓으려고 마음먹었겠죠. 그 사이에 편지를 가지고 무슨 짓을 꾸민 건지는 제가 알 수 없고요. 하지만 편지를 제자리에 돌려놓기 전에 살해당하고 말았죠. 제가 이 사건과 관련해 세운 가설은 여기까지입니다."

"그럼 제가 어떻게 하길 바라십니까?" 구나르는 고분고분한 말투로 물었다.

"어떻게 하길 바라냐고요?" 소장은 비꼬는 투로 구나르의 말을 따라했다. "심정적인 지지나 받자고 학과장님을 부른 게 아닙니다. 사라진 편지를 찾아주세요." 소장은 두 팔을 휘저으며 말했다. "그 학생이 앉았던 열람실 자리에서부터 편지를 숨길 만한 장소는 모조리 다 뒤져보세요. 저보다는 더 잘 아실 게 아닙니까. 학과장님 학생이었잖아요."

구나르는 이를 악물었다. 그는 하랄트 건틀립이 역사학과에 지원서를 제출했던 그날을, 그리고 자기 혼자 하랄트의 입학을 반대한 일을 저주하듯 떠올렸다. 그는 하랄트의 지원서를 보자마자 꺼림칙한 기분이 들었다. 마녀사냥을 주제로 학사논문을 썼다는 걸 확인한 뒤에는 그런 느낌이 더욱 강해졌다. 구나르는 하랄트가 골칫거리가 될 거라고 직감했다. 학과 교수들의 투표 결과 그의 반대 의견이 묵살되는 바람에 지금 구나르는 하랄트가 저지른 온갖 문제들뿐 아니라 이 난장판에 꼼짝없이 혼자 갇혀버린 것이다. "이일을 알고 있는 사람이 얼마나 되죠?"

"저랑 학과장님요. 시스템 관리자를 제외하고는 누구에게도 이 사실을 알리지 않았어요. 관리자도 이 상황 전체를 알지는 못하고 있고요. 전자문서에 문제가 생긴 줄로만 알 겁니다." 소장은 잠시 주저하더니 말을 이었다. "보이에도 알고 있어요. 컬렉션이 연구소에 도착했을 때 문서들을 가지고 연구를 진행했던 사람이라 제가 컬렉션에 관해서는 최대한 많이 캐물었거든요. 그래서 뭔가 잘못되었다는 낌새는 알아챘을 거예요. 제 생각에는 편지가 분실되었다고 짐작하는 것 같아요. 어쨌든 편지가 도난됐다는 사실을 암시할 만한 이야기는 일체 하지 않았습니다."

보이에는 고문서연구소 소속 연구원이었다. 구나르는 보이에처럼 느긋한 사람이 이 문제로 소란을 피우지는 않을 거라고 생각했다. "덴마크에 컬렉션을 언제까지 반납해야 합니까? 편지를 찾아보는 데 시간을 얼마나 쓸 수 있나요?"

"길어야 일주일 정도 미룰 수 있습니다. 일주일 뒤에도 편지를 찾지 못하면 그때는 저도 어쩔 수 없이 덴마크 측에 도난 사실을 알려야만 합니다. 다시 강조하지만, 일이 잘못되면 학과장님 이름은 계속해서 사람들 입에 오르내릴 겁니다. 저는 어떤 수단과 방법을 동원해서라도 연구소가 아니라 학과장님이 이 사건에 대한 책임을 지게끔 만들 겁니다. 소문을 듣자하니 역사학과가 문서 도난사건에 연루된 게 이번이 처음도 아니더군요." 소장은 이 상황이 재미있다는 듯한 눈빛으로 구나르를 쳐다보았다.

학과장은 얼굴을 붉히며 자리에서 일어섰다. "알겠습니다." 그는 지금 이 시점에서 무슨 얘기를 더 할 수 있을지 자신이 없었다. 하지만 문 앞에 다다른 구나르는 당장이라도 문을 박차고 뛰어나가고 싶은 마음을 누르고, 마침내 계속해서 자신을 괴롭히던 질문을 던졌다. "도난당한 편지 내용에 대해 생각나는 게 전혀 없나요? 컬렉션을 철저하게 검사했다고 하셨으니 누군가 분명히 기억하고 있을 겁니다."

소장이 고개를 가로저었다. "보이에도 희미하게만 기억하고 있었어요. 덴마크의 질란드 교구 건설과 그것이 아이슬란드 기독교 역사에 미친 영향에 대해 연구하던 중이었는데, 도난당한 편지는 이 시점보다 한참 전에 작성된 거라 자세히 검토하지 않았답니다. 다만 내용을 이해하기가 무척 어려웠다는 건 기억하고 있더군요. 지옥이랑 전염병, 특사의 죽음, 뭐 이런 것들과 관련된 내용이었다고 해요. 보이에게 의심을 사지 않으면서 알아낼 수 있는 건 이게 전부였습니다.

"연락드리겠습니다." 구나르는 문을 나서며 말했다. 그는 소장의 인사를 기다리지도 않고 밖으로 나와 문을 닫았다.

적어도 한 가지는 분명해졌다. 편지를 찾아야 한다.

9장

토라는 넓은 거실의 반짝이는 나무바닥 위를 천천히 돌아다니며 주위를 두리번거렸다. 거실은 매우 고급스러운 미니멀리즘 양식으로 장식되어 있었다. 몇 점 되지 않는 가구들은 언뜻 보아도 고가의 것들이었다. 거실 한가운데 우아한 디자인의 널찍한 가죽소파 두 개가 놓여있는데, 토라에게 익숙한 여느 소파들보다 높이가 훨씬 낮았다. 토라는 소파에 앉아보고 싶어 안달이 났지만 이런 환경이 자신에게 낯설기만 하다는 사실을 매튜에게 드러내고 싶지 않았다. 두 소파 사이에 소파보다 더 낮은 커피테이블이 놓여있었다. 높이가 얼마나 낮은지 테이블 다리가 보이지 않을 정도였다. 마치 상판이 거실 바닥 위에 바로 놓인 듯했다. 토라는 시선을 거실 벽으로 돌렸다. 벽 한가운데 매달린 평면 TV를 제외하고 나머지 공간에는 아주 오래된 것으로 보이는 미술 작품들이 걸려있었다. 토라의 눈에는 복제품처럼 보이는 조악한 나무의자를 포함해, 수 세기 전에 만들어진 듯한 물건들도 여기저기 놓여있었다. 그녀는 하

115

랄트가 직접 실내장식에 관여했는지 아니면 전문 디자이너가 모든 걸 알아서 장식했는지 궁금해졌다. 신구 조합이 돋보이는 실내장식 때문인지 거실은 틀에 갇히지 않는 독특한 분위기를 자아냈다.

"어때요?" 매튜가 심드렁하게 물었다. 어투로 보아 토라와 달리 그는 부유한 환경에 익숙한 듯했다.

"매우 고급스러운 집이네요." 토라는 이렇게 말하면서 하얀 벽에 걸린, 아주 오래돼 보이는 동판화 액자 앞으로 걸어갔다. 판화의 내용을 알아챈 토라가 금세 뒤로 물러났다. "이건 또 뭐죠?" 동판화는 역동적인 장면을 담고 있었다. 저 많은 인물을 한 장면 안에 새겨넣느라 애썼을 예술가의 지독한 노고가 느껴졌다. 색 바랜 판화에는 스무 명 정도의 인물이 새겨졌는데, 대부분 남자인 그들이 두 명씩 짝을 지어 여러 방식으로 서로를 고문하거나 벌을 주는 모습이 탁월하게 묘사되어 있었다.

매튜가 토라 옆으로 다가와 그림을 바라보았다. "아, 이 그림요." 그는 얼굴을 살짝 찡그리며 설명했다. "하랄트가 할아버지로부터 물려받은 거예요. 독일 화가의 작품인데 종교적 갈등이 극에 달했던 1600년대의 상황을 표현한 겁니다." 그는 토라를 바라보며 덧붙였다. "이 동판화가 독특한 건 동시대에 제작됐다는 사실입니다. 그러니까 지나간 역사를 후세에 새롭게 해석한 게 아니란 점에요. 후세에 그려진 그림들은 어딘가 비현실적이고 과장되기 마련이잖아요. 좀 더 정형화되어 있기도 하고요."

"더 과장된다고요?" 토라가 소리를 질렀다. 어떻게 이 그림보다 더 과장할 수 있단 말인가?

"네, 그런 셈이죠." 매튜가 어깨를 으쓱했다. "건틀립 가문을 위해 일하는 동안 이 시기에 대해 조금 알게 됐는데요. 컬렉션 전체에 비하면 정말이지 이 판화는 혐오스러운 축에도 못 낄 겁니다." 매튜는 장난치듯 미소 지으며 말했다. "다른 그림들에 비하면 이 작품은, 아이들 방에 걸어도 될 정도지요."

"제 딸애 방에는 미니마우스 사진이 걸려있어요." 토라는 다음 그림으로 다가서며 말했다. "단언컨대 저런 그림이 아이 방에 걸리는 일은 절대 없지요. 우리 집의 다른 방도 마찬가지고요."

"네. 보통 사람이 감당하기 어려운 그림이죠." 매튜가 동의했다. 그러고는 토라를 따라 수도사 복장을 한 여러 명의 남자에게 둘러싸여 고문당하고 있는 남자의 그림 쪽으로 걸어왔다. 남자들은 둥그렇게 둘러앉아 온 힘을 다해 고문대의 바퀴를 돌리는 고문기술자들을 뚫어져라 바라보고 있었다. 희생자의 사지를 잡아 늘려 고통을 극대화하는 고문기술을 묘사한 그림인 듯했다. 매튜는 그림 한가운데를 가리키며 말했다. "이 그림은 종교재판에서 행해진 고문을 묘사한 겁니다. 이것도 독일 작품이죠. 보시다시피 자백을 받아내기 위해 엄청난 공을 들이고 있죠." 그는 토라를 바라보며 말을 이었다. "고문의 기원을 이해할 수 있는 그림이니 분명 변호사님께 흥미로운 작품이겠죠. 유럽에서 고문은 아주 넓은 의미에서 법률에 그 뿌리를 두고 있으니까요."

자신의 직업을 두고 모욕을 당한 게 이번이 처음도 아니었다. 토라는 이 바닥에 발을 들인 이후 어쩔 수 없이 그런 모욕에 익숙해져야만 했다. "그럼요. 변호사들이 모든 악의 근원이니까요."

"뭐, 농담은 이쯤 하고." 매튜가 정색하고는 설명을 계속했다. "중세에는 일반인들도 기소를 할 수 있었어요. 자신이 악행이나 범죄의 피해자라고 생각할 경우, 누구나 직접 피의자를 고발하고 사건을 기소할 수 있었죠. 재판이 사실상 장난이었던 겁니다. 법정에서 피고가 자백을 하지 않거나 유죄를 입증할 뚜렷한 증거가 없으면 신의 결정에 맡겼지요. 피고인은 끔찍한 과정을 감내해야 했는데, 활활 타오르는 숯불 위를 걷거나 포대자루에 담겨 물속에 던져지는 신세가 되기도 했습니다. 그 이후 피고가 고문에서 회복하거나 물에 가라앉아 사망하면 무죄로 간주했어요. 그렇게 될 경우, 고소인이 오히려 법정에 서야 하는 곤란한 상황에 처하는 거예요. 그러다보니 당시 사람들은 섣불리 다른 사람을 고소하지 않았어요. 자칫 상황이 자신에게 불리해질 수 있으니까요." 매튜는 고문대 위의 남자를 가리켰다. "마침내 세속적이고 종교적인 범죄가 크게 늘어난 원인에 무력한 법원이 있다는 걸 깨달은 교회와 왕실은 기존의 형법체계를 저런 방식으로 개정했습니다. 범죄를 줄이기 위해 다른 기소체계를 가진 로마법에 의존하게 된 거죠. 새로운 체계는 조사에 근거를 두었고, 그게 종교재판의 시초가 된 겁니다. 교회가 앞장서면 세속의 법정이 뒤따라 가는 방식의 체계에서 피해자는 더 이상 직접 사건을 기소할 필요가 없게 된 거죠." 매튜가 의기양양하게 웃으며 덧붙였다. "그래서 변호사가 등장한 거고요."

토라가 웃으며 대꾸했다. "모든 잘못을 변호사에게 떠넘기는 건 좀 무리가 있겠네요." 이번에는 토라가 고초를 겪고 있는 그림 속 남자를 가리키며 말했다. "그런데 고문과 조사가 어떻게 연관돼 있다는 건지 잘 모르겠군요."

"그럴 겁니다." 매튜가 설명했다. "애석하게도 새로운 체계에도 결함은 있었어요. 누군가의 유죄를 입증하려면 두 명의 증인이 나오거나 자백을 받아내야 했거든요. 가령 신성모독 같은 죄에는 증인이 없을 수도 있잖아요. 그래서 모든 걸 자백에 의존할 수밖에 없었죠. 판사들에게는 자백이 필요하니, 고문을 통해서라도 받아낸 겁니다. 그걸 조사라고 여겼고요."

"구역질이 나는군요. 그런데 어떻게 그런 걸 다 아세요?"

"하랄트의 조부가 이 시기에 매우 정통하셨어요. 게다가 열정적인 이야기꾼이셨지요. 그분 이야기를 듣노라면 시간 가는 줄 모를 정도였지요. 그분의 지식에 비하면 제가 아는 건 빙산의 일각에 불과합니다."

"아, 그랬군요. 그럼 이 그림들도 전에 다 보셨겠네요?"

매튜는 벽면을 둘러보았다. "대부분은요. 컬렉션 전체 수집품에 비하면 이 그림들은 아주 작은 일부에 불과하죠. 하랄트가 몇 점만 챙겨온 모양입니다. 조부께서 평생에 걸쳐 수집한 컬렉션이지요. 얼마나 많은 돈을 들였는지는 아무도 모릅니다. 아마 전 세계를 통틀어도 이 시기의 고문과 처형에 관해 이렇게 흠잡을 데 없는 컬렉션은 또 없을 겁니다. 컬렉션 중에는 《말레우스 말레피카룸》의 다양한 판본을 거의 빠짐없이 모아놓은 것도 있습니다."

토라는 거실을 둘러보며 물었다. "그럼 컬렉션 전체가 이렇게 거실 벽에 매달려 있나요?"

"아뇨. 농담하시는 거죠?" 매튜가 대답했다. "판본들을 비롯해 여러 문서와 편지들은 워낙 가치가 높은 것들이라 은행금고에 보관 중이죠. 그리고 건틀립 저택에는 컬렉션의 수집품들만 별도로 전시해놓은 공간이 두 개나 있습니다. 그렇더라도 수집품들 중 몇 점이 사라진다고 해서 건틀립 내외가 특별히 속상해하지는 않을 겁니다. 가족들이 컬렉션을 싫어하거든요. 하랄트의 모친만 해도 지금까지 단 한 번도 전시공간에 발을 디딘 적이 없어요. 하랄트가 유일하게 할아버지의 취미를 승계한 셈이죠. 조부가 하랄트에게 컬렉션을 물려준 것도 분명 그런 이유에서였고요."

"그럼 하랄트는 수집품들을 마음껏 해외로 반출할 수 있었겠네요?" 토라가 물었다.

매튜가 웃으며 대답했다. "설령 하랄트가 컬렉션을 물려받지 않았다고 하더라도 가족들은 기꺼이 수집품을 가져가게 허락했을 겁니다. 하랄트의 부모는 수집품의 일부라도 집에서 치워버릴 수만 있다면 후련해하실 분들이니까요."

토라가 고개를 끄덕였다. "이 의자도 컬렉션의 일부인가요?" 그녀는 거실 구석에 있는 오래된 나무의자를 가리키며 물었다.

"예." 매튜가 대답했다. "그건 물고문 의자예요. 고문을 형벌의 수단으로 사용했던 사례죠. 심문 과정상의 고문과는 조금 다르다고 할 수 있어요. 영국에서 온 겁니다."

토라는 다가가 의자 등판 뒷면에 새겨진 문자를 손가락으로 쓰다듬었다. 문자를 해독하기는 힘들었다. 많이 희미해진 데다 어차피 그런 문자들은 토라에게 낯설기만 했다. 좌석 한가운데 큰 구멍이 뚫리고 양쪽 팔걸이에는 뒤틀리고 쪼글쪼글해진 가죽 끈이 매달려 있었다. 죄인의 팔을 결박하는 데 사용된 것임이 분명했다.

"그 구멍은 물이 통과할 수 있도록 뚫어놓은 겁니다. 그래야 죄인이 앉은 의자가 물 아래로 가라앉으니까요. 본래 죄인에게 공개적인 망신을 주기 위해 고안된 형틀이지만, 형 집행인이 부주의하게 다루면 의자에 앉은 사람은 물에 빠져 죽을 수도 있어요."

"그 시대에 태어나지 않은 게 천만다행이네요." 토라는 이렇게 말하며 의자에서 손을 뗐다. 무언가에 대한 확신이 들라 치면 침묵을 지키기 힘들어지는 토라의 성격상 저런 의자에 앉게 될 가능성은 아주 높았다.

"이 의자는 컬렉션들 중 비교적 관대한 형틀에 속하죠." 매튜가 말했다. "믿기지 않을 정도로 독창적인 도구들도 많습니다. 고문당하는 사람이 느낀 고통은 상상을 초월할 겁니다."

"이제는 이 안락한 거실에서 좀 벗어나고 싶군요. 다른 곳도 둘러봐야 하지 않을까요?"

매튜도 동의했다. "가시죠. 다른 방도 보여드리겠습니다. 다른 방이라고 해봐야 거실과 크게 다르지 않겠지만, 주방에는 장식물들이 전혀 없거든요. 거기부터 둘러보죠."

두 사람은 복도 끝에 자리한 주방으로 갔다. 면적이 넓지는 않았지만, 최신 주방용품들로 가득 찬 인상적인 공간이었다. 수많은 와인이 붙박이 선반을 따라 빼곡하게 꽂혀있었다. 토라는 매튜가 평범한 사람들이 어떻게 사는지 전혀 알지 못한다는 의심이 들기 시작했다. 기다란 철제 환기통이 달린 가스레인지와 식기세척기, 카페에서나 볼 법한 싱크대, 와인냉장고에 커다란 양문형 냉장고까지 갖춰져 있었다. 토라는 냉장고 앞에 서서 말했다. "이런 냉장고에다 얼음을 얼려먹는 게 꿈이었는데."

"그럼 하나 장만하지 그래요?" 매튜가 말했다.

토라는 그를 향해 고개를 돌리고 대답했다. "제가 갖고 싶어하는 다른 비싼 물건들을 사지 않는 것과 같은 이유 때문에요, 지불능력이 없거든요. 당신 입장에서는 상상하기 어려울지 모르지만, 서민들에게는 비싼 가전제품을 살 돈이 없답니다."

매튜가 어깨를 으쓱했다. "냉장고가 사치품은 아니잖아요?"

토라는 더 이상 대꾸하기도 귀찮았다. 대신 선반 문을 열고 들여다보았다. 아래쪽 선반에는 뚜껑이 유리로 된 스테인리스 냄비세트가 놓여있는데, 어찌나 깨끗한지 한 번도 사용하지 않은 것 같았다. "하랄트는 집에서 요리를 별로 하지 않았나봐요. 이렇게 멋진 주방을 두고 말이죠." 토라는 선반 문을 닫고 바로 서며 말했다.

"네. 제가 알기로 하랄트는 인스턴트 식품을 먹거나 밖에 나가 사먹는 편이었어요."

"카드 사용내역을 보니까 그런 유형인 것 같더군요." 토라는 사방을 둘러보았지만 단서가 될 만한 것은 하나도 찾지 못했다. 심지어 냉장고 문도 깨끗했다. 마그넷이나 쪽지 같은 것도 없었다. 토라네 냉장고 문은 가족들의 정보게시판처럼 사용되고 있었다. 냉장고가 무슨 색깔이었는지도 생각나지 않을 정도였다. 학교 시간표와 생일초대장을 비롯해 기억을 되살릴 만한 종잇장들이 잔뜩 붙어있었다. "다른 방들도 둘러볼까요?" 토라가 물었다. "여기에는 수사에 진전을 줄 만한 게 하나도 없을 거 같네요."

"누군가 냉장고 때문에 하랄트를 죽인 게 아니라면요." 매튜는 농담을 하듯 물었다. "사건 당일 밤에 어디 계셨죠?"

토라는 쓴웃음을 지었다. "카드 내역을 보니 애완동물 가게에서 사용한 항목들이 있던데, 혹시 하랄트가 동물을 키웠나요?"

매튜가 고개를 절레절레 흔들며 말했다. "아뇨. 애완동물을 키웠던 흔적은 없습니다."

"저는 하랄트가 애완동물 용품을 산 게 아닌가 싶었어요." 토라는 고양이용 통조림 같은 게 없는지 선반을 들여다보았지만 아무것도 보이지 않았다.

"가게에 전화를 해봐요." 매튜가 말했다. "어쩌면 하랄트를 기억하고 있을지 누가 알아요?"

토라는 즉각 가게 전화번호를 찾아서 전화를 걸었다. 점원과 통화를 마친 뒤 토라가 말했다. "이상하네. 점원이 하랄트를 기억하고 있어요. 가게에 여러 번 와서 햄스터를 사갔다고 해요. 햄스터 케이지 같은 게 정말 발견되지 않았나요?"

"확실합니다." 매튜가 대답했다.

"정말 이상하네. 점원 말로는 하랄트가 한번은 큰까마귀를 찾은 적도 있다는데요."

"큰까마귀요?" 매튜는 어이없다는 표정으로 물었다. "왜요?"

"점원도 그건 모른다고 해요. 어차피 까마귀는 취급하지 않아서 이유를 물어보지 않았다네요. 다만 까마귀를 찾는 게 하도 이상해서 기억하고 있었대요."

"하랄트가 그런 새를 마법 세계의 고귀한 상징물로 생각했다면,

별로 놀랍지도 않군요." 매튜가 대답했다.

"그랬을지도 모르죠. 하지만 햄스터는 아니잖아요."

두 사람은 주방을 나와 다른 방들이 있는 복도를 따라 걸었다. 매튜가 화장실 문을 열자 토라가 고개를 내밀고 안을 둘러보았다. 비밀이 숨겨져 있을 것처럼 보이지 않았다. 주방과 마찬가지로 그곳도 아주 모던하고 세련됐지만 특이한 건 없었다. 화장실을 나와 침실로 갔다. 침실은 예상했던 것보다 훨씬 매력적이었다.

"누가 와서 집을 청소했나요, 아니면 하랄트가 원래 이렇게 깔끔한 사람인가요?" 토라가 가지런히 정돈된 침대를 가리키며 물었다. 침대 역시 거실의 소파처럼 높이가 무척이나 낮았다.

매튜는 침대 끄트머리에 앉았다. 침대가 워낙 낮아서 무릎이 거의 턱에 닿을 지경이었다. 매튜는 자세를 고치고 다리를 쭉 뻗었다. "청소를 해주는 아주머니가 계시지요. 하랄트가 살해당한 주말에도 오셔서 청소를 했답니다. 경찰이 그걸 알고 무척 흥분했어요. 물론 그때만 해도 그분은 살인사건에 대해 알 수가 없었죠, 다른 사람들처럼요. 평소처럼 약속한 시간에 와서 청소하신 겁니다. 그분과 얘기를 해봤는데 하랄트를 호의적으로 평하더군요. 그런데 그 청소업체에서 이 아파트를 청소하겠다고 나서는 파출부가 거의 없었다고 귀띔을 하더군요."

"왜 그랬을까요?" 토라는 벽에 걸린 그림들을 쳐다보며 빈정거렸다. 침실에 걸린 그림들 역시 거실의 그림과 다를 바가 없었다. 다만 침실의 그림들은 고문 혹은 형벌을 받거나 사형당하는 여자들의 모습을 주로 묘사했다. 대부분 상반신이 드러나 있었고, 완전히 발가벗긴 여자들도 보였다. "평범한 남자의 방인데 말이에요."

"그래요? 아마도 지금껏 이상한 부류의 남자들만 만난 모양이군요." 매튜의 얼굴에 미소가 스쳤다.

"농담이었어요." 토라가 대꾸했다. "이렇게 꾸며진 침실은 본 적도 없다고요." 토라는 침대 맞은편 벽면에 고정된 대형 평면TV 앞으로 걸어갔다. "이걸로 뭘 봤을지 상상만 해도 소름이 끼치네요." 토라는 TV 화면 아래 선반에 놓인 DVD 플레이어를 향해 몸을 구부리며 말했다. 그녀는 플레이어의 전원을 켠 다음 꺼내기 버튼을 눌렀지만 디스크 홀더는 텅 비어있었다.

"제가 디스크를 꺼냈습니다." 매튜가 침대에 앉아 토라의 움직임을 유심히 바라보면서 말했다.

"뭘 보고 있었나요?" 토라가 매튜를 향해 돌아서며 물었다.

"〈라이온 킹〉요." 매튜는 무표정하게 대답했다. "자, 이제 서재를 보러 가시죠. 거기에는 뭔가 쓸 만한 단서가 있을 겁니다."

토라는 매튜를 따라 나가려다가 하랄트의 침대 옆 협탁 서랍을 살짝 훔쳐보기로 마음먹었다. 서랍을 열자 성인들을 위한 은밀한 게임에 사용되었을 여러 개의 유리병과 크림이 담긴 튜브, 콘돔 반 상자가 들어있었다. 이런 실내장식도 개의치 않은 여자들이 있긴 했던 모양이군. 토라는 혼자 생각하며 서랍을 닫은 뒤 서둘러 매튜를 따라나섰다.

10장

로라 어매밍은 시계를 들여다보았다. 다행히 아직 오후 2시 45분이었다. 남은 일을 모두 마치고도 4시 수업에 제때 들어갈 수 있는 시간이었다. 아이슬란드에 산 지 여러 해가 지났지만 이제야 아이슬란드어 어학 수업에 등록할 짬을 낼 수 있었다. 지각 같은 건 질색이었다. 대학 본관 건물에서 진행하는 수업이었는데, 운 좋게도 로라가 청소부로 일하는 역사학과 건물에서 엎어지면 코 닿을 거리였다. 만약 다른 장소였다면 어학 수업은 꿈도 못 꾸었을 것이다. 수업 시작 30분 전까지 일을 마칠 수도 없는 형편이었고, 그렇다고 타고 다닐 차도 없었다.

로라는 대걸레를 개수대에 넣어 따뜻한 물로 헹궜다. 아이슬란드어로 '뜨겁다'와 '차갑다'를 중얼거리다가 흉내내기도 힘든 외국어 발음을 속으로 원망했다.

대걸레의 물기를 짜낸 다음 더러운 걸레가 담긴, 표백제를 풀어둔 양동이에 대걸레를 집어넣었다. 그리고 창문 세정제와 깨끗한 손걸레 세 개를 집어들었다. 오늘은 2층의 북향 창문을 모두 닦아내야 하는 날이라 손걸레 한 개로는 어림없었다. 로라는 청소도구실을 나와 위층으로 올라갔다.

운이 좋았다. 처음으로 들어간 사무실 세 곳이 모두 비어있었기 때문이다. 주변에 사람이 없으면 청소가 훨씬 간단해진다. 특히 창문을 닦을 때는 의자나 다른 가구를 딛고 올라가야 하기에 더욱 그랬다. 대화도 통하지 않는 사람이 지켜보고 있을 때면 로라는 불편해서 제대로 일을 할 수가 없었다. 아이슬란드어를 할 줄 알면 일은 훨씬 수월해질 것이다. 고향인 필리핀에서는 말도 많고 쾌활한 성격이었다. 그런데 아이슬란드에 오고 나서는 동포들과 있을 때를 제외하고는 속마음을 터놓고 지낼 수가 없었다.

로라는 일을 하고 있을 때면 스스로 인간이 아닌 물건처럼 느껴졌다. 다들 로라가 투명인간이라도 되는 양 행동했다. 건물 관리소장인 트리그비를 제외하고 말이다. 그는 언제나 예의를 갖춰 행동했다. 로라를 비롯한 청소부들과도 의사소통하기 위해 최선을 다했다. 비록 그 의사소통이라는 게 대개는 아주 우습게 보이는 몸부림에 불과할지라도. 청소부들이 몰려와 자신의 우스꽝스러운 보디랭귀지를 알아맞히며 폭소를 터뜨려도 트리그비는 대수롭지 않게 여겼다. 그는 신사였다. 로라는 언젠가 아이슬란드어로 그와 제대로 된 대화를 나눌 수 있길 고대했다. 다만 한 가지는 분명했다. 전세계에 있는 아이슬란드어 어학수업을 모조리 듣는다고 해도 그의 이름만은 절대 정확하게 발음하지 못할 것이다. 로라는 '트리그비'를 나직하게 발음해보다가 어색한 소리에 웃고 말았다.

127

로라는 네 번째 방으로 걸어갔다. 그곳은 학생휴게실로 사용되는 공간이었다. 문을 가볍게 두드리고 안으로 들어갔다. 방 한쪽 구석 낡아빠진 소파에 여학생이 앉아있었는데, 로라가 알기로 그녀는 얼마 전 살해당한 학생의 친구 중 하나였다. 그 무리들은 알아보기가 쉬웠다. 옷차림과 행동거지에서 언제나 먹구름이 낀 듯한 인상을 풍기고 다녔다. 소파에 앉은 빨간 머리 학생은 전화 통화에 몰두해 있었다. 목소리가 크지 않았음에도 대화가 유쾌하지 않은 내용이라는 것이 확연했다. 학생은 심술궂은 표정으로 고개를 들더니 한 손으로 입과 휴대폰 아랫부분을 가렸다. 마치 로라가 대화 내용을 엿듣기라도 한다는 듯한 제스처였다. 여학생은 서둘러 전화를 끊더니 밀리터리 룩 숄더백에 휴대폰을 밀어넣고 자리에서 일어나 도도하게 문을 향해 걸어갔다. 로라는 웃으며 간신히 아이슬란드어로 잘 가라는 인사를 했다. 학생은 문 앞에서 깜짝 놀란 듯 뒤돌아섰다. 그러고는 무슨 말을 중얼거리더니 밖으로 나가 문을 닫았다. 참 아깝네. 로라는 속으로 생각했다. 예쁘장한 얼굴이라 조금 더 노력하면 훨씬 아름답게 보일 외모였다. 눈썹과 코의 무시무시한 피어싱을 빼고 조금만 자주 웃어도 좋을 것이다.

로라는 작업복 주머니에 넣어두었던 쓰다 만 걸레를 꺼냈다. 손에 들고 있던 걸레는 아주 깨끗했으므로 더럽힐 이유가 없었다. 로라는 창문 손잡이에 세정제를 뿌린 다음 위아래를 골고루 닦았다. 나이 어린 청소부들은 간혹 눈에 잘 안 띄는 부분은 지나치기도 하지만 로라는 눈썰미 좋게 손잡이 아래쪽에 묻어있던 정체 모를 얼룩을 잡아냈다. 자국을 발견해낸 게 뿌듯했다. 깐깐한 학생이 창문을 열다가 이 자국을 발견했다면 아마도 청소 상태가 엉망이라며 투덜거렸을 것이다.

로라는 학생들이 휴게실을 얼마나 함부로 사용하는지 떠올리며 못마땅하다는 듯 코웃음을 쳤다. 창문 손잡이는 그 중 일부에 불과했다. 대체 누가 손을 그렇게 지저분하게 하고 다닌단 말인가? 어쨌든 얼룩은 쉽사리 닦였고 로라는 혹시나 하는 마음에 다시 한 번 걸레로 손잡이를 문질렀다. 그녀는 반짝거리는 손잡이를 흐뭇한 마음으로 바라보며, 별일은 아니지만 학과장인 구나르의 코를 납작하게 해줬다는 기분에 빠져들었다.

걸레를 주머니에 집어넣던 로라가 무심코 걸레에 묻어나온 얼룩을 보았다. 검붉은 색이었다. 본래 갈색이던 얼룩이 축축한 걸레에 젖어들어 변색된 것이다. 얼룩의 정체는 피였다. 의심의 여지가 없었다. 하지만 어쩌다가 손잡이에 피가 묻은 것일까? 바닥에 피가 묻은 흔적은 전혀 없었다. 누군가 손잡이에 피 얼룩을 남겼다면 분명 바닥에도 혈흔이 남아있었을 것이다. 로라는 얼마 전의 살인사건과 연관이 있는 것은 아닐까 잠시 생각했지만, 그럴 가능성은 거의 없어보였다. 그 사건 이후에도 창문을 청소했을 것이기 때문이다. 로라는 생각에 잠겨 미간을 찌푸렸다. 자기가 직접 창문을 청소하지 않았다고 해서 다른 사람도 청소하지 않았으리란 법은 없다. 그녀는 기억을 되살려보려고 노력했다. 사건 다음날 동편 건물을 청소하지 않았나? 물론 청소를 했었다. 경찰은 사건이 일어난 주말에 근무했던 나이 어린 청소부 글로리아를 불러 질문을 하기까지 했다.

이런 상황에서는 어떻게 해야 하지? 로라는 이 상황을 아이슬란드어로 설명해야 한다는 생각에 멈칫했다. '차갑다' '뜨겁다' 같은 단어를 발음하는 것과는 차원이 달랐다. 자기가 손잡이를 닦는 바람에 범인의 지문이 지워진 것을 알면 경찰 당국에서 절대 가만히 있지 않을 것이다. 게다가 이걸 가지고 호들갑떨었다가 만에 하나 아무것도 아닌 일로 결론이 나면 망신만 당할 게 분명했다. 이를 어쩐다! 로라는 글로리아가 경찰조사를 받고 와서 야단을 떨었던 일을 떠올렸다. 심지어 경찰들이 얼마나 무섭게 굴었는지 동료들에게 털어놓던 글로리아는 눈물을 글썽이기까지 했다. 당시 로라는 악어의 눈물쯤으로 우습게 여겼지만 이제 와서 생각해보니 정말 겁에 질렸을 수도 있었다. 그녀는 혈흔을 찾기 위해 온 바닥을 둘러보았다. 사건 이후로 최소 한 번 이상 이곳을 직접 청소했기 때문에 만약 바닥에서도 피가 발견된다면 답은 간단했다. 그 이후 누군가 여기서 피를 흘렸다는, 지극히 평범한 결론에 도달하는 것이다.

하지만 바닥 어디에서도 핏자국은 발견되지 않았다. 심지어 바닥과 굽도리 널이 만나는 구석에서도 피는 발견되지 않았다. 로라는 불안하게 입술을 깨물며 스스로를 안심시키려고 노력했다. 경찰은 이미 살인자를 체포한 상태였다. 만약 이 핏자국이 살인사건과 관련이 있다면 분명 그 자가 범인임을 재확인하는 또 하나의 증거에 불과할 것이다. 로라는 숨을 깊이 들이마셨다. 필리핀 이민자 모임에 나갈 때 접했던 잡지들을 떠올렸다. 잡지에는 모임에 참석한 이민자들의 인터뷰와 사진이 실렸다. 믿기 어려울 정도로 특이한 물건을 얼굴에 바짝 들이대고 포즈를 취한 이민자들의 모습이 담긴 사진이었다. 로라는 창문 손잡이에 볼을 들이대고 촬영한 자신의 얼굴이 잡지 양면에 걸쳐 실리는 모습을 상상도 할 수 없었다. 설마! 로라는 말도 안 되는 공상에 빠졌다. 학생 중 누군가가 코피를 흘리다가 어지러움을 느껴 맑은 공기를 맡기 위해 창문을 열었을 것이다. 잠시 마음이 가벼워졌지만, 이내 자기 아이들이 코피를 흘리던 때를 떠올렸다. 코피가 나면 아이들은 화장실로 달려가지 창문을 열지 않는다.

다시 원점으로 돌아왔다. 독일 학생을 죽인 범인이 창문을 열었을 거라는 단서는 어디에도 없었다. 사건과 전혀 관련이 없는 누군가가 상처를 입고 상쾌한 공기를 쐬기 위해 창문을 열었을 가능성이 다분했다. 로라는 걸레를 다시 집어들고 휴게실 구석에 피가 묻어있지는 않은지 직접 확인해보기로 했다. 만약 사건 당일 이곳에서 몸싸움이라도 일어난 거라면 어딘가 흔적이 남아있을 것이다. 경력이 짧은 청소부라면 그런 단서가 남았다는 걸 알아채지 못했을 수 있다. 로라는 성호를 그었다. 걸레에 핏자국이 묻어나오지 않을 경우 하늘에서 과민반응을 보이지 말라는 계시를 내린 것으로 받아들이기로 했다. 만약 핏자국이 묻어나오면 트리그비 소장을 성가시게 만든다고 할지라도 경찰에 바로 알리기로 결심했다. 로라는 무릎을 꿇은 다음 벽을 따라 조금씩 걸레질을 시작했다. 아무것도 나오지 않았다. 평소처럼 바닥 때와 먼지 덩어리가 묻어나온 것을 제외하면 걸레는 깨끗했다. 로라는 한결 가벼워진 마음으로 일어섰다. 바보 같기는. 피가 손잡이에 묻은 데에는 그럴 만한 이유가 있을 것이다. 엉뚱한 생각이 머릿속을 스친 건 시신을 발견했을 때 받은 충격 때문일 것이다. 처참하게 난자당한 끔찍한 시신. 로라는 다시 한 번 성호를 그었다.

어떤 이유에서인지 청소도구를 챙겨나가던 로라가 문득 어느 지점에서 눈을 떼지 못했다. 그 지점은 굽도리 널보다 조금 더 높은 곳에 있었다. 로라는 무릎을 구부려 걸레로 그 틈을 닦았다. 그런데, 걸레가 틈새에 걸리는 게 아닌가. 그녀는 문틀에 낀 물체를 자세히 보기 위해 고개를 더 수그렸다. 은색 물체가 반짝 하고 눈에 들어왔다. 로라는 그걸 빼낼 만한 도구가 없을지 주변을 둘러보다가 책상에서 자 한 자루를 집어왔다. 자로 은색 물체를 빼내려고 낑낑거리던 그녀가 몇 번의 실패 끝에 마침내 성공했다. 은색 조각을 집어든 로라가 비틀거리며 자리에서 일어섰다.

로라의 새끼손톱 크기에 불과한 별모양 금속 조각이었다. 그녀는 조각을 손바닥 위에 올리고는 찬찬히 살펴보았다. 어디서 많이 본 듯한 모양인데, 정확하게 기억이 나지 않았다. 대체 어디서 이 조각을 보았던 걸까? 하지만 더 이상 지체할 시간이 없었다. 서둘러 창문 청소를 끝내지 않으면 수업에 늦을지도 몰랐다. 로라는 조각을 주머니에 넣으면서 트리그비에게 가져다 주기로 결심했다. 그 사람이라면 이 조각이 무엇인지 알 것이다. 살인사건과 연관됐을 리는 없다. 창문 손잡이에 묻은 핏자국처럼, 분명 그럴 만한 사정이 있을 것이다. 아니면 어떻게 하지? 손가락의 이미지가 불현듯 로라의 뇌리를 스쳤다. 그녀는 구역질나는 기억을 쫓으려고 또다시 성호를 그었다. 로라는 글로리아에게 사실을 털어놓기로 마음먹었다. 글로리아는 주말 근무 당번이었고, 로라 역시 주말에 근무할 예정이었다. 어쩌면 경찰과 동료들에게 들려준 것보다 더 많은 내용을 알고 있을지 모를 일이다.

마르타 미스트는 청소부가 빨리 나오지 않자 짜증을 내며 복도 벽에 기대서 있었다. 휴게실을 청소하는 게 그리 대단한 업무도 아니지 않은가. 빈 깡통을 치우고, 컵이나 씻어놓고, 걸레질만 하면 끝이었다. 그녀는 휴대폰 시계를 슬쩍 확인했다. 젠장! 이 망할 청소부는 소파에서 낮잠이라도 처자는 건가? 마르타는 손가락을 몇 번 움직여 주소록에서 브리에트의 번호를 찾아 전화를 걸었다. 안 받기만 해봐라. 브리에트가 휴대폰 화면에서 발신자 번호를 확인하고도 받지 않는 장면을 상상하자 마르타는 신경질이 났다. 하지만 그런 상상은 기우였다.

"여보세요." 브리에트의 목소리가 들렸다.

마르타는 곧장 본론으로 들었다. "못 찾겠어." 잔뜩 화가 난 목소리였다. "서랍에 넣어둔 거 확실해?"

"젠장, 젠장, 젠장." 브리에트가 징징거렸다. "분명히 거기 넣어뒀어. 너도 내가 넣는 거 봤잖아."

마르타는 빈정거리며 웃었다. "그게 무슨 헛소리야. 나 그날 완전히 취해있었는데."

"서랍에 넣었어. 진짜라니까." 브리에트가 말했다. "도리한테는 뭐라고 하지? 완전 미쳐 날뛸 텐데."

"암 말도 하지 마. 걔한테 입만 뻥끗해봐."

"그치만…"

"그치만 같은 소리하지 마. 거기 없다니까. 이제 어쩔 건데? 이제 어떻게 할 거냐고?"

"아아…, 나도 모르겠어." 브리에트가 체념한 목소리로 말했다.

"운 좋은 줄 알아, 그냥 나처럼." 마르타가 쏘아붙였다. "안드리랑 얘기했는데, 걔도 동의했어. 우린 이제 아무 말도, 아무 짓도 안할 거야. 어차피 우리가 어쩔 수 있는 것도 아니잖아." 마르타는 도리에게 아무 말도 않겠다는 약속을 안드리에게 받아내는 데 20분이나 걸렸다는 사실은 일부러 말하지 않았다. 다만 마르타는 한결 부드러운 목소리로 덧붙였다. "걱정하지 마. 그게 정말 큰 문제였다면 우리도 벌써 알게 됐을 거야."

휴게실 문이 열리고 청소부가 나왔다. 청소부의 표정으로 보아 위생업계에 큰 뉴스라도 생긴 모양이었다. 꼭 억지로 레몬을 씹은 것 같은 얼굴이었다. 이제야 나오는군. 마르타는 속으로 생각하며 벽에 기댄 몸을 바로 세웠다. "브리에트, 청소부가 방금 나왔어. 다시 잘 찾아보고 이따 전화할게." 그녀는 브리에트가 인사를 할 틈도 주지 않고 전화를 끊었다. 모든 게 지랄 같이 돌아가고 있었다.

11장

하랄트의 책상에 앉아 서류더미를 훑어보던 토라는 고개 들어 등을 펴고는 매튜를 향해 돌아앉았다. 매튜 역시 서재 한구석 안락의자에 앉아 토라와 같은 업무에 몰두 중이었다. 두 사람은 경찰이 아파트를 수색할 때 수거해간 뒤 이제 막 돌려놓은 서류들부터 살펴보기로 했다. 온갖 종류의 서류가 세 개의 종이상자에 가득 차있었다. 거의 한 시간 내내 서류를 읽은 탓에 토라는 이 작업에 착수한 이유마저 잊어버릴 지경이었다. 서류들은 잡다한 내용으로 채워져 있었다. 대부분 하랄트의 연구와 어떤 식으로든 연결된 내용이었고 나머지는 은행과 신용카드 회사, 정부기관으로부터 받은 통지서였다. 많은 서류가 아이슬란드어로 작성되었기 때문에 매튜는 나중에 토라에게 검토를 부탁할 요량으로 서류 한 무더기를 한쪽에 쌓아두었다.

"그런데 우리 찾는 게 뭐예요?" 토라가 뜬금없이 물었다.

매튜는 들고 있던 서류뭉치를 작은 테이블에 내려놓더니 피곤한 듯 두 눈을 비볐다. "일단은 단서를 찾는 거죠. 경찰이 발견하지 못한 단서. 가령 하랄트가 인출한 거액의 현금 행방 같은 거요. 그리고 다른….."

토라가 말을 끊었다. "그건 도움이 안 돼요. 제 말은 과연 누가 살인사건과 관련이 있는지, 아니면 하랄트의 죽음으로부터 이득을 얻는 게 누구인지에 대한 가설을 세워야 한다는 거예요. 저는 살인사건 수사 경험도 없고, 그래서 서류를 더 들춰보기 전에 큰 그림을 먼저 그려보고 싶어요. 나중에 사건이 좀 더 명확해지고 나서 이 짓을 처음부터 다시 한다는 건 생각도 하기 싫으니까요."

"네, 저도 이해합니다." 매튜가 설명했다. "하지만 무슨 말씀을 드려야 할지 모르겠군요. 우리는 이미 알고 있는 구체적인 무언가를 찾는 게 아니에요, 안타깝게도. 어쩌면 여기서 아무것도 건지지 못할지 모르죠. 그렇더라도 하랄트가 살해당하기 전에 어떤 모습으로 살았는지 먼저 파악해야 합니다. 그래야 사건이 발생한 정황과 순서에 대해 대강이라도 이해할 수 있으니까요. 만약 여기서 살인자와 연결될 만한 단서를 발견한다면 그건 보너스일 뿐이에요. 살인사건에 대한 이해가 필요하다면 질투와 분노, 금전적 이익, 복수, 광기, 정당방위, 성도착증을 주요 동기로 꼽을 수 있겠군요."

토라는 매튜가 동기를 더 나열하기를 기다렸지만 그게 끝이었다. "그게 다예요?" 토라가 물었다. "동기는 더 있을 텐데요."

"제가 범죄심리 전문가는 아니잖아요." 매튜가 쏘아붙였다. "물론 동기는 더 많겠지만 지금 떠오르는 건 그게 전부입니다."

토라는 잠시 생각에 잠기더니 입을 열었다. "좋아요. 그게 살인의 주요 동기라고 쳐요. 그럼 그들 중 하랄트의 죽음에 적용할 수 있는 동기는 뭐죠? 혹 하랄트한테 여자가 있었나요? 질투가 살해 동기로 작용할 만한 사람 말예요."

매튜는 어깨를 으쓱했다. "사귀는 사람은 없었을 겁니다. 그렇더라도 질투가 동기의 일부일 수는 있겠죠. 어쩌면 누군가 하랄트를 좋아했는데, 하랄트가 받아주지 않았을 수도 있고요." 그는 말을 잠시 멈췄다가 덧붙였다. "사실 목을 조르는 방식으로 사람을 죽이는 여자는 드물죠. 그러니 치정에 의한 살인이라고 보기는 어렵겠군요."

"그렇군요." 토라는 생각에 잠겨 대답했다. "어쩌면 다른 남자에 의한 치정 살인일 수도 있잖아요. 혹시 하랄트가 게이였나요?"

매튜는 어깨를 으쓱했다. "아뇨. 절대 아니에요."

"어떻게 아세요?" 토라가 물었다.

"그냥 압니다." 미심쩍어 하는 토라의 표정을 보며 매튜는 말을 이었다. "저의 놀라운 능력이죠. 저는 사람을 보면 동성애자인지 아닌지 단박에 알아차리거든요. 원리는 모르지만 그 문제에 있어서는 본능적인 감각이 있어요."

토라는 매튜의 주장에 더 이상 대꾸하지 않기로 마음먹었다. 경험으로 미뤄보아 매튜 역시 평범한 사람들과 마찬가지로 타인의 성적 취향을 알아내는 데 전혀 재능이 없을 거라고 속으로만 생각했다. 그녀의 전 남편도 매튜와 똑같은 착각을 하고 있었지만, 그의 생각이 틀렸다는 걸 토라가 몇 번이고 증명했었다. 토라는 화제를 전환했다. "어쨌든 시신에 강간당한 흔적이나 최근에 성행위를 했다는 단서는 없었으니 그 가능성을 제외해도 되겠네요."

"그럼 살해 동기의 폭이 좁아지겠네요." 매튜는 빈정거리며 씩
웃었다. "범인도 곧 잡겠어요."

토라는 그의 조롱을 무시하며 물었다. "그럼 당신이 생각하는 살
해 동기는 뭔가요?"

매튜는 토라를 물끄러미 바라보다가 말했다. "아마 돈과 관련이
있을 겁니다. 하지만 하랄트의 연구주제였던 마법과도 어떻게든 관
련됐을 거란 생각을 떨쳐버릴 수 없어요. 안구 적출이며 시신에 새
겨진 심벌 때문에 그런 의심이 강하게 듭니다. 동기가 명확하지 않
으니 골치도 아프고요. 어째서 수백 년도 전에 일어난 사건이나 마
법 때문에 사람을 죽일까요?"

"그건 좀 황당한 추정 아닌가요? 시신에 이상한 흔적이 남아있
긴 하지만, 경찰에서는 이미 살인과 흑마술 사이에 어떤 연결점도
발견하지 못했잖아요. 분명 그 가능성에 대해서도 검토를 했을 거
라고요." 토라는 얼른 말을 이었다. "경찰이 멍청해서 그렇다는 말
은 말아요. 그건 상황을 지나치게 단순화하는 거예요."

"당신 말이 맞아요." 매튜가 대꾸했다. "경찰은 이미 둘 사이에
어떤 연결점이 있는지 검토했어요. 그리고 하랄트의 연구를 미신
이나 정신 나간 짓쯤으로 생각했을 겁니다. 이 아파트에 와서 벽에
걸린 장식품들을 보고는 하랄트를 미친놈이라고 치부했겠죠. 경찰
에게 이 귀중한 유물은 한낱 역겨운 물건에 불과할 거예요. 음, 변
호사님 생각 역시 경찰과 다르지 않을 테고요." 토라의 반응을 기
다리던 그는 아무런 대꾸가 없자 말을 이었다. "하랄트의 혈액에서

마약 성분이 검출되는 바람에 경찰의 의심만 더 굳어졌을 겁니다. 경찰 눈에 하랄트는 그냥 정신 나간 가학적 약물중독자일 뿐이겠죠. 마지막으로 목격됐을 때도 비슷한 부류들과 어울렸으니까. 같이 있던 사람은 알리바이도 없는 데다 한술 더 떠서 만취한 상태였죠. 다른 사람들 눈에는 결론이 뻔한 사건일지 몰라도 저는 그렇게 생각 안 합니다. 풀리지 않은 수수께끼가 너무 많이 남아있어요."

"그럼 당신은 하랄트의 연구주제가 사건과 연관이 있다고 생각하는 건가요?" 토라는 매튜가 아니라고 대답하기를 기대하며 물었다. 연구주제가 사건과 관련이 없다면 적어도 쌓아둔 서류의 절반 이상은 바로 치워버릴 수 있었다.

"글쎄요. 저도 확신은 못 하겠어요. 하지만 관련 있을 거라는 강한 의심이 들기 시작했어요. 이걸 한번 봐요." 매튜는 무릎에 올려둔 서류뭉치를 뒤적이더니 이메일을 출력한 종이 한 장을 토라에게 건넸다.

토라는 메일을 읽어 내려갔다. 하랄트가 malcolm@gruniv.uk라는 계정을 쓰는 사람에게 보낸 메일로, 살인사건 8일 전에 영어로 작성한 것이었다.

안녕 말.
이봐, 마음의 준비 단단히 하라고. 드디어 찾았어. 이 형님이 말이야. 이제부터는 나를 각하라고 부르라고. 난 진작부터 알고 있었어, 알고 있었다고. 그렇다고 널 회의론자라고 욕하는 건 아니야. 진짜로.
아직 정리할 게 좀 남아있긴 해. 그 빌어먹을 멍청이가 발을 빼려고 하거든. 그러니까 소식 기다리고 있어. 진짜 엄청난 거니까, 축하파티라도 해야 할 거야. 무슨 뜻인지 알지? 다시 연락할게, 이 재수 없는 놈아.

H

메일을 다 읽은 토라가 매튜를 바라보았다. "이걸 단서라고 생각하는 거예요?"

"그럴 수 있죠." 매튜가 대답했다. "아닐 수도 있고."

"경찰이 분명 이 말콤이라는 사람한테 연락을 취했을 거예요. 아무 이유 없이 메일을 인쇄해놨을 리는 없잖아요."

"그럴 수 있죠." 매튜가 어깨를 으쓱했다. "아닐 수도 있고."

"뭐, 적어도 하랄트가 찾아낸 게 뭐였는지 메일로 물어볼 수는 있겠네요."

"그리고 하랄트가 언급한 '빌어먹을 멍청이'에 대해 아는 게 있는지도 물어봐야죠."

토라는 종이를 내려놓았다. "하랄트의 컴퓨터는 어디 있어요? 분명 컴퓨터가 있었을 텐데." 그녀는 책상 위 마우스패드를 가리키며 말했다.

"아직 경찰이 가지고 있어요. 아마 하랄트의 다른 물건들과 같이 돌려주겠죠."

"어쩌면 메일을 더 많이 찾아낼 수 있을지도 몰라요." 토라는 기대에 찬 목소리로 말했다.

"어쩌면 아닐 수도 있고요." 매튜는 웃으며 대꾸했다. 그는 자리에서 일어나 책상 위의 책꽂이로 손을 뻗었다. "자요. 이걸 가지고 가서 읽어봐요. 하랄트의 정신세계에 대해 이해할 수 있는 좋은 자료거든요." 그가 토라에게 건넨 건 《마녀의 망치》 문고본이었다.

토라는 책을 받아들며 놀란 표정으로 매튜를 바라보았다. "이건 새 책이잖아요. 이게 아직도 출간되고 있나요?"

매튜는 고개를 끄덕였다. "네. 그렇지만 요즘에는 그저 호기심으로 사보는 사람들뿐이겠죠. 읽어보면 알겠지만 항상 그랬던 것만은 아니거든요."

토라는 책을 가방에 넣고는 자리에서 일어나며 기지개를 켰다. "화장실 좀 써도 될까요?"

"될 수도 있죠, 안 될 수도 있고." 매튜는 웃으며 재빨리 덧붙였다. "뭐, 그 정도는 괜찮을 거예요. 경찰이 갑자기 추가 수색을 하려고 들이닥치면 볼일 다 마칠 때까지 제가 붙잡아둘게요."

"친절도 하셔라." 토라는 복도로 나가 화장실로 향했다. 그러나 벽을 뒤덮고 있는 그림과 유물들 때문에 도중에 호기심을 이기지 못하고 잠시 샛길로 빠지고 말았다. 정확히 말해서 장식물들은 호기심보다는 공포를 일으키기에 적절했다. 그럼에도 장식물들이 대단히 흥미롭다는 사실에는 의심의 여지가 없었다. 이를테면 사람들이 도로에서 사고현장을 발견하고 그냥 지나치지 못하는 것과 비슷한 상황이었다. 그림의 주제가 거실과 침실에 있던 것들과 같은 맥락인 걸로 봐서 조부의 컬렉션에서 가져온 것임이 분명했다. 죽음과 악마.

다른 공간과는 달리 화장실에는 거주자의 관심 분야를 암시하는 요소가 전혀 없었다. 몇 점 안 되는 장식품들은 개방형 수납장 안에 질서정연하고 조화롭게 정돈되어 있었다. 토라는 먼지 하나 없이 닦인 세면대 위의 거울을 들여다보았다. 그녀는 손가락으로 머리칼을 빗어넘기며 옷매무새를 다듬었다. 수납장 위에는 한 번도 사용하지 않은 듯한 칫솔이 하나 놓여있었다. 토라는 다시 한 번 화장실 안을 찬찬히 뜯어보았다. 분명 아파트 안에는 하랄트가 실제로 사용한 화장실이 하나 더 있는 게 틀림없었다. 이곳은 흠 잡을 데 없이 깨끗했다. 있을 수 없는 일이었다.

토라는 서재로 돌아와 문 앞에 어정쩡하게 선 채 말했다. "분명히 화장실이 하나 더 있어요."

매튜가 깜짝 놀라 고개를 들며 물었다. "무슨 소리예요?"

"복도에 있는 화장실은 사용한 흔적이 전혀 없어요. 하랄트가 화장실 내부 색채와 일치하는 치실을 썼을 리 없잖아요."

매튜가 미소를 지었다. "훌륭하네요. 이제부터는 수사 경험이 없다고 징징거리지 마세요." 그는 두 사람이 이미 둘러본 곳을 가리켰다. "침실 안에 문이 하나 있어요. 그게 화장실입니다."

토라는 뒤돌아 나왔다. 그녀는 침실 문의 생김새를 기억해냈다. 꼭 옷장 문처럼 생겼다. 다시 서류나 검토할까, 하는 생각이 들었지만 그 전에 화장실이 어떤 모습일지 두 눈으로 확인하고 싶었다. 침실 안 화장실 문을 연 토라의 얼굴에 미소가 떠올랐다. 욕조 대신 샤워부스가 있는 걸 제외하고 화장실은 여느 집과 다를 게 하나도 없었다. 각종 위생용품이 세면대 위에 흩어져 있는데, 브랜드며 색상이 제각각이었다. 토라는 샤워부스 안을 들여다보았다. 벽에 달린 선반 위에는 샴푸 두 통 중 하나가 거꾸로 세워져 있고, 면도기와 쓰다 만 비누, 치약이 놓여있었다. 샤워기 조절밸브에 매달린 세정제 통에는 '샤워 파워'라고 쓰여있었다. 너무나 친근한 풍경에 토라는 약간의 안도감을 느꼈다.

하지만 토라를 가장 기분 좋게 만든 것은 변기 옆에 달린 잡지 거치대였다. 이게 혼자 사는 사람들의 특징이 아니라면 달리 뭐가 있겠는가. 하랄트가 어떤 종류의 잡지를 읽었는지 궁금해진 토라는 꽂혀있는 잡지들을 살펴보았다. 그의 잡지 취향은 한마디로 잡식이었다. 자동차 잡지 몇 부와 역사학회지 하나, 〈슈피겔〉 두 부, 타투 전문지 한 부가 뒤섞여 있었다. 토라는 이 중에서 타투 잡지를 꺼내 휘리릭 넘겼다. 그런데 〈분트〉 한 부가 눈에 들어왔다. 토라는 놀란 얼굴로 잡지를 살펴보았다. 〈분트〉는 영국의 타블로이드 〈헬로!〉처럼 셀러브리티들의 소식으로 도배된, 전형적인 여성잡지였다. 하랄트가 이런 잡지를 읽을 거라고는 상상도 하지 못했다. 환하게 웃고 있는 톰 크루즈와 케이티 홈즈의 표지 사진 아래에는 '톰 크루즈, 아빠 된다!'라는 헤드라인이 대문짝만하게 찍혀있었다. 헐리우드 커플의 2세 소식이 오이 재배법을 알려주는 기사만큼이나 관심 없던 토라는 잡지를 원래 자리에 다시 꽂아두었다.

"내 이럴 줄 알았어요." 서재로 돌아온 토라가 의기양양하게 말했다.

"나도 이럴 줄 알았어요." 매튜가 대꾸했다. "변호사님도 안다는 걸 몰랐을 뿐이죠."

매튜의 거슬리는 반응에 토라가 대꾸를 하려는 찰나 전화벨이 울렸다. 그녀는 가방에서 휴대폰을 꺼냈다.

"엄마." 기어 들어가는 듯한 솔리의 목소리가 들렸다. "집에 언제 올 거야?"

토라는 손목시계를 확인했다. 시간이 이렇게 지났을 거라고 생각하지 못했다. "엄마 금방 갈게. 무슨 일 있어?"

솔리는 잠시 조용하더니 이내 입을 열었다. "어, 아니. 그냥 심심해서. 오빠가 이제는 나한테 말도 안 걸어. 오빠랑 둘이 있으면 재미없단 말이야. 오빠 혼자 침대 위에서 점프하면서 소리 지르고 있는데, 나는 방에 못 들어가게 해."

그 장면을 정확히 머릿속으로 그려낼 수는 없지만, 길피가 동생을 제대로 돌보지 않는다는 것만은 분명했다. "엄마 말 잘 들어." 토라는 다정하게 말했다. "엄마 금방 집에 갈 거야. 오빠한테는 딴짓 하지 말고 얼른 나와서 너랑 놀아달라고 해."

솔리와 통화를 마친 토라가 전화기를 핸드백 안에 넣다가 매튜에게 건네받은 파일과 관련해 그에게 물어보려고 적어둔 메모지를 발견했다. 그녀는 종이를 꺼내 펼쳤다. "파일에 있던 서류 내용과 관련해서 몇 가지 묻고 싶은 게 있어요."

"몇 가지요?" 매튜는 놀랐다는 말투였다. "몇 가지보다 훨씬 많을 거라고 예상했는데요. 어쨌든 말씀해보세요."

다시 메모지를 보던 토라는 확신이 들지 않았다. 젠장, 너무 많은 부분을 대충 훑어보고 지나친 건 아닐까? 그녀는 태연하려고 애썼다. "사실 이건 핵심적인 질문들이고요, 세세하게 물어보고 싶은 건 너무 많아서 다 적지를 못했어요." 그녀는 웃으며 말을 이었다. "이를테면 군대 문제 같은 거요. 파일 속 서류에는 하랄트가 건강상의 이유 때문에 군복무에 적합하지 않다고 나와있죠?"

"아, 군 복무 섹션요. 그건 사실 하랄트의 생애에 대해 최대한 많은 정보를 알려드리려고 포함시킨 거였어요. 사건과 무관할지 모르지만 단서가 어디서 튀어나올지 알 수 없잖아요."

"살인사건과 군대가 관련이 있다고 생각하시는 거예요?" 토라는 의심스럽다는 듯 물었다.

"아뇨, 절대 아니죠." 매튜가 대답했다. "다만 하랄트가 워낙 예측하기 어려운 성격이라서요."

"그런데 왜 정규군에 입대를 했을까요?" 토라가 물었다. "하랄트가 살아온 궤적으로 봐서는 군대에 반대할 만한 성향인데요."

"그 말이 맞습니다. 다른 사람들처럼 하랄트도 소집 영장을 받았는데, 평소라면 틀림없이 시민봉사 제도에 지원했을 거예요. 대체 복무제도에 대해서는 알고 있죠?" 토라가 고개를 끄덕이자 매튜의 설명이 이어졌다. "그런데 하랄트는 대체 복무를 신청하지 않았어요. 여동생 아멜리아가 세상을 뜬 직후라 상처가 컸어요. 정신적으로 불안한 상태에서 내린 결정이겠죠. 그게 1999년 초였고, 같은 해 11월인가 12월에 독일 정부는 코소보 파병을 결정했죠. 하랄트는 기꺼운 마음으로 참전했어요. 그 기간에 어떤 일을 겪었는지 제가 전부 알 수는 없지만, 하랄트가 징집됐을 때만 해도 우직하고 모범적인 병사였다는 것만은 분명합니다. 그래서 코소보 사건이 터졌을 때 군에서도 전혀 예상치 못했다는 반응을 보였죠."

"무슨 일이 있었나요?" 토라가 물었다.

매튜는 쓴웃음을 지었다. "참 기가 막히는 일이죠. 어떤 면에서는요. 2차 대전 이후 독일이 해외 파병을 한 건 코소보가 처음이었다는 사실을 생각하면 더욱 그렇습니다. 그때까지만 해도 독일군은 해외 평화유지 임무에만 참가했거든요. 그러니까 독일 병사들은 반드시 모범적인 군 생활을 해야만 하는 상황이었어요."

"그런데 하랄트는 그렇지 못했나 보군요?"

"아, 그렇지 못했죠. 운이 나빴다고 할 수도 있고요. 코소보에 주둔한 지 3개월이 지났을 때 하랄트가 소속된 연대에서 세르비아인한 명을 체포했어요. 그 세르비아인은 사상자를 낸 폭탄 테러에 대한 정보를 가졌다는 의심을 받고 있었고요. 그 폭탄 테러로 독일군세 명이 죽고, 많은 사람들이 다쳤죠. 죄수는 하랄트의 연대가 머물던 건물의 지하에 구금되었답니다. 구금된 지 이삼일쯤 되었을무렵, 하랄트는 혼자 보초를 서게 됐어요. 죄수는 여전히 아무것도자백하지 않은 상태였죠. 그런데 하랄트가 상관에게 자신이 심문기술에 대해 아는 게 많다고 언질했고, 그날 밤 죄수를 심문해 정보를 얻어낼 수 있도록 허가를 받았어요." 매튜는 토라를 바라보았다. "당연히 심문 허가를 내준 상관은 하랄트가 고문의 역사에 대해 정통하다는 사실을 전혀 몰랐어요. 그 사람은 하랄트가 감방을한 번씩 들여다보면서 순진하게 질문이나 던질 거라고 예상했을 겁니다."

토라의 눈이 휘둥그레졌다. "죄수를 고문했나요?"

"음, 이렇게만 말해두죠. 그 세르비아인은 나체로 인간 피라미드를 쌓아야 했던 아부그라이브 교도소의 포로들과 차라리 입장을바꾸고 싶어했을 거라고요. 아부그라이브 사건(2003년 미군이 이라

크의 아브그라이브 교도소에서 자행한 포로 학대 및 고문 사건—옮긴이)
을 두둔하자는 게 아니라, 그 불쌍한 세르비아인이 그날 밤 겪은
고초에 비하면 아이들 장난에 가까웠다는 걸 말하려는 겁니다. 다
음날 아침 교대 시간이 되었을 즈음, 하랄트는 이미 그 남자가 알
고 있는 정보 일체를 자백받은 상태였어요. 자백만 받은 게 아니었
죠. 하랄트는 자기가 한 일에 대해 칭찬받아 마땅하다고 생각했지
만, 현장에서 즉시 퇴소 조치되고 말았죠. 그 세르비아인은 간신히
숨만 붙은 채 자기가 쏟은 피웅덩이 속에서 고깃덩어리처럼 널브러
진 상태로 발견됐어요. 물론 독일군 전체의 명예를 더럽히기 싫었
던 당국은 사건을 비밀에 부쳤고요. 모든 공식 서류에는 하랄트가
건강상 이유로 제대한 것으로 기록되었습니다."

"그럼 이 사건은 어떻게 알게 된 거예요?" 토라는 비교적 정상적
인 질문을 할 수 있다는 것에 안도하며 물었다.

"사람들을 좀 알거든요." 매튜가 모호한 어투로 말했다. "또 하
랄트가 코소보에서 돌아온 후로 대화를 좀 했어요. 하랄트는 완전
히 다른 사람으로 변해있었죠. 그건 확실해요. 군복무 때문이었는
지 아니면 피맛을 봤기 때문이었는지는 확실치 않지만, 어쨌든 그
전보다 훨씬 더 이상하게 변해버렸습니다."

"어떻게요?" 호기심이 발동한 토라가 물었다.

"그냥 더 이상해졌어요." 매튜가 말했다. "외모도, 행동도. 그 일
이 있고 얼마 안 돼서 대학에 등록을 했어요. 학교 때문에 하랄트
가 독립하는 바람에 그 뒤로는 자주 못 만났고요. 어쩌다 한 번씩
마주칠 때에도 정신적으로 불안한 상태라는 게 확연히 드러났습니

다. 할아버지까지 그 사건 터지고 얼마 안 돼 돌아가셨으니 아마 더 힘들었을 거예요. 워낙 가깝게 지냈으니까요."

토라는 무슨 말을 해야 할지 몰랐다. 하랄트 건틀립의 삶은 평범함과는 거리가 멀었다. 토라는 메모한 종이를 들여다보며 질식성애로 목숨을 잃은 희생자에 대한 신문기사를 떠올렸다. 하지만 오늘은 여기까지만 묻기로 했다. 휴대폰을 훔쳐본 그녀는 시간이 많이 늦었다는 걸 깨달았다. "매튜, 이제 집에 가봐야겠어요. 질문할 건 아직 남아있지만 머릿속으로 먼저 정리할 게 너무 많아서요."

두 사람은 서재 여기저기에 늘어놓았던 서류를 빠르게 정리했다. 둘은 분류해놓은 뭉치들이 뒤섞이지 않게 하려고 애를 썼다. 서류들이 섞여 분류작업을 다시 해야 하는 끔찍한 상황은 생각하고 싶지도 않았다.

토라는 마지막 서류더미를 한쪽으로 치운 뒤 매튜에게 돌아서며 물었다. "하랄트는 유언장을 만들어뒀나요? 그 많은 재산을 고려하면 그랬을 법도 한데요."

"실은 유언장을 남겼어요. 그것도 꽤나 최근에 작성했습니다." 매튜가 대답했다. "하랄트한테는 작성해둔 유언장이 늘 있었어요. 그런데 9월 중순 들어서 갑자기 내용을 바꿨죠. 집안 변호사를 만나 새 유언장을 작성하기 위해 독일까지 다녀왔죠. 하지만 바뀐 내용이 뭔지는 아무도 몰라요."

"정말요?" 토라가 놀라서 물었다. "왜요?"

"새 유언장은 두 부분으로 나뉘어 작성됐어요. 단서조항까지 포함되었는데, 첫 번째 부분을 먼저 공개하고 그 다음에 두 번째 걸 공개하도록 되어있습니다. 첫 부분의 조항에 따르면 두 번째 부분은 하랄트가 매장되기 전까지는 절대 공개해서는 안 된다고 합니다. 지금까지는 수사 때문에 매장이 불가능한 상태고요."

"그게 다예요?" 토라가 물었다.

"아뇨. 어디에 묻히고 싶은지에 대해서도 적시했어요."

"그게 어딘데요?"

"아이슬란드요. 여기서 보낸 시간이 그리 길지 않다는 걸 생각하면 이상한 일이죠. 이 나라에 마음을 빼앗기기라도 했나봐요. 또 다른 조항에는 양친이 반드시 장례식에 참석해 관이 내려진 다음, 무덤 발치에 적어도 10분간 서있어야 한다는 내용도 있습니다. 이 조항을 따르지 않을 시, 하랄트의 모든 재산은 뮌헨의 한 타투시술소에 기증하도록 되어있고요."

토라는 매튜에게 조항 내용을 정확히 말해달라고 부탁하며 물었다. "그럼 하랄트는 부모님이 자기 장례식에 나타날 거라고 기대하지 않았군요?"

"그랬던 모양입니다." 매튜가 대답했다. "하지만 그런 조항을 만들어서 부모님이 참석하지 않을 수 없게끔 한 거죠. 두 분은 아들이 대단치 않은 재산을 타투시술소에 남긴 일 때문에 타블로이드지의 가십거리가 되는 꼴은 용납할 수 없으니까요."

"그럼 하랄트의 부모가 결국에는 아들의 유산을 상속받을 거라고 생각하세요? 그러니까 두 분이 장례식에 나타난다면."

"아뇨." 매튜가 대답했다. "두 분은 하랄트의 유산에는 전혀 관심이 없어요. 그저 저질 신문들에 기사가 나는 걸 원치 않을 뿐입니다." 매튜는 잠시 생각에 잠겼다. "제가 짐작하기로 하랄트가 가지고 있던 물건 대부분은 동생 엘리자에게 돌아갈 듯해요. 하지만 상당한 금액의 재산은 이곳 아이슬란드에 있는 누군가에게 남겨질 겁니다. 변호사를 압박했더니 그런 내용을 강하게 암시하더군요. 유언장의 두 번째 부분은 하랄트의 요구에 따라 반드시 아이슬란드에서 공개될 거라고 합니다."

"상속자가 누구일지 궁금하네요." 또다시 호기심이 발동한 토라가 말했다.

"저는 짐작조차 못 하겠습니다." 매튜가 대꾸했다. "하지만 그 사람이 누구든, 유언 내용을 미리 알았다면 하랄트를 살해할 동기는 충분한 셈이죠."

토라는 마침내 아파트를 벗어날 수 있게 되어 마음이 놓였다. 피곤한 데다 아이들이 있는 집으로 돌아가고만 싶었다. 하지만 어딘가 찜찜한 기분을 떨쳐낼 수 없었다. 뭔가를 간과한 느낌이었다. 그러나 정비소에서 빌려준 고물차에 혼자 몸을 실은 이후로 아무리 기억을 되새기려 애써도 자신을 괴롭히는 게 무엇인지 떠오르지 않았다. 마침내 차를 집 앞에 주차했을 즈음에는 그 찜찜함마저 머릿속에서 깨끗이 지워졌다.

12장

이혼의 결과가 항상 긍정적인 것만은 아니었다. 토라는 벌써부터 이혼의 단점들에 대해 실감하고 있었다. 예전에는 두 사람이 가계를 이끌었지만 지금은 토라의 소득만으로 이혼 이후의 격차를 메우기 위해 아등바등했다. 남편에게 받는 쥐꼬리만한 양육비로는 경제난을 해소하는 데 전혀 도움이 안 됐다. 지출을 늘리는 거야 아주 간단하고 속 편한 일이다. 적어도 토라 자신은 가난한 학생에서 돈을 버는 변호사로 바뀌는 과정에서 어떤 어려움도 느끼지 않았다. 하지만 지출을 줄이는 것은 전혀 다른 차원의 문제였다.

반면 응급실 외과의사인 전 남편 한스는 안정적인 고소득자였다. 이혼 이후로 토라는 당연하게 여기던 많은 것을 포기해야 했다. 외식을 하거나 해외로 주말여행을 떠나고 비싼 옷을 사입는 걸 비롯해, 경제적으로 여유로운 사람들의 일상사였던 모든 활동이 더 이상 꿈꿀 수 없는 일이 돼버렸다. 이혼의 단점이 경제적인 문제에만 한정된 건 아니었다. '노 섹스'라는 또 다른 단점이 불현듯 토라의 뇌리를 스쳤다. 하지만 토라가 무엇보다 그리워하는 것은 일주일에 두 번씩 집을 청소하러 와주던 도우미였다. 한스와 이혼을 하면서 토라는 적자라도 면하기 위해 울며 겨자 먹기로 도우미를 잘랐다. 토라가 지금 청소도구실 앞에 서서 자꾸만 밖으로 비어져 나오는 진공청소기 호스를 어떻게든 집어넣고 문을 닫아보려 몸부림치는 것도 그런 이유 때문이었다. 마침내 도구실 문을 닫는 데 성공한 토라는 안도의 한숨을 내쉬었다. 50평 넘는 집 바닥을 모조리 진공청소기로 쓸고다닌 자신이 너무나 대견스러웠다.

"완전 새것 같지 않아?" 식탁에 앉아 그림 그리기에 정신이 팔린 딸에게 토라가 물었다.

솔리가 고개를 들더니 되물었다. "뭐가?"

"바닥 말이야. 청소기 돌렸거든. 엄청 깨끗하지?"

솔리는 바닥을 내려다보다가 다시 엄마를 바라봤다. "엄마 이거 빼먹었어." 아이는 녹색 크레용으로 자기가 앉은 의자 다리에 깔린 보풀뭉치를 가리켰다.

"어머! 죄송합니다, 아가씨." 토라는 딸의 머리에 입을 맞췄다. "뭘 그렇게 멋있게 그리고 있어?"

"엄마랑 나랑 길피 오빠 그린 거야." 솔리는 종이 위에 그려진, 크기가 제각각인 사람들을 가리키며 말했다. "엄마랑 나는 예쁜 드레스를 입었고, 오빠는 반바지 입었어." 아이가 엄마를 바라보며 웃었다. "그림 속은 지금 여름이거든."

"우와! 엄마 되게 세련돼 보인다." 토라가 맞장구를 치며 거들었다. "내년 여름에는 꼭 이런 드레스 사입어야겠네." 그녀는 손목시계를 보며 아이를 달랬다. "가자, 엄마가 이 닦아줄게. 이제 잘 시간이야."

솔리가 크레용을 치우는 동안 토라는 아들 방으로 갔다. 방문을 가볍게 두드린 다음 안으로 들어간 토라는 또다시 바닥을 가리키며 말했다. "새 집처럼 깨끗하지 않냐?"

아이는 침대에 누워 휴대폰으로 누군가와 통화 중이었다. 엄마를 본 길피는 알 수 없는 상대에게 급하게 인사를 하면서 나중에 전화하겠다고 속삭이는 목소리로 말했다. 길피는 몸을 반쯤 일으켜 세우고 앉아 휴대폰을 내려놓았다. 토라는 아들이 당황한 듯 보인다고 생각했다. "괜찮아? 얼굴이 너무 창백해 보이는데."

"뭐?" 길피가 대꾸했다. "당연하지. 다 괜찮아. 좋아, 정말이야."

"그럼 다행이고." 토라가 말을 돌렸다. "엄마가 네 방 청소기로 싹 돌리고 나서 공기가 더 상쾌해지지 않았는지 물어보려고 들어왔지. 아들한테 상으로 뽀뽀나 받을까 해서."

길피는 몸을 바로 세우고 앉더니 초점 없는 시선으로 방을 둘러보았다. "어? 아, 맞아. 훨씬 좋네."

토라는 아들을 물끄러미 바라보았다. 뭔가 잘못된 게 틀림없었다. 평소 같으면 어깨를 으쓱하거나 방바닥이 어떻게 보이든 관심 없다는 투로 중얼거렸을 것이다. 아이는 엄마를 휙 쳐다보더니 눈길을 피했다. 뭔가 잘못된 거야. 토라는 극심한 통증이 위장을 관통하는 듯한 기분이 들었다. 한동안 아들을 제대로 보살피지 못했다. 아들은 부모의 이혼을 겪으면서 어린아이에서 반쯤은 어른으로 성장했고, 토라는 자기 자신과 눈앞의 문제에 사로잡혀 길피에게 충분한 관심을 기울이지 못했다. 이제 아들을 어떻게 대해야 좋을지 그녀는 알 수 없었다. 그냥 아들을 품에 안은 다음 필요 이상으로 긴 머리칼을 쓰다듬어 주고 싶은 마음이 굴뚝같았지만 너무나 바보같아 보일 게 뻔했다. 그런 시절은 이미 한참 전에 지나버렸다.

"야." 토라는 아들의 어깨에 손을 올리며 말했다. 길피가 눈길을 피했기 때문에 아들의 얼굴을 보기 위해 토라는 목을 쭉 빼야 했다. "뭔가 잘못된 거지? 엄마한테는 말해도 괜찮아. 절대 화 안 낸다고 약속할게." 길피는 생각에 잠긴 표정으로 엄마를 바라보았지만 아무 말도 하지 않았다. 토라는 아들의 이마에 자잘한 땀방울이 맺힌 것을 보고는 독감에 걸린 것은 아닌가 생각했다. "너 혹시 열 나니?" 토라는 아들의 이마에 손을 얹어보려고 팔을 뻗었다.

길피는 재빨리 엄마의 손길을 피하며 대답했다. "아니, 아니야. 열 하나도 안 나. 방금 전에 나쁜 소식을 들어서 그래."

"어?" 토라가 조심스레 물었다. "누구랑 통화했는데?"

"시가…, 그러니까 시기 말이야." 길피는 여전히 엄마와 눈을 맞추지 않았다. 그리고 다급하게 덧붙였다. "아스날이 리버풀한테 졌거든."

세상사에 훤한 토라가 아들이 서둘러 핑곗거리를 지어냈다는 것을 눈치채지 못했을 리 없었다. 그녀는 길피의 친구들 중에서 시가라는 이름은 들어본 적이 없었다. 물론 토라가 이름과 얼굴을 알지 못하는 수많은 친구가 있을지 모른다. 하지만 길피가 영국 프로축구 경기결과에 우울해할 만큼 축구를 좋아하는 아이가 아니라는 것만큼은 잘 알았다. 토라는 더 캐물어야 할지 아니면 여기서 물러나야 할지 고민했다. 상황으로 봐서 토라는 일단 후자를 선택하기로 했다. "오, 세상에, 재수 없는 놈들. 리버풀 망해버려라." 그녀는 아들의 눈을 똑바로 바라보며 말했다. "길피, 엄마한테 털어놓고 싶은 게 있으면 언제든지 와서 이야기해도 괜찮아." 아들의 당황한 표정을 보며 그녀는 황급히 덧붙였다. "축구 경기 말이야. 아스날 경기 있을 때, 엄마한테 와도 되는 거 알지? 엄마가 전 세계의 문제를 다 해결할 수는 없어도 우리 집에서 일어나는 일 정도는 어떻게 해볼 수 있으니까."

길피는 아무런 말도 없이 엄마를 바라다보았다. 그러고는 힘없이 웃으며 글쓰기 숙제를 끝내야 한다고 중얼거렸다. 토라 역시 뭐라 중얼거리고는 방을 나와 문을 닫았다. 토라는 무슨 골치 아픈 일이 있어서 열여섯 살짜리 아들이 저렇게 괴로워하는지 감을 잡을 수 없었다. 열여섯 살 소년이었던 적도 없었을 뿐더러 저 나이 때 자기가 어떤 아이였는지 명확히 기억나지도 않았다. 토라가 떠올릴 수 있는 거라고는 이성 문제뿐이었다. 어쩌면 누군가를 짝사랑하는지 몰랐다. 토라는 아들의 고민거리를 교묘한 방법으로 알아내기로 결심했다. 다음날 아침식사 자리에서 미묘한 질문을 몇 가지 던지는 것이다. 이 위기상황은 어쩌면 내일 아침쯤에는 사그라들지도 모른다. 호르몬 과다로 인한 찻잔 속 태풍 같은 문제일 수도 있는 것이다.

솔리의 이를 닦고 침대 맡에서 책을 읽어준 다음 토라는 TV 앞 소파에 자리를 잡았다. 그러고는 아버지와 함께 한 달간 카나

155

리아 제도를 여행 중인 엄마에게 전화를 걸었다. 토라가 전화를 걸 때마다 두 분은 항상 사소한 일로 말다툼을 벌이고 있었다. 지난번에 전화를 걸었을 때는 아침에 먹을 커드를 구할 수가 없다며 투덜거리셨다. 오늘은 아버지가 호텔 TV에 나오는 디스커버리 채널에 중독됐다는 것이 문제였다. 엄마의 말을 곧이곧대로 믿자면 그랬다. 인사를 하고 전화를 끊으려는데 모친이 기운 없는 목소리로 아버지 옆자리에 주저앉아 곤충들의 짝짓기 습성에 대해서나 들어야겠다고 죽는 소리를 늘어놓았다. 토라는 혼자 웃으며 전화기를 내려놓고 TV 시청에 몰두했다. 진부하기 짝이 없는 리얼리티 쇼를 보면서 꾸벅꾸벅 졸고 있는데, 전화벨이 울렸다. 토라는 자세를 바로 하고 앉아 전화기를 들었다.

"토라입니다." 그녀는 방금 전까지 졸고 있었다는 걸 들키지 않기 위해 신중하게 목소리를 골라냈다.

"여보세요? 나야, 한스." 전화 반대편에서 목소리가 들렸다.

"안녕." 토라는 언제쯤 불편한 감정 없이 전 남편과 대화를 나눌 수 있게 될지 궁금했다. 친밀한 사이였다가 억지로 예의를 갖춰야 하는 관계로 돌아서면서 한스와의 대화는 이루 말할 수 없이 괴로운 일이 됐다. 마치 젊은 시절에 잠자리를 했던 남자나 예전 연인을 우연히 마주치는 것과 같은 일이리라. 물론 이런 상황은 아이슬란드처럼 좁은 나라에서는 피할 수 없는 재앙이었다.

"있잖아, 이번 금요일에 애들을 좀 늦게 데리러 가도 괜찮을까 해서 말이야. 길피 데리고 나가서 운전 연습 좀 시키려는데, 그러려면 러시아워는 피하는 게 좋잖아. 저녁 8시쯤."

토라는 알겠다고 대답했지만 아이들을 늦게 데리러 오는 게 운전 연습 때문은 아니라는 걸 이미 간파하고 있었다. 보나마나 한스는 야근을 하거나 일을 마치고 헬스클럽에 운동을 하러 갈 계획일 것이다. 이혼 이후 두 사람이 끝도 없이 말다툼을 벌인 이유 중 하나가 도무지 개선의 여지가 보이지 않는 한스의 무책임한 태도였다. 언제나 다른 누군가를 탓하거나 토라가 어쩔 수 없는 변명거리를 둘러대기 일쑤였다. 하지만 한스의 태도는 이제 더 이상 토라의 문제가 아니라 새로운 파트너 클라라의 소관이었다. "주말에 애들이랑 뭐 하려고?" 할 말이 없어진 토라는 아무 질문이나 던졌다. "옷이라도 특별히 챙겨보낼 게 있어?"

"말 타러 가려고 하는데, 그때 입을 만한 옷이 있으면 좋지." 한스가 말했다.

말을 좋아하는 클라라 덕분에 한스까지 덩달아 승마에 맛을 들인 것이다. 엄마의 과민한 성격을 물려받은 솔리와 길피는 그래서 아주 죽을 맛이었다. 심지어 토라의 신경과민 유전자는 아이들에게로 내려가면서 그 특성이 두 배로 증식한 듯했다. 토라에게는 꽁꽁 언 도로에서 운전을 하거나 산을 오르거나 엘리베이터를 타거나 익히지 않은 음식을 먹는 게 고통스러운 일이었다. 더 정확히 말해서 재앙으로 끝날 수 있는 모든 활동에 겁을 냈다. 하지만 어떤 연유에서인지 비행기를 타는 데에는 문제가 없었다. 그렇기 때문에 토라는 말의 등에 올라타야 하는 아이들의 공포를 충분히 이해했다. 또 말을 타는 게 곧 세상을 등지는 일이 될 수도 있다고 아이들만큼이나 확신했다. 한스는 이런 증상이 불치병이라는 걸 인정하지 않았다. 그는 결국에는 익숙해질 거라며 끊임없이 아이들을 설득했다.

"그게 좋은 생각일까?" 토라는 이렇게 물으면서도 한스가 절대로 자기 말에 따라 계획을 변경하는 일은 없을 거라고 확신했다. "길피가 요즘 기분이 좀 안 좋아. 주말에 말 타러 가는 게 좋을지 모르겠네."

"말도 안 돼." 한스가 바로 받아쳤다. "길피 승마 실력이 얼마나 좋아졌는데."

"그래? 어쨌든 애랑 대화 좀 해봐. 아무래도 이성 문제가 있는 거 같은데 나보다는 당신이 그 쪽에 대해 더 잘 알 거 아니야."

"이성 문제? 내가 뭘 더 잘 안다고 그래?" 한스가 소리쳤다. "그리고 걔는 이제 겨우 열여섯인데. 설마 진심으로 하는 말이야?"

"어쩌면 아닐 수도 있지. 그래도 잘 기억해뒀다가 나중에 지혜가 담긴 조언이라도 건네주라고."

"지혜? 무슨 지혜? 무슨 소릴 하는 거야?" 한스가 당황해하자 토라는 미소를 지었다.

"왜 있잖아, 인생의 시련을 잘 견딜 수 있게 하는 조언." 토라의 미소가 점점 번져나갔다.

"지금 장난하는 거지?" 한스가 한 가닥 희망을 품고 말했다.

"농담 아니야." 토라가 대답했다. "당신이 어떻게든 해결 방법을 찾을 거라고 믿어. 당신 딸이 이성 문제를 고민하기 시작하면 나도 똑같이 할 거야. 말 타러 나갈 때 길피만 잠깐 샛길로 데려가서 둘이 조용히 대화를 나누면 되잖아."

통화를 마친 토라는 자신의 말 때문에 한스가 주말에 아이들과 승마하러 갈 가능성이 크게 낮아졌을 거라고 짐작했다. 그녀는 TV 속의 비현실적인 리얼리티 쇼에 빠져들어 보려고 노력했지만 또다시 전화벨이 울리는 바람에 실패하고 말았다.

"너무 늦은 시간에 전화해서 미안해요. 그런데 혹시나 변호사님이 제 생각을 하고 있을지도 모른다는 생각이 들어서요." 매튜는 인사를 건네고는 아무렇지도 않게 이런 얘기를 떠벌렸다. "그래서 제 목소리를 좀 들려드리려고 전화했습니다."

토라는 깜짝 놀랐다. 머리가 돌아버린 건지, 술을 마신 건지, 아니면 농담을 하는 건지 알 수가 없었다. "당신 예상과 전혀 상관없는 일을 하고 있었어요." 토라는 쓰레기 같은 리얼리티 쇼의 소리가 매튜에게 들리지 않게 리모컨을 집어들어 볼륨을 낮췄다. "독서 중이었거든요."

"뭘 읽고 있는데요?" 매튜가 물었다.

"도스토예프스키의 《전쟁과 평화》요." 토라가 둘러댔다.

"그렇군요." 매튜가 이죽거렸다. "혹시 톨스토이의 《전쟁과 평화》랑 많이 비슷하던가요?"

토라는 주먹을 꽉 쥐며, 매튜가 절대 알 수 없는 할도르 락스네스Halldór Laxness(1955년 노벨문학상을 수상한 아이슬란드 현대문학의 거장—옮긴이) 같은 아이슬란드 작가의 이름을 대지 않은 걸 후회했다. 그녀는 거짓말에는 영 젬병이었다. "제 말이 그 말이었어요. 그런데 무슨 용건이라도 있나요? 설마 이 시간에 문학에 대해 토론하자고 전화한 건 아닐 테고요."

"그랬으면 차라리 다행이었을 텐데, 혹시 전화번호가 잘못된 건 아닌가 싶어서 걸어봤습니다." 매튜가 응수했다. 토라가 아무런 반응도 보이지 않자 그는 말을 이었다. "농담이었어요, 미안합니다. 경찰에서 구금하고 있는 용의자의 변호사가 방금 전에 연락을 해왔어요."

"피누르 보가손요?" 토라가 물었다.

"제가 아이슬란드어를 발음할 줄만 알았어도 그 이름을 말했을 겁니다." 매튜가 덧붙였다. "우리만 괜찮다면 내일 그 친구 면회를 갈 수 있다고 하네요."

"허가를 받은 거예요?" 토라가 의외라는 듯 물었다. 유치 중인 수감자들은 일반적으로 낯선 사람과의 면회가 금지되었다.

"피누르가," 매튜는 거의 프랑스어 액센트에 가깝게 변호사의 이름을 발음했다. "우리가 피고 측 변호인과 같이 일하는 사람들이라고 경찰을 설득한 모양이에요. 물론, 간접적으로는 피고인 변호사를 돕는 게 사실이지만요."

"그 변호사가 왜 그렇게까지 했을까요?"

"제가 약소한 인센티브를 줬다고나 할까요?"

은밀한 거래 따위에 얽히고 싶지 않은 토라는 더 이상 아무것도 묻지 않았다. 그녀는 매튜가 변호사를 협박했다고는 생각지 않았다. 다만 면회 자리를 마련해주는 대가로 얼마간의 수수료를 약속했을 거라고 짐작했다. 그건 아무리 좋게 봐준다고 해도 비윤리적인 행위였다. 피고 측 변호인을 돕는다고 생각하는 편이 차라리 마음은 편했다.

하지만 윤리 따위 어찌 되든 무슨 상관이란 말인가. 그녀는 후에 토리손을 만나야만 했다. 어쩌면 그가 진범일지도 모르는 일이었다. 얼굴을 마주하고 눈을 똑바로 쳐다보면서 상대의 몸짓을 관찰하는 것보다 정확한 방법은 없었다. "그럼 서둘러야 하지 않겠어요? 이 사람을 직접 만나봐야죠."

"같은 생각입니다. 피누르에게는 제가 연락하겠습니다."

"그런데 왜 이렇게 늦은 시간에 연락을 한 거래요?" 토라가 물었다. "분명 이 밤중에 경찰 허가가 떨어졌을 리는 없잖아요?"

"아, 그건 아니고요. 변호사가 호텔에 메시지를 남겼는데, 제가 방금 호텔로 돌아왔거든요. 잘 모르는 사람들한테까지 제 번호를 주고 싶지 않아서요."

토라는 아까 헤어지고 나서 매튜가 지금까지 뭘 하느라 이제야 호텔에 돌아왔는지 궁금해하는 자신이 싫어졌다. 가장 그럴 듯한 설명이라고 해봐야 시내에 나가 저녁을 먹고 온 것이 전부겠지만 말이다.

매튜는 다음날 아침 9시에 사무실에 들러 토라를 태우고 레이캬비크 외곽의 리틀라-흐레인 교도소로 가기로 했다. 토라는 창밖으로 눈발이 흩날리는 모습을 보며, 매튜가 눈길에서 운전하는 법을 잘 알고 있기를 간절히 바랐다. 그게 아니라면 두 사람은 곤경에 빠진 것이나 다름없었다.

8 December 2005

13장

오전 9시, 매튜가 사무실에 도착했을 때 토라는 컴퓨터 앞에 앉아 있었다. 전날 도착한 메일들에 대한 답장을 거의 다 써가는 참이었다. 그리고 대부분의 메일은 이미 토르에게 전달한 상태였다. 오늘 아침 토라에게 인사하는 브라기의 얼굴에서는 웃음기가 사라지지 않았다. 그는 여전히 독일 의뢰인의 사건이 국제시장으로 진출하는 통로가 되어줄 거라는 착각에 빠져있었다. 토라는 브라기의 현실감을 되돌려놓을 시도조차 하지 않았다. 그저 사소한 업무에 치이지 않고 살인사건에만 집중할 수 있다는 것에 안도했다.

토라는 정체불명인 하랄트의 친구 말에게 간략한 메일을 보내, 하랄트의 죽음 및 건틀립 가문을 대신해 자신과 매튜가 이 사건을 조사하고 있다는 사실을 알렸다. 사건과 관련된 중요 정보를 가지고 있을지 모르는 그에게 토라는 회신을 달라고 정중하게 요청했다. 벨라가 내선전화로 매튜의 도착을 알리자, 토라는 접수처의 대기공간에서 5분만 앉아 기다리도록 손님을 모셔달라고 부탁했다.

그녀는 외근을 나가기 전에 책상을 깨끗하게 정돈하기로 마음먹었다. 그렇게 하면 오후에 굳이 사무실로 돌아올 필요가 없었다. 토라는 5분을 살짝 넘겨 책상 정리를 마무리했고, 자신이 이룬 아침의 성과에 뿌듯하며 컴퓨터를 껐다. 그녀는 앞으로 사무실에 더 일찍 출근하는 게 좋을지 저울질해보았다. 물론 집에서 나올 준비를 하는 게 만만치 않겠지만 이른 아침에 일을 하면 일반적인 영업시간에 맞춰 정신 사납게 울려대는 전화 소리를 피할 수 있어 업무효율을 크게 높일 수 있었다.

토라는 후에 토리손과의 면담을 녹취하기 위해 책상 서랍에서 녹음기를 꺼냈다. 녹음기의 배터리 잔량을 확인하면서 토라는 아침식사 자리에서 우울하게 축 늘어져 있던 길피를 떠올렸다. 아들의 고민거리가 무엇이든 토라의 바람처럼 간밤에 사그라들지 않던 것이다. 길피는 입맛도 없이 멍하게 앉아있었고 토라는 아들로부터 겨우 몇 마디 말을 들었을 뿐이다. 반대로 솔리는 평소처럼 끊임없이 재잘거렸기 때문에 토라는 아들과 단둘이 대화를 나눌 수도 없었다. 토라는 저녁 때 솔리가 자러 간 늦은 시간에 아들과 둘이서만 뭐가 문제인지 차분히 이야기를 해보기로 마음먹었다. 녹음기를 핸드백에 넣은 다음 사무실을 나왔다.

그러다 접수처에서 벌어지는 광경에 멈칫하고 말았다. 매튜가 벨라의 책상 끄트머리에 걸터앉아 그녀와 신나게 수다를 떨고 있었는데, 이야기에 빠져든 벨라의 얼굴이 한낮의 태양처럼 빛났다. 심지어 두 사람은 토라가 나타났다는 사실조차 알아채지 못했다. 따라서 토라는 둘의 주의를 끌기 위해 목청을 가다듬어야만 했다.

매튜가 고개를 돌리며 말했다. "오, 나왔네요. 볼 일 다 보고 더 천천히 나올 줄 알았는데요." 매튜는 토라를 향해 웃으면서 한 쪽 눈을 찡긋했다.

토라는 마냥 웃는 얼굴로 변신이라도 한 것 같은 벨라에게서 도무지 눈을 뗄 수가 없었다. 하마터면 벨라가 예뻐 보일 지경이었다. "이제 서둘러 나가야 하지 않을까요?" 토라가 코트를 집어들며 비서를 향해 덧붙였다. "활기찬 모습 보니 좋네, 벨라."

그 순간 벨라의 얼굴에서 웃음기가 싹 사라졌다. 매튜의 마력으로 이득을 보는 사람은 그 자신뿐인 듯했다. "언제 들어오세요?" 벨라가 퉁명스럽게 물었다.

토라는 즐거운 대화에서 자기만 소외되는 데 실망감을 드러내지 않으려고 애쓰며 대답했다. "오늘은 사무실에 다시 들르지 않을 것 같긴 한데, 혹시라도 상황 바뀌면 전화할게."

"네, 마음대로 하세요." 벨라가 뽀로통하게 대꾸했다. 마치 토라가 상습적으로 행방을 감추기라도 한다는 듯, 다른 사람들이 터무니없는 억측을 하도록 유도하는 말투였다.

"방금 내가 한 말 들었잖아." 토라는 도저히 그냥 넘어갈 수 없어서 쏘아붙였다가 바로 후회했다. "가시죠, 매튜."

"네, 사모님." 매튜는 벨라를 향해 미소 지으며 대답했다. 벨라 역시 매튜를 향해 웃어보였고, 그 모습을 본 토라는 분통이 터졌다.

토라는 차에 타서 안전벨트를 매자마자 매튜를 바라보며 물었다. "눈 내린 도로에서 운전할 줄 알아요?"

"어떻게든 되겠죠." 매튜는 차를 빼며 대답했다. 그러다 토라의 표정을 보고는 얼른 덧붙였다. "걱정 말아요, 저 운전 잘합니다."

"혹시라도 차가 미끄러지면 절대 브레이크 밟지 말아요." 토라는 매튜가 조언을 귀담아 들었는지 전혀 확신할 수가 없었다.

"직접 운전하고 싶어요?"

"아뇨. 됐어요." 토라가 대꾸했다. "미끄러운 길에서 브레이크를 밟으면 안 된다는 철칙을 지킬 수가 없더라고요. 차가 미끄러지면 판단력을 상실하고 발이 본능적으로 브레이크를 밟아버려요. 운전대만 잡으면 아주 작아지는 기분이에요."

차가 도심을 벗어나 황야 지대에 접어들자 토라는 마침내 호기심을 참지 못하고 벨라와 무슨 대화를 나눴는지 묻기에 이르렀다. "둘이서 무슨 얘길 했어요?"

"우리 둘이요?" 매튜가 순진무구한 표정으로 물었다.

"당신이랑 제 비서 벨라 말이에요. 항상 뚱해 있는 친구거든요."

"아, 벨라요. 말에 대해서 이야기했어요. 여기 머무는 동안 말을 타보려고 하거든요. 아이슬란드 말이 좋다는 얘기를 워낙 많이 들어서요. 벨라가 저한테 몇 가지 팁을 줬어요."

"벨라가 말에 대해서 뭘 아는데요?" 토라가 놀라서 물었다.

"말을 엄청 좋아한다던데요. 몰랐어요?"

"네, 몰랐어요." 토라는 벨라의 무게를 감당해야 할 말이 측은할 뿐이었다. "가지고 있는 말 종류가 뭐래요? 짐 끄는 말이라도 가지고 있대요?"

매튜는 도로에서 시선을 떼고 토라를 바라보았다. "지금 질투하는 거예요?" 그는 이죽거리며 물었다.

"술 취했어요?" 토라가 쏘아붙였다.

두 사람은 용암원을 가로질러 산길을 향해 달리는 동안 아무 말도 하지 않았다. 토라는 차창 밖으로 보이는 풍경을 감탄하며 바라보았다. 토라의 생각에 동의하는 사람이 별로 없을지 몰라도 그녀는 이 경관이 아이슬란드에서 가장 아름다운 모습이라고 생각했다. 특히 이끼가 용암원을 녹색으로 물들이면서 부드러운 윤곽과 거칠고 들쭉날쭉한 용암이 완연하게 대조를 이루는 여름에 가장 놀라운 장관을 연출했다. 대지가 눈으로 뒤덮인 지금, 풍경은 밋밋해 보였다. 여름의 장엄함을 찾아볼 수 없었다. 그럼에도 용암원의 고요함은 여전히 매력적이었다. 토라는 정적을 깨고 물었다. "풍경이 정말 아름답지 않아요?"

매튜는 도로에서 눈을 떼고 경치를 둘러보았다. 도로에는 차가 거의 없었다. "글쎄요." 매튜는 휴전 협정이라도 하는 것처럼 토라를 향해 웃으며 말했다. "이질적으로 보이기는 해요. 하지만 저한테는 음산해 보인다는 표현이 떠오르는군요." 그는 전방에서 하늘 위로 길게 뻗어 올라가는 두 개의 연기를 가리켰다. "저건 뭐예요? 화산이 폭발하는 겁니까?"

"아, 저건 시추공에서 수증기가 피어오르는 거예요." 토라가 대답했다. "저 앞쪽에 지열발전소가 있어요. 땅 속에 매장된 증기관에서 전기를 생산하거든요. 저기서 만들어진 뜨거운 물 덕분에 레이캬비크에 있는 집들이 난방을 할 수도 있고요."

매튜는 감동이라도 받은 듯 고개를 끄덕였다. "운이 좋으시네요. 오염 없는 에너지원이라니."

"넵. 깨끗한 공기에 깨끗한 물. 나쁘지 않죠."

"변호사님 사무실도 더 깨끗해지면 좋을 텐데요. 위생적인 차원에서 말이죠." 매튜가 말했다.

"아, 그만 좀 하시죠. 그 정도면 깔끔한 편이죠. 제가 변호사지 외과의사는 아니잖아요." 토라는 매튜를 쳐다보며 덧붙였다. "우리는 별로 죽이 잘 맞는 팀은 아닌 거 같아요." 크고작은 말씨름을 떠올리며 토라가 제안했다. "전략을 바꾸는 게 어떨까요."

매튜는 토라를 향해 웃으며 대꾸했다. "그렇게 생각해요? 저야 대환영이죠. 사실 전 당신이랑 일하는 게 제 직장 동료들과 지내는 것보다 훨씬 더 재미있거든요. 나이든 영감들이나 몇 안 되는 여자 동료들은 하나 같이 무표정한 얼굴이지요. 표정을 좀 펴기라도 하면 세상이 무너져 버리는 줄 안다니까요."

이번에는 토라가 웃었다. "솔직히 말하면, 당신도 벨라보다 두 배는 괜찮아요. 그 정도는 인정하죠." 토라는 잠시 생각에 잠기더니 말했다. "하나만 말해주세요. 파일에 질식성애를 하다가 사망한 젊은 남자에 관한 독일 신문기사가 있던데, 그건 왜 넣은 거죠?"

"아아." 매튜가 감탄사를 길게 내뱉고 설명했다. "그 망할 기사요. 기사에 실린 사람 중 하나가 하랄트의 친구였어요. 뮌헨대학교에서 알게 된 친구였으니 관심 분야가 비슷했겠죠. 둘이 어울리면서 온갖 정신 나간 짓을 다 한 거죠. 둘 중 누가 누구를 질식성애로 끌어들인 건지는 모르지만 하랄트는 그 친구가 먼저 시작했다고 맹세하더군요. 그 친구가 죽을 때 하랄트도 같이 있었기 때문에 당연히 조사를 받고 난처한 상황에 엮여버렸죠. 이런 말 하기는 좀 부끄럽지만, 아마도 돈을 써서 그 상황에서 빠져나왔을 겁니다. 제가 그 시기에 인출된 거액의 돈을 은행 내역서에 표시해뒀는데, 봤어요?" 토라가 그렇다고 대답했다. "하랄트가 목이 졸려 살해됐다고 하길래 그 기사도 포함시켰던 겁니다. 어쩌면 중요한 연결고리일 수도 있죠. 혹시 모르잖아요, 자기 친구랑 똑같은 방식으로 죽음을 맞이했을지. 그럴 가능성은 거의 없는 듯하지만."

교도소 울타리 바깥에 차를 세운 두 사람은 방문자 출입구 쪽으로 걸어갔다. 교도관이 두 사람을 2층의 작은 휴게실로 안내했다. "여기서 면회를 하는 게 좋을 것 같습니다. 아마 편안하실 겁니다. 취조실보다는 훨씬 낫잖아요." 교도관이 설명했다. "후에는 차분한 상황이라 말썽을 일으키지 않을 겁니다. 곧 이리로 올 거예요."

"신경 써주셔서 고맙습니다." 토라는 인사를 하고 안으로 들어갔다. 토라가 갈색 소파 끄트머리에 걸터앉자 매튜가 그녀의 바로 옆자리로 다가와 앉았다. 휴게실에는 남아도는 의자가 많았다. 토라는 그런 매튜의 행동이 당혹스러웠다.

매튜는 토라를 바라보며 말했다. "후에와 우리가 마주보도록 하려면 이렇게 나란히 앉아야 해요. 그 녀석 얼굴을 똑바로 보고 싶거든요." 매튜는 눈썹을 빠르게 두 번 치켜올리며 덧붙였다. "그리고 당신이랑 가까이 붙어앉는 게 너무너무 좋기도 하고요."

토라가 뭐라고 대꾸를 하기도 전에 문이 열리더니 교도관이 한 손을 후에 토리손의 어깨에 올린 채 모습을 드러냈다. 문을 통과해 들어오는 후에는 시종일관 머리를 숙이고 있었다. 손에는 수갑이 채워져 있었다. 무기력하기 그지없는 그의 모습을 보며, 토라는 저럴 필요까지 있나 하는 측은한 마음이 들었다. 교도관이 자신의 이름을 부르자 후에가 고개를 들었다. 그는 두 눈을 덮은 부드러운 머리칼을 두 손으로 쓸어넘겼다. 후에의 얼굴은 토라가 상상했던 이미지와 달리 무척이나 곱상한 외모였다. 저런 얼굴이 스물다섯이나 먹은 청년이라니. 선뜻 믿기지 않았다. 열일곱 살 정도로 보일 만큼 앳된 얼굴이었다. 짙은 눈썹에 커다란 두 눈이 돋보였지만 그보다 더 눈에 띄는 것은 툭 불거져 나온 광대뼈였다. 비쩍 마른 몸 때문에 더 강조되는 듯했다. 그가 정말 하랄트를 살해했다면 젖 먹던 힘까지 다 짜내야 했을 것이다. 저 몸으로 85킬로그램이 넘는 시신을 멀리 옮기는 것은 불가능할 듯했다.

"이봐. 얌전히 있을 거지?" 교도관이 후에에게 친근한 말투로 물었다. 후에가 고개를 끄덕이자 교도관은 그의 두 팔을 들어 수갑을 풀어줬다. 그런 다음 후에의 어깨에 한 손을 올리고 토라와 매튜가 앉은 소파 맞은편 의자까지 안내했다. 의자에 풀썩 주저앉은 그는 토라와 매튜의 눈을 쳐다보지 않은 채 고개를 돌렸다. 그리고 두 다리를 쩍 벌리고 앉아서, 의자 옆 바닥만 멍하니 응시했다.

"옆방에 있을 테니 필요하면 부르세요. 말썽 부리는 일은 없을 겁니다." 교도관이 토라에게 말했다.

"알겠습니다. 오래 붙들고 있지는 않을 겁니다." 토라는 시계를 확인하며 대답했다. "늦어도 정오에는 끝날 겁니다."

교도관이 나가자 방안에서 들리는 유일한 소음이라고는 후에가 밀리터리 무늬 바지의 무릎 부분을 리드미컬하게 긁는 소리뿐이었다. 그는 여전히 두 방문자를 바라보지 않고 있었다.

이곳의 수감자들은 자기 옷을 입을 수 있도록 허용되는 듯했다. 토라가 TV와 영화에서 본 미국의 감옥에서는 수감자들이 오렌지 껍질로 만든 듯한 점프슈트를 입고 교도소 안을 활보했다.

"후에." 토라가 최대한 부드러운 말투로 이름을 불렀다. 영어로 면담을 시작하는 게 어리석은 짓이라고 판단한 그녀는 아이슬란드어로 말을 붙였다. 영어 대화가 가능한지는 나중에 확인해도 충분했다. 언어 때문에 면담을 망칠 수는 없는 노릇이었다. 만약 후에가 영어로 의사소통이 어려울 정도라면 토라 혼자서라도 면담을 감당할 수밖에 없었다. "우리가 누군지는 알고 있겠죠. 제 이름은 토라 구드문즈도티르이고 변호사예요. 그리고 이쪽은 독일에서 온 매튜 라이스 씨입니다. 오늘 여기에 온 건 하랄트 건틀립 살인사건 때문이고요. 우린 현재 경찰과는 별도로 이 사건을 조사하는 중이에요." 후에에게서 아무런 반응이 없자 토라는 말을 계속했다. "오늘 만나자고 한 건 당신이 이번 사건에 전혀 가담하지 않았다는 의심이 들기 때문이에요." 그녀는 다음 말을 강조하기 위해 숨을 크게 들이마셨다. "우리는 하랄트를 살해한 진범을 찾는 중이에요. 그리고 하랄트를 살해한 범인이 당신이 아닐 가능성이 높다고 생각하고 있고요. 우리의 목표는 진범을 찾는 것이고, 그게 만약 당신이 아니라면 우리한테 협조하는 게 당신에게도 도움이 될 거예요." 후에가 고개를 들어 토라와 시선을 마주쳤다. 하지만 그가 입을 열거나 자기 생각을 표현하겠다는 어떤 신호도 보내지 않자 토라는 덧붙였다. "우리가 하랄트를 죽인 범인이 다른 사람이라는 걸 증명해내면 당신은 자유의 몸이 되는 거고요."

"제가 죽이지 않았어요." 후에가 힘없는 목소리로 말했다. "아무도 절 믿어주지 않아요. 그렇지만 전 정말 안 죽었어요."

토라는 계속해서 설명했다. "후에, 매튜는 독일 사람이에요. 수사 내용에 대해서는 다 알고 있지만 아이슬란드어는 할 줄 몰라요. 매튜도 이해할 수 있게 영어로 대화할 수 있겠어요? 그게 어렵다고 해도 괜찮아요. 언어 장벽 없이 우리가 하는 질문을 이해하고 대답을 해줬으면 좋겠어요."

"저 영어 할 수 있어요." 후에는 반쯤 중얼거리듯 영어로 말했다.

"잘됐네요." 토라가 대답했다. "우리가 하는 말 중에 이해가 안 되거나 대답하기 어려운 부분이 있으면 언제든 아이슬란드어로 얘기해도 좋아요."

토라는 매튜를 돌아보며 이제부터는 영어로 대화해도 된다고 알렸다. 매튜는 한 치의 망설임도 없이 몸을 앞으로 수그리고 말했다. "후에, 이제부터는 똑바로 앉아서 우리를 바라보며 얘기해. 우리가 여기 있는 동안만이라도 징징거리지 말고 남자답게 행동하란 말이야."

토라가 한숨을 내쉬었다. 한심한 마초 같으니! 토라는 순간 후에가 자리에서 일어나 눈물을 터뜨리며 휴게실을 뛰쳐나가면 어쩌나 조마조마했다. 후에의 자의로 마련된 면회가 물거품이 되어버린다면 두 사람은 현실을 받아들이고 물러갈 수밖에 없었다.

하지만 토라가 끼어들 틈도 없이 매튜는 단도직입적으로 본론에 들어갔다. "너는 지금 엄청난 곤경에 처했어. 내가 일일이 설명 안 해줘도 알겠지. 네가 이 시궁창에서 벗어날 수 있는 유일한 희망이 바로 우리 두 사람이야. 그러니까 성의를 다해서 우리가 묻는 말에 정직하게 대답하는 게 좋을 거야. 자기 연민에나 빠져있지 말고, 어린애가 아니라 어른처럼 행동하라고. 내 말대로 자세 똑바로 하고 내 얼굴 보면서 우리가 하는 질문에 양심적으로 대답해. 남자답게 행동하면 기분도 좋아질 거야. 내 말대로만 해."

토라는 후에가 순순히 매튜의 말에 따르는 모습을 멍하니 바라보았다. 후에는 태아 같은 자세에서 벗어나 최대한 다 큰 남자처럼 보이려고 노력했다. 앳된 얼굴 때문에 성인 남자처럼 보이기에는 역부족이었지만 그래도 처음과는 몰라볼 정도로 달라져 있었다. 목소리도 아까보다 훨씬 더 선명하고 성숙하게 들렸다. "계속해서 두 분을 똑바로 바라보기는 힘들어요. 약을 먹어서 정신이 흐려질 때도 있거든요." 토라는 그의 눈에서 약기운을 느꼈다. 두 눈이 불안하게 흔들리고 초점이 흐린 걸로 봐서 진정제를 복용한 듯했다. "그렇지만 묻는 질문에는 제대로 대답하도록 할게요."

"하랄트와는 어떻게 만났어요?" 토라가 물었다.

"시내에서 파티를 하다가 알게 됐어요. 몇 마디 섞어봤는데 재밌는 놈이었어요. 그리고 나서 바로 도리에게도 소개를 했죠."

"도리가 누구죠?" 토라가 물었다.

"할도르 크리스틴손요. 의대생이에요." 후에의 목소리에서 자랑스러움 같은 게 묻어나왔다. "어릴 때부터 친구였어요. 그라파보구르에서 바로 옆집에 살았거든요. 도리는 엄청 똑똑했지만 그렇다고 샌님 같은 타입은 아니었어요. 항상 파티를 찾아다녔죠."

토라는 종이에 메모를 했다. 녹음기를 켜두기는 했지만 기계가 제대로 녹음을 못할까봐 걱정스러웠다. 할도르는 하랄트가 살해당한 날 밤에 열렸던 파티에 참석하지 못한 친구였다. 시내의 바에서 파티에 참석한 친구들을 기다렸다는 바로 그 대학생이었다. "하랄트랑은 친하게 지냈나요?"

후에가 어깨를 으쓱했다. "그럼요. 도리랑 하랄트만큼 친하지는 않았지만요. 하랄트한테 가끔씩 약도…." 후에는 갑자기 말을 끊더니 걱정스러운 표정을 지었다.

"네 마약 장사에는 아무도 관심 없으니까 계속 해." 매튜가 날카롭게 쏘아붙였다.

후에가 침을 꼴깍 삼키더니 하던 말을 계속했다. "네. 가끔은 하랄트가 저를 절친이라고 부를 때도 있었어요. 하지만 그건 그냥 저한테 마약이나 얻고 싶을 때 하는 농담이었죠. 그렇지만 재밌는 친구였어요. 제가 아는 애들이랑은 완전히 차원이 달랐어요."

"어떤 면에서요?" 토라가 물었다.

"우선 돈이 많아서 술이건 뭐건 잘 사줬어요. 그리고 아파트랑 자가용도 진짜 끝내줬죠." 그는 잠시 생각을 하더니 말을 이었다. "하지만 그게 중요한 건 아니었어요. 다른 애들보다 진짜, 훨씬 더 배짱이 두둑했거든요. 두려워하는 거 하나도 없고, 골 때리는 짓은 다 골라 해서 주변에서도 인기가 짱이었어요. 특히 온몸에 하고 다니는 타투나 장신구는 정말 끝내줬죠. 다른 애들은 흉내낼 엄두도 못 냈어요. 도리도 엄청 따라하고 싶어했지만 못 했죠. 그런 걸 하면 장래를 망칠지 모른다면서 한 쪽 팔에 타투를 한 것도 엄청 후회했어요. 하지만 하랄트는 장래 따위 신경 쓰지도 않았죠."

"결과적으로 그럴 필요도 없었지만." 매튜가 끼어들었다. "하랄트랑은 주로 무슨 얘기를 했어?"

"무슨 얘기를 했었는지는 기억이 안 나요."

"하랄트가 자기 연구주제나 화형당하는 마녀 이야기 같은 건 안 했어요?" 토라는 혹시나 하는 마음으로 물었다.

"마술요." 후에가 코웃음을 쳤다. "다들 처음에는 그 이야기밖에 안 했어요. 제가 그 패거리들이랑 어울리기 시작했을 때 하랄트가 마술학회에 가입하라고 권유했었죠."

매튜가 물었다. "마술학회? 무슨 마술학회?"

"말레우스인가 뭔가 하는 학회요. 원래는 마녀사냥이랑 역사에 관심 있는 사람들이 가입하는 학회였어요." 후에는 토라의 번쩍이는 시선을 피하며 얼굴을 살짝 붉히고는 매튜를 보며 말했다. "하지만 속은 완전히 달랐죠. 해리 포터 같은 게 전혀 아니었어요. 학회에서 하는 건 네 가지였어요. 섹스, 흑마술, 마약, 그리고 더 자극적인 섹스." 후에가 씨익 웃었다. "그래서 걔네들이랑 어울리는 게 좋았죠. 저는 다른 애들이 좋아하는 마녀사냥이나 역사, 마법 심벌, 주문 같은 거에는 관심도 없었어요. 그냥 재밌게 놀고 싶었어요. 여자애들도 예뻤고요." 후에는 잠깐 동안 자기가 하던 말을 잊은 듯했다. 아마도 예쁜 여자애들과 어울려 놀던 기억에 잠긴 모양이었다. "그래도 어떤 마법 이야기들은 진짜 멋졌어요. 어떤 임심한 여자가 화형대에 올랐는데 거기서 아기를 낳은 거예요. 그래서 신부들이 아기를 불구덩이에서 구해냈다가 엄마의 마법에 전염됐을 가능성이 있다고 다시 불 속에 던져버렸대요. 하랄트는 이게

실제로 있었던 일이라고 장담했어요."

토라는 후에가 정신을 차리게끔 인상을 찌푸렸다. "누가 학회 회원이었어요? 예쁘다는 여자들의 이름은 뭐였고요?"

"하랄트가 대장이었고, 그 다음이 도리였는데 사실 도리는 하랄트의 오른팔 같은 거였죠. 그리고 저랑 역사 전공하는 브리에트라는 여자애가 있었는데 학회 주제에 진지하게 관심을 보인 건 걔밖에 없었던 거 같아요. 그리고 이름이 브리얀시인지 브리얀인지 하는 애도 있었는데 걔도 역사 전공이었어요. 화학 전공하는 안드리랑 젠더 연구 공부한다는 마르타 미스트라는 여자애도 있었어요. 완전 짜증나는 애였죠. 맨날 여성이 불평등하다면서 툴툴거렸어요. 걔 때문에 분위기 잡친 적도 있었죠. 하랄트가 항상 걔한테 시비를 걸었는데, '네벨'이라고 불러서 마르타가 엄청 짜증나 했어요. 네벨이 독일어로 '미스트mist(안개라는 뜻─옮긴이)'라면서요?" 토라는 그렇다고 대답했지만 매튜는 눈 하나 깜빡하지 않고 듣고만 있었다. "핵심 멤버는 그 정도예요. 어쩌다가 새로 가입하는 애들이 있기는 했지만 고정 멤버는 이게 전부였죠. 걔네들이 어울려 다니면서 뭘 하는지는 저도 세세하게 파악하지 않았어요. 말씀드린 것처럼 저는 흑마술이 아니라 잿밥에만 관심이 있었으니까요."

"도리가 하랄트의 오른팔이라고 했죠. 그게 정확히 무슨 뜻이에요?" 토라가 물었다.

"두 사람은 항상 같이 다니면서 뭔가를 계획했어요. 아마 도리가 통역이나 뭐 그런 걸 도와줬겠죠. 그래서 하랄트가 독일로 돌아가고 나면 도리가 학회를 맡게 될 거라고 생각했어요. 도리도 그런 상황을 즐겼던 거 같아요. 하랄트한테 푹 빠져있었거든요."

"도리가 게이야?" 매튜가 물었다.

후에는 고개를 저으며 말했다. "아뇨, 절대 아니에요. 그냥 혹했던 거죠. 아시잖아요. 도리는 저처럼 가난한 집 출신이거든요. 그런데 하랄트가 돈을 막 뿌리면서 비싼 선물도 사주고 듣기 좋은 말을 해주니까 도리가 하랄트를 따를 수밖에요. 하랄트도 그런 도리가 마음에 들었을 거고요. 사실 하랄트가 도리한테 항상 착하게만 굴었던 건 아니에요. 우리가 있는 앞에서 도리를 망신 준 적도 있어요. 하지만 그러고 나서는 항상 보상을 해줬기 때문에 도리도 지치지 않고 계속 하랄트를 따라다녔죠. 쫌 이상한 관계였어요."

"도리랑은 어릴 때부터 친구라고 했죠. 도리가 그렇게 하랄트한테 푹 빠져있는 걸 보고 어떤 기분이 들었어요? 질투하지는 않았나요?" 토라가 질문했다.

후에가 피식 웃었다. "아뇨. 전혀 안 그랬어요. 우리는 계속 친구였으니까요. 하랄트는 그냥 일시적으로 아이슬란드에 온 유학생이었으니 언젠간 돌아갈 거잖아요. 솔직히 말해서, 저는 도리가 누군가를 우러러보는 게 재미있었어요. 그 전까지만 해도 도리는 항상 제가 우러러보는 친구였거든요. 신선했죠. 제 입장이 된 도리를 보는 거요. 그렇다고 하랄트가 가끔 도리를 함부로 대한 것처럼 도리가 저한테 못되게 군 적은 전혀 없어요. 다정하게 굴었던 건 아니지만 그렇다고 개자식처럼 굴지도 않았죠." 갑자기 후에는 불안한 표정을 짓더니 덧붙였다. "친구를 되찾겠다고 하랄트를 죽이지는 않았어요. 우린 그런 사이가 아니었다고요."

"그래. 네 말이 맞을 수 있지." 매튜가 대꾸했다. "그런데 있잖아, 네가 하랄트를 죽인 게 아니면 누가 죽였을까? 너도 의심 가는 사람이 있을 거 아냐. 자살이나 사고였을 리는 없잖아."

후에가 고개를 떨궜다. "저도 몰라요. 알았으면 벌써 말했겠죠. 저도 여기 처박혀 있고 싶지 않다고요."

"도리가 하랄트를 죽였다고 생각해요?" 토라가 물었다. "그래서 친구 대신 누명을 쓴 거예요?"

후에가 고개를 저었다. "도리는 절대 사람을 죽일 애가 아녜요. 더군다나 하랄트를 죽였을 리가 없어요. 말씀드렸잖아요, 도리는 하랄트를 숭배한다니까요."

"하지만 하랄트가 도리에게 못되게 굴었다고 했잖아요. 다른 사람들 앞에서 창피를 줬다면서요. 하랄트가 지긋지긋해져서 홧김에 죽였을 수도 있죠. 그런 일은 많아요." 토라가 설명했다.

후에는 고개를 들고 어느 때보다 단호하게 말했다. "아뇨. 도리는 그런 애가 아닙니다. 걔는 의사가 되려고 공부하고 있어요. 사람을 살리고 싶어하지, 죽이고 싶어하지 않는다고요."

"후에, 이렇게 말해서 미안하지만 의사들은 오래 전부터 사람들을 죽여왔어. 어느 직종이든 썩은 사과는 있게 마련이야." 매튜가 빈정거리며 물었다. "그런데 도리가 죽인 게 아니라면 누가 그런 거야?"

"마르타가 죽였을지도 몰라요." 후에가 설득력 없는 말투로 중얼거렸다. 후에는 마르타가 정말 싫었던 모양이다. "하랄트가 맨날 네벨이라고 놀려서 복수한 걸지도 모르잖아요."

"그래. 마르타 미스트." 매튜가 중얼거렸다. "그것 참 훌륭한 이론이네. 그런데 말이야, 걔한테는 완벽한 알리바이가 있어. 마술학회의 나머지 애들도 모두 마찬가지고. 도리만 빼고 말이지. 걔 알리바이에 가장 허점이 많아. 바에 잠깐 얼굴만 내비치고 하랄트를 죽인 다음에 아무도 눈치채지 못하게 다시 바로 돌아왔을 가능성이 얼마든지 있거든."

"걔은 바로 돌아와서 같은 자리에 앉았다고요? 토요일 저녁 시간에 카피브렌슬란에서는 불가능한 일이에요. 그럴 리가 없어요." 후에가 빈정거리듯 말했다.

"또 의심 가는 사람은 없어요?" 토라가 물었다.

후에는 양 볼 가득 숨을 들이마시고 내쉬었다. "어쩌면 학교의 누군가가 그랬을지도 모르죠. 잘 모르겠어요. 독일에서 온 누군가가 죽였을 수도 있죠." 후에는 이 말을 하면서 매튜의 눈을 쳐다보지 않으려고 애썼다. 매튜의 동포애가 걱정할 수준이라도 된다는 듯이. "하랄트가 그날 뭔가를 축하했다는 건 알아요. 그날 뭔가를 기념하려 한다면서 저한테 약을 좀 사고 싶다고 말했거든요."

"그 뭔가가 대체 뭔데?" 매튜가 다그쳤다. "분명하게 말해. 하랄트가 정확히 뭐라고 했어?"

후에는 모욕이라도 당한 듯한 표정을 지었다. "정확히요? 정확히 기억나지 않지만 마침내 뭔가를 찾았다고 했어요. 독일 말로 뭐라고 소리를 지르더니 주먹을 꽉 쥐었죠. 그러고는 제 어깨에 팔을 두르고 엄청 세게 끌어당기면서 기분이 너무 좋아 미친 듯이 파티를 해야겠다며 엑스터시를 구해달라고 했어요."

"그래서 둘이 파티에서 빠져나온 거였어요?" 토라가 물었다. "끌어안으면서 엑스터시를 구해달라고 해서요?"

"네. 그후 얼마 안 돼서요. 저는 맛이 간 상태였어요. 술을 너무 많이 마셨거든요. 약을 좀 하면서 술을 깨보려고 했는데 잘 안 됐어요. 너무 취해 있었거든요. 어쨌든 그래서 택시를 타고 제 집에 왔는데, 그 다음으로 기억나는 건 엑스터시를 찾을 수 없었다는 것뿐이에요. 술에 떡이 된 상태라 냉장고에 있는 우유도 못 찾을 정도였거든요. 하랄트가 저한테 엄청 화를 내면서 시간만 낭비했다고 소리를 질렀어요. 그 다음에는 머리가 빙글빙글 돌기 시작해서 소파에 누운 것밖에 기억이 안 나요."

토라가 후에의 말을 자르며 물었다. "하랄트한테 엑스터시를 못 구해줬다고요?"

"찾을 수가 없었어요." 후에가 말했다. "말씀드린 것처럼 술 때문에 맛이 가버렸거든요."

토라는 아무 말도 하지 않고 매튜를 바라보았다. 부검보고서에는 엑스터시 성분이 하랄트의 혈액에서 발견되었다고 적혀있었다. 그러므로 분명 어느 시점에선가 엑스터시를 복용한 게 틀림없었다. "이른 저녁시간에 이미 엑스터시를 먹었을 가능성은 없나요? 아니면 당신이 의식을 잃고 난 후 하랄트가 집에서 엑스터시를 찾아냈을 수도 있잖아요?"

"파티에서는 안 먹었어요, 그건 분명해요. 엑스터시를 먹은 사람처럼 행동하지 않았거든요. 그 약의 효과는 제가 잘 알아요. 그리고 저의 집에서 약을 찾아냈을 리도 절대 없어요. 경찰이 집을 수색하다가 지하창고에서 엑스터시를 발견했거든요. 제가 거기에 숨겨뒀고 지하창고 열쇠는 제 주머니에 들어있었어요. 하랄트가 창고까지 뒤져봤을 리 없다고요. 창고가 있다는 것도 몰랐을 거예요. 어쩌면 엑스터시를 찾으려고 자기 집에 갔을지도 몰라요. 저한테 집에 몇 알 있기는 한데 별로 품질이 안 좋은 거라고 했어요. 그런데 엑스터시에 대해서는 왜 그렇게 관심이 많으세요?"

"하랄트가 네 주머니를 뒤져서 열쇠를 찾아냈을 수도 있잖아? 지금은 기억이 안 나도, 당시에 하랄트한테 그 얘기를 했을 가능성도 있고." 매튜가 채근했다. "기억을 되살리려고 노력해봐. 머리가 빙글빙글 돌아서 소파에 누웠다며. 그 다음에는 어떻게 된 거야?"

후에는 눈을 질끈 감고는 기억을 되살리려 끙끙거렸다. 갑자기 후에가 눈을 번쩍 뜨더니 놀란 눈으로 토라와 매튜를 바라봤다. "아, 기억났어요. 저는 아무 말도 안 하고 있었는데 하랄트가 저한테 뭔가를 말했어요. 몸을 구부리더니 제 귀에 대고 속삭였어요. 저도 그 말에 뭐라고 대답하고 싶었고, 기다리라고 하고 싶었는데 말을 할 수가 없었어요."

"뭐? 하랄트가 뭐라고 했는데?" 매튜가 다급하게 물었다.

후에는 확신이 서지 않는다는 표정으로 말했다. "이게 좀 말이 안 되는 소리 같기는 하지만, 분명 이렇게 말했던 거 같아요. '좋은 꿈꾸라고. 축하는 나중에 하면 되니까. 지옥을 찾아 아이슬란드에 왔는데, 어떻게 됐는지 알아? 지옥을 찾아냈어.'"

14장

"머저리처럼 굴지 마." 마르타가 입술을 동그랗게 오므리며 담배연기를 길게 내뿜었다. 마르타는 반쯤 피운 담배의 재를 털어낸 다음 재떨이에 비벼 불을 껐다. "넌 상황을 악화시키기만 하는 거야. 그러니까 네가 대단한 호의라도 베푼다고 착각하지 마." 그녀는 아몬드 모양의 녹색 눈을 가늘게 뜨고 테이블 반대편 의자에 널브러져 있는 젊은 남자를 바라봤다. 그 역시 마르타를 노려봤지만 아무 말도 하지 않았다. 마르타는 몸을 바로 하고 앉아 길고 가느다란 손가락으로 자신의 붉은 머리칼을 빗어넘기고는 말을 이었다. "야, 그런 눈으로 쳐다보지 마. 네가 우릴 여기 끌어들인 거잖아. 갑자기 양심적인 모범시민이라도 된 것처럼 굴지 말라고."

마르타는 자기 옆에 앉은 여자 친구를 바라보며 눈빛으로 지원요청을 했다. 금발머리 친구는 두 눈을 동그랗게 뜨고 고개만 끄덕일 뿐이었다. 아주 바짝 깎은 크루커트 때문에 사내아이 같은 분위기를 풍겼지만 누구도 그녀를 남자로 착각할 일은 없었다. 왜소한 체구와 달리 가슴이 매우 풍만했기 때문이다. 호리호리한 체형의 마르타 옆에 앉아있는 그녀의 뒷모습은 꼭 어린아이 같았다.

마르타가 다시 이야기를 시작했다. "그건 남자들이 하는 전형적인 헛소리야. 그런 소릴 듣고 있으면 구역질이 난다고. 그러다 상황이 난처해지면 꽁무니나 빼겠지." 그녀는 만족스러운 표정으로 의자에 기대어 앉았다. 금발머리 여자 친구는 두 사람 중 누구도 쳐다볼 엄두를 내지 못한 채 음료수 잔만 내려다보고 있었다.

"제발 부탁인데," 도리는 손가락으로 자신의 목을 찌르는 듯한 제스처를 취하며 대답했다. "하루라도 그 지긋지긋한 헛소리 좀 그만둘 수 없어?" 그의 얼굴에 짜증이 잔뜩 묻어났다. 마르타를 노려보던 그의 윗입술은 자기도 모르게 위로 말려 올라가 하얀 앞니를 드러냈다. 그는 고개를 돌리며 담배를 한 모금 빨았다. 담배 연기를 뿜어내던 도리가 열이 좀 가라앉았는지 조금 전보다 한결 차분한 목소리로 말했다. "내가 경찰서에 가겠다고 하면 넌 기뻐해야지. 너한테는 여자교도소가 지상낙원 아니야? 온통 여자밖에 없으니까." 그는 빈정거리며 씩 웃어보였다.

마르타는 받은 대로 돌려줬다. "그럼 각자 교도소에서 전화로 재미나게 수다나 떨면 되겠네. 게다가 너처럼 예쁘게 생긴 남자애는 교도소에서 인기가 많거든." 그녀는 싸늘한 미소를 지었다.

"아, 둘 다 그만 좀 해." 금발의 브리에트가 마침내 입을 열었다. 깜짝 놀란 마르타와 도리가 쳐다보자 브리에트는 얼굴을 붉히고 다시 유리잔을 향해 고개를 푹 숙였다. 그러고는 자신의 가슴골을 바라보며 웅얼거렸다. "난 여자교도소에는 가고 싶지 않아. 그리고 네가 감옥에 가는 것도 싫다고." 그녀는 고개를 들어 도리를 바라보며 덧붙였다. "무섭단 말이야."

도리가 브리에트를 향해 진심으로 미소를 지었다. 그는 브리에트가 좋았다. 사실 도리는 브리에트를 내심 마음에 두고 있었다. 하지만 자신의 감정이 단순한 성적 호기심 이상인지 확신할 수가 없었다. "아무도 감옥에 안 가." 도리는 고개를 들어 마르타를 바라보았다. "이것 봐. 네가 개소리를 늘어놓으니까 브리에트가 완전 쫄았잖아."

마르타가 어이없다는 표정을 지었다. "내가? 여보세요? 감옥 얘기를 먼저 꺼낸 건 너야. 내가 아니라고." 그녀는 브리에트를 향해 눈을 굴리더니 툴툴거렸다. "대체 여기 오자고 한 건 누구 아이디어였어?"

세 사람은 크베르피스가타에 있는 호텔 101의 흡연자용 바 라운지에 앉아있었다. 학회 리더였던 하랄트가 죽기 전에 친구들과 자주 찾았던 곳이다. 하지만 하랄트가 없으니 이곳도 예전의 매력을 잃은 듯했다.

도리는 고개를 숙인 채 혼란스러운 듯 머리를 흔들었다. "젠장! 마르타. 이러다가 정말 미쳐버리겠어. 그냥 좀 친구처럼 이야기하면 안 되는 거야? 너라면 날 도와줄 걸로 알았다고. 후에가 감옥에 갇힌 건 말도 안 되는 일이잖아. 너도 잘 알 거 아니야." 그는 고개를 들었지만 마르타의 시선을 외면한 채 테이블 한가운데 놓인 담뱃갑을 집어들었다. "그리고 그 뱀 같은 놈 때문에 돌아버릴 지경이야. 그나저나 빌어먹을 장례식은 대체 언제야?"

브리에트는 불안한 눈빛으로 마르타를 바라보며 친구가 전략을 바꿔주기를 간절히 바랐다. 마르타는 어쩔 수 없다는 듯 한숨을 푹 내쉬더니 지난 15분 내내 유지해온 거만한 태도를 버리고 입을 열었다. "제발, 도리." 그녀는 테이블 쪽으로 몸을 수그리고 한 손으로 도리의 턱을 감싸쥐어서 그가 자신의 눈을 똑바로 쳐다보지 않을 수 없게 만들었다. "우리 친구잖아?" 도리가 순순히 고개를 끄덕였다. "그러니까 내 말 좀 들으라고. 지금 네가 정신 바짝 차리지 않으면 후에한테도 좋을 게 하나도 없어." 마르타가 말을 하는 동안 도리는 그녀의 얼굴을 빤히 바라다보았다. "잘 생각해봐. 네가 걱정한다고 해서 상황은 달라지지 않아. 네가 그렇게 해봤자, 우리만 연루되고 말 거야. 어차피 그 일은 하랄트가 죽고 난 다음에 일어난 일이잖아. 경찰은 그 일은 안중에도 없어. 경찰한테 중요한 건 하랄트를 죽인 범인뿐이야. 다른 문제는 관심도 없다고." 마르타는 미소를 지으며 대화를 이어나갔다. "장례식은 곧 치러질 거야. 그러면 너도 고비를 넘기는 셈이지." 도리가 시선을 아래로 떨구자 마르타는 그의 얼굴을 위로 쳐들어 자신의 눈을 바라보게 했다. "도리, 나는 하랄트를 죽이지 않았어. 그러니까 네 양심 때문에 내 인생을 희생하지는 않을 거야. 경찰에 찾아가는 건 최악의 실수야. 마리화나를 피워서 몽롱한 상태였다는 사실을 입 밖에 내기만 해도 우린 다 끝장나는 거야. 알겠어?"

도리는 마르타의 눈을 뚫어져라 응시하며 고개를 끄덕였다. "하지만 어쩌면…."

도리는 문장을 채 완성할 수가 없었다. 마르타가 그의 입술에 손가락을 갖다댔기 때문이다. "하지만, 어쩌면, 이런 말은 더 이상 하지 마. 내 말 들어. 도리, 넌 영리한 애잖아. 네가 마리화나만 피우고 다른 잘못은 하나도 저지르지 않았다고 해서 의대 교수들이 너를 두 팔 벌려 환영해줄 것 같아?" 그녀는 고개를 가로저은 뒤 브리에트에게로 시선을 돌렸다. 브리에트는 늘 그렇듯 친구의 말에 동의할 만반의 준비를 갖추고서, 뭐에라도 홀린 듯 이 모든 과정을 넋놓고 지켜보았다. 마르타는 다시 도리를 바라보며 천천히 말을 이었다. "바보 같은 짓 하지 마. 내가 말한 것처럼 경찰은 하랄트의 살인범을 찾는 데만 혈안이 돼있어. 나머진 하나도 안 중요해." 그녀는 마지막 말을 강조하듯 발음했고, 만전을 기하기 위해 같은 말을 다시 한 번 반복했다. "하나도 안 중요하다고."

도리는 최면에라도 걸린 듯했다. 그는 피어싱을 한 눈썹 아래에서 조금도 움찔하지 않고 자신을 응시하는 초록빛 두 눈을 가만히 바라보았다. 그리고 고개를 살짝 끄덕였다. 마르타의 손이 자신의 턱을 여전히 감싸고 있었기 때문에 그게 도리가 할 수 있는 최선이었다. 그는 어쩌면 바로 이런 이유 때문에 경찰에 찾아가겠다는 이야기를 마르타에게 먼저 털어놓은 것인지도 모른다. 도리는 마르타라면 분명 자신을 설득해낼 것이라고 확신했다. 그는 이런 생각들을 머릿속에서 떨쳐내고 대답했다. "알았어, 알았다고."

"잘됐다." 브리에트가 중얼거리며 도리에게 미소를 지었다. 그리고 한시름 놓았다는 표정으로 마르타의 팔을 꽉 잡으며 기뻐했다. 마르타는 친구가 자신의 팔을 잡았다는 것조차 전혀 인식하지 못한 듯했다. 그녀의 시선은 여전히 도리를 향했으며 아직도 그의 턱을 붙잡은 채였다.

"지금 몇 시야?" 마르타가 도리의 턱을 잡은 채로 물었다.

브리에트가 황급히 의자 등받이 뒤편에 매달린 가방에서 핑크색 휴대폰을 꺼냈다. 키패드의 잠금장치를 연 그녀가 말했다. "1시 30분 다 돼가."

"오늘 밤에 뭐 할 거야?" 마르타가 도리에게 물었다. 그녀의 목소리는 담담했지만, 두 눈은 뭔가를 암시하고 있었다.

"할 거 없는데." 퉁명스런 대답이 돌아왔다.

"나랑 만나자. 나도 딱히 할 게 없거든." 마르타가 덧붙였다. "우리 둘이 시간을 보낸 지도 한참 됐고, 너도 곁에 있어줄 사람이 필요할 거 같은데." 그녀는 마지막 단어를 길게 뺐다.

브리에트는 의자에 가만히 앉아있을 수가 없었다. "같이 영화나 보러 갈까?" 그녀는 대답을 기대하며 마르타를 바라보았지만, 마르타는 아무런 반응도 보이지 않았다. 브리에트는 뭔가가 자신의 발을 짓누르는 느낌이 들어 아래를 내려다보았다. 테이블 아래서 마르타의 가죽 부츠가 자신의 아담한 신발을 짓밟고 있었다. 오늘 밤 일정에 자신은 초대받을 수 없다는 사실을 깨달은 브리에트는 얼굴을 붉혔다.

"영화 보러 가고 싶어, 아니면 우리 집에 들러서 나랑 오붓한 시간을 보내고 싶어?" 마르타가 몸을 뒤로 젖히며 물었다.

도리는 아무 말도 없이 그저 고개만 끄덕였다.

마르타가 웃으며 다시 물었다. "어떤 거? 그건 답이 아니잖아."

"너네 집에 들르는 거." 도리의 목소리는 무겁게 잠겼다. 세 사람 다 오늘 밤 모임의 주요 안건이 무엇인지 정확하게 이해하고 있었다.

"밤이 어서 왔으면 좋겠다." 마르타는 도리의 턱을 놔주며 손뼉을 치고는 웨이터에게 손을 흔들어 계산서를 가져다 달라고 했다. 도리와 브리에트는 아무 말도 없었다. 브리에트는 모욕을 당한 기분이었다.

도리는 주머니에서 1,000크로나짜리 지폐를 꺼내 테이블에 올려놓은 뒤 자리에서 일어났다. "수업 늦겠다. 나중에 보자."

마르타와 브리에트는 고개를 돌려 문으로 걸어나가는 도리의 뒷모습을 물끄러미 바라보았다. 그가 밖으로 사라지자 마르타는 고개를 바로 하고 말했다. "쟤는 정말 엉덩이가 끝내준다니까. 우리한테 뒷모습을 좀 더 자주 보여줘야겠어." 그러더니 상처받은 표정으로 앉아있는 친구를 바라보았다. "그만 좀 해. 뚱해 있지 말라고. 쟤 지금 제정신이 아닐 거야. 모든 게 위태로운 상황이잖아." 마르타는 브리에트의 팔을 탁 치며 덧붙였다. "쟤는 널 좋아해. 그건 변하지 않았다고."

브리에트는 억지로 웃으며 대답했다. "그래, 그럴지도 모르지. 하지만 내 눈에는 너한테 푹 빠져있는 것처럼 보여."

"왜 그래. 이건 사람 좋아하는 감정이랑은 아무 상관이 없어. 다들 널 좋아해. 나는 뭐, 그저 잠자리 기술이 좋은 거지." 마르타는 자리에서 일어나더니 브리에트를 냉랭하게 내려다보며 덧붙였다. "그거 알아? 나는 오늘만 살거든. 너도 한 번 시도해봐. 다른 사람들이 널 구해줄 때까지 기다리지 말고, 인생을 좀 즐겨."

브리에트는 손을 더듬거리며 가방을 집어들었다. 뭐라고 할 말이 없었다. 그녀는 이 패거리들과 몰려다니면서 온갖 무모한 짓은 다 저질렀다. 그런 일을 떠올리기만 해도 얼굴이 빨개졌다. 인생을 즐기라고? 그럼 그동안 우리가 하고 다닌 짓은 뭐란 말인가? 은연중에라도 나를 구하러 와달라고 암시한 적이 있었냐고? 말도 안 되는 소리! 브리에트는 문으로 나가면서 남자들이 쫓아다니는 건 마르타가 아니라 자신이라고 생각하며 스스로를 달랬다. 마르타를 자극해서 말싸움을 벌이고 누가 더 매력적인지 경쟁하는 건 위험 부담이 너무 컸다. 마르타는 여자 하랄트 같아서 도리를 조종할 줄 알았다. 게다가 브리에트는 감옥에 가고 싶지 않았다. 그럴 수는 없지, 당분간 도리는 잊자. 나중에라도 그를 유혹할 수 있을 거야. 브리에트는 풍만한 가슴을 돋보이게 하려고 어깨를 쫙 폈다. 그녀는 마르타와 함께 문 쪽으로 걸어가는 동안, 창가에 앉은 정장 차림의 세 남자가 마르타가 아닌 자신에게 추파를 던졌다는 사실에 한껏 기분이 좋아졌다. 작은 승리가 더 달콤한 법이다.

15장

"없어요." 이메일을 확인한 토라가 낙담한 목소리로 말했다. 토라와 매튜는 후에를 만나고 오는 길에 사무실에 들러 정체불명의 말에게서 회신이 왔는지 확인해보기로 했다.

매튜가 어깨를 으쓱하며 대답했다. "어쩌면 영영 회신을 못 받을지도 모르죠."

토라는 매튜처럼 쉽게 단념할 생각이 없었다. "하랄트가 컴퓨터에 그 사람에 대한 정보를 저장해 뒀을지도 몰라요."

매튜가 눈을 크게 떴다. "변호사님은 컴퓨터에 친구들에 관한 정보를 보관해 두시나요?"

"아, 제 말뜻 아시잖아요. 연락처나 주소록 같은 거요."

매튜는 다시 어깨를 으쓱했다. "네. 무슨 뜻인지 잘 압니다. 어쩌면 하랄트가 그런 걸 만들어 놨을지도 모르죠. 누가 알겠어요."

토라는 모니터 화면을 본래 위치로 돌려놓았다. "지금 경찰에 전화해서 하랄트의 컴퓨터에 대해 좀 물어보지 그래요?" 그녀는 화면의 시계를 보며 덧붙였다. "이제 겨우 2시밖에 안 됐으니 경찰도 근무 중일 거예요." 경찰에 사건파일을 요청하려고 작성한 공문이 오늘 아침에는 벨라의 책상에서 보이지 않았다. 토라의 메모 내용과 정반대로 그 전날 부쳐진 게 틀림없었다. 이미 경찰서에 도착했을 수도 있지만, 요청사항이 처리되지 않았을 가능성도 다분했다. 하루 이틀 기다리다가 전화로 컴퓨터와 사건보고서에 대해 한꺼번에 문의하는 게 현명했지만 토라의 호기심이 상식적인 수순을 앞질러 버렸다. 이 상황에서는 딱히 할 수 있는 게 없었다. 토라는 온라인 전화번호부에서 하랄트의 친구들 이름을 찾아 마르타와 브리에트, 브리얀의 번호를 알아냈다. 하지만 세 사람 다 그녀와의 통화를 거부하면서 이미 경찰 진술을 마쳤다는 점을 강조했다. 그중에서도 브리에트는 과민할 정도로 흥분을 했다. 따라서 토라와 매튜는 당장 할 일이 없었다. "전화해봐요." 토라가 고집을 부렸다.

토라의 성화를 못 이긴 매튜가 경찰에 전화를 걸었고, 운 좋게 컴퓨터를 가져가도 된다는 소식을 들었다. 마르쿠스 헬가손이라는 경관이 두 사람을 맞아주기로 했다.

경찰서에 도착하자 마르쿠스가 아이슬란드어로 토라에게 인사를 했다. 그러고는 아이슬란드어 억양이 짙게 묻은 영어로 매튜에게 인사를 건넸다. "두 번 뵌 적 있죠. 아파트를 수색할 때와 제 상관인 아우르니 비야르나손 반장님을 만나러 오셨을 때요." 그는 어색하게 웃었다. "두 분 사이가 딱히 좋지 않으셔서, 이번에는 제가 뵙겠다고 했습니다. 언짢아하지 않으셨으면 좋겠네요."

매우 젊어 보이는 마르쿠스는 경찰 정복인 푸른 셔츠에 검정 바지 차림이었다. 키가 꽤 작은 걸로 봐서 최소신장 기준이 사라지고 난 이후 들어온 게 분명했다. 그는 잘생기지도 못생기지도 않은 아주 평범한 인상에, 특별할 것 없는 금발과 회색 눈을 가지고 있었다. 하지만 악수를 하면서 미소 지을 때 마르쿠스는 완전히 다른 사람처럼 보였다. 두드러지게 깨끗하고 예쁜 그의 치아를 보면서, 토라는 마르쿠스가 출세를 위해서라도 자주 웃기를 바랐다.

매튜와 토라가 상관을 만나지 않아도 괜찮다며 마르쿠스를 안심시키자 그는 반색을 했다. "두 분이랑 잠깐 대화를 나누고 싶습니다. 제가 알기로는 두 분이 이번 사건의 경위를 조사하고 계시다고 들었습니다. 아직 저희 조사도 공식적으로 마무리되지 않은 상황이라 대화를 나눠보는 것도 좋을 듯하다고 생각합니다." 그는 잠시 망설이다가 어색한 말투로 덧붙였다. "지금 다른 증거들과 함께 컴퓨터를 상자에 포장하는 중이라 잠시 기다리셔야 하거든요. 제 사무실에 앉아서 잠깐 이야기나 나누시죠."

토라는 재빨리 곁눈질로 매튜를 보았고, 매튜는 어깨를 으쓱하며 상관없다는 뜻을 내비쳤다. 컴퓨터 포장은 핑계에 불과하다는 걸 토라는 바로 간파했다. 설사 팔 하나를 다친 사람이 포장한다 해도 3분이면 끝낼 수 있는 일이었다. 그녀는 미소를 지으며 좋다고 대답했다. 마르쿠스는 눈에 띌 정도로 안도하는 기색으로 두 사람을 사무실로 안내했다.

맨체스터 유나이티드 로고가 새겨진 머그잔을 제외하고 사무실에는 개인적인 소지품이 전혀 없었다. 마르쿠스는 매튜와 토라에게 앉으라고 권한 뒤 맞은편 의자에 앉았다. 자리에 앉는 동안 아무도 입을 열지 않았다. 세 사람이 편안하게 자세를 잡는 사이 불편한 정적이 흘렀다.

"자, 다 앉으셨죠?" 마르쿠스는 짐짓 유쾌한 목소리로 말했다. 토라와 매튜는 미소를 지을 뿐 아무 말도 하지 않았다. 토라는 마르쿠스가 먼저 운을 떼길 바랐고 매튜의 꾹 닫은 입술로 보아 그 역시 같은 생각인 듯했다. 경관은 바로 본론으로 들어갔다. "오늘 아침에 두 분이 후에 토리손을 면회하려고 교도소에 다녀오신 걸로 알고 있습니다."

"네, 맞습니다." 토라가 딱 잘라 대답했다.

"그렇군요. 무슨 얘기를 나누셨나요?" 그는 대답을 기대하는 듯 토라와 매튜를 번갈아 바라보다가 덧붙였다. "두 분은 상당히 이상한 역할을 수행하시는 것 같습니다. 유족을 대신해 사건을 조사하는 동시에 피의자도 돕고 계시고요. 오늘 아침 교도소에 가셨던 것도 그런 이유 때문이라고 알고 있습니다만."

토라는 매튜를 쳐다보았다. 그는 토라에게 손짓하며 대답하라고 신호를 보냈다. "사건 자체가 통상적이지도, 일반적이지도 않기 때문에 저희 역할도 어쩔 수 없이 그렇게 된 것이라고 해두죠. 그렇다고 해도 저희는 어디까지나 유족의 대리인입니다. 후에 토리손의 이해관계와 제 의뢰인의 이해관계가 우연히 일치한 것뿐이죠." 토라는 마르쿠스가 반박할 시간을 주기 위해 잠시 멈췄지만 아무런 반응이 없자 말을 이었다. "저희는 그가 범인이라고 단정하지 않고 있습니다. 오늘 아침 면회를 진행하고 나서 그런 믿음이 더욱 강해졌고요."

마르쿠스가 눈을 크게 떴다. "솔직하게 말씀드리자면, 왜 그렇게 생각하시는지 이해가 가지 않습니다. 지금까지 저희 조사결과는 정반대 방향을 가리키고 있습니다."

"풀리지 않은 의문들이 너무 많다는 게 그 이유인 것 같습니다." 토라가 대답했다.

마르쿠스는 동의한다는 듯 고개를 끄덕였다. "네, 그 말씀이 맞습니다. 하지만 말씀드렸듯이 저희 수사가 아직 진행 중인 데다 후에 토리손이 범인이라는 추정을 뒤집을 만한 증거가 발견될 것 같지는 않습니다." 그는 손가락으로 숫자를 세며 말했다. "첫째, 그는 사건이 일어나기 직전에 피해자와 함께 있었습니다. 둘째, 후에가 그날 저녁 입었던 옷에서 하랄트의 혈흔이 발견됐습니다. 셋째, 상당한 양의 혈액을 닦는 데 사용한 티셔츠가 후에의 옷장에 숨겨져 있었는데, 이 혈액 역시 피해자의 것으로 밝혀졌습니다. 넷째, 후에는 피해자의 흑마술 클럽 회원이었고, 따라서 시신에 새겨진 마법 심벌들에 대해서도 잘 알고 있습니다. 마지막으로 다섯째, 후에는 시신의 안구를 도려낼 수 있을 정도로 만취한 상태였습니다. 장담하는데 제정신인 사람은 그런 짓을 저지를 수가 없습니다. 그는 마약상이니, 아마도 마약을 국내로 밀수할 계획이었겠죠. 피해자는 마약 밀수에 자금을 댈 만한 돈을 가지고 있었고, 사건이 발생하기 얼마 전 피해자의 계좌에서 거액의 돈이 사라졌습니다. 아무런 흔적도 남기지 않고요. 정상적인 거래라면 그럴 수가 없습니다. 어떤 식으로든 흔적이 남게 되어있죠." 마르쿠스는 고개를 수그렸다. 그는 오른손으로 왼손을 꽉 쥐었다. "솔직히 말씀드리자면, 대부분의 사건은 이보다 훨씬 적은 증거로도 유죄판결이 납니다. 저희가 확보하지 못한 건 용의자의 자백뿐인데, 보통 이 정도 상황에서라면 용의자들은 자백을 합니다."

토라는 놀란 기색을 드러내지 않으려고 노력했다. 후에의 옷에서 혈흔이 발견됐다는 말에 허를 찔린 것이다. 경찰 보고서를 비롯해 그녀가 확보한 어떤 자료에도 그런 사실은 적시되지 않았다. 토라는 자신이 당황했다는 사실을 들키지 않기 위해 재빨리 말을 이었다. "후에가 아직도 자백을 하지 않았다는 사실이 신경 쓰이지 않으세요?"

마르쿠스는 토라를 편안한 시선으로 바라보았다. "아뇨, 전혀요. 왜 그런 줄 아십니까?" 토라가 대꾸를 하지 않자 그는 설명을 이어갔다. "기억을 못 하기 때문입니다. 그래서 자신이 하랄트를 죽이지 않았을 거라는 한 가닥 희망에 매달려 있는 거죠. 잃을 게 너무나 많은 상황에서 왜 기억도 못 하는 일에 대해 자백을 하겠어요?"

"시신이 대학 건물로 옮겨졌다는 사실은 어떻게 설명하시겠습니까?" 매튜가 물었다. "일개 마약상 따위가 대학 건물 열쇠를 가지고 있었을 리 없잖습니까. 더군다나 주말이었으니 출입구도 다 잠겨있었을 테고요."

"하랄트의 열쇠를 훔친 겁니다. 아주 간단하죠. 시신에서 열쇠꾸러미를 발견했습니다. 역사학과 건물 열쇠도 있었고요. 아니, 보안시스템과 연결된 카드키라고 하는 게 더 정확하겠군요. 보안시스템을 확인한 결과 살인이 발생한 직후에 누군가 그 카드키를 사용해 건물 안으로 들어온 기록이 남아있었습니다."

매튜가 목소리를 가다듬고 반박했다. "살인이 발생한 직후라니 그게 무슨 말씀이죠? 살인 전일 수도 있지 않습니까? 이번 사건의 경우 사망 추정 시각이 그리 정확하지 않으니까요."

"뭐 그렇지만, 그건 중요한 게 아닙니다." 마르쿠스가 어느 때보다 딱딱한 어조로 말했다.

매튜는 그가 쉽사리 빠져나가지 못하도록 하겠다는 듯 말을 이었다. "후에가 열쇠를 훔친 다음 시신을 자신의 집에서 얼마 떨어지지 않은 대학 건물로 옮겼다고 칩시다. 그렇다면 어떤 교통수단을 이용해 시신을 거기까지 옮겼을까요? 성인 남성의 시신을 옷 속에 감췄을 리도 없고, 택시를 타고 함께 이동했을 리도 없지요."

마르쿠스는 미소까지 띠며 말했다. "자전거로 옮겼습니다. 고문서연구소 바깥에서 자전거가 발견됐고, 이 자전거에서 하랄트의 유전자가 검출됐습니다. 핸들에서 그의 혈흔이 발견됐어요. 다행히 자전거가 대피소 아래 버려져 있어서 눈을 맞지 않았거든요."

매튜가 아무 말도 하지 않자 토라가 입을 열었다. "그게 후에의 자전거라는 걸 어떻게 아시죠? 그리고 설령 그게 후에의 자전거라고 해도 자전거가 거기 버려진 게 그날 밤이라는 걸 어떻게 확신할 수 있나요?"

마르쿠스는 그 전보다 훨씬 더 만족스러운 표정으로 웃으며 말했다. "자전거는 쓰레기통 옆에 버려져 있었습니다. 쓰레기통이 마지막으로 비워진 게 금요일이었고, 지역 수거업체 직원들이 그때까지만 해도 자전거는 거기 없었다고 정확히 증언했습니다. 후에 역시 자전거가 자기 것이라고 확인했어요. 토요일까지만 해도 분명 자전거가 아파트 건물 창고에 세워져 있었다고 인정했고요. 후에 와 같은 건물에 사는 부인 역시 토요일 저녁시간쯤에 아이와 함께 장을 보러 가려고 창고에서 유모차를 꺼낼 때 자전거가 그곳에 있었다고 진술했습니다."

"도대체 목격자가 어떻게 창고에 뭐가 있고 없었는지를 정확히 기억할 수 있죠? 저도 아파트에서 살아봤지만 창고에 뭐가 있었는지 일일이 기억하면서 살 수는 없어요. 창고를 자주 드나들었다고 해도 말입니다." 토라가 반론했다.

"후에가 자전거를 항상 타고 다녔기 때문에 기억을 하는 겁니다. 봄, 여름, 가을, 겨울 전부 다요. 운전면허가 없었으니 선택 여지가 없었던 겁니다. 게다가 후에는 다른 사람들을 배려하지도 않고 창고에 자전거를 세워뒀어요. 그 부인의 유모차 위에다가 자전거를 눕혀놓았다는군요. 부인이 자전거를 기억하는 이유도 유모차를 꺼내기 위해서 그 자전거를 옆으로 옮겼기 때문입니다."

매튜가 다시 목을 가다듬으며 말했다. "만약 후에가 보안시스템을 통과하기 위해 카드키를 훔쳤다면, 함께 입력해야 하는 인식번호나 비밀번호도 필요했을 겁니다. 어떻게 그가 그 번호를 알 수 있었을까요?"

"저희도 그게 궁금했습니다." 마르쿠스가 대답했다. "하랄트의 친구들을 조사해보니, 하랄트가 비밀번호를 그들 모두에게 알려줬다고 하더군요."

토라는 믿을 수 없다는 표정으로 마르쿠스를 바라보았다. "그 말을 어떻게 믿을 수 있나요? 하랄트가 왜 그런 짓을 하겠어요?"

"하랄트는 그 번호가 재밌다고 생각한 모양입니다. 번호가 0666
이었거든요. 악마숭배에 이상할 정도로 집착을 했으니 흥미롭다고
생각한 거겠죠."

"정확하게 말씀드려서 마법에 대한 관심이지, 악마와는 아무 관
련이 없습니다." 매튜는 마법의 정의에 대한 언쟁으로 대화가 길어
지는 것을 피하기 위해 얼른 말을 이었다. "어쩌면 이 질문에 대한
답을 알고 계실지 모르겠습니다. 하랄트의 이메일이 인쇄된 종이를
하나 발견했는데, 말이라는 친구한테 보낸 짧은 메시지였습니다.
그 메일과 관련해 알아내신 게 있나요?"

마르쿠스는 무슨 말인지 모르겠다는 표정이었다. "솔직히 말씀
드리면, 기억이 나지 않는군요. 저희는 수백 건의 서류를 살펴봤습
니다. 하지만 원하신다면 알아보고 말씀드리도록 하죠."

토라는 메일 내용을 간단하게 설명했지만 지금으로서는 경찰로
부터 도움이 될 만한 답을 들을 거라고 기대하지 않았다. 그 메일
과 관련해 밝혀진 게 있었다면 마르쿠스는 기억하고 있을 것이다.

마르쿠스는 말의 정체에 대해 조사한 바가 있는지 알아보겠다고
약속했지만, 하랄트가 마침내 찾아냈다고 한 게 무엇이든 별로 중
요하지 않을 거라고 깎아내렸다. "틀림없이 쫓아다니던 여자라든
지, 뭐 그런 것 아니겠습니까." 그가 매튜와 토라를 번갈아 바라보
며 말을 이었다. "그럼 화제를 바꿔보죠. 이 사건에 대해 얼마나 더
조사하실 계획인가요?"

"필요한 만큼요." 매튜가 미간을 찌푸리며 대답했다. "경찰이 엉

뚱한 사람을 잡고 있다는 의심이 여전히 들어서요. 방금 들려주신 말씀에도 불구하고 말입니다. 물론 제가 틀렸을 수도 있죠."

마르쿠스는 희미하게 웃으며 대꾸했다. "수사가 진행되는 동안에는 저희가 두 분의 조사내용을 요청하는 일이 생기더라도 이해해주시면 감사하겠습니다. 저희는 갈등이 생기는 걸 원치 않으니 서로 협력할 수 있다면 더 좋은 결과가 나오겠죠."

토라가 기회를 놓치지 않고 말했다. "경찰 수사보고서를 전달받았는데, 그게 전부가 아닌 것 같습니다. 공문을 보내드렸는데 아마 내일쯤 도착할 거예요. 유족을 대신해 저희에게 모든 조사자료를 넘겨달라는 내용입니다. 혹시라도 이의가 있으신가요?"

마르쿠스가 어깨를 으쓱했다. "그 요청에는 이견이 없습니다만 제가 결정할 수 있는 문제가 아니군요. 흔치 않은 요청이긴 하지만, 긍정적인 답변을 드릴 수 있을 겁니다. 모든 수사내용을 취합하려면 시간이 좀 걸릴 수도 있습니다. 물론 노력을…," 그때 문 두드리는 소리가 들렸다. "들어오세요." 마르쿠스가 대답하자 문이 열리고 종이상자를 손에 든 젊은 여자 경관이 문 앞에 나타났다. 상자 밖으로 검은색 컴퓨터 본체가 튀어나와 있었다.

"요청한 컴퓨터입니다." 여자 경관이 안으로 들어오며 말했다. 그녀는 책상 위에 상자를 내려놓고는 종이 한 장이 들어있는 투명 파일을 상자에서 꺼냈다. "모니터는 접수처에 가져다뒀어요. 수사에 필요하지 않아서 증거물품 창고에 나뒀거든요. 애초 모니터를 들고 온 게 바보 같은 실수였죠." 여자 경관은 상당히 거만한 태도로 본체를 살짝 두드리며 마르쿠스에게 말했다. "수색 팀한테 조언을 해주는 게 좋겠어요. 화면으로 자료를 보기는 하지만 그렇다고 자료가 화면 안에 들어있다는 뜻은 아니라고요. 자료는 본체에 저장되어 있고, 화면은 그걸 보여주기만 하는 거라고요."

토라와 매튜가 보는 앞에서 젊은 여자 경관에게 야단맞아야 하는 상황이 마르쿠스는 전혀 달갑지 않은 표정이었다. 그는 동료를 노려보며 말했다. "알려줘서 고마워요." 그러고는 투명 파일을 받아들고 안에 있던 종이를 꺼냈다. "증거물 수령증에다 서명해주시겠어요?" 그가 매튜에게 덧붙였다. "아파트 수색 당시에 수집했던 다른 서류들도 같이 넣었습니다."

"다른 서류들요?" 토라가 물었다. "왜 며칠 전에 반납한 증거들과 같이 보내지 않으신 거죠?"

"좀 더 검토해볼 필요가 있어서요. 뭐, 새로 밝혀진 건 없습니다. 두 분은 뭔가를 찾아내실지 모르겠지만, 그럴 가능성은 낮을 겁니다." 그는 자리에서 일어서며 면담이 끝났다는 걸 알렸다.

토라와 매튜도 자리에서 일어났다. 매튜는 수령증에 서명한 뒤 상자를 들었다. "모니터도 까먹지 마세요." 여자 경관이 웃으며 토라에게 말했다. 토라도 웃으며 꼭 그러겠노라고 대답했다.

두 사람은 건물을 나와 차가 세워진 곳으로 걸어갔다. 토라는 모니터를, 매튜는 상자를 들고 있었다. 토라는 조수석에 타기 전 상자에서 서류뭉치를 꺼내들었다. 매튜가 시동을 거는 동안 토라는 서류뭉치를 빠르게 넘겨보았다.

"어라? 이게 대체 뭐죠?" 토라는 어리둥절한 표정으로 매튜를 쳐다보며 말했다.

16장

토라는 서류뭉치 사이에 끼어있던 작은 갈색 가죽지갑을 들고 있었다. 안을 살펴보기 위해 지갑을 죄고 있던 끈을 풀었다. 오래된 지갑처럼 보였지만 감촉은 여전히 부드러웠다. 지갑에 새겨진 인장으로 보아 최소 60년은 된 물건이었다. 'NHG 1947'. 그러나 토라를 놀라게 한 것은 지갑이 아니라 내용물이었다. "이게 대체 뭘까요?" 그녀는 호기심에 찬 눈으로 매튜를 쳐다보며 물었다. 토라가 가리킨 것은 지갑을 펼치자 모습을 드러낸 오래된 편지였다. 엄밀히 말하자면 고대 유물처럼 보였다. 종이 상태와 그 위에 적힌 글씨로 보건대 지갑보다 훨씬 더 오래 전에 만들어진 편지 같았다.

매튜가 깜짝 놀란 표정으로 지갑을 바라봤다. "그게 상자 속 서류뭉치 안에 있었어요?"

"네." 토라는 편지가 몇 장이나 되는지 확인하기 위해 맨 위에 있던 편지를 획 넘겼다. 그때 매튜가 비명을 지르며 지갑을 낚아채가는 통에 토라는 멈칫했다.

"미쳤어요?" 매튜가 소리를 지르더니 재빨리 지갑을 끈으로 다시 고정했다. 핸들과 운전석 사이의 공간이 비좁은 탓에 그의 움직임이 서툴렀다.

토라는 어이없다는 표정으로 바라보고만 있었다. 매튜는 조심스럽게 지갑을 뒷자리에 내려놓은 다음 간신히 코트를 벗어 바깥쪽의 축축한 부분이 지갑에 닿지 않게 덮었다.

"이제 차를 빼야 하지 않을까요?" 토라가 마침내 입을 열었다. 차는 도로와 주차공간 사이에 어정쩡하게 세워져 있었다.

매튜가 두 손으로 핸들을 잡더니 한숨을 내쉬었다. "미안해요. 그 지갑을 경찰이 건네준 싸구려 종이상자 안에서 발견할 거라고는 상상도 못 했거든요." 그는 도로를 따라 차를 몰았다.

"그게 뭔지 물어봐도 돼요?" 토라가 말했다.

"하랄트 조부의 컬렉션에서 가져온 아주 오래된 편지예요. 가치가 엄청난 것들이죠. 사실 가격을 매길 수 없을 정도인데, 하랄트가 왜 저걸 아이슬란드로 가져왔는지 모르겠군요. 보험사에서는 분명 편지가 계약한 대로 은행금고에 안전하게 보관돼 있는 줄 알거예요." 매튜는 귀중한 화물을 주시하기 위해 백미러의 각도를 조정했다. "1485년에 인스부르크의 한 필경사가 쓴 편지들이에요. 편지에서는 하인리히 크래머가 인스부르크에서 마녀사냥 캠페인을 벌인 일에 대해 설명하고 있는데, 그때만 해도 마녀사냥이 유럽 전역에 확산되기 전이었죠."

"하인리히 크래머가 누구라고 했죠?" 토라는 이제 그 이름을 기억할 법도 하다고 생각했지만 아무것도 떠오르질 않았다.

"《마녀의 망치》를 집필한 두 저자 중 한 명이에요. 지금은 대부분 독일 영토가 된 여러 지역의 심문관이었죠. 뒤틀린 성격에다 특히 여성 혐오가 심했다고 하더군요. 상상 속 마녀를 쫓는 걸로도 모자라서 유대인과 불경스러운 말을 하는 사람들도 처벌했고요. 쉽게 표적이 될 만한 사람이면 누구나 기소했던 셈이죠."

인터넷에서 읽은 내용을 기억해낸 토라가 놀란 표정으로 물었다. "아, 맞아요. 그럼 저게 크래머에 관한 편지였어요?"

"네." 매튜가 설명을 했다. "크래머가 인스부르크를 방문했을 때 이야기예요. 인스부르크에 가긴 했는데, 그곳을 정복하지는 못한 셈이죠. 크래머 입장에서 시작은 나쁘지 않았어요. 끔찍한 폭력과 고문기술을 사용해 심문을 진행했죠. 그에게 기소된 쉰일곱 명의 여자들에게는 어떤 변호도 허용되지 않았습니다. 그 지역 교구 성직자와 관리들도 크래머의 재판을 보고는 기겁할 정도였으니까요. 그가 마녀 혐의를 받은 여자들의 성행위를 낯부끄러울 정도로 상세히 고발하자 이 사실을 알게 된 주교가 격분해서 크래머를 추방해버렸죠. 구금됐던 여자들은 풀려났지만 끔찍한 고문으로 인해 몸은 처참하게 망가진 뒤였죠. 편지에는 크래머가 한 필경사의 아내에게 한 짓이 자세히 묘사돼 있어요. 짐작하겠지만 결코 유쾌한 내용이 아니에요."

"누구에게 쓴 편지였어요?" 토라가 물었다.

"편지는 모두 브릭센의 주교였던 조지 고슬러 2세에게 보내졌어요. 크래머를 인스부르크에서 추방한 바로 그 주교죠. 그를 추방하는 데 저 편지가 어느 정도 역할을 하지 않았나 싶어요."

"하랄트의 할아버지는 어떻게 그 편지를 손에 넣었을까요?"

매튜가 어깨를 으쓱했다. "전쟁이 끝난 후 독일에서는 많은 물건들이 시장으로 쏟아져 나왔어요. 건틀립 가문은 마르크화 폭락으로부터 은행을 구하려고 가진 자산을 쏟아부었고 당시 대부분의 독일 국민들은 무일푼이 됐죠. 건틀립 가문의 은행은 일반 은행이 아니에요. 그때나 지금이나 평범한 사람들은 이 은행에 돈을 맡길 수가 없죠. 어쨌든 그분 덕에 은행의 고객들은 다행히 전 재산을 잃지는 않았어요. 빠르고 정확하게 상황을 파악해서 투자하고 자금 거래를 했지요. 그래서 독일 경제가 급격히 악화되는 동안에도 유리한 위치에서 다양한 매물들을 손에 넣을 수 있었던 겁니다."

"그러면 저 편지의 이전 소유주는 누구였나요? 15세기에 작성된 편지는, 만일의 경우를 대비해 보관하고 있을 만한 물건은 아닌 것 같은데요."

매튜는 당황한 표정이었다. "저도 모르겠어요. 저 편지는 어디에도 기록이 남아있지 않거든요. 따라서 위조품일 가능성도 있죠. 만약 그렇다면 정말 훌륭한 위조품인 셈이죠. 하랄트의 조부는 한 번도 매매에 대해서는 이야기를 꺼내지 않았어요. 지갑에 찍힌 이니셜도 그분 거예요. 니클라스 하랄트 건틀립Niklas Harald Guntlieb. 그러니 이전 소유주에 대해서는 전혀 알 길이 없죠. 어느 시점에 누군가 교회에서 훔쳐온 게 아닐까 싶기도 하고요." 매튜는 스노르라부라우트를 따라 차를 몰다가 차선을 바꾸기 위해 깜빡이를 켰다. 매튜와 토라는 컴퓨터를 하랄트의 아파트에 보관하는 게 최선이라고 판단하고 거기로 향하고 있었다. 곧 우회전을 해야 하는 상황이지

205

만, 누구도 두 사람이 탄 차가 먼저 지나가도록 양보를 해주지 않았다. 오히려 차가 우회전하는 걸 어떻게든 막아서 포스보구르로 향하는 다리로 빠져버리게 만들려고 작정을 한 듯했다.

"대체 뭐가 문제야?" 매튜가 혼잣말로 중얼거렸다.

"그냥 차선을 바꿔요." 운전자들의 무신경한 태도에 익숙한 토라가 조언했다. "다들 자기 차에만 관심 있지 다른 차가 길을 제대로 찾아가는지는 신경도 안 써요."

매튜는 고민 끝에 토라가 시키는 대로 하기로 마음먹고는 우측 차선으로 끼어들었다. 다행히 뒤에 있던 차가 시끄럽게 빵빵거린 것만 제외하면 무사했다. "이 나라에서 운전하는 데에는 절대 익숙해지지 않겠네요." 그는 충격이라도 받은 듯 말했다.

토라는 그저 미소를 지었다. "그래서 편지 속 이야기는 어떻게 됐어요? 필경사의 아내는 어떻게 됐죠?"

"고문을 당했죠." 매튜가 대답했다. "처참하게요."

"처참하지 않은 고문도 있나요." 토라는 매튜가 좀 더 자세히 설명해주기를 기대하며 물었다. "그 여자한테 무슨 짓을 했죠?"

"필경사의 증언으로는 두 팔이 마비되고, 한 쪽 다리가 강철장화에 으스러졌다고 해요. 두 귀도 잘려나가고 말입니다. 차마 종이에는 다 옮길 수 없는 참상이었을 거예요. 칼로 벤 자국이며, 그런 것들 말이지요." 도로를 주시하던 매튜가 시선을 토라에게 돌리며 덧붙였다. "제가 기억하기로는 마지막 편지에 이런 말이 적혀있었어요. '당신이 악마를 찾고자 한다면 그것은 사랑하는 나의 젊고 순수한 아내에게 남은 것에서는 찾을 수 없을 것이오. 악마는 그녀의 고발인 안에 모습을 숨기고 있소.'"

"세상에." 토라가 몸서리를 쳤다. "기억력 한번 좋으시네요."

"그 편지를 읽고 나면, 여간해서는 잊기가 힘들어집니다." 매튜가 건조하게 대답했다. "물론 그게 꼭 고문의 잔혹함 때문만은 아닙니다. 필경사는 아내를 구하기 위해 끝없이 노력했어요. 법리 다툼도 벌이고, 노골적인 협박도 마다하지 않았죠. 어찌할 바를 몰랐을 겁니다. 마음을 다해 사랑한 아내였고, 그가 쓴 내용 그대로 믿자면 가장 아름다운 처녀였으니까요. 결혼을 한 지 그리 오래되지도 않았죠."

"감옥에 있는 아내를 만나는 게 허락됐나요? 그 편지들은 모두 아내가 감옥에 있을 때 썼겠죠?"

"면회는 허락되지 않았지만 그의 아내를 불쌍하게 여긴 간수 하나가 쪽지를 주고받을 수 있게 도왔다고 해요. 필경사의 말에 의하면 쪽지 내용은 점점 더 절망적이고 비참하게 변해갔답니다. 그리고 두 번째 질문에 대한 답을 드리자면, 단 한 통의 편지를 제외하고는 필경사가 감옥에 있는 아내를 빼내기 위해 백방으로 뛰어다니던 중에 작성됐어요. 아내가 집으로 돌려보내진 후 썼던 단 한 통의 편지에는 사람들이 저마다의 문제로 괴로울 때 한 번씩 꺼내 읽어보면 좋을 만한 교훈이 담겨있습니다."

"어떤 의미에서요?" 토라는 별로 궁금하지 않다는 투로 물었다.

"일단 당시 의술이라는 게 지금과는 비교도 되지 않을 만큼 형편없는 수준에 불과했다는 걸 유념해야 합니다. 그렇지 않으면 당시 병들고 아픈 사람들이 겪었을 고통을 짐작조차 할 수 없으니까요.

더구나 아름다운 외모로 찬양받던 젊고 예쁜 여자의 심리상태를 상상하기란 더욱 쉽지 않을 거예요. 감옥에서 풀려났을 때 그 여자의 한 쪽 다리와 손가락은 전부 으깨진 상태였어요. 두 귀도 잃었고요. 피가 나오지 않는 부위를 찾기 위해 칼로 찌른 자국들이 몸 전체를 뒤덮고 있었답니다. 그 외 사실들은 암시만 될 뿐 자세히 묘사되지 않았어요. 당신이라면 그런 상황에서 어떤 선택을 했을까요?" 매튜가 다시 토라를 바라보며 물었다.

"그 여자에게 아이가 있었나요?" 토라가 되물었다. 그리고 자기도 모르게 손을 귀로 가져갔다. 누군가의 외모에서 귀가 얼마나 절대적인 부위인지 지금처럼 실감한 적이 없었다.

"아뇨." 매튜가 대답했다.

"그럼 스스로 목숨을 끊었겠네요." 토라는 한 치의 망설임도 없이 대답했다. "아이를 위해서라면 어떤 고난과 시련도 견딜 수 있겠지만, 아이가 없다면 불가능하죠."

"정답." 매튜가 말했다. "부부는 개울가에 살고 있었어요. 집으로 돌아온 그날 밤 여자는 절뚝이는 다리를 끌고 개울로 가 몸을 던졌습니다. 조금만 더 건강했다면 충분히 헤엄쳐 나왔을 깊이였지만, 당시 관습대로 무거운 드레스를 입은 상태에서 무용지물이 된 다리와 손으로는 어찌할 방도가 없었을 거예요."

"필경사는 어떻게 됐나요? 편지에 그게 나오나요?" 토라는 젊은 여자를 머릿속에서 밀어내려고 애쓰며 물었다.

"네. 마지막 편지에서 필경사는 크래머가 자신의 삶에서 가장 소중한 것을 앗아가 버렸듯 자신도 심문관 크래머에게 가장 소중한 것을 빼앗았다고 썼어요. 그리고 그것은 지옥으로 가는 길목에 있다고 덧붙였죠." 매튜가 이어 설명했다. "필경사는 복수의 대상이나 장소에 대해서는 전혀 언급하지 않았죠. 지옥을 들먹인 이유도 적지 않았어요. 현재로서는 더 이상의 단서도 발견되지 않았고요. 다만 필경사는 주교에게 편히 잠들라는 말을 해요. 자신의 간청에 제때 답하지 않았다고 원망하면서, 신께 응답하는 것은 신을 섬겨야 할 종으로서 마땅히 해야 할 일이라고 말하죠. 그리고 구약의 구절을 인용해요. 용서와는 거리가 아주 먼 내용이지요. 정확하게 기억할 수는 없지만 필경사의 마지막 말은 일종의 우회적인 협박이었죠. 그 협박을 실제로 행동에 옮겼는지는 모르겠어요. 그 일이 있고 몇 년 뒤 주교는 사망했습니다. 어쩌면 주교가 편지를 교회에 보관해두고 싶지 않은 마음에 버렸을지도 모르죠."

"그건 좀 설득력이 떨어지는군요." 토라가 반박했다. "정말로 편지를 없애고 싶었다면 불에 태워버리지 않았을까요? 그 시대라면 불이 부족했던 것도 아니고요."

매튜는 하랄트의 아파트 근처 주차공간에 조심스럽게 차를 세우고 있었다. 건물 바로 앞 주차공간은 다른 차들로 가득 차 있었다. "저도 알 수 없죠. 하느님과 성 베드로를 떠올리면서 편지를 태워 그 안의 내용을 들키는 불상사를 막고 싶었을 수 있잖아요. 연기는 어쨌든 하늘까지 올라가니까요."

"그래서 편지가 진품이라고 믿으시는 거예요?"

"꼭 그렇지는 않아요. 들어맞지 않는 대목이 몇 있거든요."

"이를테면요?"

"크래머가 가지고 있었다는 사악한 책에 관한 암시가 주로 그래요. 필경사는 그 책을 미사여구로 가득한 장광설이라고 치부하면서 내용의 사악한 근원을 있는 그대로 드러냈다고 했어요."

"《마녀의 망치》를 암시했던 게 아닐까요? 분명 그는 자신이 집필한 책을 마녀로 낙인찍힌 여자들을 심문하는 데 사용했을 거예요. 자기가 설교했던 내용을 실천에 옮겼겠죠."

"그럼 앞뒤가 안 맞아요." 매튜가 말했다. "그 무시무시한 책은 1486년에 출간된 걸로 알려져 있거든요."

"편지에 사용된 종이와 잉크의 생산 연대를 추정할 수는 있나요?" 토라가 물었다.

"네. 생산 연대는 거의 들어맞지만 그건 의미가 없어요. 그런 정밀검사를 시도할 만큼 돈 많은 구매자를 속이기 위해 위조범들은 일부러 오래된 종이나 잉크, 물감을 사용하니까요."

"오래된 잉크라고요?" 토라는 믿지 못하겠다는 듯 말했다.

"네. 때로는 유사한 물질을 사용하기도 하죠. 오래된 물질을 이용해 잉크를 배합하거나 높은 가격을 받기 힘든 고문서로부터 잉크를 용해시켜내는 거죠. 그렇게 하면 진품과 유사한 결과를 얻을 수 있거든요."

"여간 귀찮은 일이 아니네요." 토라는 자신이 위조범이 아니라는 사실에 안도하며 말했다.

"흠." 매튜는 무언가에 골몰하며 차에서 내렸다.

"그런데 하랄트는 왜 그 편지를 가지고 있었던 걸까요? 그 편지가 진짜라거나 혹은 가짜라고 의심하고 있었나요?"

매튜는 운전석의 문을 닫고는 뒷좌석의 문을 열었다. 그리고 편지가 든 지갑을 조심스럽게 코트로 감싼 다음 상자 위에 가만히 내려놓고는 상자 전체를 들어올렸다. 스웨터만 입은 상태였지만 추운 티를 내지는 않았다. "하랄트는 편지가 진품이라고 확신했어요. 필경사가 크래머에 대한 복수로 빼앗은 게 무엇인지, 그 수수께끼에 집착했죠. 그 편지와 관련된 단서를 찾으려고 독일 전역을 누비고 오직 그 단서를 찾겠다는 일념으로 바티칸 도서관에도 갔었죠. 하지만 종잇조각 하나 찾지 못했습니다. 크래머가 다른 분야에서는 그다지 알려진 인물도 아니고, 게다가 500년 전에 살았던 사람이니 그럴 수밖에요."

토라는 아파트 건물 모퉁이를 따라 눈 위에 난 발자국을 발견했다. 발자국은 정문 쪽으로 이어져 있었다. 그녀는 매튜에게 턱 끝으로 이제 막 누군가 걸어간 흔적을 가리켰다. 발자국은 한 방향으로만 나있기 때문에 신문배달부나 우편배달부가 다녀간 흔적일 리는 없었다. 매튜는 손가락을 입술에 갖다대며 건물에 바짝 붙은 채 발자국을 따라 걸었고, 토라는 그 뒤를 조용히 따랐다.

모퉁이를 돌자 정문에서 얼마 떨어지지 않은 거리에 한 남자가 서있었다. 위층의 창문을 쳐다보기 위해 정문에서 약간 물러선 자세였다. 그는 토라와 매튜를 발견하고는 깜짝 놀라 움찔했다. 남자의 입이 몇 초 간 소리 없이 움직이더니 마침내 중얼거리기 시작했다. "하랄트 건틀립을 아십니까?"

17장

"안녕하세요? 저는 구나르 게스트비크라고 합니다. 아이슬란드대학교 역사학과 학과장이죠."

그는 이래도 되는지 모르겠다는 듯 발을 질질 끌며 매튜와 토라 앞으로 다가왔다. 그가 걸치고 있는 옷은 모두 만듦새가 좋았다. 고급스러운 겨울 코트를 걸쳤는데, 토라는 코트의 브랜드가 전 남편이 가지고 있던 것과 동일하다는 사실을 알아챘다. 코트 안은 정장차림이었다. 벌어진 코트 사이로 정성들여 맨 화려한 색상의 넥타이와 하늘색 셔츠 칼라가 눈에 띄었다. 그의 태도는 전반적으로 차분하고 냉정하며 전문가적인 인상을 풍겼다. 하지만 지금 이 순간 그의 차분함과 냉정함은 한계점에 다다른 듯했다. 구나르는 이 예상치 못한 만남에 허를 찔린 게 분명했고, 필사적으로 다음 행동을 계산하고 있었다. 토라는 하랄트의 시신을 발견한 게, 아니 좀 더 정확하게 말해서 그의 시신을 두 팔로 받아낸 게 바로 이 교수라는 사실을 알았다. 하지만 학과 교수가 죽은 학생의 아파트까지 찾아온 이유는 미스터리였다. 혹시라도 정신과 의사의 조언에 따라 하랄트의 죽음을 받아들이려는 치료의 과정인 걸까?

"근처에 왔다가 누가 집에 있을까 싶어서 들러봤습니다." 구나르가 머뭇거리며 말했다.

"이곳을요? 하랄트의 아파트에 오셨다고요?" 토라가 놀란 목소리로 물었다.

"물론 하랄트를 만나러 온 건 아닙니다." 구나르는 얼른 대답했다. "그러니까 가정부라든지 다른 사람이 있을까 해서요."

매튜는 두 사람의 대화를 한 마디도 이해할 수 없었다. 때문에 대화는 전적으로 토라에게 맡겼지만 이름만은 단박에 알아들었다. 그는 토라의 옆을 비켜가면서 구나르를 집안으로 초대하라고 눈으로 신호를 보냈다. 매튜는 주머니에서 열쇠를 꺼내 문을 열었다.

구나르는 유난히 관심을 보이며 매튜를 살폈다. "아파트 열쇠를 갖고 계시네요?" 그가 토라에게 물었다.

"네. 매튜는 하랄트의 가족을 위해 일하고 있거든요. 저 역시 가족의 대리인으로 일하고 있고요. 경찰에서 돌려받은 하랄트의 물건들을 제자리에 두려고 들른 참이었어요. 같이 들어가시겠어요? 선생님과 잠깐 이야기라도 나누면 좋을 것 같은데요."

구나르는 기쁨을 감추지 못했다. 그는 손목시계를 흘끔거리며 시간을 잠깐밖에 낼 수 없다는 시늉을 하더니 고맙다는 말과 함께 제안을 받아들였다. 그는 토라를 따라 안으로 들어갔다. 하지만 품위 있는 옷차림과 대조적이게도 그는 완벽하게 신사답지는 못했다. 토라가 들고 있는 무거운 모니터를 대신 들어주겠다는 최소한의 시늉조차 하지 않았기 때문이다.

집안으로 들어선 구나르의 반응은 아파트를 처음 봤을 때의 토라와 비슷했다. 코트를 벗을 생각도 하지 않고 최면에 걸린 듯 거실로 들어가 벽에 걸린 장식품들을 감상하기 시작했다. 반면 매튜와 토라는 여유롭게 짐을 내려놓은 다음 코트를 벗었다. 매튜는 코트를 걸으면서 안에 들어있던 지갑을 꺼내 침실로 가지고 들어갔다. 토라는 구나르를 지켜볼 요량으로 거실에 남았다. 그녀는 구나르의 옆으로 다가가기는 했지만 오래된 유물들에 푹 빠져드는 그를 차마 방해할 수는 없었다.

"놀라운 예술작품들이죠." 토라가 입을 열었다. 그림에 대해 매튜가 들려준 해설을 떠올려보려고 머리를 쥐어짰지만 제대로 설명할 자신이 없어서 나서지는 않기로 했다.

"하랄트가 어떻게 이 많은 작품을 모았죠?" 구나르가 물었다. "훔친 건가요?"

토라는 놀라움을 금치 못했다. 어떻게 그런 발상을 할 수가 있지? "아뇨. 모두 그의 조부로부터 물려받은 겁니다." 토라는 잠시 망설이다 조심스레 물었다. "하랄트를 좋아하지 않으셨나봐요?"

구나르는 당황하는 기색을 감추지 못했다. "오, 이런. 그렇지 않습니다. 저는 하랄트를 무척 아꼈습니다." 목소리에서 진심이 묻어나지 않았다. 스스로도 그 점을 눈치챘는지 그는 얼른 덧붙였다. "하랄트는 역사에 대해 해박한 지식을 지닌 아주 명석한 청년이었습니다. 특히 연구 분야에 대한 열정은 본받아야 할 정도였죠. 안타깝게도 요즘 학생들에게는 찾아보기 힘든 자질이고요."

토라는 여전히 그의 말이 믿기지 않았다. "그렇다면 하랄트는 모범적인 학생이었군요?"

구나르는 부자연스러운 미소를 지었다. "그렇다고 할 수 있죠. 물론 외모와 행동이 관습에 얽매이지 않았지만, 외양만 가지고 젊은 사람을 평가할 수 없는 노릇이니까요. 비틀즈가 처음 특이한 패션 스타일을 하고 등장했을 때가 기억납니다. 당시 나이든 세대는 그걸 좋게 보지 않았죠. 저도 이렇게 나이 들어서야 청춘은 다양한 모습으로 위장하기도 한다는 걸 깨닫게 되었고요."

아무리 좋게 봐준다고 해도 하랄트와 비틀즈를 엮는 건 억지였다. "그렇게까지는 생각하지 못했네요." 토라는 구나르를 향해 정중하게 웃었다. "물론 저는 하랄트를 알지도 못했지만요."

"변호사라고 하셨는데, 하랄트의 가족을 대신해 어떤 일을 하고 계신가요? 유언과 관련된 일인가요? 벽에 걸린 수집품들을 보니 값이 상당할 것 같은데요."

"아뇨, 그것과는 전혀 상관없는 일입니다." 토라가 대답했다. "저희는 살인사건을 재조사하는 중입니다. 유족들은 경찰의 수사결과를 받아들이지 못하고 있거든요."

구나르는 휘둥그렇게 뜬 눈으로 토라를 보았다. 그의 목젖이 위아래로 일렁거렸다. "그게 무슨 말씀이시죠? 경찰이 벌써 범인을 잡지 않았나요? 그 마약상 말입니다."

토라가 어깨를 으쓱했다. "그가 범인이 아니라고 믿을 만한 근거가 있어서요." 그녀는 어떤 이유 때문인지 구나르가 이 소식을 달가워하지 않는다는 인상을 받았다. "결국엔 진실이 밝혀지겠지요.

저희가 틀렸을 수도 있고 아닐 수도 있겠죠."

"제가 관여할 문제는 아닙니다만, 그 남자가 범인이 아니라고 간주할 근거는 뭔가요? 경찰은 진범을 잡았다고 확신하는 눈치던데요. 경찰이 모르는 사실을 알고 계신가요?"

"저희는 경찰이 모르는 정보를 숨기고 있지 않습니다. 그런 뜻으로 하신 말씀이라면요." 토라가 되받아쳤다. "그저 경찰조사의 일부 관점에 동의하지 않는 겁니다."

구나르가 한숨을 내쉬었다. "제가 주제넘게 굴었군요. 용서하십시오. 이 사건 이후 제정신이 아니거든요. 사실 저는 사건이 어서 종결되기를 기대하고 있었습니다. 개인적으로 너무나 힘들었고, 학교의 명예도 실추됐으니까요."

"무슨 말씀이신지 알겠습니다." 토라가 대꾸했다. "하지만 학교의 명예를 회복하려고 결백한 사람에게 유죄를 선고해서는 안 되겠죠. 그렇지 않나요?"

자신의 말에 내포된 의미를 깨달은 구나르가 황급히 더듬거렸다. "아, 그렇죠. 물론 그렇지 않습니다. 사람은 자신의 입장을 우선적으로 생각하는 경향이 있기는 하지만 거기에도 넘어서는 안 될 선이 있지요. 제 말을 오해하지는 말아주십시오."

"그런데 여기는 어쩐 일로 오시게 된 건가요?" 토라가 물었다. 속으로는 매튜가 빨리 거실로 돌아오지 않자 조바심이 났다.

구나르는 시선을 벽에 걸린 그림으로 돌리며 대답했다. "하랄트의 신변을 정리하고 계신 분과 연락이 닿기를 기대하고 있었습니다. 그런데 제대로 찾아온 것 같네요."

"무슨 일로요?"

"하랄트가 살해되기 전 최근에…, 이걸 어떻게 말씀드려야 할지…. 네, 최근에 대학에서 문서를 하나 대여해갔는데 반납하지 않은 상태입니다. 저는 그 문서를 찾고 있고요." 구나르는 그림에서 시선을 떼지 않은 채 말했다.

"어떤 문서죠?" 토라가 다시 물었다. "이 집에는 문서가 워낙 많아서요."

"1500년경 로스킬트 주교에게 보내진 오래된 서신입니다. 저희도 덴마크에서 대여한 문서라 절대 분실해서는 안 되는 유물이죠."

"꽤 심각한 상황인 것 같군요." 토라가 거들었다. "왜 경찰에 그 사실을 말하지 않으셨나요? 경찰이라면 그 문서가 어디 있는지 찾아냈을 텐데요."

"저도 이제야 알게 된 사실입니다. 경찰조사를 받을 때만 해도 전혀 모르고 있었죠. 알고 있었다면 문서를 돌려달라고 요청했을 겁니다. 이곳에 오면 경찰을 찾아가지 않고도 문제를 좀 더 간단하게 해결할 수 있을지 모른다고 생각했습니다. 경찰조사를 다시 받고 싶은 마음은 추호도 없고요. 더는 겪고 싶지 않은 경험이거든요. 분실된 문서는 사건과는 전혀 관련이 없습니다. 그건 약속드릴 수 있어요."

"아닐 수도 있죠." 토라가 말했다. "안타깝게도 저희 역시 그 문서를 발견하지 못했습니다. 하지만 아직 하랄트의 서류를 모두 훑어보지는 않은 상태예요. 나중에 발견될 수도 있죠."

매튜가 한 손에 서류뭉치를 들고 거실로 급히 나오더니 고급스러운 소파에 앉았다. 그러고는 과장된 손짓으로 토라와 구나르에게도 자리에 앉으라며 청했다. 토라는 안락의자에, 구나르는 매튜 맞은편 소파에 앉았다. 토라가 매튜에게 구나르가 찾아온 목적을 설명하자 매튜는 이미 토라가 보인 반응을 거의 그대로 반복할 뿐이었다. 그 역시 문서를 발견하지 못했지만 그렇다고 문서가 하랄트의 집에 없다는 뜻은 아니었다. 토라의 설명을 들은 매튜는 테이블에 서류뭉치를 내려놓았다. 그는 구나르에게 영어로 말을 걸었다. "하랄트의 지도교수였지요? 제가 바로 알고 있다면 말이죠."

"그렇기도 하고 아니기도 하지요." 구나르는 진한 아이슬란드어 억양으로 조심스럽게 대답했다.

"오?" 매튜가 다시 물었다. "누가 논문의 지도교수인지는 명확한 문제 아닌가요?"

"네, 물론 그렇죠." 구나르가 얼른 대답했다. "다만 학과 교수의 지도가 필요할 만큼 하랄트의 논문이 진전되지 않았을 뿐이죠. 제 말은 그런 뜻이었습니다. 토르비요른 올라프손 교수가 잘 알 겁니다. 이를테면 저는 옆에서 지켜본 정도지요."

"알겠습니다. 하지만 하랄트가 교수님께 논문의 주제나 개요 정도는 보여드리지 않았을까요?"

"아, 네. 제 기억이 정확하다면 초록은 제출했을 겁니다. 학과에 입학한 바로 그 학기 초에요. 학과 교수진이 주제를 검토했고, 대체로 승인하는 분위기였죠. 그 뒤로는 올라프손 교수가 지도를 맡았습니다. 그분 연구 분야였거든요."

"논문 주제가 뭐였죠?" 토라가 물었다.

"아이슬란드와 현재 주로 독일에 편입된 여타 유럽 지역의 마녀 사냥 비교연구였어요. 그 지역에서 마녀사냥이 가장 활발하게 일어 났거든요. 하랄트는 뮌헨대학교 학사논문에서도 마녀사냥에 대해 연구했었죠."

매튜가 생각에 잠긴 얼굴로 고개를 끄덕였다. "아이슬란드에서 는 마녀사냥이 17세기에 일어났다고 하던데, 그게 맞나요?"

"네. 사실 그 이전에도 주술행위로 처벌된 기록이 있긴 하지만 엄밀한 의미에서 마녀사냥은 17세기에 이르러 시작됐죠. 최초의 마 녀 화형식은 1625년에 있었던 것으로 알려져 있습니다."

"저도 그렇게 알고 있습니다." 매튜는 당혹스러운 표정으로 말했 다. 그는 테이블에 내려놓은 서류뭉치를 펼쳐보였다. "그래서 하랄 트가 수집한 자료 중에 아이슬란드의 마녀사냥에 관한 내용이 거 의 없었다는 게 납득이 가지 않습니다. 그보다 훨씬 이전의 사건들 에 매료되어 있었다는 점도 이해할 수 없고요. 교수님이라면 연관 성을 설명해주실 수 있을지도 모르겠습니다. 저희가 모르는 역사 적 맥락을 알고 계실 수도 있으니까요."

"어떤 사건들을 말씀하시는 건가요?" 구나르는 테이블에 펼쳐진 자료를 향해 손을 뻗었다. 자료들은 학술저널에 실린 기사를 복사 한 것이었다.

구나르가 자료를 읽는 동안 매튜는 기사의 주제를 술술 읊어냈 다. "1510년 헤클라 산의 화산폭발, 1500년경 덴마크의 전염병 창 궐, 1550년 종교개혁, 본격적인 정착 이전 아이슬란드에서 발견된 아일랜드 수도사들의 동굴 및 기타 등등. 이 사건들이 직접적으로 어떤 관련이 있는지 도통 모르겠습니다. 뭐, 저야 역사학자도 아니니까요."

구나르는 한동안 기사를 읽어나갔다. 모든 기사의 주제를 파악하고 나서야 그는 마침내 입을 열었다. "이 기사들은 하랄트의 논문 주제와 직접적으로 관련이 있어 보이지는 않습니다. 다른 강의에 필요해서 모아둔 것일지도 모르죠. 사실 아이슬란드의 정착시대는 제 전문 분야인데 하랄트는 제 강의를 수강한 적이 없습니다. 혹 그 시대 공부가 필요했다면, 아일랜드 수도사들에 관한 기사를 모은 이유가 될지도 모르겠습니다. 하지만 저는 여전히 하랄트가 논문과 병행해서 듣고 있던 다른 강의들 때문에 이 자료를 모았을 거라는 생각이 드는군요."

매튜는 구나르를 뚫어지게 응시하며 말했다. "아뇨. 중요한 건 그게 아닙니다. 이 자료들 대부분은 '말레우스'라는 제목의 파일에 들어있던 겁니다. 말레우스라는 이름은 잘 아시겠지요." 매튜는 종이의 여백에 뚫린 구멍을 가리키며 말을 이었다. "제가 내린 결론은, 하랄트가 이 자료들을 모은 이유는 모두 마법과 연관되어 있다는 겁니다. 어떤 식으로든 말이죠."

"네, 그 이름은 잘 알고 있습니다. 혹시라도 하랄트가 오래된 파일에 자료들을 모두 넣어둔 채 제목을 다시 붙이지 않았던 건 아닐까요?"

"물론 그럴 가능성도 있겠습니다만," 매튜가 대답했다. "저는 어떤 이유에선지 그렇지 않다는 생각이 드는군요."

구나르는 다시 자료를 들여다보며 말했다. "그 주제와 자료들 사이에 직접적인 연관성이 있어 보이지는 않는군요. 그보다는 종교개혁과 관련이 있을지도 모르겠다는 생각이 가장 먼저 듭니다. 유럽 대부분의 지역과 마찬가지로 모두 마녀사냥 이전에 일어났던 사건들이라는 걸 감안하면 말이죠. 당시 종교에 변화가 일기 시작하면서 일종의 정신적 위기가 찾아왔습니다. 하랄트는 화산폭발 및 전염병과 관련해서 당시의 지배적인 경제적 상황과 종교박해 사이의 연결고리에 대해 조사했을지도 모릅니다. 당시에는 자연재해와 질병이 경제에 절대적인 영향을 미쳤을 테니까요. 게다가 마녀사냥이라는 자신의 연구주제로 삼기에는 이 기사에서 다룬 사건들보다 더 늦은 시기에 일어난 1636년의 헤클라 산 화산폭발과 비슷한 시기에 창궐한 또 다른 전염병 등이 훨씬 더 유용할 거라 생각되는군요."

"그럼 논문 주제에 대해 상의하는 자리에서 하랄트가 이 문제에 대해 학과장님이나 토르비요른 교수에게 전혀 언급하지 않았다는 거군요?" 토라가 물었다.

"저에게는 상의하지 않았습니다. 토르비요른 교수도 하랄트와 단둘이 면담을 갖고 난 이후 아무런 언급도 하지 않았고요." 구나르가 말을 이었다. "말씀드렸다시피 하랄트는 여전히 연구주제를 고민하던 중이었습니다. 연구의 초점이 이동하는 것 같았고요. 한번은 토르비요른 교수에게 마녀사냥보다 종교개혁의 후폭풍에 더 관심이 생긴다고 말하기도 했었습니다. 하지만 하랄트가 살해될 때까지 정해진 건 아무것도 없었습니다."

"그게 일반적인가요?" 토라가 다시 물었다. "연구주제를 그렇게 바꾸는 것 말입니다."

구나르가 고개를 끄덕였다. "네, 아주 흔한 일이죠. 처음에 열의를 가지고 시작했던 주제가 생각했던 것만큼 흥미롭지 않다는 걸 깨닫고 나면 새로운 주제를 찾는 학생들이 많죠. 심지어 그런 학생들을 위해 흥미로운 연구주제 목록까지 만들어놨어요. 주제를 정하지 못했을 때 그 중 하나를 고를 수 있게끔 하려고요."

"마법에 대한 하랄트의 전반적인 관심은," 매튜가 벽에 걸린 그림들을 가리키며 말했다. "아주 어린시절부터 시작된 거죠. 따라서 종교개혁 때문에 그 주제를 갈아치웠을 거라고는 생각하지 않습니다."

"잘 아시겠지만 하랄트는 가톨릭 신자였습니다." 구나르의 말에 토라와 매튜는 순순히 고개를 끄덕였다. "그가 루터주의에 관심을 갖게 된 이유 중 하나는 1550년경 아이슬란드의 생활수준이 전반적으로 악화됐다는 점이었습니다. 특히 빈곤한 사람들에게 그 영향이 가장 극심하게 나타났고요. 그 이전까지 아이슬란드의 모든 재산과 부는 가톨릭교회가 독점했지만 종교개혁을 거치면서 모든 게 덴마크 국왕의 손에 넘어갔고, 결과적으로 아이슬란드는 더 가난해진 겁니다. 가톨릭교회는 일종의 자선단체와 같은 역할을 하면서 극빈층에 음식과 집을 제공했어요. 그런데 루터주의가 득세하면서 이런 복지가 중단돼 버린 것이죠. 이런 관점에서 가톨릭교회를 조명한 연구는 거의 없었기 때문에 하랄트는 자세히 검토해볼 만하다고 생각했습니다. 뿐만 아니라 아이슬란드에서는 가톨릭 신부와 주교들이 정부를 두고, 그 사이에서 아이를 가질 수도 있었다는 사실에 깊은 인상을 받았습니다. 유럽의 다른 가톨릭 국가에서는 당시에도 그렇고 현재까지도 허용되지 않는 일이죠."

매튜는 여전히 학과장의 주장을 믿지 못하겠다는 표정이었다. "물론 그랬을 수도 있죠. 하지만 토르비요른 교수와 대화를 그다지 구체적으로 나누지 않았던 건 아닐까요? 어쩌면 토르비요른 교수나 학과장님은 전혀 알지 못하는 주제를 혼자 생각해냈을 수도 있고요?"

"그 점에 대해서는 저야 알 수 없죠." 구나르가 대답했다. "어쨌든 하랄트와 이야기를 나누면서 그런 인상은 받지 못했습니다. 제가 말씀드릴 수 있는 건 그 정도입니다. 물론 저와 상의하지 않은 상태에서 여러 주제에 대해 검토를 했을 수 있습니다. 제가 하랄트의 일거수일투족을 따라다니지도 않을 뿐더러, 그래서도 안 되지요. 대학원생은 각자 알아서 판단을 내리고 연구도 독립적으로 진행하니까요. 혹시 이 문제에 대해 더 알고 싶으시다면 토르비요른 교수와 상의를 해보시는 게 좋을 것 같습니다. 원하시면 제가 면담을 잡아드리지요."

매튜가 토라를 쳐다보자, 토라는 동의의 뜻으로 고개를 끄덕였다. "네, 감사합니다. 그렇게 해주십시오." 매튜가 말했다. "토르비요른 교수의 일정이 확인되는 대로 전화 주시면 됩니다. 그리고 중요한 뭔가가 떠오르셔도 연락 주시고요." 매튜는 구나르에게 명함을 건넸다.

토라도 가방에서 자신의 명함을 꺼내 구나르에게 건네며 말했다. "저희도 학과장님이 찾고 계신 편지가 다른 서류들 틈에 끼어

있지는 않은지 살펴보겠습니다."

"그래주시면 감사하겠어요. 학교 입장에서는 무척 부끄러운 일이라 가급적이면 분실 사실이 공개되지 않았으면 합니다. 송구하게도 저는 명함을 가져오지 않아서, 언제든 제 연구실로 전화를 주시면 저와 연락이 닿을 겁니다." 구나르는 이렇게 말하고는 자리에서 일어났다.

"하랄트의 친구들 말인데요," 매튜가 화제를 돌렸다. "혹시 그 친구들과 연결해주실 수 있습니까? 하랄트를 가장 잘 아는 사람들과 대화를 나눠보고 싶습니다. 어쩌면 그 친구들이 하랄트가 최근에 뭘 하고 돌아다녔는지 밝혀줄지도 모르죠. 오늘 아침 그 중 몇 명에게 연락을 해봤는데, 하나같이 저희와는 말을 섞고 싶어하지 않았습니다."

"학회에서 하랄트와 같이 활동하던 그 학생들을 말씀하시는군요." 구나르가 말했다. "네, 연락이 될 겁니다. 학회 공간이 저희 학과에 있어서 종종 그 학생들과 마주치거든요. 사실 이제는 하랄트도 없으니 학회도 이쯤에서 접었으면 하는 바람입니다. 딱히 학교에서 내세울 만한 학회도 아니고, 그런 학회에 왜 학교 시설을 지원해줘야 하는지도 모르겠고요. 그렇지만 제가 모든 걸 결정할 수는 없는 노릇이니, 이러지도 저러지도 못 하는 상태입니다. 학회 회원 중 저희 학과 학생 두 명과 면담 자리를 마련해보겠습니다. 두 사람이 나머지 학생들도 연결해줄 겁니다."

"그래 주시면 참으로 감사하겠습니다." 토라는 구나르를 향해 웃으며 인사했다. "그런데 그 학회를 그리 못마땅하게 여기시는 이유가 뭔가요?"

구나르는 잠시 궁리하는 표정을 짓더니 대답했다. "6개월 전쯤 작은 사건이 하나 있었습니다. 그때나 지금이나 그 일이 하랄트의 학회와 관련이 있다고 확신하지만, 안타깝게도 증명할 길이 없습니다."

"무슨 일이 있었습니까?" 매튜가 물었다.

"이 사건에 대해 자세히 설명을 드려도 되는지 잘 모르겠군요." 구나르는 후회하는 기색이 역력했다. "학교에서 조용히 마무리한 사건이라 공식적인 채널을 통해 보고되지 않았거든요."

"네?" 매튜와 토라가 동시에 놀라 물었다.

구나르는 머뭇거리며 입을 열었다. "손가락이 발견됐었습니다."

"손가락요?" 두 사람이 동시에 말했지만 이번에는 한층 더 충격을 받은 목소리였다.

"네. 청소부 중 한 명이 자기들 사무실 앞에서 손가락을 발견했어요. 그 불쌍한 청소부의 비명 소리가 아직도 귓가에 쟁쟁합니다. 손가락을 학내 법의학과로 보내 검사를 진행했는데, 노인의 것으로 판명났습니다. 성별 검사는 정식으로 진행하지 않았지만 아마 남자였을 겁니다. 괴저 증상도 보이고 있었고요."

"경찰에도 이 사실을 알렸나요?" 토라가 충격을 감추지 못한 표정으로 물었다.

구나르는 얼굴을 붉히며 설명했다. "그랬으면 좋았겠지만, 손가락의 주인과 손가락이 학교 안에서 발견된 이유를 내부적으로 조사한 후 경찰에 알리기에는 부적절하다고 판단했습니다. 손가락이 발견되고 한참 지난 뒤였거든요. 또 여름방학이 막 시작될 참이었고요."

토라는 여름방학이 변명거리가 될 수는 없다고 생각했다. 이런 논리라면 토라와 매튜는 하랄트의 시신이 발견된 후 역사학과에서 살인사건을 직접 조사하지 않기로 한 결정에 감사해야 할 판국이었다. "이런, 이런."

"그래서 손가락은 어떻게 처리하셨습니까?" 매튜가 물었다.

"아, 그게… 그러니까…, 버렸습니다." 구나르가 웅얼거렸다. 얼굴의 붉은 기가 두 볼과 두피까지 퍼져나갔다. "이번 사건과는 아무런 관련이 없는 일이라 경찰에게까지 그 소름끼치는 해프닝에 대해 언급할 필요를 못 느꼈습니다. 경찰은 안 그래도 신경 써야 할 일이 많지 않습니까."

"이런, 이런." 토라가 같은 말을 되풀이했다. 적출된 안구에, 손가락, 고문으로 잘려나간 귀에 관한 편지까지. 이 사건은 얼마나 더 극단으로 치달으려는 걸까?

18장

토라는 허리를 쭉 펴고 의자 등받이에 기댔다. 마지막 케이블을 막 컴퓨터에 연결한 참이었다. 이제 남은 일은 전원 버튼을 누르는 것뿐이다. 토라와 매튜는 속을 알 수 없는 구나르 게스트비크 학과장을 돌려보낸 뒤 하랄트의 서재로 들어왔다. "솔직히 말해서 저는 건틀립 부부나 당신이 주장하는 것처럼 진범은 따로 있다는 이론을 점점 믿기가 어려워져요." 토라가 전원 버튼을 누르자 컴퓨터는 낮게 우웅, 소리를 내며 부팅이 시작됐다는 걸 알렸다. "가령, 피가 묻어있는 후에의 옷가지들은 어떻게 설명할 거죠?" 매튜가 아무런 대꾸도 하지 않자 그녀는 말을 이었다. "아까 그 자료들만 해도 그래요. 살인사건과 대학논문이 어떻게 연결되어 있다는 건지 납득할 수가 없어요. 하랄트가 자료를 모으다가 원래 주제에서 살짝 벗어났던 게 틀림없다고요."

"직감적으로 압니다." 매튜는 토라의 눈을 바로 보지도 않고 말했다.

토라는 매튜의 태도가 어딘지 이상하게 느껴졌다. 평소답지 않게 눈을 마주치지 않는 것도 그렇고, 붙박인 듯 휴대폰 화면만 뚫어져라 보는 모습이 마치 누군가 전화를 걸어 이 대화에서 자신을 구해주길 바라는 듯했다. 토라는 팔짱을 끼고 얼굴을 찡그리며 말했다. "저한테 뭐 숨기는 거 있죠?"

매튜는 뭔가를 기다리는 듯 전화기만 응시할 뿐이었다. "네. 안지 며칠 지나지도 않은 당신한테 제 비밀을 모두 들켜버리지 않았으면 하는데요." 그는 억지로 유쾌한 척하며 말했다.

"아, 정말 이러기예요? 제 말이 무슨 뜻인지 알잖아요. 사라진 돈과 안구 말고도 뭔가 더 있는 거죠?" 토라는 여전히 파헤쳐진 하랄트의 안구를 입에 담기 힘들었다. 그 모습을 제대로 설명하기 어려웠거니와 표현을 할라 치면 어쩐지 이미지가 해체되어 버리는 기분이었다. "정말 그게 다라는 거예요? 아, 네. 그러시겠죠. 그 외에도 아무 쓸모없는 메일 한 통이랑 학교 건물에서 발견됐다가 교수들이 겁을 집어먹고 내다버린 손가락이 전부라는 거죠?"

매튜는 전화기를 주머니에 집어넣었다. "만약 당신 말대로 제가 뭔가를 숨기고 있다면, 그래도 후에가 범인이 아니라는 제 말을 믿어줄 건가요. 최소한 공범이라도 있을 거라고 믿어주겠어요?"

토라는 큰 소리로 웃으며 대답했다. "절대 그럴 리 없죠."

매튜가 자리에서 일어났다. "그거 유감이군요. 사실대로 말씀드리자면, 어떤 정보들에 대해서는 제 임의대로 공개를 결정할 수가 없습니다." 그는 바로 덧붙였다. "그러니까 당신 말처럼 뭔가가 더 있다는 가정 하에 말입니다."

"그런 게 있다고 쳐요. 그리고 이 사건과 관련한 정보 권한을 쥔 사람이 허락할 가능성이 있다면, 적어도 그에게 물어는 봐야 하는 거 아닌가요?"

매튜가 수심 어린 눈빛으로 토라를 바라보더니 방을 나갔다. 방을 나가는 그의 손에 휴대폰이 쥐어져 있었다. 그녀는 매튜가 부디 통화를 하러 나간 것이길 바라며 양쪽 귀에 신경을 집중했다. 복도에서 웅얼거리는 매튜의 목소리가 들려왔다.

컴퓨터 화면 한가운데 뜬 작은 회색 박스가 관리자 비밀번호를 입력하라고 요구했다. 비밀번호를 알 리 없는 토라는 아무거나 찍어보기로 했다. 하랄트, 말레우스, 윈도우, 헥스, 등등. 결과적으로 정답은 하나도 없었지만, 토라는 독일어로 마녀라는 뜻을 가진 '헥스hexe'를 떠올린 스스로가 무척이나 대견스러웠다. 이 단어를 떠올렸을 때만 해도 정답일 거라고 확신했다. 그녀는 다시 의자에 기대 단서가 될 만한 것이 없는지 주변을 둘러보았다. 토라는 책상 위 선반에 놓인 사진 액자를 집어들었다. 사진 속에는 장애를 가진 젊은 여자가 휠체어에 앉아있었다. 누가 굳이 설명해주지 않아도 몇 년 전 세상을 떠난 하랄트의 여동생이란 걸 바로 알아챌 수 있었다. 여동생 이름이 뭐였더라? 모친의 이름을 따왔다고 하지 않았었나? 부인의 이름이 뭐였지? 안나? 아니야. 분명히 '아'로 시작하는 이름이었는데. 아가타나 안젤리나도 아니고. 맞아, 아멜리아! 부인의 이름은 아멜리아 건틀립이었지. 토라는 부인의 이름을 입력했다. 이번에도 실패였다. 한숨을 내쉬던 토라는 성을 뺀 이름만 입력해보았다. amelia.

빙고! 컴퓨터는 익숙한 윈도우 징글 소리를 냈다. 딩, 딩, 딩, 딩, 소리와 함께 계정에 접속됐다. 토라는 문득 경찰이 비밀번호를 알아내는 데 시간을 얼마나 허비했는지 궁금해졌다. 그러다 경찰에는 다른 경로로도 충분히 계정에 접근할 수 있는 컴퓨터 전문가가 있다는 사실을 깨달았다. 계정에 접근하자고 경찰이 몇 시간을 허비했을 리 없었다.

컴퓨터 바탕화면을 가득 채운 기이한 사진의 정체를 파악하느라 토라는 잠시 화면을 들여다봐야만 했다. 누군가의 입 속을 촬영한 사진을 17인치 화면으로 보기란 극히 드문 일이었다. 더구나 벌어진 입 속의 혀는 두 개의 스테인리스 집게로 양쪽 끝이 고정된 상태였다. 혓바닥은 혀끝에서부터 시뻘겋게 갈라져 있었다. 토라는 이런 의료행위에 해박하지 않았지만, 사진이 혀를 반으로 가르는 외과수술의 한 과정을 담았다는 사실 정도는 충분히 이해할 수 있었다. 사진 속 수술은 아직 진행 중이거나 이제 막 끝난 듯 보였다. 토라는 눈을 감고도 반으로 갈린 혓바닥의 주인공을 알아맞힐 수 있었다. 틀림없이 하랄트였다. 그녀는 메스꺼움을 떨치기 위해 몸을 부르르 떨며 윈도우 탐색기를 클릭했다. 탐색기 창이 곧바로 화면을 채우면서 역겨운 이미지도 시야에서 사라졌다.

빠른검색 기능을 돌려보니 컴퓨터에는 거의 400건에 이르는 워드파일이 저장되어 있었다. 토라는 가장 최근 파일이 맨 위로 오도록 날짜순으로 정렬했다. 파일의 이름만 보아도 내용을 짐작할 수 있었다. 윗부분을 차지한 최근 파일 이름에는 '헥스'라는 단어가 공통적으로 들어가 있었다. 시간이 많이 늦어진 탓에 그 자리에서 파일을 다 검토하기는 힘들었다. 토라는 핸드백에서 플래시 메모리카드를 꺼내 헥스가 들어간 모든 파일을 복사했다. 남는 저녁시간에 집에서 혼자 파일들을 살펴볼 요량이었다. 물론 매튜가 지금껏 자신에게 숨겨왔던 정보를 털어놓을 경우에 한해서 말이다. 만약 매튜가 비밀을 알려주지 않으려 한다면 토라는 저녁시간 내내 자신이 건틀립 부부에게 꺼지라고 할 수 있는 경제적인 여유가 되는지 계산기를 두드려볼 계획이었다. 수고비나 두둑하게 챙겨받는, 생각 없는 통역사로 일할 마음은 추호도 없었다.

매튜가 서재로 금방 돌아오지 않을 듯하자 토라는 스캔 파일을 찾아보기로 마음먹었다. 그녀는 검색 기능을 이용해 확장자명이 .pdf인 파일을 모두 검색했고, 총 60개의 파일을 찾아냈다. 아까처럼 파일을 날짜순으로 정렬한 다음 최근 파일들을 메모리카드에 옮겨담았다. 적어도 저녁시간이 따분하지 않을 건 분명했다. 토라는 문득 이미지 파일도 검색해봐야겠다는 생각이 들어 확장자명이 .jpeg인 파일도 모두 불러냈다. 파일 개수로 보건대 하랄트는 가지고 있던 디지털 카메라를 시도때도 없이 사용한 게 분명했다. 수백 개의 사진 파일을 찾아냈지만 파일명만으로 내용을 파악하기란 불가능했다. 사진들은 모두 카메라에서 컴퓨터로 내려받을 때 자동적으로 생성되는 일련의 번호로 이름이 매겨져 있었기 때문이다. 일일이 다른 이름으로 고치는 건 귀찮은 일이었을 것이다. 사진을 바로 확인하기 위해 '썸네일로 보기'를 선택했다. 이번에도 사진을 날짜순으로 정렬했다. 토라는 썸네일을 통해 가장 최근 사진들이 모두 아파트 안에서 촬영된 것임을 알아챘다. 사진의 주제는 제각각이었다. 딱히 보여주는 것이 없는가 하면, 대부분은 주방에서 식사 준비하는 장면을 자세히 촬영한 것이었다. 사람 얼굴이 찍힌 사진은 한 장도 없지만, 손이 포착된 사진 두 컷이 눈에 띄었다. 토라는 손이 범인의 것일 경우를 대비해 두 사진을 메모리카드로 복사했다. 사람 일은 모르는 거니까. 토라는 속으로 생각했다. 최근 사진들은 모두 어마어마한 양의 파스타를 준비하는 과정을 단계별로 촬영한 것이었으므로 옮겨 담지 않았다.

토라는 스크롤을 내리다가 예전 사진들 중 상당수가 아주 민망한 장면을 담은 것임을 알아챘다. 가지각색의 성행위를 벌이는 도중에 촬영한 사진들이었다. 스크롤이 내려가는 동안 휘리릭 스쳐가는 사진 속 인물들을 보면서 토라는 얼굴을 붉혔다. 문제의 사진들을 열어보고 싶은 마음도 있었다. 하지만 사진을 확대해서 보는 도중 매튜가 불쑥 나타나 자신을 남의 사생활이나 들춰보는 사람으로 오해하는 불상사가 발생할까봐 차마 그러지 못했다. 그 이외에도 혀 수술 장면이 담긴 사진들도 수없이 마주쳤다. 그 중에는 바탕화면 배경으로 사용된 사진도 포함되어 있었다. 수술현장에 누가 있었는지 식별할 수는 없지만, 몇몇 사람의 몸통이 찍힌 사진들을 골라 메모리카드에 옮겨담았다. 흥미진진한 파티에서 찍힌 듯한 사진들도 많았는데, 그 사이사이에 뜬금없게 아이슬란드의 다양한 풍경과 그 여정을 담은 사진들이 섞여있었다. 그리고 회색 바위들의 표면만 어둡게 찍은 여러 장의 사진이 나왔다. 토라는 그 중 하나를 확대해보았다. 사진 속 바위 표면에 십자가가 새겨진 것 같았다. 어떤 일련의 사진들은 작은 마을에서 촬영되었는데, 그게 어느 마을인지 토라로서는 알 길이 없었다. 또 박물관에서 촬영된 여러 장의 사진 속에는 문서들과 함께 현무암 덩어리 하나가 진열장 안에 전시되어 있었다. 표지판처럼 보이는 사진 하나가 있어서, 박물관의 이름이라도 확인할 수 있을지 모른다는 기대감으로 확대해보았지만 실망만 했다. 표지판에는 '사진촬영 금지'라는 문구가 적혀있었다. 이쯤에서 사진은 그만 보기로 했다. 이미 사건과는 관련 없는 오래된 사진들에까지 스크롤을 내린 상태였다. 토라는 하랄트의 메일함을 열었다. 받은 메일함에 일곱 개의 읽지 않은 메시지가 들어있었다. 하랄트가 살해된 후 새로 들어온 메일은 더 많겠지만 분명 경찰에서 이미 확인을 한 뒤였을 것이다.

매튜가 서재로 들어오자 토라는 고개를 들었다. 그는 아까 앉았던 자리에 앉으며 일그러진 미소를 지었다.

"어떻게 됐어요?" 토라가 참을성 없이 물었다.

"어떻게 됐냐고요?" 매튜가 몸을 앞으로 수그리며 같은 말을 반복했다. 그는 양 팔꿈치를 무릎 위에 올리고는 기도라도 하려는 듯 양 손을 맞잡았다. "꼭 알아야 한다고 생각하시는 그 정보를 말씀드리기 전에," 매튜는 '생각'이라는 단어를 유독 강조했다. "한 가지를 먼저 약속해주셔야 합니다."

"네?" 토라는 매튜가 어떤 말을 꺼내려고 하는지 대충 짐작했다.

"지금부터 말씀드리는 내용은 철저히 비밀에 부쳐야 하고, 무슨 일이 있어도 누설해서는 안 됩니다. 내용을 말씀드리기 전에 꼭 비밀을 지키겠다고 약속해주셔야 합니다. 아시겠습니까?"

"그 내용이 뭔지 전혀 모르는데 제가 비밀을 지킬 수 있을지 어떻게 장담하겠어요?"

매튜가 어깨를 으쓱했다. "그건 변호사님이 어쩔 수 없이 감당해야 하는 리스크죠. 미리 말씀드리지만 분명 다른 사람들에게도 알리고 싶은 정보일 겁니다. 변호사님을 함정에 빠뜨릴 의도가 없다는 것만 알아주셨으면 합니다."

"제가 그 비밀을 알리고 싶어할 대상이 누구죠?" 토라가 물었다. "저한테는 그게 중요한 정보인 것 같네요."

"경찰입니다." 매튜는 한 치의 망설임도 없이 대답했다.

"당신이나 하랄트의 유족이 사건에 중요한 단서가 될 수 있는 정보를 알면서도, 그걸 경찰에 알리지 않았다는 뜻인가요? 제가 상황을 제대로 이해한 게 맞나요?"

"넵."

"이런, 이런." 토라는 잠시 생각에 잠겼다. 변호사 윤리규범을 따르자면 토라는 이런 상황에서 공소와 관련 있는 정보를 반드시 수사당국에 알려야만 한다. 다시 말해, 매튜의 제안을 거절하고 그가 살인사건과 관련된 단서를 숨기고 있다고 경찰에 신고해야 마땅하다. 하지만 토라는 매튜가 혐의를 전면 부인할 것임을 잘 알았다. 그렇게 되면 이 사건에서 자신의 역할도 그걸로 끝날 게 뻔했다. 누구에게도 득이 되지 않는 결론이다. 따라서 윤리규범을 좀 더 유연하게 적용해보면, 토라는 어쩔 수 없이 매튜에게 비밀을 지키겠다고 약속하고 새로운 정보로 무장을 한 다음 온 힘을 다해 눈앞의 사건을 해결해야만 한다. 모두가 행복한 결론이 아닐 수 없다. 토라는 마음속으로 이 모든 경우의 수를 숙고했다. 결론이 다소 미심

찍기는 하지만 최악의 사건을 해결하기 위한 최선의 결론이었다. 결과가 과정을 정당화하는 상황이라면 윤리규범은 한 발짝 물러날 수도 있는 것이다. 그렇지 않다면, 이번 기회에 그렇게 만들어보는 것도 나쁘지 않았다.

"좋아요." 마침내 토라가 입을 열었다. "아무에게도 말하지 않을 게요. 경찰에게도요. 제게 말하려는 정보의 내용이 무엇이든 간에 요." 매튜가 만족스러운 듯 미소를 지었다. 하지만 그가 비밀을 털 어놓기도 전에 토라가 다급하게 덧붙였다. "하지만 그 대신 저한 테도 한 가지 약속하세요. 만약 그 비밀이 후에의 결백을 증명한다 면, 그리고 그 비밀을 공개하지 않고는 후에의 결백을 입증할 수 없다면 재판이 시작되기 전에 그 정보를 수사당국에 넘기겠다고 말 예요." 매튜가 뭔가 말하려고 입을 열었지만 토라는 아직 할 말이 남아있었다. "그리고 당국에는 제가 그 비밀을 알고 있었다는 사실 을 공개해서는 안 돼요. 그리고…."

매튜가 토라의 말을 끊었다. "이제 그리고는 그만하세요, 제발." 이번에는 매튜가 고민을 할 차례였다. 그는 토라를 물끄러미 바라 보며 말했다. "좋아요. 비밀을 지켜주세요. 그러면 후에의 결백을 재판 전의 적절한 시점까지 증명하지 못할 경우 경찰에게 그 편지 에 대해 알리도록 할게요."

편지? 편지가 또 있단 말인가? 순간 토라는 이 사건이 한 편의 익살극 같다는 생각이 들었다. 하지만 그러기에는 부검 사진들이 여전히 생생하게 토라의 뇌리에 남아있었다. "어떤 편지를 말하는 거예요?" 토라가 물었다. "약속은 지킬게요."

"살인사건 직후 편지 한 통이 하랄트의 어머니 앞으로 도착했어요." 매튜가 설명했다. "그 편지를 본 내외분은 후에가 진범이 아니라는 걸 확신하셨죠. 후에가 구금된 이후 부쳐진 편지였기 때문에 당연히 후에가 우체국을 통해 그걸 직접 부쳤을 가능성은 없습니다. 경찰이 후에의 부탁을 받고 그런 일을 해줬을 리도 없지요. 그런 부탁을 받았다면 틀림없이 사전에 편지를 검열했을 겁니다."

"무슨 편지였는데요?" 토라는 궁금증을 참지 못하고 물었다.

"편지의 내용 자체는 특별할 게 없습니다. 다만 하랄트의 모친에게는 극도로 불쾌할 수밖에 없는 내용이었죠. 게다가 편지는 피로 쓰여 있었어요. 하랄트의 피로요."

"우웩!" 토라는 자기도 모르게 소리를 질렀다. 죽은 아들의 피로 쓴 편지를 받는다는 게 어떤 기분일지 상상해보려고 애썼지만 불가능했다. 참으로 기괴한 일이었다. "편지를 보낸 사람은 누구예요? 하랄트의 피라는 건 어떻게 알았어요?"

"편지는 아이슬란드어로 쓰였고 하랄트의 이름이 적혀있었습니다. 하지만 필적 감정을 받아본 결과 하랄트의 글씨체는 아니었죠. 물론 표면이 거친 도구로 쓴 거라 필적 감정사도 100퍼센트 확신하지는 못했어요. 하랄트의 평상시 필체와 비교하기가 매우 까다로워서, 정밀분석을 의뢰했죠. 혈액이 하랄트의 것이 맞는지를 포함해 여러 검사를 진행했는데, 그 결과 의심할 여지없이 하랄트의 피라는 게 밝혀졌습니다. 실은 편지에서 연작류 조류의 혈흔도 검출됐어요. 분석결과 하랄트의 피와 섞어 사용했던 모양이더군요."

토라의 눈이 휘둥그레졌다. 새의 피가 섞여들었다고? 조류의 혈흔은 사람의 피보다 토라를 더욱 메스껍게 만들었다. "편지의 내용은 뭐였죠? 지금 가지고 있어요?"

"원본은 가지고 있지 않아요, 그걸 물어본 거라면요." 매튜가 대답했다. "부인은 누구에게도 원본을 넘기지 않았을 겁니다. 사본도 마찬가지고요. 어쩌면 편지를 이미 파기해버렸을지도 몰라요. 참으로 역겨운 편지였거든요."

토라는 실망한 기색이 역력했다. "그럼 어떡해요? 편지 내용을 알아야 할 것 아니에요? 번역은 해봤어요?"

"네, 번역했어요. 연애시인데, 처음에는 다정하게 시작했다가 나중에는 상당히 잔인하게 돌변해요." 매튜가 토라에게 미소를 지으며 말했다. "운 좋은 줄 알아요. 제가 시를 옮겨 적어놨거든요. 그러니까 시를 번역한 게 바로 저였어요. 아이슬란드어 사전을 참고했죠. 번역 상을 받을 정도의 실력은 아니지만 의미는 명확해요." 매튜는 재킷 주머니에서 접힌 종이 한 장을 꺼내 토라에게 건네며 덧붙였다. "제대로 옮겨 적지 못한 단어가 있을지도 몰라요. 다 알아먹을 수가 없었거든요. 그래도 원문이랑 꽤 비슷할 겁니다."

토라는 시를 읽어 내려갔다. 피로 쓴 편지 치고는 내용이 꽤 길었다. 토라는 이 단어들을 다 적는 데 얼마나 많은 피가 들어갔을지 상상도 할 수 없었다. 매튜는 모든 단어를 대문자로 적어두었다. 아마도 원문을 살리려고 그랬을 것이다. 시는 다음과 같았다.

나는 당신을 바라볼 뿐이지만,
당신은 나에게

사랑과 애정을 내려주시는군요
당신의 온 마음을 다해.
앉을 곳도 없고,
머물 곳도 없습니다,
당신이 나를 사랑하지 않는다면요.
나는 오딘께 간청합니다
그리고 여인의 룬 문자를
해독할 수 있는
모든 신들께 간청합니다.
이 세상에서
당신이 쉬거나
번성할 수 있는 곳이 없게 해달라고요,
당신이 온 마음을 다해
나를 사랑하지 않는다면요.

그렇다면 당신의 뼈 속에서
당신은 온통 불타오를 것이고,
당신의 살 속에서
당신은 온통 불타오를 것입니다.
불행이 당신에게 불어닥칠 것입니다
당신이 나를 사랑하지 않는다면요,
당신의 두 다리는 얼어붙어 버릴 것이고,
영영 명예나

행복을 되찾지 못할 것입니다.

앉은 채로 불타오르며,

당신의 머리칼은 썩어 들어가고,

당신의 옷은 찢겨나갈 것입니다,

당신이 기꺼이

나를 당신의 것으로 소망하지 않는다면요.

시를 읽던 토라는 기묘한 느낌에 사로잡혔다. 섬뜩하기 그지없는 연애시였다. 그녀는 매튜를 바라보며 말했다. "저는 잘 모르는 시예요. 어떤 인간이 이런 짓을 할까요?"

"저도 짚히는 데가 전혀 없습니다." 매튜가 대답했다. "원본은 훨씬 더 역겨웠어요. 시가 송아지 가죽에 적혀있었거든요. 미치지 않고서야 아들을 잃은 어머니에게 이런 짓을 할 수는 없죠."

"하필이면 왜 어머니였을까요? 하랄트의 아버지도 같은 편지를 받은 건 아니고요?"

"편지 말미에 독일어로 뭔가 더 적혀있었어요. 여기에는 옮겨 적지 않았지만 내용은 대충 기억하고 있죠."

"뭐라고 적혀있었는데요?" 토라가 물었다.

"짧은 메시지였어요, 뭐 이런 내용이었죠. '어머니, 시와 선물이 마음에 드셨길 바랍니다. 당신의 아들, 해리.' 그리고 '아들'이라는 단어 아래에는 밑줄이 두 번 그어져 있었어요."

"무슨 선물이죠? 편지랑 선물이 같이 도착했어요?"

"아뇨. 내외분의 말에 따르면 선물은 없었습니다. 저는 두 분의 말을 믿어요. 편지가 도착하고 나서 두 분 다 반쯤 정신이 나가버렸기 때문에 그럴싸하게 말을 지어낼 상태가 아니었습니다."

"왜 이름을 '해리'라고 적었죠? 피가 다 떨어지기라도 했나요?"

"아뇨. 어릴 때 그의 형이 하랄트를 해리라고 불렀어요. 아주 가까운 사람들만 알고 있는 애칭이죠. 건틀립 부인이 큰 충격을 받은 이유 중 하나가 바로 이 애칭 때문입니다."

"부인이 하랄트를 학대했나요? 정말 그랬어요?" 토라는 사진에서 본 외로운 남자아이를 떠올리며 물었다.

매튜는 곧바로 대답을 하지 않았다. 마침내 입을 연 매튜는 신중하게 말을 골랐다. 매튜에게는 자신이 무척이나 존경하는 고용주들의 사생활에 대해 이야기할 때 적절한 언어를 사용하는 게 중요한 문제인 듯 보였다. "맹세컨대 저는 그 부분에 대해서는 잘 모릅니다. 부인이 하랄트를 피했다고 하는 편이 좀 더 정확할 겁니다. 하지만 부인과 하랄트의 관계가 정상적이었다면, 부인은 틀림없이 편지를 아이슬란드 경찰에게 보냈겠죠. 분명 편지가 부인의 아픈 데를 건드렸을 겁니다." 그는 말을 잠시 멈추더니 생각에 잠긴 얼굴로 토라를 바라보며 이야기를 계속했다. "부인이 당신과 이야기를 하고 싶답니다. 어머니 대 어머니로서요."

"저랑요?" 토라의 입이 떡 벌어졌다. "저에게 뭘 원한대요? 자기 아들에게 보인 이상한 태도에 대해 사과라도 하려는 건가요?"

"그런 말은 하지 않았습니다." 매튜가 대답했다. "그냥 변호사님과 이야기를 하고 싶다고만 전했습니다. 하지만 지금 당장은 아니라고요. 충격에서 벗어날 시간이 필요하다고 했어요."

토라는 아무 말도 하지 않았다. 물론 부인이 고집한다면 대화야 나눌 수 있겠지만 자기 아이를 학대한 여자를 위로하는 일은 결단코 없을 것이다. "편지의 동기를 알 수가 없네요." 토라는 화제를 전환하기 위해 입을 열었다.

"저도 마찬가지입니다." 매튜가 곧바로 대꾸했다. "하랄트가 편지를 보낸 것처럼 위장한 게 너무 정신 나간 사람의 소행 같아서, 저는 살인범이 분명 사이코패스일 거라고 확신하고 있습니다."

토라는 시가 적힌 종이를 들여다보며 물었다. "혹시 이 시를 쓴 사람이, 하랄트는 죽었지만 다시 그의 어머니를 찾아가 놀라게 할 것임을 암시하려던 게 아니었을까요?"

"왜요?" 매튜가 합리적인 질문을 던졌다. "그렇게 부인을 괴롭혀서 얻을 게 있는 사람이 누구일까요?"

"당연히 하랄트죠, 그가 죽었다는 사실만 제외하면요." 토라가 대답했다. "어쩌면 그의 여동생일 수도 있고요. 혹시 부인이 그 여동생도 학대를 했나요?"

"아뇨." 매튜가 딱 잘라 말했다. "여동생은 학대당하지 않았습니다. 두 분께는 눈에 넣어도 아프지 않을 딸이거든요."

"그럼 대체 누가 그랬을까요?" 토라는 두 팔을 휘저으며 말했다.

"후에도 아니죠. 공범이 있었던 게 아니라면요."

"오늘 아침 후에를 만나러 갔을 때, 피가 묻은 옷에 대해 모르고 있었던 게 너무 안타까워요." 토라가 손목시계를 확인하며 말했다. "어쩌면 저와 전화로 통화하는 게 허락될지도 몰라요." 그녀는 전화번호 안내센터에 전화를 걸어 교도소의 전화번호를 알아냈다.

당번인 경사가 용건만 간단히 말한다는 조건 하에 후에와의 통화를 허가해줬다. 토라는 몇 분 간 '엘리제를 위하여'의 디지털 변환 곡을 들으면서 조마조마한 마음으로 대기했다. 마침내 숨이 넘어갈 듯한 후에의 목소리가 반대편에서 들려왔다.

"여보세요."

"네. 여보세요, 후에. 오늘 아침에 만났던 토라 구드문즈도티르예요. 용건만 말할게요. 오늘 아침에 피가 묻은 옷가지들에 대해 물어다는 걸 깜빡했지 뭐예요. 그 옷들은 어떻게 된 건가요?"

"그 빌어먹을 것들." 후에가 낮게 읊조렸다. "경찰도 저한테 그걸 물어봤어요. 어떤 티셔츠에 피가 묻었다는 건지 모르겠지만, 아무튼 저는 그 전날 밤에 입었던 티셔츠에 묻은 핏자국에 대해서는 설명을 했어요."

"어떻게요?" 토라가 물었다.

"하랄트랑 제가 파티 도중에 약을 좀 빨려고 화장실에 갔었거든요. 그런데 하랄트가 갑자기 코피를 엄청 쏟아가지고 그 피가 저한테까지 튄 거예요. 화장실이 정말 작았거든요."

"그걸 입증해줄 사람이 있어요? 다른 손님들 중에서 당신이 옷에 피를 뒤집어쓴 채 화장실에서 나오는 걸 본 사람이 있냐고요."

"피를 뒤집어쓸 정도로 많이 묻지는 않았어요. 그리고 다들 제정신이 아니었거든요. 그 얘기를 꺼낸 사람은 아무도 없었어요. 아마도 눈치챈 사람이 없었던 거겠죠."

젠장, 토라는 속으로 생각했다. "그럼 옷장 속에 있었다는 피 묻은 티셔츠는요? 그게 어쩌다 거기 들어가게 된 건지 알아요?"

"전혀 기억이 없어요." 잠깐 정적이 흐르더니 후에가 입을 열었다. "제 생각에는 경찰이 일부러 심어둔 거 같아요. 저는 하랄트를 죽이지도 않았고 티셔츠로 피를 닦아내지도 않았어요. 그게 제 티셔츠인지 다른 사람 것인지도 몰라요. 한 번도 그 셔츠를 저한테 보여준 적이 없다고요."

"후에, 그건 위중한 범죄행위예요. 그리고 솔직히 말하면 저는 경찰이 그런 짓을 저질렀을 거라고 생각지도 않고요. 지금 거짓말을 하는 게 아니라면, 분명 해명할 방법이 있을 거예요." 토라는 전화를 끊고 매튜에게 통화 내용을 들려줬다.

"뭐, 적어도 절반은 설명이 된 셈이네요." 매튜가 말했다. "파티에 참석했던 다른 손님들 중에서 하랄트가 코피 흘린 걸 기억하는 사람이 있는지 확인해봐야겠군요."

"네." 토라는 그 번거로운 일을 감내할 만큼 의미 있는 조사라고 생각하지 않는 듯했다. "하지만 그걸 기억하는 사람이 있다고 해도, 여전히 옷장 속에서 발견된 티셔츠에 대해서는 또 다른 설명이 필요해요."

컴퓨터에서 '땡' 하는 소리가 들리자 두 사람은 동시에 화면을 쳐다봤다. '새로운 메일이 도착했습니다'라는 메시지가 화면 오른쪽 하단 작업표시줄에 떠올랐다. 토라는 마우스로 편지봉투 모양 아이콘을 클릭했다.

말이 보낸 메일이었다.

19장

안녕, 죽은 하랄트.

이봐, 어쩌고 있는 거야? 아이슬란드 경찰인 척하는 놈이랑 웬 쓰레기 변호사한테 메일을 받았어(변호사로 일하며 더한 소리도 많이 들어봤지만, 토라는 이 대목에서 어쩔 수 없이 짜증이 솟구쳤다). 그 머저리들 말로는 네가 죽었다는 거야. 어이가 없어서, 그치? 암튼 소식 좀 달라고, 돌아가는 꼴이 너무 요상해.

그럼 안녕, 말

"빨리, 빨리요." 매튜가 재촉했다. "저쪽에서 아직 컴퓨터 앞에 앉아있을 때 답장을 써요."

토라는 서둘러 '답장'을 클릭했다. "뭐라고 쓰죠?" 토라는 이렇게 물으며 인사말을 타이핑했다. '말 선생님께,'

"그냥 아무 말이나 써요." 매튜가 대꾸했다. 전혀 도움이 안 되는 조언이었다. 토라는 답장을 쓰기 시작했다.

애석하지만 하랄트의 사망 소식은 사실입니다. 그는 살해당했고, 선생님의 메일에 답장을 할 수 없습니다. 제가 어제 연락드렸던 바로 그 '쓰레기 변호사'입니다. 하랄트의 컴퓨터는 제가 잘 보관하고 있습니다. 저는 유족을 대신해 일하고 있으며, 그분들은 절박한 심정으로 살인범을 찾고 있습니다. 경찰이 용의자로 구금 중인 젊은 남자는 이 끔찍한 범행을 저지르지 않았을 가능성이 높고, 저는 선생님께서 사건에 도움이 될 만한 정보를 알고 계시지 않을까 궁금합니다. 하랄트가 마지막으로 보낸 메일에서 마침내 찾았다고 한 것은 무엇인지, '빌어먹을 멍청이'는 누구인지 알고 계신가요? 전화번호를 알려주시면 제가 연락드리겠습니다.

그럼 이만 줄이며, 토라

매튜는 토라가 타이핑하는 족족 따라 읽더니 참을성 없이 손짓하며 중얼거렸다. "보내요, 보내."

메일을 보낸 두 사람은 몇 분 간 말없이 앉아있었다. 마침내 새로운 메일이 도착했다는 메시지가 뜨자 둘은 흥분한 표정으로 서로를 쳐다보고는 메일을 열었다. 기대가 컸던 걸까. 내용은 실망스럽기 그지없었다.

쓰레기 변호사, 꺼져버려. 건틀립 집안도 마찬가지야. 다들 형편없는 패거리지. 당신들을 돕느니 죽어버리고 말겠어.

모든 악운을 빌며, 말

토라는 천천히 숨을 내쉬었다. 해석의 여지가 없는 메시지였다.

그녀는 매튜를 바라보며 물었다. "혹시 장난하는 걸까요?"

매튜는 토라의 눈을 똑바로 쳐다보았지만 방금 도착한 메일이 농담인지 진담인지 구분할 수가 없었다. 설마 농담이겠지. "그럼요. 제가 장담하는데 금방 스마일 이모티콘으로 도배된 메일을 다시 보내 자기가 얼마나 건틀립 집안 식구들을 좋아하는지 고백이라도 할 거예요." 매튜가 갑자기 짜증을 냈다. "빌어먹을! 하랄트가 생전에 친구들한테 가족에 대해 좋은 얘기는 한 마디도 안 했나보군요. 이 사람은 없는 셈 칩시다."

토라는 한숨을 내쉬었다. "그렇다고 시간만 낭비할 수 없잖아요? 카피브렌슬란에라도 가서 할도르의 알리바이를 증명해준 웨이터랑 얘기라도 해봐야죠. 지금 근무 중이라면서요. 제가 생각하기에도 할도르의 알리바이는 너무 약해요. 그 웨이터가 오늘 근무 안 하면 그냥 가서 커피나 한 잔 마시면 되고요."

매튜는 반색을 하며 자리에서 일어났다. 토라는 재빨리 메모리 카드를 컴퓨터에서 빼낸 다음 핸드백에 집어넣고 컴퓨터를 껐다.

카페에는 손님이 거의 없었다. 덕분에 둘은 바 근처 몇 계단 아래 홀에 위치한 테이블에 편하게 자리잡았다. 토라가 의자 등받이에 점퍼를 걸기 위해 끙끙거리는 동안 매튜는 손을 들어 젊은 웨이트리스를 불렀다. 그러던 그가 토라를 돌아보며 말했다. "오늘 아침에 입었던 코트를 입지 그랬어요?" 그는 의자 양쪽으로 두 팔을 쭉 뻗고 있는 토라의 패딩 점퍼를 살폈다. 양 소매에는 구스다운이 빵빵하게 차서 의자와 거의 90도 각도를 이루고 있었다.

"추웠단 말이에요." 토라는 자신의 점퍼를 놀란 눈으로 바라보는 매튜의 코멘트야말로 놀랍다는 듯 대꾸했다. "항상 사무실에 이걸 놔두거든요. 아침에 출근할 때는 코트를 입고 편하게 외출할 때는 이 점퍼를 입는 식이죠. 좋은 생각 아녜요?"

매튜의 표정이 모든 것을 말했다. "훌륭하죠. 남극에 빙하 샘플쯤 채취하러 가는 거라면요."

토라는 두 눈을 굴렸다. "세상에, 어쩌면 사람이 그렇게 꽉 막혔어요?" 이렇게 말하던 그녀는 어느새 테이블 앞에 나타난 웨이트리스를 향해 생긋 웃었다.

"주문하시겠어요?" 웨이트리스가 미소를 지으며 물었다. 가느다란 허리에 짧은 검정색 앞치마를 두르고 한 손에 작은 수첩을 든 채 주문받을 준비를 마친 상태였다.

"네, 저는 더블 에스프레소요." 토라는 매튜를 쳐다보며 물었다. "당신은 본차이나 잔에다가 홍차나 한 잔 하는 게 어때요?"

"하하, 거 참 재미있군요." 매튜는 토라에게 이렇게 대꾸하고는 웨이트리스를 향해 토라와 같은 것을 달라고 주문했다.

"알겠습니다." 웨이트리스는 아무것도 적지 않고 물었다. "더 필요하신 건 없으세요?"

"그렇다고 할 수 있죠." 토라가 대답했다. "오늘 비요른 욘슨이 출근했는지 알고 싶은데요. 그분이랑 이야기를 좀 나눠야 해서요."

"비요른요?" 여자는 놀라워하며 물었다. "네, 방금 출근했어요." 그녀는 벽에 걸린 시계를 보며 말을 이었다. "곧 교대하거든요. 불러드릴까요?" 토라는 고맙다고 인사를 했고 웨이트리스는 비요른과 주문한 음료를 가지러 사라졌다.

매튜가 토라를 향해 상냥하게 웃으며 말을 걸었다. "점퍼가 참 멋지군요. 진심으로요. 정말이지…, 어마어마하게 **빵빵하잖아요.**"

"하아, 그래서 벨라랑 잘도 시시덕거리셨군요? 벨라도 **빵빵하잖** 아요. 어찌나 **빵빵한지** 자기만의 중력도 갖고 있잖아요. 사무실의 클립은 죄다 벨라를 중심으로 회전하죠. 당신도 이런 점퍼 하나 장만하지 그래요. 엄청나게 편해요."

"그럴 수야 없죠." 매튜가 또다시 웃으며 대꾸했다. "제가 저걸 입으면 당신은 뒷좌석에 앉아야 할 텐데, 그건 안 되죠. 두 사람이 저걸 입고 나란히 앞에 앉는 건 불가능하잖아요."

구스다운 점퍼에 대한 논의는 웨이트리스가 커피를 들고 나타나는 바람에 나중으로 미뤄졌다. 웨이트리스 옆에 젊은 남자가 서 있었다. 남자는 꽤 잘생긴 외모로, 약간의 여성스러움이 느껴졌다. 짙은 색 머리칼을 아주 깔끔하게 다듬은 그의 외모에서 칙칙한 구석이라곤 단 하나도 찾아볼 수가 없었다.

"안녕하세요? 저와 이야기를 하고 싶어하신다고요?" 남자는 단조로운 톤으로 말했다.

"네. 비요른 맞아요?" 토라가 커피 잔을 받아들며 물었다. 남자가 그렇다고 대답하자 토라는 자신과 매튜를 소개했다. 영어로 말을 꺼내서 남자를 당황하게 만들고 싶지 않았기 때문에 계속해서 아이슬란드어로 대화를 이어나갔다. 매튜는 아무 말도 없이 커피만 홀짝거렸다. "살인사건이 일어나던 날 밤에 대해 묻고 싶어서요. 그리고 할도르 크리스틴손에 대해서도요."

비요른이 진지하게 고개를 끄덕이며 대답했다. "네, 그러죠. 말씀드려도 되겠죠? 법에 어긋나거나 하는 건 아니잖아요?" 토라가 그렇다고 확인을 해주자 비요른은 말을 이었다. "그날 여기서 근무 중이었어요, 다른 직원들과 같이요." 그는 반쯤 비어있는 가게를 둘러보면서 말했다. "주말에는 이렇지 않거든요. 꽉 차죠."

"그런데도 할도르를 기억하고 계시네요?" 토라는 자신이 그를 의심하는 것처럼 들리지 않도록 주의를 기울이며 물었다.

"도리요? 당연하죠." 비요른은 다소 거만한 말투로 대답했다. "이제 얼굴을 익히고 있던 참이거든요. 제 말이 무슨 뜻인지 아실지 모르겠네요. 도리랑 그 친구 있잖아요, 살해당한 외국인. 둘이 이곳에 자주 와서 알아볼 수밖에 없었어요. 특히 그 외국인은 정말 눈에 띄었거든요. 항상 저를 '곰'이라고 불렀어요. 제 이름의 의미를 따서요. 도리 혼자 오는 날도 있었죠. 그럴 때는 저랑 바에서 대화도 했고요."

"그날 밤에도 도리와 대화를 했나요?"

"아뇨. 그럴 상황이 아니었어요. 손님이 너무 많아 정신이 없었거든요. 하지만 인사하고 몇 마디 나누기는 했어요. 실은 굉장히 우울해 보여서 제가 그 이상 말을 걸지 않았죠."

"도리가 가게에 도착한 게 정확히 몇 시인지 기억하세요?" 토라가 물었다. "방금 하신 이야기대로라면 자세한 부분까지 기억할 정신은 없었을 것 같은데요, 그럴 이유도 없고요."

"아, 그거요." 비요른이 대답했다. "나가면서 한꺼번에 계산하기로 했기 때문에 술을 주문할 때마다 돈을 내지는 않았어요. 그런데 저희는 한꺼번에 계산하겠다는 손님의 경우 항상 첫 주문과 마지막으로 계산한 시간을 메모해두거든요." 그는 토라에게 은근한 미소를 지으며 말했다. "잘한 선택이었죠. 왜냐면 그날 술을 엄청 들이부었으니까요. 안 그랬으면 매번 술값 계산하느라 카드를 긁어서 플라스틱이 다 녹아버렸을 거예요."

"그렇군요." 토라가 대답했다. "하지만 새벽 2시경에 친구들이 도착할 때까지 도리가 줄곧 자리를 지키며 술을 마셨는지는 알기 힘들잖아요? 당신이 알아채지 못한 사이에 잠시 자리를 비웠을 수도 있고요?"

비요른은 잠시 생각하다가 입을 열었다. "네. 물론 계속 있었다고 제가 장담할 수는 없어요. 어느 정도 확신이 들어서 경찰에는 그렇게 진술했던 건데 지금 와서 돌이켜보면, 제가 도리의 주문 내역을 보고 그렇게 판단했을 수도 있겠다는 생각이 드네요. 제가 매번 그의 주문을 받은 것도 아니고요. 도리가 다른 사람한테 주문을 하며 자기 계산서에 달아놓으라고 했을 수도 있어요. 잘 모르겠네요." 그는 양손을 으쓱 들어보였다. "하지만 여기가 그렇게 큰 가게도 아니고, 정말 도리가 자리를 비웠었다면 제가 알아챘겠죠. 어쨌든 제 생각은 그래요, 제 생각은."

토라는 당황스러웠다. 그날 밤에 대해 또 뭘 물어봐야 하지? 비요른은 그다지 확신하지도 못하는 눈치였고, 할도르의 알리바이도 이제는 심히 의심스러운 상황이었다. 토라는 비요른에게 고맙다고 인사한 뒤 더 기억나는 게 있으면 연락 달라며 명함을 건넸지만, 그가 연락할 가능성은 낮아보였다. 매튜에게로 돌아앉은 그녀는 이미 다 식어버린 커피를 마시며 비요른이 했던 얘기를 그대로 옮겼다. 두 사람은 곧 커피 잔을 비웠고, 토라는 집에 갈 시간이 다 됐다는 걸 깨달았다. 둘은 계산을 하고 가게를 나왔다.

오후 5시가 다 된 시간이지만 아직 차가 막히지는 않았다. 춥고 바람이 거센 날씨 때문에 돌아다니는 사람도 별로 없었다. 몇몇 보행자만이 주변을 둘러보지도, 상점 안을 들여다보지도 않은 채 걸음을 재촉할 뿐이었다. 토라는 사무실로 돌아가는 대신 차를 끌고 바로 퇴근하기 위해 주차장까지만 태워다 달라고 매튜에게 부탁했다. 그녀는 오늘 사무실에 복귀하지 않는다는 걸 알릴 겸 자리를 비운 동안 업무와 관련된 용건은 없는지 확인할 요량으로 벨라에게 전화를 걸었다.

"여보세요." 전화기 반대편에서 목소리가 들렸다. 말하는 사람의 신원이나 회사 이름에 대한 언급은 일절 없었다.

"벨라." 토라는 불편한 심기를 누르며 말했다. "나야, 토라. 오늘은 사무실 안 들르고 바로 퇴근할게. 대신 내일은 오전 8시에 출근할 거야."

"아." 도무지 뜻을 알 수 없는 대답이었다.

"내 앞으로 온 전화나 메시지 없었어?"

"내가 그걸 어떻게 알아요?" 벨라가 대꾸했다.

"어떻게 아냐고? 비서이자 전화 연결해주는 업무를 맡은 벨라가 알 거라고 믿은 내가 너무 순진했나? 이런, 내가 바보처럼 쓸데없는 걸 물어봤네."

잠시 정적이 흐르더니 아주 낮게 카운트다운 하는 소리가 들려왔다. "5시 정각이에요. 이제부터 저는 대답을 할 의무가 없어요.

근무시간 끝났다고요." 벨라는 전화를 끊었다.

토라는 휴대폰을 빤히 내려다보다가 혼잣말에 가깝게 중얼거렸다. "벨라가 혹시 성격적으로 말과 같은 과는 아닐까요?"

"뭐라고요?" 주차장에 도착한 매튜가 차를 세우며 물었다.

"오, 아니에요." 토라는 안전벨트를 풀며 물었다. "그런데 저녁시간에는 뭘 하세요?"

"이것저것 하죠. 저녁 먹고 나서 시내에 있는 술집까지 슬슬 걸어가기도 하고, 박물관 같은 데 관광하러 가기도 하고요."

토라는 짠한 마음이 들었다. 쓸쓸하기 짝이 없는 하루였다. "내일 금요일이라 애들이 주말 동안 아빠 집에 가있을 거예요. 제가 주말에 식사 초대하면 오실 수 있나요?"

매튜가 미소를 지었다. "좋아요. 메뉴가 생선만 아니라고 약속하면요. 생선을 한 마리라도 더 먹었다가는 지느러미가 돋아날 것만 같거든요."

"천만에요. 저는 훨씬 더 단출한 걸 생각하고 있었어요. 배달 피자 같은 거요." 토라는 차에서 내렸다. 그녀는 정비소에서 대여해 준 고물차에 다가가기 전에 매튜가 차를 끌고 사라져 주기를 바랐다. 구스다운 점퍼를 보며 정색할 정도니, 어쩌면 매튜는 그 고물차를 보고 심장마비라도 걸릴지 모른다. 하지만 토라의 바람은 이뤄지지 않았다. 토라가 무사히 차에 타는지 지켜보고 있던 매튜가 운전석 문을 여는 토라를 큰 소리로 불렀다. 뒤를 돌아보자 창밖으로 팔을 걸친 매튜가 보였다.

"지금 장난치는 거죠?" 매튜가 소리쳤다. "정말 당신 차예요?"

토라는 그의 조소를 애써 무시하며 소리쳤다. "바꿀래요?"

매튜는 고개를 내젓더니 창문을 올렸다. 그러고는 토라가 멀리에서도 알아볼 수 있을 정도로 싱글거리며 차를 몰고 멀어졌다.

전날 토라는 솔리에게 학교를 마치면 친구네 집에 가서 놀고 있으라고 특별히 당부했었다. 토라는 그 집에 들러 감사인사를 전했다. 아직 젊고 생기 넘치는 친구의 엄마는 별일 아니라면서, 둘이 같이 놀면 아이 혼자 있을 때보다 손이 덜 가기 때문에 오히려 편하다고 말해주었다. 토라는 거듭 고마움을 전하며 조만간 신세를 갚겠다고 말했다. 물론 여기서 '조만간'이란 해가 서쪽에서 뜰 때를 가리켰다.

현관문을 열고 들어서는데 한 무리의 아이들이 와자했다. 길피의 친구들이 놀러왔다가 이제 막 떠나려던 참이었다. 바닥에는 코트와 운동화, 그리고 책가방으로 사용하는 낡은 배낭들이 여기저리 널려있었다. 이 물건의 주인들이 떠날 채비를 하며 각기 자기 신발을 찾고 있었다. 토라도 잘 아는 세 남자아이 사이에서 유독 한 소녀가 눈에 들어왔다.

"안녕." 토라가 아이들 틈을 빠져나가는 소녀에게 경쾌한 말투로 인사를 했다. 길피가 통로에 서서 그 모습을 지켜보고 있었다. 아이는 아침과 마찬가지로 침울한 표정이었다. "숙제하고 있었니?" 그럴 리 없다는 걸 잘 알면서도 토라는 이렇게 물었다. 이 나이 때 아이들은 모여서 숙제를 하지 않는다. 그런 제안을 하는 아이가 있으면, 아마 그 자리에서 따돌림을 당할 것이다. 하지만 이 말은 아이를 가진 부모라면 마땅히 해야 하는 바보 같은 대사였다.

"오, 안 돼." 길피의 가장 오래된 친구인 파티가 말했다. 착한 아이였던 파티는 최근 들어 앞으로 운전면허를 딸 수 있으려면 몇 개월, 며칠, 몇 시간이 남았는지 세어보는 데 재미가 들렸다. 토라는 파티의 계산이 맞는지 몇 번 확인을 해봤는데, 정확하지는 않지만 대충 맞아떨어졌다.

토라가 소녀를 보며 미소 짓자 아이는 쑥스러워하며 고개를 돌렸다. 최근 들어 자주 집에 놀러오던 이 소녀의 이름을 토라는 기억해낼 수 없었다. 길피는 많이 성숙해져 있었다. 어쩌면 길피가 저 아이를 좋아하거나 아니면 이미 사귀는 중일지도 모른다. 외모는 귀여웠지만 길피나 다른 친구들에 비하면 아직 많이 어려보였다.

토라를 따라 집안으로 들어온 솔리는 코트와 신발을 벗어 가지런히 제자리에 두었다. 솔리는 오빠의 친구들을 쳐다보며 양손을 골반에 올린 채 가정부 같은 톤으로 물었다. "침대 위에서 뛰어다녔어? 그러면 안 된다고. 매트리스가 망가져."

그 모습을 본 길피가 얼굴을 붉히며 빽 소리를 질렀다. "내가 뭘 잘못했다고. 우리 가족들은 왜 하나같이 모자란 거야? 둘 다 꼴도 보기 싫어!" 아이는 밖으로 뛰쳐나가며 문을 쾅 닫아버렸다. 당황스럽기는 마찬가지인 친구들이 서둘러 길피 뒤를 따랐다.

"안녕히 계세요." 파티가 밖으로 나가다 문을 닫기 전에 말했다. 파티는 무슨 생각이 들었는지 문이 완전히 닫히기 전에 고개만 빼꼼 들이밀고 덧붙였다. "아줌마랑 솔리는 우리 가족들에 비하면 양호해요. 길피가 요즘 기분이 별로인가봐요."

토라는 웃으며 고맙다고 인사했다. 표현이 서툴기는 해도 파티로서는 예의바르게 행동하려고 노력한 것이다. "자 그럼," 토라는 솔리를 향해 말했다. "저녁을 좀 만들어볼까?" 솔리는 순순히 고개를 끄덕이고는 낑낑거리며 장바구니를 들어 부엌으로 옮겼다.

토라가 마트에서 사온 전자레인지에 돌려 먹는 라자냐와 마늘빵인 줄 알고 잘못 집어온 피타빵으로 저녁식사를 마쳤다. 이제 솔리는 혼자 놀기 위해 방으로 들어가고, 길피만 남아 접시를 치우고 있었다. 길피는 홧김에 가족들에게 했던 말을 후회하는 기색이었지만 차마 사과는 못 하고 있었다. 토라는 짐짓 태연한 척하면서, 이게 옳은 접근법이길 간절히 바랐다. 이렇게 시간을 주면 길피가 먼저 고민거리를 털어놓을지 모른다. 토라는 아들에게 언제든지 엄마에게 모든 걸 털어놓아도 된다는 점을 충분히 알려줬다고 생각했다. 토라가 고맙다는 의미로 볼에 조심스레 입을 맞추자 길피는 바보같이 씩 웃었다. 그러고는 자기 방으로 들어가 버렸다.

토라는 예상치 않게 찾아온 평화로운 저녁시간을 이용해 하랄트의 컴퓨터에서 복사해온 파일들을 검토해보기로 했다. 노트북을 들고 소파에 자리를 잡았다. 그녀는 먼저 요리 장면과 혀 수술 장면이 담긴 사진들을 살펴보았다. 수술 사진은 9월 17일에 촬영된 것이었다. 사진 파일을 하나씩 열면서 토라는 중요할 수도 있는 부분들을 확대해서 살폈다. 이렇게 하니 그나마 역겨움이 덜했다. 사진의 중심 테마는 하랄트의 입과 수술 그 자체였지만, 그의 입 너머로 세부적인 사실들을 포착해낼 수 있었다. 수술은 누군가의 집에서 진행된 게 분명했다. 사진에 찍힌 주변 환경으로 미루어 일반의나 치과의의 진료실일 가능성은 없었다. 커피테이블 위에는 반쯤 차거나 다 마신 잔과 맥주 캔을 비롯한 각종 쓰레기가 나뒹굴었고, 커다란 재떨이에는 담뱃재가 넘칠 듯 가득 차있었다. 하랄트의 집도 아니었다. 사진 속 아파트는 현대적이고 고급스러운 하랄트의 거주지보다 훨씬 더 지저분하고 저렴하게 보였다.

일부 사진에서는 수술을 집도하거나 도와주는 걸로 보이는 누군가의 신체 일부가 보이기도 했다. 남자인지 여자인지 모를 그는 밝은 갈색 티셔츠 차림이었는데, 앞부분이 접혀있어서 셔츠에 적힌 문구는 알아볼 수 없었다. 토라는 간신히 숫자 '100'과 단어 중간의 'lico'라는 철자만 해독해냈다.

처음 두 사진에는 절개 장면이 담기지 않았지만, 세 번째 사진은 외과용 칼이 혀를 가르는 장면을 포착했다. 하랄트의 입 양쪽에서 피가 쏟아져 나오고, 사진에 찍힌 수술 집도자의 팔에는 핏자국이 흥건했다. 틀림없이 혀를 반으로 가를 때 피가 사방으로 튀었을 것이다. 만약 혀에 난 상처가 머리에 난 상처와 비슷하다면 출혈량도 상당했을 것이다. 토라는 눈을 가늘게 뜨고 사진 속 팔을 살피다가 타투처럼 보이는 부분을 확대했다. 'crap'이라는 단어가 팔에 새겨져 있었다. 아무런 장식도 없이 그 단어뿐이었다. 수술 사진들에서는 그밖에 어떤 단서도 찾을 수가 없었다.

토라는 요리 사진들 속에서 한 가지 주목할 만한 점을 발견했다. 그 사진은 하랄트가 살해되기 불과 며칠 전에 촬영되었는데, 후에의 진술에 따르면 하랄트가 무리에서 떨어져 나와 혼자 자리를 떠난 날이었다. 사진 파일의 정보 역시 이를 증명했다. 하랄트가 살해되기 사흘 전인 수요일이었다. 토라는 두 장의 사진 속에서 샐러드를 만들고 빵을 자르는 손을 유심히 관찰했다. 누가 보아도 각기 다른 두 사람의 손이었다. 한 손은 타투로 뒤덮여 있었는데, 입꼬리가 아래로 내려간 스마일 문양과 뿔, 펜타그램이 새겨져 있었다. 하랄트임에 틀림없었다. 다른 손은 가느다란 손가락에 깔끔하게 자른 손톱을 지닌, 훨씬 더 부드럽고 여성적으로 보이는 손이었다. 토라는 그 중 한 손가락을 확대했다. 손가락에 다이아몬드 혹은 투명한 보석이 박힌 반지가 끼워져 있었다. 워낙 평범해서 누군가의 기억에 남을 만한 디자인은 아니었지만, 누가 이런 반지를 끼고 다녔는지 후에게 확인해볼 수는 있었다.

한 가지 생각이 토라의 머릿속을 떠나지 않았다. 그 생각은 토라가 하랄트의 아파트를 처음 살펴본 날부터 줄곧 그녀를 괴롭혔다. 화장실에 있던 독일 여성잡지 〈분트〉. 토라는 하랄트가 그런 여성잡지를 읽었을 리 없다고 100퍼센트 확신했다. 아이슬란드인일 가능성도 낮았다. 독일인이며 여성인 누군가가 그곳에 가져다 두었을 것이다. 잡지 표지에는 곧 부모가 될 톰 크루즈와 케이티 홈즈가 활짝 웃고 있었다. 그녀의 기억이 정확하다면 둘의 아기는 그해 가을에 태어났다. 누군가 독일에서 하랄트를 찾아왔던 걸까? 그 손님과 함께 시간을 보내느라 하랄트는 그날 친구들과 어울릴 시간이 없었던 걸까? 토라는 매튜에게 전화를 걸었다. 세 번째 신호만에 그는 전화를 받았다.

"어디예요? 통화 괜찮아요?" 토라는 수화기 너머의 소음을 들으며 물었다.

"네, 괜찮아요." 입 안 가득 무언가를 먹고 있던 매튜가 음식을 삼키고는 말했다. "저녁 먹으러 나왔어요. 고기를 좀 먹었죠. 무슨 일이에요? 여기 와서 나랑 디저트라도 먹고 싶어요?"

"아뇨, 됐어요." 토라는 사실 당장이라도 그러고 싶었다. 근사하게 차려입고 나가 다른 누군가가 설거지할 와인 잔으로 축배를 드는 건 생각만으로도 즐거운 일이었다. "내일은 아이들 학교 가는 날이니까 너무 늦지 않게 재워야 하거든요. 아 참, 제가 전화한 용건은 하랄트의 아파트를 청소하는 가정부 전화번호 때문이에요. 하랄트가 살해되기 며칠 전에 누군가와 시간을 보냈던 거 같아서요. 어쩌면 집에서 같이 지냈을 수도 있고요. 여러 단서들로 봐서 손님은 독일 여자였던 듯해요."

"제 주소록 어딘가에 적어뒀을 거예요. 제가 전화를 해볼까요? 전에도 이야기를 나눈 적이 있었는데 영어를 곧잘 하더군요. 그게 좋을 거 같아요. 가정부는 당신은 모르지만 마지막 급여를 준 저는 분명 기억하고 있을 거예요."

매튜는 다시 전화하겠다며 전화를 끊었다. 토라가 솔리에게 잘 준비를 하라고 일러둔 다음 막 양치를 시키려던 찰나, 매튜에게서 전화가 왔다. 토라는 휴대폰을 한쪽 볼과 어깨 사이에 끼우고 솔리의 이를 닦이면서 매튜와 통화를 했다.

"그 가정부 말이 남는 침실 하나를 누군가 사용했답니다. 그리고 화장실에도 일회용 면도칼, 여성용 면도칼 같은 게 있었다는 걸로 봐서 당신 말이 맞는 듯해요."

"그 얘기를 경찰에도 했나요?"

"아뇨. 하랄트가 살해된 장소가 집이 아니라서 중요할 거라고 생각을 안 했답니다. 그리고 이전에도 종종 손님이 와서 자고 갔다는 군요. 여러 명이 한꺼번에 오기도 했고요. 이 정체불명의 손님과 지낼 때보다는 훨씬 더 자주 파티를 벌였나봐요."

"독일인 애인이 있었을 가능성은요?"

"기껏 비행기를 타고 여기까지 날아와서 남는 침실에서 자고 갔다고요? 아닐걸요. 그리고 독일인 여자친구가 있다는 얘기는 한 번도 못 들었어요."

"싸웠을 수도 있잖아요." 토라는 잠시 생각하다 덧붙였다. "아니면 그냥 친구나 가족일 수도 있고요. 여동생이 있잖아요?"

매튜가 잠시 아무 말도 하지 않았다. "만약 그게 사실이라면 더 이상 캐보지 않는 게 좋겠어요."

"정신 나갔어요?" 토라가 받아쳤다. "대체 왜요?"

"최근에 힘든 시간을 보냈어요. 하랄트가 그렇게 죽고, 진로 관련해서도 작은 문제가 있었거든요."

"무슨 문제요?" 토라가 물었다.

"아주 재능 있는 첼로 연주자라서 계속 그 쪽으로 나가고 싶어했어요. 하지만 부친은 경영을 공부해 은행을 물려받길 원했죠. 이제 남은 자식이 없잖아요. 설령 하랄트가 살아있었다고 해도 그에게 경영을 맡길 뜻은 없었거든요. 그래서 하랄트가 살해되기 전부터 진학과 관련해 의견 충돌이 좀 있었어요."

"그 동생은 장신구를 하고 다녔나요?" 토라가 물었다. 사진에서 본 손은 충분히 첼리스트의 것일 수 있었다. 아주 짧고 단정하게 정돈된 손톱까지 들어맞았다.

"아뇨, 전혀요. 그런 유형이 아니에요." 매튜가 단언했다. "액세서리 같은 데 전혀 관심이 없거든요."

"작은 다이아몬드 반지 하나도요?"

매튜는 잠시 침묵하더니 대답했다. "아, 어쩌면 그런 건 하나쯤 끼었을 수도 있겠군요. 어떻게 알아냈어요?"

토라가 사진에 대해 설명하자 매튜는 여동생에게 연락하는 걸 고려해보겠다고 말했고, 두 사람은 통화를 마쳤다.

"전화 아직 안 끊었어?" 솔리가 입 안 가득 치약 거품을 물고 말했다. 아이는 매튜와의 통화 내내 반강제적인 양치를 견뎌야 했던 것이다. 토라는 솔리를 침대에 누이고 이불을 덮은 뒤 책을 읽어줬다. 그러고는 반쯤 잠든 아이의 이마에 입을 맞춘 다음 불을 끄고 나왔다. 토라는 다시 노트북 앞으로 가앉았다.

그후로 두 시간 동안 토라는 하랄트의 파일을 꼼꼼하게 검토했지만 쓸 만한 단서가 나오지 않자 단념하고 노트북을 껐다. 그 대신 침대로 가서 매튜가 살펴보라고 건네준 《마녀의 망치》 문고본을 읽기로 마음먹었다. 분명 흥미진진하게 읽힐 것이다.

토라가 책을 펼치자 접힌 종이 한 장이 팔랑거리며 떨어졌다.

"닥쳐." 마르타가 짜증을 냈다. "다들 집중하지 않으면 소용이 없다니까."

"너나 닥쳐." 안드리가 쏘아붙였다. "내가 떠들고 싶으면 떠드는 거지."

브리에트는 마르타가 화가 나서 이를 드러내는 것을 본 듯했지만 방의 조명이 낮아 확실하지는 않았다. 거실을 밝히는 조명이라고는 액상 촛불이 전부였다. "아, 그만 싸우고 이거나 빨리 해치우자." 브리에트는 빙 둘러앉은 친구들과 마찬가지로 바닥에 양반다리를 하고 편하게 주저앉아 있었다.

"그래, 제발 좀." 도리가 두 눈을 비비며 중얼댔다. "오늘 일찍 자려고 했단 말이야. 이런 헛짓을 하자고 밤을 새울 수는 없다고."

"헛짓?" 마르타는 여전히 화가 난 게 틀림없었다. "다들 여기에 찬성한 걸로 기억하는데. 내가 잘못 안 거야?"

도리가 툴툴거렸다. "내 말 비틀지 마. 그냥 빨리 끝내자고."

"하랄트네 아파트에서 하던 거랑 너무 다르다." 브리얀이 말을 보탰다. 여태까지 아무런 도움도 안 준 그였다. 그는 친구들의 얼굴을 살펴보았다. "하랄트가 죽었어. 하랄트도 없이 이걸 성공할 수 있을지 모르겠어."

안드리는 자신의 아파트에 대한 친구의 평가를 무시했다. "하랄트가 죽었다고 해서 우리가 뭘 어쩔 수 있는 게 아니잖아." 그는 손을 뻗어 재떨이를 집었다. "그 늙은 암소 이름이 뭐라고?"

"토라 구드문즈도티르." 브리에트가 대답했다. "변호사야."

"그래." 안드리가 말했다. "이제 시작하자. 다들 오케이지?" 그는 고개를 끄덕이거나 어깨를 으쓱하는 친구들을 둘러보며 물었다. "누가 먼저 할래?"

브리에트가 마르타를 보며 말했다. "네가 시작해." 그녀는 애교 섞인 목소리로 덧붙였다. "지금까지 네가 제일 잘했잖아. 정확하게 하는 게 아주 중요하니까."

마르타는 브리에트의 아첨을 외면하고는 친구들을 둘러보며 말했다. "이 여자가 자꾸 여기저기 코 들이밀고 다니기 시작하면 우린 완전 골치 아픈 일에 휘말려, 알지? 경찰이 헛다리 짚은 건 순전히 운이었다고."

"그건 우리도 다 알아." 브리얀이 모두를 대신해 대답했다. "100퍼센트 확실하게."

"좋아." 마르타는 허벅지에 두 손을 올리고 선언했다. "지금부터는 한 마디도 하지 마." 누구도 입도 뻥긋하지 않았다. 마르타는 원 한가운데 있던 두툼한 종이뭉치와 붉은 액체가 든 작은 그릇을 집어들었다. 그런 다음 종이뭉치는 자기 앞에, 그릇은 옆에 내려놓았다. 브리에트는 사뭇 진지한 표정으로 마르타에게 젓가락 한 벌을 건넸다. 마르타는 젓가락 끝을 점성이 있는 붉은 액체에 살짝 담근 다음 붓질을 하듯 종이 위에 천천히 심벌을 그리기 시작했다. 그녀는 눈을 감고 낮고 스산한 음성으로 주문을 외우기 시작했다. "너의 적이 너를 두려워하기를 원한다면…."

9 December 2005

20장

밤이 깊도록 책을 읽은 토라는 다음날 아침 머리에 돌덩이라도 얹은 듯 피곤한 느낌으로 잠에서 깼다. 책 속에 끼어있던 종이를 살펴보느라 한참을 보냈는데, 그 종이에는 손으로 쓴 단어와 날짜들이 잔뜩 적혀있었다. 토라는 필체의 주인이 하랄트일 거라고 짐작했다. 책 앞쪽 백지에 그의 이름이 적혀있었다. 게다가 메모 일부는 독일어로 작성돼 있었다. 필체가 그다지 깔끔하지 않았기 때문에 토라는 자신이 내용을 제대로 이해한 건지 확신할 수 없었다. 당연히 그녀가 해독한 내용도 제한적일 수밖에 없었다.

'1485 말레우스'라는 문구의 연도 아래에 여러 개의 밑줄이, 문구 전체에는 그보다 두 배는 많은 밑줄이 그어져 있었다. 그 아래 'J. A. 1550??'라는 문구에도 줄이 그어졌다. 그 옆으로 소문자 l 두 개가 얽힌 듯 보이는 문자가, 바로 옆에는 '로리카투스 루푸스Loricatus Lupus'라는 문구가 보였다. 그 아래에 독일어로 쓴 단어들은 토라가 해석하기로 '어디? 어디에? 고대의 십자가??'라는 의미였다. 종이의 나머지 절반 정도는 순서도처럼 보이는 그림으로 채워졌다. 여러 개의 화살표가 연도와 지명이 적힌 지점들을 연결하는 형태였다. 모양새로 보아 급하게 그린 지도인 듯했다. '인스부르크-1485'라고 적힌 지점 위에는 '킬Kiel-1486'이, 그리고 그 위에는 '로스킬트'가 적혀있고, 그 옆으로 '1486-사망' '1505-사면'이라는 문구가 나란히 쓰여있었다. 이 세 개의 지점 위로 두 개의 지점이 더 있었다. 맨 위 지점의 '홀라르Hólar-1535'라는 문구 가운데에는 줄이 그어져, 그 아래 '스칼홀트'라는 지점과 화살표로 연결돼 있었다. 또 '스칼홀트' 바로 옆에는 '1505'와 '1675'라는 연도가 나란히 적히고 '1675'에서 뻗어나온 수많은 화살표는 물음표로 끝났다. 그 물음표들의 한쪽에 '고대의 십자가??'라 적힌 문구가 또 보였다. 그 옆에 다른 색 펜으로 '가스트부흐Gastbuch'(독일어로 방명록이라는 뜻―옮긴이)라고 적혀있고, 바로 옆에는 소문자 t 또는 작은 십자가처럼 보이는 기호가 그려져 있었다. 토라는 이 문구의 뜻을 알아내려고 머리를 쥐어짰다. 방명록이라는 뜻인가? 십자가 방명록? 문구 아래 '굴뚝-아궁이-세 번째 심벌!'이라고 쓴 글씨가 보였다. 토라의 독일어 독해력이 정확하다면 그랬다. 결국 토라는 지도의 의미를 해독하기를 포기하고 책을 읽기 시작했다.

《마녀의 망치》는 불쾌하기 짝이 없었다. 책에 집중할 수밖에 없었던 것은 순전히 소름끼치는 내용 때문이었다. 토라는 책을 처음부터 끝까지 읽지는 않았다. 정독을 하기에는 첫 두 챕터의 내용이 너무도 기이했기 때문이다. 각 챕터 또는 문단 맨 앞에 마술행위에 관한 질문이나 주장을 제시한 뒤, 가당치도 않은 신학적 궤변을 동원해 질문이나 주장에 답하고 설명하는 식이었다.

특히 마녀들의 주술행위와 의식에 관한 일화 및 해설은 그야말로 믿기 힘들 정도였다. 마녀의 위력에는 한계가 없는 듯했다. 폭풍을 자유자재로 조종하거나 하늘을 날아다니고 남자들을 동물로 변신시켰다. 또 신체의 무기력을 유발하고 남자의 성기가 몸에서 떨어져 나온 것처럼 보이게 할 수도 있었다. 그 다음에는 적잖은 지면을 할애해 남근이 실제로 몸에서 절단되는 것인지 아니면 그렇게 보이게만 하는 것인지에 관해 논쟁을 벌였다. 하지만 토라는 내용을 모두 읽고 나서도 두 저자의 결론이 정확히 무엇인지 파악할 수 없었다. 마녀들은 그러한 힘을 얻기 위해 엄청난 노력을 감내했는데, 이를테면 아기들을 요리하거나 잡아먹고 악마와 직접 성행위를 벌이는 식이었다. 토라는 심리학자는 아니지만 두 저자가 도미니크회 수도사로서 맹세한 순결서약에 단단히 미쳐있었다는 것쯤은 어렵지 않게 짐작했다. 여성에 대한 혐오스러운 묘사에서 특히 그런 성향이 두드러졌다. 그들의 묘사에 구역질이 치밀어서 하마터면 토라는 책을 덮을 뻔했다. 여성의 사악하고 타락한 기질에 대한 그들의 설명은 어처구니가 없었다. 최초의 여자를 창조하기 위해 아담에게서 떼어온 갈비뼈가 안쪽으로 휘어있기 때문에 여자는 선천적으로 치명적인 결함을 지닐 수밖에 없다고 그들은 주장했다. 신이 대퇴골을 사용했더라면 여자는 완벽한 피조물이 됐을 것이라나. 이렇듯 터무니없는 주장은 독자로 하여금 여자들이 악마의 쉬운 먹잇감이 되고, 대다수 마법사가 여자인 것도 바로 이런 연유라고 믿게 만들었다. 비난의 화살은 빈곤한 사람들에게도 향했다. 부유한 사람들보다 거짓말을 잘하고 성격상 결함을 지녔을 가능성이 높다는 것이다. 토라는 이런 시대에 가난한 여자로 살아간다는 것이 얼마나 끔찍했을지 상상도 할 수 없었다.

토라를 가장 놀라게 한 것은 마지막 두 챕터였다. 이곳에서는 마녀에 대한 심문과 기소를 법리적 측면에서 서술하고 있었다. 피고인에게 자백만 하면 목숨을 건질 수 있다고 약속한 다음, 약속을 어겼다는 사실을 인정하지 않고도 약속을 깰 수 있는 세 가지 방법을 친절히 알려주는 것을 보면서 토라는 경악을 금치 못했다. 마녀를 체포하는 절차에 대해서도 설명했는데, 감옥으로 이송되는 동안 절대 피고인의 발이 땅에 닿아서는 안 된다고 강조했다. 다시 말해, 들것에 실어 감옥으로 옮겨야 한다는 뜻이었다. 발이 땅에 닿으면 죽음에 이를 때까지 혐의를 부인할 수 있는 힘을 악마로부터 부여받을 가능성이 있다는 게 그 이유였다. 감옥에 도착하면 즉시 수색을 실시했다. 마녀들은 아기의 팔다리로 만든, 마력을 지닌 물건을 옷 속에 지니고 다니기 때문이다. 몸의 털을 미는 것 또한 추천했는데, 마법의 도구를 머리칼 속에 숨겨다니기 때문이라고 했다. 하지만 음모까지 면도하는 것에 대해서는 의견이 갈렸다.

피고인의 변론을 막는 여러 방법도 소개했다. 피고인에게 두 장의 종이에 나뉘어 적힌 목격자들의 증언을 보여주는 것이다. 한 장에는 진술내용이, 다른 한 장에는 목격자의 이름이 적혀서, 누가 무슨 증언을 했는지 구분하기란 불가능했다. 물론 이조차 증언을 볼 수 있는 피고인에게만 한정되었다. 저자들은 피고인에게 증언을 보여줄 수 있는 경우와 그렇지 않은 경우에 대해서도 길게 서술

해두었다. 또한 일반적인 재판에서는 성품이 고귀한 자만이 증언할 수 있는 반면, 마녀재판에서는 누구나 증거를 제시할 수 있었다.

책은 고문기술뿐 아니라 각 고문의 간격에 대해서도 다뤘다. 또 재판관이 입회한 상태에서 피고인이 고문대 위에서 눈물을 흘리는 지도 정기적으로 검사해야 한다고 덧붙였다. 이 상태에서 눈물을 흘리면 무죄로 밝혀지는 것이다. 그러면서도 피고인들이 침을 활용해 눈물을 가장하기 때문에 고문대 위에서 흘리는 눈물을 믿어서는 안 된다고 덧붙였다. 하지만 계속되는 고문으로 만신창이가 된 불쌍한 피고인들에게는 재판관이 입회할 때를 대비해 흘릴 눈물 같은 건 남아있지 않았다. 그쯤이면 피고인들은 이미 제정신이 아니었을 거라고 토라는 생각했다. 재판관이 입회하지 않은 상태에서 흘린 수많은 눈물은 물론 인정되지 않았다. 이 모든 악행의 궁극적인 목적은 1장과 2장에서 설명하고 있는 마술행위에 대한 거짓 자백을 이끌어내, 여성의 사악한 본성을 증명하는 것이었다.

토라는 겨우 몸을 일으켜 앉았다. 그리고 침대 옆 협탁에 놓인 사악한 책을 흘끗 바라보았다. 토라는 그 책을 읽으면서 유일하게 얻어낸 긍정적인 교훈을 떠올리며 기운을 내려고 애썼다. 1500년 이후로 인류는 분명 진보해왔다는 것이다. 그녀는 침대에서 내려와 샤워를 했다. 출근 준비를 하며 토라는 아들의 방문을 두드려 자는 아이를 깨웠다. 언제나처럼 아침식사 시간은 눈코 뜰 새 없이 지나갔고, 식탁 의자에 앉아 차분하게 아침을 먹은 건 솔리뿐이었다. 차가 세워진 곳으로 다가가면서 토라는, 저녁때 아빠가 데리러 올 거라는 사실을 아이들에게 환기시켰다. 아이들은 아빠와 주말을 보내러 가기 전에는 심드렁하다가도 다녀오고 나면 늘 만족스러워했다. 이번에도 만족감을 느끼도록 하려면 어떻게든 승마 일정을 무산시켜야 한다.

아이들을 학교에 내려준 뒤 토라는 바로 출근했다. 매튜에게 보여줄 생각으로 책 사이에 끼어있던 종잇장도 챙겨온 상태였다. 9시 정각에 맞춰 영업이 시작되려면 아직 30분이나 남았기 때문에 사무실에는 당연히 아무도 없었다. 커피를 내리고 메일을 확인할 시간은 충분했다. 이 기이한 사건에 모든 시간을 할애하느라 토라는 다른 사건들에 대해 전혀 신경을 쓰지 못했다.

브리에트는 아침 8시 30분에 시작하는 강의시간에 맞춰 학교에 도착했다. 하지만 구나르 교수가 강의실로 향하는 브리에트를 붙잡았고, 그와 짧은 대화를 나눈 그녀는 도저히 강의에 들어갈 수 없었다. 대신 브리에트는 담배를 피우기 위해 계단으로 황급히 걸어갔다. 무엇보다 마음을 진정시켜야 했다. 그런 다음 친구들에게 이 소식을 알려야 했다. 그녀는 슬림 멘솔 한 모금을 깊이 빨아들였다. 마르타가 니코틴이 너무 약하다며 브리에트에게 아무런 양심의 가책 없이 비흡연자라고 우겨도 된다고 빈정거렸던, 바로 그 브랜드였다. 마르타는 말보로를 피웠다. 브리에트는 마르타의 번호를 찾으면서 친구가 뻑뻑 피워도 좋을 만큼 충분한 양의 담배를 가지고 있길 바랐다. 담배가 필요한 순간이었기 때문이다.

"여보세요." 마르타가 전화를 받자 브리에트는 허둥거리며 말했다. "나야, 브리에트."

"열라 일찍 전화했네." 목소리가 잠긴 것으로 보아 전화벨 소리 때문에 잠에서 깬 게 분명했다.

"얼른 학교로 와. 구나르가 미쳤는지 자기가 시키는 대로 하지 않으면 무슨 수를 써서라도 우리를 퇴학시키겠대."

"뭘 말 같지도 않은 소리?" 잠이 확 달아난 목소리였다.

"다른 애들한테도 전화해서 학교로 오라고 해. 난 절대 퇴학 안 당할 거야. 우리 아빠가 날 죽이려 들 거라고. 난 학생 대출도 못 받게 생겼단 말이야."

마르타가 끼어들었다. "진정 좀 해. 구나르가 어떻게 우릴 쫓아 내? 넌 어떤지 몰라도 내 성적은 괜찮다고."

"우리 과 운영위원회에 마약 복용으로 문제 제기를 할 거래. 몰래 수집한 증거도 있대. 그렇게 나랑 브리얀을 퇴학시키고 나서 너랑 안드리랑 도리도 똑같이 쫓아낼 거라고 했어. 구나르가 시키는 대로 해야 해. 누가 뭐래도 난 할 거야." 브리에트는 불안했다. 마르타가 또 어깃장을 놓으면 어쩌지? 제발 한 번이라도 시키는 대로 하면 어디가 덧나나?

"구나르가 원하는 게 뭔데?" 브리에트의 불안감이 마르타에게도 전염된 듯했다.

"그 토라라는 변호사랑 만나래. 그 여자가 우리를 만나고 싶어하 니까 협조하라는 거지. 실은 우리가 거짓말한 것도 다 알지만 그건 신경 쓰지 않겠대. 그냥 변호사와 만나 이야기를 해보래." 브리에 트는 담배 한 모금을 빨아들이고는 빠르게 내쉬었다. 전화기 반대 편에서 누군가 마르타에게 무슨 일이냐고 묻는 소리가 들렸다.

"알았어." 마르타가 대답했다. "다른 애들한테도 전화해봤어?"

"아니, 네가 도와줘야 해. 최대한 빨리 끝내버리고 싶어. 10시에 만나서 담판 짓자. 나 수업도 들어가야 한단 말이야."

"도리한테는 내가 말할게. 안드리랑 브리얀한테는 네가 전화해. 서점에서 보자." 마르타는 군말 없이 전화를 끊었다.

브리에트는 휴대폰을 노려보았다. 보나마나 마르타와 같이 있는 사람은 도리일 것이다. 그러니까 자기는 누구에게도 전화를 걸지 않겠단 얘기다. 언제나처럼 귀찮은 일은 또 브리에트의 몫이었다. 안드리나 브리얀 둘 중 하나에게만 전화하라고 했더라도 이렇게 기분 더럽지 않을 텐데. 브리에트는 계단에 담배를 비벼 불을 껐다. 그녀는 주소록에서 브리얀의 번호를 찾으며 서점을 향해 걸었다.

구나르는 자신의 사무실 창문 너머로 브리에트가 걸어가는 모습을 지켜보았다. 좋아, 당황하기 시작했군. 조금 전 브리에트를 만났을 때만 해도 그는 말을 지어내느라 진땀을 뺐다. 그 패거리에 대한 증거가 전혀 없었기 때문이다. 단지 마약에 깊이 연루됐다는 심증뿐이었다. 그 변호사와 면담을 해보라는 제안도 먹혀 들어갈지 알 수 없었다. 이제껏 패거리들은 구나르의 부탁을 단 한 번도 들어준 적이 없었다. 게다가 그 패거리들이 이렇게 빨리 움직일 거라고는 그조차 예상하지 못했다. 구나르가 위협이라는 수단에 기댈 수밖에 없었던 건 그 때문이다. 저 패거리가 이해할 만한 언어. 그의 추측은 정확하게 맞아떨어진 듯했다.

구나르는 단 한 번도 패거리가 마음에 든 적이 없었다. 하랄트가 단연 최악이었지만, 다른 녀석들도 나을 게 없었다. 하랄트와 나머지 멤버의 유일한 차이점이라면, 내면과 일치하도록 외양을 변형시키지 않았다는 것뿐이다. 소위 역사학회라는 그 혐오스러운 모임을 없애버리기 위해 필사적으로 애쓰던 구나르가 학생기록부까지 뒤져보았지만 놀랍게도 그 중 몇몇은 성적이 우수하기까지 했다.

그는 블라인드를 내리고 수화기를 집어들었다. 테이블 위에 변호사의 명함이 놓여있었다. 그 변호사, 그리고 독일인과 원만한 관계를 유지해야만 했다. 하랄트가 훔쳐간 문서를 되찾으려면. 유물을 훔칠 생각을 하다니. 구나르는 그 구역질나는 놈을 호의적으로, 예의를 갖춰 이야기했다는 게 견딜 수 없을 만큼 짜증났다. 하랄트는 그저 좀도둑에 불과하며, 그 자신에게도 주변 사람들에게도 수치스러운 존재였다. 구나르는 수화기를 내려놓았다. 마음을 가라앉혀야 했다. 이런 기분으로 변호사와 통화하면 곤란하다. 심호흡을 하고 다른 생각에 집중해보자. 이를테면 에라스무스 지원금 같은 것들. 신청서도 제출했고, 승인될 가능성도 매우 높았다. 구나르는 가까스로 평정심을 되찾았다. 수화기를 들고 명함에 나온 번호로 전화를 걸었다.

"안녕하세요, 토라. 저 구나르입니다." 그는 최대한 정중한 목소리로 말했다. "하랄트의 친구들 말인데요, 만나고 싶다고 하셨죠?"

21장

토라가 이토록 나쁜 자세로 앉아있는 무리와 대면하는 건 길피의 열여섯 번째 생일파티 이후 처음이었다. 게다가 토라와 매튜 맞은편에 앉아있는 그들은 길피보다 거의 열 살은 많은 성인이었다. 그들은 마치 하늘에서 소파 위로 추락하기라도 한 듯한 모양새였다. 게다가 키가 큰 빨간 머리 여자를 제외하고는 다들 자기 발가락만 내려다보고 있었다. 그날 아침, 구나르의 전화를 받은 토라는 브리에트에게 연락해 다른 친구들과 함께 만날 약속을 잡았다. 브리에트는 내키지 않는 목소리였지만 마지못해 친구들을 모아 11시에 만나는 데 동의했다. 담배를 피울 수 있는 곳에서 만나자는 브리에트의 제안에 딱히 선택지를 떠올리지 못한 토라는 하랄트의 아파트에서 보자고 대답했다. 브리에트의 반응은 퉁명스러웠지만, 전화를 받은 이후 줄곧 무뚝뚝했던 걸 떠올려보면 토라가 그들을 파리로 초대했다고 해도 같은 반응이 돌아왔을 것이다. 매튜는 하랄트의 아파트에서 만나기로 했다는 소식을 듣자 매우 기뻐하면서 학생들이 냉정을 잃고 진실을 말할 가능성이 높아졌다고 전망했다.

학생들을 기다리는 동안 토라는 매튜에게 《마녀의 망치》 사이에서 발견한 종이를 보여줬다. 두 사람은 메모 내용을 꼼꼼히 훑어보았지만 '인스부르크-1485'를 제외하고는 이렇다 할 결론을 내지 못했다. '인스부르크-1485'는 분명 크래머가 그 도시에 당도한 연도를 가리켰고, 어쩌면 하랄트가 몰두했던 그 오래된 편지들과도 관련 있을지 몰랐다. 토라는 'J. A.'가 욘 아라손 주교Bishop Jón Arason(종교개혁에 반대하다 처형당한 아이슬란드의 로마가톨릭 주교—옮긴이)를 의미하는 거라고 확신했다. 1550년은 그가 처형된 해이기 때문이다. 그러면서도 토라는 하랄트가 이 문구에 줄을 그은 이유를 알아낼 수 없었다. 두 사람이 짐작하기에 이 메모는 《마녀의 망치》 초고의 행방을 하랄트가 기록해놓은 지도였다. 매튜는 십자가 방명록에 대해서는 한 번도 들어본 적이 없다고 말했다. 하랄트의 아파트에도 방명록은 없으며, 경찰이 압수해간 물건들 중에도 그런 게 없었다는 것이다. 바로 그때 초인종이 울렸다. 두 사람은 더 이상 추측을 이어갈 수 없었다.

학생들은 알아서 거실 소파 두 개에 나란히 붙어앉았다. 토라와 매튜는 맞은편 의자에 자리를 잡았다. 토라는 재떨이 몇 개를 찾아 테이블에 놓았고, 학생들이 피워낸 담배 연기가 곧 거실을 메웠다.

"우리한테 원하는 게 뭐예요?" 빨간 머리의 마르타가 물었다. 나머지 친구들이 마르타를 쳐다보았다. 리더가 먼저 말을 꺼내 토라와 매튜의 시선을 그쪽으로 집중시킨 데 안도하는 눈치였다. 그들은 한시도 쉬지 않고 담배를 피워댔다.

"우리는 그저 하랄트에 대해 이야기를 나누고 싶었어요." 토라가 대답했다. "아시다시피 몇 번이나 여러분을 만나려고 연락했지만 매번 달갑지 않은 대답만 받았거든요."

마르타는 침착한 모습이었다. "학기 중이라 바쁘기도 하고, 안면도 없는 사람들이랑 대화를 나누는 것보다 더 중요한 일들이 많으니까요. 솔직히 두 분과 이야기를 해야 할 의무도 없잖아요. 저희다 경찰 진술을 완료했고요."

"네, 그렇죠." 토라가 대답했다. 그녀는 마르타의 태도가 무척이나 거슬린다는 사실을 드러내지 않으려 애썼다. 태도가 마음에 들지 않기는 나머지 학생들도 마찬가지였다. "이렇게 시간 내줘서 정말 고마워요. 절대 오래 걸리지는 않을 거예요. 아시겠지만 우리는 독일에 있는 하랄트의 가족을 대신해 살인사건을 조사하는 중이고 여러분이 하랄트의 가장 친한 친구들인 걸로 알고 있어요."

"뭐, 저야 모르죠. 하랄트랑 자주 어울리기는 했어도 걔가 자기혼자 있을 때 뭘 했는지, 그것까지 알 수는 없잖아요." 마르타가 이렇게 말하자 브리에트는 동의의 뜻으로 진지하게 고개를 끄덕였다. 다른 학생들은 여전히 자기 무릎만 내려다보았다.

"다섯 명이 아니라 꼭 한 사람만 있는 것처럼 말하네." 매튜가 입을 열었다. "우린 후에 토리손과도 얘기를 해봤어. 물론 너희들 다 아는 친구겠지만. 그런데 그 친구 말에 의하면 하랄트랑 가장 많이 어울려 다닌 건 바로 도리 너라고 하던데. 통역이나 뭐 그런 것들을 도와줬다고 말이야." 매튜는 마르타 옆에 바짝 붙어 앉아있는 도리를 바라보며 물었다. "내 말이 맞아?"

도리가 고개를 들었다. "아, 네. 하랄트랑 자주 놀았죠. 하랄트가 아이슬란드어로 된 자료나 그런 것들을 이해하기 어려워해서 제가 도와줬어요. 친구였으니까요." 그는 자신과 하랄트의 관계가 아주 평범했다는 걸 강조하듯 어깨를 으쓱해보였다.

"학생은 후에의 친구이기도 하죠?" 토라가 물었다.

"네. 어릴 때부터 친구였어요." 도리는 이렇게 말하고는 고개를 숙였다. 그가 고개를 재빨리 숙이는 바람에 머리칼이 얼굴을 완전히 가려 시선을 마주칠 수 없었다.

"우리가 상황을 분명히 파악하고 있다는 걸 명심해야지. 너희 친구 하나가 살해당했고, 다른 친구는 살해 용의자로 의심을 받고 있어. 이럴 경우 너희 모두 우리를 돕고 싶어 안달해야 정상인 것 같은데, 그렇지?" 매튜가 도리를 보며 미소를 지었지만 머리칼에 가로막혀 시선을 마주치지는 못했다. 그는 다른 학생들에게로 시선을 돌리며 말을 이었다. "그리고 당연히 너희들에게도 마찬가지로 적용되는 이야기겠지?"

그들은 하나 같이 고개를 푹 숙인 채 '네'라고 웅얼거리거나 고개를 끄덕이며 동의를 표했다.

"좋아." 매튜가 허벅지를 탁 치며 덧붙였다. "그럼 준비는 다 됐네. 어떤 얘기부터 하는 게 좋을까." 그는 토라를 쳐다보며 물었다. "토라, 당신이 먼저 시작할래요?"

토라는 학생들을 향해 미소 지으며 질문을 했다. "각자 하랄트랑은 어떻게 만나게 됐는지, 그리고 마술학회는 뭘 하는 곳인지 설명해주면 어떨까요? 알아보니까 꽤나 특이한 모임 같던데."

다들 마르타를 바라보며 그녀가 먼저 말을 꺼내기를 바랐다. 그러나 마르타는 팔꿈치로 도리의 옆구리를 쿡쿡 찌르며 질문을 그에게 넘겼다. 토라가 보기에는 불필요하게 강압적인 제스처였다. 도리가 얼굴을 찡그리면서 입을 열었다. "어떻게 만났냐고요? 작년에 후에를 통해서 처음 알게 됐어요. 시내에 있는 바에서 둘이 먼저 만났고요. 재밌는 친구라는 생각이 들어서 어울리기 시작했죠. 다들 그러잖아요. 밥도 먹고, 술도 마시고, 공연도 같이 보러 다녔죠. 그러다가 하랄트가 학회를 만들려고 하는데 가입할 생각이 있냐고 해서 좋다고 했어요. 그러면서 다른 애들도 알게 됐고요."

마르타가 도리의 말을 이어갔다. "저는 브리에트를 통해 가입하게 됐어요. 얘가 먼저 같은 수업을 들으면서 하랄트를 알게 됐고, 학회가 뭐하는 곳인지 같이 알아보자고 했거든요." 브리에트는 이번에도 열심히 고개를 끄덕였다.

"그럼 그쪽은요?" 토라가 나란히 앉아 담배를 피우고 있던 안드리와 브리얀을 바라보며 물었다.

"저희요?" 담배 연기를 제때 내뿜지 못한 안드리가 콜록거리며 물었다.

"네." 토라가 대답했다. "거기 두 사람요." 그녀는 의심을 없애기 위해 손가락으로 둘을 가리켰다.

브리얀이 먼저 나섰다. "브리에트랑 마찬가지로 전공이 역사학이라 자연스럽게 학회에 대해 알게 됐어요. 하랄트가 저랑 얘기를 좀 하더니 가입하라고 했고요. 재밌을 거 같아서 안드리도 모임에 같이 데려갔죠." 안드리가 어색하게 웃음을 지었다.

"그럼 학회의 활동 목적이 뭐였는지 물어봐도 될까요? 후에에게 들기로는 주로 난교 파티를 벌였다고 하던데요. 역사적인 관점에서 마법에 관심 있는 사람들의 모임이라는 건 위장일 뿐이라고요."

키득거리는 세 남학생과 대조적으로 마르타는 입술을 일그러뜨리더니 억울하다는 듯 격분하며 반론을 펼쳤다. "난교 파티요? 그런 건 없었어요. 고대의 마법과 주술 문화에 대해 공부했을 뿐이라고요. 옛날이야기들이 생각처럼 고루하지 않거든요. 아주 흥미롭죠. 모임을 가진 뒤에 좀 놀았던 거는 학회 활동과는 무관한 일이고, 늘 그랬듯 후에가 헛다리를 짚은 거라고요. 걔는 이 학회가 뭐하는 곳인지 전혀 이해를 못 했어요." 마르타는 팔짱을 끼며 소파에 몸을 기댔다. 찡그린 표정은 여전히 그대로였다. 마르타는 토라와 매튜를 노려보며 말을 이었다. "물론 두 분도 우리 학회가 뭐 하는 곳인지 전혀 알 수 없겠죠. 보나마나 닭의 목이나 자르고, 수제인형에 바늘이나 꽂을 거라고 상상하고 있을 테니까요."

"그렇다면 마술이 어떤 건지 우리한테 친절하게 설명해줄래?" 매튜가 물었다.

마르타가 툴툴거렸다. "아저씨랑 선생님 놀이 할 생각 없어요. 마술은 그저 스스로의 인생에 변화를 주고자 하는 개인들의 비관습적인 노력 같은 거예요. 비관습적이라는 건 물론 현대인의 관점에서 그렇다는 거고요. 옛날에는 마술이 아주 보편적인 행위였고, 가난한 사람들에게는 비참한 현실을 좀 더 낫게 만들 수 있는 유일한 희망이었죠. 대개는 자신이 원하는 방향으로 상황을 왜곡시키려는 행위였어요. 마술 행위로 인해 다른 누군가 대가를 치를 때도, 그렇지 않을 때도 있죠. 제가 보기에 주의를 기울여 마법을 거는 행위는 내가 원하는 특정 목표에 그만큼 가까이 다가간다는 뜻이기도 해요. 그렇기 때문에 마법 행위를 하고 나면 그 이전보다 목표를 이뤄낼 가능성이 더 높아지는 셈이죠."

"예를 들어 설명해줄 수 있나요?" 토라가 물었다.

"사랑하는 사람의 마음을 얻거나 성공을 거머쥘 수 있게 되는 거죠. 병을 낫게 하거나 적에게 해를 입힐 수도 있고요. 사실 정해진 건 없어요. 하지만 오래된 주술은 대부분 인간의 기본적인 욕구와 관련이 있죠. 그때만 해도 사는 게 그리 복잡하지 않았나 보죠."

《마녀의 망치》를 읽은 토라는 이의를 제기하고 싶어 못 견딜 지경이었다. 그녀가 기억하기로, 사건의 이해관계에 따라 끊임없이 왜곡되고 자의적으로 변질되는 당시 사법체계에서 개인이 자신을 변론하기란 매우 어렵고 복잡한 문제였기 때문이다. "그럼 학생은 어떤 마술을 사용해봤어요?" 토라는 마르타를 약 올리기 위해 덧붙였다. "닭의 목을 자르거나 인형에 바늘을 꽂는 걸 제외하고요."

"아주 웃기네요." 마르타는 웃는 기색 없이 말했다. "아이슬란드에서는 주로 마법 심벌이 사용됐어요. 물론 주문을 완성하기 위해서는 심벌을 새기거나 그리는 것 이상의 노력이 필요했지만요. 다른 유럽 지역에서도 마법 심벌이 사용됐는데, 거기서도 마찬가지였어요. 심벌을 그리기만 한다고 끝이 아니었죠."

"또 뭐가 필요했지?" 매튜가 물었다.

"주문을 외우고 동물이나 사람 뼈, 혹은 처녀의 머리카락을 모으는 거죠. 별로 심각한 건 아니고요." 마르타가 냉랭하게 답했다.

"네. 그리고 인간의 신체 일부가 필요할 때도 있죠." 브리에트가 끼어들었다. 그러자 학생들은 찬물을 끼얹은 듯 조용해졌다. 브리에트는 얼굴을 붉히며 입을 꾹 다물었다.

"정말?" 매튜가 놀라움을 가장하며 물었다. "예를 들면? 손? 머리칼?" 그는 잠시 말을 멈추더니 덧붙였다. "아니면 눈알?"

아무도 입을 열지 않았다. 잠시 침묵이 흐른 후 마르타가 당당하게 말했다. "눈알이 필요한 주문은 한 번도 들어본 적 없어요. 동물의 눈알이라면 모를까."

"다른 친구들은 어때? 혹시 그런 주문 들어본 적 있어?" 매튜가 다시 물었다.

다들 아무 말도 없이 고개만 저었다. "아뇨." 브리얀이 드디어 목소리를 냈다.

"그럼 손가락은요?" 토라가 재빨리 물었다. "손가락이 필요한 주문에 대해서 읽어봤거나 아니면 직접 실행에 옮긴 적 있나요?"

"아뇨." 도리가 대답했다. 그리고 자신의 논점을 분명히 하겠다는 듯 머리칼을 넘기고는 토라와 매튜를 단호하게 바라보며 덧붙였다. "한 가지 분명히 짚고 넘어가고 싶은데요. 저희는 인간의 신체 일부가 필요한 주문을 한 번도 사용하지 않았습니다. 말하고 싶은 게 뭔지 모르겠지만요. 우린 하랄트를 죽이지 않았어요. 우선 그 가능성부터 확실하게 배제하세요. 경찰에서 알리바이도 다 확인했다고요." 도리는 몸을 앞으로 수그려 테이블 위에 널려있던 담뱃갑 중 하나에서 담배를 꺼내 입에 물었다. 그는 담배에 불을 붙여 한 모금 깊이 들이마신 다음 천천히 내뱉었다.

"그럼 후에가 하랄트를 죽였다?" 토라가 물었다. "그 말인가요?"

"전 그렇게 말하지 않았어요. 남이 하는 말을 좀 귀기울여 들으세요." 도리가 열을 내며 대답했다. 그가 말을 더 할 듯이 몸을 앞으로 당겼지만 마르타가 한 쪽 팔로 가로막으며 뒤로 밀어냈다.

도리보다 훨씬 더 차분한 목소리로 마르타가 나섰다. "무슨 논리로 그렇게 말씀하시는지 모르겠는데요. 우리가 하랄트를 죽이지 않았다고 해서, 그게 자동적으로 후에가 죽였다는 뜻이 되지는 않아요. 도리는 단지 우리가 하랄트를 죽이지 않았다는 사실을 지적한 거예요. 아시겠어요?" 이렇게 말하고 소파에 등을 기댄 마르타는 도리의 손가락 사이에 끼워진 담배를 빼내 한 모금 빨아들이고는 제자리에 끼웠다. 반면 브리에트의 얼굴을 보아하니 짜증이 가득했다. 둘 사이의 친밀함이 그녀의 신경을 긁은 모양이었다.

"후에는 하랄트를 죽이지 않았어요. 걔는 그럴 애가 아니에요." 도리가 무뚝뚝하게 중얼거렸다. 그는 마르타의 팔을 밀어내고는 테이블 반대편으로 팔을 뻗어 재떨이에 담뱃재를 털었다.

"그럼 너는? 너는 그런 애니? 내 기억이 정확하다면 네 알리바이는 친구들과 다르게 빈틈이 있던데." 매튜가 도리를 바라보며 대답을 기다렸다.

마침내 도리가 폭발했다. 그의 목소리가 분노로 낮아지더니 입을 여는 동시에 소파 끝으로 바짝 다가와 앉았다. 소파에서 떨어지지 않으면서도 매튜에게 최대한 가까이 다가간 것이다. "하랄트는 제 친구였어요. 좋은 친구요. 우리는 서로 챙겨주고 도움이 필요할 때 돕는 친구였다고요. 난 절대 하랄트를 죽이지 않았어요. 절대로. 제기랄! 당신들은 경찰보다 훨씬 더 심각하게 헛다리를 짚으면서도, 정작 자기들이 무슨 말을 지껄이는지도 모르고 있잖아." 도리는 아직 불이 붙어있는 담배로 매튜에게 삿대질을 했다.

"그런데 하랄트를 어떻게 도와줬다는 거죠? 아이슬란드어를 통역해주는 걸 제외하고 말이에요?" 토라가 잽싸게 끼어들었다.

도리는 매튜에게서 시선을 옮겨 여전히 화가 난 눈빛으로 토라를 노려보았다. 그는 뭔가 말하려는 듯 입술을 떼다가 이내 닫아버렸다. 그러고는 담배 한 모금을 빨아들이더니 담뱃불을 끄고는 다시 소파에 기대어 앉았다.

역사 전공자인 브리얀이 중재자 역할을 자처하며 나섰다. "아, 하고 싶은 얘기가 정확히 뭔지 모르겠네요. 누군가 하랄트를 죽였는데, 그게 후에가 아니라면 누구냐? 당연히 이게 궁금하시겠죠. 그런데 두 분의 시간과 에너지를 절약하려면요, 우리 얘기가 진실이라는 점을 받아들이세요. 우리는 하랄트를 죽이지 않았어요. 그럴 이유가 없잖아요. 하랄트는 항상 재밌고, 기발한 생각을 해내고, 돈도 진짜 잘 쓰고…, 우리한테는 이보다 더 좋을 수 없는 친구였어요. 다시 말해서 하랄트가 없으면 우리 학회는 아무것도 아니에요. 우리 중에서 그날 하랄트를 죽일 수 있었던 사람도 없잖아요. 살인이 일어났을 때 우리는 그 근처에 가지도 않았고, 그걸 증명해줄 목격자도 수두룩하다고요."

화학과에서 석사과정을 밟고 있는 안드리가 친구의 말을 거들었다. 그의 두 눈이 어딘가 흐리멍덩해서 토라는 그가 약에 취해있는 건 아닌지 조금 의심스러웠다. 어쩌면 화학에 대한 그의 학구열은 학문적인 영역을 벗어난 것인지도 모른다. "얘 말이 전적으로 맞아요. 하랄트는 정말 특별한 놈이었어요. 미쳤다고 우리가 걔를 없애고 싶어했겠어요? 냉소적이고 이상하게 굴 때도 있지만 기본적으로는 아주 괜찮은 애였다고요."

"대단한 우정이네." 매튜가 비아냥거렸다. "그런데 한 가지 궁금한 게 있는데, 도리를 제외하고는 다들 그날 파티에 갔었잖아. 그날 후에랑 하랄트가 같이 화장실에 들어갔다가 옷에 핏자국을 묻혀서 나오는 걸 본 사람이 있나?"

도리를 제외하고 모두들 고개를 내저었다. "그런 데서 옷 따위에 신경 쓰는 사람이 어딨어요." 안드리가 어깨를 으쓱했다. "그런 일이 있었는지 모르지만 저는 기억이 안 나요." 나머지 세 사람도 동의한다는 듯 고개를 끄덕였다.

그들은 한동안 아무 말도 없이 앉아있었다. 그 사이 담배 몇 개비에 불이 붙었다가 꺼져갔다. 매튜가 먼저 침묵을 깼다. "그러니까 다들 누가 하랄트를 죽였는지는 모른다?"

그들은 한 목소리로 대답했다. "네."

"그리고 이 마법 심벌이 뭔지도 모르고?" 매튜는 하랄트의 가슴에 새겨진 심벌 스케치를 테이블 위에 던지며 물었다.

이번에도 그들은 일제히 대답했다. "네."

"그림을 한번 살펴보기라도 해야 신빙성이 있지." 매튜가 다시 빈정댔다. 그들 중 누구도 그림을 찬찬히 뜯어보지 않았다.

"경찰이 이미 저 심벌을 보여줬어요. 무슨 얘기를 하는 건지 우리도 잘 안다고요." 마르타가 지겹다는 듯 느릿하게 대답했다. 그녀는 도리의 허벅지에 편안하게 한 손을 올렸다.

"그렇구나, 잘 알겠어. 그런데 하랄트가 살해되기 얼마 전에 아이슬란드로 송금한 돈이 어디로 사라졌는지 아는 사람 있나?" 매튜가 물었다.

"아뇨. 그건 우리도 전혀 몰라요. 우리가 하랄트의 친구지, 회계사는 아니잖아요."

"당시 하랄트가 뭔가를 구입하거나 구입할 거라는 얘기를 한 적은 없나요?" 토라는 진실을 말할 가능성이 가장 높아 보이는 브리에트를 향해 물었다.

"하랄트는 항상 뭔가를 샀어요." 브리에트는 마르타와 도리를 쏘아보며 대답했다. 마르타의 손이 도리의 허벅지에 올라가 있는 모습을 신경질적으로 바라보던 브리에트가 토라에게 시선을 돌리며 덧붙였다. "자기한테 필요한 걸 사든지 아니면 도리한테 뭔가를 사줬죠. 둘이 정말 가까웠거든요." 그녀는 심술궂게 웃었다.

토라는 도리의 볼이 빨갛게 달아오르는 걸 알아챘다. "하랄트가 뭘 사줬나요? 무슨 이유 때문에요?" 그녀가 물었다.

도리는 어색하게 몸을 흔들었다. "상상하시는 그런 게 아니었어요. 제가 뭔가를 도와주면 그 대가로 이것저것 선물을 준 거예요."

토라는 쉽게 놓아줄 생각이 없었다. "정확히 어떤 선물요?"

도리는 더욱 얼굴을 붉혔다. "그냥 이것저것요." 그는 다시 머리칼로 두 눈을 가렸다.

매튜는 또다시 자기 허벅지를 탁 치며 말했다. 이전보다 더 확신에 찬 몸짓이었다. "좋아, 얘들아. 나한테 좋은 생각이 있어. 마르타, 브리에트, 브리앙, 안드리, 너희들은 아무것도 모른다고 했지. 내 생각에도 너희한테는 알아낼 수 있는 게 별로 없는 듯해. 그러니까 너희는 집에 가서 공부를 하든지 아니면 수업을 들으러 가든지, 각자 볼 일을 보러 가는 게 좋겠다. 대신 나랑 토라는 여기서 도리와 차분하게 대화를 나눌 거야." 그는 도리를 바라보며 덧붙였다. "그게 좋지 않겠어? 그래야 덜 어색하지."

"웃기고 있네!" 마르타가 소리를 질렀다. "우리랑 마찬가지로 도리도 아는 게 전혀 없다고요." 그녀는 도리를 돌아보며 채근했다. "여기 남을 필요 없어. 같이 나가자."

도리는 처음에는 아무 말이 없더니 자기 허벅지 위에 올려진 마르타의 손을 밀어내며 어깨를 으쓱했다. "좋아요."

"좋아요? 뭐가 좋다는 거야? 우리랑 같이 안 갈 거야?" 마르타가 짜증을 내며 물었다.

"아니," 도리가 대꾸했다. "빨리 해치우고 싶어. 난 남을 거야."

마르타의 표정이 어두워졌지만 그녀는 감정을 억누르며 아무렇지 않은 척했다. 그녀가 도리의 귓가에 뭔가 속삭이고는 자리에서 일어났다. 도리는 멍하니 고개를 끄덕였다. 토라는 마르타가 도리의 머리에 가볍게 키스를 하고, 브리에트가 이 모습을 애써 외면하는 광경을 모두 지켜보았다. 안드리와 브리앙은 황급히 담배를 끄더니 자리에서 일어났다. 안도하는 기색이 역력했다.

22장

매튜가 현관문까지 학생들을 배웅했다. 그동안 토라와 도리는 과거의 고문 장면으로 벽면이 도배된 모던한 거실에 앉아있었다. 토라는 당장이라도 자리를 박차고 나가고 싶어하는 듯한 학생이 안쓰럽게 여겨졌다. 어떤 면에서 이 상황은 길피가 처한 곤경과 비슷하게 보였다. 원인이 불분명한 내적 갈등에 빠진 젊은 남자.

"우리는 다만 진실을 알고 싶을 뿐이에요. 잘 알죠? 당신이 무슨 바보 같은 실수를 저질렀든 우리는 거기엔 관심 없어요." 토라는 숨막히는 분위기를 누그러뜨릴 요량으로 입을 열었다. "사실 우리도 사건의 기본 맥락과 관련해서는 당신과 생각이 같아요. 후에는 결백하거나 아니면 적어도 자신이 지은 죄보다 훨씬 더 무거운 혐의로 기소될 위기에 처했다는 거죠."

도리는 토라의 시선을 피하며 말했다. "후에가 죽였을 리 없어요." 그는 한층 낮은 목소리로 덧붙였다. "완전 개소리라고요."

"친구를 아끼는 마음, 잘 알겠어요. 친구를 돕고 싶다면, 지금으로서는 우리에게 아무것도 숨기지 말고 털어놓는 게 최선이에요. 우리 말고는 후에를 도울 사람이 없다는 걸 명심하세요."

도리는 속을 드러내지 않고 혼자 끙끙거렸다.

거실로 돌아온 매튜가 의자에 풀썩 주저앉았다. 그는 잠시 생각에 잠긴 표정으로 도리를 바라보았다. "참 희한한 친구들이야. 나가면서 보니까 두 여자 친구는 썩 사이가 좋아 보이지 않던데."

도리가 어깨를 으쓱했다. "다들 기운이 없어서 그런 거예요."

"그렇군. 자, 그럼 본론으로 들어가 볼까?" 매튜가 말했다.

"그러시든지요." 도리가 퉁명스레 대꾸했다. "질문을 던지면 제가 아는 선에서 대답해볼게요." 토라는 담뱃갑을 향해 뻗은 도리의 손이 떨리는 걸 지켜보았다.

"그러지, 친구." 매튜는 거의 아버지 같은 어조로 말했다. "우리가 몇 가지 궁금해하는 게 있는데, 분명 네가 도와줄 수 있을 거야. 하나는 하랄트의 돈 문제고, 다른 하나는 너랑 하랄트가 함께 진행했다는 역사 연구 프로젝트에 관한 거야. 먼저 돈 얘기부터 해보자고. 하랄트의 재정 상태에 대해 아는 게 있나?"

"재정 상태요? 그거에 대해서는 맹세코, 전혀 몰라요. 물론 하랄트가 더럽게 부자라는 사실 정도는 바보라도 알 수 있었죠." 도리는 거실을 가리키며 어깨를 으쓱했다. "차도 엄청 비까번쩍했고, 외식을 하는 일이 많았어요. 안타깝게도 우리 중에는 그렇게 여유 있는 애는 없거든요."

"하랄트 혼자 외식을 했나요?" 토라가 물었다. "하랄트를 빼면 다들 가난한 학생이었다면서요."

이것은 분명 도리에게 불편한 질문이었다. "뭐, 가끔은요." 그는 담배를 뻐끔거리며 대답했다. "어떤 때는 저랑 같이 외식하기도 했어요. 하랄트가 같이 먹자고 했거든요."

"그럼 하랄트가 너를 데리고 가서 외식을 한 다음 돈도 냈다, 이 말인가?" 매튜가 묻자 도리가 고개를 끄덕였다. "혼자 외식하는 것보다 너랑 같이 먹는 일이 더 잦았고?" 도리가 다시 고개를 끄덕였다. "하랄트가 또 어떤 걸 사줬지?"

도리는 갑자기 재떨이에 대한 호기심이라도 생기거나 질문에 대한 답이 거기에 있기라도 하다는 듯 재떨이를 뚫어져라 바라보았다. "뭐, 이것저것요."

"그건 답이 아니에요." 토라가 차분하게 설득했다. "그냥 솔직하게 얘기해봐요. 우리는 당신이나 하랄트에 대해서 비난하려고 여기 온 게 아니에요."

잠시 정적이 흐르고 도리가 입을 열었다. "저 대신 뭐든 다 계산해줬어요. 집세, 교재, 옷, 택시. 마약까지도요. 말 그대로 다요."

"왜?" 매튜가 물었다.

도리가 어깨를 으쓱했다. "하랄트 말로는 돈 문제에 있어서는 내키는 대로 뭐든 할 수 있다고 했어요. 돈 없는 친구들과 다니면서 절대 자기 돈을 아끼는 법이 없었죠. 저는 그게 창피했지만, 돈 한 푼 없는 상태였고 하랄트는 같이 놀기에 정말 재밌는 친구였거든요. 돈 때문에 껄끄러운 일은 한 번도 없었어요. 그래서 자료 번역이나 그런 것들을 도와주면서 하랄트에게 진 빚을 갚고 싶었어요."

"그런 것들이 정확히 뭐지?" 매튜가 물었다.

"별 거 아니에요." 그의 얼굴에 붉은 기가 점점 더 퍼져나갔다. "성적인 건 절대 아니에요. 그런 걸 상상하셨다면 말이죠. 그 문제에 있어서는 하랄트나 저나 취향이 확실했거든요. 같이 놀았던 여자애들도 많았고요."

토라와 매튜는 시선을 주고받았다. 도리가 설명한 지출 금액을 다 합쳐도 사라진 금액에 비하면 푼돈에 불과했다. "하랄트가 살해당하기 직전, 거액의 투자를 했던 일에 대해서는 아는 게 있나요?"

도리는 고개를 들었다. 표정으로 미루어보아 진실을 말하는 게 틀림없었다. "아뇨, 전혀 몰라요. 그런 얘기를 한 번도 못 들어봤어요. 사실 살해당하기 전 주에는 거의 만나지 못했어요. 하랄트도 바쁜 듯했고 저도 학교 수업 따라가느라 정신이 없었거든요."

"하랄트가 무슨 일로 바빴는지 아니면 그 주에 만나기 어려웠던 이유가 따로 있었는지 모르는 거예요?" 토라가 물었다.

"네. 제가 몇 번 전화를 했는데 누구를 만날 기분이 아니었던 거 같아요. 왜 그랬는지는 저도 모르겠어요."

"그럼 하랄트가 살해당했을 시점에 걔랑 며칠 간은 못 만난 상태였겠네?" 매튜가 물었다.

"네. 그냥 통화만 했었죠."

"그게 이상하다는 생각은 안 들었어? 아니면 그 전에도 며칠 동안 혼자 틀어박히는 일이 종종 있었나?" 매튜가 물고 늘어졌다.

도리는 잠시 생각을 하더니 입을 열었다. "그때는 이상하다는 생각이 안 들었는데 지금 듣고 보니, 평소랑 다르긴 했어요. 이전에는 한 번도 그런 적이 없거든요. 암튼 제 기억에는 그래요. 제가 전화로 무슨 일 있냐고 물어봤는데, 그냥 혼자 지낼 시간이 필요하다고만 했어요. 목소리는 평소처럼 쾌활한 편이었고요."

"그 사이에 하랄트에게 서운한 감정이 생기지 않았어요?" 토라가 물었다. 지금까지 두 사람이 그렇게 많은 시간을 함께 어울려 다닌 것에 비춰보면 며칠 사이 가장 친한 친구를 아무런 설명도 없이 잃는 게 썩 즐거운 경험은 아니었을 것이다.

"그렇진 않았어요. 저도 어차피 학과 공부 때문에 바빴거든요. 병원 알바도 해야 했고요. 이것저것 생각할 것도 많았죠."

"포스보구르에 있는 병원에서 일한다고 했죠?" 토라가 물었다. 도리는 고개를 끄덕였다. "거기서 알바도 하고 의대 공부도 하면서, 어떻게 그 많은 파티에 참석을 했어요?"

도리가 어깨를 으쓱했다. "풀타임으로 근무하는 자리가 아니니까요. 저는 종종 대타로 일하는 게 전부예요. 여름방학 때도 근무하고, 겨울에 비상상황이 터지면 근무하기도 하고요. 직원이 아프거나 결근을 하면 제가 그 자리를 메우는 거죠. 그리고 학교 수업 관련해서 말씀드리자면, 제가 공부에 있어서는 엄청 체계적이에요. 배우는 게 어렵다고 느낀 적이 없어요."

"병원에서는 무슨 일을 하지?" 매튜가 물었다.

"이것저것 하죠. 외과수술에서 보조인력으로 일해요. 수술이 끝나고 나면 도구들을 세척하고 정리하고 뭐 그런 자잘한 일이죠."

매튜가 의미심장한 눈빛으로 도리를 살펴보았다. "어떤 걸 정리한다는 거지? 그냥 궁금해서 묻는 거야. 병원에 관해서는 아는 게 하나도 없거든."

"그냥 물건들요. 쓰레기랑 뭐 그런 거요."

"아하!" 매튜가 소리쳤다. "병원 직속 상사나 아니면 네가 하는 일과 관련해서 우리가 연락을 취할 만한 사람이 있어? 특히 하랄트가 살해된 날 밤에 대해 이야기해줄 수 있는 사람 말이야."

왼쪽 손목에 찬 징 박힌 팔찌를 만지작거리는 것으로 보아 도리는 어떻게 대답해야 좋을지 몰라 난감한 듯했다. "구누르 헬가도티르." 그는 시무룩한 말투로 겨우 중얼거렸다. "외과 수간호사예요."

"궁금한 게 있어요." 토라는 간호사의 이름을 수첩에 받아 적으며 물었다. "누가 하랄트의 혀 수술을 해줬죠? 당신이 한 거죠?"

도리는 담배에 불을 붙이려다가 멈칫했다. "왜요? 그게 왜 중요한데요?"

"알고 싶어서요. 하랄트의 컴퓨터에 수술 장면이 찍힌 사진이 있는데 누군가의 집에서 촬영한 거더라고요. 아마 하랄트가 아는 사람의 집이겠죠. 중요한 건 아니고 그냥 알고 싶어서 그래요."

도리는 머뭇거리며 토라와 매튜를 번갈아 살폈다. 토라가 보기에 도리는 혀 수술을 하려면 전문 자격증이 필요한지 아니면 그 자체가 불법행위인지 따져보는 듯했다. 잠시 아랫입술을 깨물더니 마침내 그가 입을 열었다. "아뇨. 제가 한 거 아니에요."

"팔뚝 좀 볼 수 있을까요?" 토라는 도리가 팔에 타투를 하고 나서 크게 후회했다는 후의 말을 떠올리며 미소를 지었다.

"왜요?" 도리는 미심쩍은 눈빛으로 소파에 기대며 물었다.

"그냥 보고 싶어서." 매튜가 의자 끄트머리로 다가가 앉으며 말했다. 그는 토라가 왜 이런 요구를 하는지 전혀 알지 못했다. "여기 계신 숙녀 분께 소매 걷어붙이고 팔뚝을 보여드려야 착한 아이지."

도리는 비트처럼 얼굴이 새빨갛게 달아올랐다. 매튜는 도리에게 더욱 바짝 다가앉았고 도리는 소파에 더욱 깊이 몸을 파묻었다. 그러고는 겁이 난 표정으로 눈을 부라리며 소매를 걷어붙였다. "여기요." 그는 이렇게 쏘아붙이며 팔을 내밀었다.

"crap이라고 새겨져 있네요?" 토라는 도리의 오른쪽 손목 바로 윗부분을 바라보며 말했다.

"그래서요?" 도리가 소매를 내리며 반문했다.

"재밌는 도안이네요. 하랄트의 혀 수술을 집도한 사람도 팔에 똑같은 타투를 갖고 있었거든요." 토라는 도리를 향해 웃으며 오른팔을 가리켰다. "어떻게 된 사연이죠?"

"아무것도 아니에요." 도리가 느릿느릿 대답했다. 그는 두 손으로 머리칼을 쓸어넘기더니 두 눈을 꼭 감았다. "그래요. 제가 했어요. 후에네 집에서요. 하랄트가 하도 끈질기게 졸라대서 결국 제가 두 손 든 거죠. 병원에서 도구를 빌려왔고, 마취제도 슬쩍 했어요. 아무도 눈치를 못 채더라고요. 수술은 후에가 도와줬고요. 아주 역겨웠죠. 그렇지만 쿨해 보이긴 했어요."

어련했을까. 토라가 혼자 생각했다. "병원에서 약을 훔쳐간 사실을 알면 별로 달가워하지 않을 텐데, 그렇죠?"

"당연하죠. 그래서 쉬쉬했던 거라고요. 대부분의 사람들은 절대 이해 못 할 짓이고, 미친놈 취급받고 싶지도 않았어요."

매튜가 고개를 흔들더니 별안간 전혀 다른 질문을 던졌다. "질문을 하나 할 건데, 이상하게 들릴 수도 있어. 어쩌면 아닐 수도 있고. 어쩌면 너에게도 익숙한 일인지 모르지." 그는 도리와 시선을 맞추기 위해 아주 잠깐 말을 멈췄다가 물었다. "하랄트가 성적 쾌감을 높이려고 종종 질식성애를 즐겼다는 거 알고 있었어?"

도리의 안색이 또다시 새빨갛게 변했다. "그거에 대해서는 말하고 싶지 않아요."

"왜?" 매튜가 물었다. "혹시 모르잖아. 하랄트가 그것 때문에 사망하게 됐을지도."

도리가 두 발로 반짝이는 베니어 바닥재를 두드리는 동안 그의 무릎이 위아래로 흔들렸다. "하랄트는 그렇게 죽지 않았어요." 그는 반쯤 속삭이는 듯한 목소리로 말했다.

토라가 깜짝 놀라 물었다. "그걸 당신이 어떻게 알아요?"

바닥을 때리는 도리의 발소리가 더욱 빨라졌다. 그는 여전히 아무 말이 없었다. 토라와 매튜 역시 아무 말도 하지 않았다. 두 사람은 그저 젊은 남자를 바라보면서 기다렸다.

얼마간 시간이 흐른 후 도리는 모든 걸 포기한 듯 심호흡을 하며 입을 열었다. "아, 시발! 이게 사건이랑 대체 무슨 상관인지 모르겠지만, 그래요. 하랄트가 그런 짓을 한다는 건 알고 있었어요."

"그걸 어떻게 알게 됐지?" 매튜가 날카롭게 질문을 던졌다.

도리의 발소리가 멈췄다. "하랄트가 말해줬어요. 나한테도 해보라면서." 그는 더 이상 아무 말도 하지 않은 채 시선을 매튜에게서 토라에게로 옮겼다.

"그래서 시도해봤나요?" 토라가 물었다.

"아뇨." 도리가 단호하게 대답했고 토라는 그의 말을 믿었다.

"정신 나간 짓은 나도 많이 해봤지만, 그것만큼 미친 짓은 한 번도 보지 못했어요."

"봤다고?" 매튜가 물었다.

붉어진 도리의 안색이 더 짙어졌다. "봤다고 말할 수는 없죠. 그런 뜻으로 한 말 아니에요. 연루됐다는 게 더 정확한 표현이죠." 그가 시선을 내리깔았다. "올 가을이었어요. 파티를 한 후 이 소파에서 골아떨어졌다가 한밤중에 기분 나쁘게 헐떡거리는 소리를 듣고 잠에서 깼죠." 그는 매튜를 보았다. "그 소리를 알아챈 게 천만다행이죠. 그런 상태에서는 보통 아침이 올 때까지 쭉 뻗어 자거든요. 아무튼 그날은 중간에 잠에서 깨어나 무슨 일인지 확인하려고 가봤는데, 하랄트가 말 그대로 당장이라도 숨이 넘어갈 것처럼 발버둥을 치고 있는 거예요." 토라는 도리가 그날의 기억을 더듬으며 몸서리치는 모습을 본 것 같았다. "그리고 목에 아주 단단히 감겨있던 벨트를 풀었어요. 벨트 한쪽 끝이 라디에이터에 묶여있어서 푸는 게 쉽지 않았어요. 어쨌든 심폐소생술을 실시해서 하랄트는 겨우 의식을 되찾을 수 있었어요. 정말 아슬아슬했죠."

"하랄트가 혹시 자살 기도를 한 건 아니었나요?" 토라가 물었다.

도리는 그녀를 힐끗 바라보며 고개를 저었다. "아뇨, 절대 자살 기도가 아니었어요. 그냥 제 말을 믿으세요. 그때 하랄트 상태가 어땠는지 자세히 설명하고 싶지 않아요." 이번에는 토라의 얼굴이 붉어졌고 그 모습을 본 도리는 기분이 좋아진 듯했다. 탄력을 받은 도리의 말이 계속됐다. "그 후 하랄트랑 그 일에 대해 이야기를 했는데, 아무렇지도 않게 인정을 하더라고요. 심지어 저한테 시도

해보라고까지 했어요. 진짜 뿅 가는 기분이라고. 하지만 자기가 하마터면 황천길 갈 뻔했다는 사실을 잘 알고 나자 무서워하기는 했죠."

"그러면 그 사건 이후에도 하랄트가 그 버릇을 못 고쳤다고 생각하는 거야?" 매튜가 물었다.

"절대 못 고쳤을 거예요." 도리가 대답했다. "하지만 장담은 못 하겠네요. 진짜 겁에 질렸었거든요."

"그게 언제였는지 기억나?" 매튜가 물었다.

"9월 11일 새벽요." 그는 잠시의 망설임도 없이 답했다.

매튜는 생각에 잠긴 듯 고개를 끄덕였다. 그는 토라를 바라보면서 독일어로 말했다. "그날로부터 10일 후에 유언장을 변경했어요." 토라는 고개를 끄덕이며, 자기 앞에 있는 젊은 남자가 하랄트의 새로운 유언장에 아이슬란드인 상속자로 이름을 올렸다고 확신했다. 도리가 하랄트의 생명을 구하고 불과 며칠 뒤에 유언장을 다시 썼다. 그의 이름이 유언장에 포함되는 건 어쩌면 당연했다.

"저 독일어 알아들을 수 있어요." 도리가 음흉한 미소를 지었다.

매튜 역시 음흉한 눈빛으로 한동안 도리를 바라보다가 말했다. "후에 말로는 하랄트가 다른 사람들 앞에서 너한테 못되게 굴기도 했다며? 내가 정확히 기억하는지 모르지만 망신을 주기까지 했다던데, 그것 때문에 상처받지는 않았어?"

도리가 콧방귀를 꼈다. "후에가 대체 무슨 소리를 했다는 거예요? 하랄트는 보통 사람들이랑 다르거든요. 물론 짜증을 유발하기도 했지만 같이 있으면 진짜 재밌다고요. 저한테는 특히 잘해줬어요. 특히 단둘이 있을 때는요. 뭐, 다른 친구들하고 어울릴 때 가끔 개자식처럼 군 적이 있기는 해요. 후에한테 물어봐도 마찬가지겠지만 저는 별로 신경 안 썼어요. 또 하랄트는 사과할 줄 아는 친구였어요. 별일 아니었어요. 가끔 짜증이 나는 정도였죠."

토라는 도리의 속마음을 직감적으로 간파했다. 보나마나 하랄트의 변덕은 견디기 힘든 수준이었을 것이다. 하지만 지금 이 시점에서 그에 대해 캐묻는 건 무의미했다. "그럼 하랄트가 진행하고 있던 연구에 대해 아는 게 있나요? 어떤 방식으로 하랄트의 연구를 도왔는지 설명해주겠어요?"

도리는 화제를 전환하는 게 기뻤는지 곧바로 대답했다. "대단한 건 아니었어요. 주로 번역을 도와주거나 자료조사를 하는 정도였죠. 하랄트가 온갖 자료를 다 뒤적거리다보니 자료들 간의 관련성은 발견하지 못했지만, 어차피 저야 역사 전공자도 아니니 제 의견은 별로 중요하지 않죠. 이 주제에서 저 주제로 산만하게 떠돌아다녔다고 보시면 돼요. 제가 아이슬란드어에서 영어로 옮겨준 번역문을 읽고 있다가 난데없이 다른 글을 읽어봐 달라고 부탁한다든가, 뭐 그런 식이었어요."

"하랄트가 관심을 보인 주제나 글 중에 구체적으로 기억나는 게 있어?" 매튜가 물었다.

"아, 전부 다 기억하기는 힘들죠. 처음에 주로 번역했던 건 마녀사냥 시대에 관한 올리나 토르바르토티르의 박사논문을 일부 발췌한 글이었어요. 그 다음에는 스칼홀트에 관심을 보이기 시작했어요. 그 지역 대학생들이 작성한 마법 관련 글을 몇 편 읽어보고 나서 흥미를 느끼더라고요. 그리고 과거에 유통됐었다는 마법에 관한 책에도 관심을 보였고요. 또 덴마크어로 된 오래된 편지도 한 통 가지고 있었어요. 덴마크어는 자신이 없었지만 그래도 최선을 다해서 번역했죠. 편지는 어떤 특사와 뭔가에 관한 내용이었는데, 그게 뭔지는 저도 이해를 못 했어요. 그 편지 내용을 확인하더니 하랄트는 갑자기 방향을 수정했어요. 마녀사냥에 대해서는 더 이상 큰 관심을 안 보이고 1세기쯤 전으로 돌아가더라고요. 한번은 1590년경 오두르 에이나르손Oddur Einarsson 주교가 아이슬란드에 관해 작성한 글 일부를 번역해준 적이 있었어요. 헤클라 산에 관한 글이었는데, 그 산을 오른 한 사내가 분화구를 내려다보고는 정신이 나가버렸다는 이야기가 있었던 걸로 기억해요. 그러고 나서 하랄트는 1510년 헤클라 화산 폭발, 1550년에 처형당한 욘 아라손 주교, 그리고 브리뇰푸르 스베인손Brynjólfur Sveinsson 주교에 관한 이야기에 푹 빠져버렸죠. 아, 그러더니 갑자기 아일랜드의 수도사들에 대해 알고 싶어했어요. 그러니까 걔가 살해당했을 무렵에는 마녀사냥보다 한참 전의 역사에 대해 조사하던 참이었어요. 아이슬란드에 이주민이 완전히 정착하기 이전으로 거슬러 올라갔죠."

여러 개의 연도를 막힘 없이 줄줄 외우는 것으로 보아 도리는 뛰어난 기억력을 지닌 게 분명했다. 미친 듯이 파티를 하면서 학교 공부도 너끈히 해내는 게 전혀 놀랍지 않군. 토라는 속으로 생각했다. "아일랜드 수도사라고요?" 그녀가 물었다.

도리는 고개를 끄덕이며 말했다. "네. 바이킹 족보다 먼저 아이슬란드로 이주해왔던 수도사들이죠."

"그렇군요." 토라는 뭘 더 물어야 좋을지 몰랐다. 그러다가 불현듯 학생들과의 면담을 주선해준 딱한 구나르 학과장을 떠올렸다. "덴마크어로 쓰여졌다는 그 오래된 편지 말이에요, 하랄트가 그 편지를 어디서 얻었는지 아니면 그게 지금 어디에 있는지 아나요?"

도리가 고개를 저었다. "그걸 어떻게 손에 넣었는지는 전혀 몰라요. 그것 말고도 오래된 편지가 몇 장 더 있었는데 그 편지랑 비교해서 읽어보더라고요. 그 편지들은 가죽 지갑 안에 넣어가지고 다녔지만 덴마크 편지는 안 그랬어요. 분명 어딘가에 있겠죠."

"혹시 말이라는 이름을 가진 사람 알아?" 매튜가 불쑥 물었다.

도리는 두 사람을 쳐다보더니 고개를 저었다. "아뇨, 그런 이름은 한 번도 못 들어봤어요. 왜요?"

"아니, 그냥 궁금해서." 매튜가 대답했다.

도리가 뭔가를 더 말하려는 순간, 그의 휴대폰이 울렸다. 전화기를 꺼내 화면을 확인한 그가 얼굴을 찡그리며 도로 주머니에 넣었다.

"엄마 전화?" 매튜가 씩 웃으며 물었다.

"퍽이나요." 도리가 쓸쓸하게 대답했다.

주머니 안 휴대폰에서 문자메시지 도착음이 울렸다. 도리가 전화기 꺼낼 생각을 하지 않자 토라는 바로 질문을 던졌다. "혹시 하랄트가 보관 중이거나 조사하던 것 중에 방명록 같은 게 있었어요? 십자가 방명록이라든지, 뭐 그런 비슷한 이름을 가진 걸로?"

도리는 멍한 표정을 지었다. "십자가 방명록요? 십자가 교파 같은 걸 말씀하시나요?"

"아뇨, 그런 게 아니고요." 토라가 부연했다. "그러니까 방명록에 관해서는 전혀 들은 바가 없다는 거죠?"

"네."

매튜가 두 손을 꽉 쥐며 다시 끼어들었다. "하랄트가 까마귀를 사려고 했던데, 그 얘기 좀 해봐."

도리의 목젖이 꼴깍 하고 움직였다. "까마귀요?" 목소리가 한 옥타브 정도 높아졌다.

"네." 토라가 재차 질문했다. "하랄트가 까마귀를 사려고 했었다는 사실을 밝혀냈어요. 왜 그랬는지 알아요?"

도리가 어깨를 으쓱했다. "아뇨. 하지만 하랄트가 까마귀를 갖고 싶어했다면 저는 대환영이었을 거예요. 흥미로운 조류잖아요."

토라는 도리가 거짓말을 한다고 확신했지만 어떻게 해야 실토하게 만들지 알 수가 없었다. 토라가 생각을 정하기 전에 매튜가 먼저 질문을 했다. "하랄트가 마술박물관을 구경하려고 홀마비크에 갔던 일에 대해서는 아는 게 좀 있나?"

"아뇨." 도리는 이번에도 거짓말을 했다.

"그럼 호텔 랑가에 갔던 일에 대해서는요?" 토라가 물었다.

"몰라요." 이번에도 거짓말이었다.

매튜가 토라를 바라보며 말했다. "홀마비크와 호텔 랑가. 아무래도 여행을 좀 다녀와야겠죠?" 도리의 표정으로 보아 그는 두 사람의 여정이 별로 달갑지 않은 듯했다.

23장

아파트를 빠져나오는 도리는 십년은 감수한 기분이었다. 건물 밖으로 나와 인도에 선 채 어깨 너머로 아파트 창문을 돌아보았다. 토라나 매튜가 창가에서 서서 자신을 감시하지는 않는 듯했다. 다만 아래층 창문의 커튼이 살짝 흔들리는 듯하자 도리는 참견하기 좋아하는 아랫집 이웃에게 욕설을 퍼부었다. 그 말라비틀어진 여편네는 아직도 수작을 부리고 있군. 도리는 혼자 생각했다. 그 여자는 하랄트를 잠시도 가만두지 않았다. 기침만 해도 불평을 해댈 정도였다.

그해 초여름이었다. 하랄트의 집에서 파티를 벌인 다음날 아침, 도리가 하랄트 대신 현관문을 열었다가 그 여편네의 장광설을 들어야만 했다. 어찌나 끝도 없이 잔소리를 해대던지! 지독한 숙취에 시달리던 그는 누군가의 숨소리와 말 한 마디에도 이마를 내리치는 듯한 두통을 느꼈다. 그는 그날을 떠올리며 몸서리를 쳤다. 그날 상황이 어떻게 마무리됐는지는 다시 생각하고 싶지도 않았다.

그는 아랫집 여자를 밀치고 현관 밖으로 머리를 내민 다음 구토를 했었다. 당연히 여자는 노발대발했지만, 그날 저녁 하랄트가 간신히 여자의 화를 풀어준 듯했다. 그리고 도리는 여름 내내 없는 사람처럼 조용히 하랄트의 집을 드나들어야 했다. 그런데도 다른 친구들은 도리가 겨우 이 이야기를 꺼냈을 때 위로는커녕 배꼽을 잡고 웃기만 했다.

도리의 휴대폰이 다시 울렸다. 그는 주머니에서 전화기를 꺼내 화면을 보았다. 발신자는 이번에도 마르타였다. 도리는 전화를 받았다. "왜?"

"다 끝났어?" 더 이상 못 기다리겠다는 듯 안달난 목소리였다. "너 기다리고 있어. 얼른 와."

"어딘데?" 도리는 사람을 만나고 싶은 기분이 아니었다. 당장이라도 집에 가서 드러눕고만 싶었다. 하지만 그럴 가능성은 없었다. 마르타가 몇 번이고 계속 전화를 해댈 것이고, 끝까지 전화를 받지 않으면 집까지 찾아올 게 뻔했다. 빨리 부딪혀서 해치워버리는 게 최선이었다.

"101이야, 빨리 와."

도리는 전화를 끊고 발걸음을 더욱 재촉했다. 밖은 추웠고, 그는 지쳐있었다. 얼마 지나지 않아 호텔 정문 앞에 도착한 그는 문 앞에 선 채 오는 길에 머리와 코트 위에 쌓인 눈을 털어냈다. 그는 손가락으로 머리칼을 쓸어넘기며 다시 한 번 머리를 흔들었다. 그런 다음 문을 열어 안으로 들어갔다. 친구들은 평소처럼 흡연 구역에 앉아있었다. 테이블에 놓인 커피 몇 잔과 맥주 한 잔이 눈에 들어왔다. 갑자기 그는 주체할 수 없을 정도로 맥주를 들이켜고 싶은 갈망에 사로잡혔다. 친구들이 있는 곳으로 걸어갔다. 소파에 붙어 앉아있던 마르타와 브리에트가 둘 사이에 자리를 만들었지만 그는 다른 의자에 앉았다. 지금은 두 여자 사이에 끼어앉을 기분이 아니었다.

마르타와 브리에트는 기분 상한 티를 내지 않으려 애썼고, 도리는 두 친구가 둘 사이의 공간을 눈에 띄지 않게 메우는 모습을 지켜보았다. 마르타는 냉정을 잃지 않는 데 선수였다. 순수하게 경멸이나 분노를 드러낼 때를 제외하고는 절대 감정을 드러내지 않았다. 상처받은 자존심이란 그녀의 사전에 없는 말이었다. "빌어먹을! 대체 왜 전화를 안 받은 거야?" 마르타가 으르렁댔다. "우린 목이 빠져라 기다리고 있는데."

도리는 이 말에 격분했다. "넌 대체 뭐가 문제냐? 그 변호사들이랑 이야기하고 있었잖아. 그 상황에서 대체 무슨 얘기를 할 수 있는데?" 누구도 반응을 보이지 않자 도리는 같은 질문을 반복했다. "어? 내가 그 상황에서 무슨 얘기를 할 수 있냐고?"

마르타는 도리의 말을 무시했다. "망할, 문자 정도는 보낼 수 있었잖아. 그게 그렇게 힘든 일이야?"

"아, 그렇고말고." 도리가 비아냥거렸다. "참 보기 좋았겠네. 내가 대체 뭘로 보이냐? 열세 살짜리 계집애 같아?"

브리얀이 끼어들었다. "무슨 일 있었어? 너 괜찮냐?" 그는 맥주를 마시며 차분히 물었다.

도리는 더 이상 맥주의 유혹을 거부할 수 없었다. 그는 웨이터를 불러 커다란 맥주 한 잔을 주문했다. 그런 다음 다시 친구들에게로 몸을 돌리고 말했다. "무사히 잘 끝났어. 알잖아, 의심만 많고 정작 아는 게 없더라고." 그는 오른손 손가락으로 테이블 가장자리를 가볍게 두드리며 다른 손으로는 담뱃갑을 찾으려고 코트 주머니를 뒤적거렸다. 하지만 담뱃갑은 없었다. "담배를 거기에 두고 왔나봐. 한 대만 빌려주라."

브리에트가 던져준 담뱃갑을 보고 도리는 인상을 구겼다. 전형적으로 여자들이나 피우는 새하얀 멘솔인 것도 모자라 슈퍼슬림형이었다. 하지만 그는 담뱃갑을 집어들어 한 개비를 꺼냈다. 마르타가 뚱해 있는 게 아쉬울 뿐이었다. 그녀는 말보로를 피웠는데, 도리에게는 그런 게 진짜 담배였다. 그는 한 모금 빨아들인 담배를 입에서 꺼내 흘끗 내려다보고는 고개를 저었다. "넌 어떻게 이런 쓰레기를 피울 수가 있냐?"

"다른 사람들 같으면 그냥 고맙다고 인사나 했을 텐데." 브리에트가 툴툴거렸다.

"미안. 내가 신경이 좀 곤두서 있었나봐." 맥주가 나오자 도리는 길게 한 모금 들이키더니 한숨을 푹 내쉬었다. "아, 이제 좀 살 거 같네."

"그 인간들한테 쓸데없는 얘기한 거 아니지?" 마르타가 다그쳤다. 화가 조금 가라앉은 목소리였다.

도리는 맥주를 한 모금 더 마시고는 머리를 흔들었다. "아니야. 중요한 얘기는 하나도 안 했어. 당연히 이것저것 주절거리기야 했지. 쉴 틈 없이 사람을 들들 볶는데 뭐라고 떠들기는 해야 하잖아."

마르타가 생각에 잠긴 표정을 짓더니 고개를 끄덕였다. 도리의 대답이 만족스러운 모양이었다. "정말 확실한 거지?"

도리가 한 쪽 눈을 찡긋하며 대답했다. "확실하지, 걱정 마."

마르타의 얼굴에 웃음이 번졌다. "나의 영웅."

"당연한 거 아냐?" 도리는 무심한 듯 말하며 멘솔 담배를 얼굴 앞에서 흔들어보였다. "어때, 나 귀여워 보이지 않냐?"

안드리가 낄낄거리더니 자기 담뱃갑을 테이블 맞은편의 도리에게 던졌다. "그 인간들이 다음에는 어떻게 나올까? 또 우리를 만나고 싶어하려나?"

"아니. 안 그럴 거야." 도리가 대답했다.

"잘됐네." 브리얀이 안도의 한숨을 쉬며 말했다. "계속 제자리걸음만 하다가 포기했으면 좋겠다."

유일하게 웃지 않는 건 브리에트뿐이었다. "그럼 후에는? 후에는 완전히 잊어버린 거야?" 그녀는 충격을 받은 표정으로 친구들을 둘러보았다.

도리의 얼굴에서 웃음기가 사라졌다. "아니야. 물론 아니지." 그는 또다시 맥주 한 모금을 넘겼지만 아까처럼 맛이 좋지는 않았다.

마르타가 브리에트의 팔에 주먹을 날리자 브리에트는 악 하고 비명을 질렀다. "대체 왜 그렇게 혼자 심각하게 구는 건데? 그 둘은 절대 중간에 포기 안 할 거야. 결국 뭔가를 알아내겠지. 중요한 건 우리가 그 사건에 얽혀들어서는 안 된다는 사실이야. 너의 그 비관주의도 마찬가지고."

"자기가 짓지도 않은 살인죄로 처벌받는 사람이 어디 있다고 그래. 후에는 풀려날 거야. 두고 보라고." 안드리가 조소를 날렸다.

"너는 대체 어떤 현실에서 살고 있는 거야?" 욱신거리는 팔의 통증에도 굴하지 않고 브리에트가 따져 물었다. 그녀가 친구 마르타에게 감히 맞서는 일은 아주 드물었지만, 도리를 대하는 다른 친구들의 태도를 도저히 그냥 보고 넘길 수가 없었다. "죄 없는 사람들이 누명을 쓰는 일이 얼마나 많은데."

"그만 좀 싸워." 마르타는 이렇게 말하면서도 시선은 도리에게 고정하고 있었다. "다 괜찮아질 거야. 걱정하지 마. 가서 뭐 좀 먹자. 배고파 죽겠어."

다들 자리에서 일어나 각자 물건을 챙겼다. 모두 계산을 하러 가는데 마르타가 도리를 한쪽으로 잡아챘다. "너 그거 다 없앴지?" 도리가 시선을 피하려고 하자 마르타는 그의 턱을 잡고 억지로 시선을 맞췄다. "다 없앤 거 맞아?"

도리가 고개를 끄덕였다. "다 없앴어. 걱정 마."

"난 심지어 집에 있는 마리화나까지 다 없앴다고. 너도 나만큼 조심하는 게 좋아. 그 인간들이 여기저기 휘젓고 다니기 시작하면, 냄새를 맡은 경찰이 수색영장이라도 들고 불쑥 나타날지 모른다고. 정말 다 없앤 거 맞지?"

도리는 몸을 바로 펴고 마르타의 눈을 응시했다. 그리고 단호한 어조로 대답했다. "맹세해. 다 없앴어."

마르타는 그제야 그의 턱을 놓아주었다. "가자, 계산하러."

도리는 멀어지는 그녀의 뒷모습을 바라보았다. 자기 말을 곧이곧대로 믿다니. 짜릿한 기분이었다. 다른 사람도 아니고 언제나 그의 거짓말을 꿰뚫어보던 마르타가 말이다. 확실히 거짓말 실력이 늘고 있었다. 멋진 일이군.

토라는 자기 앞에 앉은 남자의 덥수룩한 눈썹에 한눈을 팔지 않으려고 애썼다. 토라와 매튜는 지금 하랄트의 논문을 지도했던 토르비요른 올라프손 교수의 연구실에 앉아있었다.

"이렇게 시간 내주셔서 감사합니다." 토라가 웃으며 말했다.

"별일 아닌걸요. 감사인사는 구나르 학과장에게 해야죠. 그가 이 자리를 주선했으니까요. 그렇지만 두 분이 이렇게나 빨리 찾아오실 거라고는 생각을 못 했습니다." 도리가 하랄트의 아파트를 떠나고 얼마 지나지 않아 토라는 토르비요른 교수의 전화를 받았고, 토라와 매튜는 바로 그를 만나러 가기로 했다. 교수는 손가락으로 돌리고 있던 연필을 내려놓고 말했다. "그래서 어떤 걸 알고 싶으신지요?"

토라가 먼저 입을 열었다. "아마도 구나르 학과장님께 저희와 하랄트의 관계에 대해서는 설명을 들으셨겠죠?" 교수가 고개를 끄덕이자 토라는 말을 이었다. "평소에 하랄트를 어떻게 생각하셨는지, 그리고 그의 학과공부, 특히 진행 중이던 연구에 대해서 듣고 싶습니다."

교수는 웃음을 터뜨렸다. "제가 하랄트를 잘 안다고 할 수는 없습니다. 학생들과 좀처럼 시간을 같이 보내지 못했거든요. 솔직히 별로 끌리는 일이 아니라서요. 학생들의 연구가 어떻게 진행되는지 살피기는 하지만 개인적으로 가까워지고 싶지는 않습니다."

"그렇더라도 하랄트에 관한 의견은 있으실 것 같은데요?" 토라가 재차 물었다.

"물론 그렇죠. 조금의 과장도 없이 말씀드리자면, 하랄트는 아주 특이한 학생이었어요. 단순히 외모 때문만은 아니죠. 그렇지만 저는 하랄트가 전혀 거슬리지 않았어요. 구나르와는 달리요. 그는 하랄트를 못 견뎌했거든요. 저는 자기만의 방식대로 연구를 진행하는 학생들을 좋아합니다. 하랄트는 무척 근면하고 집중력이 뛰어난 학생이었어요. 따라서 그에게는 더 이상 요구할 것도 없었죠."

토라가 눈을 동그랗게 떴다. "집중력이 뛰어났다고요? 학과장님 말씀으로는 연구 분야가 중구난방이었다고 하던데요."

교수가 코웃음을 쳤다. "구나르의 방식은 구식이에요. 하랄트는 정반대였고요. 구나르는 학생들이 사전에 계획된 코스로만 움직이길 원해요. 하랄트는 제가 선호하는 타입의 학생이었어요. 이를테면 연구를 진행하면서 옆길로 새기도 하는 거죠. 저는 그게 좋은 접근이라고 생각합니다. 종착점이 어딘지 알 수 없고 시간이 더 걸리지만, 때로는 뜻밖의 돌파구를 찾게 해주니까요."

"그럼 하랄트는 학과장님의 주장과는 달리 논문 주제를 바꿀 생각이 없었던 거군요?" 매튜가 물었다.

"전혀 없었죠." 교수가 말했다. "구나르는 항상 모든 게 엉망이 돼버릴 거라고 확신하는 사람이에요. 제 생각에는 하랄트가 이 학교에 눌러앉을까봐 두려워한 게 아닌가 싶습니다. 아시다시피 그런 경우가 종종 있으니까요."

"하랄트의 연구에 대해 자세히 설명을 해주실 수 있나요?" 토라가 물었다. "저희는 하랄트의 관심 분야와 살인사건이 연관돼 있는 게 아닌지 궁금하거든요."

그러자 이번에는 교수가 두 눈을 동그랗게 떴다. "진심이신가요?" 토라와 매튜가 고개를 끄덕였다. "글쎄요. 저는 그렇게 생각해본 적이 없어서요. 만약 그렇다면 정말 놀라운 일이겠군요. 역사라는 과목이 서로를 죽이려 들 정도로 흥분되는 주제는 아니거든요." 교수가 덧붙였다. "어쨌든 하랄트는 아이슬란드와 유럽 본토의 마법사사냥을 비교연구할 계획이었어요. 아시겠지만 아이슬란드에서는 마술 행위로 화형당한 게 주로 남자였던 반면, 다른 지역에서는 여자들이 처형을 당했으니까요. 그게 논문의 출발점이기도 했고요. 유럽 본토의 마녀사냥에 대해서는 충분히 숙지하고 있었기 때문에 하랄트는 아이슬란드어로 된 자료를 수집하고 이곳의 마법사사냥 시대에 관해 검토하는 데 몰두했죠. 제 생각에 하랄트가 살해됐을 당시 이미 그 시대에 관해 개략적인 검토는 마친 상태였을 겁니다."

"그렇다면 샛길이라고 말씀하셨던 건 정확히 어떤 것들이었죠?" 매튜가 물었다.

교수는 잠시 생각에 잠겼다가 입을 열었다. "일단 하랄트는 욘 아라손 주교와 그가 아이슬란드로 들여온 것으로 알려진 인쇄기에 큰 관심을 보였어요. 처음에는 그걸 어떻게 마법사사냥과 연결지을 생각인지 이해가 되지 않았지만 진행을 하도록 내버려뒀죠. 그러더니 그 관점을 버리고 스칼홀트의 주교였던 브리뇰푸르 스베인손에 관심을 보이기 시작했어요. 제가 보기에도 그게 더 나은 접근법이었습니다."

"마법사사냥과 관련 있는 인물인가요?" 토라가 물었다.

"물론이죠." 교수가 대답했다. "마법사사냥이 일어났을 당시에 주교였으니까요. 하지만 마술 문제에 있어서는 일반적으로 온건한 노선을 택했던 인물로 알려져 있죠. 마법사의 첩을 소지했던 소년들이 화형당할 위기에 처하자 스베인손이 스칼홀트의 학교에 그들을 숨겨줬던 사건이 잘 알려져 있습니다. 하지만 당시 기록을 잘 살펴보면 논쟁의 여지가 있는 인물이기도 합니다. 당시 아이슬란드에서 가장 악명 높은 마법사 사냥꾼이었던 셀라르달루르의 팔과는 친척 관계였지만, 그를 저지하기 위해 아무런 노력도 하지 않았죠. 팔의 농장에 질병을 퍼뜨린 혐의로 일곱 명의 남자들이 화형을 당했는데도 말입니다."

"방금 말씀하신 마법사의 첩에 대해서 하랄트가 유난히 관심을 보이던가요?" 매튜가 물었다.

교수는 고개를 천천히 흔들었다. "아니오. 그런 기억은 없습니다. 〈스칼홀트 첩〉이라는 이름으로 알려진 문서인데, 브리뇰푸르 주교의 지시로 파기됐을 겁니다. 그렇지만 주교가 그 전에 첩에 나와있던 여든 개의 주문을 따로 기록해두었을 가능성이 있죠. 제 생각으로는 그렇습니다. 하랄트는 브리뇰푸르의 서가에 매료되어 있었어요. 각종 문서며 서지들이 가득했으니까요. 그리고 주교의 개인사에 대해서도 물론 호기심을 보였고요."

"왜죠?" 매튜가 이렇게 물으며 멋쩍은 듯 덧붙였다. "제가 아이슬란드 역사에 대해서는 아는 게 도통 없어서요."

교수는 매튜를 향해 측은한 미소를 지으며 말했다. "간단히 설명하자면, 브리뇰푸르에게는 일곱 명의 자식이 있었지만 성인이 될 때까지 살아남은 건 라근헤이두르와 할도르, 단 두 명뿐이었습니다. 딸인 라근헤이두르는 혼외 관계에서 아들을 하나 낳았는데, 브리뇰푸르가 그녀에게 모든 명예를 걸고 처녀임을 공개서약하게 만든 지 불과 아홉 달 뒤에 일어난 일이었습니다. 애초 서약을 하게 된 이유는 라근헤이두르가 아버지의 젊은 조수 다디와 불륜을 저지르고 있다는 헛소문 때문이었습니다. 라근헤이두르는 사생아 아들을 빼앗겼고 아기는 브리뇰푸르 가족의 손에 길러지기 위해 다른 곳으로 보내졌죠. 그리고 얼마 지나지 않아 그녀는 세상을 떠났어요. 아기가 한 살쯤 되던 무렵의 일입니다. 그런데 하나 남은 아들 할도르가 몇 년 뒤 외국에서 공부를 하던 중 사망하자 브리뇰푸르는 유일하게 남은 혈육인 라근헤이두르의 아들 토르두르를 데려오도록 합니다. 당시 아이의 나이는 여섯 살이었습니다. 토르두르는 금세 눈에 넣어도 아프지 않을 집안의 귀염둥이가 됐지요. 손주를 스칼홀트로 데려온 지 3년 뒤 브리뇰푸르의 아내가 세상을 떠났고, 그걸로도 모자랐는지 토르두르마저 열두 살의 나이에 폐결핵으로 사망하게 됩니다. 그러니까 아이슬란드 역사에서 가장 위대한 인물로 손꼽히는 브리뇰푸르는 가족도, 핏줄도 없이 홀로 남겨진 거죠. 제 생각에 하랄트는 주교의 사연에 매료되어 거기에 큰 의미를 부여했던 듯합니다. 만약 브리뇰푸르가 결정적인 순간에 딸을 좀 더 믿어줬더라면 자신과 가족 모두에게 더 나은 결과를 가져왔을 거라고 말이죠. 일부에서는 라근헤이두르가 자신의 아버지를 함정에 빠뜨렸다고 말하기도 합니다. 통설에 의하면 그녀가 다디의 유혹을 받아들인 게, 교회에서 처녀 서약을 했던 바로 그날 밤이었다고 합니다. 자신의 아버지에 대한 복수를 한 거죠."

"하랄트가 그 이야기에 매료됐다는 건 전혀 놀랍지 않네요." 토라가 말했다. 틀림없이 라근헤이두르에게 연민을 느꼈겠지. 그녀는 생각했다. "하랄트가 살해됐을 당시에도 브리뇰푸르에 대해 조사를 하고 있었나요? 아니면 다른 주제로 선회한 상태였나요?"

"제 기억이 맞다면, 그때쯤엔 브리뇰푸르에 대한 관심이 시들해졌을 겁니다. 이미 종합적인 검토를 마친 뒤였으니까요. 살해당하기 전 주에 일주일쯤 쉴 거라는 이야기를 했어요. 그 기간에 정확히 뭘 하며 지냈는지는 모르겠고요."

"혹시 하랄트가 아이슬란드에서 공부 이외에 다른 일도 벌였었는지 아시나요? 역사적인 가치가 있는 물건이나 골동품을 구입하려고 했다든지, 뭐 그런 거요." 매튜가 물었다.

교수가 또다시 웃음을 터뜨렸다. "땅에 묻혀있는 보물상자 같은 거 말씀하시나요? 아뇨. 그런 일에 대해서는 한 번도 이야기를 나눈 적이 없었습니다. 하랄트는 현실적 성향이 아주 강한 학생이었고 학과공부에 몰두했기 때문에 함께 연구하기 딱 좋은 친구였습니다. 구나르의 히스테리로 인해 하랄트를 오해하시는 일은 없었으면 합니다."

토라는 화제를 돌려 사건 당일 교직원 건물에서 열렸다는 모임에 대해 물었다.

"네, 맞습니다." 교수가 대답했다. 그의 눈에서 보이던 경쾌한 기색이 사라졌다. "학과 교수들 대부분이 이곳에 있었죠. 혹 어떤 의도가 있어서 물어보시는 건가요?"

"아뇨. 전혀 그렇지 않습니다." 토라가 얼른 수습에 나섰다. "혹시라도 그날, 저희 조사에 도움이 될 만한 걸 목격하시지 않았을까 하는 막연한 기대로 여쭤봤어요. 경찰에서 진술하신 이후 뭔가 더 기억났을 수도 있고요. 기억이라는 게 때로 시간이 지나야 떠오르기도 하니까요."

"그날 모임에 참석했던 사람들로부터 새로운 걸 알아내기는 어려울 겁니다. 저희는 경찰이 언급한 살해 시각 한참 전에 건물을 나왔거든요. 노르웨이의 한 대학과 공동으로 연구지원금을 신청했던 게 받아들여져서 교수들끼리 자축하는 자리였어요. 저희가 파티에 열광하는 부류도 아니고, 사실 그럴 만한 기력도 없잖습니까. 자정 전에 모두 자리를 떴어요."

"확신하십니까?" 매튜가 물었다.

"틀림없습니다. 제가 마지막으로 건물을 나오면서 직접 보안경보를 작동시켰으니까요. 건물 안에 누군가 남아있었다면 모든 경보기가 순식간에 울렸을 겁니다. 저도 그런 일을 겪은 적이 있는데 별로 유쾌한 경험은 아니었습니다." 교수는 못 믿겠다는 듯한 매튜를 보며 덧붙였다. "보안경보 시스템의 기록을 출력해보시면 확인될 겁니다."

"물론 그렇겠죠." 매튜는 무표정한 얼굴로 대답했다.

10 December 2005

24장

어제의 좋은 날씨가 계속 이어지는 듯했다. 토라와 매튜는 어제 비행을 예약해둔 항공학교 사무실에 와있었다. 매튜가 조종사 동승 신청서를 작성하는 동안 토라는 공짜로 제공되는 커피를 즐겼다. 비행기 대여료를 확인한 토라는 깜짝 놀랐다. 홀마비크까지 예정된 비행기 출발 시각은 채 한 시간도 남지 않은 상태였다. 그나마 거기까지 차를 몰고 가서 호텔에 묵는 비용을 더한 것보다는 대여료가 더 저렴하다는 게 위안이 되었다. 수습 조종사를 선택할 경우 비행기 대여료가 낮아졌지만, 토라는 당연히 더 비싸고 안전한 쪽을 선택했다.

"오케이, 준비 완료됐습니다." 조종사가 두 사람을 보며 웃었다. 아주 앳된 얼굴로 보아 이제 막 수습 딱지를 뗀 것임이 분명했다. 두 사람은 조종사 포함, 총 네 명이 탑승할 수 있는 경비행기 앞으로 걸어갔다. 매튜가 토라에게 앞자리에 앉으라고 제안했지만 심하게 비좁은 뒷좌석을 본 그녀는 제안을 거절했다. 토라 키가 큰

편이긴 해도 여전히 매튜보다 작았고, 따라서 뒷좌석에서 내릴 때 불편함을 겪지 않기 위해서라도 자신이 앉아야 마땅했다. 그녀는 뒷좌석에 올라 안전벨트를 맸다.

조종석에 착석한 조종사는 두 사람에게 헤드셋을 하나씩 건넸다. "이걸 쓰세요. 비행 중에는 소음이 많아서 헤드폰과 마이크가 있어야 대화가 가능합니다." 토라와 매튜는 투박한 장비를 착용한 다음 선을 연결했다. 조종사가 엔진을 켜고 관제탑과 잠시 교신을 한 지 얼마 안 되어 비행기는 이륙했다.

비행기가 레이캬비크 상공 위를 날았고, 하늘 위에서 내려다본 도시는 지상에서보다 훨씬 더 커보였다. 매튜는 넋놓고 발아래 풍경을 감상했지만 토라는 앞을 내다보면서 더 큰 만족감을 느꼈다. 이런 비행기를 타는 것도 흔치 않은 경험이라는 생각이 들었다.

"고층빌딩이 별로 많지 않네요." 매튜가 이렇게 말하며 뒤를 돌아보았다. 토라는 항공 관제사가 자신들의 대화를 듣고 있는 것만 같아서, 헤드셋을 끼고 이야기를 하는 게 다소 창피하게 느껴졌다. 그녀는 그냥 고개만 끄덕인 뒤 매튜의 시선을 피해 아래를 내려다보며 낮은 주택들이 빠르게 지나가는 모습을 바라보았다. 도시와 교외의 풍경은 단독주택에서 살고자 하는 아이슬란드인의 욕망을 그대로 반영했다. 아파트가 아니라 주택이어야 했다. 아이슬란드인에게 아파트는 디딤돌에 불과했다. 그녀는 자신의 집도 보이는지 확인하기 위해 목을 길게 뺐지만 볼 수 없었다. 비행기는 점점 해안선에서 멀어지며 내륙으로 향했다. 비행기가 주거지역의 경계를 벗어나기 무섭게 매튜가 뒤돌아보며 큰 소리로 물었다. "어떻게 된 거예요? 아래에 나무가 하나도 없잖아요."

"아, 대부분의 사람들은 양들이 다 먹어치웠다고 믿고 있어요."
토라가 이제는 관제탑의 귓전에서 벗어났다고 확신하는 듯, 자신
감 있는 목소리로 대답했다.

"양이라고요?" 매튜는 믿을 수 없다는 듯 물었다. "양이 언제부
터 나무를 먹고 살았어요?"

"안 먹죠." 토라가 설명했다. "괜히 양들 탓을 하는 거예요. 나무
는 애초부터 없었을 거예요. 자생해봐야 관목 정도였겠죠." 그녀는
척박한 대지를 내려다보았다. "하지만 저는 이대로가 좋아요. 나무
따위를 누가 좋아해요?"

매튜가 약간 놀란 표정으로 토라를 바라보더니 이내 산들의 장
관을 감상하기 시작했다. 홀마비크까지의 비행시간은 짧게 지나가
고 곧 마을의 활주로가 보이기 시작했다. 자갈 깔린 활주로 옆에
는 격납고 하나만 덩그러니 딸려있을 뿐, 다른 아무것도 눈에 띄지
않았다. 비행장은 마을 외곽 주요 도로 옆에 붙어있었다. 조종사는
활주로 위를 날며 착륙 지점을 쟀다. 그런 다음 만족스러운 위치를
발견했는지 비행기를 돌려 활주로에 연착륙했다. 토라와 매튜는
벨트를 풀고 비행기에서 내렸다.

매튜는 택시를 부를 생각으로 휴대폰을 꺼내며 조종사에게 물었
다. "이 지역의 택시회사 번호가 어떻게 되죠?"

"택시회사요?" 조종사가 웃음을 터뜨렸다. "이곳엔 택시회사는
커녕 택시 한 대도 안 다닙니다. 걸어가세요."

토라는 이 사실을 이미 알고 있었다는 듯 조종사를 따라 웃었다.

하지만 매튜와 마찬가지로 그녀 역시 비행기에서 내리면 박물관까지 택시를 타고 이동할 수 있을 거라고 예상했었다. "가요. 별로 안멀어요." 그녀는 충격에 빠진 파트너를 끌어당기며 말했다.

두 사람은 도로를 건너 마을 입구에 위치한 주유소로 갔다. 주유소 옆 가게로 들어가 길을 묻자 일하던 소녀가 친절하게 설명을 해주고는 두 사람과 함께 밖으로 나와 박물관으로 가는 위치를 차근차근 알려주었다. 찾아가는 길은 간단했다. 해안선을 따라 난 길을 따라 걷다가 마을로 들어서면 항구 바로 옆쪽에 박물관이 있었다. 지붕에 잔디가 깔린 검은 목재 건물이 저 멀리 시야에 들어왔다. 수백 미터에 불과한 거리였고 날도 화창했다. 두 사람은 걷기 시작했다.

"하랄트의 컴퓨터에 있던 사진에서 이 길을 봤어요." 토라는 뒤따라오는 매튜를 돌아보며 말했다. 길이 너무 좁아서 두 사람이 나란히 걸을 수 없을 정도였다.

"좀 쓸 만한 사진들이던가요?"

"아뇨." 토라가 대답했다. "그냥 흔해빠진 관광 사진이었어요. 사진 촬영이 금지된 박물관 내부에서 찍은 몇 장을 제외하면요." 그녀는 조심스럽게 얼음판을 피해 걸었다. "여기 조심해요." 토라가 경고하자 매튜는 얼음판을 큰 걸음으로 성큼 건너뛰었다. "그신발은 걷기에는 별로 적합하지 않은 거 같네요." 그녀는 매튜의 검은 에나멜 가죽구두를 흘끗 보았다. 구두는 그가 입은 옷과 잘 어울렸다. 잘 다려진 정장바지에 셔츠, 그리고 울 소재 하프코트까지. 토라는 데님바지에 등산화를 신고 예방 차원에서 구스 다운점

퍼까지 껴입은 상태였다. 아직까지 매튜는 토라의 점퍼에 대해 코멘트를 하지 않고 있었다. 다만 토라를 사무실로 태우러 갔을 때 점퍼로 인해 몸의 부피가 원래보다 세 배는 더 부풀어버린 그녀가 조수석에 겨우 끼어앉자 눈을 휘둥그렇게 떴을 뿐이었다.

"하이킹을 하게 될 거라고는 예상치 못했거든요. 그 남자가 미리 경고라도 해줬으면 좋았을 텐데." 매튜는 짜증난 목소리로 박물관의 큐레이터에게 화살을 돌렸다. 박물관이 문을 열었는지 확인하기 위해 어제 매튜는 큐레이터와 통화를 했었다.

"이것도 좋은 경험이죠. 항상 댄디하게 차려입을 필요가 없다는 교훈을 주잖아요." 토라가 약을 올렸다. "아이슬란드에서는 그런 게 절대 안 통해요. 빨리 이 사건을 마무리짓지 못하면 시내로 가서 당신이 입을 플리스 재킷을 사줘야 할지도 모른다고요."

"절대!" 매튜가 소리쳤다. "죽는 그날까지 여기서 머물러야 한다고 해도 절대 그럴 일은 없을 겁니다."

"그렇게 하지 않으면 죽는 그날이 예상보다 훨씬 더 앞당겨질 수도 있어요." 토라가 받아쳤다. "그런데 춥지 않으세요? 내 점퍼라도 벗어줄까요?"

"오늘 저녁을 위해서 호텔 랑가에 예약을 해뒀어요." 매튜가 재빨리 화제를 바꿨다. "그리고 렌터카도 지프로 바꿀 거예요."

"와우, 벌써 현지인 다 됐네요."

두 사람은 꽁꽁 언 길 위에서 넘어지지 않고 무사히 박물관 앞에 다다랐다. 밖에서 본 박물관은 다소 구식이었다. 군데군데 통나무들이 널려있고 자갈이 깔린 건물 앞마당은 석조 담벼락으로 둘러

싸여 있었다. 붉은색 출입구는 흙색을 띠는 건물 색상과 극명한 대조를 이루었다. 건물 밖 나무벤치에는 약간 살이 오른 큰까마귀 한 마리가 앉아있었다. 하늘을 올려다보던 새는 두 사람이 건물 앞으로 다가가자 부리를 크게 벌리고 까악까악 울기 시작했다. 그 다음 날개를 활짝 펼쳐 박공지붕 위로 올라가더니 두 사람이 안으로 들어가는 모습을 지켜봤다.

"완벽하군." 매튜가 토라를 위해 문을 열어주며 중얼거렸다.

건물 안으로 들어서니 오른편에 작은 카운터가 있고, 바로 앞쪽으로 여러 개의 선반에 전시된 기념품들이 보였다. 내부는 아주 수수하고 깔끔한 분위기를 풍겼다. 카운터 뒤에 앉아 신문을 보던 젊은 남자가 고개를 들고 말했다. "안녕하세요. 마술박물관에 오신 걸 환영합니다."

토라와 매튜가 자기 소개를 하자 남자는 둘을 기다리고 있었다고 말했다. "저는 그저 임시로 근무하고 있습니다." 남자는 자신을 토르그리무르라고 소개했다. 악수를 하는 그의 손길은 옛날식으로, 단단하며 흔들림이 없었다. "박물관장님이 안식년에 들어가셔서 저뿐인데, 그래도 괜찮으실지 모르겠습니다."

"네. 물론 괜찮습니다." 토라가 말했다. "그런데 올 가을에도 여기서 근무하신 게 맞나요?"

"네, 지난 7월부터 일을 시작했거든요." 그는 호기심에 찬 눈으로 물었다. "그게 왜 궁금하신지 여쭤봐도 될까요?"

"매튜 씨가 어제 전화상으로 말씀드렸겠지만 저희는 누군가와 관련된 사건에 대해 조사 중인데, 그가 마법에 관심이 많았거든요.

그 사람이 올 가을에 이곳을 방문했다고 해서 저희도 한 번 들러 그의 관심사에 대해 알아봐야겠다고 생각했어요. 아마 당신도 그 사람을 기억하실 겁니다."

남자는 웃음을 터뜨렸다. "그거야 알 수 없죠. 워낙 찾는 사람들이 많아서요." 그는 토라와 매튜 외에 방문객이 없다는 사실을 깨닫고 얼른 덧붙였다. "이 시기와는 전혀 다르게, 성수기에는 관광객으로 붐빕니다."

매튜가 희미하게 웃으며 끼어들었다. "그게 말이죠, 한 번 보면 잊어버릴 수가 없는 친구거든요. 역사를 공부하는 독일인 유학생인데 외모가 아주 특이합니다. 이름은 하랄트 건틀립이고, 최근에 살해당한 사람입니다."

토르그리무르의 얼굴이 밝아졌다. "아, 네. 온통…, 그 몸에 온통, 그걸 뭐라고 해야 하죠, 장신구?"

"네, 그걸 장신구라고 부를 수 있을지 모르겠지만요." 토라가 말했다.

"기억납니다. 자기보다 약간 어린 친구랑 같이 왔었는데 그 친구는 숙취가 너무 심해 안에 못 들어오겠다고 했어요. 그리고 얼마 안 돼서 그 유학생이 살해됐다는 소식을 신문에서 읽었죠."

"맞습니다." 매튜가 물었다. "숙취가 심했다는 그 친구 말이죠, 혹시 그에 대해서도 기억하는 게 있나요?"

남자는 고개를 저었다. "아뇨. 독일 학생이 나가면서 친구가 의사라는 얘기는 했습니다. 분명 농담이었을 겁니다. 박물관을 나서면서 그 친구를 깨우느라 고래고래 소리를 질러댔어요. 저는 문 안쪽에 서서 그 모습을 지켜봤고요. 숙취로 건물 앞 벤치에 널브러져 자는 사람이 의사일 리는 없다고 생각했으니까요."

토라와 매튜가 시선을 교환했다. 도리가 틀림없었다.

"그 외에 또 기억나는 건 없나요?" 토라가 물었다.

"그 유학생이 무척 박식했던 게 기억납니다. 그 학생처럼 역사나 마법에 대해 잘 아는 방문객을 만나는 건 기분 좋은 일이죠. 보통 이곳을 찾는 손님들은 배경지식이 거의 없거든요. 저승에서 돌아온 영혼과 폴터가이스트가 어떻게 다른 줄도 모르고요." 두 사람의 표정을 본 큐레이터는 이들 역시 아는 게 전혀 없다는 사실을 알아채고는 이렇게 덧붙였다. "제가 두 분과 같이 돌아다니면서 주요 전시물에 대해 설명해드리면 어떨까요? 그런 다음 친구 분에 대해 이야기를 나누면 되니까요." 토라와 매튜는 서로를 바라보며 어깨를 으쓱하고는 큐레이터를 따라 나섰다. "이 주제에 대해 얼마나 알고 계신지 모르겠지만, 일단 기본적인 배경지식에 대해서는 설명을 드리는 게 좋을 것 같군요." 남자는 정체불명의 동물가죽이 걸린 벽 쪽으로 다가섰다. 털이 난 면이 벽면을 향했고, 바깥을 향한 가죽 안쪽 면에는 마법 심벌이 그려져 있었다. 하랄트의 시신에 새겨졌던 것보다 훨씬 복잡한 문양이었다. 가죽 아래 바닥에는 나무 상자가 벽면에 기대 놓여있었다. 상자는 마치 구식 필통처럼 보였다. 반쯤 열린 상자에는 머리카락처럼 보이는 털이 가득 차있었고, 은화 한 개도 눈에 띄었다. 간단한 문양이 새겨진 상자 뚜껑 위에는 마치 돌연변이 고슴도치처럼 생긴 이상한 생명체가 놓여있었다. "마술이 보편적이던 시대에 아이슬란드 평민들은 아주 열악한 환경에서 살았습니다. 극소수 귀족 가문이 대부분의 부를 소유한 반면 나머지 사람들은 굶주림에 시달렸으니까요. 평민이 가난에서 벗어날 수 있는 유일한 길은 마술이나 초자연적 힘을 이용하는 것뿐이었습니다. 그 시대에 마법은 전혀 희귀한 일이 아니었죠. 가령 당시 사람들은 악마가 인간 곁에 머물면서 인간의 영혼을 사로잡는다고 믿었어요." 벽에 걸린 가죽을 향해 돌아서면서 그가 설명했다. "지금 보시는 게 바로 부자가 되는 주술 가운데 하나였습니다. 여기에 그려진 심벌은 바다쥐(가시고슴도치갯지렁이라는 학명으로 불리는 해양생물—옮긴이) 또는 원형투구를 상징합니다. 수고양이의 가죽을 벗겨서 거기에 이 심벌을 그리거나, 아니면 처녀의 생리혈을 담은 원형투구를 가죽 위에 올려두어야 했죠."

매튜는 얼굴을 찡그리며 한 쪽 눈을 슬쩍 흘겨 큐레이터가 심벌을 손으로 직접 만지는지 바라보았다. 이를 눈치챈 큐레이터가 매튜를 향해 건조하게 말했다. "이 전시물에 사용된 건 검붉은색 잉크입니다." 그는 계속해서 설명했다. "그리고 전해오는 이야기대로 해안을 따라 서식하는 작은 해충을 잡아야 했는데 그걸 바다쥐라고 불렀답니다. 그 바다쥐를 잡기 위해 반드시 처녀의 머리카락으로 만든 그물을 사용해야 했고요." 토라는 자신의 풀어헤쳐진 머리칼을 쓰다듬는 매튜의 손길을 느꼈다. 그녀는 웃음이 나오려는 걸 참으면서 눈에 띄지 않게 매튜의 손을 쳐냈다. "그런 다음 나무상자에 바다쥐를 위한 둥지를 만들어 머리칼과 훔친 은화를 같이 넣으면, 바다쥐가 바다에 있는 보물을 잡아 상자 안으로 가져올 거라 믿었던 겁니다. 게다가 상자에 원형투구를 씌워두면 바다쥐의 탈출도 막고, 바다쥐가 폭풍을 일으키는 것도 예방할 수 있다고 생각한 거죠." 큐레이터는 두 사람을 향해 몸을 돌리며 덧붙였다. "그러니까 단순히 요술 주문 같은 게 아니었던 겁니다."

"그렇군요." 매튜는 인간의 하반신처럼 보이는 전시물이 담긴 유리 진열장을 가리키며 물었다. "저건 대체 뭔가요?"

"아, 이 박물관에서 가장 인기 많은 전시품이죠. 시체 바지라는 겁니다. 저것도 부자로 만들어주는 주술이고요." 큐레이터는 진열장 앞으로 다가갔다. "물론 이건 복제품입니다." 토라와 매튜는 열심히 고개를 끄덕였다. 진열장에는 남성의 하반신 피부가 전시되어 있었다. 토라가 보기에 전시물은 남자의 생식기와 체모가 그대로 달린 역겨운 핑크빛 타이즈 같았다. "시체 바지를 얻기 위해서는 살아있는 남자와 계약을 맺어야 하는데요, 그 남자가 죽고 나서 하반신 피부를 벗기는 것에 대해 동의를 얻는 거죠. 계약을 한 남자가 사망하고 나면 매장한 시신을 파내 허리 아래 피부를 그대로 벗겨냅니다. 그렇게 만들어진 시체 바지를 계약의 다른 당사자가 입는 식이지요. 계약자는 시체 바지가 만들어지자마자 몸에 바로 걸치게 되는데, 그 상태에서 성탄절이나 부활절 혹은 성령강림절에 부유한 미망인으로부터 훔친 동전을 음낭 주머니에 넣으면, 그 이후 주머니가 비는 일이 없을 거라고 믿었습니다. 다시 말해 음낭 주머니에 언제나 동전이 가득 차있을 거라고 믿은 거죠."

"왜 하필 그 부위를 선택했던 걸까요?" 토라가 얼굴을 찡그리며 묻자 큐레이터는 어깨를 으쓱하기만 했다.

"그럼 이건 무엇입니까?" 매튜가 앞쪽을 가리키며 물었다. 큐레이터는 두 사람을 어느 벽 앞으로 안내했다. 전통의상처럼 보이는 길고 거친 소재 치마를 입은 여자의 사진이 걸려있었다. 커다란 사진 속 여자는 의자에 앉아 허벅지가 그대로 드러날 정도로 치마를 걷어올렸다. 허벅지에는 사마귀처럼 생긴 돌기가 하늘을 향해 솟아난 모습이었다.

"잘 아시겠지만 아이슬란드에서 처형된 마법사 대부분은 남자들이었습니다. 남자가 스무 명 처형된 반면, 여자는 단 한 명만 처형됐죠. 유럽 본토와 달리 아이슬란드에서는 마술 행위를 할 수 있는 건 남자라고 생각했기 때문입니다. 틸베리tilberi라고 불리는 주문이 특별하게 여겨지는 건 바로 여자가 실행에 옮길 수 있는 유일한 마술 주문이었기 때문이죠. 이 주문을 걸기 위해 여자 마법사는 성령강림절 밤에 무덤에서 갈비뼈 한 대를 훔쳐야만 했습니다. 그런 다음 뼈를 양털에 돌돌 말아 자신의 가슴골 사이에 숨겨놓았다가 제단에 세 번 찾아가 매번 성찬식용 포도주를 뼈에 뱉어야 틸베리가 살아날 수 있었습니다. 그렇게 살아난 틸베리는 여자의 옷 속에 숨어 계속 자라나고, 여자는 가죽으로 만든 가짜 젖꼭지를 허벅지에 붙이고 다녔죠. 틸베리는 가짜 젖꼭지에서 나오는 젖을 먹었는데요, 한밤중에 들판을 쏘다니며 암소와 암양의 젖을 모아 아침이 되면 그 젖을 여자의 젖 단지에 뱉어놓는다고 믿었습니다."

"틸베리가 별로 호감 가는 외모는 아니었군요." 토라가 전시물을 가리키며 말했다. 틸베리 모형은 양털에 싸여있었다. 쩍 벌린 입 속에는 이빨이 하나도 없으며, 작고 하얀 두 눈에는 눈동자가 보이지 않았다.

매튜의 표정으로 보아 그 역시 같은 생각을 하는 듯했다. "마술 행위로 처형됐다는 유일한 여자 마법사가 바로 이 주문을 걸다가 발각된 건가요?"

"아뇨. 그는 이 주문을 걸지 않았죠. 하지만 1635년 아이슬란드 남서부 지역에서 어떤 모녀가 틸베리를 키운다는 혐의를 받은 적은 있습니다. 모녀에 대한 조사가 진행됐지만 사실이 아닌 것으로 밝혀졌고 처벌도 간신히 면했죠."

세 사람은 전시물을 둘러보며 박물관 여기저기를 돌아다녔다. 토라를 가장 놀라게 한 전시물은 전시 공간 한가운데 놓인 목재 화형대였다. 화형대 주변에는 짚단이 잔뜩 쌓여있었다. 토라가 말없이 화형대를 살펴보는 사이 큐레이터가 옆으로 다가오더니 마법사로 의심받아 처형당한 스물한 명 모두 산 채로 불에 태워졌다는 사실을 지적했다. 그 중 세 명은 불에 타는 동안 묶여있던 화형대를 탈출했다가 도로 불구덩이에 던져졌다는 사실도 덧붙였다. 그의 말에 따르면 마법사사냥에 의한 최초의 처형은 1625년에 일어났지만 본격적인 마법사사냥은 1654년 베스트피요르드(아이슬란드 북서쪽에 위치한 반도—옮긴이) 북부의 트레킬리스비크에서 세 명의 마법사가 처형되면서 시작되었다고 했다. 토라는 이 연도들을 떠올리면서 아이슬란드의 마법사사냥이 생각보다 오래되지 않았다는 걸 실감했다.

일층을 모두 둘러본 큐레이터는 둘을 위층 전시실로 안내했다. 위층으로 올라가면서 토라는 사진 촬영 금지라고 적힌 팻말을 지나쳤다. 하랄트의 사진에서 본 바로 그 팻말이었다. 큐레이터는 17

세기 아이슬란드에서 가장 유명했던 마법사 사냥꾼들의 친족관계를 보여주는 커다란 가계도를 소개했다. 그는 당시 지배계급이던 귀족들이 자기 후손을 재판부의 요직에 얼마나 잘 심어두었는지를 차근차근 설명했다. 토라는 가계도를 살펴보면서 큐레이터가 들려주는 이야기를 꼼꼼하게 파악했다. 하지만 매튜는 전혀 귀기울이지 않았다. 그는 토라와 큐레이터로부터 떨어져 마법사들을 위한 안내서와 각종 문서 복제품이 전시된 진열장을 들여다보았다. 두 사람이 다가갔을 때 매튜는 진열장에 몸을 수그리고 있었다.

"사실을 말씀드리자면, 마법과 관련된 고서들이 이나마 보존되어 있다는 게 신기할 정도입니다." 큐레이터가 전시품 중 하나를 가리키며 말했다.

"아주 오래된 책들이라 지금까지 남아있는 게 신기하다는 말씀인가요?" 토라가 전시품 쪽으로 몸을 수그리며 물었다.

"네. 그렇기도 하지만 당시에는 이런 책을 소지하는 것 자체가 사형에 처해질 만한 중범죄였으니까요. 이것보다 더 오래된 문서의 필사본 일부는 훼손됐을 가능성이 높죠. 현존하는 원본들은 16~17세기 이후에 제작된 것이 대다수입니다."

토라는 몸을 일으키며 다시 물었다. "혹시 이런 마법 심벌들이 모두 정리된 색인 같은 게 있을까요?"

"아뇨. 안타깝게도 그런 건 없습니다. 제가 알기로 그걸 모두 기록해두려고 한 사람이 없었으니까요." 그는 부드럽게 손짓을 하며 말했다. "여기 전시된 문양들은 모두 고문서와 고서의 일부를 가져온 것에 불과합니다. 극히 일부인 셈이죠. 그러니 당시에는 얼마나 많은 심벌들이 존재했을지 대강 짐작할 수 있을 겁니다."

토라는 고개를 끄덕였다. 젠장! 큐레이터가 심벌 목록을 가지고 있었더라면 하랄트의 몸에 새겨진 심벌과 비교해볼 수 있었을 텐데. 그녀는 다른 문서들도 살펴보기 위해 옆으로 움직였다. 진열장은 전시실 가운데에 위치해서, 방문객이 그 주위를 빙 돌면서 전시물을 살펴볼 수 있는 구조였다.

몸을 구부린 채 유독 한 전시물을 살피던 매튜가 갑자기 똑바로 서며 물었다. "이 심벌은 뭔가요?" 그는 흥분을 감추지 않으며 손가락으로 진열장을 두드렸다.

"어떤 거 말씀인가요?" 큐레이터가 진열장을 살피며 물었다.

"이거요." 매튜가 한 문서를 가리켰다.

매튜가 말한 문서를 보기 위해 몸을 구부리던 토라는 그가 무얼 가리키는지 큐레이터보다 더 빨리 알아챘다. 그도 그럴 것이 그녀가 아는 심벌이 몇 개 되지 않는 데다가 매튜가 가리킨 문양은 하랄트의 몸에 새겨진 바로 그 심벌이었기 때문이다.

"세상에, 이럴 수가." 그녀가 중얼거렸다.

"이 페이지 하단에 있는 거 말씀인가요?"

"아뇨." 매튜가 대답했다. "옆의 여백에 있는 거요. 저 심벌이 무슨 뜻이죠?"

"글쎄요. 저도 모르겠군요." 큐레이터가 머뭇거렸다. "아쉽게도 제가 알려드릴 수 없군요. 이 페이지에 저 심벌에 관한 설명이 나와 있지도 않고요. 책의 소유자가 직접 그려넣은 문양일 겁니다. 당시에는 흔한 일이었죠. 정확한 설명이 나와있는 주문들보다는 이런 식으로 추가된 심벌이 많습니다."

"이 페이지는 어떤 책에 있던 거죠?" 토라가 문서의 텍스트를 뚫어지게 살피며 물었다.

"이건 스톡홀름의 왕립역사기록보관소가 소유한 17세기의 문서입니다. 《아이슬란드 마술의 서》라는 이름으로 불리는 책자죠. 당연히 작자미상이고요. 다양한 종류의 주술 50개가 기록된 문서인데 개인의 발전이라든지 자기방어를 목적으로 하는, 주로 선량한 주문들이죠." 큐레이터는 토라가 보고 있던 텍스트를 읽으려고 몸을 수그렸다. "하지만 이중에도 위험한 주문들이 있습니다. 가령 누군가를 살해할 목적을 지닌 죽음의 주문도 있죠. 사랑의 주문 두 가지도 포함됐는데, 그 중 하나 역시 꽤나 어두운 흑마술 주문입니다." 그는 진열장을 살펴보며 말을 이었다. "재밌네요. 친구 분도 전시물 중에서 바로 이 고문서 부분에 특별한 관심을 보였거든요."

"하랄트도 이 심벌에 대해 궁금해했나요?" 매튜가 물었다.

"아뇨. 제 기억으로는 아니었습니다." 큐레이터는 덧붙였다. "실은 이건 제 전공 분야가 아니라서 친구 분께 도움을 드릴 수가 없었습니다. 하지만 친구 분과 팔 관장님을 연결시켜 드린 기억은 납니다. 관장님이 이 주제에 관해 정통하시거든요."

"관장님과는 어떻게 연락을 할 수 있죠?" 매튜가 흥분한 목소리로 물었다.

"그게 좀 어렵습니다. 외국에 계시거든요."

"그렇군요. 하지만 저희가 전화를 드리거나 메일을 보낼 수 있지 않을까요?" 매튜 못지않게 흥분한 토라가 물었다. "이 심벌의 의미를 파악하는 게 저희에게는 아주 중요한 문제거든요."

"아, 제가 어딘가에 관장님 연락처를 적어뒀을 거예요." 큐레이터는 두 사람보다 훨씬 더 차분한 목소리로 말했다. "제 생각에는 제가 먼저 관장님께 전화를 걸어서 설명을 드리는 게 좋겠어요. 간단하게 말씀을 드리는 거죠. 그 다음 관장님이 두 분께 연락을 드리면 되니까요."

큐레이터는 일층 카운터로 내려가서 수첩을 한 권 꺼내더니 빠르게 넘기기 시작했다. 그런 다음 두 사람에게는 번호가 보이지 않게 유의하면서 전화를 걸었다. 잠시 후 큐레이터는 수화기에 대고 말을 하기 시작했지만 음성메시지를 남기기 위한 것이었다.

"죄송합니다. 전화를 안 받으시네요. 메시지를 확인하시면 바로 전화를 하실 거예요. 어쩌면 오늘 밤일 수도 있고 아니면 내일이나 그 다음날에는 연락을 주시겠죠."

두 사람은 실망한 기색으로 큐레이터에게 명함을 건넸다. 토라는 그에게 관장과 연락이 닿는 즉시 자신에게 알려달라고 부탁했다. 큐레이터는 흔쾌히 알겠다고 대답하면서 두 사람의 명함을 수첩 사이에 끼워두었다. "그런데 친구 분은요? 아까 친구 분이 이곳을 찾은 이유를 알고 싶다고 하지 않으셨나요?" 그가 물었다.

"네, 물론이죠." 토라가 대답했다. "문서를 제외하고 하랄트가 관심을 보인 게 있거나, 아니면 뭔가를 찾고 있다고 얘기하지는 않던가요?"

"제 기억이 정확하다면 거의 문서에 관해서만 관심을 보였어요." 큐레이터가 잠시 회상에 잠기더니 말을 이었다. "실은 친구 분이 이곳에서 전시 중인 제사용 사발을 얼마에 팔 수 있는지, 가격을 제시해보라고 한 적이 있어요. 그런데 저는 그게 농담인지 아닌지 구분을 못 하겠더라고요."

"제사용 사발이라고요? 어떤 겁니까?" 매튜가 물었다.

"저를 따라 오세요. 바로 안쪽에 전시돼 있어요." 두 사람은 큐레이터를 따라 안쪽의 작은 전시실로 들어갔다. 전시실 중앙 진열장에 돌로 만든 사발이 놓여있었다. "제사 때 사용하던 사발입니다. 제단 근처에서 출토된 거예요. 경찰 과학수사팀의 검증까지 받았는데 사발 안에서 혈흔이 발견됐다고 하더군요. 수백 년 된 혈흔이라고요."

"굉장한 돌덩어리네요." 토라가 감탄했다. "그냥 나무로 만들 수도 있지 않았을까요?" 사발은 무게가 수 킬로그램은 나갈 듯했다. 오목한 그릇을 만들기 위해 가운데 부분을 모두 파냈을 것이다.

"그럼 판매용은 아니겠군요?" 매튜가 물었다.

"당연히 아니죠. 저희 박물관에서 유일한 진품이거든요. 그리고 어차피 저한테는 전시물을 판매할 권한도 없고요."

토라는 사발을 가만히 살펴보았다. 이게 바로 하랄트가 찾아헤맸다는 그 물건일까? 가능성은 낮았지만 이번 조사를 진행하면서 더 기이한 일들도 겪은 그녀였다. "이게 정말 진품이 맞나요?"

"그게 무슨 말씀이시죠?" 큐레이터가 놀란 표정으로 물었다.

"그러니까, 혹시라도 관장님이 하랄트의 제안을 진지하게 받아들여 진품을 그에게 판 다음 복제품으로 교체한 것은 아닐까 하는 생각이 들어서요."

큐레이터가 미소를 지었다. "그럴 리 없어요. 항상 여기 전시되어 있던 진품이 맞습니다. 제 목이라도 걸 수 있습니다." 그는 돌아서서 전시실을 나갔고 두 사람은 그의 뒤를 따랐다. "말씀드렸다시피, 친구 분도 농담처럼 한 얘기고요."

"그 외에 뭔가에 대해 말하거나 물은 것은 없나요?" 토라의 질문이 이어졌다. "어딘가 심상치 않았다든지요?"

"글쎄요. 말씀드렸다시피 주로 오래된 마술 책과 문서들에 대해서만 관심을 보였어요." 큐레이터는 아까 한 말을 반복했다. "아, 《마녀의 망치》에 관해 물어본 적이 있어요. 아이슬란드에 그 책의 오래된 판본이 존재한다는 얘기를 들었거나 본 적이 있냐고 말이죠. 그런 얘기는 들어본 적 없다고만 대답했어요. 아무래도 제가 무슨 얘기를 하는 건지 두 분은 잘 모르시겠죠?"

"오, 저희도 그 책에 대해 알고 있습니다." 매튜가 대답했다.

"제가 무슨 근거로 그런 질문을 하냐고 물었더니, 어떤 오래된 편지들에서 초고가 아이슬란드로 보내졌음을 암시하는 내용이 발견됐다고 대답하더군요."

25장

아이슬란드대학교 본관을 둘러싼 위풍당당한 전경은 인근 다른 건물들과는 비교가 되지 않았다. 브리에트는 초승달 모양의 진입로 계단에 앉아 그 모습에 감탄했다. 어떤 이유에서인지 그녀는 갑자기 차를 갖고 싶어졌다. 하지만 쥐꼬리만한 학생 대출금으로 어림도 없는 소리였다. 대체 어떤 구두쇠가 기초생활 수준에도 못 미치는 학생 대출금을 책정한 건지, 그녀는 직접 만나 따지고 싶었다.

브리에트는 어서 학교를 졸업해 직장을 구하고 싶었지만 역사학자가 돈을 많이 버는 직업은 아니었다. 큰돈을 벌고 싶은 사람에게 역사학은 잘못된 선택이었다. 그래서 브리에트는 안정적인 부양자에게 인생을 맡기고 싶었다. 변호사와 결혼한 자신의 언니처럼 말이다. 언니의 남편은 거액의 연봉을 받으며 대형 은행에서 일하고 있었다. 언니는 그야말로 호화로운 생활을 즐겼다. 현재 언니네 부부는 교외 큰 주택에서 살았다. 정치학을 전공한 언니는 정부 부처에서 오전 근무만 하고 퇴근해서는 쇼핑을 즐기며 시간을 보냈다.

브리에트는 도리의 어깨에 머리를 기댔다. 도리는 지금 그녀 옆에 앉아있었다. 잘생긴 얼굴에 착하기까지 한 청년. 게다가 대다수 의사에게는 경제적인 성공도 보장되었다.

"무슨 생각해?" 열심히 만지작거리던 눈덩이를 던지며 도리가 물었다.

"어, 글쎄." 브리에트가 지친 기색으로 대답했다. "거의 후에 생각이지."

도리는 눈덩이가 하늘 높이 솟아오르다가 현자 사에문드르와 물개 동상 옆에 떨어지는 동선을 지켜보았다. "마법사였어." 도리가 중얼거렸다. "그거 알았어?"

"누가?" 브리에트는 깜짝 놀라 물었다. "후에?"

"아니, 현자 사에문드르 말이야."

"아, 그럼 당연히 알지."

마법사가 물개를 기도서로 때리는 모습을 포착한 동상을 도리는 멍하니 바라보았다. 전설에 따르면 악마가 물개로 위장한 것이었다. 대학 본관 앞을 장식하기에는 다소 엉뚱한 동상이지만, 도리는 볼 때마다 그 동상에 매료되곤 했다.

브리에트는 가방에서 담뱃갑을 꺼냈다. "한 대 줄까? 네가 제일 좋아하는 브랜드잖아." 그녀는 하얀 담뱃갑을 도리에게 들이대며 히죽거렸다.

도리는 고개 들어 브리에트를 보며 웃었다. "아니, 됐어. 나도 담배 있어." 그가 자기 담배를 꺼냈고, 둘은 각자의 담배에 불을 붙였다. 도리가 앞으로 몸을 수그린 탓에 브리에트는 그의 어깨에서 떨어져야만 했다. "모든 게 엉망이야." 도리가 한숨을 쉬며 말했다.

"내 말이." 브리에트는 어떻게 대꾸하는 게 좋을지 몰라 안전한 대답을 했다. 도리가 친구들은 물론이고 스스로에게까지 나쁜 영향을 미칠 수 있는 멍청한 실수를 하지 않길 브리에트는 바랐다. 동시에 자신이 마르타보다 사려 깊고 진실하다는 걸 도리가 알아주길 바랐다.

"이런 거지같은 상황, 정말 지긋지긋해." 도리가 앞을 바라보며 잠시 생각에 잠기더니 다시 입을 열었다. "다른 학생들은 우리랑 완전히 달라 보여."

"맞아." 브리에트가 대답했다. "솔직히 우리가 전형적인 대학생은 아니잖아. 나도 이런 상황이 넌덜머리 나." 그녀는 사실 도리가 무슨 말을 하는지 몰랐다.

도리는 브리에트의 말에 개의치 않고 계속 말을 이었다. "가장 놀라운 게 뭐냐면, 다른 애들은 우리처럼 미친 듯 파티하며 놀지 않는데도 우리만큼이나 인생에 만족스러워하는 것 같단 말이야. 솔직히 말해서 더 행복해 보여."

브리에트는 이 기회를 놓치지 않았다. 그녀는 도리의 어깨에 팔을 걸치고는 얼굴을 그의 가슴 쪽으로 들이댔다. "나도 그 생각하고 있었어. 우린 선을 넘었다고. 안드리나 다른 애들이 계속 그렇게 살고 싶다면, 나는 제외시키라고 해. 난 이제부터 정신 바짝 차리고 공부랑 미래에만 집중할 거야. 이렇게 사는 건 더 이상 재미없어." 그녀는 자신의 속마음을 들킬까봐 마르타의 이름을 언급하지 않았다.

"재밌네. 나도 비슷한 생각을 하고 있었거든." 도리는 브리에트의 얼굴을 바라보며 씩 웃었다. "우린 생각보다 다르지 않은가봐. 너랑 나 말이야."

브리에트는 그의 볼에 가볍게 입을 맞췄다. "우린 좋은 한 팀이잖아. 다른 애들은 잊어버리자."

"후에는 안 되지." 이렇게 말하는 도리의 얼굴에서 웃음기가 빠르게 사라졌다.

"그럼, 물론 후에를 잊으면 안 되지." 그녀는 서둘러 덧붙였다. "난 항상 후에를 생각한다고. 후에 기분이 어떨 거 같아?"

"끔찍하겠지. 더 이상은 못 견디겠어."

"뭐?" 브리에트는 더 자세히 물을 수 없었다. 도리가 무슨 말을 하는지 너무 궁금했지만 괜히 잘못 말했다가 좋은 분위기를 망칠까봐 겁이 났다.

도리가 일어설 채비를 했다. "그 변호사한테 하루이틀 시간을 더 준 뒤 경찰에 찾아갈 거야. 뒷일이 어떻게 되든 상관없어."

젠장. 브리에트는 절박한 심정으로 도리의 이성을 찾아주고 싶었다. 심지어 마르타가 옆에 있다면 도리를 그대로 넘겨주고 싶은 마음이었다. "도리, 네가 하랄트를 죽인 게 아니잖아? 넌 그날 카피브렌슬란에 있었다며. 그렇지?"

도리는 자리에서 일어나 브리에트를 내려다보았다. 그의 표정은 전혀 유쾌하지 않은 듯했다. "맞아. 카피브렌슬란에 있었어. 그런 너는 어디에 있었는데?" 도리는 먼저 걸어가기 시작했다.

브리에트는 곤혹스러웠다. 벌떡 일어나 도리를 뒤따르며 말했다. "그런 뜻으로 한 말은 아니야. 미안해. 내 말은 그냥, 왜 경찰을 찾아가려고 하는 건데?"

도리는 걸음을 딱 멈추더니 뒤로 돌았다. "있잖아, 난 너랑 마르타가 왜 그렇게 경찰을 찾아가는 데 반대하는지 도저히 이해를 못 하겠어. 심판의 날은 반드시 찾아온다고. 그걸 잊지 마." 도리는 이렇게 말하고 성큼성큼 걸어가 버렸다.

브리에트의 머릿속은 새하얘졌다. 잠시 후 그녀는 휴대폰을 꺼내 전화를 걸기 시작했다.

고문서연구소 로비에서 글로리아가 진공청소기로 매트를 청소하고 있었다. 로라 어매밍은 낑낑대며 청소기를 돌리는 글로리아에게로 조용히 다가갔다. 오전에는 단둘이 대화를 나눌 기회가 없었다. 때문에 로라는 이번 기회를 놓치지 않기로 했다. "너한테 물어볼 게 있어."

글로리아가 화들짝 놀라 고개를 들었다. "왜요? 알려주신 대로하고 있는데요."

로라는 글로리아의 말을 무시하듯 손을 저었다. "청소 얘기가 아니야. 살인사건이 일어난 주말에 학생휴게실에서 뭔가 수상한 점을 발견하지 못했나 궁금해서 그래. 그때 네가 당번이었잖아. 시신이 발견되기 전에 말이야."

글로리아의 검은 눈이 크게 떠졌다. "말씀드렸잖아요. 경찰에도 말했고요. 아무것도 없었어요."

로라는 근엄한 표정으로 글로리아를 바라보았다. 그녀는 거짓말을 하고 있었다. "글로리아, 사실대로 말해. 거짓말이 죄악이라는 거 너도 알잖아. 하느님께 심판을 받는 순간이 찾아와도 그 앞에서 거짓말을 할 거야?" 로라는 글로리아의 어깨를 붙잡고 억지로 시선을 맞추며 덧붙였다. "솔직하게 말해도 괜찮아. 살인이 일어났다는 걸 몰랐잖아. 그 주말에는 아무도 복사실 문을 열어보지 않았으니까. 휴게실에서 뭘 본 거야?"

눈물 한 방울이 글로리아의 볼을 타고 흘렀다. 로라는 꿈쩍도 하지 않았다. 글로리아가 일터에서 눈물을 보인 게 이번이 처음은 아니었다. "글로리아, 진정하고 말해봐. 난 휴게실 창문 손잡이에서 핏자국을 발견했어. 대체 휴게실에 뭐가 있었던 거야?"

눈물은 점점 더 늘어나더니 이내 규칙적인 속도로 흘러내리기 시작했다. 글로리아는 흐느끼며 말했다. "전 몰랐어요. 몰랐다고요."

"나도 알아, 글로리아. 다들 이해할 거야. 네가 그걸 무슨 수로 알았겠어?" 로라는 글로리아의 볼을 닦아주며 물었다. "거기서 대체 뭘 발견했어?"

"피요." 글로리아는 겁에 질린 표정으로 로라를 바라다보며 말했다. "하지만 웅덩이처럼 양이 많거나 하지는 않았어요. 그냥 누군가 청소를 하다가 몇 방울을 놓친 것 같았어요. 저도 걸레에 피가 묻어나오기 전까지는 알아채지 못했어요. 그때는 심각한 일이라고 생각하지도 않았고요. 저는 몰랐어요…, 아시잖아요."

로라는 안도의 한숨을 내쉬었다. 핏자국, 그 이상은 아니었다. 글로리아에게는 별일 없을 것이다. 핏자국이 발견됐다는 사실을 숨겼다고 곤란에 처하지는 않을 것이다. 로라는 창문 손잡이를 닦다가 피가 묻어나온 걸레를 아직 보관하고 있었다. 이제 트리그비 관리소장에게 걸레를 넘겨 경찰에 전달하도록 할 작정이었다. 경찰은 혈액의 주인이 누군지 밝혀낼 방법도 알 것이다. 로라는 살인이 휴게실에서 발생한 게 틀림없다고 확신했다. "글로리아, 걱정하지 마. 그냥 사소한 문제야. 경찰에 새로 진술하면 될 거야. 솔직하게만 말하면 돼, 그게 중요한 일인지 꿈에도 몰랐다고 말이야." 로라는 미소를 지었지만 글로리아는 여전히 울고 있었다.

"그것 말고 또 있어요." 글로리아는 계속 흐느끼며 말했다.

"또 있다고?" 로라가 깜짝 놀라 물었다. "그게 뭔데?"

"그날 아침, 휴게실에서 뭔가를 또 발견했어요. 칼이 보관되어 있던 서랍에서요. 보여드릴게요." 글로리아가 이렇게 말하더니 다시 울음을 터뜨렸다. "제가 보관하고 있었거든요. 저랑 같이 가요."

로라는 글로리아를 따라 일층에 있는 청소도구실로 들어섰다. 글로리아는 여전히 눈물이 그렁그렁한 채 낮은 사다리를 올라가더니 맨 위 선반으로 손을 뻗었다. 그리고 종이타월에 싸인 물체를 내려 로라에게 건넸다. "이상하다는 생각이 들어서 보관하고 있었어요. 시신이 발견되고 나서야 이게 뭔지 알았지만, 너무 무서웠어요. 제 지문이 묻어있으니까 경찰이 분명 제가 죽였다고 의심할 것만 같았어요. 제가 죽인 게 아닌데 말예요."

로라는 조심스럽게 종이타월을 풀었다. 안에 든 물체를 본 로라는 비명을 지르고는 성호를 그었다. 글로리아는 다시 흐느끼기 시작했다.

친구들에게는 '구라'라는 애칭으로 불리는 구드룬은 손톱을 물어 뜯고 싶은 충동을 간신히 억눌렀다. 그 습관을 고친 지 하도 오래 돼서 마지막이 언제였는지도 기억나지 않았다. 그러니까 알리와 결혼하기 전이었는지 이후였는지도 가늠할 수 없었다. 그녀는 깔끔하게 손질된 손톱을 바라보았다. 아쉽게도 매니큐어가 발라져 있지 않았다. 손톱을 물어뜯고 싶은 충동을 제어하는 데 매니큐어를 잡아뜯는 것만한 게 없기 때문이다. 그녀는 순전히 잡아뜯을 목적으로 손톱에 매니큐어를 바를까 고민도 해보았지만 이내 포기했다.

그 대신 구드룬은 자리에서 일어나 주방으로 갔다. 오늘은 토요일이니 근사한 저녁식사를 준비할 생각이었다. 알리는 일요일을 제외하고 매일 일했으므로 함께 여유로운 시간을 즐길 수 있는 건 토요일 저녁뿐이었다. 시계를 보았다. 저녁식사를 준비하기에는 아직 이른 시간이었다. 그녀는 한숨을 쉬었다. 모든 게 깨끗하게 정돈되어 있었다. 더 이상 할 일이 없었다. 하지만 정신없이 시간을 보낼 만한 무언가를 찾지 못한다면 미쳐버릴 것만 같았다. 그녀가 두려운 생각에 빠질 수 없게 해줄 무언가 말이다. 경찰이 위층 아파트 수색영장을 들고 나타냈을 때 자신이 얼마나 겁을 먹었는지 떠올렸다. 그 이후 아무 일도 일어나지 않았다. 놀랍기는 했지만 사실이었다. 그녀의 모든 걱정이 근거 없는 것으로 드러났고, 이제 막 마음을 놓기 시작한 참이었다. 며칠 전까지만 해도 말이다.

그 사람들은 왜 다시 사건을 캐고 다니는 걸까? 경찰은 자신들의 수사결과에 만족하지 않았었나? 그렇다면 왜 사건을 또 들춰내는 것일까? 구드룬은 신음했다. 대체 무슨 생각으로 그랬던 걸까?

아무리 남편이 쓰레기 같은 인간이고 결혼생활에 흥미를 잃었다고 해도, 아직은 남편과 헤어지고 싶지 않았다. 심지어 그녀는 남편을 붙들기 위해 이런저런 노력도 해봤다. 마흔세 살은 다시 결혼 시장에 뛰어들기에는 너무 늦은 나이였다.

얼마나 멍청한가. 세입자와 잠자리를 갖다니. 더 우스운 건 지금까지 그 괴짜 독일인보다 더 매력적인 세입자가 얼마든지 있었다는 사실이다. 그때는 잠깐 제정신이 아니었던 게 분명하다. 그녀는 하랄트와 잔 게 단 한 번의 실수가 아니라, 두 번 이상 일어난 일임을 애써 무시했다. 그와의 섹스가 즐거웠다는 점은 부인할 수 없었다. 짜릿한 모험을 즐기는 느낌이었다. 아마도 해서는 안 될 일을 저지르고 있다는 생각 때문이었을 것이다. 게다가 하랄트는 남편보다 훨씬 더 어리고, 훨씬 더 기운이 좋았다. 그 끔찍한 흉터며 피어싱만 없었다면 완벽했을 것이다.

생각을 하자, 생각을. 구드룬은 심호흡을 했다. 저들이 어떻게 둘만의 비밀을 알아내겠는가? 누구도 이 사실을 몰랐다. 적어도 그녀는 누구에게도 비밀을 누설하지 않았다. 그나마 남아있던 제정신 덕분에 그녀는 불륜 사실을 친구들에게 말하지 않을 수 있었다. 하랄트 역시 친구들에게 떠벌렸을 리 없다. 그의 아파트에는 젊은 여자들이 끊임없이 드나들었다. 자신의 섹스 무용담을 자랑하고 싶었다면 차라리 그 젊은 여자들과의 경험을 떠벌리겠지. 그녀는 자신의 생각을 정정했다. 사실 끊임없이 드나든 젊은 여자는 두 명뿐이었다. 키 큰 빨간 머리와 작은 금발 머리. 하랄트는 절대 친구들에게 자신과의 일을 알리지 않았을 것이고, 경찰 역시 보나마나 전혀 눈치채지 못했을 것이다. 경찰과는 몇 차례 짧은 대화를 나눴지만 그들의 말이나 태도로 보아 하랄트와 그녀의 관계가 집주인과 세입자 이상일 거라고는 상상도 못 하는 듯했다. 실제로 마지막에는 둘의 관계가 그렇게 정리되어버렸다. 하랄트는 더 이상 복잡한 상황을 만들고 싶지 않다고, 더 중요한 일이 많다고 했다. 그때를 떠올리며 구드룬은 얼굴을 찡그렸다.

먼저 결별을 선언한 사람이 자신이었다면 좋았을 것이다. 하랄트는 매우 정중하게 그간의 기억에 고마움을 표시했지만 그렇다고 해서 그녀가 미쳐 날뛰는 것을 막지는 못했다. 구드룬은 회상에 잠기며 얼굴을 붉혔다. 얼마나 추잡스럽고 점잖지 못한 행동이란 말인가. 그녀가 정말 짜증이 났던 이유는 결별을 선언한 진짜 이유가 있음에도, 하랄트가 끝까지 고백하지 않았기 때문이다. 그에게 진지하게 만나는 여자친구가 생겼던 것이다. 하랄트가 살해당하기 전 주에 두 사람이 함께 아파트로 들어갔다가 함께 나오는 것을 여러 번 목격했다. 그녀가 기억하기로 한 번도 하랄트의 집에 드나든 적이 없던 새로운 여자였다. 두 사람이 독일어로 대화를 나누는 것으로 보아 아마 같은 나라 사람인 듯했다. 어쩌면 아이슬란드 여자들은 끝까지 그의 눈에 차지 않았을지 모른다. 구드룬은 하랄트의 위선에 화가 났다. 그녀 자신이 남편 몰래 바람을 피우는 것은 개의치 않았지만, 그가 여자친구를 두고 바람을 피우는 건 용납할 수 없었다. 아니, 그러기에 하랄트는 너무 좋은 사람이었다.

그래서 뭘 어쩌겠다는 것인가. 어차피 이제 모두 끝난 일이고, 절대 밝혀지지 않을 비밀 때문에 머리를 쥐어짤 이유는 어디에도 없었다. 그녀는 공용세탁실로 향했다. 마지막으로 세탁실을 제대로 청소한 게 한참 전이었다. 세탁실은 구드룬의 아파트와 같은 층 복도 끝에 있었고 하랄트의 아파트에서는 계단만 내려오면 바로였다. 구드룬이 남편과 함께 이 건물을 구입하고 위층은 세를 놓기로 결정하면서 몇 가지를 손봤는데 그 중 하나가 공용세탁실을 만든 것이었다. 그녀는 세탁실의 걸쇠를 열고 안으로 들어갔다.

역시나. 세탁실은 청소가 필요한 상태였다. 바닥에는 마약 수색을 위해 경찰견들이 다녀간 발자국이 그대로 남아있었다. 다행히도 세탁실에서는 아무것도 발견되지 않았다. 만약 공용 공간에서 마약이 발견되었더라면 그녀와 남편이 용의자 후보에 오르거나 마약전담반의 기록에 이름을 올렸을지 모른다. 상상도 하기 싫은 일이었다. 수색이 진행되는 동안 두 사람은 현장을 지켜야 했지만, 한 번도 마약에 손을 댄 적 없기 때문에 어찌되든 상관없었다. 적어도 그녀는 약에 손을 댄 적이 없었다. 쉬지 않고 출장을 다니는 남편이 안 보이는 곳에서 무슨 짓을 했을지 누가 알겠는가. 하지만 그건 중요치 않았다. 경찰견들이 냄새를 맡으며 사방을 돌아다녔지만 아무것도 발견되지 않자 경찰들은 만족스러운 얼굴로 미련 없이 세탁실을 떠났다. 한 경찰관이 건조기와 세탁기 안을 들여다보기는 했지만 그저 호기심 때문이었다. 그걸로 끝이었다.

그녀는 청소도구함을 열어 빗자루와 양동이를 꺼냈다. 양동이를 꺼내자 그 뒤에 숨겨져 있던 상자 하나가 보였다. 그녀는 상자를 가만히 내려다보았다. 그녀가 마지막으로 세탁실을 청소했을 때만 해도 도구함 안에 상자는 없었다. 두 집에서 사용하는 청소도구를 제외하고 다른 물건이 들었던 적은 없었다. 그녀는 조심스럽게 상자를 꺼냈다. 분명 하랄트의 물건일 것이다. 그녀는 세탁실을 마지막으로 청소한 날을 떠올렸다. 오! 맙소사. 하랄트가 그녀를 차버린 바로 그날이었다. 그는 빨래를 하기 위해 세탁실 안으로 들어왔다가 그녀가 섹스를 하고 싶다는 진짜 목적을 노골적으로 드러내자 웃으며 그만하자고 말했던 것이다.

그 불쾌한 기억이 사건 직전이었던 것을 감안하면, 하랄트는 분명 살해 직전 이곳에 상자를 숨겨두었을 것이다. 왜지? 세탁실의 저장공간을 사용해도 된다고 구드룬이 여러 번 환기시켰음에도 하랄트는 거절했다. 세입자를 위해 비워둔 네 개의 선반은 여전히 텅 빈 상태였다. 새 여자친구에게 뭔가를 숨기고 싶어서 상자에 넣은 다음 이곳에 처박아둔 것일까? 그의 외모와 아파트의 기괴한 실내장식을 봤을 때 그가 뭔가를 숨기려고 했을 가능성은 낮아보였다. 그녀의 심장이 빠르게 뛰기 시작했다. 혹시라도 몰래 촬영한 섹스 장면이 담긴 테이프를 여자친구에게 들키고 싶지 않았던 것은 아닐까? 이제 막 사귀기 시작한 단계에서 그보다 더 구역질나는 실수는 없을 것이다. 자신이 그저 섹스 테이프에 등장한 수많은 파트너들 중 하나라는 사실을 참아줄 여자가 어디 있겠는가. 구드룬은 두 손으로 머리를 움켜잡았다. 테이프나 사진 중에 자신의 모습이 담겼을지도 모른다. 그녀는 그 자리에 못박인 채 상자를 응시했다. 열어봐야만 했다. 다른 방법은 없었다. 상자를 열어서 그 안에 자신의 비밀을 폭로할 물건이 없다는 사실을 확인해야만 했다.

그녀는 허리를 구부려 종이상자의 뚜껑을 열어젖혔다. 그리고 내용물을 보았다. 사진이나 테이프 같은 건 없었다. 뭔가 깨지기 쉬운 물건을 감싼 듯한 행주뭉치와 플라스틱 파일 홀더에 꽂힌 서류들이 전부였다. 그녀는 크게 안도했다. 서류 파일에서 종이 한 장을 끄집어내어 내용을 훑어보았다. 아주 오래된 편지였고, 꽤나 가치가 있어 보였다. 편지에 쓰인 글씨는 판독이 불가능했기 때문에 그녀는 나중에 살펴볼 요량으로 겨드랑이에 종이를 끼웠다. 나머지 서류들도 살펴보았지만 다행히 하랄트의 사생활과는 전혀 상관없는 것들이었다. 하지만 그 중에서 그녀의 관심을 끄는 문서가 하나 있었다. 빨간 잉크로 마구 휘갈겨져 쓴 것이었는데, 종이인지 뭔지 알 수 없는 재질에 두툼하고 짙은 색 풀을 잔뜩 먹인 듯한 문서였다. 어딘지 기괴하게 보이는 텍스트에는 룬 문자인지 심벌인지 모를 것이 맨 아래쪽에 그려져 있었다. 두 사람의 이름으로 서명이 되어있었는데 둘 다 알아보기 힘들었지만 그 중 하나는 임대차계약서에서 본 하랄트의 서명과 일치했다. 그녀는 서류를 도로 상자에 집어넣었다. 이상하군.

그녀는 서류를 옆으로 치운 다음 행주로 싸인 물체를 향해 손을 뻗었다. 행주뭉치를 잡고 조심스럽게 들어올렸다. 가벼웠다. 마치 행주 안에 아무것도 들어있지 않은 듯했다. 천천히 행주를 풀어헤치고 내용물과 마주했다. 그녀는 비명을 지르며, 행주에 든 물체를 바닥에 내던졌다. 겨드랑이에 끼웠던 오래된 편지를 꽉 쥐고 그녀는 세탁실을 뛰쳐나와 문을 쾅 닫아버렸다.

구나르는 수화기를 들고 고문서연구소 소장인 마리아의 내선번호를 눌렀다. 토요일 이 시간까지도 그녀가 사무실에 남아있을지 확신이 안 섰다. 대형 전시가 코앞이고 최근 사건으로 인해 소란이 일어났던 걸 생각하면 연구소는 바쁘게 돌아가고 있을 것이다. "여보세요. 마리아. 저 구나르 입니다." 그는 자신의 지위에 맞게 권위 있는 목소리로 말하려고 애썼다. 진지한 남자의 목소리로, 과장된 인상을 풍길 마음이 전혀 없다는 걸 내비치고 싶었다.

"아, 당신이군요." 그녀의 퉁명스러운 대답으로 비춰봤을 때 구나르의 어조는 별 효과가 없는 듯했다. "안 그래도 연락하려던 참이었어요. 무슨 소식 없어요?"

"그럴 수도 있고 아닐 수도 있습니다." 구나르가 천천히 말했다. "제 생각에 편지를 찾아낼 순간이 가까워지고 있는 것 같군요."

"그런 것 같으시다니 제 마음이 놓이는군요." 마리아는 비아냥거리며 말했다.

구나르는 침착함을 유지하며 말싸움에 휘말리지 않기 위해 노력했다. "우리 학과 건물은 샅샅이 뒤져보았고, 유족 대리인과도 접촉해서 하랄트의 물건을 모두 확인해보겠다는 약속도 받았습니다. 분명 그 중에 편지가 있을 거예요. 확실합니다."

"확실한 것 같다고 생각하시는 건 아니고요?"

"마리아, 저는 진행상황을 알려주려고 전화한 겁니다. 그렇게 무례하게 나올 필요는 없을 텐데요." 구나르는 침착하게 말했지만 당장이라도 전화를 끊어버리고 싶었다.

"당신 말이 맞아요. 미안합니다. 전시 준비 때문에 너무 정신이 없어서 신경이 곤두서 있거든요. 기분 나쁘게 할 생각은 아니었어요." 마리아는 좀 전보다 훨씬 상냥한 어조로 말했다. "하지만 제가 할 말에는 변함이 없어요. 구나르, 편지를 찾을 시간은 며칠 안 남았어요. 당신네 학과 학생들의 잘못까지 숨겨줄 수는 없어요."

구나르는 며칠 안 남았다는 것이 정확히 어느 정도인지 궁금했다. 분명 5일은 넘지 않을 것이고 아마 3일에 가까울 것이다. 그는 마리아가 시한을 앞당기기라도 할까봐 자세히 묻지는 않았다. "잘 알고 있습니다. 새로운 소식이 들어오는 대로 연락을 드리죠."

두 사람은 건조하게 인사를 나눈 뒤 전화를 끊었다. 책상에 팔꿈치를 올린 채 구나르는 두 손으로 머리를 움켜쥐었다. 무슨 일이 있어도 편지를 찾아야 했다. 찾지 못하면 사임을 해야 할지 모른다. 대학의 학과장으로서 해외 기관에서 대여한 문서의 도난 사건에 연루된다는 것은 치욕스러웠다. 그 망할 하랄트 건틀립. 그 자식이 이 학교에 오기 전까지만 해도 구나르는 부총장직 선거에 출마할 생각까지 하고 있었다. 하지만 지금 그의 유일한 소망이라고는 모든 게 정상으로 돌아가는 것뿐이었다. 그게 전부였다. 그때 노크 소리가 들렸다.

구나르는 몸을 바로 하고 앉아 소리쳤다. "들어오세요."

"안녕하세요. 잠깐 시간 내주실 수 있으신가요?" 관리소장 트리그비였다. 그는 안으로 들어오더니 문을 닫았다. 천천히 책상 앞으로 다가왔지만 앉으라는 제안을 그는 거절했다. 대신 손을 내밀며 말했다. "청소부들 가운데 한 분이 학생 휴게실에서 이걸 찾아냈습니다."

구나르는 별 모양으로 생긴 작은 금속 조각을 집어들었다. 그는 조각을 찬찬히 살펴보더니 놀란 눈으로 트리그비를 바라보았다.

"이게 뭐죠? 중요한 물건 같지는 않은데요."

관리소장은 목청을 가다듬고 말했다. "제 생각에 이건 하랄트의 신발에서 나온 조각인 것 같습니다. 며칠 전에 발견했는데 방금 전에야 저에게 이 사실을 알려왔거든요."

구나르는 멍한 표정으로 소장을 올려다보았다. "그래서 어쨌다는 거죠? 무슨 말을 하려는 건지 모르겠군요."

"그뿐만이 아닙니다. 제가 청소부의 얘기를 정확히 이해한 게 맞다면 휴게실 창문에서 핏자국까지 발견됐습니다." 그는 구나르를 보며 대답을 기다렸다.

"핏자국요? 하랄트는 목 졸려 죽었잖아요?" 구나르가 의아한 얼굴로 물었다. "그렇다면 예전부터 있던 핏자국이 아닐까요?"

트리그비가 어깨를 으쓱하며 대답했다. "저는 모르겠습니다. 저는 단지 학과장님께 이 사실을 알려드리고 싶었습니다. 어떻게 처리하시든 그건 학과장님이 결정하실 문제죠." 그는 돌아서려고 하다가 갑자기 멈춰서서 덧붙였다. "그리고 하랄트는 그냥 목이 졸려 죽은 건 아니었잖습니까."

끔찍하게 망가진 시신의 모습이 떠오르자 구나르의 위장이 뒤틀렸다. "네, 물론 그렇죠." 그는 당황하며 금속 별 조각을 보았다. 그리고 다시 입을 여는 트리그비에게로 시선을 돌렸다.

"저는 그게 사건 당일 하랄트의 신발에서 떨어져 나왔다고 생각합니다. 물론 이전에 떨어져 나온 것일 수도 있지만요."

"네, 그렇지요." 구나르가 중얼거렸다. 그는 이를 악물고 트리그비를 노려보더니 자리에서 일어나 말했다. "알려줘서 고마워요. 사건과 무관할지도 모르지만 옳은 일을 하신 겁니다."

소장은 차분히 고개를 끄덕이며 말했다. "실은 알려드릴 게 더 있습니다." 그는 주머니에서 접힌 종이 한 장을 꺼냈다. "살인이 일어난 그 주말에 휴게실을 청소한 여자 분이 바닥에서 또 다른 핏자국을 발견했는데, 누군가 핏자국을 닦으려고 했던 모양입니다. 그리고 그분이 이것도 찾아냈습니다." 그는 종이타월을 구나르에게 건네며 덧붙였다. "제 생각에는 경찰에 알리는 게 좋을 것 같습니다." 트리그비는 학과장에게 시간을 내줘서 고맙다고 인사한 후 방을 나갔다.

구나르는 다시 자리에 앉아 별 조각을 들여다보며 어떻게 하는 게 좋을지 생각했다. 이게 중요한 문제일까? 경찰에 괜히 전화했다가 판도라의 상자처럼 수사가 처음부터 다시 시작되는 것은 아닐까? 그런 일이 있어서는 안 된다. 더군다나 모든 것이 정상으로 돌아가려는 지금, 그런 일은 절대 용납할 수 없었다. 물론, 그 망할 편지를 제외하고 말이다. 구나르는 신음을 하며 별 조각을 내려놓았다. 월요일까지 생각해보고 처리해도 될 것이다. 그는 종이타월을 펼쳤다. 한참이나 타월 사이에 끼어있는 물건을 살펴보고 나서야 사건과의 연관성을 알아차렸다. 물건의 정체를 깨달은 그는 입 밖으로 비명이 새어나오기 전에 겨우 손으로 틀어막았다. 수화기를 들고 긴급전화번호 112를 눌렀다. 이건 절대 월요일까지 기다릴 수 없는 문제였다.

26장

홀마비크를 떠나 호텔 랑가를 찾아가는 길은 꿈만 같았다. 날씨가 내내 좋았다. 눈이 여기저기 쌓여있지만 바람 없고 화창한 날이었다. 토라는 새로 렌트한 지프차 조수석에 앉아 여유롭게 경치를 감상했다. 그녀가 캄바르의 구불구불한 급경사지에서는 천천히 운전해야 한다고 매튜에게 끊임없이 강조하며 그곳에서 일어난 수많은 자동차 사고 이야기로 그를 즐겁게 해준 결과, 두 사람의 차는 달팽이가 기어가는 속도로 움직였다. 얼마 지나지 않아 토라는 자신들을 앞질러 간 차가 몇 대나 되는지 세는 걸 포기했다. 대신 경찰이 보내준 두 개의 서류파일 가운데 하나를 꺼냈다. 분명 두 파일에 경찰의 모든 수사자료가 담겨 있을 것이다. 그녀는 후에의 옷장에서 발견된 티셔츠에 관한 설명을 읽다가 멈칫했다. "그렇지!" 토라가 소리를 질렀다.

깜짝 놀란 매튜가 핸들을 꺾었다. "뭐예요?"

"이 티셔츠요." 토라가 흥분한 목소리로 말하며 펼쳐진 페이지를 세게 두드렸다. "제가 혀 수술 사진에서 봤던 거랑 같은 티셔츠예요. 앞에 '100% silicon'라는 문구가 적혀있어요."

"그래서요?" 매튜가 무슨 뜻인지 이해하지 못해 물었다.

"사진 속의 셔츠에서는 '100'이라는 숫자와 'ilic'이라는 철자만 보였거든요. 그런데 후에의 옷장에서 찾은 셔츠에는 '100% silicon'이라는 문구가 앞면에 큰 글씨로 적혀있다고 하잖아요. 티셔츠에서 발견된 피는 분명히 수술할 때 묻은 거예요." 토라는 스스로의 발견에 뿌듯해하며 파일을 덮었다.

"후에도 기억하고 있을 거예요. 다른 사람의 혀에서 쏟아져 나온 피가 자기 옷 전체로 튀는 일이 흔한 경험은 아니니까요."

"어쩌면 우리한테만 드문 일인지도 모르죠." 토라가 말했다. "후에가 경찰이 티셔츠를 보여주지 않는다고 말했던 거 기억하죠? 아마도 그 티셔츠를 기억하지 못할지도 몰라요."

"어쩌면요." 매튜가 대답했다. 이후 두 사람은 한동안 침묵했다. 그러다 차가 헬라 옆에 위치한 랑가 외곽으로 통하는 다리를 건넜을 때 매튜가 갑자기 입을 열었다. "내일 온대요."

"누가 와요?"

"아멜리아 건틀립 부인과 그녀의 딸 엘리자요." 매튜가 도로에서 시선을 떼지 않으며 대답했다.

"뭐라고요? 그 사람들이 온다고요?" 토라가 꽥 소리를 질렀다. "왜요?"

"당신 말이 맞았어요. 하랄트가 살해당하기 전 주에 엘리자가 오빠와 함께 지냈다는군요. 우리에게 그 이야기를 들려주러 오는 거예요. 건틀립 부인에게 듣기로는 하랄트가 무슨 일을 벌이고 있었는지 동생에게 얘기를 했었답니다. 하지만 자세히 말한 건 아니었다고 하더군요."

"이런, 이런." 토라가 혀를 찼다. "여동생이 오는 이유는 알겠는데 왜 모친까지 오는 거죠? 우리가 자기 딸이랑 이야기하는 동안 옆에서 지켜보려고요?"

"아뇨. 부인은 당신과 얘기를 하러 오는 거예요. 일 대 일로. 엄마 대 엄마로. 부인이 정확히 이렇게 말했어요. 부인이 당신과 이야기를 할 생각이었다는 건 이미 알고 있었잖아요. 그냥 전화 통화나 하게 될 거라고 생각했어요?"

"실은, 그렇게 생각했어요. 엄마 대 엄마? 아이 양육에 관한 노하우라도 서로 비교해봐야 하는 건가요?" 토라는 그 여자를 만나고 싶은 마음이 추호도 없었다.

매튜가 어깨를 으쓱하며 대꾸했다. "저는 모르죠. 엄마가 아니잖아요."

"맙소사." 토라가 탄식하더니 조수석에 푹 파묻혀버렸다. 그녀는 신중하게 할 말을 고른 다음 입을 열었다. "그 여동생 말인데요, 그 사람도 사건에 연루됐을 가능성이 있나요?"

"아뇨. 절대 그럴 리 없습니다."

"궁금해서 물어보는 건데요, 왜 절대 그럴 리 없다고 생각해요?"

"왜냐면 그럴 리가 없으니까요. 엘리자는 그런 애가 아니에요. 그리고 금요일에 독일로 돌아갔다고 했어요. 케플라비크에서 프랑크푸르트 행 비행기를 탔다고요."

"그녀의 말을 곧이곧대로 믿는 거예요?" 토라가 어쩌면 그렇게 순진할 수 있냐는 듯한 표정으로 매튜에게 물었다.

매튜가 그녀를 힐끗 보더니 다시 도로로 시선을 옮겼다. "꼭 그렇지는 않아요. 직접 확인해봤는데, 엘리자는 그날 비행기를 탄 게 맞아요."

토라는 더 이상 할 말이 없었다. 엘리자를 직접 만나 이야기를 나누기 전까지는 그녀에 대해 아무런 말도 하지 않기로 마음먹었다. 어쩌면 매튜의 말이 맞는지도 몰랐다. 엘리자는 용의선상에서 제외해도 괜찮을 것이다. '호텔 랑가'라는 표지판이 토라의 눈에 들어왔다. "저기예요." 토라는 호텔로 이어진 진입로로 들어가려면 우회전을 해야 한다는 뜻으로 매튜에게 이렇게 알렸다. 그들은 강을 향해 난 진입로를 따라 달려서 목조 호텔 건물 앞에 다다랐다.

"있잖아요, 호텔에서 묵는 건 2년 만이에요." 토라가 짐가방을 호텔로 옮기며 말했다. "이혼한 뒤로 한 번도 호텔에 묵은 적이 없었거든요."

"설마 농담하는 거죠?" 매튜가 자신의 가방을 옮기며 말했다.

"맹세컨대 사실이에요." 토라는 과거를 회상하며 말을 이었다. "2년 전에 망해가는 결혼생활을 구해보겠다고 파리로 주말여행을 갔었죠. 그 이후 외국에 나갈 일도 없었고 아무튼 호텔에서 묵을 일이 없었어요. 이상하게도요."

"그럼 파리 여행이 기적을 일으키지는 못했나봐요?" 매튜가 토라를 대신해 문을 열어주며 물었다.

토라가 코웃음을 쳤다. "전혀요. 관계를 개선해보자고 떠난 여행이었는데, 전 남편은 차분히 이야기하면서 서로의 잘못을 고쳐볼 생각일랑 아예 없더군요. 대신 유명 관광지를 돌아다니면서 그 앞에서 자기 사진 찍어달라고 졸라대기만 했어요. 그 정도면 완전히 끝난 거죠."

건물 안으로 들어서자 박제된 거대한 북극곰 한 마리가 두 사람을 맞았다. 곰은 뒷다리로 선 채 두 눈을 부라리며 당장이라도 달려들 듯한 포즈를 취하고 있었다. 매튜가 그 앞으로 걸어가더니 말했다. "사진 좀 찍어줘요. 부탁이에요."

토라는 얼굴을 찡그리고는 안내데스크로 걸어갔다. 데스크 컴퓨터 앞에 흰색 블라우스에 짙은 색 유니폼을 입은 중년 여자가 서 있었다. 그녀가 토라를 보며 미소를 지었고, 토라는 싱글 룸 두 개를 예약했다고 말하며 자신과 매튜의 이름을 알려줬다. 직원은 컴퓨터에 숙박객 정보를 입력하고 열쇠 두 개를 건네며 방 위치를 설명했다. 바닥에 내려놓았던 가방을 집어들고 자리를 떠나려던 토라가 마음을 고쳐먹고 직원에게 하랄트라는 손님을 기억하는지 물어보기로 했다. 하랄트가 직원에게 길이나 지역정보를 물었을 수도 있고, 어쩌면 단서가 될 만한 내용이 나올지도 몰랐다. "제 친구가 지난 가을 이 호텔에 묵었거든요. 하랄트 건틀립이라는 사람인데요, 혹시 그 친구를 기억하시나요?"

온갖 말도 안 되는 질문을 받는 데 익숙한 직원은 인내심 있는 표정으로 토라를 바라보며 정중하게 대답했다. "아뇨. 그런 이름은 기억이 나지 않는군요."

"얼굴에 아주 특이한 피어싱을 한 독일 사람이에요. 혹시 확인해

주실 수 있을까요?" 토라는 얼굴의 피어싱쯤이야 별일 아니라는 듯
미소를 지으려고 애썼다.

"한번 확인해볼게요. 철자가 어떻게 되나요?" 직원은 이렇게 묻
고는 다시 컴퓨터 화면으로 시선을 돌렸다.

토라는 철자를 또박또박 발음한 뒤 직원이 하랄트의 숙박정보
를 찾아낼 때까지 기다렸다. 토라가 서있는 자리에서 여러 개의 메
뉴가 화면에 떠있는 게 보였다. "여기 있네요." 마침내 직원이 입을
열었다. "하랄트 건틀립. 2박에 방 두 개를 예약했어요. 같이 오신
손님의 성함은 해리 포터이고요. 찾으시는 친구 분이 맞나요?" 해
리 포터라는 이름이 이상하다고 생각했는지는 알 수 없지만, 직원
은 아무런 언급도 하지 않았다.

"네." 토라가 대답했다. "두 사람에 대해 기억나는 게 전혀 없으
신가요?" 직원은 화면을 한 번 보더니 고개를 저었다. "네, 죄송합
니다. 저는 그때 근무하고 있지도 않았어요." 직원이 토라를 쳐다
보며 덧붙였다. "외국에서 휴가를 보내던 중이었거든요. 이 일을
하다 보니 여름에는 휴가를 가기가 힘들어서요." 직원은 토라가 게
으르다고 자신을 비난하기라도 한 듯한 말투로 대답했다. "어쩌면
바텐더가 친구 분을 기억하고 있을지도 모르겠어요. 올라푸라는
직원인데, 저희는 올리라고 불러요. 당시에 분명 여기서 일했을 거
예요. 오늘 저녁에도 근무하는 걸로 되어있고요."

토라는 고마움을 전한 뒤 매튜와 함께 방을 향해 걸어갔다. 둘이
복도 모퉁이를 돌아가려는 순간 직원이 불렀다. "지금 보니 친구
분이 프런트에서 손전등을 빌려가셨다고 기록되어 있습니다."

토라가 돌아서며 물었다. "손전등요? 왜 빌려갔는지도 나와있나요?"

"아뇨. 체크아웃할 때 꼭 손전등을 돌려받으라는 메모만 남아있습니다. 실제로 반납을 하셨고요."

"혹시 손전등을 빌려간 게 저녁시간이었는지 알 수 있나요?" 토라가 물었다. 어쩌면 하랄트는 진입로에 뭔가를 떨어뜨려서 그걸 찾으려고 했는지도 모른다.

"아뇨. 낮 근무자가 빌려줬습니다." 직원이 대답했다. "호기심 때문에 여쭤보는 건데요, 혹시 친구 분이 대학에서 살해된 채 발견됐다는 그 외국인 학생인가요?"

토라는 그렇다고 대답하며 고맙다는 인사를 덧붙였다. 두 사람은 다시 방으로 향했다. 둘의 방은 나란히 붙어있었다.

"30분쯤 쉬는 게 좋지 않을까요?" 토라가 아늑하게 설비된 방 안을 슬쩍 둘러보더니 물었다. 널찍한 침대가 너무도 매혹적이어서 잠시 침대에 드러눕고 싶은 욕구가 솟구쳤다. 누비이불은 크고 두툼했으며 린넨 시트는 다림질을 한 듯 빳빳했다. 토라에게는 매일 볼 수 있는 풍경이 아니었다. 집에 있는 그녀의 침대는 아침에 정신없이 출근 준비를 하느라 몸만 빠져나온 카오스 상태 그대로 밤에 토라를 맞아주었다.

"그럼요. 별로 급할 것도 없는데요." 매튜 역시 같은 생각을 하고 있었다. "나갈 준비가 되면 내 방 문을 두드려요. 그리고 내 방에 들르는 건 언제든 대환영입니다." 그는 토라가 대꾸할 틈도 주지 않고 방으로 들어가 버렸다.

토라는 짐을 모두 내려놓고 화장실과 미니바를 살펴본 뒤 침대 위로 몸을 던졌다. 그녀는 십자가에 매달린 것처럼 두 팔을 양 옆으로 벌려 누운 채 이 순간을 만끽했다. 하지만 그 순간은 오래가지 못했다. 핸드백에 넣어둔 휴대폰이 울린 것이다. 그녀는 신음 소리와 함께 일어나 휴대폰을 꺼냈다.

"여보세요, 엄마." 솔리의 쾌활한 목소리가 들려왔다.

"안녕, 우리 딸." 딸의 목소리를 듣고 기분이 좋아진 토라가 물었다. "뭐하고 있었어?"

"아," 솔리가 약간은 덜 명랑한 목소리로 말했다. "승마장에 가는 길이야." 그런 다음 아이가 너무 작은 목소리로 속삭이는 바람에 토라는 무슨 말을 하는 건지 제대로 알아들을 수가 없었다. 자기가 하는 말이 새어나가지 않게 하려고 전화기를 입에 바짝 붙이고 말을 해서 더욱 그랬다. 솔리의 목소리가 낮게 들려왔다. "난 승마하러 가기 정말 싫어. 말들이 못되게 군단 말이야."

"어머!" 토라는 딸의 기운을 북돋워주려고 애썼다. "말은 안 못됐어. 얼마나 순한 동물인데. 분명 재밌을 거야, 날씨도 좋잖아?"

"오빠도 가기 싫대." 솔리가 속삭였다. "오빠가 승마는 유행도 지났고, 촌스러운 일이래."

"엄마한테 재밌는 얘기나 좀 해봐. 오늘 뭐 하면서 지냈어?" 토라는 자신이 승마 변호인으로서는 부적합하다는 사실을 깨닫고 다른 질문을 던졌다.

그러자 솔리의 목소리가 밝아졌다. "아이스크림 먹고 만화 봤어. 진짜 재밌었어. 엄마, 오빠가 엄마랑 통화하고 싶대."

토라가 딸에게 인사를 하기도 전에 아들의 목소리가 들려왔다.

"여보세요." 길피의 목소리는 침울했다.

"안녕, 우리 아들." 토라가 인사했다. "잘 있었어?"

"거지같았어." 길피는 속삭이려고 하지도 않았다. 토라가 느끼기에는 오히려 목소리가 더 높아진 듯했다.

"오, 말 타러 가는 것 때문에 그래?" 토라가 물었다.

"그것만 아니라 그냥 다 짜증나." 길피는 잠시 뜸을 들이다 입을 열었다. "내일 집에 돌아가면 엄마랑 잠깐 얘기 좀 해야겠어."

"그럼, 얼마든지." 토라는 아들이 드디어 입을 연다는 데 기뻐해야 할지 아니면 충격적인 소식을 들려줄까봐 걱정을 해야 할지 알수가 없었다. "내일 저녁에 보자." 통화를 마친 토라는 다시 한 번 눈을 붙여보려고 노력했지만 소용이 없었다. 결국 그녀는 침대에서 일어나 뜨거운 물로 샤워를 했다.

새하얗고 두툼한 타월로 몸의 물기를 닦으면서 토라는 한쪽에 놓인 관광정보 리플렛을 발견했다. 그녀는 하랄트가 관심을 가졌을 만한 장소가 있는지 살펴보았다. 관광지는 많았지만 사건과 관련 있을 만한 곳은 드물었다. 하지만 그 중 세 곳이 토라의 관심을 끌었다. 스칼홀트 지역이 두 페이지 걸쳐 소개되어 있는데, 이곳은 하랄트가 큰 관심을 보였던 욘 아라손 및 브리뇰푸르 스베인손과 관련이 있는 곳이기도 했다. 이외에도 고려할 만한 후보지가 두 곳 더 있었다. 하나는 헤클라 산이었고 다른 한 곳은 헬라 외곽 아에 이시다라는 작은 마을에 위치한 아일랜드 수도사들의 동굴이었다. 토라를 가장 놀라게 한 건 그녀가 이전에는 이런 지명들을 한 번도 들어본 적이 없다는 사실이었다. 그녀는 헬라라는 지명이 아이슬란드어로 동굴이라는 뜻의 '헬리르hellir'와 어원이 같은 것은 아닐지 궁금해졌다. 그녀는 세 곳의 후보지가 소개된 페이지의 모서리를 접어 표시해두었다. 그런 다음 옷을 입기 시작했다. 따뜻한 옷을 여러 겹 껴입으려고 특별히 신경을 썼다. 하지만 외관상으로 매력적인 모습은 아니었다. 만약 동굴 탐험을 해야 하는 일이 생기면 분명 이런 옷차림이 도움이 되겠지. 그녀는 마음속으로 매튜가 무도화 같은 그럴싸한 구두를 신고 미끄러운 바위를 간신히 기어다니는 모습을 상상했다. 토라는 순전히 그를 골려줄 생각으로 호텔을 나서기 전에는 동굴에 대해 언급하지 않기로 마음먹었다. 곧 해가 질 테고, 토라가 동굴을 살펴보자고 마지막 순간에 제안을 하면 아마도 매튜는 마지못해 따라나설 것이다. 그녀는 머리를 질끈 묶은 다음 점퍼를 입고 방을 나섰다.

토라가 방을 나서기 무섭게 매튜의 방문이 열렸다. 토라는 매튜의 옷차림을 보고 히죽거렸다. "근사한 슈트네요." 그녀가 기분 좋은 듯 말했다. "신발도 멋지고요." 세련된 가죽으로 만들어진 것으로 보아 그의 신발은 꽤나 값나가는 게 틀림없었다. 토라는 아주 잠깐이지만 앞으로 일어날 일에 대해 매튜에게 미리 경고하지 않은 것에 양심의 가책을 느꼈다. 매튜에게는 저것 말고도 신발이 많을 거라고 그녀는 스스로를 달랬다.

"이건 슈트가 아니에요." 매튜가 날카롭게 대답했다. "스포츠 재킷에 바지를 입은 거라고요. 둘은 엄연히 다릅니다. 물론 당신은 구분을 못 하겠지만."

"아, 몰라봬서 죄송해요." 토라는 더 이상 양심의 가책을 느끼지 않았고 매튜의 신발 따위 어찌되든 상관없어졌다.

매튜는 아무런 대꾸도 하지 않고 문을 닫더니 손에 쥐고 있던 열쇠고리에서 지프차 키를 찾았다. "그럼, 이제 어디로 갈까요?"

토라는 점퍼 주머니에서 휴대폰을 꺼내 시간을 확인했다. "스칼홀트부터 둘러보는 게 좋겠네요. 거의 4시니까 거기를 먼저 봐야겠어요."

"알겠습니다. 가이드 선생님." 매튜는 토라의 옷차림을 찬찬히 뜯어보며 말했다. "호텔에 레스토랑이 있다는 건 알고 계시죠? 저녁식사를 하자고 밖에 나가 사냥할 필요는 없어요."

"하하, 아주 재밌네요." 토라가 대꾸했다. "저한테는 멋지게 차려입는 것보다는 따뜻하고 편안한 게 제일이거든요. 게다가 이런 온도에 그렇게 옷을 입고 다니면 쿨하게 보이려다가 얼어죽기 딱 좋다고요."

두 사람이 스칼홀트에 도착했을 무렵 하늘은 이미 어둑해지기 시작했다. 스칼홀트 교회는 아직 문을 연 상태였고 토라와 매튜는 서둘러 안으로 들어가 이야기를 나눌 사람을 찾기 시작했다. 곧 젊은 남자가 두 사람을 맞아주며 도움이 필요한지 물었다. 토라는 예전에 이곳을 찾았던 친구와 대화를 나눈 사람을 찾고 있다고 설명했다. 그리고 하랄트의 외모를 묘사했다.

"아." 토라가 오른쪽 눈썹 부위의 피어싱에 대해 한참 설명하고 있을 때 젊은 남자가 입을 열었다. "혹시 살해된 그 학생 말씀하시는 거 아니에요? 저 그 사람 만났어요!"

"그럼 그 친구가 이곳에 온 이유도 기억하나요?" 토라가 남자를 격려라도 하듯 웃으며 물었다.

"그게 그러니까, 제 기억이 정확하다면 욘 아라손과 그의 처형에 대해 이야기하고 싶어했어요. 아, 그리고 브리뇰푸르 스베인손에 대해서도요." 그는 두 사람을 바라보며 얼른 덧붙였다. "그런데 그게 워낙 흔한 일이거든요. 많은 방문객들이 두 위인에 대한 이야기를 더 자세히 알고 싶어하거든요. 비극적인 삶을 살았지만 동시에 섬뜩한 매력이 있는 인물들이잖아요. 관광객들이 유독 관심을 보이는 건 욘 아라손 주교를 참수할 때 도끼로 일곱 번이나 내리찍었다는 사실이에요. 그의 머리가 말 그대로 몸통에서 떨어져나갈 때까지 말이죠."

"하랄트가 관심을 보인 게 그저 두 주교에 관한 일반적인 사실이었나요?" 토라가 물었다. "아니면 보다 더 구체적인 사실에 관심을 보이던가요?"

남자는 매튜를 향해 돌아서더니 영어로 말했다. "욘 아라손의 일생에 대해 얼마나 알고 계신지 모르겠네요."

매튜는 이 말이 자신을 향한 것이었음을 깨닫고 대답했다. "제가 욘 아라손 주교에 대해 아는 건, 그의 모친에 관해 알고 있는 것과 비슷한 수준이죠. 다시 말해서 아는 게 전혀 없다는 뜻입니다."

"아, 그렇군요." 젊은 남자는 충격이라도 받은 듯한 목소리였다. "긴 얘기를 짧게 말씀드리자면, 욘 아라손은 아이슬란드의 마지막 가톨릭 주교였습니다. 그는 1524년부터 홀라르의 주교였고 스칼홀트 일대도 한동안 그의 통제 아래에 있었죠. 1550년에 그는 이곳 스칼홀트에서 처형당했는데, 그게 덴마크의 크리스티안 3세가 아이슬란드를 비롯한 자신의 왕국에서 가톨릭을 금지시킨 지 13년 만의 일이었습니다. 욘 아라손은 종교개혁을 막으려고 노력했고 루터주의에 반대해 반란을 일으키지만 결국 실패하고 참수형에 처해졌죠. 그의 처형에 얽힌 이야기 역시 만만치 않게 비극적이에요. 왜냐면 욘 아라손은 처형당하기 2주 전에 실은 면책특권을 부여받은 상태였는데, 새로운 국회가 소집되면서 그가 일으킨 반란과 그의 두 아들에 대한 논의가 새로 시작돼버린 거예요. 결국은 두 아들까지 처형당했어요."

매튜가 미간을 찌푸리며 물었다. "아들이라고요? 욘 아라손은 가톨릭 주교였잖아요? 어떻게 아들을 둘 수가 있었죠?"

젊은 남자가 웃으며 설명했다. "아이슬란드는 일종의 특별허가를 부여받은 상태였거든요. 정확히 어떻게 된 건지는 모르겠지만 사제, 부제, 주교 모두 애인을 둘 수가 있었어요. 심지어 애인과 혼인서약에 버금가는 수준의 공식적인 계약도 맺을 수 있었죠. 만약 둘 사이에 아이가 태어나면 벌금을 내면 그만이었으니, 모두가 만족스러운 결과를 얻게 된 셈이죠."

"그렇게 간단할 수가!" 매튜가 어이가 없다는 듯 탄식했다.

"네, 아주 간단했죠." 남자가 유쾌하게 대답했다. "친구 분도 그 사실을 잘 아시더군요. 분명 공부를 많이 하신 것 같았어요. 물론 제가 아주 간략하게 설명하기는 했지만 본래는 아주 복잡한 이야기들이 얽혀있거든요. 하지만 이 정도면 두 분이 하신 질문에 대한 배경지식으로는 충분할 거예요." 그는 토라를 쳐다보았고, 토라는 질문을 까먹은 지 이미 오래라는 사실을 감추기 위해 표정 관리를 했다. "친구 분은 거의 한 가지에 대해서만 관심을 보이셨어요. 바로 욘 아라손의 인쇄기였죠. 인쇄기는 그가 1534년에 아이슬란드로 가지고 들어와서 홀라르에 설치한 것으로 알려져 있는데, 친구 분은 그 인쇄기로 뭘 찍어냈는지 궁금해하더군요."

"그래서요? 하랄트에게 무슨 얘기를 해주셨나요?"

"대답하기 굉장히 어려운 질문이네요." 젊은 남자가 설명했다. "인쇄기로 찍은 초판본에 대해서는 거의 알려진 게 없거든요. 일부 자료에 의하면 '미사전서'라는 설이 있어요, 미사전서는 미사 일정과 기도문 등이 인쇄된, 사제들을 위한 일종의 매뉴얼 같은 책이에요. 어느 시점엔가 신약의 4대복음서가 인쇄됐다는 설도 있고요. 제가 말씀드릴 수 있는 건, 욘 아라손 생전에 나온 인쇄물에 대해서는 알려진 게 전혀 없다는 사실이에요. 친구 분이 저한테 한 질문 중에 좀 특이한 게 몇 가지 있었어요. 예를 들자면, 욘 아라손 주교가 당시 아주 인기가 많았던 책을 인쇄했을 가능성이 있냐고 물어봤어요. 혹시 성서를 말하냐고 물었더니 그냥 웃기만 하더라고요. 그게 왜 웃긴지 저로서는 알 수가 없었고요."

"그러게요. 왜 그랬을까요." 매튜는 토라를 슬쩍 바라보며 물었다. "말레우스?" 토라 역시 같은 생각이었다. 당시 성서 다음으로 많이 인쇄된 책이 바로 《말레우스 말레피카룸》이었다. 어쩌면 하랄트는 그 책이 아이슬란드에서도 인쇄되었는지 밝혀내려고 했는지 모른다. 당시 판본이 발견된다면 그 가치는 값을 매길 수 없을 정도일 것이다. 더구나 하랄트 같은 열정적인 수집가에게 판본은 상징하는 바가 너무도 컸다.

"그럼 브리뇰푸르 스베인손에 대해서는 뭘 알고 싶어하던가요?" 토라가 물었다.

"그 점 역시 아주 흥미로웠어요." 젊은 남자가 말했다. "처음에는 그의 무덤을 보고 싶어하더군요. 하지만 그의 무덤은 아직도 발견되지 않았으니 그건 불가능했죠."

토라가 얼른 끼어들었다. "아직 발견되지 않았다고요? 이곳에 묻히지 않았나요?"

"네. 이곳에 묻혔어야 마땅하지만 브리뇰푸르는 교회 밖 아내와 아이들 곁에 자신을 묻어달라는 유언을 남겼어요. 매장된 장소에 관한 설은 있지만 아직 발굴되지는 않았고요. 묘비가 없는 무덤에 잠들고 싶어했으니까요."

"그건 좀 예외적인 경우 아닌가요?" 토라가 물었다.

"물론 그렇죠. 사실은 그 이후 무덤 주변에 나무울타리가 세워졌고, 30년 간 울타리가 그 자리에 있었대요. 그러다가 울타리가 무너져버린 후 새로 짓지 않은 거죠. 브리뇰푸르가 당시 관습에도 불구하고 교회 한가운데 묻히기를 원치 않은 이유에 대해서는 알려진 바가 없습니다. 이곳에서 열린 다른 성직자들의 장례식에 참석했다가 교회 안이 너무 비좁은 걸 보고는 그런 선택을 했을 거란 설도 있습니다만. 어쩌면 그런 관습에 종지부를 찍고 싶었는지도 모르죠."

"그래서 달라진 게 있었나요?" 매튜가 물었다.

"아뇨. 전혀요. 하지만 다른 이유 때문이었을 수도 있죠. 외롭게 삶을 마감한 인물이니까요. 아시겠지만 그 위대한 인물이 가족도 후손도 모두 다 먼저 떠나보내고 혼자 살다가 죽었으니까요. 대부분의 사람들이 그를 측은하게 여길 정도잖아요."

"그런데 아까 하랄트가 처음에는 브리뇰푸르의 무덤을 보고 싶어했다고 하셨죠? 그 이후로 다른 것에 관심을 보이던가요?" 토라가 물었다.

"네, 맞아요. 브리뇰푸르의 무덤을 볼 수 없다는 사실에 몹시 속상해하길래 제가 그에 관한 다른 얘기를 들려줬거든요. 저쪽에서 전시 중인 발굴 물품도 보여주고 지하실도 구경시켜 줬죠. 그리고 건물 밖 발굴지들도 같이 둘러봤고요. 그런 다음 브리뇰푸르의 서가에 대해 이야기를 나누기 시작했어요. 브리뇰푸르가 아이슬란드어와 외국어로 된 수많은 책과 문서를 보유하고 있었다는 사실은 알고 계시죠?" 토라와 매튜 모두 고개를 저었다. 두 사람 다 아는게 없었다. "그렇다면 혹시 브리뇰푸르가 덴마크의 프레데릭 3세에게 아주 진귀한 송아지가죽 양장본 몇 부를 헌납했다는 사실은 알고 계신가요?" 토라가 다시 한 번 고개를 저었다. "제가 브리뇰푸르의 장서에 대한 이야기를 꺼냈더니 친구 분이 무척 흥분했어요. 그리고 그가 사망한 이후에 그 많은 책들이 다 어떻게 처리됐는지 궁금해하더군요. 저도 정확히는 몰랐지만 그 가운데 외국어로 된 책들은 당시 아이슬란드의 덴마크인 총독이던 요한 클라인Johann Klein의 갓난아들에게 헌납됐고, 아이슬란드어로 된 책들은 브리뇰푸르의 사촌인 헬가와 형수 시그리두르에게 각각 남겨졌다는 사실 정도는 설명했죠. 제가 알기로는 아이슬란드어로 된 책 일부가 분실되기도 했어요. 모르긴 몰라도, 요한 클라인이 그 책들을 수거해 가려고 찾아왔을 때 이미 사라진 상태였다고 하더군요. 스칼홀트의 성직자가 책이 덴마크로 반출되는 걸 막기 위해 숨겼을 가능성도 있고요. 어쨌든 많은 책과 문서들이 끝까지 발견되지 않았습니다. 사라진 책들의 제목조차 알 수 없고요.”

“그걸 어디에 숨겼을까요?” 토라가 주변을 둘러보며 물었다.

남자가 웃으며 대답했다. “여기는 아닙니다. 현재 이 교회 건물은 1956년에 다시 지어졌거든요. 브리뇰푸르가 1650년부터 1651년 사이에 지은 원래 건물은 1784년에 일어난 지진 때문에 무너져 버렸어요.”

“책을 찾아보지도 않으셨겠네요?”

“브리뇰푸르와 그 가족의 무덤조차 위치 설명이 남아있는데도 불구하고 찾지 못했습니다. 그는 1675년에 세상을 떠났고요. 같은 시기에 책들이 이곳 어딘가에 묻혔다는 소문만 가지고는 절대 발굴에 착수할 수 없는 노릇이죠. 게다가 브리뇰푸르가 남겼다는 책들의 운명도 불분명합니다. 물론 아우르드니 마그누손이 고문서를 수집하기 시작하면서 몇 가지가 발굴되기는 했습니다. 모노그램을 통해 브리뇰푸르의 책이었다는 사실이 확인됐고요.”

“브리뇰푸르의 모노그램이라면 BS였나요?” 토라는 뭐라도 기여하고 싶은 마음에 물었다.

“아뇨, LL입니다.” 남자가 웃으며 대답했다.

토라는 의외라는 듯 물었다. “LL이라고요?”

“로리카투스 루푸스의 약자입니다. 라틴어로 ‘철갑을 두른 늑대’

라는 뜻인데, 브리뇰푸르라는 이름과 의미가 같죠." 남자는 토라를 보며 미소를 지었고, 토라는 손가락을 달칵하고 튕기지 않을 수가 없었다. '로리카투스 루푸스'는 엉성하게 그려진 하랄트의 지도에서 발견한 문구였다. 그의 메모 내용이 사건과 관련이 있다면 두 사람은 단서를 제대로 찾아가는 셈이었다.

얼마 지나지 않아 대화는 마무리됐다. 토라와 매튜는 남자에게 시간을 내줘서 고맙다는 인사를 남기고 건물을 나왔다. 매튜는 시동을 걸기 전 토라를 돌아보며 말했다. "로리카투스 루푸스. 사람들이 모두 귀가할 때까지 기다렸다가 삽이 들어가는 땅은 모조리 파볼까요?"

"두 말하면 잔소리죠." 토라가 웃으며 대답했다. "묘지부터 파보자고요."

"그럼 당신이 삽으로 땅을 파세요, 그 역할에 딱 맞는 옷차림을 하고 있잖아요. 나는 차 안에 앉아서 헤드라이트로 주변을 밝혀줄게요."

두 사람은 차를 몰아 스칼홀트를 벗어났다. "다음에 가볼 곳이 생각났어요." 토라는 아무것도 모른다는 듯한 순진한 어조로 말을 꺼냈다. "헬라 근처에 동굴이 있는데 아마도 아일랜드 수도사들이 만들었다는 그 동굴일 거예요. 거기에 가보면 하랄트가 왜 그 수도사들에게 관심을 보였는지 알 수 있을지도 몰라요. 호텔에서 손전등을 빌린 것도 그 동굴을 살펴볼 목적으로 그랬을 거라는 직감이 들어요."

매튜가 어깨를 으쓱했다. "살펴볼 만한 가치가 있겠군요. 그런데 우리도 손전등이 필요하지 않아요?"

"아마 근처 주유소에서 구할 수 있을 거예요."

헬라에 도착했을 때 밖은 칠흑 같이 어두워져 있었다. 토라와 매튜는 일단 주유소에서 손전등을 구입하기로 했다. 모스펠 호텔에 가면 동굴에 관한 정보를 얻을 수 있다는 주유소 직원의 조언을 들은 두 사람은 주유소에 차를 세워둔 채 아주 가까운 거리에 있는 호텔로 향했다. 모스펠 호텔의 노인은 친절하게도 건물 밖까지 따라나와 토라와 매튜에게 동굴의 위치를 알려줬다. 강 건너 주요도로 너머에 자리한 동굴의 모습이 겨우 시야에 들어왔다. 차를 끌고 동굴 바로 앞까지 진입할 수는 없어 보였다. 노인은 두 사람에게 동굴에 접근하는 가장 좋은 방법을 친절하게 알려주었다. 노인에게 감사인사를 전한 두 사람은 다시 주유소로 돌아와 차를 몰고 강을 건너 노인이 알려준 지점에 차를 세웠다. 토라의 기대에 부응하기라도 하듯 동굴로 가려면 널따란 농장 목초지를 지나 한참을 걸어야 했다. 미끄러운 가죽구두를 신은 매튜는 계속 휘청거렸지만 하늘을 날 것처럼 두 팔을 양쪽으로 뻗어 간신히 균형을 유지하며 넘어지는 불상사는 막았다. 동굴로 이어지는 비탈진 경사면 끄트머리에 다다랐을 즈음, 토라는 하늘을 날아갈 듯한 기분이었다.

"자," 토라가 손전등으로 비추며 걱정하는 척 물었다. "정말 저 아래까지 내려갈 수 있겠어요, 프레드 아스테어 선생님?" 매튜는 얼굴을 찡그리며 어떻게든 견뎌보려고 애썼다. 매튜가 비탈면을 아흔 살 먹은 노인처럼 느릿느릿 걸어 내려가는 동안 토라는 어린 양처럼 폴짝폴짝 뛰어 내려갔다. 그녀는 매튜 앞에서 포즈를 잡더니 이 순간을 최대한 즐겨보겠다고 작정이라도 한 듯 장난스럽게 말했다. "빨리빨리, 서둘러야 해요!"

매튜는 토라의 말을 무시한 채 천천히 걸어 마침내 동굴 앞에 다다랐다. "뭐가 그렇게 급해요?" 이제야 토라를 따라잡은 매튜가 일격에 나섰다. "일 끝나고 나랑 같이 저녁 먹을 생각에 벌써부터 설레는 겁니까?"

토라가 손전등으로 매튜의 눈을 비추며 말했다. "그럴 리가요. 어서 들어가요." 그녀는 뒤로 돌아 첫 번째 동굴에 들어섰다. "와, 어떻게 이런 생각을 해냈을까?" 그녀는 널찍한 동굴 안을 비추며 감탄했다. 그녀가 정확히 알고 있는 게 맞다면, 이 동굴은 아일랜드의 수도사들이 원시적인 도구만을 가지고 손수 사암을 파낸 결과물이었다.

"무슨 목적으로 이런 동굴을 만들었을까요?" 매튜가 물었다.

"거의 주거 목적이죠." 동굴 입구에서 갑자기 낯선 목소리가 들려왔다.

토라는 날카로운 비명을 지르며 손전등을 떨어뜨렸다. 손전등이 울퉁불퉁한 바닥에 떨어져 구르면서 벽면 여기저기를 비추다가 곧 멈췄다. "맙소사! 심장마비 걸리는 줄 알았다고요." 토라가 허리를 구부려 손전등을 주우며 말했다. "다른 누가 있을 거라고 생각을 못 했거든요."

"미안해요. 놀라게 할 생각은 아니었는데." 나이를 제법 먹은 듯한 노인의 목소리가 들려왔다. "그렇지만 서로 비긴 겁니다." 노인이 말했다. "비명 소리를 듣고 이렇게 깜짝 놀라보기는 참으로 오랜만이거든요. 관광객 두 명이 동굴을 보러 내려갔다고 호텔에서 전화를 해주더군요. 아무래도 가이드가 필요하겠다 싶었죠. 저는 그리무르라고 합니다. 이곳 농장을 소유하고 있죠. 동굴도 제 농장의 일부고요."

"아, 그렇군요." 토라가 대답했다. 관광지가 농장의 일부라니 나쁘지 않군. 그녀는 혼자 생각했다. "가이드 역할을 해주시면 저희야 감사하죠. 실은 우리가 보고 있는 게 뭔지도 잘 모르겠고요."

노인은 동굴 안으로 들어오더니 내부의 이곳저곳을 설명하기 시작했다. 노인이 아이슬란드어로 설명을 하면 토라가 간추려서 매튜에게 통역을 해줬다. 그리무르는 침대가 놓여있던 것으로 추정되는 벽면을 보여줬다. 그 다음 동굴 천정을 통해 밖으로 뚫려있는 환기용 굴뚝을 살펴보았다. 그는 아일랜드 수도사들이 끌을 이용해 파거나 새기는 방식으로 만든 제단과 십자가도 보여줬다.

"세상에, 이럴 수가." 내부 모습에 깊은 인상을 받은 토라가 감탄했다. "정말 놀라운 곳이네요."

"네, 그렇죠." 노인이 감회에 젖은 목소리로 말했다. "이곳은 언제나 살기 척박한 땅이었습니다. 주거공간을 마련하려는 초기 정착민의 피나는 노력이 결국 이런 결실을 맺은 거지요."

"그랬겠네요." 토라는 손전등을 이용해 다시 한 번 내부를 둘러보았다. "혹시 동굴에서 발굴작업이 진행된 적 있나요? 그러니까 혹시라도 이곳에 귀중한 유물들이 숨겨져 있지는 않을까 해서요."

"귀중한 유물이라고요?" 그가 놀란 표정을 짓더니 곧 웃음을 터뜨렸다. "1950년대만 해도 이곳은 축사로 사용됐어요. 여기에 뭔가를 숨기는 건 불가능했죠. 아주 찾기 힘든 곳에다가 교묘하게 숨겨 둔 게 아니라면 말이죠. 그건 분명히 말씀드릴 수 있습니다."

"아," 토라가 실망한 목소리로 말했다. "그럼 발굴작업이 모두 다 끝난 거라는 말씀이신가요?"

"아뇨, 그런 말은 안 했습니다." 노인이 대답했다. "제가 기억하기로 동굴에 대한 조사는 딱 한 번 진행됐어요."

"그게 언제였죠?" 토라가 다시 물었다. "최근이었나요?"

그리무르가 다시 웃었다. "최근은 아니었습니다. 정확히 언제인지는 기억나지 않지만 한참 전이었어요. 예상대로 이렇다 할 성과를 내지 못한 채 끝났죠. 동물 잔해랑 요리에 사용된 걸로 보이는 구멍을 발견한 게 전부였어요." 그는 제단 근처 바닥에 난 구멍을 가리키며 말했다. "네. 장담컨대 뭔가 조금이라도 남아있었다면 이미 다 발견됐을 겁니다."

토라는 마지막으로 노인에게 하랄트가 이곳에 찾아온 걸 본 적 있는지 물었다. 그는 하랄트의 인상착의를 알아보지는 못했지만, 그렇다고 하랄트가 이곳에 오지 않았다는 뜻은 아니라고 덧붙였다. 동굴 주변에 울타리가 없기 때문에 누구든지 눈에 띄지 않게 접근할 수 있다고 했다.

"이제 가서 옷 갈아입으세요, 크로커다일 던디 씨." 호텔로 돌아오자마자 매튜가 토라를 보며 말했다. "난 재킷만 벗고 레스토랑으로 바로 가면 되니까 너무 편하군요. 아까 비탈면에서 낭비한 시간을 모두 보상받는 기분이에요."

토라는 매튜를 향해 싱긋 웃고는 옷을 갈아입으러 방으로 들어 갔다. 그녀는 근사한 바지에 장식 없는 하얀 블라우스를 입고 세수를 한 다음 립스틱을 살짝 발랐다. 저녁 약속에 나가기 위해 화장을 조금 하는 건 지극히 정상적인 행동이었다. 화장을 한다고 해서 반드시 무언가를 기대한다는 뜻은 아니었다. 토라는 잠시 멈칫했다. 자기 머릿속에 스친 생각은 전혀 설득력이 없을 뿐더러 다소 걱정스러운 마음까지 들었다. 그녀는 괜한 생각은 집어치우기로 하고 레스토랑으로 향했다. 매튜는 바 앞에 서서 바텐더와 한창 대화를 나누고 있었다. 아마 프런트 직원이 언급한 올리라는 바텐더일 것이다. 토라를 향해 미소 짓는 것으로 보아 매튜는 그녀의 변신이 마음에 드는 듯했다.

"멋진데요." 매튜가 아주 간결하게 코멘트를 했다. "이쪽은 올리예요. 하랄트와 해리 포터에 대해서 이야기를 나누던 중이었어요. 두 사람을 아주 잘 기억하고 계시는군요. 그날 둘이서 술을 엄청 마시고 튀는 행동을 좀 했던 모양이에요."

"튄다는 건 아주 약한 표현이에요." 올리가 이렇게 말하고는 토라에게 어떤 음료를 마시겠냐고 물었다.

"화이트와인 한 잔 주세요." 토라는 주문을 한 다음 계속해서 그날 일에 대해 설명해달라고 했다.

"그러죠." 올리가 대답했다. "데킬라를 쉬지도 않고 들이켰어요, 기타 치는 시늉도 하고 여기서는 좀처럼 보기 힘든 행동을 잔뜩 하더라고요. 하랄트의 외모는 말할 것도 없고요. 다른 손님들이 두 사람을 넋놓고 구경했을 정도예요. 게다가 굴뚝에서 연기를 뿜어내는 것처럼 줄담배를 피워댔죠. 덕분에 담배를 엄청 팔았어요."

토라는 박공지붕 아래 자리잡은 고급스러운 레스토랑 내부와 아늑한 바를 둘러보았다. 올리의 말이 옳았다. 기타 치는 시늉 같은 건 상상도 할 수 없는 장소였다. 적어도 바이올린을 켜는 시늉 정도는 해야 할 것 같았다. 그녀는 다시 올리를 바라보며 물었다. "해리 포터라는 친구는 본명이 뭐였는지 혹시 아시나요?"

바텐더가 웃으며 말했다. "그 친구 이름은 도리였어요. 시간이 흐르고 둘 다 너무 취해버려서 해리 포터라는 가명을 사용했다는 사실도 까먹었지요. 하지만 저녁시간 대부분은 가명을 사용하면서 그럴싸하게 위장을 했었죠."

올리에게는 더 이상 알아낼 게 없었다. 두 사람은 커다란 가죽소파에 앉아 건배를 하고 와인을 마시며 그날 있었던 일들에 대해 이야기를 나눴다. 웨이터가 가져다준 메뉴를 본 매튜는 한 잔 더 마시기로 했다. 토라 역시 어느새 잔을 다 비운 상태였기 때문에 한 잔 더 주문했다. 저녁식사를 마친 뒤에는 다시 바에 앉아서 술을 마셨다. 코앙트로(도수가 40도에 달하는 오렌지 껍질로 만든 프랑스의 리큐르—옮긴이)를 세 잔쯤 마셨을 즈음 토라는 당장 매튜와 올리 앞에서 기타 치는 시늉이라도 할 만큼 취해있었다. 토라는 기타 치는 시늉을 하는 대신 매튜의 품으로 파고들고 말았다.

11 December 2005

27장

토라는 뇌가 두개골을 뚫고 튀어나올 것 같은 두통을 느끼며 잠에서 깼다. 그녀는 이마를 부여잡고 신음했다. 하필이면 그 많은 술 중 코앙트로라니. 리큐르가 라틴어로 숙취라는 뜻임을, 토라는 이제야 톡톡히 배우고 있었다. 한숨을 쉬며 옆으로 몸을 굴리는 순간, 따뜻한 무언가에 손이 닿았다. 토라는 불길한 기분으로 눈을 크게 떴다. 웬 남자가 침대에 누워있었다. 그녀의 시선이 닿은 건 다름 아닌 매튜의 등짝이었다. 아니면 바텐더 올리일까? 그녀는 어젯밤 일을 떠올리며 적어도 자신이 차악을 선택했다는 사실을 깨닫고 안도의 한숨을 쉬었다. 머릿속에 짙은 안개가 낀 것처럼 적당한 출구전략을 생각해낼 수가 없었다. 어떻게 하면 매튜를 깨우지 않고 감쪽같이 빠져나갈 수 있을까? 하지만 그보다 더 까다로운 문제가 하나 남아있었다. 어떻게 해야 품위를 잃지 않고 매튜의 얼굴을 다시 볼 수 있을까? 어쩌면 그 역시 지난밤 일을 기억하지 못할 수도 있다. 방법은 하나뿐이었다. 일단 방에서 빠져나간 다음,

어젯밤 매튜가 자신보다 네 배쯤 더 취했기를 간절히 바라며 아무렇지 않은 듯 얼굴을 마주할 수밖에 없었다.

하지만 매튜가 뒤돌아 누우면서 그녀를 향해 미소를 짓는 순간, 모든 계획은 수포로 돌아갔다. "좋은 아침." 바짝 마른 입술을 벌리며 그가 인사했다. "잘 잤어요?"

토라는 이불을 턱 밑까지 끌어당겼다. 이불 아래 그녀의 몸이 벌거벗은 상태였기 때문이다. 이 순간 이루고 싶은 소원을 하나만 꼽으라면, 그녀는 주저 없이 옷을 다 껴입는 걸 선택했을 것이다. 토라가 입을 열자 이상한 소리가 나오더니 금새 본래의 목소리로 돌아왔다. "딱 하나만 말할게요. 상황을 명확하게 짚고 넘어가야겠어요." 매튜는 무슨 말인지 모르겠다는 표정이었지만 잠자코 토라의 말을 들었다. "지난밤 그건, 내가 아니었어요. 술이 한 짓이에요. 그러니까 당신은 내가 아니라 코앙트로 한 병이랑 잔 거예요."

"아, 그렇군요." 매튜가 한 손으로 머리를 괴고 누우며 중얼거렸다. "술은 사람을 놀라게 하는 힘을 가지고 있네요. 술이 이런 일까지 할 수 있는 줄 미처 몰랐거든요. 어젯밤에 심지어 내 신발이 마음에 든다는 말까지 했어요. 신발을 계속 신고 있었으면 좋겠다나 뭐라나."

토라는 얼굴을 붉혔다. 품위를 잃지 않기 위해 다른 방법을 떠올리려 애썼지만 머릿속은 텅 비어버렸다. 서서히 어제의 기억이 돌아오자 토라는 자신이 어제의 일을 그다지 후회하지 않는다는 사실을 깨달았다. "대체 무슨 생각으로 그랬는지 모르겠네요." 그녀는 다시 얼굴을 붉히며 말했다.

"당신은 걱정이 너무 많아요." 매튜가 이불 덮은 토라의 몸 위로 손을 올렸다.

"너무 나답지 않은 짓이었어요. 난 애도 둘이나 있고, 당신은 외국인이잖아요."

"뭐, 애도 둘이나 낳아봤으니 아기가 만들어지는 과정에 대해서는 빠삭하겠네요." 매튜가 웃으며 말했다. "제 생각에는 세계 어디를 가도 그건 다 똑같을 듯한데요."

토라의 얼굴이 더욱 붉어졌다. 불현듯 아멜리아 건틀립이 머릿속에 떠오르자 그녀의 공포는 두 배로 증폭했다. "이 일을 건틀립 부인에게 알릴 건가요?"

매튜가 고개를 뒤로 젖히며 폭소를 터뜨렸다. 매튜는 한참을 웃더니 토라를 바라보며 차분하게 말했다. "물론이죠. 매월 말 제 성생활에 관한 보고서를 제출해야 한다는 조항이 고용계약서에 포함돼 있거든요." 매튜는 자신의 말이 농담인지 아닌지 혼란스러워하는 토라의 표정을 보며 덧붙였다. "농담이에요. 어떻게 그런 생각을 할 수가 있죠?"

"모르겠어요. 난 그저 사람들이 나를 툭하면 동료랑 자고 다니는 여자로 생각하지 않기를 바라요. 한 번도 이런 적이 없었단 말이에요." 하지만 아버지뻘인 브라기, 지옥에서 온 비서 벨라, 그리고 자신을 잘 드러내지 않는 토르가 동료의 전부인 걸 생각하면 지금껏 그런 일이 한 번도 일어나지 않은 게 당연했다.

"난 그렇게 생각 안 하는데요. 나는 당신이 그 순간 나와 자고 싶어했다는 뜻으로 받아들였어요. 내 섹스어필을 도저히 거부할 수 없었던 거겠죠." 매튜가 짓궂은 표정으로 토라를 바라보았다.

토라는 어이없다는 듯 눈을 굴렸다. 매튜의 말에 아무런 대꾸도 하고 싶지 않았다. 그의 말이 어느 정도 진실이었기 때문이다. 그녀의 기억력이 흐려진 게 아니라면 먼저 유혹을 한 쪽도 토라였다. "숙취 때문에 죽겠어요. 지금은 이성적으로 생각할 수도 없네요."

매튜가 몸을 일으켜 앉았다. "나한테 알카셀처Alka-Seltzer(독일 바이엘 사에서 제조하는 소화제—옮긴이)가 있어요. 한 알 가져다 줄게요. 먹고 나면 한결 나아질 거예요."

토라가 말릴 틈도 없이 매튜가 침대에서 일어나 화장실로 들어갔다. 그제야 토라는 매튜 역시 나체라는 사실을 깨달았다. 왜 남자들은 여자들보다 자신의 벗은 몸에 그토록 자신감이 넘치는 걸까? 토라는 궁금했다. 그녀는 이런 생각을 하면서 매튜의 몸이 너무나 탄탄하고 강인해 보인다는 사실을 애써 되새기지 않으려고 노력했다. 이미 엎질러진 물이었지만 다시 생각해보면 아주 바보 같은 실수처럼 느껴지지도 않았다. 그녀는 화장실 세면기에서 물이 흐르는 소리를 듣고는 두 눈을 감았다.

토라는 매튜가 이불 속으로 들어왔다는 것이 확실해졌을 때쯤 다시 눈을 떴다. 기포가 올라오는 물 한 잔을 매튜가 건네자 그녀는 몸을 일으켜 단숨에 들이켰다. 그리고 다시 베개에 기대어 메스꺼움이 가라앉길 기다렸다. 그렇게 눈을 감고 몇 분쯤 누워있는데 갑자기 손가락이 그녀의 어깨를 쿡 찔렀다. 토라는 눈을 떴다.

"있잖아요." 매튜가 그녀의 얼굴을 바라보며 말했다. "제안하고 싶은 게 있어요."

"뭔데요?" 토라는 최대한 멀쩡한 목소리를 내려고 노력했다. 아까보다는 숙취가 조금 가라앉은 기분이었다.

"이 일이 실수였는지 다시 한 번 검토해보는 게 어떨까요?" 그는 웃으며 말을 이었다. "원하면 내 근사한 가죽구두도 신을게요."

토라는 눈을 떴다. 이번에는 샤워기의 물소리를 듣고 잠에서 깼다. 그녀는 침대에서 벌떡 일어나 방안을 깡충거리며 옷을 찾아내 대충 걸쳐 입었다. 웬만한 옷가지들은 모두 그녀의 품으로 돌아왔지만 양말 한 짝은 찾을 수가 없었다. 토라는 화장실로 들어가 매튜에게 식당에서 보자는 말만 남긴 채 부리나케 빠져나왔다. 자신의 방으로 돌아와 문을 닫고 나니 10년은 감수한 기분이었다.

뜨거운 물에 오래도록 샤워를 하자 몸과 마음이 한결 가벼워진 듯했다. 방을 나서기 전 토라는 전화기를 들어 친구 로피에게 전화를 걸었다.

"지금이 몇 시인 줄 알아?" 로피가 잠에 취해 투덜거렸다.

오전 10시가 다 된 시간이었으므로 토라는 친구의 말을 무시했다. "오! 나한테 무슨 일이 있었는지 알면 아마 까무러칠걸!"

"글쎄다. 잔뜩 흥분한 목소리로 아침 댓바람부터 전화한 걸 보면 특종인가 보네." 로피가 하품을 하며 말했다.

"나 누구랑 잤어!" 반응은 즉각적이었다. 토라의 말이 끝나기 무섭게 전화기 반대편에서 한바탕 우당탕하는 소리가 들려왔다. 로피가 침대에서 벌떡 일어난 게 틀림없었다.

"오오! 말해봐. 누군데, 누구야?"

"매튜, 그 독일인. 자세한 이야기는 나중에 해줄게. 나 지금 아침 먹으러 나가봐야 하거든. 지금 호텔에 있어."

"호텔? 어머, 세상에. 잠시도 혼자 있지를 못하겠구나?"

"나중에 얘기하자. 근데 좀 걱정돼. 이 남자한테 이게 그냥 한 번의 실수였다는 걸 설명해야 하잖아. 난 심각한 관계는 싫다고."

귀가 찢어질 듯한 웃음소리가 들려왔다. "여보세요? 대체 어디 있다가 오셨어요. 텔레토비라도 보고 오셨어요? 그 나이대의 남자치고 심각한 관계 원하는 사람이 어디 있겠어. 그런 걱정은 붙들어 매셔."

토라는 살짝 짜증이 난 채로 전화를 끊었다. 그녀의 예상대로라면 친구는 이 소식에 기뻐해야 했다. 토라는 호텔 직원에게 자신이 난잡한 여자라는 인상을 남기고 싶지 않은 마음에 침대 시트를 마구 헝클어놓은 다음 식당으로 나갔다. 매튜는 2인용 테이블에 앉아 커피를 마시고 있었다. 지금까지는 결코 인정하고 싶지 않았지만 토라는 매튜가 얼마나 잘생겼는지 다시 한 번 실감했다. 그의 얼굴은 전반적으로 투박한 인상을 풍겼는데, 토라는 그런 점에 마음이 끌렸다. 단단한 턱과 네모반듯한 치아, 윤곽이 선명한 광대뼈, 움푹 들어간 눈까지. 아주 오래 전부터 전해 내려온 유전적 형질이었을 것이고, 사냥꾼에게 걸맞은 강인함과 투지를 드러내는 외모였다. 토라는 자리에 앉았다. "당장 뭐라도 입에 넣지 않으면 굶어죽을 거 같아요." 그녀는 어색한 분위기를 깨기 위해 입을 열었다.

매튜는 스테인리스 포트에 담긴 커피를 토라의 잔에 따라주었다. "내 방에 양말 한 짝 놓고 갔던데요. 그런데 놀랍게도 두툼한

울 양말이 아니더군요."

어젯밤 이후 두 사람 사이에 뭔가가 있었다는 사실을 감지할 만한 구석은 찾아볼 수 없었다. 다만 매튜가 자신의 손을 토라의 손에 얹으며 뜻 모를 윙크를 했을 뿐이었다. 그녀는 매튜를 향해 웃어보였지만 아무 말도 하지 않았다. 그는 곧 손을 떼고 식사를 이어갔다. 식사를 마친 두 사람은 각자 방으로 돌아가 짐을 쌌다.

토라가 로비에 앉아 매튜를 기다리는데 휴대폰이 울렸다. 길피였다. 전화를 받기 전, 토라는 엄마가 어젯밤에 무슨 짓을 하고 돌아다녔는지 아들은 까맣게 모르고 있다는 사실을 떠올렸다.

"안녕, 우리 아들." 토라는 태연한 척 인사했다.

"엄마." 길피가 우울하게 부르더니 곧바로 본론으로 들어갔다. "음, 내가 며칠 전에 엄마한테 할 얘기 있다고 했던 거 기억나? 그런데 지금 어디야?"

"호텔 랑가에 있어. 주말에 계속 일했거든. 너 지금 집이야?"

"응." 잠시 침묵이 이어졌다. "그럼 언제 돌아오는데?"

토라는 손목시계를 확인했다. 이제 곧 11시였다. "아마 1시쯤에는 도착할 거야."

"알았어. 그때 봐."

"잠깐. 그런데 왜 아빠랑 같이 있지 않고? 동생은 어딨어?" 아들이 전화를 끊기 전에 토라가 다급히 물었다.

"솔리는 아직 아빠랑 있어. 난 먼저 나왔고."

"나왔다고? 왜? 아빠랑 싸웠어?"

"그런 셈이지. 아빠가 먼저 시비를 걸었거든."

"어떻게?" 토라는 놀란 목소리로 물었다. 한스는 싸움을 피하는 재주가 있어서 지금껏 아들과 꽤 좋은 관계를 유지했다. 그렇다고 해도 길피가 아빠를 친구처럼 편하게 생각하지는 않았다.

길피가 한숨을 내쉬었다. "처음에는 나랑 대화를 하고 싶어하는 것처럼 나오길래 아빠라면 나를 이해해줄 거라는 생각이 들어서 뭔가를 얘기했더니 갑자기 펄쩍펄쩍 뛰는 거야. 진짜 공중제비라도 도는 줄 알았다니까. 그런 걸 어떻게 참고만 있어. 아빠라면 이해할 줄 알았는데."

토라는 점점 열이 나고 화가 치밀었다. 분명 길피가 아빠의 상태를 과장해서 묘사했을 것이다. 그렇다고 해도 대체 어떻게 된 일일까? 한스에게 아들과 대화해보라고 조언했던 게 후회스러웠다. 도움은커녕 상황을 악화시키기만 한 것이다. "길피, 아빠가 왜 그렇게 화를 낸 거야? 이따 엄마한테 하려는 얘기가 이거야?"

"응." 길피는 더 이상 아무 말도 하지 않았다. 어쩔 수 없이 아들을 직접 만날 때까지 기다려야 했다.

"잘 들어. 엄마 지금 가는 길이야. 엄마는 아빠랑은 다르니까, 우리 둘이 앉아서 차분히 얘기를 해보자. 어디 나가지 마."

"1시까지는 와야 돼. 누굴 좀 만나러 가야 하거든."

누굴 만나? 누굴 만난다고? 혹시 신흥 종교에라도 가입을 한 걸까? 토라의 가슴이 저려왔다. "길피, 엄마 갈 때까지 아무 데도 가지 말고 있어. 알겠지?"

"1시까지 와." 길피가 거듭 말했다. "아빠도 올 거야." 아이는 인사를 하고 전화를 끊었다.

토라의 심장이 흉곽 밖으로 튀어나올 것처럼 쿵쾅거렸다. 입 밖으로 비명이 튀어 나오려는 걸 간신히 막아냈다. 그녀는 떨리는 손으로 한스에게 전화를 걸었지만, 수신지역 밖에 있는 건지 아니면 전원을 꺼둔 건지 연결이 되지 않았다. 토라는 전화기를 가만히 바라보았다. 한스는 절대 휴대폰을 꺼놓는 사람이 아니었다. 그는 밤중에도 자기를 찾는 전화가 올까봐 휴대폰을 머리맡에 두고 잤다. 승마장도 틀림없이 휴대폰 수신이 가능한 범위 내에 있을 것이다. 토라는 한스가 처음 휴대폰을 구입한 이후로는 휴대폰이 터지지 않는 곳엔 간 적도 없을 거라고 생각했다. 그의 집 전화로도 걸어보았지만 역시나 받지 않았다. 대체 길피가 무슨 짓을 저지른 걸까? 담배를 피우기 시작했나? 그럴 리가. 마약에 중독돼서 재활원에 들어가야 하는 건가? 아니, 그건 말도 안 되는 일이었다. 그랬다면 분명 눈치챘을 것이다. 그럼 혹시 커밍아웃? 게이 프라이드 참가하려고? 그랬다면 한스가 그렇게까지 길길이 날뛰지는 않았을 것이다. 그는 꽤 진보적인 편이었다. 불현듯 토라는 길피가 이름도 기억나지 않는 그 여자아이에게 푹 빠졌을 거라는 느낌이 들었다. 아냐, 지금 중요한 건 그게 아니지. 생각이 넘쳐나면서 토라는 터무니없는 상상을 하기에 이르렀다. 될 대로 되라지. 자리에서 일어나 매튜가 복도로 나왔는지 확인하기 위해 모퉁이를 내다보았다. 매튜는 문 앞에서 짐가방을 끌고 나오던 참이었다. 매튜가 숙박비를 치르자마자 그의 팔을 잡고 문 앞으로 걸어갔다.

"무슨 일이에요?" 토라가 자신을 문 쪽으로 무섭게 밀고 나가자 매튜는 깜짝 놀라 물었다.

"집에 비상사태가 발생해서, 인간이 낼 수 있는 최대한의 속도로 돌아가야 해요."

매튜는 토라의 말을 진지하게 받아들였다. 더 이상 아무것도 묻지 않은 채 그는 가방을 차에 대충 던져넣고 운전석에 앉았다. 차는 헬라, 셀포스, 흐베라게르디를 거쳐 레이캬비크로 향했다. 운전을 하는 동안 매튜는 거의 말이 없었다. 그는 캄바르의 경사진 도로에 다다랐을 때에야 도울 일이 없겠냐고 물었지만, 토라는 문제해결은 고사하고 문제가 무엇인지조차 모른다고 대답했다. 차는 스키 산장을 지나쳐 빠르게 질주했고 간이식당에 다다랐을 때까지만 해도 속도를 높이고 있었다. 하지만 레이캬비크 외곽에 있는 라우다바튼 호수를 지나치려는 순간 타이어가 터져버렸다.

"빌어먹을!" 매튜가 소리쳤다. 그는 차가 도로에서 미끄러지지 않도록 운전대를 힘껏 붙들고는 천천히 도로변에 세웠다.

"오, 안 돼. 안 돼…." 토라는 울음이 나올 것만 같았다. 시간을 확인했다. 12시 25분이었다. 타이어를 빠르게 갈아끼우기만 하면 1시까지 집에 도착할 수 있을 것이다.

"싸구려 타이어 같으니." 매튜는 지프차 뒷문에 붙은 타이어를 떼어내려고 애쓰며 중얼거렸다. 마침내 예비 타이어를 떼어낸 두 사람은 잭으로 차를 들어올리고 타이어를 갈아끼웠다. 매튜는 뒷문을 열고 펑크난 타이어를 토라의 짐가방 위에 던져올렸다. 토라는 전혀 개의치 않았다. 시간은 1시를 향해 빠르게 흐르고 있었다.

둘은 다시 차에 올라탔고 매튜는 미친 듯이 엑셀러레이터를 밟았다. "여기서 기다려줘요." 차가 집 앞에 멈춰서자 토라가 내리며 말했다. 그녀는 집으로 달려가며 벨을 누를 필요가 없도록 열쇠를 꺼냈다. 그리고 왼손으로는 자신이 왔다는 걸 알리려고 길피에게 전화를 걸면서, 오른손으로는 열쇠로 현관문을 열었다. "길피!" 토라는 숨을 헐떡이며 외쳤다.

"엄마, 안녕." 솔리가 근심이라고는 없는 환한 얼굴로 달려오며 토라를 맞아주었다. 이상기류를 전혀 감지하지 못한 표정이었다.

"안녕, 우리 딸. 오빠는 어딨어?" 토라는 솔리를 옆으로 가볍게 밀어내며 아들을 찾기 시작했다.

"나갔어. 오빠가 엄마한테 주라고 쪽지 남겼어." 아이가 접힌 종 잇조각을 주머니에서 꺼내며 말했다.

토라는 딸의 손에 있던 쪽지를 낚아채 펼치며 물었다. "언제 나갔는데? 어디로 갔어?"

"그냥 나갔어. 한 시간 전에." 솔리는 아직 시간을 정확히 가늠할 줄 몰랐다. 그러니까 아이의 기준에서는 길피가 몇 초 전에 나갔든 아니면 두 시간 전에 나갔든, 크게 다르지 않았다. "오빠가 어디로 갔는지 여기 나와있어." 솔리는 엄마가 다른 쪽지와 헷갈릴지도 모른다는 듯 종이를 가리키며 말했다.

"엄마랑 나가자." 토라는 쪽지에 적힌 주소가 다행히 같은 동네에 있는 꽤나 가까운 집임을 확인했다. "좋은 아저씨랑 드라이브하러 가는 거야." 그녀는 딸에게 길피의 점퍼를 대충 뒤집어씌운 다음 부츠를 신기고 집 밖으로 데리고 나왔다. 지프차의 뒷좌석 문을 열어젖히고 능숙하게 아이를 태운 토라는 조수석에 올라타며 매튜에게 출발하라고 말했다. "매튜, 여기는 제 딸 솔리예요. 아이슬란드어밖에 할 줄 몰라요. 솔리, 여기는 매튜 아저씨라고 해. 아저씨는 아이슬란드어를 할 줄 모르지만 그래도 분명 둘이 좋은 친구가 될 수 있을 거야."

매튜는 웃으며 뒤에 앉은 어린 소녀를 흘긋 보았다. "예쁘네요, 엄마를 닮아서." 그는 토라가 말한 지점에서 차를 꺾으며 말했다. "옷 입는 취향도 엄마를 꼭 닮았고요."

"이쪽으로 가서 첫 번째 길에서 우회전이에요. 나는 45번지를 찾아볼게요." 토라는 여전히 흥분한 어조로 말했다. 문제의 집이 곧 시야에 들어왔다. 길피가 진입로를 따라 걸어 올라가고 있었기 때문에 찾는 건 어렵지 않았다. "저기, 저 집요." 토라는 아들을 가리키며 숨이 넘어갈 듯 말했다. 매튜는 속도를 약간 높이더니 집 밖의 도로변에 차를 세웠다. 집 앞 진입로는 이미 다른 차들로 가득차 있었다. 토라는 한스의 차를 알아보았다. 그녀는 차가 멈추기 무섭게 문을 열었다. "솔리, 여기서 매튜 아저씨랑 기다리고 있어."

토라가 집으로 달려가면서 몇 번이나 아들의 이름을 불렀지만 길피는 뒤를 돌아보지 않았다. 아이는 벨을 누른 후 현관문 앞에 구부정하게 서있었다.

"엄마, 안녕." 길피가 침울하게 말했다.

"엄마가 좀 늦었지." 토라는 숨을 헐떡였다. 그녀는 한 손을 아들의 어깨에 걸치고 물었다. "무슨 일이야? 여기 누구네 집인데?"

길피는 세상이 끝나기라도 할 것 같은 표정으로 토라를 바라다보았다. "시가가 임신했어. 이제 겨우 열다섯 살인데. 내가 애 아빠야. 여기는 시가네 집이고."

길피의 말이 끝나는 동시에 현관문이 열렸다. 토라는 입을 떡 벌린 채 그 자리에 굳어버렸다. 어떤 이유에서인지 그녀의 시선은 길피의 목에 둘러진 아이팟에 고정되었다. 아마도 날벼락 같은 소식을 듣던 그 순간, 시선이 거기에 가닿았기 때문일 것이다. 문을 열어준 중년남자의 얼굴색이 분노로 울긋불긋 달아올라 있었다. 그가 토라의 멍청한 표정을 보았더라면 분명 속으로 크게 비웃었을 것이다. "안녕하세요." 남자는 토라에게 인사를 한 다음 길피를 향해 경멸에 찬 시선을 날리며 말했다. "너도 왔구나." 누가 보아도 그의 두 마디 말은 환대와는 거리가 멀었다. 단어 사이에 숨겨진 의미는 이런 것이었다. '꺼져, 모범적인 가정의 어리고 순진한 딸의 순결을 빼앗아간 놈아.'

그 광경을 지켜보던 토라 역시 분노가 차올랐지만, 습관에 가까운 정중함이 분노를 이겼다. 토라는 이를 악물고 미소 지으며 인사했다. "안녕하세요, 저는 토라라고 합니다. 길피 엄마예요."

남자는 앓는 소리를 내면서도 두 사람을 안으로 초대했다. 그는 현관 벽에 기댄 채 위협적인 시선으로 토라와 길피를 감시했고, 두 사람은 이런 상황에서 신발을 벗어야만 했다. 남자는 마치 길피가 딸의 순결을 빼앗은 걸로도 모자라, 집안으로 뛰어가 자신의 아내에게 달려들 수도 있다고 의심하는 듯했다.

"감사합니다." 토라는 남자를 지나쳐 가면서 딱히 누군가를 염두에 두지 않은 채 인사를 했다. 그녀는 남자가 길피의 뒤통수를 노릴 경우를 대비해, 두 손을 아들의 어깨에 올리고 뒤에서 보호하며 걸어갔다. 복도를 따라 들어가자 탁 트인 거실이 나왔다. 모두들 그곳에 모여앉아 있었다. 토라는 목덜미만으로 한스를 알아봤다. 세 사람이 거실로 들어서니 자기 나이쯤으로 보이는 여자가 자리에서 일어났다. 안락의자에 앉은 여자아이는 모든 것을 포기한 듯 고개를 떨구고 있었다.

"아, 드디어 오셨군요." 여자는 비명에 가까운 하이 톤으로 말했다. 오, 하느님 제발 뱃속의 아이는 저의 중저음을 물려받게 해주세요! 토라는 마음속으로 간절히 기도했다. 그녀는 다시 한 번 힘껏 미소를 쥐어짜냈다. 손은 여전히 아들의 어깨에 올라가 있었다.

"한스." 토라는 전 남편을 불렀다. 그녀는 한스에게 앉아있던 소파에 자신이 앉을 수 있도록 옆으로 비켜달라는 신호를 보냈다. 그러나 그는 메시지를 수신했다는 신호를 보내는 대신 토라를 노려보기만 했다. "안녕, 시가." 그녀가 시가를 향해 그 어느 때보다 상냥한 목소리로 인사를 건넸다. 아이가 고개를 들었다. 시가의 눈은 퉁퉁 붓고 두 눈에는 눈물이 그렁그렁 고여있었다.

길피는 마침내 엄마의 손을 뿌리치고 소녀에게 달려갔다. "시가!" 사랑하는 여자의 비참한 몰골에 충격을 받은 길피가 소리쳤다.

"오, 아주 가지가지 하는군!" 시가의 엄마가 비아냥거렸다. "로미오와 줄리엣 납셨네. 구역질나서 못 봐주겠어."

토라는 몸을 휙 돌려 여자를 쏘아보았다. 화가 부글부글 끓어올랐다. 어린 자식들이 끔찍한 실수를 저지른 마당에, 둘의 운명을 비웃을 여유가 이 여자에게는 남아있는 모양이었다. 좀처럼 불뚝성을 내는 법 없는 토라였지만 이번에는 도저히 그냥 넘어갈 수가 없었다. "잠시만요, 지금 이 상황 자체만으로도 아이들은 너무 힘들 겁니다. 한데 그렇게까지 빈정거리실 필요가 있을까요." 한스가 자리에서 벌떡 일어나 토라가 저항할 틈도 주지 않고 그녀를 억지로 소파에 앉혔다.

시가의 엄마는 숨이 턱 막힌 듯한 표정을 짓고는 빛이라도 뿜어져 나올 듯한 시선으로 토라를 노려보았다. "아드님이 누구한테서 그런 매너를 배웠는지 잘 알겠네요." 여자는 이렇게 말하며 발레리나보다 더 꼿꼿이 허리를 세우고 소파에 앉았다. 그녀의 남편은 줄곧 거실 한가운데 선 채로 다른 사람들을 내려다보았다.

"엄마!" 시가가 소리쳤다. "제발 닥쳐!" 토라는 미래에 며느리가 될지도 모르는 이 여자아이가 갑자기 좋아지기 시작했다.

"서로를 물어뜯는 게 대체 무슨 도움이 됩니까?" 시가의 아빠가 끼어들었다. "문명인답게 문제를 상의하지 못할 거라면 차라리 이쯤에서 그만둡시다. 우리가 여기 모인 건 이 끔찍한 소식을 직시하기 위함이니 그것만 하자고요." 남자는 과장된 톤으로 '끔찍한'이라는 단어를 강조했다.

한스가 동조했다. "동의합니다. 평정심을 유지하자고요. 모두에게 힘든 상황이잖습니까."

시가의 엄마가 또다시 코웃음을 쳤다.

"뭐, 어찌 되었든…," 한스가 진지한 어조로 말을 이었다. "먼저 말씀드리자면 저는 이 상황을 무척 마음 아프게 받아들이고 있고, 저희 가족을 대신해 제 아들의 행동이 가져온 고통에 대해 사과드리고 싶습니다."

토라는 숨을 고르며 당장이라도 남편의 목을 조르고 싶은 마음을 억누르고는 그의 말을 천천히 곱씹었다. 그녀는 그야말로 침착한 어조로, 한스를 바라보며 말했다. "아주 엄밀히 말하자면 당신이랑 나는 가족이 아니야. 내 아들과 내 딸 그리고 나, 이렇게 세 사람이 가족이지. 당신은 주말에만 애들을 만나는 생물학적 아빠잖아. 게다가 여기 있는 사람들과 마찬가지로, 아들이 필요로 할 때 아들 편에 서주는 것 하나 제대로 못 하고 있다고." 토라는 한스에게서 시선을 돌렸지만, 다른 사람들은 입을 떡 벌린 채 토라로부터 눈을 떼지 못하고 있었다. 길피는 자랑스러운 눈빛으로 엄마를 바라보았다. 토라는 다시 한 번 강조하며 말했다. "아주 엄밀히 말하자면 그렇습니다."

한스는 숨을 거칠게 쉬었지만 시가의 엄마가 그보다 한발 앞서 대꾸했다. "정말 흠잡을 데 없는 가족이군요." 이 부부의 과장된 행동은 한계를 몰랐다. 시가의 엄마는 우스꽝스럽게 손을 휘저으며 내뱉는 단어마다 볼썽사나운 제스처를 취했다. "저는 이번 기회에 댁의 왕자님, 그러니까 댁의 귀한 아드님이 얼마 지나지 않아 전 남편 분처럼 아빠랍시고 주말에만 애들을 만나는 사람이 될 거라는 사실을 지적하고 싶네요."

"아니에요!" 길피가 소리를 질렀다. 길피는 당당하게 말을 이었다. "저는⋯ 그러니까 우리는 말이죠, 우리는 같이 살 거예요. 아파트를 빌려서 아기도 키울 거라고요."

토라는 순간적으로 웃음을 터뜨릴 뻔했다. 길피가 아파트를 빌린다니! 아이는 자기가 무슨 말을 하고 있는지도 몰랐다. 난방료, 전기료, TV 수신료, 수도세, 쓰레기 수거비 등등 모든 게 돈이었다. 하지만 당장은 아들의 기를 죽이고 싶지 않았기 때문에 그녀는 이런 생각을 입 밖으로 내지 않았다. 아파트를 빌릴 수 있다고 착각하고 싶다면 그러라지.

"맞아요!" 시가가 소리쳤다. "우리는 할 수 있어요. 전 이제 열여섯 살이 되어간다고요."

"강간이야!" 시가의 엄마가 소리를 질렀다. "그렇고말고. 시가는 아직 열여섯도 안 됐어! 그러니까 강간이야!" 여자는 길피를 노려보며 고함을 쳤다. "강간범 같으니!"

토라는 이런 식으로는 상황을 해결할 수 없을 거라고 생각했다. 그녀는 시가를 보며 물었다. "임신한 지 몇 개월이나 됐니?"

"저도 모르겠어요. 아마 세 달쯤 됐을 거예요. 생리를 안 한 지 세 달 됐거든요." 시가의 아빠는 두피까지 새빨개졌다.

길피는 고작 한 달 반 전에 열여섯 살이 되었다. 그렇다고 해서 달라지는 것은 없었다. "한 가지 말씀드리자면, 합법적으로 성관계를 할 수 있는 연령은 열여섯 살이 아니라 열네 살입니다. 게다가 제 아들 역시 임신이 된 시점에는 열여섯 살이 아니었어요. 그리고 법률적으로 성폭력은 성별을 불문하고 누구든 저지를 수 있는 범죄입니다."

"말도 안 돼." 시가의 아버지가 코웃음을 쳤다. "여자가 남자를 어떻게 강간할 수 있습니까? 임신은 차치하고라도, 우리 딸의 경우에 말이에요."

"제 아들의 경우이기도 하죠." 토라가 승리의 미소를 지으며 응수했다.

"댁의 아들은 고등학교에 다니지만 제 딸은 아직 중학생이에요. 그건 법적으로도 틀림없이 중요한 차이라고요."

"전혀 의미 없습니다." 토라가 대답했다. "법령에는 학년에 관한 언급은 전혀 없습니다. 그 점은 제가 장담하죠."

남자는 얼굴을 일그러뜨렸다. "구역질나는 망할 국회의원 놈들."

"아빠 미쳤어!" 시가가 소리를 질렀다. "애를 낳는 건 나야. 뱃속에다 애를 넣고 다니고, 배도 산만하게 커지고, 가슴 모양도 이상해져서 졸업파티에 못 가는 것도 나란 말이야." 또다시 눈물을 왈칵 쏟는 바람에 시가는 말을 잇지 못했다.

길피는 시가를 낭만적으로 위로해야겠다고 생각했는지, 울컥한 목소리로 그 자리에 있던 모두를 둘러보며 선언했다. "상관없어. 네 배가 아주 커지고 가슴이 이상하게 변한다고 해도 상관없어. 난 절대 너를 떠나지 않을 거야, 졸업파티에 아무도 초대하지 않을 거라고. 그냥 혼자서 갈게. 내가 사랑하는 여자는 너란 말이야."

시가는 더 크게 울음을 터뜨렸고, 어른들은 길피를 넋놓고 바라다보았다. 그리고 어떻게 된 일인지, 이 우스운 사랑고백이 어른들로 하여금 진실에 눈뜨게 만들었다. 대자연이 엄청난 판단 착오를 일으켜서 아직 어리기만 한 두 사람이 아기를 갖게 되었고, 이런 상황에서 범인을 찾아내는 것은 무의미하다는 진실 말이다.

이 집단적 자각 이후 처음 입을 연 것은 한스였다. 그는 분노로 얼굴을 일그러뜨린 채 토라를 돌아보며 말했다. "이게 다 당신 때문이야. 당신이 인생을 막 살면서, 추파를 던지는 놈들하고 아무렇게나 자고 다니니까 이렇게 된 거라고. 이혼 전까지만 해도 쟤는

391

이런 짓을 하지 않았어. 틀림없이 같이 사는 롤 모델한테서 잘못 배운 거겠지."

토라는 너무 황당해서 아무 말도 할 수 없었다. 막 살았다고? 2년 동안 섹스 단 한 번이 전부였다. 물론 정확하게 계산을 하자면 두 번이었다. 그걸 막 살았다고 할 수 있을까. 심지어 여든여덟 살이나 먹은 토라의 할아버지조차 그녀에게 인생을 좀 더 즐기면서 살라고 조언했을 정도다. 친구인 로피는 말할 것도 없었다. 물론 로피는 누군가에게 설교를 할 만큼 도덕적인 사람은 아니었다.

"이럴 줄 알았어. 이 창녀 같으니!" 시가의 엄마가 모두의 고막을 찢으려고 작정이나 한 듯 날카롭게 비명을 질렀다. "섹스 중독자, 그 피가 어디 가겠어?" 그녀는 의기양양하게 토라를 쏘아보았다.

"오, 여보. 그나마 당신 딸이 당신처럼 불감증에 걸리지는 않았다는 사실에 기뻐해야겠군요!" 시가의 아빠가 이 촌극에 뛰어들면서 토라는 예상치 못한 동맹을 얻게 됐다.

그녀는 더 이상 이 상황을 견딜 수가 없었다. 앞으로 사돈지간이 될지도 모르는 사람들에 대해 알고 싶지 않은 사실을 너무 많이 듣고 말았다. 세례식에 견진성사, 매년 반복될 생일파티가 그들을 기다리고 있었고, 앞으로 또 무슨 일이 벌어질지는 누구도 알 수 없었다. 토라는 그런 자리마다 이 부부의 내밀한 비밀을 환기하고 싶지는 않았다. 그녀는 자리에서 일어났다. "있잖아요, 대체 누가 이 집에서 모이자는 제안을 한 건지 모르겠군요." 토라는 한스를 가리키며 말했다. "이야기하고 싶은 게 있으면 길피의 아빠한테 실컷 하세요. 시간 제약 같은 건 없습니다. 그렇지만 저는 진절머리가 나네요." 뒤돌아 나가던 그녀가 아들을 데리고 가야 한다는 데 생각이 미치자 다시 거실로 돌아왔다. "길피, 어서 가자." 토라는 마지막으로 고개를 숙인 채 흐느끼고 있는 불쌍한 시가에게 말을 건넸다. "시가, 아기를 데리고 우리 집에 오겠다면 언제든 환영이야. 물론 길피와 함께 살고 싶다면 세 사람 모두 얼마든지 함께 머물러도 좋아. 그럼 다들 안녕히 계세요."

토라는 길피를 데리고 밖으로 나왔다. 진이 다 빠져버렸다. 두 사람은 현관문을 쾅 닫아버린 후 매튜의 지프차로 걸어갔다. 다행히 차는 아까 그 자리에 세워져 있었다. 토라는 아무 말 없이 조수석에 앉았고 길피는 동생이 있는 뒷자리에 올라탔다. "한스—아르—도티르." 솔리는 매튜에게 자신의 성을 가르쳐주기 위해 매 음절을 강조해 발음했다.

"가요." 토라가 두 손으로 머리를 움켜쥐며 말했다. 그녀는 매튜를 바라다보았다. 길피가 할 줄 아는 독일어가 단어 몇 개뿐이고, 솔리가 아는 독일어는 전무하다는 사실이 다행스럽게 느껴졌다. "그거 알아요? 나 평가절하됐어요. 당신은 할머니랑 잔 거라고요."

놀랍게도 매튜는 폭소를 터뜨렸다. "아이슬란드 할머니들은 독일 할머니들과는 상당히 다르네요." 매튜는 뒷자리를 흘끗 돌아보았다. 길피는 알 수 없는 미래에 대한 고민에 빠져있었다. 길피가 이제 잡을 수 있는 지푸라기는 엄마뿐이었는데, 지난밤의 숙취에서 벗어나지 못한 엄마는 갑자기 분기탱천해 있었다. "안녕, 토라의 아들. 난 매튜라고 해." 그는 토라를 향해 눈을 찡긋했다.

토라는 아들의 솔직한 고백에 앙갚음을 할 태세를 갖추고 뒤를

돌아보았다. 이제 아들에게 매튜가 친구나 동료 이상임을 발표할
참이었다. 하지만 여전히 길피의 목에 힘없이 걸려있는 아이팟을
본 토라는 마음을 고쳐먹었다.

"길피, 이 분은 매튜라고 해. 엄마랑 요즘 같이 일하는 아저씨야.
엄마가 오늘 저녁식사 같이 하자고 초대했어. 아저씨 가고 나면 우
리 둘이서 차분히 얘기 좀 해보자." 토라는 난데없이 목구멍을 치
고 올라오는 울컥함을 간신히 삼켰다. 이제 서른여섯 살인 자신이
할머니가 된다니. 예수님, 성령님, 성모마리아님 그리고 기억나지
않는 삼위일체 외에 그 누구시여! 부디 아기가 건강하게 태어날 수
있게 해주시고, 비록 실수를 저질렀지만 아기의 부모가 근심걱정
없이 살 수 있도록 도와주세요. 쏟아지려는 눈물을 토라는 겨우 참
았다. 아들이 한참 전부터 보내온 신호를 이제야 해독한 것이다.
길피는 시가도 없이 혼자 보내는 시간이 재미없었던 거야. 혼자 침
대 위에서 점프하며 늑대처럼 울부짖기나 했으니까….

"토라." 매튜가 생각에 골몰한 그녀를 흔들며 말했다. "방금 마
술박물관에서 전화가 왔어요. 하랄트의 시신이 그 지경이 된 이유
를 알 거 같아요."

28장

토라는 무슨 일이 있어도 저녁 약속을 취소하지 않기로 마음먹었다. 그녀는 최면에라도 걸린 듯 냉장고에 있던 식재료들을 마구잡이로 냄비에 털어넣었다.

"저녁 준비됐어요." 그녀는 애써 명랑한 척 소리쳤다. 매튜는 바로 주방으로 와 식탁 의자에 앉더니 음식 담긴 그릇이 차례로 식탁에 올려지는 모습을 두 눈 크게 뜨고 지켜보았다. 다 차려진 식탁에는 통조림 콩, 감자튀김, 밥, 쿠스쿠스, 수프, 그리고 아이슬란드 전통 빵과 잼이 놓였다.

"맛있어 보이네요." 모두 식탁에 앉자 매튜가 예의바르게 말하고는 통조림 콩을 집어들었다.

식탁을 훑어보던 토라가 끙 하는 소리를 냈다. "메인 요리를 빼먹었네." 그녀는 체념한 듯한 목소리로 말했다. "뭔가 잘못된 것 같았어." 그녀는 자리에서 일어나 최악의 결과를 만회할 만한 무언가를 찾기 시작했다. 냉동 파스타나 라자냐, 고기, 생선 같은 것들.

하지만 냉장고에는 아무것도 없었다. 일을 마치고 장을 볼 생각이 었지만 여러 가지 일이 연달아 일어나는 통에 도저히 그럴 수가 없 었다.

매튜가 토라의 팔을 잡아 자리에 도로 앉혔다. "괜찮아요. 평범 한 저녁식사는 아니지만 어차피 저녁 먹을 시간도 아니잖아요. 그 러니까 상관없어요." 그는 뒤죽박죽 된 접시 위의 음식을 포크로 이리저리 찔러보는 아이들을 보며 미소를 지었다.

그제야 시계를 본 토라는 이제 겨우 오후 3시라는 사실을 깨달 았다. 확실히 그녀는 정상 궤도에서 벗어나 있었다. 그녀는 억지로 웃으며 말했다. "아직 충격이 가시지를 않아서요. 내년쯤 충격에서 벗어나고 나면 그때 다시 한 번 저녁식사에 초대할게요."

"아니에요, 그럴 필요 없어요. 차라리 내가 레스토랑에서 한턱 쏘는 게 낫겠네요." 매튜는 이렇게 말하고 아이슬란드 전통 빵을 한 입 베어물었다. "입에서 살살 녹아요." 그러고는 씩 웃었다.

접시를 다 비운 사람은 하나도 없었다. 식사를 마친 뒤 쓰레기 통은 남은 음식으로 가득 찼다. 솔리가 친구 크리스틴과 놀러 밖 에 나가도 되냐고 묻자 토라는 말없이 고개만 끄덕였다. 길피는 인 터넷 서핑을 하겠다며 자기 방으로 들어가 버렸다. 토라는 아들이 육아에 관한 웹사이트를 들락날락거리지 않길 바랐다. 빽빽한 글 씨로 설명된 육아 매뉴얼을 읽고 나면 길피는 절망에 빠져 모든 걸 포기할지도 모른다. 둘만 남게 되자 토라와 매튜는 거실 소파에 자 리를 잡았다. 두 사람은 토라가 내린 커피를 손에 들고 있었다.

"이런, 이런." 매튜가 어색하게 말했다. "상황이 상황이니 만큼 오래 있지는 않을게요. 할머니들은 항상 식사를 하고 나면 낮잠을 자지 않나요?"

토라가 코웃음을 쳤다. "이 할머니는 진토닉이 땡기네요." 그녀는 커피를 한 모금 마시고 덧붙였다. "그렇지만 음주의 결과가 어떤지 이미 배웠으니 오늘은 그냥 넘어가야겠네요." 그녀는 매튜를 향해 웃으며 살짝 얼굴을 붉혔다. "어쨌든 이제 마술박물관 큐레이터가 한 얘기를 들을 준비가 됐어요." 토라는 두 다리를 접어올리고 소파에 편하게 기대어 앉았다.

매튜는 주머니에서 종이쪽지 하나를 꺼내더니 테이블 위에 펼쳐놓았다. "큐레이터가 전화로 말하기를, 걸어다니는 백과사전이라 불리는 팔 관장과 연락이 닿았답니다. 그런데 관장이 그 심벌에 관한 온갖 지식을 줄줄 풀어내더래요. 왜 그랬는줄 알아요?"

토라는 고개를 저었다. 매튜가 좀 더 적극적인 반응을 기대한다는 걸 눈치챈 그녀는 생각나는 대로 대충 장단을 맞췄다. "글쎄요. 아마도 걸어다니는 백과사전이라서 그랬을까요?"

"아니에요. 하지만 뭐 완전히 틀린 말은 아니죠. 관장이 심벌에 대해 속속들이 말할 수 있었던 진짜 이유는 하랄트가 그 심벌에 관한 이야기를 듣고 굉장하게 흥분했던 사실을 또렷이 기억하고 있기 때문이었어요."

"그러니까 하랄트가 바로 그 심벌과 관련해서 관장과 이야기를 나눴다는 건가요?" 토라가 되물었다.

"뭐 그런 셈이죠. 사실 하랄트가 관장에게 연락했던 이유는 마법심벌 전반에 관해 문의할 겸 일반적인 참고서적에 등장하지 않는 몇몇 심벌에 대해 묻기 위해서였답니다. 그런데 하랄트가 우리도 박물관에서 봤던 《아이슬란드 마법의 서》를 보더니 질문을 하더라는군요. 관장은 그 문서에 등장하는 핵심 주문들에 대해 설명을 해주었고, 하랄트가 그 중 하나에 유독 관심을 보이더랍니다. 원래는 사랑의 주문 가운데 1단에 속하는 주문인데, 내용이 꽤나 잔인하더군요. 관장이 큐레이터에게 우리 두 사람이 그 심벌의 의미를 알아챘는지 물었다더군요. 우리가 진열장에서 본 페이지는 주문의 도입부고, 그 다음 페이지로 주문이 이어지는데 그건 우리가 볼 수 없었잖아요. 한데 그 주문의 내용이 뭐였는지 알아요?"

"죽은 자의 눈알을 뽑아서 그걸로 뭔가를 하라고 했대요?" 토라가 물었다.

"아뇨. 하지만 그 주문도 중요해요. 내가 이해한 게 정확하다면, 다음 페이지에 나오는 내용은 여자가 사랑에 빠지도록 만드는 주문이랍니다. 바닥에 구멍을 파서 그 위를 여자가 지나가게 한 다음 그 구멍에 뱀의 피를 붓고 여자의 이름과 함께 심벌 몇 개를 그려야 하는 거예요. 그리고 마지막으로 주문을 하나 외워야 하는데, 하랄트의 모친에게 보내진 편지가 바로 그 주문이었어요." 매튜는 득의양양한 미소를 지었다.

"그 시 말인가요?" 토라가 말했다.

"바로 그렇죠." 매튜가 대답했다. "그게 다가 아니에요. 관장의 얘기로는, 하랄트가 남다른 관심을 보이는 바람에 그 주문에 대해 자세한 이야기를 나누었답니다. 사랑에 빠지게 할 상대가 꼭 연인이어야 하는지, 아니면 다른 형태의 사랑에도 적용할 수 있는지,

그리고 구멍이 꼭 바닥에 있어야 하는지 등등에 대해 꼬치꼬치 물었던 모양이더군요. 그 다음에는 여백에 그려져 있던 심벌에 관해 대화를 나눴답니다." 매튜가 잠시 말을 멈췄다.

"그래서요?" 토라가 참을성 없이 물었다.

"알고 보니 여백에 있던 심벌은 의미가 전혀 알려지지 않았지만, 북유럽권에서 복수의 주문으로 사용된 심벌과 비슷한 모양이라는군요. 유일한 차이점이라고는 윗부분의 선 하나가 빠진 게 전부래요. 이 복수의 주문은 어느 문서에서 발견되었지만, 그 문서에는 시 구절이 없었답니다. 남아있는 거라고는 주문의 사용법과 첫 구절뿐인데, 그 첫 구절이 '나는 당신을 바라볼 뿐이지만'이래요. 건틀립 부인이 받은 시의 첫 구절과 정확히 일치하죠. 관장은 책의 소유자가 주문 옆에 그 심벌을 그려넣었을 거라고 추정하더군요. 그 시가 두 심벌에 모두 적용된다고 확신하거나 적어도 그렇게 추측했을 거라고요. 그 책은 원래 네 명의 필자에 의해 완성됐는데, 그 중 셋은 아이슬란드인이고 나머지 한 사람은 덴마크인이랍니다. 그리고 주문 옆에 심벌을 그려넣었을 것으로 추정되는 사람은 마지막 필자라고 하더군요. 관장 말로는 이 북유럽 주문이 기원도 정확하지 않고 다른 주문들보다 훨씬 더 어둡다고 했어요. 비록 문서에 등장하는 그 주문의 내용은 덴마크어로 쓰여진 까닭에 알아볼 수 없었지만요. 그 문서는 개인 소장품으로 16세기 후반에 제작된 반면, 《아이슬란드 마술의 서》는 1650년경에 쓰인 것으로 추정된답니다."

"그런데 더 어두운 주문이라니, 그게 무슨 뜻이에요?" 토라가 물었다.

"더 어두운 흑마법이라고 부르는 게 정확하겠네요. 더 뒤틀렸다는 뜻이죠. 관장의 설명에 의하면 그 주문은 아예 사람을 해칠 목적으로 만들어진 거라는군요. 죽은 뒤 그 심벌을 몸에 새긴 사람은 살아생전 자신을 실망시킨 사람을 괴롭힐 수 있는 힘을 갖게 된다고 합니다. 무덤에서 그 사람을 지켜보며, 그가 자신의 과거를 후회하도록 만드는 식으로요. 결국에는 그 후회가 비극을 불러오게 되고요. 그보다 더 중요한 건 주문을 걸기 위해 특정한 신체 부위가 필요하다는 사실인데, 그 부위가 뭔줄 알아요?"

"눈이겠죠." 토라는 확신에 찬 목소리로 말했다.

매튜가 고개를 끄덕였다. "하지만 아직 놀라기는 일러요. 관장이 하랄트에게 주문에 대해 설명하자 매우 고무된 하랄트는 주문에 필요한 의식을 자세히 알려달라고 부탁했답니다. 관장은 전화상으로 상세히 설명을 해준 다음 그 심벌이 나온 문서와 책을 스캔해서 메일로 보내줬다는군요."

"네, 그리고요?" 토라가 못 기다리겠다는 목소리로 중얼거렸다.

"그러니까, 주문을 걸기 위해서는 몇 가지 의식이 필요해요. 일단 복수를 하려는 사람은 자신의 사망 후 의식을 거행해줄 사람과 계약을 맺어야 하죠. 여기까지는 시체 바지를 만드는 과정과 비슷해요. 계약을 맺은 두 사람은 동물 가죽에 심벌을 그리는데, 자신들의 피와 큰까마귀의 피를 섞은 후 그걸 잉크 삼아 그려야 한답니다. 아마 몇 방울 정도로는 어림도 없었을 거예요. 왜냐면 심벌 하단에 X가 Y를 대신해 의식을 거행하기로 약속했다는 계약 내용을 적은 후 두 사람 모두의 서명까지 넣어야 하거든요." 매튜는 커피를 한 모금 마시고 말을 이었다. "이제부터가 압권이에요. Y가 죽고 나면 X는 Y의 시신에 심벌을 새기고 주문을 적는 데 필요한 만큼의 피를 뽑아낸 다음, 안구까지 적출해야 한답니다."

"세상에." 토라가 몸을 떨었다. "대체 왜 그런 짓을. 혈서를 쓰고 죽은 사람 몸에 심벌을 새기는 걸로는 충분하지 않았던 거예요?"

매튜가 웃으며 대답했다. "그랬나봐요. 관장의 말에 의하면, 시신에 심벌을 새기는 이유가 죽은 자로 하여금 자신의 요청으로 안구를 적출했다는 사실을 환기시키기 위해서랍니다. 그렇게 하지 않으면 망자가 무덤에서 되살아나 자신의 눈을 찾으러 다닌다는군요. 눈을 뽑아낸 친구도 죽이려 하고요. 게다가 시신에서 뽑아낸 피로 저주의 주문까지 써야 한답니다. 이 때에도 큰까마귀의 피를 섞어야 하고요."

"건틀립 부인이 받은 편지에서 연작류의 DNA가 검출된 것도 바로 그 때문이군요!" 토라가 큰 소리로 말했다. "큰까마귀는 아이슬란드에 서식하는 연작류들 중 가장 덩치가 큰 새예요." 토라가 학교에서 배운 생물학 상식은 여전히 쓸모가 있었다.

"이 과정에서는 의식을 대신 거행할 친구의 피가 들어가지 않아도 된다는군요. 그리고 저주의 주문이 적힌 가죽으로 안구를 감싼 다음, 그걸 복수의 대상에게 보내는 거죠. 복수의 대상이 된 사람은 그 이후로 절대 안전할 수가 없답니다. 죽은 자가 끊임없이 나타나 그 사람이 저질러온 잘못을 환기시키고, 그걸 견디지 못한 저주의 대상은 결국 끔찍한 최후를 맞이하는 거죠."

"그래서 그런 편지가 건틀립 부인에게…," 토라가 슬픈 목소리로 말했다. 그리고 그녀는 잠시 생각에 잠겼다. 어떻게 이처럼 소름 끼치는 일이 일어날까. 하랄트는 어쩌다가 자신의 어머니를 그토록 증오하게 된 걸까? 대체 그 여자는 아들에게 무슨 짓을 한 걸까? 어쩌면 모든 게 하랄트의 망상에 불과할지도 모른다. 자기 혼자 미쳐버린 뒤 어머니를 탓하는 것일 수도 있지 않은가. 갑자기 어떤 생각이 뇌리를 스치자 토라는 몽상에서 깨어났다. "잠깐만요. 하랄트의 안구가 건틀립 부인에게 보내졌나요?"

"아뇨." 매튜가 대답했다. "주문이 적힌 편지만 보내졌어요. 이유는 저도 알 수 없고요. 어쩌면 배송 중에 분실됐거나 훼손됐을지도 모르죠. 저도 뭐가 뭔지 모르겠어요."

또다시 생각에 잠기던 토라가 입을 열었다. "도리가 했을 거예요. 의대에 다니잖아요. 분명 시신을 처리한 건 도리였을 거예요." 잠시 침묵하던 그녀가 덧붙였다. "그렇게 되면 하랄트를 죽인 것도 도리일 거라고 추정할 수 있겠네요."

"지금 상황으로 봐서는 그렇죠." 매튜가 대답했다. "아니면 하랄트가 스스로 목숨을 끊은 후 도리가 뒤처리를 했을 수도 있고요."

"어떻게요?" 토라가 물었다. "하랄트는 목이 졸려 죽었잖아요."

"질식성애를 하다가 죽었을 수도 있잖아요. 그 가능성을 완전히 배제할 수는 없어요. 그도 아니라면 친구들 중 하나가 하랄트를 죽였거나 하랄트와 미리 계약을 맺었을 수 있겠죠. 내가 심벌을 보여줬을 때 그 친구들 표정이 하나같이 당황해하는 기색이었어요. 그러니까 후에 토리손 역시 다른 친구들과 마찬가지로 사건에 연루됐을 가능성이 남아있는 거고요."

"도리를 다시 만나야겠어요. 가능하다면 그 친구들 모두를요. 이번에는 당신이 자리를 마련해봐죠."

매튜가 미소를 지었다. "그러니까 우리가 완전히 시간만 낭비한 건 아닌 셈이군요. 조사에 꽤 진전이 있잖아요. 딱 한 가지 밝혀내지 못한 건 돈의 행방뿐이네요. 대체 그게 어디로 사라졌을까요?"

토라가 어깨를 으쓱했다. "어쩌면 하랄트가 그 구역질나는 마술책을 어떻게든 샀을지도 모르죠. 하랄트라면 그러고도 남을 사람이잖아요."

매튜가 토라의 말을 곱씹었다. "어쩌면요. 하지만 한 가지 걸리는 게 있어요. 관장의 말에 의하면 그 책은 노르웨이 국립도서관에서 보관 중이랍니다. 경찰이 심벌의 의미를 밝혀내지 못한 것도 그 때문이었어요. 잘 알려지지 않은 심벌인 데다 아이슬란드에 그 심벌에 대해 아는 사람이라고는 관장뿐인데, 그는 지금 외국에서 연구 중이잖아요. 게다가 관장은 경찰로부터 심벌과 관련해서 연락을 받은 적도 없다고 해요."

"어쩌면 하랄트가 자세한 설명을 들려준 관장에게 수고비도 지불하고 도서관 측으로부터 그 책을 구입하기 위해 돈을 인출했는데, 친구들 중 누군가가 돈을 노리고 살해했을 수도 있죠. 그 패거리가 돈을 가로챘을 가능성도 있잖아요? 그보다 더 적은 돈 때문에 사람을 죽이는 일도 흔해요."

매튜가 그녀의 말에 동의했다. 그리고 시간을 확인하던 그가 진지한 표정으로 토라를 바라보았다. "프랑크푸르트에서 출발한 비행기가 3시 30분에 아이슬란드에 도착했어요."

"젠장!" 토라가 소리쳤다. "지금은 도저히 건틀립 부인과 대화를 나눌 수 없다고요. 절대 못 해요. 부인이 우리 애들에 대해 물으면 어떡해요? 뭐라고 대답해요? 네, 부인. 제 아들은 조숙한 아이랍니다. 곧 제 아들이 아빠가 될 거라고 말씀드렸던가요? 뭐, 이렇게 얘기할까요?"

"걱정 마요. 부인은 당신 애들에 대해 별로 관심도 없을 거예요." 매튜가 차분하게 말했다.

"하랄트에 대해 이야기를 나누는 것도 불편하긴 마찬가지예요. 어떻게 부인의 얼굴을 똑바로 바라보면서 당신 아들이 악마와 계약을 맺었다거나, 아니면 당신의 인생을 지옥으로 만들고 결국에는 당신을 죽게 만들 저주를 걸었다고 말할 수 있겠어요?" 토라는 그가 제발 건설적인 답을 내놓기를 바라는 심정으로 매튜를 쳐다보았다.

"걱정하지 말아요, 부인에게는 내가 설명할 거예요. 다만 부인과의 대화는 피할 수 없어요. 오늘 하지 않으면 결국 내일로 미루는 것밖에 아니고요. 부인이 비행기를 타고 여기까지 날아온 이유는 순전히 당신과 대화를 나누기 위해서라는 걸 잊지 말아요. 당신과 단둘이 만나고 싶다고 말할 때, 부인의 목소리는 그 어느 때보다 차분했어요. 그러니까 겁내지 말아요."

하지만 토라는 여전히 안심할 수가 없었다. "그 사람들이 먼저 전화를 할까요? 어떻게 하기로 했어요?"

"호텔에 도착하면 전화를 주기로 했어요." 매튜가 다시 시계를 확인하더니 덧붙였다. "아마 곧 전화가 올 거예요. 원하면 내가 전화를 해볼 수도 있고요."

이를 어쩐다. 토라는 딜레마에 빠져 결정을 내릴 수가 없었다. "네, 전화해볼래요?" 이렇게 말하던 그녀가 곧바로 소리쳤다. "아뇨. 하지 마요!"

토라가 다시 마음을 고쳐먹기도 전에 매튜의 휴대폰이 울렸다. 매튜가 전화기를 꺼내 발신자를 확인하고는 알렸다. "딱 맞춰서 전화가 왔네요." 토라는 끙끙거리며 신음 소리를 냈다. 통화 버튼을 누른 매튜가 인사를 했다. "여보세요, 매튜입니다."

또렷한 매튜의 통화 내용 사이로 희미하게나마 저쪽의 목소리가 전해졌다. 오가는 대화 내용은 인사치레에 불과한 듯했다. "비행은 어땠어요?" "참 힘들겠네요." "호텔 이름은 알고 있죠?" 같은 이야기뿐이었다. 통화는 매튜의 인사말과 함께 끝이 났다. "이따 만나요, 끊을게요." 매튜는 토라를 보며 미소를 지었다. "운이 좋으시네요, 할머니."

"왜요?" 토라가 흥분한 목소리로 물었다. "부인은 안 왔대요?"

"아뇨. 당연히 왔죠. 그런데 편두통 때문에 약속을 내일로 미루고 싶다는군요. 방금 통화한 건 엘리자였어요. 택시를 타고 호텔 보르로 가는 중이랍니다. 엘리자가 30분 뒤 호텔에서 우리를 만나고 싶답니다."

29장

엘리자는 자신의 어머니와 닮은 구석이라고는 조금도 없었지만 그
럼에도 미인이었다. 토라는 며칠 전에 본 하랄트의 가족사진을 떠
올리면서 엘리자가 아버지를 닮아 피부가 약간 가무잡잡한 모양
이라고 생각했다. 그녀는 전반적으로 꾸밈없는 인상을 풍겼다. 긴
생머리는 뒤통수에서 하나로 질끈 묶여있고, 세련된 검정색 바지
에 실크 소재인 듯한 검정 셔츠를 입고 있었다. 눈에 띄는 장신구
는 오른손 약지에 끼워진 다이아몬드 반지가 전부였다. 토라가 하
랄트의 사진에서 본 그 반지였다. 엘리자가 두 사람을 향해 손을
흔들었을 때, 토라는 그녀가 얼핏 보이는 것보다 훨씬 더 말랐다는
사실에 깜짝 놀랐다. 매튜와 엘리자는 서로를 무척이나 따뜻하게
맞았다. 엘리자가 매튜를 포옹하고 나서 두 사람은 서로의 양 볼에
입을 맞췄다.

"어떻게 지냈어?" 매튜는 엘리자의 어깨에 올렸던 손을 내리며
물었다. 고용주의 가족에게 존칭을 사용할 거라는 토라의 예상과

달리 매튜는 엘리자에게 격의 없이 인사를 건넸다. 매튜는 이 가족과 아주 가깝게 지내거나 아니면 토라가 짐작한 것보다 회사 내에서 더 높은 직위를 가진 게 분명했다.

엘리자는 어깨를 으쓱하더니 억지로 웃어보이며 말했다. "그다지 좋지는 않았어요. 견디기 좀 힘들었거든요." 그녀는 토라를 돌아보며 인사했다. "저랑 이야기를 나누고 싶어하신다는 걸 진작 알았더라면 더 빨리 왔을 거예요. 오빠를 만나러 갔던 일이 중요할 거라고는 생각도 못 했어요."

토라는 하랄트가 살해당하기 직전 둘이 함께 시간을 보냈다는 사실을 떠올리면서 엘리자의 대답이 어딘가 이상하다고 느꼈지만 이렇게만 말했다. "뭐 이렇게 와주셨으니 그거면 된 거죠."

"네. 매튜에게 전화를 받자마자 비행기 표를 끊었어요. 도움이 되고 싶어요." 엘리자의 목소리에서 진심이 느껴졌다. 그녀는 말을 이었다. "엄마도 도움을 드리고 싶어하세요."

"잘됐군." 매튜가 그답지 않게 큰 소리로 말했다. 토라는 그 이유가 혹시 자신이 부적절한 말을 내뱉기라도 할까 걱정해서 그런 것은 아닌지 궁금해졌다.

"네, 잘됐네요." 토라는 그럴 의도가 없다는 뜻을 드러내기 위해 매튜의 말을 반복했다.

"이제 좀 앉을까요?" 엘리자가 말했다. "커피나 와인 드시겠어요?" 토라는 앞으로 술을 안 마시기로 작정한 참이라 커피를 마시겠다고 했다. 매튜와 엘리자는 화이트와인 두 잔을 주문했다.

"그럼," 매튜가 안락의자에 편하게 기대앉으며 물었다. "그때 하랄트를 만나러 와서 뭘 하며 시간을 보냈는지 얘기해줄 수 있어?"

"와인이 나올 때까지 기다려도 될까요? 얘기하기 전에 와인을 좀 마시고 싶어서요." 엘리자가 호소하듯 매튜를 바라보았다.

"물론이지." 매튜가 이렇게 대답을 하더니 몸을 앞으로 기울여 안락의자 팔걸이에 올려진 엘리자의 손을 다독였다.

엘리자가 변명이라도 하듯 토라를 바라보며 말했다. "뭐라고 설명할 수는 없지만, 그때 일을 떠올리는 게 너무 힘들더라고요. 생각이 아직도 뒤죽박죽이에요. 돌이켜보면 그때는 제 문제 외에 다른 건 안중에도 없어서, 오빠한테 제 얘기만 늘어놨어요. 그게 마지막이라는 걸 알았더라면 내가 오빠를 얼마나 소중하게 생각하는지 다 털어놨을 거예요." 그녀는 아랫입술을 깨물었다. "하지만 그렇게 하지 않았고, 앞으로 영영 그럴 수 없겠죠."

웨이터가 음료를 가져오자 세 사람은 아무런 말 없이 잔만 부딪혔다. 토라는 커피 한 모금을 마신 다음 매튜와 엘리자가 와인을 마시는 모습을 지켜보면서 술을 끊기로 한 자신의 결정을 후회했다. 기회가 생기는 즉시 다시 술을 마시겠다고 결심했지만 이미 커피를 주문한 뒤 와인으로 바꾸는 건 부끄러운 일이었다.

"아무래도 제가 오빠를 만나러 간 이유를 먼저 말씀드리는 게 좋겠네요." 엘리자가 잔을 내려놓으며 말했다. 토라와 매튜는 고개를 끄덕였다. "매튜는 알고 있겠지만, 최근에 저희 부모님과 갈등이 좀 있었어요. 부모님은 제가 경영을 공부해서 은행을 맡아주기를 바라시고, 주변 사람들도 하나같이 그러길 바라더군요. 저에게 항상 하고 싶은 일을 하라고, 그러니까 첼로 연주를 계속하라고 조언해준 사람은 오빠밖에 없었죠. 다른 사람들은 첼로 연주는 경영 수업을 받으면서 취미로 해도 충분하다고 말했거든요. 하지만 오빠만은 음악가가 아니었음에도 그게 불가능하다는 걸 잘 알았어요. 어떤 분야에서든 어느 정도 수준의 성취를 이루고 나면 둘 중 하나를 선택할 수밖에 없다는 사실을 이해했던 거죠."

"그렇죠." 토라는 이렇게 대답했지만 사실 무슨 말인지 이해하지 못했다.

"그래서 지난번에 오빠를 찾아왔을 때 거의 그 문제에 대해서만 이야기를 나눴어요." 엘리자가 말을 이어나갔다. "기운 나는 이야기를 듣고 싶어서 오빠를 찾아왔던 거고, 실제로 오빠는 용기를 북돋워주는 조언을 많이 했어요. 오빠는 부모님의 말에 끌려다니지 말고 계속 첼로를 연주하라고 했지요. 은행을 운영할 얼굴 없는 회사원들은 흔해빠졌지만 훌륭한 연주자는 그보다 훨씬 드물다고 말이죠." 엘리자는 황급히 덧붙였다. "얼굴 없는 회사원들이라는 표현은 오빠의 말을 그대로 인용한 거예요. 정확하게요."

"궁금해서 그러는데, 어떤 결정을 내렸는지 여쭤봐도 될까요?" 토라는 호기심에 물었다.

"첼로를 계속 연주하기로 했어요." 엘리자는 쓴웃음을 지었다. "하지만 경영학 과정에 등록을 했고, 곧 학기가 시작돼요. 어렵게 하나를 선택하고도 결국 다른 걸 하게 되는 게 인생인가봐요."

"아버지는 기뻐하셔?" 매튜가 물었다.

"네. 하지만 안도하셨다는 표현이 더 정확하죠. 이 집에서는 행복해지기가 어렵잖아요. 특히 지금은."

"엘리자. 가족 문제에 대해 이야기를 하는 게 껄끄럽지만, 아버지와 하랄트가 주고받은 메일을 읽어봤어요. 친밀한 사이는 아닌 듯하더군요. 통상적인 부자지간 치고는 말이죠." 토라가 잠시 말을 멈췄다가 덧붙였다. "마찬가지로 어머니와의 관계 역시 그리 원만하지 않았다는 것도 잘 알고 있고요."

엘리자는 대답을 하기 전에 와인을 한 모금 마셨다. 그리고 토라의 눈을 똑바로 쳐다보며 말했다. "오빠는 정말 좋은 사람이었어요. 요즘 들어 외모가 좀 특이해지기는 했지만요." 그녀는 혀를 내밀더니 하랄트의 갈라진 혀를 암시하려는 듯 손가락으로 혀끝을 꼬집었다. "그렇지만 저는 무슨 일이 있더라도 항상 오빠 편이었을 거예요. 오빠는 고결한 사람이었어요. 저한테만 좋은 사람이었던 게 아니에요. 오빠는 언니를 극진하게 보살폈어요. 장애를 가진 사람에게 그렇게 다정한 사람은 한 번도 보지 못했을 정도로요." 그녀는 테이블 위의 와인 잔을 물끄러미 바라보았다. "그런데 부모님은…, 뭐라고 말씀드려야 할지 정말 모르겠어요. 두 분은 한 번도 오빠에게 애정을 보인 적이 없어요. 부모님에 대한 제 어린시절의 기억은 포용과 사랑, 관심으로 가득한데, 오빠한테만은 애정 어린 관심을 보이신 적이 없어요. 항상…. 오빠를 한 번도 좋아한 적이 없는 것 같았어요." 정신없이 말을 쏟아내다 보니 엘리자는 생각을 제대로 정리할 수 없는 듯했다. "오빠를 나쁘게 대하신 적은 한 번도 없었어요. 그냥 오빠를 사랑하지 않으셨던 거죠. 저도 이유는 모르겠어요. 이유라는 게 있다면 말이죠."

토라는 하랄트의 부모에 대한 분노를 감추려고 애썼다. 그녀는 불쌍한 하랄트를 살해한 범인을 당장이라도 잡아 감옥에 처넣고 싶었다. 부모의 사랑이 없는 어린시절보다 더 비참한 운명은 없으리라. 아이들은 애정 없이는 온전히 성장할 수 없는 존재들이다. 때문에 아이들에게 애정을 박탈한다는 것은 범죄나 다름없다. 하랄트가 괴상한 어른으로 성장한 게 전혀 놀랍지 않았다. 토라는 갑자기 내일 있을 건틀립 부인과의 만남이 기다려지기 시작했다.

"네." 토라가 침묵을 깼다. "솔직히 말씀드려서 상황이 그다지 좋아 보이지는 않는군요. 사건과는 관련이 없을지 모르겠지만 하랄트가 왜 그런 성향을 갖게 됐는지는 알 것 같군요. 하지만 낯선 사람에게 이런 문제에 대해 자세히 이야기하고 싶지는 않으실 테니, 지금부터는 하랄트와 뭘 하면서 시간을 보내셨는지에 대해 들려주세요."

엘리자가 안도의 미소를 지었다. "말씀드렸듯이 오빠와는 주로 제 문제에 대해서 대화를 나눴어요. 오빠도 기분이 무척 좋아보였고, 아무튼 특별히 뭔가를 하지는 않았어요. 오빠가 블루라군(레이칸스반도에 위치한 자연 온천─옮긴이)에 데려가줘서 간헐온천을 구경한 게 전부죠. 그 외 시간에는 시내를 돌아다니거나 집에서 DVD 보고, 요리해먹고, 딱히 하는 것 없이 쉬면서 지냈어요."

토라는 하랄트가 블루라군 온천에서 수영을 즐기는 모습을 상상해보려고 노력했지만 실감 나는 장면을 떠올릴 수 없었다. "DVD는 어떤 걸 봤어요?" 토라가 물었다.

엘리자는 환하게 웃으며 대답했다. "〈라이언 킹〉요. 이상하게 생각하실지 모르겠네요."

매튜가 토라를 향해 한 쪽 눈을 찡긋해보였다. 그러니까 매튜는

DVD 플레이어 안에 있던 디스크에 대해 솔직하게 말을 했던 것이다. "하랄트가 당시 무슨 일을 벌이고 있었는지 얘기를 하던가요?"

엘리자가 잠시 생각을 하더니 입을 열었다. "별로 안 했어요. 기운이 펄펄 넘치는 걸 보고 여기서 아주 잘 지내고 있구나, 하는 생각은 했죠. 그렇게 쾌활한 모습은 거의 보지 못했거든요. 아마도 부모님과 떨어져 지내서 그랬나봐요. 어쩌면 원하던 책을 찾아서 그랬을지도 모르고요."

"책이라고요?" 토라와 매튜가 동시에 물었다. "무슨 책?" 매튜가 말했다.

두 사람의 반응을 본 엘리자는 놀란 게 분명했다. "그 오래된 책. 《말레우스 말레피카룸》. 그 책, 아파트에서 발견되지 않았어요?"

"모르겠어. 네가 정확히 어떤 책을 말하는 건지도 모르겠고." 매튜가 물었다. "하랄트가 너한테 그 책을 보여줬어?"

엘리자가 고개를 저었다. "아니, 내가 있을 때만 해도 아직 책을 구하기 전이었거든요." 엘리자가 잠시 말을 멈췄다. "어쩌면 살해당하기 전까지 그 책을 손에 넣지 못했을지도 모르죠. 내가 거기서 지낸 게 사건 직전이었으니까."

"혹시 누구한테 그 책을 받기로 했는지 알고 있어?" 매튜가 다시 물었다. "하랄트가 얘기하지 않았어?"

"얘기 안 했어요." 엘리자가 대답했다. "실은 나도 묻지 않았거든요. 물어볼 걸 그랬네."

"별로 중요한 건 아니야." 매튜가 말했다. "그럼 혹시 하랄트가 책에 대해서 너한테 얘기를 하지는 않았어?"

엘리자의 얼굴이 밝아졌다. "했어요. 꽤나 흥미진진한 이야기였어요. 그러니까, 그게 어떻게 시작했더라?" 그녀는 잠시 생각에 잠겼다가 말을 이었다. "할아버지가 가지고 계셨던 그 오래된 편지 기억하죠?" 엘리자가 묻자 매튜는 동의의 의미로 고개를 끄덕였다. 토라는 엘리자의 말을 끊고 싶지 않아서 정확히 어떤 편지를 가리키는지 묻지는 않았지만, 가죽지갑 안에 들어있던 인스부르크 편지일 거라고 짐작했다. "오빠는 할아버지랑 비슷한 구석이 많았어요." 엘리자의 이야기가 이어졌다. "그 오래된 편지에 푹 빠져서 읽고 또 읽었거든요. 오빠는 그 편지를 쓴 필경사가 틀림없이 아내를 그렇게 만든 크래머에게 끔찍한 복수를 했을 거라고 확신했어요." 그녀는 토라를 바라보며 말했다. "크래머가 누군지는 아시죠?"

토라가 고개를 끄덕였다. "네. 끔찍하게도 그 저자의 걸작을 직접 읽어보기까지 했죠.《마녀의 망치》를 걸작이라고 부를 수 있을지 모르겠지만요."

"저는 한 번도 직접 읽어본 적은 없어요. 하지만 내용은 다 알고 있죠. 저희 집에서 살면 모를 수가 없어요. 오빠는 필경사가 크래머에게 어떤 복수를 했는지 알아내는 데 혈안이었어요. 저는 500년 전에 일어난 일이니, 지금 와서 알아낼 가능성은 없다는 사실을 오빠한테 몇 번이나 설명하려고 했어요. 하지만 오빠는 뭐든지 항상 가능성은 열려있다고 믿었죠. 분명 가톨릭교회와 관련이 있었고, 대부분의 문서들 역시 보존된 상태였어요. 어쨌든 오빠는 포기하지 않았어요. 관련 자료에 대한 접근권을 얻으려고 역사학과에 등록을 했죠. 표면적으로 더욱 그럴싸하게 위장을 하려고 논문 주제를 마녀사냥으로 선택했고요. 물론 오빠한테 그런 논문을 쓰는 건 손쉬운 일이었죠, 할아버지가 물려주신 컬렉션이 눈앞에 있었고 그 분의 열정까지 그대로 물려받았으니까요."

"할아버지가 하랄트를 아끼셨던 모양이죠?" 토라는 그렇다는 걸 잘 알면서도 확실한 대답을 듣고 싶어서 이렇게 물었다.

"오, 그럼요." 엘리자가 대답했다. "할아버지랑 오빠는 함께 시간을 보내는 일이 아주 많았어요. 오빠는 항상 할아버지 곁에 있으려고 했어요. 심지어 할아버지가 병원에서 임종을 맞을 때도요. 당연히 할아버지도 다른 손주들보다는 오빠를 훨씬 더 아끼셨죠. 어쩌면 오빠만 우리 집에서 겉돌고 있다고 느끼셨는지도 몰라요. 오빠는 할아버지로부터 역사에 대한 깊은 조예를 물려받았고요. 두 사람은 지치지도 않는지 언제나 역사책을 탐독했어요."

"그럼 하랄트의 연구가 어떤 결론에 도달했나요?" 토라가 물었다. "뭔가를 발견한 건가요?"

"네." 엘리자가 대답했다. "적어도 오빠는 그렇다고 주장했어요. 베를린의 어느 대학을 통해 바티칸 문서국으로부터 접근권한을 승인받아 2학년을 마치고 로마로 갔어요. 거기서 그해 여름방학을 거의 다 보냈을 거예요. 오빠 말로는 그곳에서 크래머가 두 번째 마녀사냥을 허가해달라고 요청한 문서를 발견했다고 했어요. 그 문서를 본 오빠는 크래머가 집필한 책을 바티칸이 훔쳤다고 주장했죠. 문서에서 크래머는 그 책이 자신에게 귀중한 것이며, 마법을 근절하고 마녀들을 기소할 방법을 자세히 설명한 안내서라고 주장했대요. 그리고 마녀들이 그 책을 이용해 자신에게 저주를 내릴

지 모른다고 걱정하면서, 어떤 대가를 치르더라도 그 책을 되찾고 싶어했대요. 오빠는 크래머의 요청에 대한 바티칸의 답변서를 찾지 못했지만 크래머가 인스부르크로 돌아가지 않은 걸로 봐서, 요청이 기각되었을 거라고 생각했어요. 어쨌든 오빠는 이러한 발견에 잔뜩 흥분했고 크래머가 도둑을 맞아 지옥으로 보내진 물건이 뭔지, 자신이 밝혀냈다고 생각했어요. 바로 크래머가 직접 작성한 《마녀의 망치》 초고였죠. 이 악명 높은 고서의 가장 오래된 버전인 셈이죠. 오빠의 말에 의하면 이 초고는 1년 뒤에 출판된 버전과도 다르다고 했어요. 초고에는 아마 그림 설명도 들어가 있었을 테고, 글도 크래머가 직접 작성한 것이겠죠. 공저자인 슈프랭거가 아직 집필에 참여하기 전이었기 때문에 오빠는 더욱 초고에 관심을 보였어요. 크래머의 초고를 보면 누가 뭘 썼는지에 관한 논란에 종지부를 찍을 수가 있었죠. 슈프랭거가 이 책의 집필에 전혀 참여하지 않았다고 주장하는 학자들도 있거든요."

"그렇지만 초고를 훔친 사람이 그걸 바로 지옥으로 보냈다고 하지 않았나요? 그게 정확한 표현 아닌가요?" 토라가 물었다. "지옥으로 보내졌다는 건 당연히 불태워졌다는 의미일 텐데요."

엘리자가 웃으며 대답했다. "브릭센의 주교에게 보내진 마지막 편지를 보면 지옥으로의 여정을 떠난 한 특사가 주교의 교회에 묵을 수 있도록 협조를 해달라고 요청하는 내용이 등장해요. 그러니까 초고는 불에 태워지지 않았던 거죠, 적어도 바로 태워지지는 않았을 거예요."

토라는 두 눈을 크게 뜨고 말했다. "지옥으로의 여정을 떠난 특사라니, 마치 관광지로 여행이라도 떠났다는 것처럼 들리네요."

매튜가 와인을 한 모금 마시며 거들었다. "그러게요."

"그 시대에는 전혀 이상할 게 없는 일이었어요." 엘리자가 진지한 목소리로 말을 이었다. "당시 사람들에게 지옥은 땅 속에 실재하는 장소였으니까요. 아이슬란드에 지옥으로 통하는 구멍이 있다고 생각했을 정도예요. 정확한 이름은 기억이 안 나지만, 어떤 활화산 입구에 그 구멍이 있다고 믿었죠."

"헤클라." 토라는 매튜가 그 이름을 힘겹게 발음하려고 애쓰기 전에 얼른 대꾸했다. 바로 그거였군. 하랄트가 아이슬란드로 오게 된 이유가. 후에의 증언대로 하랄트는 정말 '지옥'을 찾아 이곳에 온 것이다.

"네. 맞아요." 엘리자가 대답했다. "크래머의 초고는 원래 거기로 보내질 예정이었대요. 어쨌든 오빠는 그렇게 주장했었죠."

"그런 다음에는요? 초고가 정말 그곳으로 보내졌나요?" 토라가 물었다.

"이 여정에 관한 기록을 추적하던 오빠는 1486년에 기록된 킬의 한 교회연대기에서 관련 정보를 발견했다고 했어요. 교회연대기에 등장한 남자가 자신이 찾고 있던 바로 그 특사라고 확신한 거죠. 그 연대기에 브릭센의 주교가 작성한 편지를 몸에 지닌 한 남자가 아이슬란드로 향하던 중 잠시 교회에 들렀던 사실이 적혀있다고 해요. 주교의 편지는, 이 남자에게 임시숙소와 긴 여정에 필요한 식량을 제공해줄 것을 요청하는 내용이었고요. 말을 타고 나타난 남자는 무언가를 운반하고 있었는데, 그걸 지키려고 무던히도 애를 썼다는군요. 심지어 그 물건을 교회 안으로 가지고 들어갈 수 없다며 성체조차 거부했고, 물건에서 한시도 눈을 떼지 않았다고 기록돼 있대요. 연대기에 따르면 남자는 이틀 간 그곳에 머문 뒤 북쪽으로 길을 떠났다고 합니다."

"하랄트는 그 여정이 어떻게 마무리됐는지 단서를 발견한 건가?" 매튜가 물었다.

엘리자가 매튜에게 시선을 돌리며 대답했다. "적어도 바로 찾지는 못했을 거예요. 오빠는 유럽 본토에서는 더 이상 단서를 찾을 수가 없자 이곳으로 왔어요. 처음에는 아무런 진전이 없었죠. 그러다 덴마크에서 온 오래된 편지를 통해 추적의 실마리를 다시 얻은 거예요. 그 편지에 어느 젊은 남자가 덴마크 주교의 관구에서 홍역으로 사망했다는 내용이 등장하는데, 주교의 이름은 기억나지 않지만 홍역으로 사망한 남자는 분명 아이슬란드로 향하던 중이라고 기록된 거예요. 한밤중에 비틀거리며 관구에 도착한 남자의 병세는 이미 심각했고 며칠 안 가 죽고 말았죠. 사망하기 직전, 남자는 브릭센 주교의 원조를 받아 아이슬란드 헤클라 분화구 안으로 던져 넣으려 했던 그 물건을 주교에게 맡기지요. 여러 해가 지난 뒤 그 덴마크 주교는 이 임무를 완수해달라는 내용의 편지를 아이슬란드 교회 당국에 보냈어요. 편지에는 주교가 아이슬란드로 가던 한 남자에게 이 물건을 맡겼다고 기록돼 있어요. 제 기억이 정확한지 모르지만, 그 남자는 로마의 성 베드로 대성당을 짓는 데 필요한 기금을 마련하기 위해 면죄부를 팔러 가는 길이라고 했고요."

"그게 몇 년도에 있었던 일이죠?" 토라가 물었다.

"오빠가 한참 뒤에 일어난 일이라고 했으니까 아마 1505년경이었을 거예요. 그때쯤엔 주교도 나이를 많이 먹은 상태라 끝내지 못한 임무를 마무리하고 싶었던 거죠. 주교는 거의 20년 간 누구에게도 물건을 전달하지 않은 채 보관하고 있었어요."

"그럼 그 물건이 아이슬란드로 보내진 건가요?" 토라가 물었다.

"오빠는 그렇다고 확신했어요." 엘리자가 대답했다. 그리고 오른손 집게손가락으로 와인 잔의 테두리를 동그랗게 매만졌다.

"그렇다면 그때 초고를 헤클라 산의 분화구에 던져버린 건 아닐까?" 매튜가 물었다.

"오빠는 그럴 리가 없다고 말했어요. 당시에는 누구도 그 산에 오를 엄두를 내지 못했거든요. 최초의 등반은 훨씬 나중의 일로 기록되어 있고, 또 초고가 아이슬란드로 보내진 후 몇 년 만에 화산폭발이 일어났어요. 오빠는 초고를 분화구에 넣으려 했던 사람도 화산폭발 때문에 그 임무를 포기했을 거라고 생각했죠."

"그럼 초고는 어디로 간 거지?" 매튜가 물었다.

"오빠는 초고가 어떤 주교의 관구로 보내졌다고 말했어요. 그 관구의 지명이 S로 시작하는 곳이었는데…."

"스칼홀트요?" 토라가 물었다.

"네, 맞는 것 같아요." 엘리자가 대답했다. "어쨌든 초고를 운반한 사람이 면죄부 판 돈을 가지고 그곳으로 갔다고 했어요."

"그런 다음에는요? 스칼홀트에서는 《마녀의 망치》 초고가 발견된 적이 없어요." 토라는 이렇게 말하고 커피를 마셨다.

"오빠는 아이슬란드에 최초의 인쇄기가 들어왔을 때까지도 초고가 그곳에 보관됐다고 생각했어요. 그 이후 다른 관구로 옮겨졌다고 추측했고요. 그 관구 이름은 P로 시작하는 곳이었던 거 같아요."

"홀라르." 토라는 P가 들어가지 않는 지명임에도 불구하고 이렇게 대답했다. 아이슬란드에는 관구가 단 두 곳뿐이었으니 어렵지 않게 짐작할 수 있었다.

"잘 기억이 안 나요." 엘리자가 대답했다. "하지만 그곳이 맞을지도 모르죠."

"하랄트는 《마녀의 망치》 초판이 그곳에서 인쇄된 거라고 생각했나요?"

"네, 저는 그런 인상을 받았어요. 당시 유럽에서 성경을 제외하고 가장 널리 출판된 책이었으니까요. 적어도 출판을 고려해보지는 않았을까 싶어요."

"어쩌면 누군가 초고가 보관된 상자를 열어본 후 내용물의 정체를 알아냈을지도 모르지. 적어도 슬쩍 들여다보고 싶은 마음은 들었을 거야." 매튜가 말했다. "그렇다면 초고는 어떻게 된 거죠? 《마녀의 망치》 초판은 아이슬란드에서 출판된 적이 없잖아요?" 매튜가 토라를 향해 물었다.

"네." 토라가 대답했다. "제가 알기로는 없어요."

"오빠는 초고를 추적해냈다고 말했어요. 아이슬란드에 들여왔다는 인쇄기와 P로 시작한다는 그 장소를 찾아 오랫동안 헤매다녔다고도 했고요."

"홀라르요." 토라가 다시 정정했다.

"네, 맞아요." 엘리자가 말했다. "처음에 오빠는 그 관구의 주교가 처형당하기 전에 초고를 다른 곳으로 보냈다고 추측했대요. 그렇게 추적을 거듭하던 오빠는 마침내 초고가 처음의 그 관구를 한 번도 떠난 적이 없다고 확신하게 됐어요. S로 시작하는 관구 말이에요."

"스칼홀트요."

"아, 네." 엘리자가 대답했다. "그 관점에서 조사를 해나가던 오빠가 초고의 위치를 파악한 거죠. 오빠 말로는 초고가 아이슬란드 밖으로 보내지는 걸 막기 위해 어딘가에 숨겨졌다고 했어요."

"그래서 그게 어디였죠?" 토라가 물었다.

엘리자가 와인을 한 모금 마시더니 대답했다. "저도 몰라요. 오빠가 그건 말해주지 않으려고 하더군요. 트로피를 손에 넣고 나면 나머지 이야기도 들려주겠다고 했어요."

토라와 매튜는 실망한 기색을 감출 수 없었다. "오빠에게 초고에 대해서 더 물어보지는 않았나요? 하랄트가 뭔가를 암시하지는 않았고요?" 토라가 참을성 없이 물었다.

"아뇨. 그때쯤에는 시간이 너무 늦었던 데다 오빠도 자신의 성과에 매우 기뻐하던 터라 괜히 꼬치꼬치 캐물어서 기분을 망치고 싶지 않았어요." 엘리자가 미안하다는 듯 미소를 지었다. "그 다음날에는 전혀 다른 문제들에 대해서 이야기를 나눴고요. 그게 사건과 관련이 있다고 생각하세요?"

"저도 솔직히 잘 모르겠습니다." 실망한 목소리로 대답하던 토라에게 불현듯 말에게서 받은 메일이 떠올랐다. 엘리자는 하랄트의 친구들에 대해서도 알고 있을지 모른다. 지금까지 그녀의 이야기로 판단하건대 남매는 아주 가까워 보였으니 말이다. 어쩌면 말이라는 친구가 사라진 퍼즐 한 조각에 대해 알지도 몰랐다. "엘리자, 혹시 말이 누군지 아세요? 하랄트가 그 사람으로부터 메일을 한 통 받았는데, 내용으로 봐서는 그가 책의 행적에 대해 뭔가를 아는 것 같아서요."

엘리자가 웃으며 대답했다. "말요. 네, 아는 사람이에요. 이름은 말콤이고, 오빠랑은 로마에서 처음 만난 친구예요. 그 사람도 역사를 공부하고 있지요. 안 그래도 말에게서 전화가 왔어요. 오빠와 관련해 아이슬란드에서 이상한 메일을 받았다고요. 그래서 오빠가 살해된 게 사실이라고 알려줬죠."

"혹시 그 사람은 뭔가를 더 알고 있지 않을까?" 매튜가 물었다. "그 사람과 우리를 연결시켜줄 수 있어?"

"아니야, 말콤은 아무것도 몰라요." 엘리자가 단언했다. "말콤도 나한테 책에 대해 이것저것 물어봤는걸요. 오빠가 책을 찾았다고 만 했지, 더 이상 자세한 얘기는 없었대요. 말은 항상 오빠가 엉뚱한 신호만 따라다닌다고 생각했거든요. 그래서 이번에는 뭘 발견한 건지 궁금해했죠."

토라의 휴대폰이 울렸다. 경찰에서 온 전화였다.

토라는 몇 마디 말을 주고받더니 전화를 끊고 매튜를 바라다보며 말했다. "할도르가 하랄트 살해 혐의로 체포됐대요. 그래서 나를 변호인으로 선임하고 싶답니다."

30장

토라는 편치 않은 마음으로 경찰서에 앉아있었다. 그녀는 심각한
지위 남용과 노골적인 이해충돌 행위로 변호사 자격이 정지되지는
않을까 걱정스러웠다. 실은 그런 조항이 법에 명시되어 있는지조차
알지 못했지만, 그런 조항이 없다면 반드시 추가할 필요가 있었다.
토라의 상황은 이랬다. 그녀는 살해당한 피해자의 법률대리인이면
서 동시에 살해 용의자의 변호인이 되기 일보직전이었다. 앉은자
리에서 결정을 내린 토라는 호텔 밖으로 뛰쳐나와 택시를 잡아타
고 경찰서로 왔다. 매튜는 엘리자와 함께 호텔에 남아 건틀립 부인
에게 이 소식을 전하고 갑작스레 이런 결정을 내린 이유를 설명하
기로 했다. 아마도 매튜는 살해 용의자를 직접 만나야 풀리지 않은
의문들에 대한 답을 얻을 수 있을 거라고 부인을 납득시킬 것이다.
알아서 잘 하겠지. 토라는 속으로 생각하며 그 임무를 맡은 매튜를
측은하게 여겼다. 편두통을 앓는 사람들에게 이해심을 기대하기는
어려웠다.

"이제 면회 가능합니다." 어느 새 토라 앞에 다가온 경찰관이 말했다.

"네, 감사합니다." 토라는 이렇게 말하며 자리에서 일어났다. "피의자와 단둘이 면담할 수 있나요, 아니면 조사받을 때 동석해야 하나요?"

"진술은 이미 마쳤습니다. 진술 당시 변호인 동석을 거부했고요. 저희도 황당했죠. 그렇게 무거운 혐의를 받는 피의자가 변호인도 없이 조사받는 일은 거의 없으니까요. 그렇지만 본인이 고집했고, 결국 저희도 좋을 대로 하라고 내버려뒀어요. 진술 후에야 자기 변호인을 만나겠다고 했고요. 바로 변호사님 말입니다."

"마르쿠스 헬가손 경위님 자리에 계신가요?" 토라가 물었다. "할도르를 만나러 들어가기 전에 잠깐 대화를 나눌 수 있을까 해서요." 그녀는 최대한 온순한 어조로 말했다.

경찰관은 그녀를 경위의 사무실로 안내했다.

토라는 사무실로 들어서면서 마르쿠스에게 인사를 했다. 책상 뒤에 앉은 그의 앞에는 맨체스터 유나이티드 머그컵이 놓여있었다. "시간을 오래 빼앗지는 않을게요. 할도르 면회를 들어가기 전에 잠깐 뵙고 싶어서요."

"얼마든지요." 마르쿠스는 이렇게 말했지만 조금도 반가운 기색이 느껴지지 않았다.

"제가 하랄트 건틀립의 가족 법률대리인으로 일하고 있다는 건 기억하시겠죠?" 마르쿠스는 동의의 뜻으로 고개를 끄덕였다. "제가 지금 상당히 난처한 상황에 처했어요. 말하자면 테이블 양쪽 모두에 앉아있다고나 할까요."

"네, 맞습니다. 저희도 그런 이유 때문에 변호사님을 선임하는 걸 강력하게 반대했습니다. 하지만 조언을 들으려 하지 않더군요. 할도르에게는 변호사님이 로빈 후드 같은 존재인가 보죠. 하랄트를 살해했다고 자백하지도 않았고요. 변호사님이 자기를 이 진흙탕에서 구해줄 거라고 생각하는 것 같던데," 마르쿠스가 경멸에 찬 미소를 지으며 덧붙였다. "그런 일은 없겠지만요."

토라는 경위의 말을 무시하고 물었다. "그럼 할도르가 하랄트를 죽였다고 생각하시나요?"

"오, 물론이죠." 마르쿠스가 말했다. "그가 살인에 연루됐다는 증거가 추가로 발견됐거든요. 절대 빠져나올 수 없는 확실한 증거죠. 두 사람이 함께 저지른 겁니다. 어린시절부터 친구였던 할도르와 후에가 말이죠. 이렇게 말해도 좋을지 모르지만, 재미있는 사실은 두 개의 증거가 같은 날 신고됐다는 겁니다. 우연이라는 게 참 우습죠." 그가 미소를 지었다.

"그럼 증거가 이제 막 발견됐다는 말씀인가요?"

"어제 오후에요. 피해자와 관련 있는 두 사람으로부터 전화를 받았습니다. 두 신고자 모두 할도르의 유죄를 증명할 뿐 아니라 살해현장도 확정할 수 있는 정보를 갖고 있더군요."

"그 두 사람이 누구인지 알 수 있을까요?"

"지금 아시든 나중에 아시든 어차피 상관없겠죠." 그가 어깨를 으쓱했다. "소름끼치는 물건들이 담긴 상자가 하랄트가 살던 곳에서 발견됐습니다. 다른 거주자들과 공동으로 사용하는 공간에서 말이죠. 상자 안에는 돌돌 말린 동물가죽이 들어있었는데…."

"하랄트의 안구를 적출하겠다는 계약서가 들어있었겠죠," 토라가 불쑥 끼어들며 덧붙였다. "그건 이미 알고 있습니다."

마르쿠스의 얼굴이 벌게졌다. "그런데도 경찰에 알리지 않았단 말입니까? 우리한테 아직 알리지 않은 사실이 또 뭐가 있죠?"

토라는 두 번째 질문을 피하기 위해 첫 번째 질문에만 대답했다. "있는 그대로 말씀드리지만, 저와 매튜도 오늘에야 알게 된 내용이고 심증에 불과했습니다. 저희한테는 경찰이 확보한 것과 같은 증거가 없다고요."

"그렇다고 해도 법적으로는 경찰에 알릴 의무가 있습니다." 마르쿠스는 여전히 화가 난 어조로 말했다.

"물론, 알려드릴 생각이었습니다." 토라 역시 짜증이 난 말투로 받아쳤다. "오늘은 일요일이고, 심증만 가지고 휴일에 경찰을 오라가라 할 수는 없는 일이죠. 내일 경위님을 찾아올 생각이었어요." 그녀는 최대한 상냥하게 미소를 지었다.

"알겠습니다. 그 말이 진심이길 바랍니다." 그는 의심스러운 눈초리로 토라를 쏘아보았다.

"그런데 소름끼치는 물건이라는 게 정확히 어떤 건가요?" 토라가 물었다.

"손가락 두 개, 손 하나, 발 하나, 그리고 귀 한 짝이 발견됐습니다." 마르쿠스는 토라 역시 그 사실을 알고 있다고 대꾸하기를 기대하는 눈길로 그녀를 바라보았다. 하지만 토라의 표정으로 보아 전혀 모르고 있었음이 분명해지자 다음과 같이 말을 이었다. "각기 다른 사람들의 몸에서 가져온 걸로 추정하고 있습니다." 말을 마친 그는 토라의 반응을 기다렸다.

"네?" 토라는 충격을 받았다. 그녀가 아는 손가락이라고는 구나르가 언급한 게 전부였다. 손가락은 교직원 건물에서 발견됐고, 하랄트와 관련 있을 리가 없었다. 대체 무슨 일이 벌어지고 있는 걸까? "연쇄살인이라도 일어났다는 말인가요? 그래서 각기 다른 피해자의 신체 일부를 수집하기라도 한 건가요?"

"지금 이 시점에서는 저희도 알 수 없습니다. 변호사님의 의뢰인도 자기는 모르는 일이라고 잡아뗐고요. 하지만 그는 거짓말을 하고 있습니다. 저는 사람들이 거짓말하는 걸 꿰뚫어보거든요."

"또 어떤 증거를 가지고 계신데요? 계약서뿐인가요? 아마도 할도르의 서명이 있는?"

"또 있죠." 마르쿠스가 대답했다. "그러니까 하랄트가 살해 당일 신고 있던 신발에서 떨어져 나온 별 모양 금속 조각이 학생 휴게실 문턱에서 발견됐습니다. 말하자면 시신이 휴게실 문을 통해 질질 끌려 옮겨졌다는 뜻인데, 할도르가 그 휴게실을 수시로 들락거렸다는 점 또한 주목할 만한 사실이죠. 추정하기로, 살인은 분명 그 방에서 일어났습니다. 뿐만 아니라 그곳에서 티스푼 하나도 발견됐죠. 피 묻은 티스푼요. 지문감식 결과 티스푼에서 할도르의 지문이 발견됐습니다. 피는 하랄트의 것으로 확인됐고요. 어쨌든 초기 검사에서는 그런 결과가 나왔습니다."

"티스푼이라." 토라는 놀란 목소리로 물었다. "피 묻은 티스푼. 그게 사건과 어떤 관련이 있나요?"

마르쿠스는 직접적인 대답을 피했다. "건물 관리소장이 그 스푼을 어느 교수에게 건넸고, 그 교수가 바로 경찰에 신고를 했습니다." 그는 비난하는 눈초리로 토라를 쳐다보며 말했다. "어떤 사람들과 달리 월요일까지 기다리지 않았던 거죠."

"그렇지만 피 묻은 티스푼이라니, 그게 어떻게 사건과 바로 연결되는지 모르겠군요. 또 그게 왜 이제야 발견됐는지도 의문이고요. 시신 발견 직후 경찰이 건물 전체를 수색하지 않았나요?"

"티스푼은 시신의 안구를 적출하는 데 사용된 것으로 보입니다, 관리소장의 진술대로라면…." 마르쿠스가 망설이자 토라는 자신이 그의 아픈 곳을 찔렀다는 걸 알아차렸다. "물론 수색을 진행했습니다. 왜 당시 스푼이 발견되지 않았는지는 저희도 알 수가 없습니다. 이유를 밝혀낼 겁니다."

"그러니까, 계약서와 피 묻은 티스푼을 갖고 계시다는 말씀이군요." 토라는 이렇게 말하며 마르쿠스가 의자에 앉은 채 앞뒤로 흔들거리는 모습을 지켜보았다. 그녀에게 말하지 않은 게 무언가 더 있었다. "솔직하게 말씀드리자면 그게 할도르의 유죄를 곧바로 증명하지는 못할 겁니다. 제가 기억하기로 그에게는 알리바이가 있거든요."

"그 바텐더요?" 마르쿠스가 코웃음을 쳤다. "바텐더에게는 증언을 다시 받을 겁니다. 그 사람이 압박감을 느끼고 금방 말을 바꾼다고 해도 놀라지는 마십시오." 그는 눈을 내리깔고 토라를 응시했다. "그리고 할도르에 대한 증거는 더 있습니다. 사실은 두 개의 증거죠."

토라가 눈썹을 치켜뜨며 물었다. "두 개라고요?"

"네. 아니 한 쌍의 증거라고 하는 게 더 정확하겠네요. 오늘 아침 할도르의 집을 수색하다가 발견했습니다. 이 정도면 할도르의 엄마라고 해도 그가 유죄임을 믿을 수밖에 없을 겁니다." 우쭐거리는 마르쿠스의 표정을 보고 있자니, 토라는 하품을 한 다음 더 이상 아무런 질문도 하지 않고 자리를 박차고 나와 그를 당황하게 만들고 싶은 충동이 일었다. 하지만 그녀의 호기심이 그렇게 내버려두지 않았다.

"그래서 정확히 뭘 발견하셨다는 건가요?"

"하랄트의 눈알요."

31장

토라는 말없이 할도르를 바라다보았다. 그는 토라의 맞은편에 앉아 고개를 푹 숙이고 있었다. 토라가 취조실로 들어선 이후 그는 한 마디도 하지 않았다. 그녀가 의자에 앉을 때 잠깐 고개 들어 흘끗 바라본 이후 바닥에 구멍이라도 낼 듯 시선을 아래로 고정시켰다. "도리." 토라가 더 이상 못 참겠다는 듯 입을 열었다. "난 여기에 오래 못 있어. 지금 말하고 싶지 않다면 나는 다른 일들을 처리하러 갈 거야."

할도르가 고개를 들었다. "담배를 피우고 싶어요."

"못 피워." 토라가 대답했다. "여기는 금연이야. 흡연으로 체포되기에는 나이가 열 살이나 더 많잖아."

"그래도 담배는 피우고 싶어요."

"나중에 경찰관이 다른 곳에서 피우게 해줄지도 몰라. 하지만 여기서는 못 피워, 그러니까 본론으로 들어가자고. 알겠어?" 할도르가 지쳤다는 듯 고개를 끄덕였다. "네가 왜 여기에 있는지는 알고 있지?"

"네. 대충은요."

"그러면 네가 얼마나 불리한 상황에 처했는지도 알겠지. 빠져나가기 힘든 상황이라는 거 말이야."

"저는 하랄트를 죽이지 않았어요." 할도르는 이렇게 말하면서 눈하나 깜빡하지 않고 토라의 눈을 똑바로 쳐다보았다. 토라가 아무런 반응을 보이지 않자 그는 청바지 무릎 부분에 뚫린 구멍을 만지작거리기 시작했다. 청바지를 샀을 때부터 이미 뚫려있던 구멍일 테고, 저 구멍 하나 때문에 가격이 다른 것들보다 두 배는 비쌌을 것이다.

"본론으로 들어가기 전에 한 가지는 분명히 하자." 할도르가 집중하기를 기다리던 토라는 그가 고개를 들자 말을 이었다. "나는 하랄트의 가족을 대신해서 일하고 있어. 그 말인즉슨, 너의 이해관계와 그들의 이해관계가 충돌할 수도 있다는 뜻이지. 특히 지금 같은 순간에 말이야. 나는 당장 다른 변호사를 알아보라고 조언하고 싶어. 여기서 너를 만나주는 게 내가 할 수 있는 전부야. 법률적으로 너를 충분히 도울 수 있는 좋은 변호사들을 소개시켜 줄 수도 있어."

할도르는 눈을 질끈 감더니 잠시 생각에 잠겼다. "가지 마세요. 다 말할게요. 경찰들은 아무도 내 말을 안 믿어요."

"그건 네가 경찰에 거짓말을 했기 때문이 아닐까?" 토라가 건조하게 물었다.

"거짓말 안 했어요. 중요한 사실들에 대해서는요."

"뭐가 중요하고 중요하지 않은지를 네가 결정할 수 있다고 생각해?"

분노가 그의 눈을 스치고 지나갔다. "제 말이 무슨 뜻인지 잘 아시잖아요. 중요한 사실이라는 건 제가 하랄트를 죽이지 않다는 거예요."

"그럼 중요하지 않은 사실은? 그게 대체 뭐지?" 토라가 물었다.

"이것저것요." 그는 다시 고개를 푹 숙이며 대답했다.

"나한테 조금이라도 도움을 받고 싶다면 내 말 잘 들어." 토라가 두 사람 사이에 놓인 견고한 테이블에 몸을 기대며 말했다. "나한테 거짓말할 생각하지 마. 난 사람들이 거짓말을 하면 꿰뚫어볼 수 있어." 그녀는 마르쿠스처럼 설득력 있게 말하려고 노력했다.

할도르가 고개를 끄덕였지만 여전히 언짢은 표정이었다. "알았어요. 하지만 제가 지금부터 말씀드리는 내용은 비밀로 해주세요. 알았죠?"

"알았어." 토라가 대답했다. "말했다시피 이 사건이 재판으로 넘어가더라도 나는 네 변론을 맡지 않을 거야. 그러니까 나한테는 뭐든 털어놓을 수 있어. 물론 네가 앞으로 저지를 범죄만 빼고 말이지. 그건 나한테 얘기하지 마." 그녀는 할도르를 향해 미소 지었다.

"난 범죄자가 아니에요." 할도르가 우울한 목소리로 대답했다. "꼭 비밀 지키겠다고 약속한 거죠?"

"경찰에는 말하지 않겠다고 약속할게. 설령 네 상황을 유리하게 만들 수 있는 내용이라고 해도 말이야. 어차피 너는 이미 구렁텅이에 빠졌어. 더 나빠질 상황도 없단 뜻이야. 하지만 네 기분이 조금이라도 나아진다면, 정상참작이 가능한 상황들에 대해 추정만 하는 방식으로 이야기를 나눌 수도 있어. 어때? 그렇게 되면 아무것도 자백하지 않으면서 내 도움을 받을 수 있는 셈이지."

"좋아요." 할도르는 이렇게 대답했지만 목소리에서는 여전히 의심하는 기색이 느껴졌다. "이제 질문하세요."

"하랄트의 눈이 너희 집에서 발견됐어. 어떻게 된 거야?"

할도르의 두 팔이 움찔했다. 그는 불안한 몸짓으로 왼쪽 손등을 긁기 시작했다. 할도르가 진실을 말할지, 아니면 모른다고 잡아뗄지를 가늠하는 동안 토라는 차분히 기다렸다. 그녀는 할도르가 후자를 선택하면 두 말 않고 자리를 박차고 나갈 생각이었다.

"저는… 그러니까 저는…."

"피차 네가 어떤 사람인지 잘 알고 있잖아." 토라는 참지 못하고 끼어들었다. "똑바로 대답하지 않으면 난 갈 거야."

"그걸 부칠 수가 없었어요." 할도르가 느닷없이 입을 열었다. "차마 그럴 수가 없었다고요. 시신이 발견되고 나니까 우편물 속에서 눈알이 발견되면 어쩌나 무서웠어요. 사건이 잠잠해지고 나면 그때 보낼 생각이었어요. 피로 주문이 들어간 편지까지 다 써둔 상태고, 일요일에 그걸 봉투에 넣어놨어요. 그런데 눈알을 상자에 넣고 시내에 나갔다가 떨어뜨리고 말았어요." 그는 사실대로 털어놓은 뒤 심호흡을 하고 더 이상은 아무 말도 하지 않겠다는 듯 입술을 꾹 다물었다.

"계약서 때문에 그런 거야?" 토라가 물었다. "정말로 저주를 내려서 복수라도 하겠다고? 그 말도 안 되는 계약서의 내용을 실제로 지키려고 했던 거야?"

할도르는 잔뜩 화가 난 얼굴로 토라를 노려보았다. "네. 그러겠다고 맹세했으니까요. 하랄트와 한 약속을 지키고 싶었어요. 걔한 테는 엄청 중요한 일이었다고요." 그는 얼굴을 붉히며 대답했다. "걔네 엄마는 완전 쓰레기예요."

"이게 얼마나 정신 나간 짓인지는 알고 있지?" 토라는 믿을 수 없다는 표정으로 말했다. "도대체 어떻게 그런 생각을 품을 수가 있지?"

"어쩌다 보니 그렇게 됐어요." 할도르가 겸연쩍은 목소리로 대답했다. "그렇지만 하랄트를 죽이지는 않았다고요."

"잠깐, 아직은 그 얘기를 할 차례가 아니야." 토라가 할도르를 제지했다. 그녀는 슬슬 짜증이 나기 시작했다. "하랄트의 눈알을 뽑은 건 바로 너였어. 내가 제대로 이해한 게 맞아?"

할도르가 마지못해 고개를 끄덕였다.

"그걸 집으로 가져갔니?"

그가 다시 고개를 끄덕였다.

"어디에 숨겼났어?"

"냉동실에요. 빵 덩어리 안에다가요. 빵 덩어리 안을 파낸 다음 눈알을 그 안에 넣고 냉동실에 보관했어요."

토라가 등받이에 기대며 대꾸했다. "어련하셨겠어. 빵 덩어리라 니. 또 할 얘기 없어?" 그녀는 끔찍한 이미지를 머릿속에서 지워버리려고 애썼다. "그건 어떻게 한 거지? 눈알을 뽑아낸 거 말이야."

할도르가 어깨를 으쓱했다. "별로 어렵지 않았어요. 티스푼을 사

433

용했어요. 시신에 심벌을 새기는 게 더 까다로운 작업이었죠. 그게 쉽지가 않더라고요. 술에 완전히 취한 상태라 신선한 공기를 맡으려고 계속해서 창문 쪽으로 왔다갔다 했어요."

"별로 어렵지가 않았다," 토라가 어이없어 하는 목소리로 그의 말을 반복했다. "나로서는 당최 이해를 할 수가 없어."

할도르가 그녀를 노려보았다. "난 그것보다 훨씬 더 구역질나는 것도 많이 봤어요. 구역질나는 짓도 많이 해봤고요. 친구의 혀를 반으로 가르는 게 어떤 기분일지 생각이나 해봤어요? 외과수술을 지켜보는 게 어떤지 아냐고요?"

토라는 그 장면을 상상도 할 수 없었지만, 그렇다고 해도 티스푼으로 누군가의 눈을 파내는 것만큼 역겹지는 않을 거라고 생각했다. 앞으로 그녀는 커피를 테이블스푼으로 저어 마시겠다고 다짐했다. "아무리 그래도, 눈을 파내는 게 아무렇지 않을 수는 없지."

"당연하죠." 할도르가 소리쳤다. "다들 술에 취해 맛이 간 상태였다고요. 이미 말했잖아요."

"다들?" 예상치 못한 그의 말에 토라가 깜짝 놀라 되물었다. "그러니까 혼자 있었던 게 아니네?"

할도르는 뜸을 들였다. 그는 청바지의 구멍을 만지작거리다가 또다시 손등을 긁기 시작했다. 토라가 다시 한 번 질문을 반복하자 할도르가 입을 열었다. "네. 혼자 있었던 게 아니에요. 다들 거기 있었어요. 저랑 마르타, 브리에트, 안드리, 그리고 브리얀까지요. 다시 시내로 나가던 길이었어요. 파티 장소로 돌아가려던 참이었죠. 그런데 마르타가 약을 하고 싶다고 말했고, 하랄트가 엑스터

시를 학생 휴게실에 숨겨뒀다고 브리에트가 얘기했어요."

"그럼 후에 토리손은, 걔도 같이 있었어?"

"아뇨. 그날 밤에 후에는 못 만났어요. 하랄트랑 파티 장소를 뜬 이후 아무도 못 봤어요. 후에도 그렇고, 하랄트도 마찬가지고요. 그러니까 살아있는 상태로 목격된 건 그게 마지막이었다고요."

"그래서 교직원 건물로 간 거야?" 토라가 믿기 어렵다는 듯 물었다. "건물 안에는 어떻게 들어갔어? 보안시스템에는 아무런 기록도 남아있지 않던데."

"고장난 상태였어요. 그리고 그 시간까지 누군가 건물 안을 돌아다니며 남아있는 사람이 없는지 감시할 리도 없고요."

"하랄트의 지도교수였던 토르비요른 올라프손이 자기가 직접 시스템을 작동시켰다고 했어." 토라가 말했다. "틀림없다고 말했어."

"우리가 도착했을 때는 꺼져 있었어요. 분명 하랄트를 죽인 범인이 알람을 껐겠죠."

"설령 그렇다고 해도 건물은 잠겨있었을 테고, 안으로 들어가려면 비밀번호가 필요했을 텐데?" 토라가 말했다. "출입 기록은 죄다 컴퓨터 시스템에 남게 마련인데, 시스템 상에는 그날 새벽에 문을 통과한 기록이 전혀 없었다고." 경찰이 토라에게 보내준 증거물품 중에는 보안시스템 기록 역시 포함되어 있었다. 출입자가 없었다는 걸 토라는 두 눈으로 똑똑히 확인한 뒤였다.

"건물 뒤편에 열린 창문이 있어서 거길 통해 들어갔어요. 그 창문은 항상 열려있거든요. 그 사무실을 사용하는 머저리가 창문 잠그는 걸 늘 잊어버리는 거죠. 브리에트가 그랬어요. 나올 때도 그

435

창문을 통해서 나왔고요. 브리에트도 브리안도 건물 열쇠를 가지고 있지 않았어요."

"그래서?" 토라가 물었다. "하랄트를 거기서 발견했어? 쓰러져 있었어, 아님 죽어 있었어? 어떤 상태였지?"

"말했잖아요, 제가 죽인 게 아니라고요. 우리가 도착했을 때는 시신이 갑자기 튀어나오거나 그러지 않았어요. 휴게실 바닥에 누운 채로 죽어 있었어요. 빌어먹을! 죽어 있었다고요. 얼굴은 새파랬고 혀가 입 밖으로 길게 늘어진 상태였어요. 병리학자가 아니더라도, 하랄트가 목 졸려 죽었다는 건 한눈에 알 수 있었죠." 목소리가 미세하게 떨리는 것으로 보아 하랄트의 속내는 침착함을 유지하지는 못하는 듯했다.

"질식성애를 하다가 숨이 막혀 죽었을 가능성도 있잖아? 그 가능성을 암시할 만한 증거를 없애버린 건 아니고?"

"아뇨. 전혀요. 그의 목에는 아무것도 매여 있지 않았어요. 퍼런 멍 자국밖에 없었어요."

토라는 그의 말을 곱씹었다. 물론 할도르가 거짓말만 잔뜩 늘어놓는 것일지 모르지만, 겉으로 그런 낌새는 전혀 눈치챌 수 없었다. "그게 몇 시였지?"

"새벽 5시쯤요. 아니면 5시 반이었나. 어쩌면 6시였을지도 몰라요. 잘 모르겠어요. 4시쯤에 술집을 나왔던 건 기억해요. 그 이후 시간이 얼마나 지났는지는 잘 모르겠고요. 시간 따위는 신경 쓰지 않았거든요."

토라가 심호흡을 하고 물었다. "그 다음에는? 바로 시신의 눈을 파내고 심벌을 새기기 시작한 거야? 그리고 도대체 왜 시신이 복사실 안에 숨겨져 있었던 거야?"

"당연히 눈알부터 뽑지는 않았죠. 한동안 그 자리에 명청하게 서 있었다고요. 어떻게 해야 할지 몰랐거든요. 심지어 마르타조차 발작을 일으킬 정도였어요. 절대 흥분하는 법이 없는 애라고요. 다들 술과 약에 취해서 정신이 나간 채 될 대로 되라는 심정이었어요. 그런데 난데없이 브리에트가 계약서에 대해 이야기를 하기 시작했어요. 나를 붙잡더니 맹세를 지키지 않으면 하랄트가 저승에서 돌아와 저를 괴롭힐 거라고 했어요. 학회 모임 때 다른 애들이 지켜보는 앞에서 계약서에 서명을 했거든요. 실은 그냥 보여주려고 한 거였지만 하랄트는 진지했어요. 계약서에 대해 모르는 건 후에밖에 없어요. 하랄트는 늘 입버릇처럼 후에가 마법을 진지하게 생각하지 않는다고 말하고 다녔죠."

"하랄트의 모친에게 저주를 내리는 게 계약 내용의 전부였어?" 토라가 물었다.

"네. 서면계약은 그것뿐이었어요." 할도르가 대답했다. "실은 계약을 하나 더 했어요. 첫 번째 계약의 효력을 더 강하게 만들려고 사랑의 주문을 걸기로 한 거예요. 하랄트의 엄마가 죽은 아들에 대한 사랑을 뒤늦게 깨달으면 마음이 더 찢어질 테니까요. 그건 구두계약이었어요. 하랄트의 장례식이 끝나면 무덤 위에 구멍을 하나 뚫고 그 안에 심벌 몇 개를 그려넣은 뒤 건틀립 부인의 이름을 함께 적어넣는 거예요. 마지막으로 구멍 안에 뱀의 피를 넣어야 하고요. 그걸 위해 하랄트는 뱀까지 샀어요. 걔가 죽기 일주일 전에 저한테 뱀을 돌봐달라고 부탁을 해서 그 빌어먹을 걸 아직도 보관하고 있다고요. 그것 때문에 정말 돌아버리겠어요. 살아있는 햄스터 같은 걸 먹이로 줘야 하는데, 진짜 토할 거 같아요."

그러니까 하랄트는 뱀에게 먹이로 주기 위해 햄스터를 구입한 것이다. 역시 그랬군. "그럼 자기가 죽을 거라고 예상을 했다는 건가?" 토라가 물었다.

할도르는 어깨를 으쓱할 뿐 뚜렷하게 대답을 하지는 않았다. "저는 그냥 해야 할 일을 했을 뿐이에요. 제가 시신에 작업을 하는 동안 마르타랑 브리얀이 죽어라 토를 했던 게 기억나요. 그러고 나서 안드리가 시신을 다른 곳으로 옮기지 않으면 우리가 의심받을 거라고 걱정했어요. 저희가 그 휴게실을 자주 사용했거든요. 안드리의 말이 옳다고 생각한 우리가 시신을 좁은 복사실로 끌고 갔어요. 시신을 바로 눕힐 만한 공간이 없어서 세워둘 수밖에 없었어요. 시신이 넘어지지 않게 하려고 한참을 옥신각신하면서 씨름했어요. 그렇게 겨우 숨긴 다음 밖으로 나와서 학교 근처에 사는 안드리네 집으로 갔죠. 마르타는 오전 내내 그 집 변기통을 붙잡고 토했어요. 저랑 다른 애들은 거실에 멍하니 앉아있다가 곯아떨어졌고요."

"주문을 쓸 때 사용한 까마귀의 피는 어디서 난 거야?"

할도르의 얼굴이 수치심으로 어두워졌다. "총으로 쐈어요. 그로타 해안에서요. 다른 방법이 없었어요. 까마귀를 어떻게든 구해보려고 동물원도 가보고 애완동물 가게도 다 뒤져봤지만 소용이 없었어요. 계약서를 쓸 때 꼭 까마귀 피가 필요했단 말이에요."

"총은 어디서 났어?"

"저희 아버지의 소총을 슬쩍했어요. 취미로 사냥을 다니시거든요. 그런데도 눈치를 못 채더라고요."

토라는 할 말을 잃었다. 그러다가 토막난 손발이 든 상자를 떠올렸다. "도리," 토라가 차분하게 입을 열었다. "하랄트의 아파트에서 발견된 신체 일부들은 어떻게 된 거야? 그것도 어딘가에 쓸모가 있었던 거야? 아니면 그냥 하랄트가 보관 중이던 소지품인가?" 신체 일부를 '소지품'이라고 지칭하는 건 아주 부적절하지만 도저히 다른 표현을 생각해낼 수가 없었다.

할도르가 기침을 하더니 손등으로 콧물을 닦았다. "아, 네. 그거요." 그는 당황하며 대답했다. "시신에서 잘라온 건 아니에요. 혹시 그런 걸 생각하셨다면요."

"생각? 난 아무 생각도 들지 않아." 토라가 받아쳤다. "지금은 네가 무슨 소리를 지어낸다고 해도 전혀 이상하지 않은 상황이야. 설령 네가 관을 파냈다고 해도 아무렇지 않을 정도라고."

할도르가 재빨리 대답을 했다. "그건 그냥 일하던 병원에서 난 거예요. 어차피 버릴 물건들이었다고요."

토라가 조롱하듯 웃음을 터뜨렸다. "내가 네 말을 곧이곧대로 믿어준다고 쳐도 그렇지, 뭐라고? 어차피 버릴 물건들이라니!" 그녀는 침울한 표정을 지으며 손으로 뭔가를 들어올려 살펴보는 시늉을 했다. "이 발 한 짝은 뭐지? 피 묻은 물건이 너무 많잖아. 그냥 버리지 뭐." 그녀는 상상 속 발 한 짝을 옆으로 던지는 제스처를 취했다. "어림도 없는 얘기 지껄이지 마. 대체 어디서 난 거야?"

할도르가 얼굴이 시뻘겋도록 열을 내며 토라를 노려보았다. "지어낸 말 아니에요. 정말 버려질 신체 일부였다고요. 그러니까 쓰레기통에 버릴 게 아니라 소각 처리할 것들요. 경찰에서 검사해보면 알겠지만, 모두 이미 망가져서 외과적으로 절단할 수밖에 없는 부위들이었어요. 제가 병원에서 하는 일 중 하나가 그런 것들을 소각장으로 보내는 거였다고요. 그걸 그냥 집으로 가져왔을 뿐이에요."

"이제는 병원에서 했던 일이라고 표현하는 게 더 정확할 거야. 그 병원에서 너를 계속 써줄 리 없잖아." 토라는 윙윙거리며 머릿속을 휘저어대는 수많은 생각과 의문들 사이로 정신을 바짝 차리려고 노력했다. "어떻게 손과 발을 집에서 보관할 수가 있지? 얼마나 오래 보관한 거야? 방부 처리를 하지 않으면 물러질 수밖에 없을 텐데? 그것들도 냉동실에 보관했어?"

"아뇨. 구웠어요." 할도르가 전혀 대수롭지 않다는 듯 대답했다.

토라는 또다시 신경질적인 웃음을 터뜨렸다. "신체 일부를 오븐에 구웠다고? 네가 스위니 토드라도 된다고 생각하는 거야? 하느님, 맙소사! 누가 될지 모르지만, 널 변호할 사람이 불쌍해질 지경이라고."

"하하, 변호사님 발상이 더 웃기네요. 그걸 빵처럼 구운 게 아니에요." 할도르가 얼굴을 일그러뜨리며 말했다. "낮은 온도에서 건조만 했어요. 그렇게 하면 부패하지 않으니까요. 적어도 부패 속도를 크게 늦출 수는 있죠. 그리고 인간의 시신은 물러지는 게 아니라 부패하거나 썩는다고 해야 맞는 거예요." 바짝 약이 오른 할도르가 등받이에 몸을 기대며 덧붙였다. "그것도 주문을 걸 때 필요했어요. 덕분에 준비과정이 훨씬 더 재밌어졌죠."

"그럼 교직원 건물에서 발견된 손가락은, 그것도 오븐에 구웠던 거야?"

"그게 처음 병원에서 가져온 재료였어요. 브리에트를 놀라게 하려고 걔 코트 모자에 넣었어요. 모자를 쓰면 얼굴 쪽으로 흘러내릴 줄 알았는데, 걔도 모르는 사이에 어디선가 떨어진 거죠. 그런데 다행히 저희가 한 짓이라는 건 들키지 않았어요. 그 이후로는 그런 장난을 하지 않았고요, 그때 까딱했으면 학교에서 쫓겨났을지도 몰라요."

토라는 가만히 앉아 할도르의 말을 천천히 곱씹었다. 그러고는 심문 방향을 조금 바꿔보기로 했다. 유혈 낭자한 이야기는 그걸로 충분했다. "마술박물관이랑 호텔 랑가에 갔던 일에 대해서는 왜 거 짓말을 한 거야? 하랄트랑 둘이 거기 다녀온 거 다 알고 있어."

할도르가 고개를 숙이며 털어놓았다. "제가 그 박물관이랑 엮이는 게 싫었어요. 하랄트가 사용한 주문은 다 거기서 찾은 거니까요. 그리고 별일도 없었어요. 제가 박물관 밖 벤치에 앉아있는 동안 하랄트는 큐레이터랑 이야기를 했어요. 둘이 말이 잘 통했다는 건 기억나요. 하랄트가 나오기 전 두 사람이 악수를 했는데 진심이 느껴졌거든요. 저는 그때 숙취가 너무 심하고 기분도 꽝이라서 안에 들어가고 싶은 마음이 안 들었어요. 순한 까마귀 한 마리가 내내 제 근처에 앉아있었고요."

"집으로 돌아오는 동안 박물관에서 있었던 일에 대해 이야기를 나누지는 않았고?" 토라가 물었다.

"네, 조종사가 옆에 있었거든요."

"그럼 호텔 랑가에서는? 거기서는 뭘 했어? 둘이 같이 묵었다는 것도 알고 있어."

할도르가 얼굴을 붉혔다. "하랄트가 거기서 뭘 했는지는 저도 몰라요. 한 가지 분명한 사실은 사냥을 하지는 않았다는 거예요. 그것 말고는 정말 아는 게 없어요. 호텔에 체크인을 한 뒤 제가 방안에서 책이나 읽는 동안 하랄트는 어디론가 나갔어요."

"왜 같이 나가지 않았지?" 토라가 물었다.

"하랄트가 원하지 않았어요." 할도르가 대답했다. "애초에 저를 거기 데려간 이유도 제가 강의 시험 때문에 발등에 불이 떨어졌다고 말했기 때문이에요. 하랄트가 말하기를, 책 읽는 거 말고는 할 게 전혀 없는 장소를 알고 있다면서 주말 내내 저를 책과 함께 방에 가둬줄 수 있다고 했어요. 실제로 그렇게 했고요. 물론 말 그대로 절 가둔 건 아니지만, 데리고 다니지 않았거든요. 그래서 걔가 뭘 하고 돌아다녔는지 정말 몰라요. 그렇지만 인근에 스칼홀트가 있다는 정도는 알았죠."

"그렇더라도 시간을 같이 보내기는 했겠지. 그 틈에 하랄트가 무슨 일을 벌이고 다녔는지 얘기하지 않았어?" 토라가 물었다.

"물론 저녁에는 만났죠. 식사를 한 다음 바에서 술을 마셨어요." 할도르가 이렇게 말하며 토라를 향해 미소 지었다. "하지만 그때는 전혀 다른 얘기를 했어요, 알잖아요."

"그럼 왜 지난번에는 같이 가지 않았다고 잡아뗐어?" 토라가 물었다. "그리고 도대체 무슨 생각으로 해리 포터라는 이름으로 체크인을 한 거야?"

"장난 삼아서요." 할도르가 짜증을 내며 대꾸했다. "하랄트가 그 이름으로 예약을 했어요. 걔는 별명 붙이는 걸 즐거워했고, 그때 한창 저를 놀려먹던 시기였거든요." 그는 잠시 말을 멈췄다. "왜 솔직하게 말하지 않았냐고요? 글쎄요. 그냥 재미 삼아 그랬던 거 같네요. 됐어요?"

"안타깝지만 경찰의 판단이 틀리지 않은 것 같군. 내 생각에도 후에가 하랄트를 죽이고, 그 다음에 네가 끼어든 거야. 후에가 죽였다는 건 몰랐겠지만. 아니면 진술대로 후에는 정말 집으로 가서 곯아떨어졌을지도 모를 일이지. 하지만 너 역시 뒤틀린 인간인 건 분명해. 그리고 어쩌면 후에도 너만큼이나 정신 나간 놈이라 다른 사람들은 절대 이해 못 할 이유로 하랄트를 죽였을지도 모르지."

"아니야!" 할도르의 분노는 이제 절박함으로 변했다. "후에는 하랄트를 죽이지 않았어요, 절대 그럴 리 없다고!"

"하랄트의 피가 묻은 티셔츠가 후에의 옷장에서 발견됐어. 하지만 후에는 왜 피 묻은 셔츠가 자기 옷장에 있었는지 해명을 못 했지. 경찰은 후에가 그 티셔츠로 하랄트의 피를 닦았다고 추정하고." 토라는 할도르를 응시하며 말을 이었다. "그 셔츠는 하랄트가 혀 수술을 받을 당시 누군가가 입고 있던 옷과 일치해. 앞면에 '100% silicon'이라는 문구가 적혀있지. 뭐 기억나는 거 없어?"

할도르가 열심히 고개를 끄덕였다. "혀 수술 때 후에가 그 티셔츠를 입고 있었어요. 피가 티셔츠에 튀는 바람에 벗어놨죠. 수술 마치고 나서 제가 그 티셔츠로 바닥에 흘린 피를 닦았고요." 그는 부끄러운 기색으로 말을 이었다. "후에한테는 그 사실을 알리고 싶

443

지 않았어요. 제가 티셔츠를 옷장 안에 처박아 버렸거든요. 그러니까 후에는 하랄트를 죽이지 않았어요."

"그럼 누구라는 거지?" 토라가 물었다. "누군가 하랄트를 죽였고, 나는 후에가 유죄판결을 받을 거라고 확신해. 두 말할 것도 없이 너와 네 친구들이 시신에 한 짓에 대해서도 대가를 치르겠지."

"브리에트예요." 할도르가 뜬금없이 이름을 내뱉었다. "제 생각에는 브리에트가 하랄트를 죽인 거 같아요."

토라는 잠시 생각에 잠겼다. 브리에트라면 풍만한 가슴에 금발머리를 한 아담한 체구의 여자애였다. "그렇게 생각하는 이유가 뭐지?" 토라가 차분한 목소리로 물었다.

"그냥 그렇게 생각해요." 할도르가 자신 없는 말투로 대답했다.

"아니, 말해봐. 그 이름을 콕 찍어 말한 이유가 분명히 있을 거야. 어째서 브리에트지?" 토라가 단호하게 되물었다.

"왜냐면 그날 시내 술집에서 개만 혼자 중간에 빠져나갔어요. 브리에트는 어쩌다 보니 친구들이랑 찢어지게 됐다고 핑계를 대지만, 우리는 계속 그 술집에 있었어요."

"그걸로는 부족해." 토라가 잘라 말했다. 그녀는 왜 경찰에 진작 이렇게 진술하지 않았는지 물어볼 필요도 없다고 여겼다. 경찰에 진술한 내용에 따르면, 이들은 모두 그날 밤 함께 있었다고 대답했던 것이다.

"그 티스푼 있잖아요." 할도르가 조용히 입을 열었다. "그거 원래 브리에트가 처리하기로 했던 건데, 버리지 않았잖아요. 그걸 휴게실 서랍 안에 넣어둘 정도로 멍청한 애는 아니라고요. 실수로 서랍에 넣어뒀다는 말을 믿을 수가 없어요. 마르타는 칼을 처리하기로 했는데, 실제로 칼은 흔적도 없이 사라졌거든요. 그런데 이제야 갑자기 티스푼이 뿅 하고 나타난 거라고요. 아무리 생각해도 앞뒤가 맞지 않아요."

"브리에트가 그걸 왜 거기에 도로 넣어놨을까? 별로 이성적인 행동은 아닌 거 같은데."

"날 골탕 먹이고 싶어했거든요. 그날 브리에트는 저처럼 스푼을 맨손으로 잡지도 않았어요. 벙어리장갑을 끼고 있었거든요. 내가 자기를 차버렸다고 화가 나있을 거예요. 정확한 건 저도 잘 모르겠어요." 할도르가 의자에 앉아 몸을 이리저리 흔들었다. "그날 밤 행동도 좀 이상했어요. 시신을 발견하고도 비명을 지르거나 기겁하지 않은 건 브리에트뿐이었다고요. 혼자만 차분하게 굴었죠. 다들 정신이 반쯤 나가있는 동안 한 마디도 하지 않고 시신을 가만히 내려다보기만 했어요. 그렇게 아무 말도 않고 있다가 갑자기 저한테 계약 이야기를 꺼냈어요. 저를 함정에 빠뜨릴 계획이었겠죠. 제 말 못 믿겠으면 다른 애들한테 물어보세요." 할도르는 몸을 앞으로 수그리고 맞은편에 앉은 토라의 팔을 붙잡았다. "브리에트는 창문이 열려있다는 사실도 알았어요. 어쩌면 그날 저녁 일찍 하랄트를 죽이고 그 창문으로 빠져나왔을지도 모른다고요. 제가 창문이 열렸다는 사실을 알 턱이 없잖아요? 브리에트는 그 전 주에 하랄트가 자기하고 얘기를 안 했다는 이유로 화가 나있었어요. 사실 하랄트는 그때 누구하고도 얘기를 안 했지만, 그건 중요하지 않죠. 아무튼 브리에트는 열 받은 상태였을 거라고요. 하랄트랑 데이트를 하

445

기로 했는데, 바람을 맞은 거예요. 뭐, 그런 이유였을 거예요. 제 말 좀 믿어줘요. 저도 많이 생각해봤는데, 이게 맞다고요. 정 못 믿겠으면 저 하나 살리는 셈 치고 브리에트랑 얘기를 해보세요."

토라가 팔을 뺐다. "사람들은 충격을 받으면 다양한 방식으로 반응을 해. 아마도 브리에트는 충격 앞에서 멍해지는 유형이겠지. 브리에트와 이야기하고 싶지 않아. 그건 경찰이 알아서 할 문제야."

"브리에트가 미쳤다는 얘기를 못 믿겠으면 학교 사람들한테 물어보세요. 하랄트랑 어떤 프로젝트를 같이 했다가 완전히 말아먹었어요. 제발 확인해보세요." 할도르는 애원하는 눈빛으로 토라의 눈을 바라보았다.

"무슨 프로젝트? 그게 어떻게 잘못됐는데?" 토라가 물었다.

"여러 기록원이나 도서관에 흩어진 브리뇰푸르 스베인손에 관한 당대의 모든 자료를 모으고 기록하는 일이라고 했어요. 그런데 브리에트가 그 자료들 중 몇 개가 도난당했다는 망상을 품기 시작했어요. 덕분에 아주 난리가 났었죠. 그러다가 결국 헛소리였던 걸로 판명이 났고요. 걘 정말 제정신이 아니에요. 진작에 알아봤어야 하는데. 못 믿겠으면 학교에 물어봐요."

"그 프로젝트의 지도교수가 누구였지?" 토라는 곧바로 자신의 질문을 후회했다. 마치 할도르의 가설을 받아들이기 시작했다는 듯 들렸기 때문이다. 그의 주장에 근거라고는 없었다.

"잘 모르겠어요. 토르비요른인가 하는 사람이었어요. 학교에 물어보면 알겠죠. 가서 물어보세요. 제발요, 장담하는데 후회하지 않을 거예요."

토라가 자리에서 일어났다. "나중에 보자고, 베이킹 보이. 네가 원하면 다른 변호사 알아봐줄게."

할도르가 고개를 가로졌더니 무릎을 내려다보았다. "변호사님이라면 이해할 줄 알았어요. 후에를 돕고 싶다고 해서 저도 도와줄 거라고 믿었다고요."

갑자기 토라는 할도르가 측은해졌다. 그녀의 모성본능이 작동한 것이다. 아니, 이제는 할머니다운 본능이라고 불러야 하나? "내가 언제 돕지 않겠다고 했어?" 그녀가 말했다. "내가 뭘 도울 수 있을지 알아볼게. 네 변론을 맡는 일은 결코 없겠지만, 법정에서 널 지켜볼 거야. 억만금을 준다고 해도 이번 재판을 놓칠 수야 없지."

할도르는 희미하게 미소를 지으며 그녀를 올려다보았다. 토라가 취조실의 문을 두드리자 밖에서 대기하고 있던 경찰관이 문을 열어주었다. 끝이 가까워지고 있었다. 그녀는 직감적으로 그걸 알았다.

12 December 2005

32장

토라는 사무실에 앉아 책상 끄트머리를 연필로 두드리고 있었다. 매튜가 가만히 그녀를 관찰하더니 입을 열었다. "롤링 스톤즈에서 새 드러머를 구하고 있다는데. 이제 곧 할머니가 되실 몸이라고 하면 면접도 안 보고 바로 받아줄 거예요."

토라는 동작을 멈추고 연필을 내려놓았다. "아주 재밌네요. 생각하는 데 참 도움이 되는군요."

"생각요? 왜 지금 생각을 해요?" 전날 토라는 매튜에게 할도르가 브리에트를 범인으로 몰아가려고 안달이 났다는 사실을 알렸고, 매튜는 그 말에 코웃음을 쳤다. 토라 역시 처음에는 할도르의 주장이 터무니없다고 생각했다. 하지만 밤새 잠까지 설쳐가며 침대에서 뒤척인 결과, 그녀는 의심이 가기 시작했다. 매튜가 말을 이었다. "몇 가지 의문을 제외하면 모든 게 맞아떨어지잖아요. 내 말 들어요. 경찰이 할도르에 대한 수사를 시작하면 사라진 돈도 나타날거예요. 그 오래된 책도 마찬가지고요, 그런 게 정말 있다면요." 매튜는 창문 밖을 내다보았다. "레스토랑에 가서 늦은 아침이나 먹읍시다." 늦잠을 잔 그는 이제야 토라의 사무실에 나타났다.

"그건 불가능해요. 오늘은 외식업노조 설립기념일이거든요." 토라가 거짓말을 했다. "그래서 정오가 돼야 문을 열어요." 매튜가 투덜거리자 토라가 덧붙였다. "참을 수 있잖아요. 그렇게 배가 고프면 탕비실에 비스킷이 있으니 그거라도 먹어요." 그녀는 수화기를 들더니 벨라를 연결했다. "벨라, 커피메이커 옆에 있는 비스킷 좀 갖다줄래?" 토라는 대답을 듣기도 전에 거절당할 것을 직감하고 서둘러 덧붙였다. "내가 아니라, 매튜가 먹을 거야." 토라는 매튜를 돌아보며 물었다. "할도르의 주장을 확인해볼 필요는 있지 않을까요? 뭔가 있을지도 모르잖아요."

매튜는 고개를 뒤로 젖히고 천장을 바라보며 말했다. "할도르가 완전히 코너에 몰렸다는 건 물론 알고 있겠죠?" 토라가 고개를 끄덕였다. "브리에트가 좀 제정신이 아니고, 신체 일부를 굽는 기괴한 의식에 동참했다고는 해도 우리가 보고 들은 것 중에서 그녀가 살인사건에 연루되었다고 암시하는 건 하나도 없어요."

"어쩌면 우리가 뭔가를 놓쳤을지도 모르잖아요." 토라가 확신 없는 말투로 대꾸했다.

"그게 뭔데요?" 매튜가 물었다. "토라, 받아들이고 싶지 않겠지만 결국 후에가 하랄트를 죽였고, 그 이후 할도르가 끼어든 것으로 보이는 상황이에요. 풀리지 않은 의문은 과연 두 사람이 공모해서 돈을 챙겼는지 여부뿐이에요. 두 사람이 하랄트에게 크래머의 초고에 대한 거짓말을 잔뜩 늘어놓은 뒤 그게 숨겨진 장소를 아는 것처럼 연기했을 가능성이 아주 높아요. 통역을 도와준다는 핑계로 하랄트에게 이야기를 꾸며내기 딱 좋은 위치에 할도르가 있었다는 건 인정해야 한다고요. 초고와 돈을 교환하는 것처럼 꾸민 뒤 돈만 슬쩍했을 수도 있어요. 초고를 넘겨줘야 할 시점이 다가오자 둘은 하랄트의 입을 틀어막기 위해 손을 쓴 거라고요. 후에의 티셔츠에 대한 설명도 분명 할도르가 지어냈을 거예요."

"그렇지만…," 토라가 입을 열기도 전에 비스킷을 든 벨라가 노크도 없이 문을 벌컥 열고 들이닥쳤다. 벨라는 비스킷을 접시에 깔끔하게 담아, 따뜻한 커피 한 잔과 대령했다. 물론 커피는 한 잔뿐이었다. 토라는 비스킷을 먹겠다고 한 사람이 자기였다면 벨라가 문 앞에 선 채 비스킷을 봉지째 자신의 머리를 조준해 던졌을 거라고 생각했다.

"정말 고마워요." 매튜가 쟁반을 받아들며 인사했다. "어떤 사람들은 아침식사의 중요성을 모른다니까요." 토라를 향해 고개를 까딱한 그가 벨라를 향해 윙크했다. 벨라는 찡그린 표정으로 토라의 얼굴을 쏘아보더니 매튜를 향해 활짝 웃고는 밖으로 나갔다.

"벨라한테 윙크를 했네요." 토라가 놀랍다는 듯 말했다.

매튜가 토라를 향해 눈을 두 번 찡긋했다. "당신한테는 두 번 했어요. 좋아요?" 그는 과장된 몸짓으로 비스킷 하나를 입에 넣었다.

토라가 눈을 굴렸다. "조심해요. 벨라는 사귀는 사람도 없으니까 여차하면 내가 당신 호텔방 번호를 알려줄지도 모른다고요." 그 순간 토라의 휴대폰이 울렸다.

"여보세요. 토라 구드문즈도티르 변호사님이신가요?" 어디서 들어본 듯한 여자의 목소리가 들려왔다.

"네. 맞습니다만."

"저 구드룬이에요, 하랄트의 집주인요."

"아, 네. 안녕하세요." 토라는 종이에 그녀의 이름과 하랄트와의 관계를 휘갈겨쓴 다음 매튜에게 보여줬다. 구드룬이 전화한 이유를 아직 알지 못하는 토라는 맨 끝에 물음표 두 개를 덧붙였다.

"변호사님께 전화를 드리는 게 맞을지 모르겠지만, 지난번에 명함을 주셨길래…. 아무튼 제가 지난 주말에 하랄트의 물건이 든 상자를 발견했는데, 그 안에 별의별 게 다 들어있었어요." 구드룬이 입을 다물었다.

"네. 그 안에 뭐가 들어있었는지 잘 알고 있습니다." 토라는 여자가 내용물을 일일이 열거할 필요가 없도록 선수를 쳤다.

"정말요?" 구드룬은 안도하는 목소리였다. "짐작하시겠지만 제가 그 일로 엄청나게 충격을 받았어요. 그런데 이제야 정신을 차리고 보니 세탁실을 뛰쳐나오면서 제가 상자에 들어있던 종이 한 장을 들고 나왔더라고요."

"그걸 아직 가지고 계시나요?" 토라는 구드룬이 샛길로 빠지지 않게끔 유도했다.

"네, 맞아요. 그걸 들고 바로 경찰에 전화를 걸었는데, 주방 전화기 옆에 그 종이가 놓여있는 걸 지금 발견했어요."

"그게 하랄트의 물건인가요?"

"글쎄요. 저도 솔직히 잘 모르겠어요. 오래된 편지예요. 아주 오래된 것 같아요. 지난번에 뭐라도 찾으면 연락달라고 하신 게 기억나서, 경찰보다 변호사님께 알리는 쪽이 나을 거 같았어요." 구드룬은 잠시 심호흡을 했다. "경찰은 이미 수사할 게 넘쳐나잖아요. 이게 살인사건이랑 관련이 있어 보이지도 않고요."

토라는 종이에 뭔가를 또 휘갈겼다. '오래된 편지??' 매튜가 눈을 크게 뜨더니 비스킷을 하나 더 집어먹었다. 토라가 말했다. "일단 그 편지를 직접 보고 싶군요. 지금 뵐 수 있을까요?"

"음, 네. 지금 집이에요. 그런데 한 가지 미리 말씀드릴 게 있어요." 구드룬이 잠시 뜸을 들였다.

"그게 뭐죠?" 토라가 조심스럽게 물었다.

"제가 서둘러 나오다가 편지를 좀 구겨버렸어요. 충격을 받아 제정신이 아니었거든요. 그렇지만 완전히 망가져버린 건 아니에요." 구드룬이 얼른 덧붙였다. "사실은 그래서 경찰에 편지에 대해 알리지 않은 거예요. 편지를 구긴 것 때문에 취조당하고 싶지는 않았거든요. 제 상황을 이해해주셨으면 좋겠어요."

"알겠습니다. 바로 출발하겠습니다." 토라는 전화를 끊고 자리에서 일어났다. "비스킷은 가면서 먹어요. 바로 출발해야 하니까. 도난당했다는 그 덴마크 편지일지도 몰라요."

매튜는 비스킷 두 조각을 집어들고 마지막으로 커피를 한 모금 마셨다. "그 교수가 찾고 있다는 편지 말이에요?"

"네, 그 편지이길 바라야죠." 토라는 가방을 휙 둘러 팔에 걸친 다음 문으로 걸어갔다. "만약 그 편지가 맞는다면, 구나르에게 편지를 돌려주면서 할도르가 브리에트에 대해 한 이야기에 대해서 이것저것 물어볼 수 있겠네요." 그녀는 뜻밖에 찾아온 행운에 기뻐하며 의기양양한 미소를 지었다. "만약 도난당한 편지가 아니라고 해도, 오해한 척 교수를 찾아갈 수 있잖아요."

"그 나이든 교수를 속이겠다고요?" 매튜가 물었다. "그건 좀 사악한 행동이잖아요. 안 그래도 험한 꼴은 다 봤을 텐데."

토라는 복도를 걸어나오면서 고개 돌려 매튜를 향해 웃었다. "이 편지가 그 편지인지 확인하려면 어차피 교수에게 보이는 수밖에 없어요. 찾고 있던 편지가 맞는다면 기분이 좋아서 우리한테 뭐든 알려주려고 할 테고요. 브리에트에 대해 질문을 좀 한다고 해서 교수에게 피해가 가지는 않잖아요."

구드룬의 주방에 앉아 테이블에 놓인 편지의 상태를 확인한 토라의 얼굴에서 웃음기가 사라졌다. 구나르가 그 지경이 된 편지를 보게 된다면 절대 기뻐할 리 없었다. 차라리 영원히 발견되지 않았기를 바랄지도 모른다.

"정말 상자에서 꺼낼 때는 멀쩡한 상태였던 게 맞나요?" 토라가 금방이라도 찢겨나갈 듯 너덜거리는 두꺼운 편지 모서리의 구김살을 조심스럽게 펴며 물었다.

구드룬은 죄책감에 찬 표정으로 편지를 바라다보았다. "틀림없어요. 그때는 멀쩡했어요. 내용물을 본 후 충격을 받으면서 편지를 구겨버린 거예요." 그녀는 미안한 표정으로 미소를 지었다. "전문가들이라면 분명 찢어진 부분을 도로 붙일 수 있을 거예요, 그렇죠? 어쩌면 다림질을 좀 할 수도 있을 테고요?"

"아, 네. 분명 복원할 수 있겠죠." 토라는 이렇게 대답했지만, 유물을 복원하는 게 생각보다 훨씬 복잡한 과정을 필요로 한다는 걸 알고 있었다. 애초에 가능하다면 말이다. "전화주셔서 정말 감사합니다. 옳은 일을 하신 거예요. 저희가 찾고 있던 편지일 가능성이 높고, 경찰 수사와는 전혀 관련이 없는 물건이니까요. 저희가 원래 주인에게 돌려주도록 하겠습니다."

"잘됐네요. 되도록이면 하랄트와 관련이 있는 것들을 빨리 처분해서 이 진흙탕에서 벗어날 수 있다면 좋겠어요. 살인사건 이후로 저희 부부는 정말 힘든 시간을 보냈거든요. 그리고 하랄트의 가족 분들께는 최대한 빨리 아파트를 비워달라고 전해주세요. 이번 일을 빨리 잊으면 잊을수록 일상으로 더 빨리 돌아갈 수 있으니까요." 구드룬은 가느다란 손가락을 테이블에 내려놓으며 여러 개의 반지가 끼워진 자신의 손가락을 물끄러미 내려다보았다. "그렇다고 제가 하랄트를 싫어했던 건 아니에요. 오해는 말아주세요."

"아, 물론입니다." 토라는 상냥한 말투로 대답했다. "누구에게든 이런 상황이 기분 좋을 리 없죠." 그녀는 차분하게 말을 이었다. "마지막으로 하나만 여쭤볼게요. 하랄트의 친구들을 아시나요? 혹 그의 친구들을 보거나 대화하는 걸 들은 적이 있나요?"

"농담하세요?" 구드룬의 목소리가 갑자기 싸늘하게 변했다. "대화를 들은 적이 있냐고요? 어떨 때는 꼭 우리집에 들어와 있는 것처럼 생생히 들렸어요. 그 정도로 시끄러웠어요."

"무슨 말을 하던가요?" 토라가 조심스럽게 물었다. "말싸움을 하거나 소리를 지르던가요?"

구드룬이 코웃음을 쳤다. "대부분은 음악 소리였어요. 그걸 음악이라고 할 수 있다면요. 그리고 쿵쿵거리는 소리도 심했어요. 점프를 하거나 발을 쿵쿵 구르는 소리 같았어요. 괴상하게 울부짖거나 소리를 지르거나 웃음을 터뜨리곤 했죠. 차라리 애완동물 키우는 사람한테 집을 빌려주는 게 낫겠다는 생각이 들 정도였어요."

"그럼 왜 하랄트를 쫓아내지 않으셨나요?" 그때까지 대화에 끼지 않고 침묵하던 매튜가 물었다. "제 기억이 정확하다면 임대차계약서에 세입자의 행동에 관한 조항이 포함돼 있어서, 그 조항을 이행하지 않을 경우 쫓아낼 권한이 있었을 텐데요."

구드룬이 얼굴을 붉히며 말했다. "온갖 이상한 일에도 불구하고 저는 하랄트가 마음에 들었어요. 질문에 대한 제 대답은 그렇습니다. 집세도 꼬박꼬박 냈고요. 하랄트 자체는 좋은 세입자였어요."

"그럼 시끄러운 소리를 낸 건 주로 하랄트의 친구들이었나요?" 토라가 물었다.

"네. 그런 셈이죠." 구드룬이 대답했다. "친구들이 찾아오면 소음이 심해졌거든요. 하랄트 혼자 있을 때도 시끄러운 음악을 틀거나 쿵쿵거리는 소리가 들리긴 했지만, 친구들이 오면 그 소음이 엄청 요란해졌어요."

"혹시 하랄트가 친구들과 말싸움을 벌이는 걸 목격하신 적이 있나요?" 토라가 다시 물었다.

"아뇨. 직접 본 적은 없어요. 경찰도 같은 질문을 했지요. 제가 기억하는 거라곤 하랄트가 딱 한 번 어떤 여자애랑 세탁실에서 격앙된 목소리로 말싸움을 한 일뿐이에요. 저는 끼어들지 않았어요. 그때 빵을 굽느라 바빴거든요. 제가 현장에 있었던 것도 아니고,

그냥 세탁실 옆을 지나치다가 들었을 뿐이죠." 구드룬의 볼이 다시 붉어졌다. 구드룬은 토라와 매튜를 집안으로 초대하기에 앞서 상자를 어떻게 발견했는지 설명하기 위해 두 사람에게 세탁실을 보여 줬다. 세탁실은 정문 바로 앞, 복도 끝에 위치했기 때문에 이제 막 정문을 열고 건물 안으로 들어온 게 아니라면 그 앞을 지나치는 것은 불가능했다. 구드룬은 대화를 엿들은 게 틀림없었다. 토라는 구드룬이 그 사실을 시인하지 않으면서도 대화 내용을 털어놓게 할 방법을 궁리했다.

"아," 토라는 어떤 상황인지 충분히 이해한다는 목소리로 한숨을 쉬었다. "저도 예전에 아파트에서 살았는데 저희 집 바로 옆에 세탁실이 붙어있었어요. 별의별 소리가 다 들렸죠. 세탁실에서 오가는 이야기가 하나도 빠짐없이 다 들릴 정도였어요. 불편해서 정말 견디기 힘들었어요."

"맞아요." 구드룬이 머뭇거리며 맞장구를 쳤다. "보통은 하랄트 혼자서 세탁실을 사용했어요. 다행스럽게도요. 여자애가 빨래를 도와주려고 했던 건지, 아니면 그냥 하랄트랑 같이 있으려고 했던 건지 몰라도, 둘 다 흥분한 목소리였어요. 제가 정확히 들은 건지는 모르지만, 사라진 편지에 대해 이야기를 나누던 중이었거든요. 어쩌면 이 편지 때문인지도 모르죠." 그녀는 턱으로 테이블에 놓인 편지를 가리켰다. "하랄트는 계속해서 여자애한테 뭔가를 잊어버리라고 얘기했어요. 처음에는 차분한 목소리였지만 여자애가 왜 자기 편을 들어주지 않느냐고 따져묻자 하랄트가 언성을 높이기 시작했어요. 여자애는 잘만 하면 끝내주는 힘을 갖게 될 거라는 말을 반복했고요. 그게 대체 무슨 뜻인지 모르겠지만요. 말씀드린 대로 그냥 지나쳐 가던 중이라 제가 들은 내용은 그게 전부였어요."

"그 친구의 목소리를 기억하시나요? 혹시 하랄트의 친구들 중 키 작은 금발 머리 학생은 아니었나요?" 토라가 기대감에 찬 목소리로 물었다.

"그건 잘 모르겠어요." 구드룬의 말투에서 다시 싸늘함이 느껴졌다. "하랄트를 찾아오는 여자애는 주로 두 명이었어요, 키 큰 빨강 머리랑 작은 금발 머리요. 둘 다 옷차림이 갑자기 군대에 입대하게 된 매춘부 같았어요. 짙은 화장에 헐렁한 밀리터리 무늬 바지를 입고 다녔죠. 둘 다 참 못생기고 무례한 애들이었어요. 몇 번 복도에서 마주쳤는데 한 번도 먼저 인사를 하는 법이 없었고요. 목소리를 직접 들어보지 않고서는 둘 중 누가 세탁실에서 하랄트와 언쟁을 벌였는지 알기는 힘들겠군요."

토라 역시 브리에트와 마르타가 무례하다고 생각했지만 둘 다 못생긴 것과는 거리가 멀었다. 토라는 구드룬이 하랄트를 좋아해서 두 사람에 대해 불만을 품고 있었던 것은 아닌지 의심스러워지기 시작했다. 이보다 더 이상한 일도 일어나지 않았던가. 토라는 자신의 직감을 드러내지 않으려고 애썼다. "뭐, 별로 중요한 건 아닙니다." 토라는 편지를 집어들고 자리에서 있어났다. "다시 한 번 정말 감사드립니다. 그리고 아파트를 빨리 비워달라는 부탁은 가족 분들께 전달하겠습니다."

매튜 역시 자리에서 일어나며 구드룬과 악수를 나눴다. 그녀가 매튜를 향해 의미심장한 미소를 짓자 매튜도 미소를 지었다. "그냥 선생님이 하랄트의 아파트에서 머무르지 그러세요?" 구드룬은 매튜의 손에 자신의 왼손을 부드럽게 올려놓으며 물었다.

"아, 아뇨. 저는 아이슬란드에 오래 머무를 계획이 아닙니다." 그는 자신의 손을 빼낼 방법을 생각하면서 말을 더듬거렸다.

"언제든 벨라랑 살림을 합칠 수도 있잖아요." 토라가 미소를 지으며 끼어들었다. 매튜는 토라를 째려보았지만 구드룬이 손을 놓아주자 표정을 조금은 누그러뜨렸다.

"교수한테 편지 전하는 건 당신이 해요." 토라는 매튜의 코앞에 커다란 서류봉투를 들이밀며 말했다. 두 사람이 아파트를 떠나기 전 편지가 그 이상 훼손되는 걸 막으려고 구드룬이 봉투에 넣어준 것이다. 그렇게 하면 무슨 효과라도 있다는 듯 말이다.

"말도 안 돼요." 매튜가 팔짱을 꽉 끼며 대꾸했다. "구나르를 만나러 가자는 건 당신 생각이었잖아요. 그러니 나는 앉아서 구경만 할 거예요. 편지가 너덜너덜해진 걸 알고 교수가 울음을 터뜨리면 나는 그냥 손수건만 건네줄 거라고요."

"운전면허 시험을 통과하고 집으로 돌아오자마자 후진을 잘못해서 이웃집 차를 들이박았을 때랑 똑같은 기분이라고요." 토라는 의자에 앉아서 기다리는 동안 이렇게 말했다. 조교는 두 사람에게 구나르 교수가 곧 강의를 마치고 돌아올 테니 앉아서 기다리라고 조언했다. 주변에 오가는 사람이 없자 토라는 의자에 앉아 기지개를 켰다. "내가 편지를 찢은 것도 아닌데."

"하지만 소식을 전하게 된 건 당신이잖아요." 매튜가 시계를 보며 말했다. "금방 올까요? 당신을 건틀립 부인에게 소개하기 전에 나는 제대로 된 식사를 해야 한다고요. 12시가 지나면 식당이 문을 여는 건 확실해요?"

"금방 끝낼 테니까 걱정 말아요. 눈 깜짝할 새에 식사를 하게 될 거예요." 복도 반대편에서 발자국 소리가 들려오자 토라는 고개를 들었다. 구나르였다. 두 팔에 종이뭉치와 책 여러 권을 들고 오던 그는 두 사람을 보고 놀라는 기색이었다.

"안녕하세요." 구나르는 주머니에서 연구실 열쇠를 찾으려고 뒤적이며 물었다. "저를 만나러 오셨나요?"

매튜와 토라가 자리에서 일어났다. "네, 안녕하세요." 토라는 들고 있던 봉투를 흔들어 보이며 말했다. "주말에 발견된 이 편지가 찾고 계시는 편지가 맞는지 확인하려고 왔어요."

구나르의 표정이 밝아졌다. "정말입니까?" 그는 문을 열며 물었다. "어서 들어오세요. 굉장한 뉴스군요." 그는 책상 앞으로 걸어가더니 책과 종이뭉치를 내려놓았다. 그러고는 의자에 앉더니 두 사람에게도 앉으라고 손짓을 했다. "어디서 발견됐나요?"

토라는 의자에 앉은 다음 봉투를 책상에 내려놓았다. "하랄트의 아파트에서 발견됐어요. 이상한 물건들과 함께 상자에 들어있었어요. 미리 말씀드리는데, 편지의 상태가 좋지 않습니다." 그녀는 변명을 하듯 웃으며 말했다. "편지를 발견한 사람이 잠깐 경련을 일으켰거든요."

"경련이라고요?" 구나르가 토라의 말을 모호하게 반복했다. 그는 봉투를 받아들고 조심스럽게 입구를 열었다. 천천히 종이를 꺼

461

내는 구나르의 표정은 편지 상태가 명확해질수록 점점 더 일그러졌다. "대체 무슨 일이 있었던 겁니까?" 그는 편지를 책상에 내려놓고 두 사람을 뚫어지게 응시했다.

"음, 여자 분이 편지를 발견했는데 그 상자 안에 들어있던 다른 물건들을 보고 충격을 받으셨어요." 토라가 설명했다. "제가 장담하는데, 충격을 받고도 남을 만한 상황이었습니다. 그분이 저희한테 이 편지를 반납해 달라고 부탁했고, 정말 죄송하며 꼭 복원이 되기를 바란다는 말도 전하셨어요." 토라는 어느 때보다 송구스러운 표정을 지으며 웃어보였다.

구나르는 아무 말이 없었다. 그는 얼어붙은 듯 가만히 편지만 내려다보았다. 그러다가 난데없이 웃음을 터뜨렸다. 즐거움이라고는 전혀 느껴지지 않는, 거북한 웃음소리였다. "맙소사!" 신경질적인 웃음을 멈춘 구나르는 한숨을 내쉬었다. "마리아가 노발대발하겠군." 그 이름을 내뱉으면서 그는 몸을 살짝 떨었다. 그러고는 편지를 쓰다듬고 손으로 들어올리더니 찬찬히 살펴보았다. "하지만 찾고 있던 편지가 맞긴 하네요. 적어도 그 사실에 대해서는 기뻐해야겠습니다." 구나르가 피식 웃었다.

"마리아요?" 토라가 물었다. "마리아가 누구죠?"

"고문서연구소 소장입니다." 구나르가 기운 없이 대답했다. "이 편지에 대해 걱정하고 있는 사람이죠."

"편지를 발견한 분의 메시지를 그분께 전달해주시면 좋겠네요." 토라가 덧붙였다. "정말 죄송하다고요."

구나르를 고개를 들었다. 그의 표정으로 보아 구드룬의 사과는 아무런 소용이 없는 듯했다. "네. 그러겠습니다."

"그리고 교수님, 이렇게 찾아뵌 김에 역사학과 학생에 대해 몇 가지 여쭤보고 싶습니다. 브리에트라고, 하랄트의 친구예요."

구나르가 눈을 가늘게 떴다. "어떤 게 궁금하신데요?"

"두 사람이 말다툼을 했다는 제보를 받았어요. 둘이 함께 진행하던 브리뇰푸르 스베인손에 관한 프로젝트와 관련이 있는 것 같고요. 사라진 문서 때문에 언쟁을 벌였다고 합니다. 이것과 관련해 혹시 아는 게 있으신가요?" 그 순간 토라의 눈에 구나르의 뒤쪽 벽에 걸린 그림이 들어왔다. 그녀가 기억하기로 그림 속 인물은 다름 아닌 브리뇰푸르 스베인손이었다. "저 그림 속 주인공이 그분 아닌가요?" 그녀는 그림을 가리키며 물었다.

구나르는 아무 대꾸도 하지 않고 생각에 잠겨있었다. 벽에 걸린 그림 속 인물이 누구인지 잘 알고 있었기 때문에 그는 뒤를 돌아볼 필요도 없었다. "저건 브리뇰푸르 스베인손이 아닙니다. 제 증조부세요. 제 이름도 저 분의 이름을 따서 지었죠. 구나르 하르다르손 목사님입니다. 저 분이 입고 계신 건 17세기 주교 예복이 아니라, 목사의 제의입니다."

토라는 얼굴을 살짝 붉히며 벽에 걸린 수많은 사진에 대해 더 이상 어떤 질문도 하지 않기로 마음먹었다. 여러 사진들 중에는 구나르가 한 농부와 찍은 것도 있었다. 토라와 매튜가 헬라의 동굴에서 만난 바로 그 농장주였다. 토라가 창피해하는 모습을 보고 기분이 좋아졌는지 구나르는 몸을 앞으로 수그리고 낮게 말했다. "손님들 중 두 분만큼 저를 불쾌하게 한 사람은 지금껏 없었습니다."

토라가 당혹스러워하며 말했다. "죄송합니다만, 조금만 인내심을 가져주셨으면 해요. 저희는 그저 여전히 풀리지 않은 의문에 대한 답을 찾는 중이며, 그 중 하나가 브리에트와 관련이 있는 문제라서요. 이 문제에 대해 이야기하고 싶지 않으시다면, 그냥 그 프로젝트를 지도한 강사나 교수의 이름을 알려주셔도 됩니다."

"아, 아니요. 그 문제에 대해서는 얼마든지 말씀드릴 수 있습니다. 저한테는 별로 어려운 일도 아닌걸요. 제 말은, 두 분한테는 아주 민감한 학과 내부의 문제를 들춰내는 능력이 있다는 뜻이었습니다. 이번이 처음도 아니겠지만요."

"정말요?" 토라가 놀랍다는 듯 말했다. "저는 교수님보다 브리에트에게 훨씬 더 민감한 사안이라고 생각했거든요. 저희가 알아본 바로는 브리에트가 아주 이상한 반응을 보였다고 하더군요. 교수님께 여쭤보는 것도 바로 그런 이유 때문이고요."

"브리에트요. 맞습니다. 아주 이상한 행동을 했죠. 사실은 하랄트가 나서서 걔를 말려준 덕분에 우리 학과 전체가 크게 망신당하는 일은 막을 수 있었습니다." 구나르가 넥타이를 느슨하게 풀었다.

"정확히 무슨 일이 있었던 거죠?" 그녀는 처음으로 구나르의 넥타이핀에 주목하며 물었다. 뭐라고 콕 집어 말할 수는 없지만 넥타이핀이 토라로 하여금 뭔가를 떠올리게 한 것이다.

토라가 자신의 넥타이핀을 주시한다는 사실을 알아챈 구나르는 얼른 시선을 내리깔았다. 음식을 묻혔을지도 모른다는 생각이 들었는지 그는 넥타이핀을 손바닥으로 쓰다듬고 손끝으로 긁었다. 그러더니 재빨리 손을 원래 자리에 내려놓았다. "무슨 일이 있었냐고요? 가만 있어보자. 제 기억이 정확하다면 하랄트와 브리에트는 함께 듣던 강의 과제의 일환으로 브리뇰푸르 스베인손에 관한 모든 자료의 목록을 작성하기로 했습니다. 아마 브리에트가 아니라 하랄트가 제안했을 겁니다. 브리에트는 그냥 따라다니기만 했겠죠. 습관적으로 다른 학생들의 과제에 무임승차하려고 했으니까요."

"그게 하랄트의 논문과 관련이 있었나요?" 토라가 물었다. 그녀는 브리뇰푸르 주교가 《말레우스 말레피카룸》의 초고를 가지고 있었는지 알아내기 위한 목적으로 하랄트가 그 목록을 작성했을 거라고 예상했다.

"아뇨. 전혀요." 구나르가 대답했다. "이미 말씀드렸다시피 하랄트는 상당히 집중력이 떨어지는 학생이었습니다. 과제를 활용해 논문에 대비하기보다는 이리저리 기웃거리기만 했으니까요. 때로는 마술의 역사와 전혀 관련이 없는 주제에 몰두하기도 했죠. 브리뇰푸르는 특히 마술과는 연결점이 전혀 없는 인물입니다. 아시겠지만 그는 17세기에 살았던 인물입니다."

"이 프로젝트를 지도하신 게 교수님이었나요?" 토라가 물었다.

"아뇨. 아마 토르비요른 올라프손 교수였을 겁니다. 원하시면 제가 확인해보죠." 구나르는 책상 위의 컴퓨터를 가리키며 말했다.

토라는 제안을 거절했다. "아, 그러실 필요 없습니다. 그때 무슨 일이 있었는지만 설명해주시면 정말 감사하겠습니다. 당장 저희가 궁금한 건 그뿐이거든요. 시간이 촉박하기도 하고요."

구나르는 시계를 보며 말했다. "실은 저 역시 그렇습니다. 마리아에게 편지를 돌려줘야 하거든요." 표정으로 미루어보아 그는 편지를 반납하는 임무가 전혀 달갑지 않은 듯했다. "그건 그렇고, 아무튼 두 사람은 레이캬비크에 있는 주요 기록물보관소들을 돌아다녔어요. 국립기록원이랑 국립도서관에 있는 고문서보관소 같은 곳을 돌면서 브리뇰푸르 스베인손이 언급된 자료들을 모조리 기록한 거죠. 꽤 원활하게 진행되었던 걸로 알고 있습니다. 갑자기 브리에트가 국립기록원에 보관되어 있던 편지 몇 장이 사라졌다고 주장하기 전까지는 말이죠."

"충분히 가능한 일 아닌가요?" 토라가 책상에 놓인 너덜너덜한 편지를 힐끗 보며 물었다. "그러니까 그런 일이 실제로 일어나기도 하잖아요."

"그럴 수도 있지만, 이 경우는 단순한 관리상의 오류였습니다. 편지들의 행방이 묘연한 건 사실이었지만 브리에트는 가당치도 않게 특정 인물을 지목하면서 그 사람이 편지를 훔쳐갔다고 주장했습니다."

"그게 누구였죠?" 토라가 물었다.

"바로 두 분 앞에 앉아 있는 사람입니다." 구나르는 이렇게 대답하고 입을 다물었다. 그는 자신의 결백을 감히 의심조차 못 하게 만들려는 듯 두 사람을 강렬하게 응시했다.

"그렇군요." 토라는 구나르를 똑바로 바라보며 말을 이었다. "실례가 될지 모르지만, 브리에트가 왜 교수님을 의심한 건가요?"

"말씀드렸듯이 행정상의 착오가 있었습니다. 열람 기록에 따르면 제가 그 편지를 본 마지막 사람이더군요. 하지만 저는 편지에 손도 대지 않았습니다. 누군가 제 명의를 도용했거나 열람 기록이 뒤섞였을 겁니다. 브리뇰푸르 스베인손은 제 전공 분야와 동떨어져 있을 뿐더러 그에 관한 기록을 찾아봐야겠다는 생각조차 한 적이 없습니다. 무엇보다 그 사건이 더욱 애석한 건, 브리에트가 저를 협박해 좋은 성적을 받으려고 했기 때문입니다. 저보고 도움의 손길을 내밀어주면 비밀을 지키겠다고 대놓고 요구하더군요. 브리에트의 우아한 표현을 빌리자면 말입니다. 그 뒤로 하랄트와 상의했고, 하랄트가 브리에트를 설득해서 말도 안 되는 짓을 그만두게 하겠다고 약속했습니다. 저는 기록원에 근무하는 제 친구들에게 연락해서 그 자료의 행방을 알아봐 달라고 요청했고요. 바보 같은 여자애가 저를 협박할 수 있다고 착각하게 내버려두고 싶지 않았으니까요. 하지만 기록원에서는 아무것도 밝혀내지 못했어요. 기록을 마지막으로 열람한 게 10년 전쯤으로 아주 오래 전의 일이었으니까요. 결국 기록원이 자기들 쪽에서 실수가 있었다는 걸 인정했고, 사라진 편지는 아마도 엉뚱한 장소에 보관되어 있을 테니, 나중에 어디선가 발견될 거라고 판단했어요. 브리에트도 이성을 되찾았는지 다시는 그 문제에 대해 언급하지 않았습니다."

"그 편지가 대체 뭐였죠?" 토라가 물었다. "그러니까 어떤 내용의 편지였나요?"

"1702년 스칼홀트의 한 목사가 아우르드니 마그누손에게 보낸 편지입니다. 아우르드니 마그누손의 문의에 대한 답장이었죠. 그 얼마 전에 아우르드니가 목사에게 편지를 보내 사망한 지 수십 년이 지난 브리뇰푸르 주교의 외국 문서 소장본 가운데 일부의 행방을 편지로 물었던 모양입니다. 어쨌든 그 편지가 국립기록원에 보관되어 있었다는 사실에는 의심의 여지가 없습니다. 많은 사람들이 그 편지를 기억하고 있어요. 편지의 내용도 잘 알려져 있고요."

"그게 전부인가요?" 토라가 묻고 늘어졌다. "숨겨진 문서라든지, 아니면 문서를 스칼홀트 밖으로 반출하려는 움직임에 대한 내용은 전혀 없었고요?"

구나르가 그녀의 얼굴을 가만히 들여다보며 물었다. "이미 답을 알고 있으면서 왜 굳이 내게 질문하는 겁니까?"

"그게 무슨 말씀이시죠?" 토라가 반문했다. "제가 편지에 대해 아는 내용이라고는 방금 교수님이 들려준 얘기가 전부입니다." 토라의 시선이 또다시 넥타이핀에 꽂혔다. 대체 왜 넥타이핀 따위가 이토록 거슬리는 걸까? 그리고 교수는 대체 무슨 소리를 지껄이고 있는 거지?

"놀라운 우연이군요." 구나르가 건조하게 말했다. 그는 토라와 매튜가 겉으로 드러낸 것보다 더 많은 것을 알고 있다고 생각했다. "정 그러시다면 아무것도 모르는 척 빙빙 돌려 말씀드리죠. 그 편지에는 덴마크 식민정부 관료들로부터 귀중한 물건들을 안전하게 지키고 고대의 십자가 옆에 그 물건들을 숨기라는 수수께끼 같은 구절이 있습니다. 일반적으로 고대의 십자가라고 하면 칼다아르네스(아이슬란드 남서부 해안에 위치한 지역—옮긴이)의 교회에 있던 나무십자가를 가리키는데, 그 십자가는 종교개혁을 거치면서 다른 우상물들과 마찬가지로 철거됐습니다."

"편지에 대해 아시는 게 참 많으시네요." 매튜가 처음으로 대화에 끼어들었다. "편지를 한 번도 본 적 없는 것 치고는 말이죠."

"브리에트가 저를 도둑으로 몰아붙이자 편지에 대해 조사를 해봤거든요. 역사학자들 사이에서는 이미 잘 알려진 내용이고, 여러 훌륭한 논문에서도 그 편지에 대해 다뤘습니다."

토라는 최면에라도 걸린 듯 넥타이핀을 뚫어져라 보았다. 흔히 찾아보기 힘든 넥타이핀이었다. 불규칙한 형태에 재질은 은으로 되어있는 듯 보였다. "그 넥타이핀은 어디서 나셨나요?" 토라가 뜬금없이 구나르의 가슴을 가리키며 물었다.

구나르와 매튜 모두 할 말을 잃고 토라를 바라보았다. 구나르는 넥타이를 손에 쥐고는 핀을 가만히 들여다보았다. 그는 넥타이를 놓더니 다시 토라에게로 시선을 돌리며 말했다. "이 대화의 목적이 뭔지 점점 알 수 없어지는군요. 하지만 궁금하시다니 답을 드리자면, 이건 50번째 생일 때 선물로 받은 겁니다." 그는 이렇게 말하고 자리에서 일어났다. "더 이상 대화를 나누는 게 무의미할 것 같군요. 저는 제 외모에 대해 이야기를 나눌 생각이 없습니다. 더구나 이제 고문서연구소 소장과 썩 유쾌하지 않은 만남도 가져야 하니, 이런 말 같지 않은 대화에 더 이상 시간을 허비할 수가 없군요. 두 분의 조사가 좋은 결과를 맺기를 진심으로 바라지만, 현재에 집중하라는 조언은 꼭 드리고 싶군요. 하랄트의 죽음은 과거의 역사와는 아무런 관련이 없으니까요."

구나르는 토라와 매튜를 문 앞까지 배웅했다.

33장

매튜는 토라를 바라다보며 고개를 저었다. 연구실을 빠져나온 두 사람은 건물 로비에 서있었다. "즐거운 대화였어요."

"구나르의 넥타이핀 못 봤어요?" 토라가 목소리를 낮추고 물었다. "검 모양이잖아요. 넥타이 중간에 달려있던 핀에 은색 검 장식이 붙어있었다고요. 못 봤어요?"

"그래서요?" 매튜가 물었다.

"하랄트의 목에 있던 자국 기억 안 나요? 단검 혹은 십자가 모양의 자국이 나있었잖아요? 부검의가 뭐라고 했더라? 그래요. 자세히 보면 작은 단검처럼 보인다고 말했어요."

"아, 맞아요." 매튜가 대답했다. "무슨 얘기를 하고 싶은 건지 알겠어요. 하지만 그게 같은 물건일지는 알 수 없죠. 부검의가 보여준 사진은 그리 선명하지도 않았잖아요, 토라." 그는 한숨을 내쉬고 말했다. "구나르는 역사학자예요. 바이킹의 검이 장식으로 달린 넥타이핀을 한 건 보나마나 그의 전문 분야가 아이슬란드의 정착시대이기 때문이에요. 나라면 거기에 큰 의미를 부여하지는 않겠어요. 그리고 내가 보기에 하랄트의 목에 난 자국은 십자가 모양에 더 가까웠어요." 매튜는 웃으며 덧붙였다. "어쩌면 미치광이 목사가 하랄트를 죽였는지도 모르잖아요."

토라는 잠시 머뭇거리다가 휴대폰을 꺼내들었다. "브리에트와 이야기를 나눠봐야겠어요. 미심쩍은 구석이 한두 개가 아니라고요."

매튜가 고개를 저었지만 토라는 굴하지 않았다. 전화벨이 네 번 울렸을 때 브리에트가 퉁명스러운 목소리로 전화를 받았다. 토라가 할도르의 체포 소식을 전하자 안도하는 듯 한숨을 쉬던 브리에트는 15분 뒤 학교 서점에서 만나자는 제안을 받아들였다. 매튜는 불만스럽게 중얼거리다가 서점에 가면 간식거리를 살 수 있다는 토라의 말에 굴복하고 말았다. 브리에트가 서점에 나타났을 때 매튜는 이미 피자 한 조각을 걸신 들린 듯 먹어치우고 있었다.

"도리가 경찰에 뭐라고 진술했대요?" 브리에트가 테이블에 앉자마자 떨리는 목소리로 물었다.

"아무 말도 안 했어." 토라가 싸늘하게 대꾸했다. "하지만 나한테는 그날 밤 있었던 일이랑 네가 맡은 역할 등등 이런저런 얘기를 늘어놨지. 보나마나 곧 경찰들에게도 털어놓기 시작할 거야. 할도르는 네가 하랄트를 죽였다고 생각하고 있어."

브리에트의 얼굴이 새하얘졌다. "저요?" 그녀가 꽥 소리를 질렀다. "저는 살인사건이랑 아무런 관련이 없다고요."

"할도르는 그날 밤 네가 중간에 다른 친구들이랑 찢어졌다고 했어. 게다가 시신을 발견하고 나서도 이상할 만큼 태연하게 행동했다던데? 평소의 너답지 않았다고 했어."

브리에트가 입을 떡 벌리더니 한동안 그 상태로 멍하니 앉아있었다. "고작 20분 나갔다 온 게 다예요. 그리고 시신을 발견했을 때는, 정말 기절하는 줄 알았다고요. 말은커녕 생각도 제대로 할 수 없을 정도였어요."

"중간에 어디 갔다 왔는데?" 매튜가 물었다.

브리에트는 도발적인 미소를 지었다. "저요? 오랜 친구랑 화장실에 다녀왔어요. 걔한테 물어보면 확인할 수 있을 거예요."

"화장실에 20분 동안 있었다고?" 매튜가 의심스럽다는 듯 다시 물었다.

"네. 왜요? 화장실에서 뭘 했는지 궁금하세요?"

"아니, 됐어." 토라가 끼어들었다. "말 안 해도 알겠어."

"저한테 원하는 게 뭐예요? 저는 하랄트를 죽이지 않았어요. 도리가 시신을 고정시키는 동안에도 저는 옆에 서있기만 했어요. 도리가 경찰에 불기 시작하면 진짜 곤란해지는 건 안드리예요. 걔가 도리를 거들었거든요. 저는 시신을 건드리지도 않았어요." 브리에트는 스스로를 안심시키려고 노력했지만 소용이 없는 것 같았다.

"하랄트와 함께 진행했다는 브리뇰푸르 주교에 관한 프로젝트와 사라진 편지에 대해 알고 싶어." 토라가 화제를 전환했다. "도리 말로는 네가 프로젝트를 진행하다가 하랄트와 말다툼을 벌였다고 하던데, 사실이야?"

브리에트가 멍한 표정을 지었다. "그 허접한 프로젝트요? 그게 이 사건이랑 무슨 상관인데요?"

"나도 몰라, 그래서 묻는 거야." 토라가 대답했다.

"하랄트는 한심했어요." 브리에트가 불쑥 말했다. "구나르의 약점을 확실히 잡았었는데. 제가 구나르를 찾아가서 국립기록원에서 편지 하나를 훔친 사실을 알고 있다고 하니까 바짝 긴장하더라고요. 누가 뭐라고 하든, 구나르가 훔쳐간 게 틀림없어요."

"하랄트가 한심했다는 건 무슨 뜻이야?" 매튜가 물었다.

"처음에는 하랄트도 재미있어 하면서 저더러 구나르를 찾아가 협박해보라고 했어요. 그 영감한테서 쫓겨난 뒤에는 편지를 직접 찾아보려고 심지어 둘이 연구실에 몰래 숨어들기도 했다니까요. 정말 이상했어요. 안에서 여기저기 뒤져보고 있는데 하랄트가 갑자기 마음을 바꾼 거예요. 아일랜드 수도사들에 관한 글을 발견하더니 태도가 180도 달라졌어요. 한 번도 그런 적이 없었는데."

"그게 무슨 뜻이야?" 토라가 물었다.

브리에트가 어깨를 으쓱했다. "구나르가 쓴 연구논문을 캐비닛에서 찾아냈거든요. 그걸 발견한 하랄트가 저한테 사진자료 밑에 달린 캡션의 뜻을 알려달라고 했어요. 그 중 두 가지 캡션의 의미를 듣고 난 하랄트는 엄청 기뻐했어요. 하나는 십자가 사진이었고, 다른 하나는 무슨 빌어먹을 구멍을 촬영한 사진이었어요. 그리고 다른 그림에 대해서도 아는 대로 다 설명을 해달라는 거예요. 저는 구나르가 나타날까봐 똥줄이 타는 상황이었는데 말예요. 거기서 통역이나 해주며 시간을 허비하고 싶지는 않았어요. 결국 하랄트는 논문을 챙겼고, 저희 둘 다 연구실 밖으로 나와서 줄행랑을 쳤죠."

"하랄트가 그때 정확히 뭐라고 했는데?" 토라가 물었다.

"잘 모르겠어요. 연구실을 나와서 휴게실로 갔는데, 하랄트가 저한테 사진 속 구멍의 정체가 뭔지 설명해달라고 했어요. 구멍은 어떤 동굴 안에 있는 아궁이처럼 보였어요. 십자가도 동굴 안에 있던 거였고요. 벽에 새겨져 있었는데, 꼭 제단처럼 보였어요."

"그럼 다른 그림이라는 건?" 매튜가 물었다. "그게 뭘 나타내는 그림이었지?"

"동굴의 도면이었어요. 기호로 뭔가 표시되어 있었고요. 제 기억이 맞는다면 첫 번째 기호는 십자가 옆에, 두 번째 기호는 천정에 난 구멍 옆에 그려져 있었어요. 천정에 난 구멍은 아마 굴뚝이었을 거예요. 그리고 세 번째 기호는 아궁이처럼 보이는 구멍 옆에 그려져 있었고요." 브리에트는 매튜를 쳐다보며 말을 이었다. "하랄트가 잔뜩 흥분을 해서는 세 번째 기호를 가리키면서 수도사들이 제단 옆에서 요리를 했을 것 같냐고 물었던 게 기억나요. 저는 잘 모르겠다고 대답했고요. 그러고는 수도사들이 아궁이를 굴뚝 아래에 뒀을 거 같냐고 물어봤어요. 하지만 그림 상으로는 그렇지 않거든요. 아궁이는 제단 옆에 있었지만 굴뚝은 입구 옆에 있었어요. 지루해서 죽는 줄 알았죠. 그런 말도 안 되는 그림에 흥분해서 날뛰는 게 하랄트답지도 않았고요."

"그 다음에는 어떻게 됐지?" 매튜가 물었다.

"하랄트가 구나르를 찾아가서 이야기를 나눴어요. 그러고 나더니 갑자기 저한테 사라진 편지와 관련해서 아무 짓도 하지 말라고 명령을 하더라니까요." 브리에트는 화가 난 표정으로 두 사람을 바라보았다. "하지만 애초에 구나르를 찾아가서 괴롭히라고 부추긴

건 하랄트였어요. 빌어먹을 가스트부트라고 부르면서요."

"가스트부트라고?" 토라가 소리쳤다. 하랄트가 종이에 끄적여놓은 단어가 뭐였지? 가스트부트? 그러니까 '십자가 방명록'이라는 표현은 토라의 착각이었던 것이다. 가스트부흐gastbuch에 십자가가 더해진 것이 아니라, 애초부터 가스트부트gastbucht라는 하나의 단어였다. 그리고 가스트부트(독일어로 '손님의 피난처'라는 뜻 — 옮긴이)는 하랄트가 구나르의 성, 즉 손님의 피난처라는 뜻을 가진 게스트비크Gestvík에서 따온 별명이었던 것이다.

토라와 하랄트는 즉시 교직원 건물로 돌아갔다. 발걸음을 재촉하면서 토라는 마르쿠스 경위에게 전화를 걸어 구나르에 대해 새롭게 알게 된 사실을 들려줬지만 마르쿠스는 말이 끝나기가 무섭게 콧방귀만 뀌었다. 하지만 토라의 설명을 들은 마르쿠스는 이내 마음을 바꿔 구나르의 은행 입출금 내역을 확인해보기로 했다.

토라와 매튜가 도착했을 때 구나르의 연구실은 비어있었다. 두 사람은 밖에서 기다리는 대신 마음대로 안으로 들어가 의자에 앉았다. 구나르가 편지를 돌려주기 위해 고문서연구소 소장을 찾아갔을 거라고 그들은 짐작했다.

매튜가 시계를 보고 말했다. "곧 돌아오겠군요."

바로 그 순간 문이 열리고 구나르가 들어왔다. 토라와 매튜를 본 구나르는 혼비백산했다. "누가 들여보내준 겁니까?"

"아무도요. 열려있었거든요." 토라가 차분하게 대답했다.

구나르가 책상 앞으로 걸어왔다. "이미 작별인사는 나눈 걸로 기억하고 있습니다만." 그는 자리에 앉으며 두 사람을 노려보았다.
"제 기분이 별로 유쾌하지 않습니다. 그 지경이 된 편지를 보고 마
리아가 미칠 듯이 기뻐했을 리는 없으니까요."

"시간을 오래 빼앗지는 않을 겁니다." 매튜가 말했다. "알고 보니
교수님과 할 얘기가 좀 더 남아있더라고요."

"그래요?" 구나르가 받아쳤다. "저는 더 이상 할 말이 없는데요."

"아직 답을 듣지 못한 게 있어서, 몇 가지 질문을 드리려는 것뿐
입니다." 토라가 응수했다.

구나르는 고개를 뒤로 젖히고 천정을 바라보았다. 그가 신음소
리를 내더니 다시 두 사람을 바라보았다. "알겠습니다. 알고 싶은
게 뭡니까?"

토라는 먼저 매튜와 시선을 맞추고는 구나르에게로 눈을 돌렸
다. "아우르드니 마그누손에게 보내진 편지에서 고대의 십자가가
언급됐었죠. 혹시 그게 헬라 인근 아일랜드 수도사들의 동굴에 그
려진 십자가를 가리킬 가능성도 있나요?" 토라가 물었다. "교수님
의 전공 분야가 그 시대이지 않나요? 적어도 바이킹 족의 이주가
본격적으로 시작되기 전에 그 십자가는 이미 그곳에 있었겠죠."

구나르의 얼굴이 시뻘겋게 달아올랐다. "제가 그걸 무슨 수로 알
겠습니까?" 그는 말을 더듬었다.

토라가 어깨를 으쓱했다. "솔직히 말씀드리자면, 저는 교수님이
모든 걸 다 알고 계신다고 생각합니다. 저기 교수님과 함께 사진
을 찍은 농부가 동굴이 위치한 땅을 소유한 농장주 아닌가요?" 그
녀는 벽에 걸린 사진을 가리키며 말했다. "수도사들의 동굴이 있는

바로 그 지역 말입니다."

"공교롭게도 그렇군요. 하지만 그게 무슨 상관인지 저는 도통 모르겠습니다." 구나르가 반박했다. "저 사진은 사건과 아무런 관련도 없을 뿐더러, 어째서 옛날 역사에 그리도 관심을 보이는지 도통 모르겠군요. 역사학과에 입학하고 싶은 거라면 학과 사무실에 입학신청서가 있으니 가져가십시오."

토라는 태연하게 말을 이었다. "무슨 관계가 있는지는 교수님이 더 잘 아실 텐데요. 하랄트가 살해당하던 날 밤, 당신도 다른 교수들과 함께 그 축하자리에 자정까지 남아있었습니다." 구나르가 아무런 말도 하지 않자 토라는 말을 이었다. "그날 밤 하랄트와 만나셨나요?"

"그게 무슨 황당무계한 소리요? 하랄트의 안타까운 죽음에 대해서는 이미 경찰에서 모두 진술을 했습니다. 불행히도 제가 하랄트의 시신을 발견한 건 맞지만, 그 점을 제외하고 저는 사건과 아무런 관련이 없습니다. 당장 여기서 나가주세요." 그는 떨리는 손가락으로 문을 가리켰다.

"하랄트의 시신이 왜 그렇게 훼손됐는지 밝혀졌기 때문에 경찰은 이제부터 모든 진술내용을 다시 확인할 겁니다." 토라는 이렇게 말하며 심술궂게 웃었다.

"그게 무슨 말입니까?" 구나르가 불안한 목소리로 물었다.

"안구를 적출하고 시신에 심벌을 새긴 사람을 찾아냈거든요. 시신을 발견했을 때 아무리 큰 충격을 받으셨다고 해도, 이제는 경찰이 교수님을 부드럽게만 대하지는 않을 겁니다. 이제 모든 걸 전혀 다른 각도에서 봐야 할 테니까요."

구나르는 숨 쉬는 것조차 힘들어 보였다. "두 분 다 바쁘신 분들이죠. 저도 그렇습니다. 더 이상 두 분의 시간을 뺏고 싶지 않군요. 오늘은 이만 하죠."

"당신이 넥타이로 하랄트의 목을 졸랐죠." 토라가 푹 찌르듯 말했다. "넥타이핀이 그걸 증명해줄 겁니다." 그녀는 자리에서 일어났다. "동기는 아직 밝혀지지 않았지만, 지금 당장 그건 중요하지 않아요. 당신이 하랄트를 죽였으니까. 후에나, 할도르, 브리에트가 아니라 당신이 죽였다고." 그녀는 역겨움과 연민 사이에서 갈피를 잡지 못하는 시선으로 구나르를 쏘아보았다. 구나르는 몸을 떨었고 매튜는 천천히 자리에서 일어서며 한 손으로 토라를 조심스럽게 문 쪽으로 밀어냈다. 그는 마치 구나르가 토라의 목을 조르기 위해 넥타이를 높이 쳐들고 책상 너머로 달려들지 모른다고 걱정하는 듯했다.

"제정신이오?" 구나르가 토라를 노려보며 소리쳤다. 그는 간신히 자리에서 일어났다. "대체 어떻게 그런 상상을 할 수 있습니까? 당장 정신과 전문의의 도움을 받아보라고 조언하고 싶군요."

"저는 멀쩡합니다. 당신이 하랄트를 죽였을 뿐이죠." 토라는 물러서지 않았다. "당신이 범인이라는 걸 입증할 증거들이 있습니다. 제 말 들으세요. 그 증거가 경찰 손에 넘어가 당신의 진술을 재수사하기 시작하면 그때는 변명을 늘어놓기 힘들 겁니다."

"이건 말도 안 돼. 난 하랄트를 죽이지 않았어요." 구나르가 지지를 호소하기라도 하듯 매튜를 바라보며 말했다.

"경찰은 당신의 반박을 듣고 싶어할지 몰라도 우리는 아닙니다."
매튜가 돌처럼 굳은 얼굴로 단언했다. "어쩌면 학교 당국에서 당신과 관련된 일들을 조사하려 들지도 모르죠. 그리고 넥타이핀이 증거로 충분하지 않다고 해도 추가로 수색을 하면 더 많은 단서가 발견될 겁니다."

토라의 휴대폰이 울렸다. 그녀는 구나르에게서 시선을 떼지 않은 채 짧은 통화를 이어갔다. 통화 내용을 알 리 없는 구나르는 불안한 마음으로 토라의 말에 귀기울였다. 통화를 마친 토라가 휴대폰을 주머니에 넣으며 알렸다. "경찰에서 온 전화에요, 구나르."

"그래서요?" 구나르가 고함쳤다. 그의 목젖이 꿀꺽, 움직였다.

"저한테 경찰서로 와달라는군요. 교수님의 은행계좌에서 흥미로운 내역을 발견했다고. 저희 두 사람의 조사 내용을 모두 듣고 싶답니다. 제가 보기에는 경찰이 당신에 대한 포위망을 점점 좁혀오는 것 같군요." 토라는 말을 멈추고 구나르를 바라보았다.

혼란스러운 표정으로 두 사람을 바라보던 그가 넥타이를 손에 쥐고 넥타이핀을 내려다보았다. 그가 입을 두어 번 뻥긋거려 무언가를 중얼거리는 것 같더니, 이내 조용해졌다. 모든 것을 체념한 듯한 그가 고개를 숙였다. "돈을 찾고 있는 겁니까?" 그가 웅얼거렸다. "돈은 거의 쓰지 않았습니다." 그는 두 사람을 바라보았지만 아무런 대답도 들을 수 없었다. "초고도 내가 가지고 있습니다. 하지만 그건 누구에게도 넘겨주지 않을 겁니다. 그건, 내 거예요. 내가 발견했다고요." 절박한 표정의 그가 손으로 이마를 감싸쥐었다. "내가 가진 모든 것들 중 귀하거나 특별한 건 그것뿐입니다. 하랄트는 모든 걸 가진 듯 보였어요. 최소한 돈은 많아 보이더군요. 그냥 다른 걸 탐낼 수도 있었을 텐데."

"구나르, 이제는 경찰을 불러야겠어요." 토라가 부드럽게 말했다. "더 이상 아무 말 하지 않아도 괜찮아요. 힘을 아끼세요." 그녀는 매튜가 휴대폰을 꺼내는 모습을 지켜보았다. "112." 토라는 아주 작은 소리로 숫자를 불렀다. 다행히 구나르는 눈치채지 못했다. 매튜는 전화를 걸기 위해 밖으로 나갔다.

"시신이 발견되고 경찰에 조사받으러 갔을 때, 당연히 경찰이 저를 범인으로 의심할 거라고 생각했습니다. 조사받는 과정에서도 경찰이 아무것도 모르는 척, 저를 떠보는 거라고 확신했죠. 그런데 알고 보니 저는 용의자 명단에 오르지도 않았더군요." 그는 희미하게 미소 지으며 고개를 들었다. "하랄트의 시신이 내 품으로 떨어졌을 때 느낀 공포는 연기가 아니었어요. 마지막으로 봤을 때는 학생 휴게실 바닥에 늘어져 있었으니까요. 순간이었지만 저는 하랄트가 복수를 하기 위해 저승에서 돌아왔다고 생각했어요. 눈을 그렇게 만든 건 제가 아니에요. 나는 그냥 목을 조르기만 했습니다."

"그 진술만으로도 충분합니다." 토라가 말했다. "그렇지만 왜죠? 《마녀의 망치》 초고를 사고 싶어했기 때문인가요? 초고를 당신이 가지고 있었다고요?"

구나르가 고개를 끄덕였다. "동굴 안에서 찾았습니다. 20년 전에요. 아일랜드 수도사들에 대한 연구에 몰두하며 안식년을 보내던 중이었죠. 수도사들이 동굴을 직접 파서 만들었다는 사실을 증명할 단서를 찾을 수도 있다는 희망으로, 그곳 농장주로부터 동굴을 파헤쳐도 좋다는 허락까지 받아냈습니다. 그 전까지는 동굴에 대한 연구가 제대로 이뤄지지 않았어요. 그 동굴의 첫 삽을 뜬 게 바로 저입니다. 물론 그 지역의 몇몇 동굴에 대해서는 한참 전에 조사가 이루어진 적이 있지만요. 20세기 중반까지도 동굴에서 가축을 키우는 일이 흔했기 때문에 여전히 미지의 영역이었죠. 하지만 정착 시대 이전 그곳에 사람이 거주했다는 증거 대신 제단 옆 구멍에 감쪽같이 숨겨져 있던 작은 나무상자를 발견했어요. 상자 안에는 《마녀의 망치》초고를 비롯한 여러 문서가 들어있었어요. 덴마크어 성경 필사본 한 부와 성가집 한 부, 그리고 노르웨이어로 쓰인 아름다운 자연과학서 두 권이 들어있었죠." 그는 토라의 눈을 깊이 들여다보며 말했다. "유혹을 뿌리칠 수가 없었습니다. 농장주에게 들키기 전에 얼른 차에다 상자를 숨겼고, 어느 누구에게도 그 사실을 알리지 않았어요. 시간이 흐르고 제가 손에 넣은 게 어떤 보물인지 깨닫게 되었죠. 스칼홀트에서 자취를 감춘 보물상자였던 겁니다. 심지어 그 중 두 권에는 브리뇰푸르의 모노그램 L.L.까지 적혀있었습니다. 하지만 하랄트가 나타나서 《마녀의 망치》초고에 관해 기이한 이야기를 들려주기 전까지는 그것의 가치를 제대로 알지 못하고 있었죠."

"그런데 하랄트는 당신이 초고를 가지고 있다는 걸 어떻게 알아냈죠?" 토라가 물었다. "대답하고 싶지 않다면 말하지 않아도 괜찮습니다."

구나르는 토라의 말을 무시하고 대답했다. "초심자의 행운이었죠. 아니 그건 행운이라기보다 불운에 가까운 것이었어요. 틀림없이 알고 계시겠지만 하랄트는 애초 그 초고를 찾을 목적으로 아이슬란드에 왔습니다. 모든 자료를 샅샅이 뒤진 후에야 그는 조사를 제 궤도에 올릴 수 있었습니다. 어쨌든 하랄트는 그렇게 생각했을 겁니다. 그는 《마녀의 망치》 초고를 인쇄할 계획이던 욘 아라손 주교가 종교개혁으로 인해 세력 기반을 잃기 시작하자 초고를 어딘가에 숨겼을 거라고 확신했습니다. 그 당시 저는 하랄트가 무슨 일을 꾸미고 있는지 알지 못했고, 당연히 그를 방해할 수도 없었죠. 그는 욘 아라손이 처형당한 장소를 보기 위해 스칼홀트로 갔고, 그곳에서 순전히 우연으로 초고에 대한 단서를 얻게 됐습니다. 누군가 브리뇰푸르의 컬렉션 일부가 사라졌다는 사실을 알려줬고 하랄트는 사라진 문서들을 찾을 수 있을지 모른다는 기대로 브리뇰푸르에 관한 모든 자료를 뒤지기 시작했습니다. 하랄트는 국립기록원에서 편지가 사라졌다는 사실을 브리에트가 알아챈 이후에서야 저를 찾아왔습니다." 그는 시선을 내리깔더니 이내 고개를 들어 토라를 쳐다보았다. "물론 저는 상자에 든 유물들의 정체를 알고 나서 국립기록원의 편지를 가져왔어요. 다른 사람들이 그 편지를 보고 동굴로 향하지나 않을까 두려웠습니다. 누군가 두 분처럼 십자가를 단서 삼아 같은 결론에 도달할지도 모르는 일이니까요. 덕분에 값비싼 대가를 치렀습니다. 브리에트는 어렵지 않게 쫓아낼 수 있었지만, 그 다음에 하랄트가 찾아왔습니다. 편지의 내용을 미리 조사하고 왔더군요. 그는 단도직입적으로 말했습니다. 내가 크래머의 《마녀의 망치》 초고를 발견한 걸 알고 있으니 그걸 내놓으라고 말이죠. 그는 제 연구실에서 아일랜드 수도사들과 동굴에 대한 글까지 훔쳐간 상태였습니다. 안식년을 마치면서 어쩔 수 없이 작성했던 오래된 연구논문이 있었거든요. 안식년 동안 진행한 연구에 관한 논문을 의무적으로 작성해야 했기 때문에 읽는 사람이 거의 없는 한 잡지에 논문을 발표했고, 그 잡지는 그 직후 폐간됐습니다. 상자가 발견된 구멍의 사진을 논문에 포함시킨 게 실수였습니다. 논문에는 그 구멍이 고대에 만들어진 아궁이라고 언급했습니다. 누구도 제 말에 반론을 제기하지 않았고요. 사실 누가 그런 듣도 보도 못한 잡지를 읽으려고나 하겠습니까. 하랄트는 여러 자료와 정황을 종합해서 추론했던 거죠. 그리고 저는 청소부 중 한 명이 논문이 실린 잡지를 훔쳐갔다고 잘못 생각했고요."

구나르는 잠시 말을 멈추고 토라를 바라보았다. 토라가 어떤 말도 보태지 않자 그는 설명을 이어나갔다. "하랄트는 《마녀의 망치》를 원했어요. 상자 안에 든 다른 물건들에는 관심이 없지만 《마녀의 망치》 초고만은 꼭 가져야겠다고요. 그러더니 저에게 돈을 줄 테니 초고를 팔라더군요. 엄청난 금액을 제시했고, 그 액수는 제가 암시장에서 초고를 팔아 벌 수 있는 금액보다 훨씬 더 큰돈이었어요. 물론 암시장에 대해서는 전혀 아는 바도 없지만요. 그의 제안을 거부하는 대신, 저는 한 걸음 물러났습니다. 돈이 탐났거든요. 그때까지만 해도 저는 그게 얼마나 대단한 물건인지 몰랐으니까요. 하랄트는 돈을 넘겨주면서 그제야 초고의 가치에 대해 설명해줬어요. 그 말을 들은 제 마음이 바뀌었습니다. 하지만 그때는 하랄트에게 그 사실을 말할 수가 없었어요." 구나르가 한숨을 내쉬었다. "두 분은 이해 못 하시는 게 당연하지만, 역사 연구에 평생을 바치며 살다보면 본능적으로 오래도록 살아남은 것들에 대해 매료되게 마련입니다. 제가 찾은 건 무엇과도 바꿀 수 없는 보물이었어요. 세상에 단 하나뿐인 보물 말입니다."

"그래서 초고를 지키기 위해 하랄트를 죽인 건가요. 돈을 돌려주거나 혹시라도 하랄트가 물러날 생각은 없는지 알아보려고 하지도 않고요?" 토라가 물었다. "어쩌면 하랄트는 목숨을 잃느니 초고를 포기했을지도 몰라요."

구나르가 힘없이 웃었다. "물론 그러려고 했습니다. 그런데 하랄트가 제 면전에서 코웃음을 치며 경찰 당국을 상대하느니 차라리 자기랑 거래하는 게 나을 거라고 협박하더군요. 자기를 배신하면 주저 없이 경찰에 저를 신고하겠다고 말하면서요." 그는 한숨을 쉬고 말을 이었다. "그날 밤 하랄트를 봤어요. 차를 타고 집에 가려는데 하랄트가 자전거를 타고 학교 안으로 들어오는 모습이 보이더군요. 저는 차를 돌렸고 건물 입구에서 그와 만났어요. 하랄트는 자전거를 건물 옆에 내팽개치고는 저와 함께 건물 안으로 들어갔습니다. 하랄트의 한 손이 피로 흥건했어요. 코피를 흘렸다고 하더군요. 역겨웠죠." 구나르는 눈을 감았다. "하랄트가 자기 카드키와 비번을 찍어서 안으로 들어갈 수 있었죠. 그는 이미 술과 약에 취한 상태였습니다. 저는 그를 다시 설득해보려고 애썼어요. 제 사정을 조금만 이해해 달라고 말이지요. 하지만 하랄트는 그저 비웃기만 하더군요. 그를 따라 휴게실로 들어갔고, 하랄트는 미친 듯이 서랍장을 뒤지더니 하얀 알약 하나를 찾아 삼켰어요. 그러고 나선 더 이상하게 굴기 시작했죠. 안락의자에 주저앉더니 저에게 등을 보이면서 어깨를 주물러 달라고 하더군요. 그 당시에는 하랄트가 정신이 나간 게 아닌가 싶었죠. 나중에 알고 보니 그가 삼킨 알약은 엑스터시였고, 그걸 복용하면 신체접촉에 대한 욕구가 높아진다는 사실을 알게 됐습니다. 처음에는 그의 비위를 맞춰주면 마음을 돌릴지도 모른다는 기대감으로 그에게 다가갔어요. 그런데 한순간 저도 주체할 수 없는 분노에 휩싸였고 정신을 차려보니 어느새 넥타이로 그의 목을 칭칭 감고 있더군요. 저는 넥타이를 있는 힘껏 조였어요. 하랄트는 발버둥을 쳤죠. 몸싸움 같은 건 없었습니다. 그렇게 숨이 끊어졌어요. 하랄트는 천천히 의자에서 바닥으로 미끄러져 내려갔어요. 그리고 저는 그 자리를 떴습니다." 구나르는 토라의 반응을 짐작한다는 듯 그녀를 쳐다보았다. 매튜에 대해서는 이미 까맣게 잊어버린 듯했다.

창문 너머로 사이렌 소리가 들리기 시작했다. 소리는 점점 가까워졌다. "경찰이 교수님을 데려가려고 온 겁니다." 토라가 말했다.

구나르가 시선을 창문 밖으로 돌렸다. "부총장 선거 후보에 출마할 생각이었는데." 그는 슬프게 말했다.

"그건 이미 물 건너간 일입니다."

13 December 2015

에필로그

아멜리아 건틀립은 무덤처럼 고요하게 테이블을 내려다보고 있었다. 토라는 건틀립 부인이 아직 말을 할 만큼 몸이 회복되지 않은 건 아닌지 의심스러웠다. 물론 토라는 그 자리에서 입을 뻥긋하고 싶지도 않았다. 매튜는 이제 막 사건의 진행상황에 대해 보고를 마친 참이었고, 건틀립 부인과 엘리자는 이야기를 듣고만 있었다. 더이상은 보고할 만한 핵심적인 내용이 남아있지 않았다. 토라는 매튜가 건틀립 부인에게 상처가 될 만한 부분들을 능숙하게 순화해 설명하는 모습을 지켜보면서 감탄을 금치 못했다. 사건의 전말은 다시 들어도 견디기 힘들 만큼 구역질났다. 이미 내용을 속속들이 알고 있는 토라조차 그렇게 느껴졌다.

"경찰이 《마녀의 망치》 초고를 비롯해 구나르가 동굴에서 발견한 문서들을 찾아냈다고 합니다." 매튜가 차분한 어조로 덧붙였다. "돈도 찾았고요. 구나르가 돈에는 손을 대지 않았던 모양입니다. 전액이 은행에 보관되어 있었다고 합니다."

그 전날, 구나르가 경찰에 체포된 이후 토라와 매튜는 조사를 받느라 건틀립 부인과의 저녁 약속을 취소해야만 했다. 조사를 마치고 경찰서를 나온 토라에게는 부인과 만나 이야기를 나눌 기운이 남아있지 않았다. 녹초가 된 토라는 바로 집으로 향했다. 토라는 길피와 단둘이 마주앉아 여자친구와 아기에 대해 이야기를 나누기 전에 로피와 길게 통화를 했다. 로피는 상황을 냉정히 파악하도록 하기 위해서는, 길피로 하여금 아기가 생긴다는 것을 자신의 일로 받아들이게 해야 한다고 토라에게 조언했다. 그렇게 해야 자신의 상황을 실감할 거란 뜻이었다. 로피는 아기의 이름을 뭐라고 지을지 미리 고민해보는 것도 좋은 방법이라고 했다.

네 사람은 시청의 썰렁한 카페테리아에 앉아있었다. 매튜의 이야기를 듣는 동안 엘리자는 눈물을 글썽였지만 건틀립 부인은 망연자실한 표정으로 말없이 앉아있었다. 그녀는 자신의 무릎에서 테이블로 시선을 옮겼다가 다시 무릎을 내려다보았다. 부인은 이제야 고개를 들고 심호흡을 했다. 아무도 말이 없었다. 그들은 부인이 무슨 말이라도 하거나, 흐느끼거나, 아니면 다른 어떤 방법으로라도 자신의 감정을 드러내주기를 바랐다. 하지만 그런 일은 일어나지 않았다. 부인은 셋 중 누군가를 바라보는 대신 호수가 내다보이는 커다란 유리창 너머로 거위 몇 마리와 함께 물 위에서 헤엄치는 오리들을 바라보았다. 바람이 불면서 수면 위에 파장이 일자, 새들은 파장을 따라 부드럽게 위아래로 오르내렸다. 느닷없이 갈매기 한 마리가 날아오더니 여기저기 흩어져 있는 새들 가운데로 내려앉았다.

"아이슬란드 지도나 보러 갈까?" 매튜가 엘리자에게 물었다. "홀에 있어." 엘리자가 심란한 표정으로 고개를 끄덕이며 매튜와 함께 일어나 카페테리아 밖의 홀로 나갔다. 이제 토라와 건틀립 부인만 테이블에 덩그러니 남겨졌다.

부인은 매튜와 엘리자가 자리를 떴다는 사실을 전혀 알아채지 못한 듯했다. 토라는 조심스럽게 헛기침을 했지만 아무런 반응도 돌아오지 않았다. 부인의 주목을 끌기 위해서는 더 직접적인 조치가 필요할 듯했다. "이런 상황을 직접 겪어보지 않아서, 어떻게 조의를 표해야 좋을지 모르겠군요. 그저 부인과 가족 분들께 애도의 뜻을 전하고 싶을 뿐입니다."

부인은 헛웃음을 웃었다. "저는 애도를 받을 자격이 없습니다. 변호사님이나 그 누구에게서도 말이죠." 그녀가 창문에서 시선을 떼고 토라를 바라보았다. 분노로 가득했던 표정이 조금은 누그러진 듯했다. "죄송합니다. 평소에는 이렇지 않은데." 그녀가 두 손을 테이블에 올리더니 손가락에 끼워진 반지를 만지작거렸다. "어째서 변호사님과 단둘이 이야기를 나누고 싶다는 생각이 들었는지 저도 잘 모르겠습니다." 그녀가 다시 고개 들어 토라를 바라보았다. "어쩌면 다시는 볼 일이 없기 때문일지도 모르겠네요. 어쩌면 제 행동에 대해 변명을 하고 싶었는지도 모르고요. 저의 행동으로 인해 이 끔찍한 결과가 초래됐으니까요."

토라는 '이 끔찍한 결과'가 하랄트의 죽음일 거라고 짐작만 할 뿐이었다. "제게 해명하실 필요는 없습니다." 토라가 말했다. "한두 살 먹은 어린아이도 아니고, 눈에 보이는 게 전부가 아니라는 것쯤은 이해할 나이가 됐으니까요."

부인은 어렴풋한 미소를 지었다. 잘 관리된 부인의 외모가 토라의 눈에 띄었다. 나이를 먹고 있다는 건 부인할 수 없지만 그녀는 여전히 아름다웠고, 세월의 흐름과 함께 미모는 점차 우아함으로 탈바꿈하고 있었다. 옷차림 역시 그녀의 우아한 인상을 돋보이게 했다. 토라는 부인이 입고 있는 검은 예복과 코트의 가격이 자신이 1년 동안 의복비로 소비하는 금액보다 더 높을 것이라고 생각했다.

"하랄트는 정말 흠잡을 데 없는 아이였어요." 부인은 꿈이라도 꾸는 듯 말했다. "하랄트가 태어났을 때 남편과 저는 이루 말할 수 없이 행복했지요. 첫째인 베른트가 갓 두 살을 넘겼을 즈음 너무나 아름다운 아기가 태어난 거예요. 그 이후로 아멜리아가 태어나기 전 몇 년 동안 저는 천국을 날아다니는 것만 같은 기분이었죠. 그 늘질 겨를이 없을 정도였죠."

"아멜리아는 건강이 안 좋았다죠?" 토라가 물었다. "선천성 질환을 앓았던 것으로 압니다만?"

건틀립 부인의 얼굴에서 순식간에 웃음기가 사라졌다. "아뇨. 본래 그렇게 태어난 건 아니에요. 아멜리아는 아주 건강한 아기였어요. 제 어린시절 사진을 보면 아멜리아가 저를 판박이처럼 **빼닮았**다는 걸 알 수 있어요. 저희 아이들이 다 그랬던 것처럼 아멜리아도 놀라운 아이였죠. 잠도 잘 자고, 우는 일도 거의 없었어요. 제 아이들은 하나같이 배탈이 나거나 귓병을 앓는 일도 없었어요. 사랑스러운 아기들이었어요." 토라는 딱히 대답할 말을 찾지 못한 채 고개만 끄덕였다. 건틀립 부인의 눈가에 눈물이 차오르기 시작했다. "하랄트는…," 부인의 목소리가 갈라졌다. 그녀는 말을 잇기 전에 감정을 추스르기 위해 잠시 입을 닫고 재빨리 손으로 눈물을 훔쳤다. "이 일에 대해서는 남편과 의사들을 제외하고는 누구에게도 말하지 않았어요. 남편이 시부모님께 이 일을 언급하기는 했지만 그 외에는 누구도 모르는 일이에요. 저희는 개방적인 집안이 아니라 마음을 터놓고 이야기하는 걸 삼가는 편이거든요. 더구나 타인으로부터 동정받는 일에는 더욱 익숙지 않습니다. 그래서 지금까지 누구에게도 이야기를 하지 않았던 것 같네요."

"어려운 일이죠." 토라는 이렇게 대답했지만 부인의 기분이 어떤지 전혀 가늠할 수 없었다. 다행히 지금까지는 동정받을 만한 일을 겪지 않았기 때문이다.

"하랄트는 아멜리아를 너무나 아꼈지만 동시에 동생을 질투했어요. 3년이 넘는 시간 동안 집안의 막내로 사랑을 독차지해왔으니 동생이 생겼다는 사실을 받아들이는 게 어려울 만하죠. 저희는 그걸 심각하게 생각하지 않았어요. 그 시기는 금방 지나갈 거라고 여겼을 뿐이죠." 눈물이 부인의 양 볼을 타고 흘러내리기 시작했다. "그런데 하랄트가 아기를 떨어뜨렸어요. 아기를 바닥에 내동댕이친 거예요." 그녀는 말을 멈추고 다시 호수의 새들을 바라보았다.

"하랄트가 아기를 바닥에 떨어뜨렸다고요?" 토라는 평정심을 잃지 않으려 애쓰며 물었다. 한기가 그녀의 등줄기를 타고 흘렀다.

"아멜리아가 4개월 때였죠. 아기는 카시트에 누워서 잠들어 있었죠. 이제 막 쇼핑을 마치고 집에 돌아온 제가 코트를 벗어두려고 잠깐 자리를 비웠다가 돌아왔는데 하랄트가 아기를 안고 있는 거예요. 정확히 말해서 안고 있었다기보다는, 아기가 헝겊인형이라도 되는 양 두 다리를 붙잡아 거꾸로 들고 있었어요. 당연히 아기는 잠에서 깨 칭얼거리기 시작했고요. 그러자 하랄트가 소리를 지르면서 아기를 마구 흔들어댔어요. 제가 아이들을 향해 달려갔지만 너무 늦어버렸습니다. 하랄트는 저를 보며 미소를 짓고는 아기를 바닥에 떨어뜨렸어요. 아기는 그대로 타일 바닥에 떨어졌지요." 이제 부인의 얼굴에서 눈물이 줄줄 흘러내리면서 양쪽 볼이 반짝거렸다. "그때의 기억을 지울 수가 없었어요. 하랄트를 볼 때마다 아기를 떨어뜨리던 그애의 표정이 떠올랐지요." 그녀는 잠시 말을 멈추고 마음을 추스렸다. "아멜리아의 두개골은 골절되고 말았어요. 병원에 입원해있던 중 혼수상태에 빠졌고 결국 뇌병증을 얻게 됐죠. 의식을 되찾았을 때는, 이미 예전의 아멜리아가 아니었어요. 나의 작은 천사가 말이에요."

"분명 당시에 아동학대 혐의를 받으셨겠네요? 아이슬란드에서는 그런 경우 수사가 진행되는 동안에는 아이에 대한 부모의 양육권을 박탈하기도 하거든요."

부인은 토라를 순진하다는 듯한 표정으로 바라보았다. "다행히 그런 일은 겪지 않아도 됐어요. 주치의가 저희를 도왔고, 아멜리아를 진료한 다른 의사들도 저희 상황을 이해했으니까요. 하랄트는 정신과 의사에게 치료를 받았지만 아무런 효과가 없었어요. 아이에게서 정신질환의 징후가 전혀 발견되지 않았거든요. 하랄트는 그저 끔찍한 실수를 저지른 질투심 많은 어린아이였을 뿐이죠."

토라는 그런 행동을 보인 아이를 정상이라고 분류할 수 있을지 의심스러웠지만 내색하지 않았다. 자신은 아동심리학 전문가도 아니었다. "하랄트는 그 일을 기억하고 있었나요, 아니면 시간이 흐르면서 차츰 잊어버리게 됐나요?" 의심을 이어가는 대신 토라는 질문을 던졌다.

"솔직히 저도 잘 모르겠어요. 하랄트와 저는 단둘이 대화를 나누는 일이 거의 없었거든요. 아마 기억하고 있었을 겁니다. 하랄트는 아멜리아가 숨을 거둘 때까지 동생을 끔찍이 챙겼거든요. 저는 하랄트가 자신이 저지른 잘못에 대해 끊임없이 보상을 하려고 애쓴다는 인상을 받았어요."

"그러니까 그 일 때문에 두 모자의 관계가 완전히 망가져버렸다는 거군요?" 토라가 물었다.

"관계라고 부를 것도 없었죠. 곁에 있는 건 말할 것도 없고, 하랄트의 얼굴을 보는 것조차 힘들 지경이었어요. 언제나 제 아들을 피하려고만 했어요. 애 아버지도 마찬가지였고요. 하랄트는 처음에는 그런 상황을 받아들이지 못했어요. 왜 엄마가 자기를 멀리 하는지 이해하지 못했죠. 그러다가 아이도 차츰 현실에 익숙해졌죠." 어느 새 눈물을 멈춘 그녀는 굳은 표정을 짓고 있었다. "물론 제가 하랄트를 용서했어야 해요. 하지만 도저히 그럴 수가 없었습니다. 어쩌면 정신과 치료를 받아야 하는 건 저였는지도 몰라요. 그랬다면 모든 게 지금과는 달라졌겠죠. 하랄트 역시 그런 아이로 성장하지 않을지 모르고요."

"하랄트는 착한 아이가 아니었나요?" 토라는 엘리자의 말을 떠올리며 물었다. "엘리자는 그를 좋은 오빠로 기억하고 있던데요."

"하랄트는 호기심이 많은 아이였어요." 부인이 말했다. "그렇게 표현하는 게 좋겠네요. 하랄트는 끊임없이 아빠의 애정을 얻으려 했지만, 그럴 수가 없었죠. 저에 대해서는 일찌감치 포기했고요. 하랄트를 구원한 건 할아버지의 애정이었죠. 하지만 할아버지마저 돌아가시자 하랄트는 완전히 방향을 상실해버렸습니다. 당시 하랄트는 베를린에서 학교를 다니던 중이었는데, 얼마 안 가 마약에 손을 대더니 이상한 장난을 치다가 목숨까지 잃을 뻔했어요. 실제로 하랄트의 친구 중 한 명은 그 일로 목숨을 잃었죠. 그 사건 때문에 하랄트의 생활이 망가졌다는 걸 알게 됐어요."

"그때도 마음을 열고 관계를 회복하려는 노력을 하지 않으셨나요?" 토라는 이미 답을 알고 있는 질문을 던졌다.

"네." 부인이 딱 잘라 대답했다. "그 이후로 흑마술에 대해 섬뜩할 정도로 관심을 갖기 시작했어요. 할아버지로부터 물려받은 관심사였죠. 아멜리아까지 세상을 떠나자 하랄트는 군대에 입대했어요. 저희는 그걸 말리지 않았고요. 결과는 참담했죠. 그 일에 대해서는 자세히 말씀드리지 않겠지만 어쨌든 하랄트는 입대한 지 1년도 안 돼서 집으로 돌아왔어요. 독일로 돌아오긴 했지만, 할아버지로부터 물려받은 재산이 상당했으니 서로 얼굴 볼 일이 많지 않았어요. 다만 집에 올 때는 미리 연락을 했어요. 전화를 해서 집에 오겠다고 말했죠."

토라는 생각에 잠긴 듯한 표정으로 부인을 바라보았다. "이해를 바라시는 건지 모르겠지만, 저로서는 이해할 수가 없습니다. 연민이 들기는 합니다. 저라면 어떻게 반응했을지 궁금하고요. 어쩌면

495

부인과 똑같은 반응을 보였을지도 모르죠. 하지만 그러지 않기를 바랍니다."

"저 역시, 제가 하랄트와의 관계를 고칠 수 있는 사람이었다면 좋겠습니다. 하지만 이제 너무 늦어버렸고 어떻게든 그 결과를 감당해야겠지요."

토라는 이 상황이 아이러니하게 느껴졌다. 어쩌면 복수의 저주가 먹혀든 것일까? "부인의 고통을 더해드리고 싶은 마음은 없지만, 이 일로 고통받게 된 건 부인의 가족들만이 아니라는 사실을 알려드리고 싶군요. 예를 들어 어떤 청년은 감옥에 갇히게 됐어요. 의대에 다니던 하랄트의 친구죠. 부인의 아드님을 친구로 두었던 그 청년은 다시는 사회로 돌아갈 수 없게 됐습니다."

부인은 조용히 물었다. "그 청년은 이제 어떻게 되나요?"

토라는 어깨를 으쓱했다. "아마 시신을 발견하고도 경찰에 신고하지 않고 오히려 훼손한 혐의로 유죄판결을 받겠죠. 그리고 얼마간 복역을 해야겠죠. 학교에서도 할도르를 받아주려 하지 않을 거고요. 제 짐작으로는 그가 친구들이 연루되는 걸 막기 위해 모든 죄를 뒤집어쓰려고 할 겁니다. 물론 그건 좀 더 두고 봐야 확실해지겠만요. 제 생각에는 하랄트가 유언장에서 언급한 사람이 할도르가 아닌가 싶습니다. 그걸로 약간의 보상이 되긴 하겠죠."

"그 청년은 하랄트에게 좋은 친구였나요? 변호사님이 보시기에 말이에요." 부인이 토라를 바라다보며 물었다.

"네. 그랬던 것 같습니다. 다른 건 몰라도 하랄트와의 약속을 지켰으니까요. 아주 역겹고 어리석은 잘못을 저지르긴 했지만, 하랄트의 친구들은 전반적으로 평범함과는 거리가 멀었습니다."

"그 청년은 제가 책임지겠습니다." 부인이 낮은 목소리로 말했다. "제가 할 수 있는 건 그뿐이군요. 외국의 의과대학에 등록할 수 있을 겁니다. 이번 일로 감옥에 가게 되더라도 그 정도는 무리 없이 처리할 수 있을 거예요." 그녀는 손가락 관절이 뻐근하기라도 한 듯 손가락을 쫙 펴더니 다시 주먹을 꽉 쥐었다. "제가 뭐라도 도울 수 있다면 좋겠어요. 마음의 짐을 조금이나마 덜 수 있도록요."

"정말 그럴 의사가 있으시다면 매튜가 진행을 도와드릴 겁니다." 토라는 일어날 준비를 했다. "이제는 더 나눌 이야기가 없을 것 같군요." 그녀는 대화를 여기서 끝낼 수 있기를 간절히 바라며 이렇게 말했다. 이 정도면 충분했다.

부인은 의자 등받이에 걸어두었던 핸드백을 들어 어깨에 멨다. 그런 다음 자리에서 일어나 코트의 단추를 잠그고 토라와 악수를 나눴다. "고맙습니다." 부인의 말에서 진심이 느껴졌다. "청구서를 보내주세요. 들어오는 즉시 지불하겠습니다." 작별인사를 나눈 토라는 빠르게 출구를 향해 걷기 시작했다. 당장이라도 밖으로 뛰쳐나가 시원한 공기를 맡고 싶었기 때문이다.

출구로 걸어가면서 토라는 아이슬란드의 지도가 전시된 홀을 지나쳤다. 그녀는 잠시 멈춰서 모형지도 주변을 서성이는 매튜와 엘리자를 바라다보았다. 토라를 발견한 매튜가 고개를 들어 엘리자의 팔의 가볍게 잡더니 토라를 가리켰다. 엘리자와 몇 마디 말을 나눈 그가 토라를 향해 빠르게 다가왔다.

"어떻게 됐어요?" 매튜는 시가 새겨진 로비의 유리창을 지나치며 물었다.

"잘 끝났어요. 마음이 안 좋기도 했지만요." 토라가 대꾸했다. "솔직히 뭐라고 해야 할지 저도 모르겠네요."

"나한테 점심 사기로 했잖아요." 매튜가 문을 열어주며 말했다. "그렇지만 저는 공명정대한 사람이고 지금은 별로 배가 고프지 않으니 다른 걸로 대체해도 기꺼이 받아들일 수 있어요."

"그게 무슨 뜻이에요?" 토라는 매튜의 의도를 알면서도 굳이 이렇게 물었다.

두 사람은 호텔 보르를 향해 발걸음을 옮겼다.

두 시간 뒤 토라는 침대에서 빠져나와 옷을 입었다. 매튜는 곤히 잠든 상태였다. 그녀는 책상에 있던 종이에 짧게 메모를 적어 침대 옆 테이블에 올려두었다.

조용히 호텔방을 빠져나와 서둘러 거리로 나온 그녀는 '비비의 정비소'라고 적힌 고물차를 가지러 가기 위해 스콜라뵈르두스키그르로 향했다. 이른 퇴근이 아깝지 않은 하루였다.

코트 주머니에 넣어둔 휴대폰이 울리자 토라는 전화를 받았다.

"여보세요, 엄마." 길피가 쾌활한 목소리로 인사했다.

"안녕, 아들." 토라가 대답했다. "뭐하고 있어? 집이야?"

"응, 시가랑 같이 있어." 길피는 쑥스러운 듯 대답했다. "엄마가 말해준 대로 아기 이름을 뭘로 정할지 이야기하던 중이야. 엄마, 그런데 있잖아. 펩시는 여자 이름이야, 남자 이름이야?"

박진희

대학에서 영어영문학을 공부하고 지금은 외서를 한국에 소개하고 번역하는 일을 하고 있다. 옮긴 책으로는 《부스러기들》《커피의 정치학》《더 좋아져요》《소박한 자유》《스파게티는 인생의 교훈》《어쿠스틱 해변 라이프》 등이 있다.

마지막 의식

첫판 1쇄 펴낸날 2017년 3월 15일

지은이 | 이르사 시구르다르도티르
옮긴이 | 박진희
펴낸이 | 지평님
본문 조판 | 성인기획 (010)2569-9616
종이 공급 | 화인페이퍼 (02)338-2074
인쇄 | 중앙P&L (031)904-3600
표지 후가공 | 이지앤비 (031) 932-8755
제본 | 서정바인텍 (031)942-6006

펴낸곳 | 황소자리 출판사
출판등록 | 2003년 7월 4일 제2003-123호
주소 | 서울시 영등포구 양평로 21길 26 선유도역 1차 IS비즈타워 706호 (150-105)
대표전화 | (02)720-7542　팩시밀리 | (02)723-5467
E-mail | candide1968@hanmail.net

ⓒ 황소자리, 2017

ISBN 979-11-85093-52-9 03850